在這個時代裡

金土

魏子雲 著

臺灣學生書局印行

敘

丁文治

在期待中，讀到了《在這個時代裡》第二部：「金土」，已整整一年。這一部寫的是八年抗戰到復員後的十年歲月。在我們中國來說，這三千多時日，可眞的稱得上是一個風起旋、海立濤的畫時代。

書中的主人翁金土，不但生活在這個時代裡，兼且投身於戰場，曾在諸暨被日軍侵入焚城的這一戰役中，隨軍在戰地周旋了五晝夜，又在顚口鎭的一個雪夜，日軍偷襲時負傷，幾至殘廢。駐紮江西遂川飛機場時，日日夜夜處身在日軍空襲時的炸彈如雨情景中。所以，此書寫有金土在戰場中的出生入死實景，以及在遂川機場見到日本空軍喪失制空權後的狼狽境遇。還有我軍撤退時，破壞軍事設施時的痛苦心情。無不瀝瀝如繪地寫了進來。這一部分，則是其他以抗戰為題材的小說，不曾展現的筆楮。

雖說，此書的題材，局限於三戰區的浙南、閩西、還有贛南這一狹小地區，勝利後，也只囿於贛之南昌、九江，還有淮北平原之徐州，再及於十里洋場之上海等地，由於金土只是一粒沙塵一樣的小人物，所見所感，也類同億萬萬人無大異趣，不曾寫有英雄場面，卻更能親切地感於書中所寫當時的社會世情與人生百態，一一都是你我經歷過的。更能使我們閱讀時觸發到心緒，勾起了現時的感懷，總覺得今日的年輕人，似乎更應該讀讀魏先生這一部《在這個時代裡》，尤其「金土」這一部，當能由之引縷一些思考，那就是我們全中國四萬萬人奮起的「國家至上」、「民族至上」，「軍事第一」、「勝利第一」的全民抗戰精神，贏得的勝利，是多麼的不易。老實說，我們八年抗戰得來的勝利是全中國人的堅毅意志、拋頭臚、灑熱血，正如那首：「犧牲已到最後關頭」的歌詞所唱的：「同胞們！向前走，別退後！拿我們的血和肉，去拚掉敵人的頭」，這樣拚得來的。在當年，我們的國力、軍力，是敵不過日本軍閥的呢！

可是，強權抵不過正義，我們勝利了。

又怎能想到抗日戰爭勝利之後，緊跟著便是國共雙方爭國，由此釁起的戰亂，加在全國人民身上的兵燹荼毒，尤甚於日本軍閥的侵略時代。雖只頭尾四載，損害於社會人生者，倍之八年而餘裕。若是情形，則人人苦於戰而厭於戰，於是，國府訂頒的「戡亂建國動員方案」，速甚危矣！

魏先生仿唐人小說的「史才、詩筆、議論」等落筆準則，以編年體的說書敘事，娓娓縷縷，隨小說主人翁金土之步履所之與心目映照，而傳記出來，使之呈現了這個時代裡的林林總總，譜出了這個時代裡的史事長編。可以說，所敘史實，可能更詳確於正史所書，信乎？

作者吾老友也。特為弁言數語於書端，以答情誼之屬。

敘語

《金土》就是長大成人後的《土娃》。成人後的土娃，正遇上日本軍閥大舉興兵侵略我們的國土，意圖一口鯨吞了我們中國的那個血腥時代。日本軍閥的此一瘋狂行為，迫使我們中國四萬萬五千萬人，同仇敵愾、萬眾一心、個個振臂奮起，發出了抗戰到底的怒吼！

這一部小說《金土》，敘述的就是成人後的《土娃》，在這悠悠十年歲月中的生活事蹟。雖然，他在八年抗戰中，參加過戰地青年服務團，上過戰場，還掛過彩，而他終究是一位平凡如草的小人物。在這龍虎風雲際會的大時代中，也祇是一粒飄浮空中欲落不能的沙塵。說起來，他那小草似的平凡生活，沙塵樣的邈小作為，既激盪不出海水揚波，也撼動不起山崩瓦解。他祇是億億萬萬人類中的一個普通人而已。所以，金土在他這部生活史的小說中，我為他編造了動物不可少的兩性行為，人類不可或缺的愛情事件。由於金土是一位在八年抗戰的歲月中，投身於戰地，步上了戰場，在戰場上出生入死五晝夜，還挨過日本人兩顆機槍彈，受傷掛彩，動了兩次手術，差些兒殘廢，住了一年多醫院。後來，又在空軍中作了一個文書人員，住在機場近處，又親眼看過日本空軍失去制空權的狼狽時代。又親眼見到遂川、贛州撤退時，機場被破壞時的爆炸、紋起的火龍煙龍，破壞橋樑時的戰爭無情。還親眼在戰地見到了勝利到來時的軍民狂歡之情。都通過了金土的步之所趨，目之所見、心之所感，一一的代金土敘述出來，描繪出來。

勝利後的三年裡，政治、軍事、經濟的動盪，更是一個在中國五千年歷史上，算得上是史無前有的畫時代。也無不一一在《金土》的小說中，感憤萬千的為他敘述出來。惜乎金土只是個平凡的小人物，沒有本領在他生活中，創造出英雄史蹟。

法國小說家•紀德（ANDRE GIDE 1869-1951）曾在他的小說《偽幣製造者》一書中，藉他小說中的人物愛德華說，寫小說的人，是「代人生活，跟人生活。」意思就是說：「在寫小說時，應使自己整個人生活在另一人的生命中。」我的意思則是，我們無論寫小說、寫論評，或是讀別人的作品，都得「設身處地」的進入別人的心境。實際說來，任何作品的優劣，都決定在作者有沒有去體會生活。所以紀德還有一句話，說：「一個藝術家的作品，眞正能使我發生興趣時，只在當我感到這作品，一面與外在世界取得直接而眞實的連繫，同時另一面也與其作者取得密切而內在的連繫。」這話便指出，小說作者應有能力使讀者會感受到作者筆下寫的「外在世界」，有沒有與其內心的「眞實世界」連繫起來？換言之，作者有沒有寫出外在世界的眞實？若是寫到了，方能使讀者去認知到作者的內心世界，有沒有與「外在世界」作到密切的連繫。

另一位法國評論家諦波岱（ALBERT THIBAUDET 1874-1936），對於「小說」的看法是：「眞正的小說家，用他自己生活可能性中無盡的方面，去創造他的人物。」又說：「小說家的才能，不在於使現實復活，而是在賦可能性以生命。」（註一）

我之所以在此，抄錄了兩段西方小說家對於小說寫作的意見，並不是引來抬高我這部小說。我可不是這個意思。我只是有以表白，我從事小說寫作，是曾經受到這些小說理論影響的。至於我有未作到？則是讀者可以挑剔的事。魏文帝說：「夫人善於自現」而「闇於自見」，遂「謂己為賢」。我則自慚學淺才短，不如人也。

我曾經說過，作者出版的作品，猶如父母之於兒女，兒女步上社會之後的品行優劣，才情高低，一切的一切，都不是父母可以護短保護得了的。他們的生死榮辱，雖也關涉到他們的生身父母，但除了涉法，走上法庭，做父母的可以說上幾句親情上的辯護詞，捨此而外，作父母的只有代兒女受過、受辱！何以？都怪他們是你生養的啊！

話說回來，我這部長編《在這個時代裡》，在開始構想時，就為這部書的主人翁設想了七十年的歲月。當我興致勃勃寫完第一部《土娃》，還沒有體會到此書的歲月太長。而且，小說中的主人翁，又是一位微塵似的小人物，處理起來，非常困難。《土娃》這一部，雖然生活歲月廿年，那時，土娃是個孩子，只是童年時代，凡是他經歷過的時代，要他用腦力去想的不多。成人後，可不同了。所以我越寫越感到艱辛。第三部《梅蘭》，歲月四十春秋，在處理上，可能得移宮換羽，另出機杼，可能要去求「神出主意」。（註二）

唐人小說的創作，講究的是：「史才、詩筆、議論」（註三）。意思是：小說家要有遠大的歷史觀，詩樣的辭藻，正確的議論。這說法指的是小說乃時代產物，歷史是時代巨輪遺下的紀錄，小說家自應有其為他生活的那個時代，作個紀錄者的責任。不過，凡是小說的故事，都是「虛構」（FICTION）的。故事當不得眞也。但為了金土處身於這個時代的眞實，有些戰時的軍隊番號與人名，我都以實寫入。因為我確切的瞭解，這些番號，在這個時代裡，為國人抵禦外侮，寫下了豐功偉績。遺憾的是，我這書不是史話。

註一：錄自〈偽幣製造者〉盛澄華譯者序・重慶版

註二：（同右）

註三：文見宋人趙彥衛〈雲麓漫談〉卷八。

目錄

序曲

土之歌

都說她是一顆星
當初她是誰？沒有人說得清。

●

哲學家說：「她的本體就是一個一」。
不是二三四五六，不是十百千萬億，她只是空懸在天上的點點星星。
微塵不也是那麼地一點點一星星？飄飄忽忽在空中，欲落不能！
億億萬萬人在盼：期待塵埃落定。
三三五五人稱王：偏要釁起紛爭！

●

「有物混成，先天地生。

寂兮寥兮！獨立而不改，周行而不殆，可以為天下母。吾不知其名，字之曰『道』。強為之名曰『大』。故道大、天大、地大，王亦大。」

正因為：「域中有四大，而王處一焉！」於是，天地之大，有了緯，有了經；有了時，有了空；道大而無庸。

論大，除了天，就是地。論小，土只是沙塵一星星。

●

天，無所不有，地，無所不在。人，天生地養，人，離土不能存生。

天懸日月，不私覆，無私照。

地載山河，吐生萬物，利他無我。

●

天，以一生水，地，以二生火。天，以三生木，地，以四生金，天，以五生土。

天數五，地數五。五位相得而有合。天有四時，春夏秋冬，運於五行，東木、南火、西金、北水，土居其中。

宮、商、角、徵、羽，土居其宮。徵羽商角，分在南北西東，土在中，位為宮。

皇天。后土。天數奇，地數偶，奇偶相合，五音、六律，陰陽相應。掌四時，運五行，八音克諧，人和政通。

帝堯掌國土，明天理，通人情。
四封方嶽之伯，屏藩一方，選賢與能；
禪位與舜，「無為而治，恭其正南面而已矣！」公天下為公。
禪位與禹，傳位與子，裂土分封；「封建」之制，於焉形成。
從此後，移宮換羽，世代交替，永未消停。
從此後，強凌弱，大欺小，相互兼併，永無太平。
這紛爭，全為了要掠取那寸土尺地，稱王稱帝，血流漂杵，殺人盈城。

「我們只有一個地球」。真理的呼聲！
怎不想到那帝國主義的魔手，總在企圖席捲這整個地球，屬於己有！
子子孫孫，萬世繼承。
別讓那天空中的渾厚沙塵，迷矇了我們的眼睛，模糊了我們的心靈！

一　人不轉地轉

俗說：「人生不如意事，十常八九。」

這句話，經常掛在一般人的口舌上，大都在某一事件未能達成，或出乎意外的情況下，脫口而出的。或多或少都夾有一分頓感失落的心情。

但如去字斟句酌的，來析論這十個字的內在涵義，關鍵在「如意」二字。人生在世，處身於一個大群體的社會間，可以說，人人都有個己的想法，所謂的「各打各的如意算盤」。這個己的「如意」算盤，怎能在群體的人生社會間，求得「如意」的和諧呢！這「人生不如意事」，自然「十常八九」。

俗說：「山不轉路轉」。再引申開來說，則是：「地不動天動，人不轉地轉。」日出月沒，花開葉落，春夏秋冬，四季循環不已。人生動變，如孩子手上的萬花筒，花樣動變於眨目呼息之間。先賢文中的「無常」，便是指的「趨舍無定」。那麼，人生活在這個時代裡，或者說，無論生活在任何一個時代裡，無論任何一個地域，都會是「趨舍無定」的「無常」態勢，想完成自打的「如意」算盤，委實可以說不易。

所以，人生在世，往往受到環境的支配而身不由己。

當然，每個人所具備的才力，也是配合環境支配的條件之主。

這樣說來，人之動變，其個己的才力，與其個人所處身的那個環境，具有密切關係。可以說，人在適應環境時的抉擇，固然重要，然而人之趨舍，卻往往受到環境的左右，由不得本身意志的抉擇。這時的魯金土，面對的人生動變，就是這樣的。

魯金土是崇德中學的工讀生，這個中學，是美國浸禮教會創辦的，原是初級中學，纔增級爲高級中學兩年，三年制（初級三年高級三年）。由於日本侵華的戰爭發生，北方的日軍，開戰後不幾天就占據了北平、天津與保定，南方的上海，也開闢了戰場，連租界都落了炮彈。沿鐵路的城市，十九都遭到飛機投彈轟炸，轉瞬之間，城鎮成了死市。不要說時在暑期，學校都已放假，就是上課期間，也得停課。教育當局，已有函給各級學校，校舍應騰出來，駐紮抗戰的部隊。所以，這宿州的浸禮教會就奉到這一指示，不得不計畫南避到浙江衢州去，一旦戰事停止，或宿州這一地界安定，再回來。他們推想到，坐落在鐵道線上的城鎮，是很難避免戰魔不來作戰場的。看情形，學校在下學期是開不得學了。

崇德中學有一輛汽車，中型的轎車。這時，戰火正在燎原似的燃燒蔓延。津浦路的火車，已不售客票，每日都在運兵、運輜重。城市中的人，已疏向鄉間，商家早已關門，沒了市面。有時，日本飛機還飛到鄉間的田野間，低空掃射呢！

秦牧師的南行，依靠的就是這一輛汽車。他們已經計畫妥當，秦牧師夫婦倆還有一個五歲大的孩子，另外就是一位姓盧的女性教士。爲了一路上有人能爲他們奔奔跑跑，遂決定帶著魯金土同行。魯金土是崇德中學的工讀生，也是浸禮教會的義工，今年二十歲了。是高二的學生，未來的理想是進神學院，將來作一位神的僕人，獻身於教會，終生爲神服務。

可是，這突然決定的南行，由於魯金土是當地鄉間人，家中有父母還有祖父母，雖然魯金土的這一家兩代長輩，都已親口向那位鍾牧師說過：「從今往後，俺這孩子就獻給教會去教養他，要他爲上主作一位忠誠的僕人。」這一南行的行動，總得讓魯金土回家去說一聲。

就這樣，魯金土一大早就離城返鄉，到家說明一聲，吃過午飯就折回城，已說定第二天一早就得上路。

魯金土的那場冤枉官司，（參加農民的抗日遊行，被誤認是共產黨，抓去關了三個多月）虧了鍾斯牧師搭救出來，所以魯家有了把這孩子獻給教會的這一約定。何況，魯金土由初中一年級，讀的就是崇德中學呢！當然，魯家人任誰都沒有說一個「不」字，只是在家裡多停留了一些時間，那是因爲魯奶奶不在家，到大姑家去了。魯金土又繞到大姑家向奶奶告別。這一周折，魯金土回到城時已日落，天已昏黃。差一點，城門就關上了。近來，城門關得早。

魯金土卻沒有想到，當他回到崇德中學，兩處大門都是關起的，平常日子，教會這一邊大門旁的側門，總是虛掩起的，如今卻也關起門上了閂，推不動了。再到學校這一邊的側門，赫然有一把鐵鎖在門鼻上。天已經黑下來了，人家已點了燈。路燈也昏黃的閃著。

怎麼回子事呢？

魯金土打量了一眼教會與學校的兩所房屋，全是黑烏烏的，連一絲兒燈亮兒也無有。連教堂尖上的那盞點映十字架的燈，也沒有亮。顯然的，這兩幢房屋，都沒有人在內。

怎麼回子事呢？

時間雖已到了上燈之後，又是陰霾的天氣，陰曆七月杪的秋老虎，在陰悶的氣候裡，仍有蒸人的餘威。所以，魯金土從早上太陽還沒有露臉，就起身了，為了要當天折回來，也為了趁著清晨太陽未出時的涼爽上路，還在城門口隨同出城的人，站了一些時候等候開城。回到家，又繞了道兒到大姑家去看奶奶。這一天，來回奔波了有八十里路。本來，還揹了一個近十斤重的西瓜，一來重，二來渴，在路上就摔開來當水吃了，可是空著兩手，在這陰沈的悶熱天氣裡，還是走得渾身汗水直流。回到了目的地，面對的又是大門緊閉，側門上鎖，整幢房屋連個燈亮兒也無有。頭尾只是一日間的事，原說是要他回家打個招呼，告知家人明日一早，就隨同秦牧師一家人南去浙江衢州。怎的突然變成了「人去樓空」呢？

學校雖已放學，教會怎會沒有人，看門的老晉怎的也不在門上？這教會的側門，似乎從來也沒上過鎖呀？

一時之間，魯金土真的像放入蒸籠中的饃饃，不但渾身出水，而且在膨脹。面對著當前的情景，想不到是怎的會變成這個樣子的，也不知道該怎麼辦？

這裡是一條小街，是住宅區，只有小舖子，適應住戶的雜貨店，或裁縫舖子，鐵匠爐等。住家的，大多有小院子，在這炎熱天氣，一家人都在院中乘涼，卻也有一些貧家沒有院子，便會到小街上，擺了一張小矮桌，坐在小凳上，乘涼閒話。當魯金土聽到近處有人在街邊乘涼談話，便想到走向前去，詢問一聲。若是問不出個所以然來，那就只有到南關的老晉家，去找老晉。

魯金土從腰間扯出了羊肚子汗巾，揩去臉上的汗，又掀起衣襟，伸入胸腹揩去那濕沓沓的汗水。轉身走到這一處乘涼人家。

「請問爺兒們！」魯金土躬身作揖，「俺這教堂裡，怎的沒有了人？爺兒們可知道。」

儘管天黑，又沒有燈，他們也認得魯金土，就是這教堂裡的小跑腿的，名叫土娃。這一處乘涼的人，只有四位，兩男一女，還有一個幾歲的孩子。聽魯金土這一問，只有其中的那位四十幾歲的婦人可以回答。遂說：「唷！土娃，你沒有跟著走啊？」

這一說，魯金土的心一沈，遂在心裡失落的說：「原來他們已經走了。」

「吃過晌午飯不久，他們就坐上車。」這婦人又說。「這裡還有人看到。車上還插上旗子，老晉好像沒有走，他們的車子走後，我還看到老晉呢。」

「謝謝大娘，」魯金土作揖說。他想到：一切事實，老晉一定會告訴他的。「我去找晉大爺。」

話未落音，這裡乘涼中的一位，突然說：「你們看，」說著用手指向教堂那一方，「好像是晉老大在開教堂的門麼！」

大家一聽，臉向教堂那方一瞅，果然在暗朦朦之中，見到有人在教堂的側門邊開門鎖似的。轉瞬之間，人進門去了，門又關上。魯金土看見了，一肚子的怔忡頓時消失。遂又躬身使禮，說聲「謝謝大爺大娘」，就轉身走回教堂。

教堂側門的那間小屋，燈已亮了，魯金土走到側門，只伸手敲了一下門，喊了一聲「晉大爺」，老晉就出來把門開了。一見到魯金土就說：「他們走了，來不及等你回來。他們接到徐州教堂陳牧師的電話，說是隴海鐵路的車還通，已買好了車票，到鄭州改乘平漢鐵路車到漢口，然後再到浙江就方便了。長江這條線，走不得啦。」說著就把秦牧師留下的信，交給魯金土，又說：「土娃你看看信，好像是要你到漢口什麼大學去找他們。」

魯金土拆開信一看，知道他仍必須今晚六點以前趕到徐州，車票已經取得，只有這條路方便，也安全。開一輛汽車循著津浦鐵道南行，不但天上有日本的飛機要顧慮，地上的部隊，還有亂世中的流民，都得顧慮。在這兵荒馬亂的日子，別說是美國的國旗，就是宇宙間的真神，怕的是也管束不了地下的魔鬼了。這些，都是魯金土可以聯想到的。

信裡，附了一張中國農民銀行的支票，票面是銀洋壹拾伍元正，由魯金土憑名章親自去領取。信的最後，卻附言說：「你如不願南行去找我們，就留在宿州與老晉二人，一同看守教堂等房屋。戰事不會持續很久，一旦戰事結束，我們就會回來。」所以魯金土瞭解到秦牧師他們，並不肯定非要他南去不可。這麼一來，魯金土不得不另作一些盤算。

這時，魯金土不但累了，而且餓了。再加上這突起的改變給他激起的徬徨波濤，自是越發的又倦又餓。

「晉大爺！我還沒有吃夜飯呢！」魯金土說。

「噢！」老晉這纔想到吃飯的問題，說：「老李已經辭了，往後，我如不回家吃，就得到灶間去自己弄吃的。咱到灶間看看吧！」

說著去點燃那盞馬蹄燈。點亮了燈，便拎起帶著魯金土到了灶間。看了一番，除了還有麵袋子中的大半碗麵粉，以及油瓶中的幾滴子油，半小罐子鹽，還有兩棵蔥，一塊切去半拉的薑。其他，幾乎沒有可供用來吃食的東西。

「我㚻他奶奶的，這狗狼養的澀李子恁澀，俺前兒格纔買的一袋子麵，就臏他娘的恁麼一捏子啦！」

說著還用手抖落著那空空的麵口袋。

「就攪一碗麵絮子算啦！」魯金土莫可奈何的說。

「俺吃罷啦，」老晉說，「你照顧你的肚子吧。」又自言自語的說：「格那娘的，啥時候走的？俺都不知道。不知道還偷了別的沒有？」說著又拎起馬蹄燈捻亮來，走出了灶間。

魯金土在微弱的電燈光下，拿起灶邊的火鉗，捅開煤火，加了幾塊生煤，拉動風箱吹旺了火，舀水涮了鍋，再放一瓢水，蓋下鍋蓋，就去用那大半碗麵攪麵絮子。這吃食極其簡單，加點鹽，切點蔥花薑丁攪在一起，放入鍋中，沸上三幾滾，就可以舀出食用。等老晉拎著馬蹄燈回來，金土正在吃著。

「住房都是鎖起的，沒動。」老晉一進門來就這麼說。捻小了手上的燈火，放下馬蹄燈，走到魯金土身邊，彎下腰去，看了看金土泡製的吃食，說：「滿像個樣兒麼。」說著嗤哼了一下鼻子，又說：「你怎麼不放油啊？」

說著便去找油瓶。魯金土則接過話頭說：「油瓶沒有油啦！」

老晉這纔突然想到，連餘下的油，溜李子都帶走了。遂狠狠的又罵了一句：「這個狗娘養的，恁貪！」

「沒關係，」金土說。「長（讀陽平音）幾滴子油，也祇是香鼻子。俺這都快吃完了。」

「說得是。」老晉結束了這個話頭兒，又問：「可說呢！土娃，你打算明兒格就去追他們嗎？」正在吃著的魯金土，便停下箸來，昂起臉望著老晉一霎，說：「晉大爺你不說，我也得問你。」遂問：「晉大爺，你給俺想想，去不去呢？」又說：「盤纏錢也留給了俺。」

說過，又繼續去吃碗中未扒完的一些。

「這個！」老晉也猶疑起來，扯下肩上的布巾，揩去臉上及頸子上的汗水。「俺可拿不定。」停了一霎又說：「擱在俺身上，寧可在咱鄉下守著，一個人到漢口去，路那麼遠，日本飛機又老愛炸火車，人生地不熟的，擱著俺，可不敢冒這大的險。」

「我也恁麼想呢！」

金土已將飯吃完，去洗碗筷，料理爐灶。

「好！」老晉說。「土娃，這事兒，你可得多想想。這一天，你也夠累的啦！咱們歇著吧。俺也再替你想想，咱爺兒倆明兒格再說。」拎起提燈走時，又自言自語的罵了一句：「連老天爺都變了，快八月啦！該秋涼也不涼，還有熱氣蒸人。這晚子啦！還恁熱。」

就這樣，兩人各自去安歇！

魯金土把蓆子拿出，舖在院中的大槐樹下，枕著兩個蒲草墊子，脫得赤裸裸的睡下。槐樹上的知了，還在唱；在有氣沒力的哭！魯金土雖然奔波了一天，走了七八十里路，流了不少汗水，筋骨已經疲累，可是腦中的思維，卻像海潮似的一波波奔騰。

本來，李秀實聽他說要隨同教會開駛汽車到浙江去，就當場指著他的臉罵：「你他媽的孬種，逃避抗戰。」就在內心產生了徬徨？說得是啊！抗日戰爭已經發生，政府號召的是「全民抗戰」，跟著美國教會，逃向離戰場很遠的浙江南部，這又怎的不是「逃避抗戰」呢？

「你的命都是這個教會的牧師，親自跑來搭救出的，家裡人說過把你獻給了教會，教會的這一決定，又怎能不聽從呢？」

這一番家庭的結論，也是天理人情，所以，連奶奶都沒有說一個「不」字，甚而也不曾打一個「哏」字。

何況，逃向的地方，距離當時的戰場遠呢！

如今，面對的事態變了。他們已丟下他先走了。留下這封信，信上的言語，並沒有堅持著要魯金土隨後按地址找去。還說不肯去，就留在這裡與老晉二人看守教堂與學校。反正戰爭結束，他們仍舊會回來。所以魯金土想到了這一番話，遂決心留下來，與老晉二人在此看守教堂與學校。

魯金土想到這裡，心情平適了下來，腦海中的激蕩潮汐也落下去了。天氣仍舊很熱，雖睡在院中大槐樹下，由於沒有風，渾身上下沖了個涼，這纔走回睡下。一覺醒來，已是太陽爬上東屋脊的時候了。

老晉早已起身，一切欠缺的吃食，他都買了來。

秦牧師走時，不但留下錢，也留下了交代。當魯金土告訴他，昨夜已經想過，決定照著信上最後的話作，留下來與老晉看守這兩座院子。

老晉自然贊成魯金土留下來，否則一個人，出門就得上鎖，多麼不便。

天氣陰了，還是悶熱，照一般農家說，天在悶雨。

魯金土到中國農民銀行領來十五元，兩張五元劵，五張一元劵。魯金土告訴老晉，說他等一兩天，要是沒有秦牧師他們什麼信息，他得到鄉下走一趟，告訴家人他沒有走。也希望能見到李秀實他們，讓他們知道他沒有跟教會的牧師走。

想不到就在這第三天，一位英文老師陳光中帶了三個學生子到學校來了。說是在上海戰爭爆發時，他隨同幾位同學，帶了十多個學生，從蘇州搭上火車，到南京下關過江，在浦口等了好幾天，方始搭上北上的輜重軍車，車到徐州卸貨。想不到車到了蚌埠，車廂皮就錯開了。其他的人，不知散掉何處，他這輛車上的四個人，到了宿州就扔到了備道不再開行。陳老師這纔想到先到學校落落腳再說。

陳光中還不知這裡的車站，已遭飛機轟炸過了呢！

陳光中老師是上海近處人士，此間放了學回的家。到家不久，戰爭就發生了。他們上海的三位聖約翰同學還有光華大學的同學，一共集合了十一位學生，打算搭車到徐州，改乘隴海線火車到延安去，目標是延安的抗戰大學。其中有一位是蘇南丹徒人，還帶著朋友的介紹信。沒有想到戰爭一發生，鐵路不是那麼暢通了。老晉與魯金土兩人，都認識陳光中，房屋又是空的，當然接納了他們住到學校中來。陳光中老師帶來的三個學生，最大的一個纔十八歲，另兩個都是十六歲。全是上海那一帶人，他們交談起來，魯金土還聽不懂。

當夜，雨就落下來了。麵條子細雨，滴滴嗒嗒，時停時落，天氣遂突然涼爽起來。陳光中這師生四位，雖然住到學校中來，老晉打開一間教室給他們。他們併起課桌作臥床，反正天不冷，能平躺下身體睡覺就可以了。廚房借給他們使用，不招待他們飲食。但自從他們到來，陳光中老師便在外奔波，看來不會在此久住。可是，最使魯金土不解的是那延安的抗戰大學。

抗戰已經開始打起來了，現在纔設抗戰大學，不是晚了嗎？

問那個學生，他們答說是跟著陳叔叔逃難，只要能逃到一個安全的地方，可以進學校繼續讀書就好了，其他都說不上來。

在魯金土來說，他是有過閱歷的，當過兩年兵的，受過軍事上的野戰訓練的。那時假想敵人還是隱藏在山野叢林中的共產黨。他，且曾被軍隊當作共產黨抓了去，腳鐐手銬的關了幾個月，幸虧美國教會的鍾斯牧師把他救出。他的兩個腳脖子上還有著鐵鐐留下的傷疤呢。所以，在魯金土心理上，認爲共產黨是一個聽來就膽戰心驚的名詞。

如今，他雖已知道「國共合作」這個名詞，也聽到兩黨已組織了「統一陣線」，攜手並肩對侵略的日本軍閥，作全民的「國家至上、民族至上」，以及「抗戰第一、勝利第一」的所謂「聖戰」。可是他忘不了那段被當作共產黨抓去坐牢，認定他是共產黨被帶上腳鐐手銬受審的噩運情事。

然而，魯金土卻知道當前的中國人，唯一重要的任務，是抵抗日本人的侵略我們中國，因而在他心裡總是忘不了李秀實罵他的那句話：「你他媽的孬種，逃避抗戰。」那麼，到延安去唸「抗戰大學」，是不是直接參加抗戰呢？

魯金土一時想不通了。

天還沒有晴，雨還不時滴嗒。俗說：「七月一雨便成秋」，天是涼爽起來了。在吃晌午飯的時候，卻聽到老晉說，陳光中告訴他，今天去買些吃食，早些睡，大家睡個好覺，明兒格天不亮，就要趕火車離開這裡。這一聽，突然引發了魯金土想去問問陳老師，到「抗戰大學」去，要怎麼個資格？他帶去的那幾個人，有兩個還是初中生，也能唸「抗戰大學」嗎？

陳光中到崇德中學這幾天，雖然迎面相見過幾次，只是一笑點了個頭，沒有言談。魯金土被當作共產黨抓了去，鐵鐐手梏的坐了幾個月的牢監，這位陳老師也知道，魯金土也上過他的課。但魯金土在陳光中心目中，只當作一個教會的小工看，並不曾把他當個學生看，只知道這孩子的四書讀得不錯，家中貧苦，唸不起中學。人是絕頂聰明，教會要吸收他培植他作個傳道人，作個上帝的僕人，委實是有眼光的。他本來就沒有看得起這個孩子。正由於陳光中在崇德中學見到的魯金土，是一個不折不扣的土娃兒，一個標準的鄉下土孩子，一天到晚被呼東向東，喊西向西，像個奴才似的被人使喚著，卻從來沒有說過半句怨言。尤其被當作共產黨抓去，腳鐐手銬的坐了幾個月的牢監，被救出後，兩個腳脖子，都被鐵鐐打破化了膿，幾個月之後纔結了疤，卻也沒有聽到魯金土發出半句怨恨的話。都二十歲的大人了，所以魯金土在陳光中老師的心目中，還是一個標準的奴才坯子，就是有了發跡的機會，也定然是個奴下奴。

當魯金土前來問他有關「抗戰大學」的事，本來不想回答他，卻又不能不作答，遂斬釘截鐵的說：「那裡不是你去的地方，告訴你也沒有用。」

魯金土一聽，愣了。那三個躺在課桌上的孩子，也發了愣，坐了起來。陳光中老師一見此情，就又補了一句：「抗戰大學沒有上帝。」

這一說，那三個孩子懂了，忍不住噗嗤笑出聲來。

「陳老師別說笑話，」魯金土毫不在意的說。「我要問：到抗戰大學去唸書，是不是去參加抗戰？」

三個孩子還沒有等到陳老師作答，就異口同聲的說：「那當然是嘍！」

「我願意去！」魯金土堅定的說。「我自己有盤纏錢，不花你們的。」

魯金土這一分書呆子氣，馬上感動了陳光中，尤其那句「我有盤纏錢」，使陳光中想到他們一行十餘人，業已失散，錢在另一批人手上，他們這四個人的錢合在一起，還不到十塊，他的行李捲，也在另一批人那裡。何況，在逃難的行列裡，多一個人，總比少一個人有更多的相互照應。

「魯金土，你要是真有志氣參加我們，就得跟我們走，」陳光中改變了態度，也改變了語氣。「我問你有多少盤纏錢？」

「我有十五塊，」魯金土老老實實回答。

陳光中一聽，他一個人就有十五元，數目不小。

「我們明天一早，天不亮就上車。」陳光中說。「你能走得了嗎？」

「能。」魯金土肯定作答。

他知道留在這裡，除了陪同老晉來看守這兩所房屋，別無他事。若一旦戰爭蔓延到這裡，也祇有回鄉與李秀實他們，一同在自衛隊中保鄉衛國。要是參加了「抗戰大學」，既唸了書，又沒有逃避抗戰。怎的能不走上「抗日大學」這條道路呢！

「不通知你家裡人嗎？」陳光中又問。

「不要。」魯金土仍肯定作答。

「那麼，你去準備吧！」陳光中吩咐說：不要帶棉的，除了換洗的單衣衫褲，盥洗用具，別忘了買幾張厚韌的油紙，力士鞋多帶一雙。可別忘了再帶一把雨傘。再帶兩天乾糧，防備下不了火車，買不到吃的。」

魯金土一一記在心裡，他需要馬上去準備了。

見到老晉，魯金土囁囁嚅嚅地說他打算跟陳老師走。

想不到老晉竟答說：「我也這樣想。當陳光中告訴我在此住幾天，弄到到鄭州的車票，就四通八達了。南到漢口，東到開封，西到長安，都有鐵路。我就這樣想了，你最好隨同陳光中走，四五個人，彼此有照顧。到了漢口，你就容易找到秦牧師他們啦！」

魯金土一聽，陳光中他們並沒有透露到那裡去。這裡的人，大都向南跑，習慣了。由此向南，容易討生活。向西，都是窮苦的黃土高原，那裡的人，還向這裡逃荒呢。老晉的頭腦簡單，他以爲陳光中要到鄭州，一定是想從鄭州搭平漢路車，南下湖廣，他不知延安還有什麼大學。甚而不知延安在那裡。因而魯金土也就不說明了。

「那我就得去買東西。」魯金土說。「陳老師說他們明兒格天不亮就走。」

「不需要去買什麼，」老晉說。「我的油布雨衣給你帶去。雨傘不好拿，不必帶啦！油紙到是要買的，包包紮紮，都需要防雨。你去買兩雙鞋，還有洋臘蠋洋火，都是不可少的。快去買吧！」說著又加了一句：「快去吧，天都傍晚子啦！」

當魯金土一時傷感得遲遲疑疑想哭，老晉又自言自語的說：「你是正當亮的小夥子，日本兵要是真的來了，咱這地方也別想安安泰泰平平靜靜，俺五六十的老頭子了，你可不成。到了那個時候，你還得離開這裡向別處躲。跟著陳光中走，這是天作之合。」一邊在尋找什麼。在思索什麼？魯金土擦去了眼角上流下的淚水，說了一聲，「晉大爺，我去買。」老晉也沒有聽見。這時，老晉在想著他家的兩個兒子，都過了三十啦，大字不識，一個在人家作長工，一個在火車站作搬運工。自從火車站遭炸，雖已知道了日本人的此一侵略戰爭，大不同於咱們軍閥們的你爭我奪，你打過來，他打過去。連南軍北伐都算上，老百姓不但沒有看見飛機扔炸彈，也沒有見到戰場上的所謂「血流成河屍骨遍野」。凡是見到日本飛機扔炸彈轟炸過那種慘狀的人，或者聽到傳說的人，卻沒有人不想遠逃的。老晉難過的是，自己的兒子，竟連遠逃的條件也沒有呢！

開車送秦牧師的王大膀回來了，車被當兵的攔去，他徒步走了兩天。老晉越發想著這世界變了！

老晉在屋裡摸索了一會兒，看到了火石與鐵片，使他想到這樣東西應交給土娃帶著，萬一遇上天雨反潮，洋火擦不著火來，用打火石就方便了。他想到灶間還有火紙煤子（點火的紙稔），再用火紙多搓幾根，交土娃帶去。跟著，老晉又和麵給魯金土製作乾糧。等魯金土回來時，油餅已煎了三個了。煎了十個油餅，又替土娃用滾水洗滌了三次小型洋油桶，裝了一桶開水。

吃過晚飯，老晉幫魯金土整理行裝。不帶舖蓋，只帶衣物，卻綑紮了一個約有兩搯粗的捲捲。雨衣另行包紮，綑在行裝外面，一旦遇雨，可以隨時取出應用。

由於老晉的這番襄助，不但使魯金土減少了綑紮行李的繁瑣，更得到了一位長輩的從中敦促，要他跟著陳老師遠行。因而這晚入眠，恬恬適適，沒有亂絲縈懷！

第二天，四更梆鼓剛打過，他們就上路了。

他們乘坐的是一輛爲軍隊運輸重的貨車。被安排在守車上，與打旗的守車長同車。是陳光中兩日的奔波，安排妥了的。到徐州，天剛亮，太陽纔露頭。可是，他們還不能下車。守車長還挎在車門口，手中搖看紅綠旗子，忽紅忽綠的在指揮著。就這樣倒來倒去，接掛上這一輛，又卸卻了另一輛。然後纔掛妥，咕嘟的開到北站。這個守車長下車時，告訴陳光中說：「你們在車上等，我不知道什麼時候開。車已調到軌上，開行時，會有車來掛。」說過，便跳下車去走了。

那位守車長走後，陳老師告訴幾個孩子說：「這車已由津浦路調到隴海路了，再開，就到鄭州。我們也許不再換車。車上熱，可以下車走走，可不能離開這輛車。」說過，就跳下車，又去辦事去了。

這時，估計總有八九點鐘了，雖然天上有雲，看不見太陽，卻也能推想這個時間來。這車還有其他五輛裝滿貨物的車，都在備道上。道旁的田地，高粱已砍過，黃豆綠豆已結角，田裡有農家人在工作，鐵道上有一處還有在修枕木的工人。

有風，天氣已秋涼了。魯金土從手上拎的布袋中，取出油餅來給那三個學生吃，他們推辭，說早上吃飽了，不餓。

七八天來在學校，彼此很少打照面，幾個人都在外面奔波。這時，魯金土有機會，一一問詢清楚。

那個十八歲的叫張陵，滬江中學高一，其他二人一叫李明禮，一叫林淵原，徐匯中學初二。這兩人都是陳光中的姑舅表侄。另一位是陳光中另位同學的學生。都是經過父母同意，跟著陳光中他們逃難的。這三個孩子都不大會說普通話，他們在一起說上海話，魯金土幾乎一句也不懂，彼此交談時，雙方儘情相互遷就，還得比手畫腳方能溝通。因此也就交談得不多。

日上天中，太陽還是烤人的。好在這輛車兩邊有門開著，有斜風不時吹過，就有秋涼意味。只要車停下不走，正午的太陽，光炎熾下，還是烤人的。因而這車上的四個孩子，在這正午，悶在車上，弄得坐也不是，站也不是，睡更是躺不到熱鐵上去。真是如同熱灶上的螞蟻，前爬爬後爬爬，不知何處可以獲得棲身的涼爽地。他們看到路邊有一棵碗口大的柳樹，葉子雖已發黃，枝子還相當密，望去有十幾丈遠，看得見枝葉在左右擺動。可以說這車上的四個孩子，很想下車尋一蔭涼地坐下來，更希望躺下來，都不敢下車。

陳老師一個人走下車去，不知到那裡辦事？都晌午了，還沒有回來。這裡的備道，相當偏僻，似乎只有他們乘的這三輛車廂。

「我們下來看看吧？」還是魯金土提議。

其他三個孩子連聽帶看，聽懂了魯金土的話，遂一邊點頭同意，就一邊準備下車。

於是四個人一一跳下車來。一跳下車，就昂頭看到這輛車頂上，還躺著兩個，身下舖的是蓆子，手上撐的是紙傘。中年人了，望見他們四個小夥子逃出車來，以笑臉打招呼。其中一個問：「車裡還有人嗎？」

四個人昂頭望著，都不敢回答。但這麼一來，四個人面面相覷，不但不敢回答，連原想走向那柳樹下的企圖，也頓時打消。都怕這兩人下來也擠到車廂中去，會影響了他們的乘車權利。

魯金土先尋了個平坦的地方，坐了下來，其餘三個也相繼坐了下來。那三個坐在一起，竊竊私語。這時，卻忽然車頂上的一個人在興奮的說：「要開車了。」

這剛坐下的魯金土等人一聽，都站了起來。聽到左方有人說話，遠遠走來兩個人，一人手拿紅旗，還提個紅綠信號燈。身後緊跟著一位，看去像陳老師。

「可能要開車了。」魯金土招呼著：「上車上車。」

於是四個人，魯金土領頭抓住車門，踏著掛在車門上的鐵梯，後面的推著，上面的拉著，一一上了車。再一望去，果然是陳老師隨同一位新的守車長來了。

他們剛上車不久，就聽見火車頭的笛聲，緊跟著火車的車輪聲，也從遠處傳來了。

守車長到來，就喊車頂上的兩個人下來。准許他們坐到車廂中來。這是陳光中建議的，據陳光中說，這兩個人在宿州上車時，就睡在車頂上了。說是有不少載運軍需的火車，車車都爬滿了逃難的人，每輛車上，都像蜂房上的蜜蜂，攪和得連火車也不能發，交通癱瘓下來。軍用輜重，都設法調到備道上，伺機悄悄開出。

這輛車，只倒了三次，就掛在一長串廂型車上，前後兩個車頭，噗哧噗哧的高噴出黑黑的濃煙，在一聲長鳴中，咕咕嘟嘟咕咕嘟嘟向西開行了。這時，估計太陽已經扭頭，過了午。車在快速行進，兩邊有疾吹的風進入車廂，熱氣盡消。

陳光中把他買來的饅頭燒餅與滷菜什麼的，分給那三個孩子。魯金土說他有油餅，也拿了出來。陳光中與那位守車長，已經吃過午飯。車頂上下來的那兩位，謙說自己帶著乾糧，已經吃過。車已開行，到鄭州只有六、七個大站，路上如不擔擱，天不黑就到了。

火車開出徐州時，他們確實見到了停在鐵軌上的車廂，都坐滿了人，車頂上也是黑鴉鴉。看到他們這一掛車開行，都站在車頂上揚手，跳躍。似乎都在叫喊，他們聽不到，看情形，也能意想得到，他們正慶賀坐上這一掛車的人，走了運。

車過第一大站碭山，沒有停，比特快車還快，一路上，只在民權站加水，停了半個多小時，又在柳園停下錯車。到了鄭州，天還沒有黑。車仍停在一條備道上。

看得出鄭州比徐州市街大，火車站的鐵道，縱橫交錯，左一根右一根，閃閃亮亮，一眼望去，像月光中的蜘蛛網似的。

車停妥之後，守車長要那兩位由車頂下來，進入車內的兩位中年人下車。說：「鄭州到了。這掛車就停在這裡，聽候調撥。」告訴他們可以在此下車。

這兩人走後，守車長告訴陳光中說，這車可能還要調撥車道，未來的動向，是向南還是向西？他表示不清楚，得隨他去查問之後，纔會知道。他要下班了。

陳光中考慮了一下，遂要那個大的張陵跟他一起去，便下車跟著這位守車長走了。告訴車上的三個人，不可下車。

這時，天已黃昏。魯金土取出油餅，打算分給兩個同車的孩子享用。這兩個孩子不要，陳老師買來的鹹菜，還有雞腿牛肉什麼的，他們不習慣吃餅。

約莫兩小時之後，陳光中老師還沒有回來，天已經入夜了。不久，他們這輛車被車頭掛走。只聽得火車頭噗哧噗哧的拖著他們這一長串車廂移動。

「車開了，陳叔叔還沒有回來。」這兩個孩子手攀著車門，非常著急。但也莫可如何？又不敢跳下車來。「我們怎麼辦？」這話是向魯金土說的。

可是魯金土也很著急，因爲他不能完全聽懂這兩個孩子的話，卻能從語氣語音中猜到他們說的什麼？遂說：「可能在調車。」但魯金土卻想到，就是調車道，黑黝的天，陳老師回來，怎麼找呢？

果然，車停了。車廂與車廂之間的鐵掛鉤，被停車時的相互撞擊，咭哩卡喳的發出一連串聲響，撞擊上的車廂，被震動得這車廂中的三個人，都倒坐在地上。剛站起，卻又聽到火車頭的笛聲嘟嘟響起，又開走了，他們的車卻沒有動。這纔想到，他們這一串車廂，又調到另一軌道。這之後，便無有了聲息，似乎在一處更偏僻的備道上。又不敢下車，從車門向外看看，黑漆抹烏的也看不清什麼，只聽得秋蟲歌出的田野交響樂，正在演唱的起勁。

等呀等，許久沒有見陳老師回來。這三個孩子竟在疲憊中躺在車上睡去。一覺醒來，車已開到郾城；天快亮了。

魯金土見到守車長攀著車門，拎著紅綠信號燈在調車。

那兩個孩子也醒來了，打了個愣怔，揉揉眼睛，看了看，還以爲在鄭州呢。

「陳叔叔呢？」看了看車上沒有陳老師。

「陳老師沒有來。」魯金土說。「咱們都睡著了，車長說這裡是平漢路上的郾城，開出鄭州幾百里了。」

這兩個孩子一聽哇地一聲哭了出來。恰像三幾歲的娃娃跟著爹娘上街，突然看不見爹娘樣的驚哭起來。

守車長正在拎著信號燈調車，只回頭看了一眼，沒有理會。

「別哭！」魯金土安慰他倆。說：「這車開到漢口，俺有親人在武昌中華大學，別怕，我帶著你們倆，不要緊的。」

車又掛好開行了，只聽得咕咕喳喳咕咕喳喳的火車開行聲音，在加速中前進。不大會兒工夫，守車長息了信號燈坐進車來了。

「哭啥？」一口河南腔問。

「俺們坐錯了車」，魯金土說。「俺還有個帶領俺們的大人，是老師，跟著前頭那位守車長下車去辦事，沒有回來。」

這位守車長聽了，說：「這是運軍品的車，讓你們上車，就不容易啦，還能由著你們想到那哈，就送你們到那哈？」說完又加重語氣說：「這荒亂年頭兒，山不轉路轉，人不轉地轉，走到那哈算那哈，逃難就得跟討飯的花子學，還像在家裡作大少爺呀！哭個啥？沒種。」

那兩個孩子雖然聽不懂，卻能理解是數落他倆。泣呼泣呼的不敢哭出聲來了。

魯金土打開那個裝了開水的洋油桶，倒出水給這兩個孩子喝，還有很重的洋油味兒，兩個孩子也都一口口喝了下去。

這時，魯金土告訴那兩個孩子，要他們不要擔心，他都二十歲了，基督教會的教義是博愛，教會的關係，四面八方都有。到了漢口，一定可把問題解決的。

事已至此，這兩個孩子還是不敢信任魯金土，也沒有別的更好的辦法。漢口，又是一個人生地不熟的地方。

魯金土身上有信，信上寫有詳細的地址，身上還有錢。儘管物價已經高了，抗戰的民族怒潮，照樣激盪到這一座長江口岸的大城。好在，這時的武漢三鎮，終究離戰場還遠。所以，這裡的水陸交通，還沒有緊張到津浦、隴海這一帶那麼亂成麻團樣的情況。但在商店的櫥窗上，街道上人來人往的奔競，似乎能體認到一些匆忙慌張的情態。

魯金土帶著這兩個年紀只有十六歲的上海學生，彼此間又語言不能溝通，何況，這兩個孩子，一直像失去了母親的小牛小羊，雖然沒有咩咩的號叫，卻也哭喪著臉，眼淚流著擦不乾，一直在嗤呼著鼻子，都在喃喃地說著要找陳叔叔。說：「我們要到西安去。」不大想跟著魯金土離開漢口車站。而且都怒目仇視著魯金土，嘴裡還在嘟哩嘟嚕的罵著。魯金土聽不懂卻看得出來。

魯金土向車站上的人，問明了到武昌中華大學的路線，一一寫在本子上。遂告訴這兩個孩子說，可以走了，問清楚了路線，還要乘渡船過江。這兩個孩子還想搭車去鄭州。說是他們有過交代，萬一在路上分散了，只要記得西安渭南街二十九號李勉先生就可以了。魯金土沒有辦法，只有帶這兩個孩子到車站，車站裡，地上坐的臥的全是人。售票口已經貼上，「客票暫停出售」。這兩個孩子根據經驗，要去找站長，從上海到徐州，就是這樣上了車的。

找到站長，三個孩子哭哭啼啼說明了他們原計畫到西安。不知道這輛軍車竟開到漢口來。親人跟行李，在路上走散了。他們必須到西安會合。站長體諒到這幾個孩子的實情，同意他們搭便車再回鄭州，幫助他們轉往西安。

魯金土卻不願去西安了。他認為他之所以在「人不轉地轉」這種情形之下，意外的改變了此一行程，使他在不知不覺的夢寐中到了他應該到的漢口，這是「神的安排」，這是「天賜良機」，遂決定不再北上鄭州，再西去西安。

「俺這裡有親人可靠。」說著把身上斜挎著的煤油桶改的水壺，連同餘下的水，送給了這兩個孩子。又拿出了五塊錢票子一張，要給這兩個孩子。說他不去延安了。

怎的想到換來的只是兩句怒罵：

「王八蛋！」

「拆白黨！不得好死個殺千刀！」

罵得魯金土手中拿著水桶還有五元鈔票，愣愣怔怔，紅著臉不知如何回應？

那位頭戴白色大邊帽中沿紅箍的站長，看到這三人的當時敵對情形，也在惶惑著，不知他們之間是怎麼回子事？

自小好哭的魯金土，委曲的哭了出來。

「火車開到漢口來，你們怎麼能怪得我？」說了這一句，就轉身走出站去。一邊走還一邊委曲著在吸呼吸呼的說著：「火車開到漢口來，你們怎麼能怪得我！」

……………

二　人性本然的燈昏之夜

北方的戰事，自平、津失據，戰場上的大軍，在敵人的激烈炮火下，飛機炸彈的轟擊下，節節後退。上海的戰事，卻在前仆後繼的拚死抵抗，已有飛將軍駕機掛彈，連人帶機去衝向大海日本的指揮艦。此一壯舉，贏得舉世的震驚。我們爲了保衛大上海，調集了近十個主力兵團，空軍能升空一搏死戰的飛機，也都輪番飛入上海上空，掩護我軍爭戰。雖然，制空權已非我空軍所能掌握，還在夜間偷襲，冒險犯難，不顧生死。八月十四日的杭州空戰，高志航率隊消滅了日本木更津航空隊，頓成世界新聞。八百壯士的死守不退，也高標起中華民族的不屈不撓，誓死抗戰到底的大無畏精神。

兩個多月的上海保衛戰，完成了南京國府的西遷，卻也使得全國四萬萬人認清了日本的企圖，志在以強大的軍事武力一舉占領中國，日本人已喊出了「談和不成問題」的口號。

顯然，日本要作東亞的霸主。地大物博而積弱不振的中國，自然是猛獸口邊的肥美牛羊，企圖趕入圈中，吞下腹去。

新聞紙上說，南中國海的廣州灣一帶，都有了日本兵艦的環伺，長江的船隻航行，也柔腸寸斷。由漢口到南京的商船，船公司都不售票了。

秦牧師到了武昌之後，原擬在中華大學歇下腳來，伺機在學校，協助教會做些有利於當時的社會工作。牧師只是本著「非以役人，乃役於人」的教義行事。在這混混亂亂的戰伐時代，可以說應去作的工作，比平時可是多得多。但卻不曾想到，中日的這場戰爭，已非局部，中國已向日本正式宣戰，業已宣布了對日抗戰綱領。總結說來，不過四個字：「抗戰到底」，換言之，「決不投降」。

在我們中國千千萬萬人的口中，也唱出來了。

向前進，別退後，生死已到最後關頭。

亡國的條件，我們再也不能接受；

中國的領土，一寸也不能失守。

祇有全民統一意志，抗戰到底，纔能粉碎敵人速戰速決的戰略。所以我們又喊出了「焦土抗戰」的口號。

正由於這些現實的因素，騎在大江上的武漢三鎮，政治局勢日漸緊迫，也在準備向西方移了。這學期，學校也大多沒有正式開學上課。

武漢三鎮已經響過一次空襲警報了。市場，也有不少大商店在半掩著門。在這樣的現實情況之下，秦牧師等人在武昌定下來的打算，不得不重作設想。

首先，秦牧師要作抉擇的事，是妻小如何安排？

秦師母是德國人，在思想上，站在反納粹的這一邊，回德國是不敢想的一條路。孩子又小，秦師母不願帶著孩子在這戰亂不安的中國再停留下去。於是，秦牧師決定送妻兒回美國，安排好妻小，再聽從教會當局的指派。

就這樣，秦牧師帶著妻兒，乘粵漢路火車經廣州到香港，回美國去了。只餘下盧教士與魯金士二人，決定到浙江去。衢州的學校仍在上課，教會的活動，反而頻繁起來。那裡的鍾斯牧師，已經等候他們。說是今日的衢州比三年前繁華多了，教會已成立青年團，經常與民眾教育館的青年劇團，聯合起來在社會上活動，正需要他們來帶領呢。

土娃魯金土到了武漢三鎮這一個多月，只作了一些支使他去東跑跑西奔奔，所謂的「聽差」。譬如到車站、碼頭等處去問詢車船行程，到商店購物，送信，陪秦師母母子上街，陪盧教士去辦事。總之，魯金土得隨時留在秦牧師他們旁邊，聽候差遣。每次派他一人出門，總要附加一句：「辦完了事，就回來；外面亂。」

魯金土已二十歲了，雖然個頭兒已長到一六八公分，由於他的體質是瘦弱型的，橢圓的臉龐，白白淨淨，眉黑目明，頭髮黑黝黝，光頭的頭毛，又長長了。加上他那生成的娃娃臉，還略帶幾分女兒態，任誰也看不出他是一位年已弱冠的孩子。最多也祇能看到十八歲。

這孩子最討大家喜歡的是勤勤快快，無論差遣他去作任何事，從不說個「不」字，不知道的事，就和顏悅色的問詢清楚。臉上總是綻放著花似的笑意。人又聰明，一指就過，一點就明。空下來，就看書。有一天，他在街角垃圾堆上，撿拾了十多本書，有上海北新書局編的活葉文選，有文有詩，還有詞有曲。其中有他唸過的，也有他沒有唸過的。篇篇都有注解。尤其，還有幾本新文藝白話文小說。如魯迅的《徬徨》、《吶喊》、《朝花夕拾》，以及老舍的《趙子曰》、《離婚》等。這一個多月來，魯金土就唸這些書，最喜歡的就是魯迅的「阿Q正傳」。以前，他祇讀過周作人、俞平伯的散文。

得到這些書，如獲至寶。這些書，他過去都沒有讀過。所以，祇要獨自上街辦事，注意力總不忘舊貨車子與地攤。有時，也走進書店。遂又買到一些沈從文、張天翼的書。

如今，只餘下他與盧教士兩人，要到衢州去了。

盧教士與秦、鍾兩位牧師，都是神學院同班同學。論年齡，今年也應該是三十以上的婦人，未婚，卻有個已讀中學的女兒，在美國被人領養。父親是誰？秦牧師與鍾牧師都知道，從未說起。據她自己說，她十五、六歲就到了美國，父母都還在合肥生活著，有時也回家探望雙親，弟兄姐妹都有。盧教士卻很少談到家事，只偶爾說到爹娘，說起兒時的姐妹兄弟。

平時沈默寡言，語言還餘有合肥方言的語音，英文的程度，比中文好，經常閱讀英文著作。除了教會的活動，極少與外界接觸。學校，有她的英文課與外國歷史課。還有教會的兒童樂園、成人詩班，都是盧教士負責的。只是教會的這兩項活動，人太少，有等於無。全由於這地方的人，生活太窮困了，五、六歲的男孩、女孩，就得開始協助家庭奔波生活。譬如，火車站上撿煤球的孩子成群成堆的，大街小巷也都是小孩子手挎柳條筐籃，在叫賣小吃的食物，或手工製的小玩意兒。怎會讓孩子到洋人辦的教會去上遊樂園，唱呀跳呀的，大多喝一小碗牛奶，拿幾塊餅乾回家就是了。滿足不了他們。

正由於這些關係，盧教士獨處於一己房內的日子較多。魯金土知道，盧教士似乎天天都在期待美國來的信。若是許久日子沒有接到美國方面的信，就會感應到她的浮躁與不安。

案上經常擺著幾張小女孩的照片，年齡最大的一張，已長髮披肩，面貌看得出是混血兒，一雙黑烏烏的圓眼睛，像極了盧教士，臉龐是橢圓型的，下巴微尖。魯金土只是見過，卻不知道那是她什麼人？也不曾在她房裡停留過，每次去總是交代完了事務，就轉身出門。

到了武昌，受了日本侵略中國的戰爭影響，一切都在動動盪盪，有些都爲了自己的身家，離開這裡，去作一己的未來安全打算。所以這裡留下了夠多的空房子。自從秦牧師三口一走，只餘盧教士與魯金土兩人，還有一個守門人老萬。近來，教會也停止了活動，一來因爲學校沒開學，在籌備西遷什麼的。新聞紙與無線電台的報導，日本的飛機船艦，大砲機關槍，太厲害了。戰線由北平、天津、濟南，已激流到上海灘、廣州灣。武漢三鎮到南京的交通，商船早已停止了售票，航運已不暢通了。是以這時，只有三個人住守這座教堂。另一人就是守門的老萬。

盧教士原來與秦牧師夫婦三人住在同一棟，中間一個廳堂，兩側各有兩間坐臥的寢室。本是柯林牧師一家人住的，柯林病逝後，暫交漢口的張牧師兼領。秦牧師等人到來，原期秦牧師留在此處，秦牧師也因家小的關係，先回美國去了。這地方就空蕩下來。

秦牧師走後，盧教士感於一人住了這麼大一處房舍，不但感到空曠，而且感到孤寂。遂要魯金土也住了進來。

他們已決定由此搭船到九江，再從九江到南昌，乘浙贛路火車到衢州。已託漢口的張牧師爲之張羅船票去了。

盧教士要金土住在秦牧師住的那兩間房。魯金土一見說：「太大了。」遂說：「老師，我還是住在原來的地方好。老萬不在，我還可以照顧門。」

盧教士一聽，呆然把頭一低，悽惋的還帶有幾分乞憐似的輕聲說：「你就不耽心我會害怕嗎？」這時，魯金土突然見到盧教士的這種神情，頓時覺得這位女先生變成了少女，這句話的語音，竟充滿了少女向情人耍嬌的意味。因而一時也愣怔著，答不出話來。

「不知爲什麼？近來我總是害怕！」盧教士抬起頭來，笑吟吟的望著魯金土，又加重語氣說：「越來越孤！我怕！」

「妳！」魯金士答：「我照老師的吩咐作。」

「以後別再叫我老師！」盧教士說。「叫我大姐好啦！」

這句話一出口，魯金士又愣怔了。

「是老師嗎！」魯金士想，「怎的要我叫大姐呢？」

盧教士一面去整理床舖，一面說著。「你長成大人嘍，不是到了二十啦嗎！」說著便直起身來，微笑著面向魯金士，又小聲，像說私情話似的說：「等船票拿到咱們倆要同道到衢州，又是船呀又是車呀的。要走上好幾天呢。咱們倆，一男一女，路上呼姐喚弟，比師生方便。所以我這樣想。」又加問了一句：「你想想是不是呢？」

盧教士的體型，屬於五短精巧型，面色黃赤，兩腮都生有小米似的雀斑，不是成堆的，是稀稀落落的，黑黝黝，看去頗為顯著。頭髮眉毛，也黑得閃光。圓圓的眼睛，眸子也黑得耀眼。小小的口與鼻、眼、眉，還有圓圓的下顎，都配合得極為匀稱。從來不施脂粉，由於口唇總是紅紅的，烘襯出的黃赤而又微帶憔悴的面容，反而增加莊重之美。本來是一個村姑，十來歲就到了美國，十餘年的教會育養與薰陶，卻由鄉僻村姑，鍛鍊成一個知書達禮的淑女。所不幸的她卻是一個未婚母親，這一點應是潛藏在盧教士心深處的傷痕，也是時時會展示在她面容上的一絲絲羞澀。然而，遺留在她形體上血流中的中國婦女的守常因子，使她有一種不同於西方女性的貞靜情操。雖說，她已歸化美國，而她則始終認為自己是中國人，連在家被父母叫慣了的小名「金花」，還保留在自己的物件上。就拿她的書說，都不忘蓋上一方「盧金花印」。有時，也在手帕上的一角繡上「金花」二字。

從小，她會刺繡，是跟母親學的。至今，她還不願丟棄這一女紅。這十來年，她就靠著這一女紅，來從針線間繡去心中的萬千愁緒。只要工作空閒下來，大多時候，都是自閉房中，用各色絲線在針尖下繡去心中的千愁萬憂。

她的英文名字是「琴妮」，昵呼「琴」。「琴」與「金」字音同。所以她喜歡人家叫她「金」（琴）。

到宿州六、七年來；雖每年回美國一次，從來沒有說過美國的什麼？卻有時提到合肥家鄉，曾說到包公。宿州距離合肥不遠，時常回到合肥老家去。聽口氣，父母都還健在。

魯金土只從表面上，認知盧教士是合肥人，她與鍾斯牧師夫婦，還有這位秦牧師，都是神學院同學。不知她是一位未婚媽媽，只以爲她是老小姐，平時沈默寡言，最愛關上房門，一個人躲在房裡，不是拿一本書閱讀，就是拿一個箍起白布的圈圈在刺繡。沒有事，很少答理人。

這時，盧教士要魯金土改口叫她姐姐，別再叫老師。還說了一大串叫他改口的理由，魯金土當時未能馬上回答。盧教士居然脫口而出的說：「叫我姑姑比叫我姐姐還要合適，我的女兒都十七啦！」

此話一出，頓時使魯金土睜大了眼睛，驚詫地瞪著，張口結舌，怔然的說不出話來。這時的盧教士竟低下頭來，血，紅到脖子，淚水像簷流似的滴滴下掉。兩腿發軟，居然坐下來了。坐到身邊的床沿上。

「土娃，你還是叫我姑姑吧！」

一邊歇斯底里的說了這一句，就一頭倒在床上，嗚嗚咽咽的哭了起來。

魯金土見此情景，知道盧老師心中必有不少說不出來的委曲，一時也忍不住感情衝動起來，遂喊了一聲「姑姑」，便跪在床前，頭也擁在盧教士的肩上了。

盧教士突然感到失態。馬上站起，一邊擦拭臉上眼淚，一邊拉起魯金土，說：「對，以後就叫姑姑吧！」說著拉起了金土，又去擦擦眼淚，痛苦的說：「哭是哭不完的，那孩子也叫我姑姑，從來沒有……」說到這裡竟又哽咽得不能成聲，噗通倒在床上又嗚嗚地委曲著哭出聲來。

魯金土又跪下來了，也感傷得酸了鼻樑骨，「姑姑！姑姑！我知道了，那女孩子不叫你娘！」遂又賣出聰明的問：「他知道你是他娘嗎？」

這一問，盧教士竟坐起身來，雙手擁起跪在床邊的魯金土，像母親擁抱自己久不見面的兒似的，緊緊的擁抱在懷，魯金土的臉，緊貼在盧教士雙乳之間。心臟的跳動，起伏的酥軟肉體，一鎚鎚敲在金土的臉上，脈膊跳動的聲音，也通嚓通嚓響在金土的耳邊。一如他小時候挨了父親的責打，被祖母或母親心疼得摟到胸中在安撫著似的。這時，魯金土有改口喊「娘」的情緒。

盧教士淚眼惺忪的雙手拂揉著魯金土的頭，她感受到魯金土的頭毛堅硬得扎手，剛理過兩天的小平頭，短短的髮根，針似的刺手。說：「姑姑心裡的苦水，傾入長江都流不盡，等我心情平靜了，當故事講給你聽！」說著便擦擦眼淚站起身來。

「你去問問老萬，船票的事，有結果沒有？」

魯金土應了一聲，就要走出門去。

「去洗洗臉再出去，」盧教士又吩咐了這麼一句。

魯金土出去之後，盧教士便頓時關上房門，就又一頭倒到床上，嗚嗚咽咽的哭了起來。從前，她都是偷偷兒哭了一場，心情纔能安靜一來。多少年來，她都沒有這樣哭過。祇在生下孩子之後，不到一周，孩子便在身邊被抱走了。說是她缺少母乳，必須交乳母育養。(實則是她的奶水用針藥逼回去的。）戴牧師及師母，每天都來看她。她至今也不知道這孩子的父親是誰？那時，她在教會服務，工作是打掃幾間臥房的清潔，把換洗的衣服，帶回交給父母親洗滌。她被姦過多次，都是在失去知覺的情事之下，被完成的。一次次除了首次的痛楚，以及下體的紅腫，還有血跡，其他都不知道。地點，都在教堂內，恢復知覺時，不是衣著整齊坐在教堂坐椅上，就是坐在聖壇桌案後。醒後，除了感到下體有疼楚與異樣的感受，其他全然不知。

也不敢告知任何人。直到腹部鼓起，方引來母親的驚異。戴牧師夫婦也曾當著他們母女查詢一切可能憶記的經過。但除了這座教堂中的幾處，在醒覺後坐過的位置，其他的情況都說不出來。

於是，戴牧師述說聖母瑪麗亞也是處女懷孕生了耶穌的故事，說明一遍，遂據以斷定這是一件非常異常的事件。為了保護女孩子的清白，教會願意負擔一切這女孩的生產以及未來孩子的養育費用。終于，盧家的家長同意了，由教會負擔一切責任，把這年尚未滿十六歲的女孩，送往美國待產。

盧金花就是這樣到了美國，生下了一個女孩，名叫瑪麗亞，交給一家姓劉易士的人家領養。後來，盧金花是一位已改名珍妮盧的神學院女生，只能以姑母的名義，與這孩子接觸。

當然，姓了劉易士的瑪麗亞，既不知珍妮盧是她生母，又不曾經過她的扶養與照顧，自然不會產生親情。有時，盧金花非分的去關顧她，還徒惹瑪麗亞的厭煩呢。

如今，盧金花已三十三歲，瑪麗亞已十七，就要中學畢業了。想給女兒準備一樣禮物，得到的答覆竟是：「妳少多事吧！爸媽不樂意你介入我們的生活。」在宿州接到這封信，關起房門，哭過一次了。

自從離開美國這幾年，每年只去美國一次，往往還見不到瑪麗亞。任何人都看得出瑪麗亞這孩子具有黃種人與白種人混合成的血統，鼻子、口唇，以及黑色的眸子，黑色的頭髮，還能從盧金花的頭上臉上，印證出血統的傳統因子。只是臉型、眉目，以及下巴，還有白皮膚，也能印證出她的父親是誰？

這一點，盧金花之所以有隱忍的痛苦，正因爲她能吟味出那粒苦果是什麼樹上結出來的。

當她初到宿州，見到十三歲的土娃這個土小子，並沒有引起她的生活聯想，自從去年土娃再回到學校來，已長成大人了。教會培養魯金土的目標，是保送神學院，遂想著這孩子，也要走這條路了。若是瑪麗亞也進神學院，算不定會相遇合。可是，瑪麗亞已經向她表示過，說：「我的未來，纔用不著你關心呢！」長大之後的瑪麗亞除了黑髮黑眼睛，形貌還有幾分東方人的殘餘，中文一字不認識，中語一句不會說。骨子裡已澈底是個美國人，甚至連見到這親生媽媽，都認爲是生活上的累贅。在瑪麗亞心理上，還認爲若不是有她這麼一個中國姑媽來攪和在他的生存世界裡，只要染了頭髮，就沒有人認得出她具有東方人的血統了。

說實在的，瑪麗亞的皮膚是白皙的，一眼看不出還有東方人的黃色。

自從去年聖誕夜回美國，劉易士夫婦倆，居然帶著瑪麗亞到別的城市去渡假，連句話都沒有留給她。教會的戴維斯牧師也不知道瑪麗亞到那裡去渡假？還告訴盧金花說：「孩子大了，他們要追求的是自己的生活。」又說：「中國人不是說麼，鳥兒的翅膀硬了，就會飛出了窩兒，離開了娘。」

所以盧教士這次到美國度聖誕，只在教會度過了聖誕儀式，連報佳音的時辰都沒有參加，元月一日就回來，到合肥家鄉去陪伴父母去了。這時，她就想到，她的這個孩子已不屬於她了。就是這時向瑪麗亞說明她就是她的親生母親，也不會獲得承認，反而會給自己惹來更多煩惱。那身爲父親的老男人，也不會坦誠出來。反正，向上主自承了罪過，也就心安。何況，那老男人從來也不曾向她透露過他是瑪麗亞的親生父呢！她又沒有證據，每一次被姦，都是被藥物使她在不知不覺中暈眩過去作成的。事後，她仍舊衣著整齊。是何人所為？也祇能猜疑。

在美國這十多年來，曾有不少異國青年去示好過她，她不敢接應，她體會到了白色人種對有色人種的卑視。特別是黃色與黑色兩種。回到老家合肥，父母雖也提過這事，也曾進行過，全不是理想中的對象。算一算，來到宿州，也七八年了。歲月蹉跎，三十多矣！

今天，盧教士怎的會一溜口就向魯金土道出了自己從來不肯流洩出的秘密，可能連她自己也不能回答，想來，也祇是心理學上的下意識而已。她要說出的這話，也只是表示她有個孩子，年齡已跟你差不多大，要你跟我住在同一幢房屋，還能有別的什麼雜念嗎！實則，這是同性相斥，異性相吸的性能原理啊！

我之所以在此述說了這麼一長段有關盧教士的生活歷史，以及其自己性行的內在與外在，意在充實這一小說的情節發展。

話說魯金土到了前面，問起老萬有關他們到九江的船票問題，答說是秦牧師託漢口生命堂的張牧師辦的，聽說是向三北船運公司購買的。由於長江到南京這一段，已受到日本飛機轟炸，客船已經停航，正設法僱用民船。經過電話問詢，如願乘民船，可隨時前去取票，每張票價兩元。銀元付現。魯金土親自跑到漢口的三北航運公司問明白之後，如付鈔票，每票兩元五角，開船的時間不定，必須到他們指定的地點等候，客人齊了就開。

於是，盧教士與魯金土二人，第二天一大早，就到了三北航運公司，由一人率領，循著大江，走了兩里多路，到了碼頭的兩間平房集合，等候排班的船，這房屋原是碼頭工人的休息處。戰爭一開始，長江的商運，無論火輪、汽輪都已叫停，祇有民間的帆船，還在零零星星的招攬顧客，人貨都接。此處也就搖身一變，成了帆船運航的客運站。如今，則是三北公司的帆船運航招攬站。由於本是工人的集合待工所，這兩間房中除了擺有兩張小桌子，幾把椅子，還有不下二十條長板凳，還有兩張靠牆擺的一張可坐四人的有背木質坐椅。盧教士與魯金士到時，已經熙熙嚷嚷坐滿了滿屋不同的男女老少。有南去的，也有北往的。

進門時，有人驗票，看了票，會領著坐到他們安排的區域，坐在長凳上。人多，相互擠一擠。「要上船時，會有人來招呼你們上船的。」臨去時，又回頭關照了一聲：「記住你們船票上的紅色阿拉伯字編號。」

盧教士兩人，只有兩件行李，被褥毯子各一件，捲成一捲，另外是一隻皮箱。魯金士只背了一床毛毯，捲成捲挎在肩脅上。手上拎著兩個繩織的網袋，裝著盥洗用具及水瓶手電筒等物。挑伕送到這裡就回去了。

時間約莫九點光景。十月的南國，暑氣漸消，站在江邊，江風已有涼意。可是這候船的處所，在眾多人集聚在一起，人與人的喁喁耳語，孩子哭鬧，出出進進的人，與門口驗票的人發生口角，門外過往行人的大聲講話，竟使得這兩間平房，有著蒸騰的炎暑熾熱，後牆又無窗，有人用硬板紙當扇子搧。

要是數一數，坐的站的，還有舖下蓆子臥的，總有七八十人之多。有昨晚就來等到如今，還沒有上船的。船錢已先收走，祇有耐著心等，別無他想。

快到中午的時候，有一批人上船了。據說是小船，每船只能乘十人。這一批，大小走了三十位。走的這一批，是上行，一路上湖北、四川，都有下船的。終點是重慶。

走了三十幾位，這房子是空散多了。不久，又進來一批，人數似乎更多些。咭咭喳喳，傳說上海已經失守，日本兵的登陸艦，已在杭州灣登陸了。南京這一帶，江上的大小船隻，已被日本飛機轟炸過幾次了。有人反駁，說上海還在死守。

時已過午，守門的人，准許售賣食物的小販進來。有賣包子的，粽子，鮮魚羹的，千層桂花糕的，也有賣糯米糰的。盧老師與魯金土商量著，買了一些吃食，填填空肚子就是了。

新一批進來的人，有人攜帶了一個使用乾電池的收音機，播放出我空軍英雄劉粹剛，作戰歸來，因天氣惡劣，誤撞上洛陽的城門樓子，人機俱毀的消息。因而人們談起了空軍飛行員作戰的英勇戰績，從八月十四日高志航在杭州上空，打垮了日本航空隊，說到閻海文飛機受傷，跳傘降落，誤墜日軍陣地，不願被俘，自殺殉職。以及我前方守軍在敵人激烈炮火下，前仆後繼的勇往直前，堅守不退的英勇死難事績。都一致認為上海若是穩定下來，不使日軍登陸上海灘得逞，日軍就會談和撤軍了。可是，北方的戰場，我軍卻是節節敗退，日本兵已過了石家莊了。

直到下午三點多鐘，魯金土兩人，始被喊到。這次人少，一共祇有十個人，東下的人，沒有西上的人多。除了魯金土兩人，另有一家四口，夫妻倆帶兩個孩子，男孩七、八歲，女孩三、四歲，另四人全是男的，看起來兩人是同伴，另兩人互不相識，其中一位六十上下，上唇有髭，下巴有鬍，都花白了。其他人，約四十上下。像是莊稼漢，粗手泥足。盧金花望了望魯金土，跟這般人乘一條帆船，總覺得有些為難。魯金土是鄉下人，沒有想到這一層，他則是有他可以窩盤的地方，就能坐臥下去。

跟著領路的人，沿江又走了不短一段路，見到五六條船彎在江邊，沒有碼頭，要從小徑走下，經過一段沙灘，方能從跳板踩著上船。船很小，也很破，從外面看著，不相信能擠下這十個人。那四個男人走得快，已搶先踩上跳板上了船，眼看就是這一家四口。魯金土肩上扛著，手上拎著，那個領路的人，還幫他們拎了一件。上了船一看，一但人對面坐下之後，船艙已經顯得擠了。前艙，還有鍋灶什麼的。船家還有三個人，夫妻倆帶一個十多歲的男孩。

盧教士從那位領路的人，接過了他代拎的一個網子提袋，遂乞求的問：「還有另一條嗎？擠不下了。」

被問的人還沒有回答，江上挨著左邊的另一隻船，站在船頭上的船家，卻說了話：「到那裡去啊？」

盧教士望了那說話的船家一眼。他家的這條船，不但大些也新些。遂答說：「到九江。」

「可以，我送你們去。」船家馬上就這樣回答了。

盧教士馬上看看身邊送他們上船的那個人怎樣反應。

「你的船是三北公司要你們來的嗎？」這人問。

這個船家沒有回答，他們腳下的這條船，女人搶著答說：「不是。」

「三北公司的老管頭我認得。」這個船家說。「可以談的嗎！」

於是，這位領路上船的人，就沿著船沿向前走了幾步，便跳上另一條船，回頭用手式招呼魯金土兩人等一會兒。

這個人上了那條船，進了艙，不過十來分鐘，便把頭伸出船來，伸手招呼魯金土二人過船來。船上的另一位小夥子，便跳到這邊的船上，馬上代他們拿起舖蓋，先接到他們船上放下，順手把一個跳板，搭了過來，魯金土攙著盧姑姑，走過船來。那位領路人已從艙裡出來，說：「你們就坐這一條。」

那位領路人說完，就飛似的跳到右邊船上去了。

進艙一看，艙中已有四人，一對青年男女，男的二十多，看不到三十，女的最多十六七，看不到二十。另一雙是年在六十上下的老夫婦，他們已舖好被褥，坐下來了。船板光光滑滑、乾乾淨淨。他們是腳對腳直著舖的，與剛纔那條船不一樣，那條船是打橫面對面，交互著腿並腿舖的。估計這條船，若是只坐八位，前四位後四位，坐位便很合適，再加兩位，就擠了。

盧教士二人進了艙，看了看就選在這一對青年男女這一方，與魯金土解舖蓋，打直舖在這一邊。一進艙，那個老婦人就問：「到那裡？」盧教士答：「到九江」。又問：「到九江就停下了嗎？」盧教士只得回答：「到九江再說。」又問：「是姐弟嗎？」盧又答說：「是姑侄。」

在解舖蓋的時候，盧教士看到這一對男女展舖的被褥情況，是一舖一蓋，但看去又不像夫妻。猶豫了一下，說：「開船的時候，夜裡安睡，你們兩個男的，睡中間，我們兩個女的睡兩邊。」說著遂又正面去徵求對面那個男的，那人馬上答說：「好好！」於是兩人都挪挪位置，背靠著艙壁坐著了。

「在家千日好，出外一時難。」那位老先生說：「何況這逃難的日子，乘車坐船，有個容身之處，就不易了。講究不了那麼多七規八矩。」

「瞧你說的什麼話啊！」老婦人接過來責備他老先生說：「人又不是豬狗，不分公母，擠到一堆就算了。虧你還當過教書先生呢！」

這時，這位老先生見到在整理舖蓋的盧教士，掛在頸上的一條銀色鍊子繫著十字架，從胸間流出，邋呀邋呀的，遂問：「你這位姑娘是信洋教的呀！」

盧教士裝沒聽見，仍舊與魯金士在舖被褥。魯金士望望盧姑姑，看到眼神暗示他別答理他。遂也不吭聲。

「唷！什麼洋神耶穌！什麼觀世音！在太平年間，他們都有靈，到了亂世，人們需要他的時候，全躲起來了。躲藏得無影無蹤！要是有靈，日本鬼子的飛機就不會飛來飛去扔炸彈，槍炮中的子彈，也不會竄出槍口殺人。咱們中國老百姓犯了什麼罪？命中該死？」

又有客人上船來了，不但船在搖動，還有收音機在播放著梅蘭芳的「霸王別姬」，正在牌子中唸：「明滅蟾光、金風裡，鼓角淒涼。」這地方，還沒有聽到戰場上的鼓角聲呢！

客人來了，有六位。先進艙是一男二女，年紀四十上下，時新打扮。兩個女的，一穿旗袍，一穿褂褲，都是天足。是姊妹，上海口音，男的也是，年稍長，大約五十光景，灰色毛呢長袍，小平頭，脣上留一撮黑黑炸炸的髭子。進艙一看就說：「可以。」那位老人家馬上說：「祇能再容兩人。再多一個都擠不下。」那位男人要那兩位女士先坐下來，於是，那一頭的兩老夫婦旁邊，坐下了這兩個女人。

跟著又有三個男人進艙來了，那位拎收音機的人，就是在江邊碼頭上候船的那一個。這三人進艙打量了一眼，就說：「坐不下了。」其中一人說：「還可以擠兩個」。已坐下的那兩位婦人說：「阿拉還有一個人。」那一雙老夫婦出聲說：「祇能擠八位。我們這裡女眷多。」

這三人出去了。在船頭上說了一陣子。這兩個婦人的行李，由那位留髭子的男人送進來了。有舖蓋捲，還有兩隻小皮箱。

結果，又留下兩個男人。除了那個留鬍子的，另外還有一個，不到艙裡擠，把艙尾的爐灶，移到船頭，騰出的地方，給這兩人打横，頭各東西。

就這樣，船仍載了十人。船家準備開船了。

這時，天已黃昏。船家要客人下船去用晚飯，不要忘了上廁所。船上雖已準備油紙袋，可以方便在油紙袋中，推開艙腰間的窗門，扔到水裡去。終究不方便。也有盆子也有壺，人多，婦人家更不便。好在路不遠，下游快些，若是順風，天不亮就到了。

於是，船上的客人，分批上岸，上廁所，買吃食。到了開船時候，已萬家燈火。

這艙內，是三男五女。這一頭，兩男居中，兩女旁處。那一頭，三女一邊，男一邊。可是，這位老人家的這一邊，正與盧教士腳對腳。盧教士矮小，縱然伸直腳來，也碰不到對方。各人有各人的被窩，盧教士是包疊起的，雙足都包藏在被筒中了。魯金土是一床寬大的毛毯，裹起來還有多餘。

艙正中掛了一盞馬蹄式的煤油提燈。也許是大家候船，心已疲累了一天，晚飯後，整理好被褥，一個個都臥下就入夢。深秋天氣，江風寒水，不冷也不熱，真可說是「天涼好個秋」。

睡下之後，盧金花在心理上卻有著異樣的情致。她這一生，從來也沒有與男人併頭睡過，如今，竟與這麼一個剛成大人的男孩子，並枕而眠。想到她家鄉的婚姻習尙，總是女大於男。男女都早婚，往往十五六歲的男孩子，就作了父親。這二十歲的孩子，是否會擠向她呢？隔身的那一對，喁喁細語，嬌聲唧唧與船底磨擦江水的音樂交響。她睜著眼，看得到這孩子是面向他側著頭臉睡的，雙目已合。鼻孔呼吸的微弱聲息，她聽得到。卻不知道他是否真的是倦倦入眠了。

「你們還要燈不要？」是那位老人家的聲音。「不要我就捻熄了。亮燈，我睡不著。」

「可以。」是這頭的那位男士答的腔。

別人，都沒有講話，似乎他的老婆子，咕噥了一句。聽不見咕噥的什麼。馬上，這位老人家便欠起身來，捻熄了燈。

頓時，船艙黑烏了下來，不一會兒，這船艙在月光水光映照之下，還是可以明目辨別艙中的一切動靜的。

盧金花穿的是旗袍，外罩夾背心。睡時，背心脫了，又把旗袍的下襟，拉過臀部。這樣，翻身利落些。白色長筒線襪及膝，還有勒襪筒的鬆緊帶，下身穿的是及膝短褲。兒時的她，生長在保守的鄉村，長大後，又一直在神學院與教會中薰陶了這多年。所以，盧金花不但在穿著上以及行爲上，都是循規蹈矩，從無踰越。她腳上的長襪沒有脫，連膝下腿上的束襪帶，都沒有取。只是有一點，她這五短型的女性，未育嬰兒的雙乳，總是圓挺挺金字塔型的。爲了不使雙乳露峰，平時總是穿著束胸，使雙乳平平。但入睡時總是要解下來的。這晚，她卻沒有去解，也不便去解。這時，感到緊箍咒似的，遂伸手解開上衣的鈕扣，再去脅下拉開束胸的拉鍊。急促的呼吸，也就輕鬆多了。

當燈熄烏之後，她卻忍不住把頭臉移近到魯金土的臉邊，聽得到這孩子的呼吸，極其平和。知道自己的呼吸是用挺起的胸中雙肺在壓制著的。鎮靜了好些時候，直到她聽到船家在艙頂上走路，在放帆，船在風帆中掀起一次大的震動，她的呼吸方始平和下來。

俗說：「船走順風跑死馬」。聽到船腹磨擦江水的聲音，知道船在飛速的前進著了。正如船家說的，遇到順風，天不亮就到九江了。

她把臉再移近些，貼到金土的額頭上，輕聲問：「睡著了嗎？」……，想不到身邊這個孩子，居然入了夢鄉。他是頭一放在枕頭上，就沈沈入睡，一天來，實在太疲倦了。昨夜，魯金土睡在外間，盧金花睡在裡間，只隔一道門，還曾有過一些非非之想，回想到那年在蚌埠跟李姐姐學唱玉堂春的那一幕。卻也是想著想著就睡著了。這時，魯金土全身都裹在毛毯裡，只露出個頭。

盧金花真是想伸出雙臂，把金土這孩子緊摟在懷。她知道彼此還隔著兩層呢！她裹著被子，他裹著毯子。這裡又是一處多人睡在一起的帆船船艙，動不得的！

盧金花把臉輕輕移過去，用唇親親他的額頭，親親他的鼻頭，再進一步親親他的唇。那魯金土只蠕動了一下身子，伸出一隻手到毯子外邊，霎那間又不動了。盧金花也不動了。只是把臉緊偎著魯金土的鼻與唇，暢飲著對方的呼吸，甜美的滋潤了全身。任憑自身體內的分解因子，在心理上與生理上，化解！化解！分泌！分泌！

突然，盧金花覺乎著金土的一隻腳，伸到她的被窩裡來了。一直在她臀部上，磨擦，磨擦。進一步像手指似的棍棒似的，直向臀部溝內挖。起先，她還迎合著呢！忽然一想，魯金土在這裡，動都沒有動，只有一隻手在毯子外，怎的會伸出腳到她被筒中來，前後的地位也不對！遂急乍地把身子一翻，縮身坐起，迎著微弱的光暉，卻也看到了對方的那個人，正把腳縮回被中去。身子也往後縮。

「混賬！無聊！」盧金花坐起大罵起來。

魯金土驚詫地坐起身子，盧金花伸手按他睡下，另一邊的那個男人坐起來了。愣了一霎那，問：「什麼事？」

那頭也有兩個女人坐起來了。其中有那個老婦人。

「哎呀！諕死我了！」盧金花馬上改口說：「我作了惡夢！發囈怔。哎呀！唬死我了。」

就這樣把事情揠息下去了。

盧金花不敢再睡。她卻輕聲低頭告訴魯金土，說：「娃兒，你睡你的！姑姑發囈怔。」

順風揚帆，船野馬似的在江上飛速航行。

艙外的風聲颼颼，艙下的流水嘩嘩。盧金花斜躺在艙隔的木板上，腰上墊著枕頭，不知不覺的在疲累中睡去。醒來時，船已到九江了。

天剛微明，太陽尚未出來，江上的薄霧，煙團似的隨風飛飄，秋水寒江，得穿夾衣。大家在艙內，各自整理行囊，靠前的是那一對老夫婦，還有那兩個說上海話的女人。起來後，一直對盧金花兩個人打量，可能是爲了昨晚盧金花的「囈怔！」那個老男人卻一直不敢向盧金花這面看。在整理行囊時，那老婦人總是沒好氣的答對她的老頭子，似乎猜到了盧金花昨晚「囈怔」中罵的「混賬！」、「無聊！」這兩句話，與她老不死的有關。她還不時的去瞄這面的盧金花二人呢！

最先出艙的是那兩個說上海話的女人，睡在後頭艸板上的兩個男人，沿循著艙篷的外緣，走到船頭去下船的。由於盧金花兩人的行李多，殿後出艙，緊挨在那一雙青年男女後邊。

出了艙，方始發現這裡只是個漁船碼頭，下了船還有幾十尺長的一條小橋，用木架架在水上的。前面的人都已走過了橋，只有他們這兩雙男女，女前男後的，扛著拎著，小心翼翼的走在橋上。岸邊有不少迎接客人住店、吃飯、乘車的商人。盧教士與魯金土則是預有安排的，下了船叫輛三輪車，拉到丁官路一位教友家，以後的行程，由九江到南昌，由南昌到衢州，都有火車可乘，方便多了。所以他們二人不急不忙，到了九江，比在武昌要安心得多。

魯金土身上挎著，肩上扛著，手上還拎著，盧金花也是一手拎了一件。一邊走，一邊吩咐著魯金土小心，別踏滑了腳掉下水去。霧水濕了的木橋，浸滑了鞋底踩積成的泥塊。

正走著，前面的那個女孩子，居然大吼一聲，聳身跳下水去。橋下的水不深，平著身子撲下去，還是會被浸沒的。

一時之間，岸上的人驚叫起來。就走在盧金花前面的那個男人，頓時丟下手上的東西，馬上跳下水去，水深到大腿間，尙不及腰。在水中急走幾步，就把落水的那個女孩救了起來。

那男人在水中抱著她，口中一直哀呼著，似乎呼叫的名字是「蓉蓉」或者「龍龍」？叫了兩聲就哀哭著說：「要死我們一起去死？怕什麼呀！」

盧金花與魯金土站在木橋上，距離水中的兩人，只有三尺之遙，小木橋的去路，已被岸上前來救援的人，堵塞住了。

先走到橋上的兩個男人，走來就跳下了水。其中一人接過來那男人雙手捧起的女孩，女孩在哭！在掙扎！另一男人則從腰間拿出一條繩子，鬆散開後，就去綑綁那男人。好像使用繩子極爲熟練，向那人脖子一套，推轉身就反挽起雙手，交叉起兩個手脖子，一環又一環的綑綁起來。那男人沒有抵抗。

於是推起這人從水中走到木橋邊，自己先爬上木橋，再拉著被綑的人，幫助他也爬上木橋。說了一聲「走」。便押解犯人似的從木橋走上岸去。那女孩被那另一男人雙手拖起，送到船上去了。

岸上一時聚了一大堆看熱鬧的人。一個個都七嘴八舌，卻也不知其中是否有人知道內情。

盧金花與魯金土被堵在木橋上，親眼目睹了這一齣少女跳水的戲劇，至於前因如何？還有後果如何?既不知情,卻也不是他們希望去知道的故事。人生,就是一齣齣的戲啊!

盧金花兩人最後走到岸上,那一雙老夫婦卻還坐在路邊的一個小吃攤上,看到盧金花與魯金土走來,就去僱車。這位老先生竟然笑吟吟的走了過來,向盧金花說:「你們不知道吧?那一男一女是老師,拐帶學生逃家。女家是湖州的財主,派人四路追趕,終於抓到了。」盧金花連眼珠也沒有轉向這位老東西,魯金土也祇翻起眼皮望了他一眼。當這兩人已經坐上車,還聽到這老東西感歎著說:「唉!什麼世道噢!」當這輛黃包車起步,經過那小吃攤,就聽見那嬤嬤在罵:「你個老混賬!嚼蛆呀你!」

三　七巧板拼成的悲劇

1. 剛到的那一天

盧金花與魯金土兩人，沿途經過教會的協助與安排，順順暢暢的到了衢州。這兩段火車的行程是正常的，戰爭的緊張氣氛，還沒有波浸到浙、贛這一帶群山峻嶺與窮鄉僻壤。只能見到鐵道兩旁顯眼的地方，豎有寫上抗戰標語的寬大木匾，每一塊打橫的長方型木質牌匾，都在白色粉質底色的木匾上，寫有：「國家至上，民族至上」以及「軍事第一，勝利第一」的或紅紅或藍藍的大字正楷。另外還有更長的一塊，架起的橫長木匾，上寫：「擁護蔣委員長領導全民抗戰到底」。其他，客人上上下下，還看不出匆匆忙忙，驚驚慌慌。

這裡的火車，雖也軍運頻繁，但客運還能在正常情況下運作。所以盧金花與魯金土兩人的這段由九江到衢州的行程，乘坐的都是二等車廂，也不擁擠。其中雖有運輸軍用輜重的貨車，車上物品縱未顯露在外，也可以從包裹著暗綠帆布的凹凹凸凸面貌，認得出裡面是車輛，或載上大礮的礮車。卻不像隴海、平漢路線，熙來攘往，全是軍車，不准客車售票載客行馳了。

這天剛過午，車到了衢州，魯金土就瞪著車站發愣。站牌明明寫的是「衢縣」，字體也沒變，只是車站的形貌，已不是他三年前的印象，連推想都失去了憑藉。

「姑姑，我不認識了。」魯金土矇矇怔怔的說。

「我沒來過！」盧金花說。又注視了一眼站牌，說：「站名沒錯。」

二人下車，出了站，魯金土的眼睛仍在打量著一切。由車站通向城內。已修了一條石子渾凝土的寬闊大馬路，有汽車駛來，揚起一團塵土，飛舞在空中。

「姑姑，車站改地方了。不是從前的那個車站。」魯金土認出來了。「修了大馬路啦！」

有黃包車及手拉車，向他們兜生意。

他們領了行李，就坐了一輛黃包車進城。一說貞文中學，想不到車伕竟問：「是西城邊的？還是鄉間航埠鎮的？」他們不知道城裡的各級學校，爲了避免戰機的空襲，都疏散到四鄉去上課了。遂答說是城內西城邊的貞文中學。

衢州的火車站，原在小南門。小南門這條街，是青石板舖成的，沿街有騎樓五處，商店櫛比，都是滿清時代的建築。很長，一直通向天寗寺的廟門，叫坊門街。如今，浙、贛鐵路修好了，交通發達，社會變遷，車站的吞吐，依賴的是道路，小南門這條老街，已配合不上有了鐵道之後的繁榮，拆了老街重建大馬路，在經濟上不划算，遂把鈔庫前這條街，開闢作一條橫貫南北的主要道路。拆除了鈔庫街南頭的一段城墻，闢作新南門，使這條馬路直達火車站。原已修成一條直貫東西的中正路，爲了東門外的飛機場，擴大修築，使它可以降落新型轟炸機，連這兩個東西城門的城樓，都全部拆除，馬路也重修了。這都是近年來纔改的。所以這位三年前在衢州住過一些日子的魯金土，再臨斯地，望去處處他都感到陌生。

貞文中學也擴大了，教堂也重修了。不但教堂多了一個高聳入雲的尖塔，上豎一個十字架，集會的禮拜堂，也擴大了。

變了！處處都變了！但魯金土終於認出了老地方。

「姑姑，到了這裡，我纔認出來，這地方我住過。魯金土說著說著，不禁感歎起來，又說：「變了！處處都不是三年前的樣子了。」

「歷史就是從一個變字誕生出來的呀！」

盧金花接過魯金土的話頭，說了這句文雅的話。

這裡，自從上海戰事發生，這一帶的各色人等，大都奔向此處幾個較大的城市。金華、蘭谿、龍游、衢州，以及江西的玉山、上饒這幾個串連在一線的山水之鄉。於是，人口頓時成長，有人估計已超出原有的百分之二十五。這突增的數字，不爲不多矣！可以說，人文、經濟，以及禦敵備戰的部隊，也都分布在這些城市的四面八方。這幾個城市，都是古代的名城。如蘭谿、衢州，更是雙水交流的匯聚港口，素有「雙港」名號。宋代女詞人李清照筆下的「雙溪舴艋舟」，文中的「雙溪」，就在金華。清初戲劇家李漁的「家園」，就在蘭谿，「爛柯山」的神話，山在衢州。當黃浦江中的溢水，被戰火沸盪起的大波大浪，自會拍岸波及到這些山城，遂在瞬目之間，使它們蛻變出了新的風貌。

鍾牧師見到這兩人之後，就告訴他們，教會的工作，又增加了不少需要配合中國抗戰抵禦侵略的戰時工作。一個名為「基督教戰時青年服務團」已經成立。說：「⋯就等著你們二人到來，展開它的工作呢！」又告訴他們：「衢縣的民眾教育館，也成立了戰時青年服務團，有戲劇隊、歌詠隊，業已展開工作。除了他們本身的社教工作，還經常到部隊以及傷兵醫院去送慰勞品。」他認為這些工作，都是教會應該去作的。遂說：「你們兩個來，我就省心了。」

鍾牧師只有夫婦二人在此工作，兩個孩子大了，都在美國讀書，雖有四個幫手，都是剛從神學院畢業的。張玉清、潭次妤是夫婦，有了孩子，住在外面，郭岫雲、胡美穗兩個女孩，今年纔畢業，住在教會。牧師家那位跟從多年的李嫂，還在跟著，另外有一位守門人老陳，五十多歲，本地人，他與廚子老張，住在教堂後邊的一排，兩間連廚廁。教堂的左邊，有一獨門獨院，本是南方形式的四合小天井，一樓一底，主房三間，在後排樓上。左廂一大間是客廳，右廂一大間，是書房。前排樓上兩間，是副臥房，應是子女們住所。樓上四周都有走廊，可以四通。樓梯在後排兩側，各有一個。樓下後排是供有各代先祖牌位的家祠。兩廂是空曠的廊廂，但兩廂下都有地下室，擺設家中雜物及商店可以蓄積的各種貨物。前排除了大門，兩耳各有小房一間，可住家中傭僕。李嫂就住其右旁一間。

貞文中學與教堂，都是背靠著北城牆建築的，坐北朝南。大門外有一條小巷，現已成了小街，向右走去，就是水亭門，拾級走下，就是衢港碼頭。學校與教堂，大門並立，但這所獨立小院，則在教堂左後。教堂背後，新建兩間平房，是兒童主日學，便利用了由這獨立小院到大門的這一空地，作為主日學兒童活動場所。為了不使這小院的大門，曝露在這塊空場上，鍾牧師便模倣了宿州的院落式，在這小院的大門內，加了一個影壁，還請當地書家余紹宋先生寫了「蕭牆」二字。再從主日學房後角，修了一道設有圓型拱門的院牆，從拱門，可以望見「蕭牆」二字。雖不設門，外人至此，也不便再向拱門內走。

盧金花未來時，這座樓房小院，只住了鍾牧師夫婦二人，還有郭岫雲、胡美穗兩個女孩占據前樓左右各一間，李嫂住在樓下。鍾牧師原擬要盧金花住在後排樓上的右間，盧金花看了不同意，遂住在前樓左間，兩女孩合住右間。反正房子大，兩人合住，空間還大著呢。

本來，魯金土可以住在這邊的樓下右耳小房。但考量著青年服務團將要與縣府的團合而爲一，爲了工作方便，要魯金土住在另院，與他們大家夥生活在一起。學生已遷到鄉間上課，這裡許多房子都空著。已有一間教室騰出，供給青年團工作人員住宿，其中四張舖只住了兩人，還有一大半只拼了六張桌子。可是魯金土不肯擠在別人一起，他偏要獨自一人住在這間的右邊一小間。只能舖下一張床，連張桌子也放不進去。這間小房原是留作堆置雜物的。反正魯金土對衣、食、住、行的人生四事，從不講究。

就在魯金土舖好床，又在空教室搬了一張有案有坐的課桌椅，卡放在床頭，既能坐也能寫，還可當盆架用。看了看，這小房卻只有門沒有窗。好在時已入冬，若是夏日，這房可能太熱，不能住。

正在這時，學校的文書梁桐秋先生找來了，是魯金土認識的。一見了就說：「哇！你長成大人啦。不過模樣沒變，只是長高了。」

魯金土把梁先生讓到床上坐了，梁先生卻遞給他一封信，說：「大概是家信，你看吧。到了兩天啦！我還有事。」遂起身告辭。臨走，留下一張報紙，說：「上海還有報紙！你看看戰況。」

梁桐秋走後，魯金土就忙著打開家書，一看筆墨，就知是父親的親筆。其中一件最重要的事，是已爲他訂了一門親，是松三爺媒妁的。女家是韓壇集韓林齋藥店的姪孫女，今年十七歲，爹是開糧食行的。她在蕪湖住過四年，讀過四年小學，能寫會算。由於兵燹連年，商家捐稅像草似的，拔了一根又生一根，繳不完的。今天姓孫的來要，明天又換了姓李的來要。越來越多，應付不了，遂把生意收了，回來七八年了。小店設在家鄉，店小業也小，卻少生閒氣。這女孩是家中的二姐，名叫小翠，下面只有一個妹妹，也十歲了。他跟松三爺在韓壇集作小先生的時期，來聽課的只有兩個女孩，推想可能是那個大些留雙辮子的。今年春初，還隨同松三爺到他家玩過幾天呢。可能就是特爲安排，只惜魯金土那時正在難中，沒有心情來提這件事。如今遇到戰亂，松三爺纔又提起這事。既然雙方家長都同意。又據松三爺說，他早已看出土娃也喜歡這女孩。就這樣，遂決定給他訂下了這門親。

其實，在韓壇集的時候，魯金土初次見到韓小翠，頭紮兩根翹巍巍的小辮子，就使他聯想到蚌埠的兩位李氏姊妹。直到今天，在魯金土的腦海裡，還沒有激盪過娶媳婦的這一波思潮。對於女人，他仍舊回想著那位蚌埠的李姐姐，比他大兩歲，圓胖胖的臉，聳挺挺的胸，石墩墩的臀，蜂纖纖的腰，桂圓核的雙眸，棗木梆子樣響堂堂的小嘴。還有那次突生刺痛，越想越是不能忘懷。屈指一算，六個年頭了。六年來，只有當兵那年在浦口的那家劇院，他坐在後排看到她演出的「三堂會審」。這齣戲，到如今他還不時的暗自哼唱，沒有忘；也似乎著是他忘不了。怎能忘呢？李姐姐坐在床沿上像老師要學生背書似的一副端莊相，聽他一句句唱下去。李姐姐當時口中學著三位堂官的那種唸白的腔調，這些年來，時在回想中追思，卻也學會了。這封家信的到來，給他訂了親的事，韓小翠的那兩根小辮子，又勾起他追思了李姐姐的那些情景與情致。

這些，都是魯金土的內心祕密，別人是不知道的。

他一時衝動起，想拿著這封信給盧姑姑看。想了想，又壓制下來。擺好了這封信，纔想到梁先生留下的這張報紙。是一張四開型的小報，頭條新聞就是「我淞滬戰場向青浦白鶴港轉進」兩行，又一行是「我中央兵團已達成捍守淞滬任務」。知道上海已棄守。內心不禁歎出：「啊呀！上海丟了。」忽又看到報上有一闌欄，印了一首歌：「歌八百壯士」。

中國不會亡，中國不會亡，你看那民族英雄謝團長！
中國不會亡，中國不會亡，你看那八百壯士孤軍奮守東戰場。
四方，都是炮火，四方，都是豺狼！
寧願死，不退讓！寧願死，不投降！
我們的國旗在重圍中，飄蕩！
飄蕩！飄蕩！飄蕩！飄蕩！
八百壯士一條心，十萬強敵不敢當。
我們的行動偉烈！我們的氣節豪壯。
同胞們起來！同胞們起來！趕快走上戰場；
拿八百壯士作榜樣。

中國不會亡，中國不會亡，中國不會亡，中國不會亡，不會亡，不會亡，不會亡！

中國不會亡不會亡。

（註：作詞者：桂聲濤　作曲者：夏之秋）

（錄自熊德昕先生編印之《抗戰歌聲》首集）

魯金土讀了這首歌的歌詞，忍不住雙淚直流，遂拿著這張報紙，去看盧姑姑，他想，也許盧姑姑還不知道上海棄守。

盧金花的住處，在教堂這邊的別院樓上，房間相當寬敞，另一個女孩纔搬到另一間去，連坐處都沒有擺好。床上，椅上，地上，還堆著雜物。民眾教育館的館長陳尙先，便偕同他們青年團的戲劇隊隊長雷又鳴，歌詠隊隊長方大提，由貞文中學的祕書王理卿（擔任兩團間的聯絡）帶領，竟咕咕喳喳的到了盧教士的住處。王祕書首先介紹自己，再一一介紹另三位。因爲兩團合而爲一，團部就設在貞文中學，人也早已住了進來，業已展開工作，鍾牧師已告訴他將有兩位幫手到來。一切未來的團務，等盧教士到來，再行商談。所以當他知道盧教士到了，就急匆匆的趕來拜見。

這四位不速之客，冒冒失失的到訪，頓時弄得盧金花手足失措，忙碌著東拉一把椅子，西拉一個凳子，卻也無法安排四位客人落坐，陳館長一見此情，方始感到來訪的失禮，連忙作告別謙辭：「對不起盧小姐，你剛到，我們不該搶著來吵嚷你！實在是大家夥都期待著團務的展開。盧小姐是見過世面的，忙不迭的就來了。對不起對不起，你先忙吧！我們訂期開個會，再商量吧！」，大家便忙著離去。

「不要緊的！」盧金花說：「我一到，鍾牧師就把戰時服務的工作理想，告知了我。各位長官先來看我，萬分不敢當。以後，我聽諸位的吩咐就是了。」

送走了這幾位素不相識的不速之客，心裡固能理解到這幾位戰時要作的事，在心海間有澎湃似的熱潮，卻也頗為遺憾於這幾位先生的行為，未免莽撞了些。這情事，在美國是不可能有的。這時，她還不知道，這來訪的四人，就有三人住在他們貞文中學，連寫作、排戲、教歌、集會，這些日常的工作，都在這裡。

說起來，也是由於陳館長與他們在一起，聊及未來的服務工作。聽說盧教士午間已經到了，遂一時興起，提議去拜望這位留美的女教士。又湊巧這位貞文中學的王祕書在，他願帶路。一個個都沒有設想到人家剛到不久，連坐處還沒有理出來呢。

隔不了多久，魯金土來了。手上捏著一張報紙，也不管盧姑姑在忙著，就把報紙遞給盧姑姑，歇斯底里地說：「姑姑你看中國不得亡！」說過便坐在身邊的凳子上，低下頭淚如雨下，看看他竟已嗚咽得不能說話了。

盧金花還不知道內容呢？當她接過報紙一看，有一首譜了簡譜的歌詞，已用紅筆畫在歌譜四周，框起來了。歌名「歌八百壯士」，盧金花還未唸完歌詞，就聽到魯金土泣泣呼呼地說：「上海丟了！」

盧金花看一眼淚眼婆娑的魯金土，沒有說話，隨手把那張報紙扔到近處的一把椅子上，心裡想：「這孩子還是這麼愛哭，沒出息！」不理他，顧自去整理衣物。

魯金土愣愣地站起身來，一時腦中空空。盧金花知道這孩子已住了哭，站了起來，遂轉身笑嘻嘻地望著他，說：「娃兒，你不哭啦？上海丟了你就這麼傷心的哭，以後，被日本人占領的地方，還多著呢！你哭得完嗎？沒出息！」說著便走過來，又拿起扔到椅子上的那張報紙，唸著上面印著的抗戰標語：「意志集中、力量集中」、「抗戰到底、誓死不降」。唸到這裡，又走近魯金土指著報紙上的一段文字唸：「這些話，就是我們政府領導全民投入抗戰的綱領與行動的決心。」你再看，遂又指著報紙說：「這裡不是還有一首歌嗎！」遂照著歌譜，唱了起來：「工農兵學商，一齊來救亡！拿起我們的鋤頭刀槍。走出農村田莊課堂，到前線去，走上民族解放的戰場。腳步合著腳步，肩膀靠著肩膀，我們的隊伍是廣大強壯。全世界被壓迫兄弟們的鬥爭，都朝著一個方向。千萬人的聲音，高呼著反抗！千萬人的歌聲，爲反抗侵略來歌唱！我們要建設大眾的國防。大家武裝起來，把槍口朝外向！收復失地，打倒日本帝國主義，把全世界的惡魔殺光！」盧金花一邊低聲而沉重的依譜而歌，還用手一搖一揚的起伏著節拍。魯金土還沒有看著歌譜就能唱的能力，但聽到盧姑姑的輕聲低吟，已經受到奮發與感動。遂興奮的說：「姑姑，我要學會這首歌。」

「去吧！」盧金花把手上的那張報紙，交還。順手向魯金土背上一推，說：「回去撓弄你的窩兒去吧！快吃晚飯啦，我這兒還得會子拾掇呢！」

2. 魯金土的蛻變

初次認識魯金土的時候，算來已七個年頭。那時，他剛讀初中一年級。還是個孩子，都喊他土娃。三年前，第一陸軍的軍醫院，轉來一個垂危的病人，叫牛大鳴，職階是文書下士，纔十六、七歲，腹水像汽球一樣，渾身浮腫得像打了氣刮去了毛的死羊。只餘下了一絲如縷的脈息，已不能行動，不能言語，不吃不喝，只靠鹽水注射，也兩天了。

這時，沒有任何一位醫生見了，會燃起救他活下去的意思。都以為這病人不可能再活起來。最後，再給他注射一針，也只是希望他排洩去腹中的污穢，讓他離開人世清爽些。鍾牧師已為他作了臨終的祈禱的禱詞！可是他竟復活了。

「萬能的主！祢的神力，又一次顯現出來。一個宣布死亡的病人，祢使他復活！祢的愛，光照萬世！愈顯主榮！啊門。」

鍾牧師還記得當年的這段祈禱詞。但那次最使鍾牧師驚詫的，還是發現到死而復活的病人，竟是他當年在宿州傳教時的學生小名土娃的魯金土。今春，又為了這孩子被當作共產黨，捕去送入監牢。鍾牧師又為此親自趕到宿州，將他救出獄來。鐵鐐刻破他的兩個腳脖子，都化了膿，生了蛆，露出白骨。

那時，鍾牧師沒有見到這孩子，知道出獄，送入醫院，就又趕回衢州。這次見到，魯金土已二十歲，個頭兒已是一米六幾的大男人，不是當年在衢州作工讀生的半大小子了。所以鍾牧師見了土娃，忍不住驚呼：「啊呀！三年沒見，小土娃成了大人。」這時，鍾牧師就考量著：「還該不該讓這孩子插班唸完高三呢？」這想法的主因，是金華神學院的院長，業已更換，不是他的同學了。所以鍾牧師看到土娃，遂有了另一打算。他一向知道魯金土是讀四書的，國文程度優異，不如試試他去教初中一年級的國文，如今，已有幾分大人的形像了。

晚飯後，鍾牧師夫妻倆，走到前樓，一方面看看琴妮的住處，一方面也打算與盧琴妮談談魯金土的問題。

對於魯金土，鍾牧師的看法是：認真看去，魯金土還是個大孩子，論個頭兒，高三的學生有比他高大的。從功課上來說，他只有文史兩科出色，數理科，都跟不上。金華神學院換了院長，邱查理已去香港。換了一個人，未必還是原來的設想。就是再讓魯金土插班讀完，勉強給他一張文憑，也擔心他考不上神學院。這學期有幾位教員沒有來，特別是上海這一線的，初中就有兩位國文教員空著。開學後，就由另兩位兼代，負擔太沉重了。

「我想要魯金土去試試，相信他能教初中國文。特別來跟妳這老同學先打個商量。妳認為怎麼樣？」

盧金花當然同意。遂答說：「這樣替魯金土設想，比原先的想法更實際。將來，他要是想考神學院，用同等學歷去報考也可以的。」又提出意見說：「這事不必先落實它，萬一這兩位老師到了呢？只說是叫他去代課就可以了。」

遂如此作了決定，要魯金土到貞文中學初中部代課。

魯金土聽了，他以為「代課」如同他作過「小先生」一樣。

但盧金花卻想到了一些問題，從今後，魯金土已不是工讀生，教會方面的工作，自也不會再把他當傭工使喚。要他到初中部去代課國文，已是先生的身分。盧金花想到，在衣著上，得給他更換打扮。不能老穿一身學生服，或是那件粗布袍子。

盧金花又拾掇了一天，又添了四張小桌子拼起的台子，鋪蓋一張白布，放隻瓶子，插了幾朵山茶花。鍾牧師夫婦倆還有那兩個女孩，都來協助她整理，跑進跑出了一整天，方始完成。

窗，換了新的帘幕，牆，有了繪畫，坐，有了椅凳。說得上是幽雅潔淨。這獨立的小院，原就是在南洋經商的人家，還鄉建蓋的別墅。到了第二代，方始轉移到教會名下的。

魯金土還不知道要他到初中部去代教國文的事。

這件事必須先關照學校的教務處，將課程與代課老師商量定妥，從新排出課程表，最快也得下周一纔能實施。也許這兩天，未到的教師到了呢！遂沒有馬上告訴魯金土。但晚飯後，盧金花卻要魯金土陪她上街去購添衣物。他還不知道盧姑姑會替他設想了這許許多呢！

天氣漸漸冷起來了。大家慣穿的長袍子，還有外罩的藍布大褂，都不可少的。一套新規定公務人員穿著上班的、藍色布質襯棉的中山裝，也不可少。這孩子的未來社會交往酬酢，與他的過去，是大不同了。一套薄呢西服，一件灰呢大氅，還有襯衣領帶等等，也都不能少。盧金花為魯金土想到的這些不可少的穿著，都不是魯金土意念中可以想得到的。她不但是一位曾經看著這孩子從初中一年級成長到高三的長輩，而且對於這孩子的家庭環境，以及他這些年來，為了求生而天南海北、涉水登山，作學徒、當小兵，染上流行病，幾至於死。唱歌遊行、又被逮捕下獄，幾乎丟命。魯金土的這些多采多姿的生活史，盧金花全知道。當鍾牧師告訴她，原來打算培育魯金土進神學院，卻迫於現實環境的改變，對魯金土的未來，又作了新的設想，要他去教初中國文。這一改變，對於魯金土的生活來說，改變得太大了。她想到魯金土今後面對的社會人生，與他以往的生活，大不同了。首先，在穿著上得改變，遂想到要帶他去製裝。那麼，未來的改變，也不能不告訴他。

遂把鍾牧師打算要他到初中部去代教國文課的事，告訴了魯金土。他卻馬上答說：「作小先生啊？」他以為就像當年他在韓壇集松三爺手下作「小先生」一樣，同時，還是學生。

「不同噢！」盧金花聽了又說：「代課也跟老師一樣，不是你從前做過的小先生。就是中學老師了，不是學生了，也不是傭工了。」說著就伸手去扯了扯魯金土身上穿的學生服，又說：「不能再穿這身衣服啦！你未來的生活環境變啦！」

經過盧金花這一說，魯金土頓時惶惑起來。

「姑姑，要我作真的老師嗎？」魯金土惶惑的問。

盧金花瞧著魯金土那一分呆愣愣的神情，忍不住眼角嫣然。

「站在講台上講課，怎能不是老師！」盧金花說著又去扯了扯魯金土身上的那套麻灰色已發了黃的學生服，又說：「你這身衣服早該換啦！」

說起來，魯金土可真得添製衣裝啦。除了身上的這套學生服，從家中穿出來的，只有一件棉袍一件大掛，兩套對襟小衫褲，一件短褸，一條棉褲，還有兩個叉褲腿兒。另外，他到武昌之後，買了一件對襟夾褸，老藍布的，還有一套白細布的褂褲都是老式的。西式的褲子，除了兩套學生服，只買了一條黑色織貢呢長褲。毛衣一件，毛背心一件。棉袍大褂與白色對襟小衫褲，去年已小得不能穿了。如今，若是脫下身上的學生服，只有在武昌買的那一套細布褂褲，還有那件老藍布對襟夾褸。可是，這套衣服買來時，曾在武昌試穿過一次。武昌教會的老萬見了，說了這麼一句：「你這副打扮，那裡還像個學生，簡直就是飯莊或客棧裡的跑堂的麼！」盧教士見到，雖然沒說什麼，卻也看了又看，她那打從目光中射出的神情，也猜得出盧老師也看不慣他穿這件衣服。遂從此脫下，沒有敢再穿。

學生服是對襟長攏，大扣子，上下共有三個口袋。領子是單邊平直，靠領口釘有兩個掛鉤掛掛圜的銅扣，領內有白布護領，釘有桉扣，髒了可以取下來洗滌，乾後再桉裝上去。金土在這秋涼氣候裡，貼身只穿一件棉織長袖套頭式汗衫，外加一件毛線背心，兩套學生服，脫了這件換另一件。其他，再沒有什麼可以替換的衣裳。天再冷下去，魯金土就沒有衣裳穿了。這一點，是盧金花這幾天，業已考量清楚的問題。

盧金花的穿著樸素，有一套套的西服，也不穿。在宿州總是隨俗穿藍色陰丹士林布旗袍。譬如今天帶魯金土上街，也只外加一件灰色薄呢大衣，平底黑色皮鞋。

當他們到了成衣店，選購了棉袍、大褂、白布對襟小衫褲。又到另家百貨店，選購毛線衣、襯衣等。魯金土卻表示他身上還有七塊多錢，賬，還沒有結報呢！秦牧師在武昌時，要他到衢州之後，再向教會結算。說：「我沒有許多錢添製這多衣裳啊！」

「你的那筆賬，自己向教會去結算，」盧金花笑著向魯金土說：「我墊支的這筆賬，我會向你算，便宜不了你的。」

走著說著，又到了一家洋服店，她率先進入。魯金土也只有呆愣愣地跟了進去。盧金花一進去，就向櫥窗去選料子。一時之間選了三匹。店夥計取出放在櫃台上。

「娃兒，你喜歡那一種花色？」盧金花說：「你自己去挑。」

魯金土更是愣怔起來了。面對著兩位店員一位肩搭皮尺的師傅等著他挑選。魯金土不知如何去挑？一時口噤目呆。

「姑姑喜歡這件藏青色，」盧金花說。「吃粉筆灰這碗飯，穿得老氣些好。」

魯金土便在順水推舟的心情之下，選了藏青色這匹。然後又照書選式樣。

於是裁縫師傅為魯金土量身。盧金花告訴師傅要大方些，不必趨尙時髦。另外，又為魯金土選了一匹粗花條厚呢，再裁了一件大氅。

西裝三件，大氅一件，外加兩件襯衣，兩條領帶，合共五十六元三角，零頭掃掉。盧金花先付了十元訂金，三天後試身。

就這樣，盧金花像個母親似的，興致勃勃付了錢，把裁衣的樣布貼好在試身取衣訂單上，當下放入手袋，向金土說了一聲「走吧！」便像母親帶著成人兒子似的，走出了西服店。

「姑姑！」魯金土的心情有幾分疑難與不安，說：「給俺做這洋服幹啥呀？俺要是當到牧師，不還早著嗎！神學院還沒有進呢。」語氣中還帶著幾分埋怨！

盧金花一聽，忍不住一陣心酸，哀惋這孩子實在太本分啦！沒有轉頭用眼看他，就伸出手臂，挎著魯金土的臂彎子，鄭重的說：「我的土娃兒！這裡不是你那宿州城，鄉巴佬！過些日子，你就知道這衣裝的需要。」說著，正經過一家皮鞋店，兩盞煤氣燈掛在店門簷廊下，銀白銀白的燈泡在絲絲的響著亮著，照得連馬路都如同太陽下的午時，玻璃窗上貼一張長方型大紅紙，寫著：「清倉大減價」。「還得買雙皮鞋吧！」盧金花說著便抽出挎著魯金土的臂彎子，逕自走進店去。魯金土也只有尾隨進店。

「得選雙老氣些的，」盧金花說。「柔跟兒的。」

反正魯金土還不曾穿過皮鞋，也只有聽憑盧姑姑調配。

自從進了洋服店，一直到這會子，魯金土的頭腦，都是迷迷惘惘，心情也是怔怔忡忡的。想不到這位盧姑姑怎的會像個娘給兒子女兒作嫁衣似的。「難道家裡來信，說給我訂了親的事，她知道了？」他想了又想，「我沒有告訴她呀！」

這時的魯金土，怎能理解到他這位盧姑姑的如此來關愛他，是發自心靈的那個隱祕處所呢？

在皮鞋店，選了一雙後跟平些的，黑色圓頭的，兩邊的鞋帶，只有三個孔的，膠底的。初穿皮鞋的人，都不習慣穿硬頭硬跟，老會打破腳。這一點，在美國生活了這麼多年的盧金花，自然有此經驗。為了要讓魯金土先習慣些皮鞋的穿著，又選了一雙帆布幫皮包頭跟的皮鞋，兩邊的鞋帶有五個孔的，穿脫時要練習穿解的耐性。試穿完了，就要魯金土穿在腳上，把換下的舊鞋，放入新鞋盒拎回。實際上，換下的那雙力士鞋，早該丟棄了。

辦完了這些事，已近九時。照從前，商店已十九關門。如今，叨庇戰時滬杭處的人口，流洩到此，一天天增多。這條為了適應火車站新闢的大道，兩旁商家都還大亮著煤氣燈，照耀如同皎日白晝。道旁電線杆上的路燈，也個個放耀著黃堂堂的光暈。

盧金花與魯金土這兩人，手上拎著物品，悅蕩在這原名「鈔庫街」的新闢大道上，雜入熙來攘往的人群中，來回走了一會兒，便坐黃包車回去。

他們向北門走，快到城牆邊，再向南轉，便是貞文中學了。

在車上，魯金土問起盧姑姑墊去的這筆錢……？盧金花不待對方說完，就以食指豎到唇上，吹了一口氣，告訴他不要說話。跟著，快到轉向南去的地方，迎頭來了一隊人馬，前頭有兩人，各擎著高掛竿上的大紅燈籠，上面寫著「夜呼隊」三字，兩路縱隊行進，約有二三十人，有男也有女，邁著遲緩的步子，正高呼著：「國家至上，民族至上」、「軍事第一，勝利第一」、「意志集中，力量集中」、「擁護蔣委員長領導全民抗戰到底」、「中華民國萬歲！」、「蔣委員長萬歲！」車上的人還沒有問，拉車的人就說：「這是戰時青年服務團的夜呼隊，九點半上街夜呼，十點半結束。夜呼隊一出來，店都熄燈關門。」

「早上也有嗎？」魯金土問。

「有。」車伕回答。「早上五點半到六點半，叫晨呼隊。」

這時的夜呼隊，已在歌八百壯士：「中國不會亡，中國不會亡，……你看那八百壯士孤軍奮守東戰場。」……

歌聲雄壯悠揚，在夜空中回旋，在人心中激蕩。

「姑姑，這個歌好感人噢！」魯金土的聲音，都有些兒顫動。

「他們就在貞文中學唱出來的。」車伕似乎在接腔作答。

盧金花這纔想到這些人就是戰時青年服務團的歌詠隊。遂順手拍了魯金土一下，說：「你們住一個院兒，近水樓台，去學吧！」

到後，下車付了錢。盧金花遂囑咐了一句：「別忘了沖個澡，換衣衫。」雖然入冬的時令，卻也嗅到了魯金土身上氤氳出的汗酸味兒。

魯金土回到院裡，拎著沈甸甸飽滿滿三包，心裡直在想：「代課的小先生，在韓墻集是每月兩塊龍洋。這裡也許多些。」又一想今天購製的衣物，算起來，已超過五十大洋。「怎辦呢？當真是她送我的？」於是他又想到了蚌埠的李姐姐，突然拎回來一包，又是棉袍子又是小褂褲。偪著我馬上換，怎的這盧姑姑也是這樣啊？怎的外面的女人，都是這樣呢？

隔鄰的門是關起的，燈卻未熄，房裡已無人在。他不知道住在房內的兩人雷又鳴與方大提，還有馬驌與宋丹麗，都在夜呼隊中，他們在夜呼的行列中行進時，看到了盧金花與魯金土坐在黃包車上，還不認識魯金土這孩子。夜晚光暗，盧金花也沒有注意到行列中有那位來訪過她的雷又鳴與方大提。

這些人物，每次夜呼過後，習慣的到某一小巷中的豆腐店，去吃新出鍋的豆腐腦。他們歌詠隊中的一位歌手，就是這家豆腐店的姑娘。唸衢中高一。由於這幫人總是夜呼後到此吵吵嚷嚷吃豆腐腦兒。這女孩有個大三歲的姐姐，都未婚配，青春中的俏麗，自有其動人的魅力。因而也誘引來社會上的其他人等，竟把這豆腐店的豆腐腦兒，吃出了名。當時有一種流行的美麗牌香煙，分大盒小盒或大聽小聽的圓型錫桶裝著，粉紅色套金色包裝紙，橢圓框中印的是美女頭像，大盒習稱「大美麗」、小盒習稱「小美麗」。遂被某些好事者用來給這兩位姑娘啓綽號：「大美麗」、「小美麗」。所以，歌詠隊參加夜呼的這幾位男士，夜呼後，十有九次要去豆腐腦兒一番，回來總在十一時以後。他們若是沒有歸來，這裡的環境，非常幽靜。靠近北城牆根，這房後，就是城牆內的那條繞城小徑。隨處還有登上女兒牆的石階。人們就在這一帶漫步、清談。

魯金土去沖了個冷水澡，回房試了試新衣，遂取出紙筆，向家中寫信。很高興的說他將要到貞文中學去作小先生了。信寫好之後，再看一遍，覺乎著尙未成事實，還沒有真的站到講堂上呢！遂又把信撕了。

到此纔幾天。不但下火車就認不得了，車站也變了地方。漸漸的，凡是眼睛見到過的，都變了。如今，連自己面對的生活，甚而面對的人，也都變了。連過去叫她「盧老師」的盧姑姑，在宿州都不大理會他，如今，怎的忽然就變得像個母親像俺奶奶那樣了呢？

越想越不能得到解答。他竟然未脫衣就躺著沈沈睡去。

當一陣咳嗽叫醒了他，隔房還有響朗的男女笑聲傳來。方始發現燈也未熄，門也半關。在夢中，那咳嗽是松三爺，在向他講那篇歐陽修的《賣油翁》，剛講到：「我亦無他，惟手熟爾。」便咳嗽起來。他就醒了。

於是，魯金土這纔熄燈閉門，脫衣入寢。他想：「明天禮拜日，教堂還有不少工作呢！」

3. 魯金土教中學

這天，是魯金土他們到達衢州後，第一個禮拜日。

教堂是修過的，比三年前大多了。可容三百人，雖未到座無虛席，卻也看去滿堂。比起他們宿州興旺多了。

這裡人多，除了鍾牧師夫婦，還有四位神學院畢業，分發來的四位教士，張玉清、譚次妤、郭岫雲、胡美穗，詩班的人更多，有二十幾位。郭岫雲、胡美穗二人，照管兒童主日學，鍾師母彈琴，盧教士到後，又加了一台風琴；二人清濁相和。譚次妤指揮詩班，聖壇上的事，鍾牧師與張玉清二人。魯金土到來，只有列入詩班，別處的事務，已用不上他。

教會的經常活動，除了禮拜日的早上一次，還有查經、培靈各一次。周末午後是青少年聚會。若有他處牧師到此作佈道大會，或培靈大會，都是專訂時日。詩班的教唱與練習，放在周末青少年聚會上。

信徒分教友、慕道友兩種，教友必須通過洗禮。魯金土前三年病後，就是在這個教堂完成的洗禮。雖是教友，也不可走上聖壇講台的。連女教士也不可站在聖壇的講台上說話。所以魯金土不在詩班唱詩，只在教堂的角落間，聽候差遣，跑前跑後，跑裡跑外。這些事，是魯金土做熟了的。

但這次到來，魯金土除了在詩班，像過去的許多雜務，都沒有再派他。如今，魯金土的身分，已不再是學生，也不是傭工，他是貞文中學的教員了。教會，只派他擔任文書業務。

就在這天，學校送來了課表，還有聘書。

遷到鄉間的貞文中學，設在汪村的汪氏宗祠，初中五班，高中三班，每班最多二十二人，最少十二人。國文每周七小時，其中一小時是作業時間，六小時是授課。禮拜一上午八時有周會升旗，開教務會議。魯金土擔任兩班，一二年級各一班。所以魯金土一大早就起身，騎上教會借給他的腳踏車，打從天甯寺那條到小南門的老街出城。車輪輾在那條青石板舖成的街道上，店門雖還關著，卻還是印象中的老樣子。尋到汪氏宗祠，還不到八點呢。

參加升旗時，就有人在心裡著疑：「這一位是新來的老師？」

這天，魯金土還沒有換下那身學生服。他在心理上，總是怯怯地不敢穿新。在教務會議上，教務主任一一介紹之後，想不到其中一位年長的老師伍其家先生，看到魯金土身著中學學生服，年齡也還是個娃娃，心上就萌生了瞧不起的念頭。

「請問魯老師是那裡畢業？」

伍老師五十多歲，一口湖南長沙口音。

魯金土一聽，頓時面紅心跳。遲遲頓頓的不知如何作答？

「這位魯老師年輕，纔廿歲，」張教務主任說。遂又加以介紹，說：「他是安徽桐城王舉人的學生，我們的校長知道。」又說：「說起來魯老師也是我們校長的學生。」

經過教務主任這麼一介紹，又說到了「桐城王舉人」，遂使這位伍老師想到了「桐城派」三字。便馬上提高了嗓門，說：「荷！那是桐城派的人物。」遂又雙手握拳，向魯金土連連作揖，說：「有良師必有高徒。桐城派是我們湖南人最最尊崇的，以後我可得向魯老師討教討教考據這門學問。有了你這位桐城派，好得很！好得很！」

伍老師這幾句話，說得在場的各科老師，一時都面面相覷起來。魯金土聽了，反而心情沈著下來。遂站起身來，笑吟吟的說：「伍老師是俺的老師輩，討教二字，俺可當不起。俺學過章句、練字；訓詁、義理。考據是求證的手段。俺今後一定會遵守伍老師的這個訓教，來認真去作的。俺還是個學生，請老師們多多教導！」說著就向座上的眾人鞠躬行禮。這一來，反而獲得掌聲如雷。

伍老師反而面頰紅起來了。

在會議中，魯金土獲知各班老師講授的課本，不是統一規定下來的。有《中華書局》編的「中華文選」六冊（初級高級各三冊），《開明書店》編的「國文讀本」甲乙編兩種，文言白話分開。《商務印書館》編的《國文讀本》初級高級。還有《北新書局》編的「活葉本文選」，有文言也有白話，原來是「學生國學叢書」。這些各家各店的課本，不但任由各學校採用，也任各班教員選教。考試也由各班教員自行出題。各級中學的教學成績，必須在各大學的考試成績上，方能顯現出來。

當魯金土瞭解了教學方面的一個大概，遂豁然於這種不統一的課本，不固定課文的教學，正是他從松三爺那裡學來的訓詁、義理二事，從章句教導學生一個「懂字」。只要學生懂了。隨你怎樣考問，也能作答得是。於是，松三爺講書的情景，便像新出版的漫話本放在手掌心，用另一隻手連頁快速翻落那樣，一一重現心頭。馬上，魯金土就想到了松三爺講過孟子上的那句：「學問之道無他，求其放心而已矣。」

他把這句話，一字字正楷寫在黑板上，拿教鞭（藤條）指著字，唸了一遍，問：「沒有不認識的字吧？」全體答說：「沒有。」又問：「意思都懂吧？」不是全體響響亮亮的作答了。卻稀稀零零的有人回答：「懂得」。跟著，課堂中的學生，便竊竊私語起來。

「靜」。魯金土以右手食指豎到口唇上說。略一沈默，課室中的切切雜音消失。這手式，是從盧姑姑那裡新學來的。

「我們要想功課進步，把書唸得好，」魯金土說：「沒有別的辦法，只有把我們那顆失落在外面的心找回來，放到書本上就可以了。」說著又用粉筆寫黑板，一邊說，一邊寫。

「孟子這句話，前面還有十幾個字，也得寫出來。」遂又寫了「人有雞犬放，則知求之，有放心而不知求？」寫完就以語體翻譯說：「我們家裡養的雞，早晨放出去，到天黑還沒有回來，狗也不見了。我們就會到外面去找雞去找狗。」遂問大家：「我們走失了雞，跑不見了狗，會不會去找？」

「會。」全體學生的回答，聲音齊一，而且響亮。

魯金土歡快的笑了。又用手放在胸口，說：「摸摸我們的心，還在不在？」

課室中的學生，個個都把手放在胸口上了。有的說在。有的說摸不到。

「究竟在不在？」

遂有大多數人說：「在。」也有人說：「還噗通噗通的在跳呢。」

「是啊！我們心裡那顆肉長的心在，」魯金土說。「可是那顆神神靈靈的心，卻往往自由自便的飛走了。」遂又拿起粉筆來寫黑板「心不在焉，視而不見，聽而不聞，食而不知其味。」說：「這十八個字是大學上說的。」又一字字唸了一遍。問：「讀得懂嗎？」

「懂。」幾乎是全體答說的齊一聲音。

「好，讀書追求的就是一個『懂』字，」又說：「可不能只懂得一個大意，必須一字字、一句句，都能明白，還能一字字、一句句的字義、文理，都說得清楚，這纔叫懂。」他幾乎是照樣兒在學他松三爺講書時的語調、神情。

學生子，一個個都聽得心神貫注，無不詫異於這個穿學生服的大哥哥，怎麼會這麼老氣橫秋的？「聽著，」魯金土以義正辭嚴的語氣說：「今天就講有關寫在黑板上的這幾句話。」又問：「過去記筆記嗎？」

學生子都搖搖頭。也有三幾人說：「抄在書上。」於是魯金土要求他們，今後要準備筆記本，每堂課都得記，還得繳閱批改。成績算在平時分數以內。又用教鞭指著黑板上的那些話，說：「這些話在孟子「告子」上篇，上文還有。遂又接續寫黑板：「仁，人心也。義，人路也。舍其路而弗由，放其心而不知求，哀哉！」寫完，說：「這幾句話的後面，就是剛纔講的這幾句話。」用教鞭指著寫在前面的話。學生子驚訝的是，這位年輕輕的老師，連書本也沒拿在手上，就能把古書上的文句寫到黑板上，是怎樣學來的呢？

「聽我唸一遍，一字字抄下來。」說著，更扯起了長腔，朗誦起來。簡直像唱歌一樣，唸完後，全體鼓掌。居然有人興奮的說：「老師，你比伍老師唸的好聽。」跟著，魯金土又手拿教鞭，指著黑板上寫的文句，按秩序前後一字字的唸，要學生抄錄。

鈴響了，下課。他卻要求學生一字字抄完，下堂課，要一字字一句句講解。抄完了的，可以出去。沒有抄完的，去便所回來，繼續抄完。卻想不到有學生走到面前，問：「老師，你姓什麼？」魯金土這纔想到忘了自我介紹。還有學生問：「你是那個學校畢業的？」下堂課一開始，魯金土就把名字寫到黑板上了。

「說起來，我們是前後同學，」魯金土介紹自己說：「三年前我是這裡的工讀生，唸高一。」

學生聽了，有如一群聞聲而驚飛的鳥兒，展翅響起的譁然！

「我說的是實話，」魯金土毫不在意的繼續說：「從初一起，鍾牧師就是我的校長。那時候，我就是工讀生，在安徽的北方，宿縣；我是那裡人。」

學生們瞪大了眼睛，還是疑惑著，疑惑這位說他三年前還讀高一的學生，怎的會背出這許多四書？

「我從小讀的雖是小學校，實際上讀的是私塾。也可說是書院。在沒有改成今天這種小學、中學、大學的制度，上學讀書，都是那種教法、讀法。先會背誦，後聽講解。」遂又說：「我就是這樣讀出來的。」

「讀了幾年？」有人發問。

「無法計算，鍾牧師最清楚。我今年纔二十歲呀！」魯金土說。總之，讀書求知，是不可以休止的。古人就說過這句話：『學不可以已』，又說：『不積蹞步無以致千里。』」說到這裡，遂坦然一笑，說：「這些話，說得太遠了。還是聽我講完這段孟子吧！好不好？」

「好！」全體學生子都齊聲同意。

「孟子的這段話，都抄完了吧？」

「都抄完了。」學生的興趣高昂。

魯金土遂又從頭至尾，一字字扯起腔調唸了一遍。說：「一共只有五十五字，如果專心，不要五遍，三遍就可以背誦。」遂又說：「聽我先說這個故事。」

告子這個人，向孟夫子去討教學問。那時，孟子說人性本善，說人都是有良心的。同時代的人，也有相反的說法，說人是沒有良心的，人性本惡。換一句話說，他們認爲人的壞心眼兒，比良心多。所以做壞事的人多。在上位管理衆人的國君，必須訂立法律，來管制人民，社會纔會安定。告子是一位站在那些說人的良心少、壞心多，必須立法約束人的這一邊的人。孟子不同意，他老人家認爲人人都是有仁心的，知道走正路的。那麼，何以有人還要爲非作歹呢？那是他們把良心丟了，不去找回來，眼前放著正路不走，去走偏路，那是因爲這些做壞事的人，丟了良心，沒有找回來。不能說凡是做壞事的人，都沒有良心！

「我們有沒有良心？」他問。

「有。」全體回答。

「爲什麼還有人去做壞事？」

「他們不學好。」

「那些不學好，在外面做壞事的人，豈不是丟了良心，沒有找回來？」

「是。」又是全體齊聲回答。

「仁，人心也。」意思是說：「仁，這個字，就是人人生來就有的良心。人性本善。」

「義，人路也。」意思是說：「義，這個字，就是人人應走的那條大道。換句話說，是正路。」

「舍其路而弗由，放其心而不知求，哀哉！」意思是說：「他們捨棄了面前那條光明大道不走，偏要走小路，心中的那顆善良的本心，遊蕩出去了，也不想著去把它找回來，這種人怎不令人替他難過呢！」

「人有雞犬放，則知求之，有放心而不知求。」意思是說：「人若是有隻雞沒有回來上窩，或有狗到晚上還沒見回來，都會出去尋找。偏偏的，他們的良心丟了，怎麼不想著去找回來呢？」

「學問之道無他，求其放心而已矣！」意思是說：「研究學問這條路，沒有什麼捷徑，把你那遊蕩在外的本心尋回，放在這門學問上，就可以了。」

「這些問題，說起來，又長又深，孟子與告子討論的人性問題，不但篇幅多，層次也多。」魯金土講到這裡又說。「不是今天我們讀中學的人，有上課的時間可以念得了的。大家只要懂得『學問之道無他，求其放心而已矣』就夠了。能懂得嗎？」

「能。」又是全體回答。

「好。唸書只要把心放到書本就夠了。」魯金土又說了一句。「那麼，我們若是心不在焉呢？」

「去把他抓回來。」

居然有一個孩子一聳站起，伸出了拳頭興奮地說。

鈴聲又響了。又到了下課的時間。

「今天，這一段孟子，只有五十幾個字，我們只講了個大義，」魯金土說。「下一次，我們還要講解這五十幾個字，我們要一字字，一辭辭，一句句的講解。你們得知道文句中的實字、虛字，以及字義、辭性。每一文句的每一個字，都得認知清楚。要不然，就是囫圇吞棗，鴨子吃蝸牛。……」

就這樣，魯金土在校只上了一天課，便口碑載道，孩子們不但在學校傳，回家也說：「新來的一位國文老師，今年纔二十歲，好會教噢！不但講得清楚，又講得好聽。教得好有趣唷！」不幾天，「孩子老師」的綽號，便傳揚開來。

4. 盧教士的悦人丰神

南京終於不守。敵人早已繞過了南京，攻占了蕪湖、廣德、宣城。杭州雖未陷落，已四面臨敵。第十集團軍總部駐紮衢州。金華、衢州這一線，人口日增。

屬於衢縣民眾教育館的戰時青年服務團，團址就設在基督教會的貞文中學，歌詠班的成員，也就是這個教會的詩班。他們也成立了一個戰時青年服務團，雖已決定兩團合一運作，卻遲遲沒有使它成爲事實。教會所能做的是勸募慰勞品，由詩班到醫院去送上慰勞禮品。民眾教育館的青年服務團，著眼於較廣面的戰時文化活動，如電影、戲劇、戰報等。卻由於事實上的困難，迄今未能展開。

自從見到教會的盧教士，便籌畫召集一次會議，在組織上，已擴大到軍方，名義也加大，改稱「東南戰區青年服務團」，軍政民三方，都是該團組織的份子。不再祇是當地縣政府，如駐軍第十集團軍總部，航空總站，浙江省第五行政區督察專員公署兼保安司令部，以及縣政有關單位與各級學校，還有當地商會，都網羅了進來。仍交縣立民眾教育館總其成，參與的人員，則各機關都有代表。

預訂的組織，設團長一人，副團長二人，下設戲劇、歌詠、服務三隊，各設隊長一人。先由各參加單位推一人備選，交會議按學歷才能考量推定。開會的這天，各單位與會人員都到了。有集團軍總部外事科祁仙煒科長，少校階，三十歲光景，專員公署的行政科李科長，航空總站的神鷹劇社高社長，教會方面就是盧教士。其他就是原已有的戲劇隊長雷又鳴，原任北京大學哲學系教授，歌詠隊隊長方大提，原任杭州藝專音樂科講師。會議由縣府民眾教育館陳館長尙先主持。推出專員公署訓政處處長李文亞擔任團長，民眾教育館長陳尙先、基督教浸禮會牧師鍾斯分任副團長。戲劇隊長仍由雷又鳴擔任，歌詠隊隊長仍由方大提擔任。服務隊長，推由盧教士擔任。團址仍舊設在貞文中學。

這天的盧教士，身著薄呢深灰色西服，上衣下裾，裁製適體。白色長筒線襪，平底四孔繫帶淺黃色皮鞋，短髮齊耳，烏雲流梳。個頭兒雖小，五官四肢，以及腰身的上圍、下圍，都生得極爲四稱。脂粉不施，愈其顯得淑靜。看去，面色雖已失去少女的青春韻致，還略帶幾分悴容。然氣質則是爽人的。坐在那裡不說話，那面向人的臉兒，可以從她顋上的兩邊眼角、顋下的兩邊嘴角，見到掛起的微笑旗幡，在清風吹拂下飄漾。乍一看，會看出她是位年在三十以上的小婦人，若多看兩眼，就會感於這女人還保有著少女的悅人之春。所以，這天她一到場，就引人注目，人人見到這小婦人的蒞臨，都會以特異的目光與莊敬的嚴肅心情去看她。

想來，決不是她那穿著上的西式展現，應是她在丰神與器度上洋溢出的情韻。

「我不適合，」盧教士站起來，辭謝大家推選她擔任服務隊長。「這工作需要一位有能力掌握全局的人，纔擔當得起來。我剛到，一切都不瞭解。只能聽使喚，沒有能力使喚人。請諸公另推一位吧。」

陳館長起來解說。這工作請教會方面擔當，應是名正言順的。教會的工作目標，就是服務人群。至於實際上的工作，還是大家來作的。服務團的團部，就設在這裡，歌詠隊的隊員，大多是教會唱詩班的。戲劇隊員也有歌詠隊的人員。其實我們這些工作的人手，是分布在各處各方的。一旦展開工作，事實上已無法畫分，只是在名義上，有個分配，在工作上，則是共同而齊力去作的。

說到這裡，陳館長又報告了正在準備展開的工作。

我們已籌畫要把城隍廟的戲台，修整後作爲服務團各種公開活動的場地。露天的天井，蓋上棚子，觀眾的座位，製作長條木板凳，每凳坐四人。話劇『新婚』排好後，希望在這裡作開幕演出。平常放映電影。嵊縣的篤班，上饒弋陽戲，都已接洽好。將來，我們的戰時服務，還要推向四鄉。許許多多的服務工作，尙待我們進一步展開。

大家聽了，纔知道有這許多工作，縣府已在著手策畫。

「我們已成立了神鷹劇社，」航空總站的高先生說。「將來，不但可以排出話劇，還可以演出平劇。」又補充說：「衣箱行頭都有。」

雷又鳴教授報告了到達金華的戲界人士，如蔡極、吳英年等人，成立了東南戰地中心戲團，正在排「鳳凰城」。這裡的場地修好，也可以到這裡演出。

第十集團軍的祁科長報告說，第三戰區長官部，爲了適應東南戰場未來的戰略，將由屯溪遷到江西上饒。第三戰區的傷兵休養院，已搬到江山。這個休養院就有一個平劇團。這麼一說，這東南戰區的浙南、贛北、閩西，戰時的文化活動，比以往的平時，還要活躍。

一份「東南日報」也要在浙江縉雲出報，另一份「前線日報」也要在江西上饒出報。

經過大家這麼你一言我一語的一說，盧教士也就不便再說什麼。心裡卻在想：「才不稱職，名不符實，總不好。」這話卻沒有機會表達出來。跟著，陳館長又報告了「晨呼隊」與「夜呼隊」的一般反應，每晨每夜的去唱去叫，雖然已有不少民眾也自動的去參加，總難免還有些人在厭惡。國難當頭，不敢說出口來。遂提議改爲每周一次，晨呼，改在周一，夜呼，改在周末，同時分隊雙向進行。夜呼，縮短爲半小時，九時半到十時。

會後，人們紛紛擁向盧教士，一個個不是遞上名片，就是自我介紹。特別是集團軍總部的那位祁科長，居然商請盧教士到他們總部去幫忙，譯電文、聽錄音，因爲他們正欠缺精通英文的人才。盧教士只是微笑著答說他們神職人員，教會的本身工作，已夠忙的了。何況在語言、文字這門學問上，謙稱淺得很，擔當不了。這時，盧金花已感受到她不適合在這些人堆裡活動。她好靜不好動，又是教會的教士，在這種應酬場合，一向少於接觸，所以她只是以不失禮貌的微笑態度來承應而已。

她何嘗想到她那溫婉的微笑，會惹風流的男人意亂情迷。

5. 魯金土面對的新社會

不幾天，魯金土的教學，便在學生口中風傳了全校。連別班的學生，都想一瞻這位「孩子老師」的手采。

那位伍其家老師詫異的去問他教過的那班學生，學生也回答不出所以然，只答說講的好聽。別的都說不上來。

教務處有人到教室外竊聽，印象是活潑生動，全班的學生個個都歡歡樂樂，喜氣揚揚。這情事，自然傳送到校長耳中。

「嗨！金，」鍾牧師在他們小樓迴廊上相遇，歡快的舉手招呼，用英文說：「我們的土娃成人了。」說著遂伸出大姆指，贊頌說：「這孩子很會教書，教得好！」

「噢！是麼？」盧金花的臉歡快得像朵盛開的芙蓉，說：「謝謝你慧眼識英雄。」

鍾牧師遂過來與盧金花商談給與的事。

如今，教員的薪資減低，改爲國難薪，初中月支六十元，代課按鐘點計，每月可得三十餘元。給個整數吧。下學期聘爲正式教員。教會方面的雜務，每月津貼十元。下學期看情形，看他還有沒有時間到教會幫忙？問盧教士這樣的給與，合不合適？伙食，吃多少算多少。盧金花則認爲對魯金土來說，能月支薪資四十元，已是平步登天的生活改變。她相信在魯金土的心裡，可能還沒有萌生過一月可賺得四十元薪資的念頭呢！

晚飯後，盧金花把魯金土叫到她房裡，告訴他薪給的事，說：「娃兒！從今後你在身分上，已不是學生，你是老師了。再說：「在工作上，你已不是傭人，你是教育工作人員。在年齡上，你已二十歲，是大人了，不再是孩子了。是不是？」

盧金花用這樣的語氣向魯金土說了這番話，意在提醒魯金土今後在生活上，應在言談舉止上去適應，不能遇事就向大人流淚；不能再孩子氣了。

魯金土聽了，竟呆呆地說不出話來。在夢中也不曾會在這突然之間，改變得如此之大？到課堂上，拿起了課本，腦海裡還會蕩來松三爺講書時的聲音笑貌。那語調，那手神，那解說章句、析述義理層次，等等等等，都時時在目，刻刻在心，有模倣的憑依。如今，這突變的生活，社會的適應，似乎連個可以憑依的範式也沒有。就像鍾牧師伸出手來，要與他握手，賀他受到學生歡迎，一時也不知如何出手那樣。所以，當盧姑姑向他說起這話，遂一時迷惘起來，呆呆的答不出話來。

「我帶你去製裝，目的就是要你成個大人，」盧金花說著就去扯扯他身上還在穿著的學生服，又說：「還不換下來嗎？衣服買來，也不知道換。知道穿那幾件？」

「知道。」魯金土說。「穿新襯衣，外加毛絨套衫，下穿西褲，腳穿皮鞋。」

盧金花一聽，笑了。「你知道穿什麼呀！」說著站起，用手推魯金土出去，說：「快回去沖個澡，換衣服。你身上都有了餿味兒啦！還有些事，我們明兒格再說。」

說實在的，魯金土並不是沒有想到應換衣裝，他換穿上了，又脫下來，還是穿上學生服。在他心理上，穿上新衣，怕人講話。認真說來，還是心理不能適應。那麼，他到講台上講書，何以沒有心理上的不適應？第一是他作過「小先生」，上過課。第二是在心坎間有個他在時時模倣的松三爺形象。從盧姑姑房裡走出，魯金土的頭腦裡，還在迷迷惘惘，那就是：「我真的是貞文中學的教員？我是中學老師？連俺那松三爺還沒有作到中學老師呢。」遂忽然想到了一首聖詩上的歌詞：「耶穌望我光，輝煌照一鄉。若我光不明亮，何顏對主上！主憐黑暗弟兄，望我發光！各照自己地方，本是應當。」儘管魯金土想到這裡，在心裡說了一句：「感謝在天之神！」然而，這一生活的改變，在心理上，還是不能適應。

過去，名義上他雖是個學生，卻是工讀生。他這位工讀生，實際上祇是個小工。若是學校或教會有什麼需要著人去跑腿的事，十九都喊他。縱是十里二十里的地方，也往往要他去跑。一來，他口齒清楚，禮貌周到，又能寫會算。二來，遇事又會用頭腦去評斷利害，臨事也會隨機應變。三來，又誠誠實實，從不浮誇，也不邀功。所以教會的鍾牧師等等人，都喜歡他，企圖培養他進神學院，作一位神職人員，認爲這孩子是最佳人選。

魯金土知道，當他冤入監牢數月，鍾牧師由老遠的江南衢州，趕到宿州從監牢救他出來，家中的父祖兩代，業已明言：「我們把這孩子獻給了耶穌基督。」老人家說這話的心意，有如一些人家捨子給和尚廟一樣。是「出家人」了。因而魯金土想：「我的投入，應屬於教會，不屬於我呢？」於是魯金土又想到：「盧姑姑給我購買的這些衣裝，也是教會給作的嗎？」於是魯金土又想：「還准不准向家寄錢呢？」

還有：「家裡來信說給我訂了親，教會准不准呢？他們娶的都是神學院畢業的。」他想：「這些事，我全不知道。得把家中訂了親的事，告訴盧姑姑。」

時已入冬，這裡的溫度還有十五度上下。魯金土一向使用冷水沖澡，習慣了的。只是他生長的那個地方，秋涼以後，已不慣常洗浴，已好些天沒有沖澡了。要不是盧姑姑說他身上有餿味了，自己還嗅不到呢。今後，可得常常沖澡，不是鄉老土時代了。

從浴間沖澡回房，原想寫封家信寄走，報告家人。剛走到房外，就見到，隔鄰房中正高朋滿座，笑聲如急流過灘。

魯金土瞄了一眼，他祇見過那個會拉大提琴的人，也沒有交談過。乍眼看去，房內有四、五人。剛推門進去開了燈，就有人出來走到他門口，向魯金土打招呼，說：「喂！小弟弟，你就住在這間房？」這人是第十集團軍的祁科長，向房內看了一眼，又說：「這房子太小了。」當他見到魯金土胳臂肘上，還抱著一個臉盆，盆裡堆著一團團換下後洗滌過的衣裳，遂又見景生情說：「你還忙。我姓祁，祁連山的祁，在集團軍總部服務，來串門子的。你忙完了，請到這邊房裡來擺龍門陣。」

這突如其來的人物，意想不到的自言自語說了這一長串，也一時弄得魯金土不知如何應對？只有以他那善於微笑的臉，來反應給對方，使對方感受到他並不厭煩。嘴裡也只有連連回答的是兩個「好」字。

住在隔鄰房中的方大提也出來了，說：「歡迎你來聊聊。」

「好好！」魯金土還是這兩個好字。

「盧姑姑說了，」魯金土想：「從今往後，你已不是學生，你是老師了。」他知道老師比學生高一階，在人生的社會間，往還的層次提高了，遂又想：「我能與他們平起平坐嗎？」盧姑姑說：「二十歲，是大人了。」看起來，他們終究比我大呀！他又想到松三爺的話：「處人，要尊人卑己；處世，要居後勿前；莫逞能，戒多言。」當他一邊在房內把洗滌的衣裳，搭在床擋上晾起來，一邊思索著，走到隔鄰房內，如何去承應？所以魯金土一到了隔鄰房間，就躬身鞠了一個六十度的鞠躬禮。說：「長輩們好！」又自我介紹說：「我叫魯金土。」

他換穿了襯衫毛線衣，硬頭硬跟的帆布膠底鞋，雖然是小平頭未剪，鬃似的硬髮飛炸著，比穿學生服要老氣了些，但臉型還是個孩子。

這房裡有方大提、雷又鳴、宋丹麗，以及這位集團軍總部的科長祁仙煒。除了祁科長，這三人都是戲劇隊與歌詠隊的成員。雷又鳴曾是北京大學哲學系教授，在專員公署掛個參贊的名義支薪，方大提與宋丹麗都掛名在縣政府，工作都在這青年服務團。宋丹麗十九歲，是縣府會計主任梁中平的未婚妻，是戲劇團的女主腳，與方大提還有一位北京大學歷史系尚未卒業的馬驌，都是淳安縣同鄉。（他們三人若是聚到一起，就會用家鄉話交談。）魯金土進得門來深深鞠躬，大聲問候，自我介紹。他就站在外間門內不遠處，不敢向前移動。

這間房，比右鄰魯金土那間大得多，有兩大間。方大提與雷又鳴住在這靠裡間的後窗，左右兩張舖，頂窗設一張雙屜書桌。靠前窗，也左右設兩張舖。這二人則各據一方。兩張空床，是留給陳館長與馬驌來排戲時，工作忙，晚了回不了家，就在此留宿。靠外進出門的這一間，則是六張桌子相對並，可以作會議桌，也可以作桌球台，也可以坐下來相對下棋或什麼的。有椅子，也有凳子，可以聚集十多人，在此烹茶閒話、釃酒行令，或彈琴唱歌、拉琴唱戲，天南而海北，無忌無憚的歡樂在一起。這裡靠近北城牆，距離住戶稍遠。所以，民眾教育館，選中了貞文中學作青年服務團的團址。

當魯金土進來的時候，他們男女四人，還在裡面雷、方二人的臥床那裡。坐的坐，站的站，在指手畫腳的高談闊論。魯金土站在那裡，笑吟吟地，卻不敢向裡走。他們見到就喊：「來來來，加入我們！」這話是馬驌說出的。祁科長看到就邁步向前，一邊說：「盧老弟，歡迎歡迎！」就這樣，魯金土在略感畏縮的心情下，被祁仙煒伸手牽了進來。

這裡的幾位，連宋丹麗這個女孩子都站起身來，表示迎接之意。這魯金土一走到這臥室的界內，就立定雙手貼腿，深深一鞠躬，說：「老師們好！」

雷教授首先答說：「不敢當不敢當！請坐請坐！」趕忙伸手去行握手迎賓的禮式。住在這裡的雷教授是長輩，不但年長，位也居尊，所以他是以主人的身分，去迎接魯金土這個孩子的。一一介紹這房內的幾位相聚的人士，也是雷教授依禮來擔任的。類似的這種場面，魯金土只經歷過一次。十六歲那年補個牛大鳴的名字去當兵的時候，由浦口乘火輪船到九江，在船上聽王書記官還有副營長他們唱京調大戲，喊他進艙去，他連上的師爺作過類似這樣的介紹，可是他們都不站起來，只是點點頭，一個個用驚疑的目光打量著他而已。這可不同了，面對的人物，不但是站了起來，而且是個個都以春風似的歡愉心情，展現出笑顏，來歡迎他加入呢！特別是身著軍服的祁科長，最爲慇勤，尙未介紹完畢，便已拉過一張椅子，移到魯金土的臀下。

坐下寒暄之後，他們知道魯金土隨同盧教士，由皖北宿州輾轉抵此，纔幾天。由於魯、盧二字，只不過一音之轉，他們都以為魯金土也姓盧，因為這幾位已與盧教士聚會過一次。聽到參加教會詩班的同學們說，魯金土是盧教士的侄子，遂誤為魯金土是盧姓。兼且認為他們是親姑侄，迫於戰爭，特地協助兄嫂把這青年人帶出來的。這三位男士，都有垂涎盧教士的意念。雖然，雷教授已有家室，兩兒一女，此次隨同母親到保定鄉間去了，可是，北方的戰爭，偏在保定這一帶激戰，影響他近來的情緒，極為不安。所以他近來，常常感歎著說：「怕的是我將從此妻離子散了。」方大提雖無成家的念頭，但聽說盧教士會彈鋼琴，在心理上，卻頗有「難得知音」的想法。只有這位祁科長，兩個月之前，纔與第一任妻子分手，兩者間的問題，還沒有了清呢。他畢業於黃埔軍校，素有調情聖手的雅綽。原在某縣擔任軍訓室主任，中校編階，鬧了一件桃色糾紛，調差還不到半年。但從昨天會議散場之後，祁科長就向朋友揚言：「從今往後，我要做一個虔誠的基督教徒，以往之非昨日死，未來之是今日生。要好好脩脩啦！」

當天聽到他說這番話的時候，就有知道他的人，在推想此公的目標，又射向這位女教士了。他們這幾位，之所以有興趣把魯金土邀到這邊來，一方面具有睦鄰的目的，主旨還是想藉此獲知盧教士的一些什麼？誤會了魯金土這孩子是個親侄子呢！

初次見面，又不便直問。只問了些魯金土求學的情形。

魯金土答說他從初中起，就在教會學校讀書，校長就是這位鍾牧師。未來的理想是考神學院。抗戰開始，就到這裡來了。現在教初中國文，是代課。小時候讀私塾，唸過經書。

雷教授看中了魯金土的形象，很適合他這本戲《新婚》中的那個新郎腳色。問他有沒有興趣演戲？

他們不知道魯金土演過黎錦暉的歌劇《可憐的秋香》，還演過花鼓娘，又演過平劇《蘇三起解》，這問題，魯金土只是以羞澀的淺笑作答。

大家已見到魯金土坐下之後，總是畏畏縮縮地，問一句答一句。羞羞答答，像個大姑娘似的。連祁科長想問一句：「盧教士還沒有結婚嗎？」話已到唇邊，都被魯金土那種羞赧的神情，展現出的氤氳給揮發散了。

「我還有學生的作業要改，」魯金土歉歉地說：「謝謝老師們！」遂站起身來告辭。大家也都起身，表示歡送。魯金土又鞠躬作謝。

「我來送，」祁科長說。遂趨前以右手箍著魯金土的腰，送出門，又送進了房。

「你這房子太小了。」祁科長又說。「改一天我見到你姑姑，告訴她替你換一間。空房多著呢。」說著又以口近耳去低聲問了一句：「你姑姑結婚了沒有？」

「有。」魯金土聽了，馬上回答，語音自然而平實。又附加了一句：「盧姑姑的女兒都十六、七歲了。」

祁科長聽了，不禁一怔，遂又問：「是不是離了婚？」

「沒有。」魯金土卻又斬釘截鐵地作答。「都在美國。」

祁仙煒聽了，不好意思馬上告辭，又搭訕著坐了一會兒，方始出去。

走回這邊，他們正在討論魯金土的一雙手，以及眉眼口鼻。宋丹麗發現到魯金土的手，不像男人，像女人。臉龐與五官，清秀的韵致，也像女人。尤其，看到他坐在那裡，羞人答答的眉眼神情，更像閨閣少女。所以宋丹麗向雷老師半開玩笑似的建議，說：「雷老師想要這位盧先生來演《新婚》中的新郎，以我看，反不如請他演新娘。」說著又伸出手來，自貶的說：「你們瞧我這一雙手，短短粗粗，剔火棍子似的。多難看哪！」又說：「說真的，雷老師，調換一下好不好？我演新郎。」

宋丹麗這一說，大家都鼓起掌來了。

「好，顛倒乾坤，」馬驌接過話頭兒說。「有哏，我同意。」

「得會演戲呀！」雷老師說。「型倒不錯的，呆了些。」

「呆，不見得噢！」宋丹麗又說。「你們沒有注意，他那一雙眼睛，看人的時候滴溜溜地秋波盪漾，媚態十足。」

「究竟女人看男人，另有隻眼。」方大提迸出這句話來。

祁仙煒心裡老是嘀咕著魯金土回答他的那句，說是他姑姑已結婚，女兒都十六、七歲了，丈夫、孩子都在美國。聽了大家在談論魯金土這男孩子的女人氣質，他雖未留心，卻有興趣想再去與這孩子藉詞多磨道磨道。遂插嘴說：「不妨叫過來問問。」沒當別人答喳，就轉身走出。

「要是真能顛倒乾坤，」馬驌又說：「這戲就更有哏了。」

祁仙煒莽莽撞撞要去喊魯金土再過來聊聊，談談演戲。房裡這幾個人，也都有此期待，所以老祁有此主張，無人反對。

可是，祁仙煒出門轉身一看，門已關閉，燈已熄滅，可能已經睡了，也可能又出去了。站在門口，略一尋思，不便敲門，便又回到這邊來，說是門閉燈熄，這小子可能睡了。

這一晚，這幾個人一直談到快十二點，話題始終沒有離開他們要演的這齣戲《新婚》，若是隔鄰房間的這男孩子願意扮新娘，宋丹麗演新郎，那就最好請盧教士演那個母親。

這些想法，策畫，都是些閒磕牙擺出的龍門陣。

對魯金土來說，他如今已全心志放在教學的課本上，設計的作業上。別的他都置之度外，連教會的詩班，他都沒有去參加練唱。尤其詩班的歌者，大多都是青年服務團歌詠隊的人。他一去，其中的人，就會問東問西，總是少不了要問他與盧教士是怎樣的姑侄關係？可以說，他已很怕與他鄰房的人接近，第一是談不來，第二是他討厭那幾個人，老是向他問到盧姑姑的這啦那啦！

正基於這些原因，魯金土總是一大早就起身離開了房間，晚上回來，也總是躲著鄰房的人，進了門，便把門關上加閂。有時，連燈也不開。雖然，他曾想調個房，這間房實在太小了，放了一張床，連個小桌子也擺不下，祇能在牀前放兩個方凳子。擺了一張課桌椅，坐位又壞了。魯金土要是必須用筆寫些什麼，就得折起被褥，騰出床板一角，鋪上報紙用來作爲寫作的桌板。儘管左鄰房間有空鋪，也有地方再擺兩張床，他卻不願住進去。不但在生活上合不到一起，在應對上，更不是魯金土可以步入那個龍門陣的人物。老實說，這時的魯金土，還是個徹頭徹腦的土娃兒呢。那裡能跟這些人物和合到一塊兒去。其他空房雖多，都太大，不適合他一個人住。盧金花也看過，她瞭解魯金土這孩子不會計較他生活上的條件優劣，在崇德中學時，一間放滿了雜物的舊馬廄，頂對著門搭了一塊門板，他不也住了兩學期嗎。既然魯金土沒有要求，盧金花也就沒有在意。

戰況，無論西北戰場或東南戰場，都一天惡劣一天。山西太原已失守，黃河北岸的陣地，也被敵人衝破，無法聯防。只得炸燬黃河鐵橋，向黃河南岸轉進。東南戰場自上海不保後，敵軍便分路向我長江南路包抄，南京終於撤守，全力保衛武漢。好在，政府已完成了南撤的準備。是以近來的傷兵，日見增多，衢州的街上，已有三三五五的身穿藍布睡袍，胸貼紅布十字的傷兵，在街頭巷尾，彳亍亍，有的拄拐。但在街上彳亍行動著的，大多健康如常。據說，衢州有兩個傷兵醫院，已有人滿之患。凡是能夠到街上走走的，都是馬上又要重回戰場的傷愈者。

因而，戰時青年服務團，又多了一項到醫院慰勞傷兵的任務。這任務，就落在盧金花身上，因爲她是名義上的隊長。此事需要向各機關及商家，捐贈慰勞品，兩家傷兵醫院，有多少傷兵？輕病號多少？重病號多少？有多少傷愈正要重上前線的？這些事，都需要會議決定工作步驟的分配。於是，各路人馬又齊集一堂。

盧金花爲了有個工作的幫手，遂把魯金土帶了去。他們教會學校在聖誕夜到元月二日，共有十天假期。遂設定到傷兵醫去慰勞的行動，就訂在十二月廿七日到卅一日這五天，每家醫院兩天。除了到各病房，分送慰勞品，每一醫院都舉行慰勞晚會，有歌詠、短劇、相聲、還有平劇一齣，由航空總站神鷹劇社擔任的。地方上的軍政長官，個個都親自到場慰問並致詞。

開會的這天，盧金花穿得非常樸素，內著墨綠色緞子祺袍，外罩藍色陰丹士林布長褂。頸繫銀色十字架項鍊，墨綠襪、黑皮鞋，平底。永遠剪成齊耳而流梳不亂的短髮，平平正正的分落在兩耳。似乎兩耳就是她用來卡髮的物器，恰好落下的髮絡，就卡在耳輪上。若有時擺動頭鬆散了卡在耳輪上的髮絡，她就會馬上伸手，把散出耳輪的髮絡，再整理到耳輪上去。這天，竟有一處特異於往日。那就是她忘了繫上束胸，遂放任了她那胸上豐滿而秀挺的雙峰，縱然穿的是寬鬆的旗袍，但在盧金花的舉止間，卻仍能使人偶爾在衣紋上，發現到那雙峰的尖處，如同江上的游豚，時而背浮出水面似的，在衣紋的漣漪動態中顯現。

這光景，是魯金土在祁仙煒的金絲眼鏡上觀察到的。

在會議結束後，魯金土走近去，展開左手掌心寫的「護胸」二字。盧金花一見，頓時悟到今天穿衣忘了帶上束胸，不禁羞赧血升起，紅了雙頰，竟嬌情的伸手向魯金土的手掌心，打了一下，卻被人看到了。

會後，他們已經商量好的，敲祁仙煒請一次客，已在鈔庫街的喜來興飯店訂妥。

「今天我作東，」祁仙煒宣布。「請大家賞光，到喜來興小酌。」

可能陳館長事先不知，遂鄭重的說：「南京都棄守了，還好意思大吃大喝。」

「老陳，我告訴你吧！」祁仙煒也一本正經的說：「南京棄守是咱們政府戰略上的安排。要不然，怎麼會用百萬大軍，固守上海灘七十幾天？還不是爲了完成政府的西撤。」老祁又用更堅強的語氣說：「我們抗戰的目標是長期的，不要爲了棄守來洩氣。我們要的是日本鬼子的泥腳愈陷愈深。……」

馬驌沒有讓他的議論繼續發表下去。遂打斷他的話頭，說：「好好好，高論高論，不愧是黃埔出身。」遂又將臉向陳館長，說：「老祁既然誠心誠意要請咱們吃上一頓，我們就去吃吧！這叫作『前方吃緊，後方緊吃。』」說著伸手挎起了老陳的胳臂，說：「大家走吧！」一邊說，一邊伸出手指數人數：「一、二、三……」

祁仙煒則向盧教士躬身使禮，說：「請賞光！小吃。」

「噢！謝謝！」盧教士微笑著伸出手去，握手道謝。說：「我還有事，聖誕節就到了，我們忙些。原諒我不能參加，領情啦！」

祁科長的手，有力的握著盧教士的手，感受到那握在他手中的手，不像女人的手，乾枯枯如竹棒，還涼滲滲地。當時心裡就想：「這個女人，看去不瘦，看得到胸部圓挺挺的，怎的手竟這樣的乾枯？

給他的第一推想是：「這女人可能近四十了。那小子說她有個女兒都十六、七了。不是謊話。」遂使祁仙煒對盧金花的好感，又降低了幾度。所以，盧教士的辭謝，也就不勉強了。

別人，可不曾有此想法，尤其宋丹麗，希望盧教士在座，她有了女伴。遂說：「盧老師別走嗎！要不然我就沒有伴兒嘍。」

雷教授看得出是不應該再強留盧教士的，遂說：「聖誕，教會的工作是多些。改天我作東，盧老師你可得賞光。」

就這樣，盧教士綻放開芙蓉花似的笑靨，揮手告別。

這時，大家纔發現魯金土這小子，早已開蹓。當他聽到祁科長宣布請客，他就趁亂中遁去了。他知道他還沒有生活經驗來適應這種交際應酬的歡聚。就是盧姑姑去，他也不願去拿揑自己來受罪。縱有山珍海饈，也不敢放量去吃呀！有話，也不敢放肆去說呀！

這情事，可能這夥人，無人能夠揣想得到。因爲他們全不知道魯金土是一位出身貧農人家的土娃兒。

在吃飯時的閒談，開始時，還是以這姑侄兩人作話柄的。

有人說，他們這一老一少，時常相偕出現在街衢。尤其今天，他們中的宋丹麗與祁仙煒在不同的方向，見到這男孩，曾以手掌暗示這女士什麼？盧女士一看，頓時臉龐一紅，伸手向這孩子的手掌心，嬌情的輕輕打了一下。因爲見到的這兩人，不知道這孩子的手掌暗示出的內容，便以爲那行爲屬於男女間的「打情罵俏」。只是見到此一情事的這兩人，並未互通心曲，也不便直言。

「以我看，他們不是親姑侄？」宋丹麗說。「不但兩人的貌相沒有相同的地方，就是說話的腔調，也不像同一個地方人。」

「可以肯定的是，這女人不是姑娘，是婦人。」祁仙煒接過話頭說：「我問過這小子，說是丈夫孩子都在美國。以我看哪！」老祁說到這裡，取出煙與火柴，接著說：「這女人是個棄婦！」說過便點燃了唇上的煙，猛吸一口噴出一大團煙氳，又說：「基督教的牧師，都是成對的，不是天主教，神父修女都不結婚。基督教的男女教士，絕少是單打一，都是雙響兒。這女人卻是孤雁，不明擺著嗎！……」

店夥計來問菜啦！雷教授也感受到了祁科長今天的情緒，遂打斷了老祁的話，說：「東道主，別唸你的女人經啦！叫菜餵肚子吧。」

於是，大家都心裡有數，遂用話碴斬去了剛纔的話頭兒，另外闢出了海闊天空。這餐飯，還是喜樂洋溢、歡情充滿。都是年輕人啊！

6. 聖誕晚會的獻詩

耶穌的誕生日，是教會一年來的大節。這天，衢州這家浸禮教會，在學校選個大教室，舉行餐會。餐後還有音樂晚會。餐是教友們提供的，參加的人，每人帶一樣，不論葷素，量也不居多少。教會發了請柬，邀請了青年服務團的全部工作人員參加會餐及晚會。這晚，餐點豐盛，人也多，所有的桌椅，都擺滿了菜餚。只要一雙筷子一個盤子，就可以任憑兩條腿馱著一張嘴，滿場去選擇自己愛吃的。

餐後，轉入教堂，參加紀念耶穌誕生的禮拜儀式。儀式完後，是晚會，節目有扮演耶穌誕生時的戲劇，還有教友的獻詩。這時，雷教授方始發現到晚會的節目單，有魯金土的獻詩節目：「詩小雅：蓼莪！」。原來魯金土不是姓盧，也有盧琴妮的兩首獻詩節目：「靈火燒我心」、「壓傷的蘆葦」這節目單，祁仙煒見到，最感興趣的是，證明了宋丹麗的推想：「他們不是親姑侄。」他想：「也許宋丹麗見到那一手吧？」但對雷又鳴與方大提最感興趣的是，亟亟在期待這兩個節目的登場。盧琴妮的鋼琴，已見到她的指法，相當純熟，只是奇怪此人何以沒有在樂器上，投下精力呢？

「蓼莪」的節目到了。

荷！原在詩班的行列中，穿著白袍的魯金土，如今出現的卻是一襲藏青色的西服，雪白的襯衣，紅底白點領帶，黑光光的皮鞋，原來向下覆蓋面額的鬃硬毛髮，已加髮油梳得光潤閃亮，襯著他那清秀的五官，加上他心情的幾分緊張，血壓上升，兩顋與口唇，都像傅抹上臙脂似的俊美臉龐。所以他一出場，那翩翩美少年的丰采，便贏來炸堂的掌聲。台下原已認識他的人，幾乎都不敢相信這人就是那個魯金土。

魯金土那一向微笑的臉，走上場來，更像迎春花似的綻放得悅人。

走到台口一鞠躬，說：「我獻唱的詩，是一首孝子思親的詩，是詩三百篇『小雅』中的。曲譜是俺先生教的，吟唱的不好，請指教！」

伴奏的人是鍾師母。歌詞樂譜，已印在節目單上了。

魯金土的吟唱，音聲宏亮、低沈而厚實。尤其字音，吞吐有致，詩情滿杯。方大提一邊聽一邊在口中讚歎不絕：「好材料！好材料！學過的，學過的，」不是他心中的那個呆呆愣愣的土娃兒了。宋丹麗卻悄悄地向身邊的雷老師說：「此人大有來頭。」

吟誦完畢，又是炸堂掌聲。還有人喊：「再唱一個。」

跟著就是盧教士的兩首獻詩，㈠「靈火燒我心」㈡「壓傷的蘆葦」，都是頌主詩歌。

盧金花是一位從來不在大庭廣眾前，去表現自己的一個貞靜的女人。今年這個聖誕夜，她之所以突然要在聖誕晚會中，主動要去獻唱這兩首頌詩，是有原因的。這原因潛藏著一個黑白混淆的人生之世。

這十六年來，盧金花都在美國度此大節。因為她有個女兒在美國，被人從小就領養去了，今年十七歲。自從去年回去度聖誕，不惟沒有再見到女兒，還留下了話，要求她今後不要再去干擾她的生活。今年，遂沒有再回美國。但仍祈盼著能得到這孩子的一張聖誕卡。明知不可能，卻仍在盼。

這情事，只有鍾斯牧師夫婦最能瞭解。所以在盧金花領薪的那天，鍾師母為她準備了一張聖母瑪麗亞懷抱聖嬰的賀卡，教導魯金土雙手呈獻給盧姑姑，說：「祝姑姑　聖誕快樂！」正由於這張聖誕卡，引發了盧教士主動的要在今年的聖誕晚會中，獻唱兩首聖詩。這兩首，就是她自己選的。

可以說，盧教士獻唱這兩首聖詩，是有準備的。

這天，她身穿白色呢絨西服，上衣下裙，白皮鞋、白線織長筒襪。內著白色剔花繡金的領襟襯衫，胸前仍舊繫著那隻銀鍊嵌扣著的十字架。上衣左襟扣了一朵還帶著兩片綠葉的粉紅色山茶花。烏漆漆的後梳齊耳短髮，鑲著她那不施脂粉而秀美出自天然的臉龐。那微笑與誠贄的情韻，早已形成了盧金花笑面沁人的標幟。所以，她一從門中走出，炸堂的掌聲就響起了。

「謝謝大家來參加我們今年的聖誕晚會，我在此祝大家以喜樂的心情，來迎接行將到來的新年！

在此祝大家新年快樂！」

台下又響起掌聲，有學生喊起：「盧老師新年快樂！」

略微靜了靜，說：「我不會唱歌，而我卻願意本著心情的快樂，選了兩首頌聖詩，向在座的弟兄姊妹獻唱，唱得不好聽，不要見笑。第一首是「靈火燒我心」

靈火燒我心，靈火燒我心，求主賜我靈火，燒我冷淡心！
靈火燒我心，靈火燒我心，求主賜我聖靈，充滿我的心。

歌詞雖短，唸起來祇有兩句。唱起來也祇有兩種大同小異的旋律，但通過一個人的內心感情，再打從心胸一路路滾輦出喉頭，歌出口來，聽著這兩句話，在聽者的心海，便泛起了不同凡響的激盪。盧金花又不是學聲樂的歌唱家們，在歌唱時振綳起胸，直挺起脖子，務必要吼出那震動屋瓦的聲音，她只是在如同平常說話一樣在歌在唱，只是聲浪比平常說話要響些就是了。但由於歌者之歌，出於情真意誠，聽來，特別感人。

掌聲如雷，盧金花微笑鞠躬，掌聲未止，再鞠躬。態度安詳，微揚兩掌，掌心向外輕搖，要求靜下來。

等到台下靜止下來，說：「我再獻唱第二首：『壓傷的蘆葦』」

壓傷的蘆葦他不折斷，將殘的燈火，將不熄滅！

耶穌肯體恤他是恩主，祂愛我到底，創始成終。

歌詞也是兩句，曲譜的旋律，也是大同小異的兩句。但曲調不同，旋律的節奏，也不同。四分之三與四分之四，在節奏上，異趣頗大。所以這一首比上一首難唱。高低也有起伏。上一首走高，這一首則走低。末一句「祂愛我」的「祂」字，走高，來加強對「祂」的崇敬。

盧金花唱完，雙眸已淚光瑩瑩，一邊微笑鞠躬作謝，便一邊在後退。無論台下在熱烈的掌聲中，如何的大叫：「再來一個！」她只是用微笑作答，一步步退後，轉身進入後台去了。

7. 爛柯山的石室迴響

他們這幾位，都不是教友，沒有等著「報佳音」，聽完盧教士的獻唱，便相繼離座。幾個人又回到他們的那個大房間，去海闊天空。

「魯金土是有師傅的，」宋丹麗說。「聽他說話，一口的山東侉腔，他歌唱的字音倒不侉。我猜這人有來頭。」

「什麼山東腔，人家是安徽人，」馬驌說。「這麼一打扮，我都認不得啦！」遂當面衝宋丹麗說：「小宋，妳的想法，可以實現啦！由這小子扮新娘。」遂又面向大家夥說：「看到這人上場，羞羞答答的，怎麼恁麼像個娘兒們。」

本來，雷教授對他這本戲，已失去興趣。因為城隍廟的場地修整，先受到廟祝們的反對加蓋天井，說會破壞風水。再是省政府搬遷未定，拖了一個多月。近來雖然定了案，可以蓋了，卻又受到戰況的影響，杭州、富陽，也在近日棄守。日軍正順著長江西岸，增兵南侵，西方從平漢路南攻包抄，準備四路合兵，攻下武漢三鎮。立足腹心，則中國戰場，大勢已去，就此歇兵以和議作爲占領中國的目的。那麼，浙江金、衢這一帶，日軍若是順著富春江南下，浙贛線都不免淪爲戰場。遂又遲遲沒有動工。原來主演《新婚》一劇的新郎，已隨著家庭的變動，離開了衢州。《新婚》停止排戲，已不少日子了。雷教授也打算到昆明去，今經馬驌這麼一提，居然動了心，說：「不妨試試看。」

可是，魯金土總是早出晚歸，經常不在房內。一是爲了要全心意投放在教書工作上，就是不在學校，也回到教會這邊來，改學生的作業，讀要讀的書。或聽候教會方面的使喚。二是怕與他們那些人和合在一起，並不全是他不善交際怕丟醜，實在是一位忠於職分怕被玩樂分了心去。就是回房，也馬上關門，連燈也不開，總是摸黑，脫衣入寢。

這邊房裡的人，等了兩天見不到人，遂寫了一張字條，釘在門上。魯金土只得踵門回復。他婉言辭謝，說是學校有兩班學生的課業，教會還有應負擔的雜務要作，騰不出時間參加。過去，又沒有演過戲，樣樣都得向老師們學。也浪費大家的時間。由於城隍廟的場地問題，雷教授與導演馬驌的熱潮已降，也就不去力商。

方大提卻不然，他一心一意想結交魯金土這位小他五歲的朋友。因爲魯金土在歌唱時，旋律出的音聲，激發了他。

教會及貞文中學的假期，放到元月二日，三日纔上課。

盧教士在這個假期中，除了禮拜天，都安排了到各軍醫院去慰勞傷兵的日程。青年服務團由盧教士率領。本來，魯金士已被學校同事約到金華北山雙龍洞去玩三天。他不肯花費太多金錢，沒有應允同行。這幾天，他還有家信要寫，發了薪資，算一算還不夠還盧姑姑墊的製裝費。這幾天，盧姑姑忙著率團勞軍，還沒有時間來算這筆賬。到金華玩上三天，吃住就得不少錢。他算了算：「我那裡還有錢玩呀！」湊巧，方大提約他去遊爛柯山，他便應允下來。

這天是個響晴天，十度上下的氣溫，午時，還有著小陽春的氣象。山嶼間還有紅黃小花綻放。

兩人坐黃包車去的，一路上，方大提就向魯金士發問有關吟唱詩小雅「蓼莪」這首詩的字音問題。

魯金士把他學來的字音在歌唱時的讀法，毫無隱藏的向方大提述說。

我們中國字是個體的，但卻往往一字數音，大體上說是一音一義，卻也不一定，也有一音數義的，只看用在怎樣指義的文句中。按「蓼莪」兩字，上一字是形容詞，『音陸』，長大的樣子。這字也作名詞用『音了』，生於水邊的小草，一年生植物類。下一字是名詞，『音娥』，是一種蓬蒿類的草。名稱是『娥』的可以吃，名稱是『蒿』，不可以吃。（連牛馬都不吃它，因爲蒿草有怪味兒）。吟誦的時候，讀音依照切韵來唸。唸的時候，分字首、字腹、字尾三段音聲，組合起來，再吐出唇的。另外，還得依照音樂上的宮、商、角、徵、羽五音的範圍來駕馭。再另外，還得懂每一字音的發音著力處，在口腔的何一部位？所以，還得去練習喉舌齒牙唇五音。還有四呼時的口型變換。四呼是張（開）口呼、合（閉）口呼、齊齒呼、撮口呼。

雖然，魯金士一邊說，還用口唇表演著口型的變換，方大提還是不能領會，而且，還越聽越糊塗。

「那麼，我們中國的歌唱，都需要像你說的這樣唸音嗎？」

方大提不大相信的提出了這麼一句疑問。

「譬如說我方大提三字，」方大提比方說。「怎麼唸法呢？」

「按切韵，應該這樣唸，」魯金土說：「方，夫央切，夫字音是字首音，央字音是字腹音，夫央二音合拼出的字音是尾音，這個尾音，纔是方字的字音。」又說：「這個方字音，最後還有個歸入韵律的音，這方字的韵律音是尢（昂），唱到方字的時候，若是慢唱，會有四個音：『夫、央、方、尢』。」唱出了方字的四段音聲，纔是用於音樂歌唱時的正確字音。」

這樣說，方大提還是似懂非懂，真格是「隔行如隔山」。

「歌是長言，」魯金土又說：「長言，就是歌唱要把字音拉長來唱。古人說：『歌永言』，就是『長言』的意思。至於「大」字，古今讀音不同。古音『鐸艾切』，音『代』，或音『鐸餓切』，音『多』。今天，我們讀『ㄉㄚ』，達字的第四聲。這大字是開口呼，唸音時先張口。雖然一張口大字音就吐出了，但是『ㄉㄚ』二音，還是存在我們吐出大字音聲中的。『提』字，是『田倪切』（半合口半齊齒），也是一吐音，提字音就出來了。但『田倪』兩字的『首腹』二音，還是存在音聲中的。」

（以上所用切韵字，採用的是民國四年的《辭源》。切韵的上切字下切字，各人可以由各人的方言語音，去選上切字聲母字、下切字韵母字。特此註明。）

「聽你這樣說，好像說的是戲劇歌唱？」方大提推疑說。

「我的先生（老師）說：『我們中國的音樂歌唱與戲劇是一體的。』」遂又說：「我們中國戲劇的唱，應該說是歌劇。」

「你會唱平劇嗎？」方大提突然體會到此一問。

魯金土答說會一點點，跟『話匣子』學過。方大提則說：「聽了你這番解說，就猜到你一定會唱戲。」

到了爛柯山下，下了車還得拾級走一段路，過了道觀的亭臺樓閣，再爬一段山路，方始到石室。半山腰有一個石橋拱門似的洞，貫穿了全山腹，走進去，恰似一個空曠的大廳，山風習習，陰涼爽人。到此一遊的人，幾乎人人都要走到西方的洞口，面向洞外俯眺山下景物時，總不忘呼嘯幾聲，洞外的回響，會聲滿全洞室。

方大提一時興起，站在洞口向外提起歌喉，唱起西洋歌劇來了。哇！他那響徹空谷的回聲，使得所有石室中的遊人，無不退避三舍，自愧無能吼出這大聲的嘯嗚。

魯金土的興頭被引發起來了。也居然站立洞口，面向洞外的山壑田野，放開歌喉，唱起「玉堂春」的倒板：「玉堂春跪至在都察院」。他那嬌而且柔，潤而且清的嫵媚嗓音，與剛纔方大提歌唱的西洋歌劇，陽剛、陰柔，恰成正比。從山谷盪回的音聲，在石室中繞樑。使得石室中的遊人，無不一個個支起耳朵圓睜眼睛，來打量他們兩個。

這時，最感到興奮的是方大提，在他學音樂的人聽來，認爲魯金土的這句歌聲，音色極美，清澈滋潤，旋律輕柔，遂說：「哇！你是唱小旦的！」魯金土唱完之後，看到這石室中的遊人，個個都向他們兩人打量，一時羞澀畏縮，遂向方大提說：「咱到那山亭子坐坐吧！」說著用手指向右前方的山谷，那裡有個小亭子，亭後還有一顆比亭子稍高的松樹，枝葉青青。於是二人便循著一條行人踩出的山徑，走了過去。

他在這小亭間聊到聲樂，魯金土只懂得一些聲韻學上的常識，關於聲樂學上的事，他還不能答對。起先，方大提以爲魯金土學過戲，也唱過戲。魯金土告訴方大提，他只會唱幾句「蘇三起解」及「三堂會審」，是從話匣子（留聲機）學來的。儘管如此說，方大提還是有幾分不相信。

兩人在這遊人稀少的山亭中，一面談，一面吃食他們帶來的食物。

「沒有人教你，光憑聽覺，你怎能懂得唸字吐音的訣竅？」方大提不相信的問。他學過音樂，懂得這些問題。

事實上，魯金土學唱平劇，是經過唱平劇的人指點過的，也可以說是有人教過的，先是蚌埠一家戲班中的小旦教的，以後在軍中的那段日子，又經過兩位票友教過，再加上他的聽覺銳敏，人又聰慧，專心職志的跟著留聲機，一遍又一遍的下過工夫。可是，這一段生活史，魯金土怎好從頭到尾，一一向方大提這位新交的朋友說呢！

「咬字吐音，是跟先生教聲韵學學來的，」魯金土答說。又說：「我只會唱這齣《玉堂春》，從留聲機學來的。」

方大提也就沒有再多問，祇說打算到神鷹劇社去學平劇，很想深入中國歌劇的這個音樂問題。他邀魯金土跟他作伴兒，一起去學。

「雷教授可能離開這裡，他到昆明去。」方大提又說：「老雷走後，你就搬過來，我們兩人同住。」

魯金土沒有表示可否？只說他擔任的功課，需要盡心盡力。說：「學戲，若想學得好，要投入很多時間，耗去許多心力。我知道我沒時間去玩戲。」

於是，方大提感到有幾分惘然不解的心情。在黃包車上，談起歌唱的唸字讀音問題，魯金土的談鋒，連珠箭似的，到了爛柯山的石室，他那一句響徹山谷的歌唱音聲，清脆嘹亮，委實令聽者為之豎起耳朵鼓起眼。想不到魯金士竟頓時紅起臉龐，羞縮起來。問他怎樣學來的？就有著回避的語氣。到了這山亭中，雖近處已少遊人，却也變得羞羞澀澀，沒有在黃包車上的談鋒，那麼爽朗無忌，總想規避去談有關唱戲的事。聽了他剛纔的：「學戲，若想學得好，要投入很多時間，耗去許多心力。」就推想魯金士是學過戲的。甚至去猜想那位盧教士，也許是唱戲的出身，聽她那兩首獻詩的歌喉，清脆的音聲，與魯金士如出一轍。方大提推想到這裡，也就不再追問魯金士的戲是怎樣學來的了。

8 事情就是這樣發展的

上海棄守後，跟著日軍就占領了南京、杭州，還有長江東岸的蕪湖、甯國等地。這時，中日將停戰議和的謠諑，便在這一帶耳語盛傳。可是，我國民政府撤出南京，蔣委員長曾發表了一篇「我軍退出南京告國民書」，已剴切說明了此次對日抗戰，是爲了反強權、反侵略，爭取獨立生存的民族戰爭。爲了挽救國家的危亡，維護中華民族的生存，我們中華五億萬民族，誓與日本軍閥抗戰到底。我們要打一個持久的戰爭，不在乎一城一地的被占，我們要意志集中，力量集中，與帝國主義的強權，周旋到底。最後的勝利，一定是我們的。

顯然的，浙江的日軍，占領杭州之後，便駐足在錢塘、富春兩江的北岸，未再前進。連濱海的鎮海與甯波，都未去登陸干擾。

那麼，在此時期傳出了中日將停戰議和的謠傳，生活在浙江南部這一帶的人，大多信以爲真，有的私下慶幸著，說：「仗不會打下去了。」

可是，衢州東門外的飛機場，還在日夜加工的擴修，敵機空襲的警報，還日日不斷的鳴叫。日機也不斷的來投彈轟炸飛機場。戰報傳來的消息，日寇的大軍，正在大量南移，東循長江水，西循平漢路，作東西水陸兩路，再加上南海珠江口的日本海軍，在阻撓海陸的補給，發展中的戰略形勢，是包圍武漢三鎮。看起來，日軍的侵略戰爭並未停止啊！

同時，由上海、南京這一帶淪陷區的人民，陸陸續續一批又一批的，有如波濤似的浪頭，一波跟一波逃到這一帶來。不到兩個月，這一帶的大城小鎮，人口頓增，社會自也隨之繁榮起來。

衢州這座城池，在浙贛鐵路未有之前，它的繁華區在西門，船碼頭在西門外。到如今，出了西門還是一大段青石台階，走完三個層次，方能步到水涯上的碼頭。據說，過去的西門外，是帆檣如林，西門內的這條水亭街，是衢州城商業鼎盛之區，商家在這條街經營的是南北雜貨，乾鮮菓類，還有五穀糧米。另條小南門內的長街，商家則經營布匹，服裝成衣，日用器物，如瓷陶、五金、竹、木、藤、柳等手工器物。都在這條街上。雖然浙贛鐵路通了車，又在鈔庫街旁開了一個新南門，一條大馬路貫通南北，另一條通向東門飛機場的東西長街，也開闢了一條大馬路，論商業，還是西門的水亭街與小南門的坊門街。

可是近來不同了，新增的人口，商家大都選擇了這兩條新開的大馬路，兩旁的店舖，還有不少空著，也有拆得半半拉拉的舊房屋，還得再整理。這些空隙，正好填補了新增的人口，所謀求的生活需求，一家家新興的各類商業，遂如雨後春筍似的挺生出來。

城隍廟就在這東西南北兩條新開大道的交叉處，大門對著一條貫串全城東西的小河，後門則在橫貫東西的新闢馬路左旁。廟後靠馬路，蓋了商店。但廟的側門，則有一塊上千公尺的空場子，經常有小販聚集，或有說唱的，要猴戲的，偶在此處作場。廟的大門，雖南臨東河沿，燒香朝拜問卜的信徒，却大多打從這後側門進出。原因就是這側門有這麼一大塊空場子，經常熱熱鬧鬧的。演大戲，衢州城還祇有城隍廟這個舞台。每年總有個三幾次，有大戲在這裡演出。每次演戲，這側門就是出入口，舞台背後的兩進院子，便把兩廊間的拱門封閉。甚至連大門也關起，指示香客也都從後側門出入。

廟祝們有一部手搖的電影放映機，只要等到影片，就賣票放映，一個人，胸前掛著鼓與鑼，背上掛著木板貼好的電影廣告，一邊走，一邊敲打，穿街走巷，宣傳效果還是很大的。如今，有人帶來了電動的電影放映機，有聲的、無聲的電影片，也帶來不少。於是，城隍廟放起電影來了。

主管這類文化事務的縣民眾教育館，又出來進行交涉場地整修的問題。終於達成了協議，城隍廟的場地，開始按原計畫整理。舊式的戲台，都是高的，台下的觀眾都是站著觀賞。有錢有勢的大戶人家，則是在戲台的左右後三方，搭起一尺多的看台，上蓋席棚，內擺桌椅。城隍廟的舞台，也是這樣的高，戲台左右有半樓，可以坐在樓上，居高臨下觀賞。台前的觀眾站處，是一塊露天的天井。兩旁的走廊，可以搭起高出一尺的檯子，擺上桌椅，坐下側向戲台觀賞。城隍爺神位前面的那一大塊焚香膜拜空地，是不准有人站立或停留在那裡的。不能妨礙神看戲。

天井，蓋上棚子，地上用木板墊高一尺多，打橫製作兩排木椅子，每張可坐四人，兩邊與中間留一過道。兩廊也墊得一樣平。戲台左右的兩個半樓，重加修整，留作貴賓席位。

當一切策畫完妥，已是臘月半。年下工忙，何況新的各方神聖，人人都在各顯神通，整修房屋店面的工作，已是供不應求。必須過了元宵節，方能動工。這樣整修，雖不是大修土木，上蓋高棚，下裝地板，百把兩百張座椅，却也不是個小工程。還有，經常有空襲警報，日機常來轟炸。施工的一方，也不敢說準完工的日期。已經訂妥了的嵊縣女子文戲（的篤班），江西鉛山的弋陽腔，都受到場地沒有確期，業已錯過了兩個檔期。至於開幕日預定時間，是三月廿九，當日首先開台演出的戲碼，早就決定的戰時青年服務團，自編、自導、自演的三幕劇《新婚》。可是先是男主腳隨同家人南去新加坡，近又是編導雷又鳴教授要到桂林去，這幾天就要離開。這戲停止排演，也不少日子了。目前，唯一可依賴的，便是航空總站「神鷹劇社」的平劇。

「神鷹劇社」的社長高揚帆先生，業已興興頭頭的答應下來。大家都一致認爲，三月廿九日開幕這一天，由「神鷹劇社」演出平劇，最合適不過。

可是，「神鷹劇社」雖有行頭等等，並沒有可以叫座的「角兒」可以亮台，都是新學的票友。上過一兩次台的人，除了高社長上台唱過「拜山」的黃天霸，再找第二位，便是那位教戲的張老師。所以高社長興興頭頭答應下來之後，回去跟張老師一說，方知大有問題，目前有那些人可以上台演戲啊！商量到最後，還得到金華、蘭谿等地去邀角兒。張老師知道，金華、蘭谿兩地，還有幾位票友，可以請來幫忙。正在這時際，却聽到方大提說這裡就有一位唱小旦的人物。原來就是基督教會真神堂中那位女教士的侄子魯金土。高社長見過的。

「荷！就是那個孩子！」高揚帆極爲興奮的說：「怪不得看去渾身都是女人氣。」

當時，方大提曾把他與魯金土同遊爛柯山的經過告知，向高揚帆說出了他的看法。

「那天，我只聽到他唱了那麼一句，」方大提說：「音色極美，音量也實，音質也厚。雖是中國戲劇的假聲，又有石室形成的飽音，聽來的感受是相當誘人的。只是……」方大提停了一剎又說：「總令人覺得這人有幾分神秘。看去，好像有什麼隱情，欲言又止，只說是跟留聲機學來的。」又說：「我約他一道到這裡來唱唱，都不正面回答，只說他的工作很忙。看來，未必會願意參加喲！」

「試試看，」高揚帆說：「今晚就去。」

縱然方大提說魯金土經常不在房裡。很少見到人。高揚帆還是到了方大提的住處。

前面業已說過，方大提與雷又鳴住的地方，原來是間教室，空間很大，靠右門的那一邊，並了六張長方桌，兩旁擺了坐椅，像個會議之所。設在貞文中學的青年服務團，有些人時常到這裡擺龍門陣、馬驌、宋丹麗、何貞婉、祁仙煒、陳尙先，還有專員公署的李淸廉、縣府的程鳳翊，有時也有歌詠隊與戲劇隊的隊員，也會進來作聽眾。住在僅隔一墻的魯金土，不但不參予，還經常閉起房門，就是晚間回到房內，也很少開燈。白天在學校或教會，更是很少回到房裡。他住的這間房，小得在擺一張床之外，連一張寫字桌也放不下。雷又鳴教授要走了，方大提建議他遷到這邊來，他都沒有回答。

高揚帆晚上到來，龍門陣擺到了十一點，魯金土的房間還是黑的，敲敲門，也無人應。

「這小子怪得很！」祁仙煒說。「人在房裡，也不開燈，回來了，也裝作沒有回來。」

這話是在高揚帆連敲幾聲門，房裡無人回應，祁仙煒故意放大了聲說的。

高揚帆只得留下一張字條，塞在門縫上。

當他把留下的字條，向門縫間塞入的時候，已發現門扣上的鎖扣，並沒有扣上。高揚帆雖已心明，却未再說什麼。

他懂得：「求人得有耐性。」

魯金土之所以要躲避他隔壁的這幫人，怕的是洩露了他會唱戲的底因。在蚌埠西遊藝場，以「小紅娃」的藝名扮演花鼓娘的這段生活，在如今的魯金土回想起來，委實是不能與「中學老師」這一身分，湊和到一起的。盧姑姑已經交代過他，說：「娃兒！你已不是傭人，你是教育工作人員。在年齡上，你已二十歲，是大人了，不再是孩子了。」這番話，他都親切的記在心上。演花鼓娘的時候，一來還是個孩子，二來正遇上大減年，為了填飽肚子，凡是能正正當當去賺錢的事，總想去試試。如今，每月有六十元的薪資，過去，還沒有想到這時候就能賺六十塊大洋。所以，魯金土把全身心都放在他這份工作上，無論對人、對事，他都小心翼翼的，真可以用「如臨深淵，如履薄冰」這句成語，來形容他這時的心情。再說，跟隔壁這幫人在一起擺龍門陣，魯金土也湊合不上，在他生活的知識上，究竟淺而且薄啊！

第二天，下大雪，從夜晚就飄飛，晨起一看，屋外一片銀白。方大提還特別走到魯金土門前，見到門是上了鎖的，昨晚塞到門縫中的紙條，已不見。知道魯金土昨晚在房內，今晨一早就出門了。約會今晚相見，已經知道。晚上，他們在一起聚餐，宴送雷又鳴到桂林去。方大提告訴高揚帆，字條已經傳知到了。晚餐後都未他去，便踏雪回來。生了炭火爐子。在等候這位他們認為「神秘」的人物。

這晚集聚於此的人可不少，集團軍總部祁仙煒、航空總站的高揚帆、縣府的教育科長程鳳翊、教育館的陳館長尙先，還有馬驌及其女友何貞婉，宋丹麗及其男友梁中平（縣府的會計主任），還有兩位小姐是方大提的高足：趙燕雲與常青，再加房主人雷又鳴與方大提，共十人。炭火盆燒得飛揚著金色火燄，從二人兩張床之間，移到這邊大房的當中，坐椅也全移到火盆四周。坐的坐，站的站，真可以說是濟濟一堂。咭咭喳喳，你一言，我一語，東扯到葫蘆，就西扯到瓢；南說到太陽，就北說到七星。不大會子工夫，這間房便溫暖如春，還得微微打開後窗，隨時引入氧氣進來。

勃勃勃！有人敲門了。

「來了來了！」兩位女孩子最為興奮！說著忙去開門。

魯金土進門來了。身著一襲長袍，外罩老藍布大褂，頭戴一頂毛線帽，帽頂有線球，帽沿捲著，頸上圍著一條白色毛線織成的圍巾，展開笑臉，山茶花似的清韻悅人。

一進門就躬身脫帽使禮，說：「我來晚了。請原諒！」

「不晚，不晚，請坐。」

眾人個個都站起身來讓位。這人拉椅子，那人拉凳子。

魯金土選了一個下位坐下。房內的人，也沒有人想到這些，大家的目光以及心神，個個都在打量著他們在飯桌上說到的這位會唱小旦的男人，這房裡的人，有一大半沒有見過魯金土，就是見過一兩次的方大提、雷又鳴、祁仙煒等人，今天見了，也都突感陌生。一來換了打扮，二來頭髮留長了，小平頭變成小分頭，再一穿上長袍，儼然另一個人。當他進來躬身行禮，連方大提都愣怔著，不敢相信這人就是小魯？

這次到這房裡，比上次開朗，也自然多了。俗說：「馬要鞍裝，人要衣裳。」今天的穿著，確使魯金土變了個模樣，顯得老氣多了，也神氣多了。更顯然的是像個大人，已消失了孩子氣。只是那幾分女人氣，不但在眉眼間羞懼著，也在手腳間澀縮著，坐在那裡不大敢游目四射，總是瞄一眼就低下眼皮，雙腳竝著，兩手相壓，放在膝上。眼角與嘴角，總是懸掛著微笑的旗幡。

「哎！小魯，」高揚帆首先發言，「俺們這一夥子，都比你大，叫你小魯，你不在意吧？」

「那裡？」魯金土羞羞澀澀回答。「不會的。」

「按理，應叫魯老師，」雷又鳴插嘴說。

「不敢當，不敢當，」魯金土連連謙遜著說。

「哎呀！咱們甭客氣，」高揚帆還帶著他哪東北土腔說：「叫小魯也小不了；叫老師也老不了。」轉向魯金土，又帶問似的說：「小魯你說是不是？」

「沒有關係，隨便叫。」魯金土說：「名字只是個符號。」

「荷！」高揚帆扯了個長腔，說：「聽到了吧？『名字只是符號』教書的先生究竟出口就是文章。」遂又頓轉話頭，說：「咱們還是言歸正傳。哎！小魯，聽說你是票旦腳的，怎麼？真人不露相啊！」

「唱得好！」方大提插嘴說，還伸出大姆指，揚起手來搖晃著。

「我是跟話……」想說「話匣子」，怕人不懂，遂又改口說「跟留聲機學的。只會蘇三起解那幾句。」

「沒關係，」高揚帆竟抓住話頭兒不放。「俺們票房有教戲的師傅，不會的教給你。」遂又補充說：「放心去學，學費是票房的，私人不必花錢。連上台都不要花費。」

「城隍廟的場地，過了年就動工整理，」民眾教育館陳館長說：「決定三月廿九日開幕，首先登台演出的節目，就是神鷹劇社的京腔大戲。魯先生你可非得參加不可。」

「什麼『魯先生』，聽著彆扭，還是叫『小魯』！」高揚帆快人快語的接過來說。又向魯金土說「小魯！你可沒得推的，請大家夥瞧嗎！」說著就指著坐在那裡羞羞慚慚，紅著臉，漾著笑紋的魯金土說：「甭說扮起來，就是他這個小樣兒，推到台上去，也會得個滿堂彩。」說著高聲問：「大家說會不會？」

於是眾口同聲，說：「會。」跟著就是全體的掌聲。

魯金土羞羞慚慚地站起來了。說：「我的工作比較忙碌。學校有課，教會有書牘雜務。教書，我是初出土的蟲子，還沒有成蛹，事事都要見習。耗去的時間，比別人多。我沒有時間去學戲，那能上得臺。方老師聽到的那一句，是石室山灌飽了的聲音。我也只會留聲機上的那幾句。上不得臺的。」

魯金土推辭，他委實不想再去做這類拋頭露面的事。

「前事不忘，後事之師。」這句古話，他常記心頭。

「學校放假了呀！」宋丹麗插了這麼一句。

「是呀！在假期中總有時間學呀！」陳館長說：「這是我們青年服務團主辦的。」

高揚帆已有幾分火起，聽了魯金土這番推辭話，就認為這小子不通世故，不講情面，竟一口回絕。遂繃起臉不說話。

「我看這樣吧！」祁仙煒打圓圜。說：「由我們總部出面請一桌，宴請青年團的全體工作人員。這事不就好商量了嗎？」

「好！」首先響應的是雷又鳴，「但願還有我。」

「當然有你老雷。」祁仙煒說。「少了老雷戲就沒導演啦！」

方大提看到魯金土低著頭呆呆的，打算沖淡這時室內的凝滯氣氛，遂說：「大家把衣服寬解寬解」，說著脫去了棉布外氅，「我來拉一個曲子，小魯也唱一段。」

這時，室內的溫度，確已升高，已有人在擦汗了。

魯金土身穿長袍，脫了長袍，上衣只是白上褂，再內只有一件汗衫，要是脫了長袍就太單了。本想告退，又怕得罪人。他已看到高揚帆在擺臉了。好在就住在隔壁，遂說：「我去換件衣裳，是太熱了。」說著便走出房去。

「這小子什麼出身？」魯金土剛出門，高揚帆就開了罵：「他媽拉個八字，憑什麼擺？不識擡舉。」

「哎！老高可不能這樣想，」雷又鳴還嘴和諧高揚帆的心中不快！「小魯還是個孩子，他得聽大人的。我們要諒解，他是教會中人，有顧慮！老祁說得對，不會有問題。」

正說著，魯金土進來了，脫去了棉袍，加了一件毛衣。說是雪又下了。

方大提取出了他的大提琴，定了定弦，拉的曲子不是西洋歌劇，卻是《毛毛雨》，所以他一拉出旋律，宋丹麗便跟著哼唱，另兩個女孩也哼唱起來。魯金土一時高興，也跟著哼唱起來。陳尚先、祁仙煒、馬驌、何貞婉，都跟著哼唱起來，眾人拍手作節奏。一時歡樂洋溢，融洽了炭紅的火盆，春暖了這間房屋。

跟著，又拉《麻雀與小孩》、《葡萄仙子》、《月明之夜》，一直轉到「大刀向鬼子們的頭上砍去！」十多人在這雪夜歡樂到三更天纔散。

魯金土的孩子氣，以及青年人的那種歡樂飛迸的情性，改變了大家對這孩子的「神秘」想法。

繼和談謠諑之後，日本方面居然發表了一篇對華重要宣言。跟著，蔣委員長夫人宋美齡女士，在香港答覆記者說：「犧牲領土的條件，決無接受的可能。」過了兩天，我政府便發表嚴正聲明，告訴國際間，我們必須維持國家的領土與主權的完整，舍此基礎，決無停戰談和平的可能。日本人的停戰議和條件，除了要我們承認滿州國，還得同意外蒙、華北，以及上海市的自主權之建立。還得賠償戰費。他們繼續占領華北、上海等地區的占領費用，也得中國人民支付。比亡國還要苛刻啊！我們政府的嚴正聲明，等於拒絕投降。但日本人侵華的第一波和議，就這樣給打敗了。

向前走，別退後，生死已到最後關頭。

同胞被屠殺！土地被強占！我們再也不能忍受。

亡國的條件，我們決不能接受。

中國的領土，一寸也不能失守。

向前走，別退後，拿我們的血和肉，去拚掉敵人的頭。

犧牲已到最後關頭。

戰時青年服務團的「晨呼隊」，連日在晨曦與昏黃的街巷中，歌唱了三天。由於缺乏紙張，停刊已久的《衢州日報》，採用了我們工業發明自製的淡綠色糙紙，已勉強復刊。印出半開一張，雖還無力按日出版，像日本軍閥的這種和議條件的要求，刊上報端，對於民心士氣的激勵，則是很大的。城隍廟場地整修，三月廿九日的開幕預定，以及近來人口的飛速增加，社會的日見繁榮，都與我政府發表此一聲明，拒絕亡國條件的和議有關。日軍占據杭州之後，便駐守在北岸富陽，也未再有大舉南侵的軍事行動。

浙南這一大片土地，卻也因此苟安了下來。

關於神鷹劇社希望魯金士能加入一腳，參予演出，並沒有接受祁仙煒的饗宴，在工作會上就解決了。一經提起，鍾牧師便一口承應，說：「既然這孩子有此才能，理應參加。」盧教士也在席上，卻也笑著說：「我不知道這孩子還會唱京腔大戲？不會是聽錯了吧！」實際上，盧金花的確不知此一內情。但却說：「學校馬上放寒假，倒有時間。」

不錯，學校快放寒假了。但對魯金土來說，却又平添了一件家事，糾纏著他。近來，他收到一封家信，告訴他收到教會匯去的二十元大洋。問他，教會為什麼匯這麼多錢來？是不是有意為你成親，要家人把女孩送到浙江去？兵荒馬亂的，女家來商量過好幾次了呢！又說，正在打聽如何走去？火車、輪船，旱路、水路都不通了。信上還說：「要去，只有起旱（走路去）。要去，只有我跟她爹兩人推著小車起旱去。」又說：「還在考量，不敢冒失。不怕路途遠，只怕路上不平安。」……

魯金土讀了這信，一時誆得滿身大汗，想都不敢多想，馬上拿著這封信，去問盧姑姑。他以為教會匯去這筆錢，是教會與他家庭之間，還有什麼條件呢？他聽到祖母說過這麼一句話：「以後，咱們就把你獻給教會啦！」莫非教會有什麼條件？

當魯金土去見盧姑姑，遞上這封信，說：「你看俺爹來了這麼一封信，還收到了教會的匯款二十塊錢呢。」

盧金花接信一看，頓時臉紅到脖子，驚歎地說：「天哪！你爹想到那裡去！錢是我匯的。」遂又笑著問：「你家裡有了媳婦啦？」

魯金土一聽：「錢是我匯的。」不禁愕然！沒有問，就把手上的另一封家信，也遞給了盧姑姑。關於訂親的事，上次接到信時，想向盧姑姑說，竟沒有說，如今非說不可了。說：「這裡還有一封。」

盧金花看了這封信，纔瞭解到他爹誤會的由來。遂說：「我相信松三爺給你選的不錯。」又說：「至於這筆錢，是這樣的。」便向魯金土一五一十道出這筆錢的匯出原因。

「在鍾牧師告訴我，要聘你作教員，我就匯出了這筆錢。」盧金花說：「我知道你的家庭境況。在這兵荒馬亂的年頭兒，可能下田都受影響。所以我試探著在郵政還通匯的日子裡，匯出這筆款。若是收款人沒有領去，郵局會退回來。郵政是國際的，萬無一失。」又說：「你當了教員，有薪資呀！我知道數目，墊的這筆錢，可以從你薪資上扣，我還怕你這欠債的。」說著盧金花笑了。遂又歎了口氣說：「想不到你老爹想到這筆錢可以給你成親上去了。這叫天下父母心，要是我，我也會這樣想的。問題是我還有誰要我操心！……」說到這裡，她又聯想到她那不認親娘的女兒，忍不住淚水又濕潤了雙眸。遂又連忙忍住，低下頭去，掏出手帕來擦淚。

「姑姑，別難過！」魯金土知道盧姑姑傷心的心情，居然雙膝跪了下來。

盧金花伸手拍拍魯金土的背，說：「起來，咱們趕快去拍通電報來阻止他們。」於是二人商量著如何寫電文。只寫了八個字：「路遠・戰亂，不可跋涉。」準備發加急電，多花幾角錢，或許可以送到鄉間。

「以我推想，不可能來。」盧金花說：「這麼大個大姑娘，路又恁麼遠，總會想到路上不安全。」遂又笑著問：「聽說你還會京腔大戲，跟誰學的？」

魯金土一聽；馬上緋紅了臉，囁囁嚅嚅很想實說，却又不敢實說，也不敢說是跟話匣子學的。想了一下，纔回答是在軍中的時候，跟那個師爺學的。好在盧姑姑沒有追根究底，只笑著說：「你倒聰明，十八般武藝，你樣樣能。」魯金土衹有低著頭，紅著臉，沒敢說話。盧金花却說到了青年服務團的工作會議，要魯金土去演戲的事。告訴魯金土說鍾牧師已答應，衹要你有才能出演，他全力支持三月廿九日的這場戲。可是魯金土聽了，却不肯答應，說：「姑姑，我已發過誓，決不再作拋頭露面的勾當。我又不會演，就是上台，也演不好。我要好好的教書。」

盧金花笑了，是魯金土不曾在盧姑姑臉上，見到過的那種迷人的笑靨，看去一時有著想流口水的感覺，遂以下意識的嬌嗔聲浪，叫了一聲：「姑姑……」以撮口呼口型慢慢收音。

姑姑突然站起身來，伸出右手，撮起大、食、中三個指頭，輕而且柔的去扭了一下魯金土的顋幫子，說：「誰要你的臉蛋子，長得恁俊哪！」遂順手一推，說：「去吧！鍾牧師在晚飯時，就會告訴你。古語說得是：『能者多勞』啊！神的安排，躲不掉的。」……

9 悅目之色之為美

魯金土隨同方大提到了東門內神鷹劇社，初次只是拜訪性質。實際上，神鷹劇社只是官兵來打鼓敲鑼玩玩鬧鬧的地方，還談不上是個票房。

神鷹劇社的社址，占地却相當大。這裡原來是個什麼廠的廠房，騰空後作了他們空軍的神鷹劇社。這廠房有三個戲台那樣大，空空曠曠還舖了些稻草墊子，作毯子工練習用。其他還有五間房屋，較大的那一間作辦公室，其中擺有六張桌椅。却很少有人在內辦公，有人聚在那裡，大多時候在聊天擺龍門陣。另外四間，一間放行頭箱子，刀槍靶子，一間是文武場練習處，其他兩間是寢室。一間是高揚帆住，一間是戲師傅張朝宗住。實際上，來玩戲的人不多，大多是來打鑼鼓的。學唱戲的人，雖然生旦淨丑都有，除了掛名社長的高揚帆登過台，演過拜山的黃天霸，再找登過台的人，便只有那位戲師傅。新學的人，可以在三月廿九日登台的，只有一位氣象班的趙班長，他是南京中央大學氣象系畢業的，在學金玉奴，人很聰明，也祇二十四、五戲，已說過身段，正在練跑圓場。航空總站爲了辦好這場演出，原想依據戲師傅的建議，到金華、蘭谿等地去邀請名票，所謂「杭州四大名旦」來共襄盛舉。經過工作會議研究，一來招待費可觀，每位到來，最少附帶三人，吃住一周，也不是小花費。二來，這樣作也不是神鷹劇社的光彩。最後決定，由航空總站在江西南城第二十三航空站，調來文書士官朱正明，北平人，能拉能唱，北平中國大學出身，從小愛戲，生旦淨丑，無所不能。又在總站發掘出一位京油子隋世和，旗人，學蕭長華的「法門寺」唸狀，唯妙唯肖。又在麗水第七二航空站，發掘了一位會唱花臉的許聞天，天津人，信號班長。還有總站信號班長李鐸唱「獨木關」（探病）。妓家還有位唱過滑稽戲的小蘑菇，願演「花子拾金」。把人調來，一經匯合，遂排出了五齣。

㈠鴻鸞禧　趙　舒（金玉奴）　朱正明（莫稽）　張朝宗（金松）

㈡獨木關　李　鐸（薛禮）　周　青　張士貴

㈢女起解　魯金土（蘇三）　隋世和（崇公道）

㈣拾黃金　小蘑菇（上海浦東滑稽演員）

㈤天霸拜山　黃天霸（高揚帆）竇爾敦（張朝宗）大頭目（許聞天）

自從把三月二十九日這場戲的戲碼排定，方始訂立了社規，不是參加這場戲的人，都不准來胡敲亂打。除了「拾黃金」不必排，任由小蘑菇在台上要去，其他四齣，都排定了吊嗓與走位的時間。要求大家遵守。魯金土的時間，排定每周二、五，這孩子任事踏實，總是按時到退。但每次到來，卻不能按部就班的進行。社裡只有一個戲師傅，這裡還沒有說上三分鐘，另一處又來叫了。幾乎是這邊也喊：「張老師快來！」那邊也喊：「張老師快來。」每天都是這樣忙的團團轉。崇公道本是張老師。

無論唱唸、走場，蘇三都缺不了崇老伯。過幾天，終於換了隋世和，有留聲唱片，由他自己去學。一次，兩次，蘇三到來，都很難抓住機會，與崇老伯說上話。這位戲師傅知道這位蘇三，可能是這場戲最能獲得紅綵的一位腳兒，遂把時間挪到最後，九點半結束，特別爲這蘇三再加一小時，專一職志來排這齣《起解》。每次，都要排到十點半到十一點。神鷹劇社在東門口，貞文中學在西門口，雖是春天了，但正二月間的料峭春寒，入夜還是滴水成冰的大冷天。走回家時，若再隨和著大家夥去吃夜宵，回到家往往過了十二點。又開學了，一大早還得騎車趕二十里到學校上課。心頭已有幾分起煩！學校的那位戚老師已經在說反諷的話了。說：「聽說小魯老師要上台唱小旦，憑臉子，扮上女人一定美過女人，一定好看。《笑林廣記》上有一條，說我們教書先生與妓女同行，都是靠嘴混生活的。我就不服！妓女還靠臉啊！這會子，我不服也得服來。」一口長沙口音。

這話是在教學會議上說的，雖然沒有人答碴，魯金土却面紅耳赤，心如刀割。自也無從還嘴，若還嘴，就吵架了啊！

「這事，如果把在蚌埠演花鼓娘的那件事，向鍾牧師與盧姑姑坦坦白白供述出來，也許他們會幫助我辭去這檔子事的？」魯金土這樣後悔著想。實則，魯金土也知道，此事最好永久保密。

過了三月初頭，要作宣傳時，高揚帆提議魯金土三字，不像旦腳名字，同時，魯金土也一再表示，最好不要寫他本名，隨便造個假名字上去，都無所謂。高揚帆遂爲他倣照票友的習慣，代他啓了個「寶金軒主」，按「金」字是本名之一，「寶」字乃珍貴之義，合起來就是「有金自珍」之意。魯金土的性格，是隨隨和和，不拘小節，也就樂於同意以「寶金軒主」作爲他票友的名號。

事實上，魯金土已沒有熱中於戲的興趣。這原因自是基於環境的變遷。自從蚌埠返家，雖曾寫過信給李姐姐，却沒有接到李姐姐的回信，話匣子還有唱片，他父親也都送還了人家。雖然三年前在軍中作下士文書，在開化縣馬金鎮，由王書記官操琴，陳師爺扮崇公道，在弋陽戲班還演過這齣「蘇三起解」，那時的興趣，是受了陳師爺與王書記官的烘蒸火燎起來的。那時他纔十六歲，雖人稱「小師爺」，事實上還是個兵士。如今不同了，已是中學老師，又二十歲成大人了。所以盧姑姑曾關照他說：「你是大人了，不再是孩子了。」又說：「是老師了，不是學生了。」他早已知道，做老師就是「爲人師表」，必須敬謹敬慎的盡到本分應去作到的職責。他還記得松三爺教他步入社會，應如何處人處世的那番話：「處人，要尊人卑己；處世，要居後勿前；莫逞能，戒多言。」這演戲，豈不是「逞能」的行爲。可是，這場戲是東南戰時青年服務團的正常運作項目之一，盧姑姑說了：「神的安排！躲不掉的。」大勢呈現在眼前，「躲不掉的」。

「既然非演不可，總得演出彩來」魯金土這樣好強的想。

似乎所有人的期待目光，也都投射在魯金土身上。可是，臨到上演頭兩天，方始發覺沒有替旦腳化裝包頭的這一人手。前後台事務，已有了朱正明與李鐸，還懂得一些，唱「花子拾金」的小蘑菇，也能幫一些忙。只是這包頭的，非得會這行的人，纔能擔當得起來。

高揚帆想到了水亭門外一家名號「金寶花舫」的老姨娘，原是姑蘇灘簧班的紅腳兒，被同行毀了她的嗓子，纔收了幾個養女，轉到這一行上來。既是戲班子唱旦出身，沒有不會包頭的。不妨請來幫忙。遂由高揚帆請來了這位老姨娘。

所謂「老姨娘」，是外人背後的稱呼，實際上這人的年齡，也不過四十出頭，正是古語中的「徐娘風韻」，還看得出此女在年輕時，是美人胎子。她船上有四名旗號，大金寶、小金寶（據說章姨娘的藝名就叫小金寶）；大可可、小可可，其中要以小金寶最當紅，十六歲，尚未點紅燭，一般說法，這孩子是章姨娘親生，實則不是，倒是從小在婦產科抱養來的，視同親生。現任丈夫，是彈弦子的，五十來歲，姓章，人稱「老章」，稱老姨娘爲「章姨娘」或「章姨媽」。岸上的閨房，就在貞文中學近處。

話說這位「金寶花舫」的老姨娘被請得來，與扮演金玉奴的趙舒、扮蘇三的魯金土相見，她一眼見到魯金土就說：「唔！好模子」。

「我已多年沒有演戲，」章姨娘說。「拾不拾得回來，我自己還沒有準頭，得先試試。」又說：「好在這兩位先生都是好長相，用不著多花心思的。」

她要求這兩位到船上去，比較方便。別忘了帶刨木花去就成了。她有三副頭面，大小片子都齊全，梳三個頭都夠。

第二天，陳館長便以青年服務團的名義，在「金寶花舫」擺了一席，把此次參予演出的重要人員都請了去。十二席位的圓桌，坐得滿滿的。船上的四位小姐，還有老闆夫婦，全體出來接待。《衢州日報》的社長也來了。照相機也準備了。

這天，大家要看中國戲劇的旦腳，是怎樣打扮出來的？

先把一綹綹的頭髮片子，用刨木花泡出的膠水，來梳綰那大小髮片。大片梳得光滑滑，小片綰得圈圈圓圓，一排排的放在小型木板上。章姨媽一邊爲旦腳一層層的貼片子，一環環的繞繩紮綑。可不是一般婦女們的只是擦脂抹粉，畫眉、描眼圈、點口唇而已。頭上的包紮，居然還要耗費更多時間，更多的工夫，方能扮出一個旦腳臉型出來。

先扮妥了金玉奴，頭上插戴的是水鑽花，另外，還有兩副點翠。「點翠」，是用筆粘膠，一星一點的醮著撕成絲的孔雀綵羽，填在預先作好的銀絲或金絲綰好的花紋凹處，慢工細活兒，用手工作出來的。富貴人家的婦女，纔能穿戴。金玉奴是小家碧玉，只配帶「水鑽」珠花的。至於蘇三，她身在監中，還是犯人，也得貧家打扮，戴銀泡。用銀色的半圓瓢型，焊在弧型的銅棍上，一排排插在髮上。貧家婦的頭面。

這些戲劇旦腳包紮頭面的常識，章姨娘一邊工作，一邊解說。

「梅蘭芳的蘇三，特別在前腦，加了一朵珠花，」章姨娘說。「這一扮相，是梅蘭芳的創意。」大家一看，她扮的這位蘇三的前腦，也加了一朵花，還是點翠的呢！

光是這兩個人的包頭工夫，就整整耗去半日的時間。

花舫的菜餚，本就出名，蓋過一般飯館的，何況今天的菜，材料又是經過選擇的，經過細工調製的，不但豐盛，而且美味馨香，餘津在口，三日不失。擺上菜盤的花式，也精致得望去令你去嘖嘴。

四位小姐，穿梭似的奔波於賓客之間。飯後的餘興，自然是「八仙過海，各顯神通」的南腔北調。魯金土的四句提監出場的二黃散板，就挑逗得小金寶磕頭拜師的照片也刊出了。荷！三月廿九日的這場戲，轟動「九城」。城隍廟新修的座位，不但座無虛席，擁在門口，要求站票的人也不少。真可以說是擠的「水洩不通」。

修過的城隍廟，為了敵機夜襲，裝修時，就安置了防燈火外洩的設備。

認真說起來，這天的戲，論成績，要數「拜山」最好，「鴻鸞禧」次之。這兩齣演得都還像那會子事，未離規範。其中的張朝宗是戲師傅，朱正明、高揚帆都是經常在票社以及戲園子裡走動的人物，沒有吃過猪肉，也見過猪走路。趙舒雖然第一次登台，他是南京中央大學畢業，看過戲的人物。可是觀眾最欣賞的還是「蘇三起解」，因蘇三的扮相美艷，嗓音清脆明麗。演崇公道是生在北京的旗人，嗓音脆，口齒利，四可恨唸白，字字滾圓，嘴唇皮子，像敲梆子似的。可是，不但這兩人的四可恨，扯四門走對角走錯了，走成了一順邊，還有居然沒有出監，就忙著投文去了的大錯。

像這種解差與犯人，沒有出監就唱起投文行路來了，照理台下應喊倒好，可是台下的觀眾看完後，人人都說「蘇三起解」最好，人又長得漂亮，嗓子又脆又亮。

「悅目之色之為美，悅耳之聲之為美。」

這兩句話就是大眾欣賞戲劇藝術的目標。於是，這「寶金軒主」是位怎樣的人物？便在觀眾之間，相互探詢著了。

甚而有人疑問：「這人究竟是男還是女？」

在觀眾裡面，最有興趣去想像的是盧姑姑。她與鍾牧師夫婦坐在台口左邊走廊的座位上。她小時候雖在家鄉看過男扮女的傳統大戲，記憶中那些出現在戲台上的女人，大多看去都是男不男女不女的。魯金土的臉雖然生得俊秀，動靜也有幾分女人氣，總是推想不出他扮成女人是個什麼樣兒？當第一齣演金玉奴的演員出場時，盧金花的心情泛起喜悅，扮得非常像個女人，眉眼也嬌嬌滴滴，嫵嫵媚媚，可一開口，沙啞的嗓子，便一聽就是個男人。心情的喜悅，遂頓時消失。却又浮上來另一個念頭：「若是娃兒也是這個樣子，可就令人感到難堪呢！」可嘴裡還是向鍾師母說：「挺像女人。」鍾師母問：「這是我們娃兒？」盧教士告訴鍾師母：「土娃在第三個戲纔出場。」等到第二齣「獨木關」演完，台上的鑼鼓，却敲打得特別響。震耳欲聾的鑼鼓聲稍小，走出一個白鬍子老頭兒，一開口，聲音清脆響亮，贏得觀眾一片掌聲，在這老頭兒說了一番話之後，另一個人便大聲叫「蘇三走動」，跟著又是一陣鑼鼓聲響，遂看到幕內傳出一聲亮亮脆脆的銳利聲音，扯得長長的飛鳴出來。台下的掌聲如雷的轟響。這氣氛，這聲音，連身爲西方人的鍾師母，也能感受得到，可能是他們的孩子土娃的戲要上演了。遂扭轉頭來問盧教士：「這女高音是我們的娃兒歌出的？」盧金花的心情已緊綳得風帆一樣，眼眶已擠出了淚水。一霎那間，土娃在小鼓聲如同嘩嘩流水似的聲響中走出來了。台下的掌聲更加熱烈的響起了，一位身穿紅衣紅褲，腰繫白裙，頸項掛著銀鍊的粉面女孩走出來了。

鍾師母與盧姑姑，都怔怔愣住了。二人心中有著共同的驚訝！

「啊！這是我們的土娃兒？」

「簡直是另一個人，」盧金花激動得淚水直流。一邊擦淚一邊在興奮中頭抖著說。「像個女人。」

在盧金花看來，與她舊有印象中的男扮女裝的戲子，大不相同了。

看完之後，她的感受是，只能在眉眼口鼻之間，尋到土娃的舊有面目，想不到他扮成女人，竟是像極了女人的女人。已經不易在扮相上，尋到男人的點線，休說是面。及至到了後台，親眼看見是個男人。同時，也見到了那位爲土娃卸裝的婦人，還有她身邊的兩個女孩，其中一個，臉龐就像土娃扮出來的那個模樣兒，她手拎著的竹編火爐，放在土娃胸前，另一隻手隨時照顧著披在土娃背上的一件女穿呢大衣，只要那大衣有一點兒掉下肩來，她就馬上用手拎起衣領，再移到肩上去。還有站在那位在卸裝的婦人邊的女孩，在一樣樣把卸下的飾物接過來，放在案上的頭面盒內。

也沒有人介紹他們。他們彼此間也沒有交談。後台的人，個個都忙忙碌碌。鍾牧師他們三人向魯金土道賀了一番，便離開後台回轉教會。鍾牧師原要盧教士等戲完後，偕同土娃一同回去。盧金花則答說：「土娃是大人了，不應再把他當孩子看。」

他們三個人，都不能完全懂得，只知道這齣戲的故事大略，至於台上的蘇三，唱的是些什麼？連盧金花都算上，一字也聽不懂。但是，從這戲演出的五十幾分鐘，盧金花卻一直在想：「這麼多的唱，這小土娃是從那裡學來的？他初一到崇德中學，還是個年方十三歲的鄉下土娃兒，名符其實的土娃兒。他有才能教初中的國文，那是他從小讀出來的。古代的人，有二十歲中狀元的。如今，又親眼見到他竟能到台上去唱京腔大戲？從那裡學來的？他是淮北鄉下的土孩子，又不是北京人。當真這孩子是神童？……」這許許多多的問題，都使盧金花解不透？不能瞭解。

雖然，戲演完後，魯金土向盧姑姑說：「請向鍾老師說一聲吧！我不喜歡玩戲，丟人現眼的。以後，再不這樣拋頭露面的去瘋了。我喜歡教書，生活單純，還能應付。玩戲，接觸面就複雜了。」

可是，儘管魯金土有此想法，但世間事，總是「事與願違」！

10　這事件怎麼論斷

半年以來，日本的侵略戰爭，表面看起來。平漢、津浦、東海、南海，由北到南，點點線線，領空領海，日寇幾已百之八十的掌握到了。可是，中國的土地，實在太大了，就是全部讓他占領，也不是他這不過幾千萬人的島國，可以統馭得了的。遂不得不主動發出和談的呼號。長期抗戰的戰略，使浙南這一片土地，居然在戰爭中，特別繁榮起來。

說起衢州這個城，三面環水，素有「雙港」之稱。州地有三衢山，故名「衢州」。水由三路流來，西南是開化縣以西山區流經常山縣來的一支，謂之「常山港」，南由仙霞嶺山區流注經江山縣來的一支，謂之「江山港」。二流到城之東南角匯合，形成雙港。城北樟樹潭的這一支流，由處州的九龍山區流來，是爲「烏溪」。三水匯聚，是爲「衢江」。晉代三衢縣名「信安」（後稱「西安」）故又名「信安江」。東北至蘭谿，再東就是「富春江」，江闊水湍，入錢塘而浙江。《方輿紀要》說「（衢州）府居浙右之上游，控鄱陽之肘腋，掣閩越之喉吭，通宣（城）歙（徽州）之聲勢。東南有事，此其必爭之地也。《圖經》云：『衢州川陸所會，四通五達，江、浙、閩、廣之所輻輳。守兩浙而不守衢州，是以浙與敵也。爭兩浙而不爭衢州，是以命與敵也。』雖然攻守萬端，巧拙異用，神而明之，亦存乎其人而已矣！」

駐紮在安徽屯溪的第三戰區長官部，已準備遷到江西上饒，衢州已駐紮了第十集團軍總部，還有一個航空總站。

正由於地理上，衢州是古來的水陸碼頭，所以這一帶的水上畫舫，知名度亦不亞於秦淮、揚州。儘管，抗戰軍興，日本飛機遍處騷擾，不是低空機槍掃射，就是高空投擲炸彈。這一帶的水上畫舫，爲了避免遭受日機空襲，一度拆去了船上的霓虹，漆去五色的彩畫，一艘艘沒於葦叢，隱於柳蔭。掩旗、息鼓、止歌、住舞。爲生存，遂移管弦於陸上，租屋藏嬌，另張幡幟。時人戲之爲「海軍陸戰隊」。

迨抗戰進入了第二年，大家已習慣了空襲警報，也學會了逃躲警報，這麼一來，藏在陸上的畫舫女嬌，到又伺機下船，重振水上舊業。畫舫的水上活動，遂又興盛了起來。晴時，棲陸，陰時，棲船。時人又給了他一個新名：「水陸兩棲部隊。」

上一次，民眾教育館的陳館長，爲了邀請「金寶畫舫」的章姨娘爲神鷹劇社的演出，來擔任腳包頭的工作，曾在他們的畫舫請了一桌。戲演完了，神鷹劇社爲了酬勞參予演出者的辛苦，又在原家擺了壹桌。這次，在陸上。「陸上」，就是畫舫由船移到陸上的院落，一如陸上妓家似的營業。

這一帶的妓家，除了女色當亮，餚饌更爲享名，非市肆飯莊酒家，可以比擬。所以社會上的宴饗，凡所私人酬應，商家往還，無不崇尙妓家。不是水上畫舫，就是巷弄堂子。另外還有一處，庵堂寺院中的素齋。

這裡只說章姨娘家的一席會聚。

江浙一帶的房舍，雖也類同北方的四合院，却少縱深到三進五進的那種大院，却是在橫廣上曲折出左一院子右一院子，使庭園與住室毗連。說來，這都是豪門大富家的庭園門第。像衢州這樣的山鄉水色，大到縱深曲折達十院八院的庭園府署，並不多。像上文寫的教會鍾牧師住的那種獨一天井的院落，衢州城則多得是。尤其這西門的水亭街，到南門的坊門街，由於雙港的碼頭商運繁華，這一區的市廛井院，最爲整齊，而且是從道光年間（鴉片戰爭惹出五口通商）逐漸繁華起來的。西門外的十幾家畫舫，陸上的住處，就在貞文中學這一帶。它們都是靠近城墻，坐北而朝南的獨立井院。

這一區的獨立井院，雖是坐北朝南，可是朝南開的大門，則是經常關起的，家人出入都是走偏門的巷子。也就是說，出入在兩個井院的兩旁，都有巷道。每家也都有後門，但後門也不常開，只留著清除垃圾時，纔打開來使用。大門，在婚喪慶典大禮中，纔准打開使用。

章姨娘就住在這一區，與貞文中學同排，相隔是一頭一尾，貞文中學靠北端，占地廣大，前臨水亭街，後靠北城墻。南向的校門，是經常開著的，校舍一直延伸到後背的城墻邊。從貞文中學向西的這一帶住宅區，延伸到西門，都是兩院竝肩的前後區，到西門口，靠西端。這一大片住區，前不臨街，後不靠店，它們在水亭街的後面，前區、後區，由巷路弄道圍著，四通八達，却互不相干。平時，家家都關著各自的門。有一點，却是不同的，妓家全在靠城墻的後一區，也大都緊臨著西門。這一區也住著平常人家。可是這裡的妓家，都沒有特別標誌。尋芳客必須有識途老馬領港，不然，便無從入門。如無熟人領導，尋到也不接納。這裡與北門到東門的那一區不同，城西北角的那一區，妓女都是打扮得花枝招展，坐在門口等客上門。說來，那一區可是等而下之的。

章姨娘的金屋，就靠近貞文這一邊，是一個背靠北城墻，前後都有大門的一區，只有這一區的人家，院落是有前後大門的。但在習慣上，還是大門常關，出入都走靠西向的右側門。距離貞文中學，只隔十幾個門，換言之，連它自己算在內，只相離幾個院落而已。不過，貞文中學是前後連貫的，圍墻已隔斷了他這一巷道，換句話說，由他家大門走出，那左轉的巷道，是走不進貞文中學的，必須打貞文中學的圍墻，再向前走，走到水亭街，轉過巷子，纔是貞文中學的大門。魯金土他們，以及青年服務團的團址，還有活動場地，都在這院子裡。左邊是教堂，教堂左邊的後一個井院，就是鍾牧師與盧教士他們的住所。

不過，他們的後門，還有側門的巷道，都背臨北城墻。抗戰開始後，所有的城墻，都從內外挖出了一圈又一圈的防空洞穴。我這說的「一圈」，是指那由城墻根挖掏的形式，每一個防空洞穴，都是弧形的，兩個洞口出入，弧形彎曲在內。空襲警報來了，逃警報的人，無論男女老幼，都可以進去躲避。當然，有財力的人家，在家中自己挖掘防空洞穴。

過了春節，爲了避免宵小利用，每一個洞穴都製了木柵門，未發空襲警報時，門是鎖起的，鑰匙由當地保甲長派專人保管。大多在白晝都是打開的。晚上加鎖，有警報時再開。剛開始時，這一帶的防空洞，歸兩個學校專用，自從學校遷到鄉間上課，方始作爲大眾使用。儘管有鎖，還是大敞著門的時間多。何況，有些木柵欄已被破壞了呢。

那麼，神鷹劇社的這次請客地點，就是「金寶畫舫」的陸上金屋。前面已經說到了。

當魯金土知道神鷹劇社要在「金寶畫舫」再請一席，來酬勞參予演出的有功人員，就向高社長表示，他的工作忙，不去參加了。

「別胡推，」高揚帆當時就駁倒了魯金土，說：「再忙，飯總得吃。」遂告訴魯金土這次擺設酒席的地方，就在他住的地方隔鄰三兩家，打從後門走出來，左手一轉就到，連個彎兒都用不住繞。魯金土想賴，也賴不掉。他們且已約好在方大提的住處集合，大家一起去。還說：「今天的章姨娘要打開大門接應咱這一夥兒呢！」

魯金土實在不想去，那位花名小金寶的女孩子，已經來找過他兩次了。就住在近處的地址，也寫了出來，交給祁仙煒帶給方大提轉給了他。他還沒有理會她呢。

關於這些，他都告訴了盧姑姑，得到的反應，却是一句玩笑話，說：「古時有個潘岳，只要一出門，就有婦女包圍，坐車也行走不得。唐僧也到處受到女妖精糾纏。潘岳娶了個老婆，唐僧身邊有個猴子。這種事，你應去問問蘇東坡。」魯金土一聽就急了，說：「別開玩笑，姑姑！說真的，我怎麼辦？」

盧金花笑著望了魯金土一眼，還是支吾其辭略作暗示的說：「古語說得好：『天下本無事，庸人自擾之；若作無事人，有事也無事。』」魯金土聽了，略一沈思。就答說：「姑姑，我明白了，可以不理。」

「哎！我可沒有這樣教你？」盧金花馬上接過話碴來說。「你這男女間的事，是私事，不是公事。『私事自了之』，這也是古話。」

「那麼，神鷹劇社的這一頓飯，去不去呢？」魯金土又問。

「還是老地方嗎？」盧金花關心起來了，遂提出問題。上次是在水上畫舫，小金寶磕頭拜師，照片都上了報。學校的教師有不良的反應。

「不是船上，是家裡，」魯金土說：「高社長說就在咱這附近。」

「仍舊是她們妓家嘍？」盧金花鄭重的問。

魯金土思索了一下，說：「可以這麼說吧。我沒有去過。」

「前事不忘，後事之師。」盧金花又引了一句古話，說：「這又是一句古語，你懂得的。」

「謝謝姑姑，我知道了。」

就這樣，魯金土在頭一天，就告訴了方大提，道出了他不能參加的處境與苦衷。雷教授走後，方大提希望魯金土搬到他這邊來，他都以學生的作業多，需要一個靜寂的環境來處理，不適宜住到這邊來，怎能因爲他一人扭曲了大家的生活方式。方大提能夠諒解，馬驌遂搬了來。當然，不能諒解的是神鷹劇社的高社長，從中加油添醬大表不滿的則是祁仙煒，他認爲一切都是那位老女人盧教士，從中作梗。魯金土只是一位二十纔掛零的小子，要是沒有女人的阻力，像小金寶這麼一株含苞待放的鮮靈艷麗花兒，送上門去都不動心，世上少有。瞧他那蘇三的眉眉眼眼，口口唇唇，唱唸聲音的嗲聲嗲氣，作表時的嬌模嬌樣，都足以證明這小子不是個魯男子。當真他是什麼耶和華的門徒？還不是馬槽邊的蒼蠅，混吃喝的蟲子。就是不在他那教會中學教書，憑著他那教書的學問，還怕我們這幾處機關，會沒他飽肚子的一隻飯碗？

說著說著，就又說到那天魯金土伸出手掌給盧金花看，被盧金花馬上伸出手去，嬌嗔地輕輕打了一下的情事。就推想到這二人有不平凡的關係，姑侄的稱謂，只是一件展示出的外衣，從外貌看去，那女的年歲，最少三十五以上，離四十不遠的狼虎之年。兩人的相貌，看不出血統上的淵源；兩人的語言，也聽不出是出自同一地區的母語，又不同姓。也有不少人在市街的巷弄間，見到他二人的出雙入對。

人類間的傳言，總是把見聞加上己意臆測誇大了的啊！

閒話少論，且說這天的筵席聚會。邀請的十二位客人，除了神鷹劇社的六位，其他六位是縣府教育科程科長，民眾教育館陳館長，第十集團軍總部祁科長，專員公署的李處長，還有方大提、馬驌，另一位就是魯金土。可是魯金土曾向高社長要求，他手中有作業還沒有改出來，明天禮拜日，教堂的工作不能擱，必須今晚改完周一交，高揚帆則堅持必須酒過三巡，方准離席。

這晚，「金寶畫舫」的四位小姐全到了，一個個都打扮得各有特色，其中要以小金寶穿著最惹人注目，渾身上下，都是大學生打扮，髮型是前齊眉，後齊耳根，身穿筒型寬大綉緞夾袍，外罩藍色陰丹士林布罩褂；腳穿黑色大圓口帶攀的蛤蟆頭布底鞋，襟上插一隻銀色鼻鉤的金星牌自來水筆。脂粉不飾，臉上展出的粉面朱唇，是一種無須增潤的少女本然。這女孩今年纔十六歲，雖然個頭兒是嬌小玲瓏型，卻處處都能令人認知她已是一顆已由青泛白、由紅泛潤、褪了絨毛、水分充滿了的水蜜桃子，一眼望見就會口水湧向口腔，忍不住要一口口下嚥，要伸舌尖去舐口唇。還沒有點紅燭呢。今晚到席的客人，可以說除了魯金土之外，個個都只有望之流口水的分兒，無不自知已之沒有攫入已懷的條件。這小金寶是長安嗚珂里的李娃，金陵麗春院的玉堂春，不是豪門的公子，富家的少爺，誰花得起這一把「點紅燭」的金銀？至於魯金土這人物，比起來是今晚這幫子人，論條件應排最末一位的。可是，小金寶母女二人，都打心坎間喜歡這小夥子。所以嗎！有條件能一親芳澤的人，可以說只有魯金土。

筵席的時間，訂的是六點半，魯金土家在比鄰，準時到達，房裡已是鬧鬨鬨的了。客人雖已到了大半，還沒有陪客的多呢，章姨娘夫婦倆都在，加上四位小姐的進進出出，這兩間房已擺妥了酒席用具，外面這間房，又有沙發，又有坐椅，十幾個人到來一擠，其中幾位包括祁科長在內，都是講吳語的，大家一說起家鄉話來，分外熱火。當魯金土到來時，房裡鬧鬨鬨的，魯金土站在門口不敢進來。小金寶一見，就大聲的叫：「老師！」只叫了這兩個字，便從人堆中飛躍出去。所以魯金土剛一進門，便被小金寶伸手拉著手，牽進來了。一時惹得眾人艷羨，一個個直眉瞪眼。高揚帆即時向身邊的祁科長小聲說：「瞧！我這一桌不會白請吧！」這時，全室的人都站了起來，像迎貴賓。

今天的魯金土穿一身黑色中山裝，頭髮又留長了，烏油油厚蓬蓬的大分頭，襯著他那粉白秀麗的面龐，綻放著嫣然輕顰的眉眼，使室內幾位不曾見過魯金土的女孩子，相互輕語：「嗨！梅蘭芳似的。」高揚帆忙著為魯金土介紹，實際上，除了畫舫中的幾位嬌娥，都認識，不認識的是那位專員公署的李處長還沒有到。

魯金土在人多的地方，不大開口。只是笑吟吟羞答答，紅著臉，躬身為禮。

「下一次演出，是『三堂會審』，」高社長說：「章姨娘的王金龍，我的藍袍，」說著又指著旁邊的李鐸說：「李班長的紅袍。」

章姨娘到廚房去了，她根本不知這碼子事兒，魯金土也是這時纔聽到。

正在這時候，來了電話，要祁科長接聽。祁仙煒馬上出去了。祁剛出門，李處長進來，沒有坐，就說：「我吃過了，辦公室有事，得回去。」給大家打了個招呼就走了。

祁科長接了電話回來，面帶嚴肅，說：「你們小心燈火，今晚可能有空襲，我得馬上回辦公室，你們快上菜吧。」說著昂頭打量了房窗一眼，又說：「窗上有遮光布，天不熱，還是先拉上它，萬一燈熄了，就點臘燭」馬上指著頭上的煤氣燈說：「還是熄了這一盞，太亮，怕是窗帘布遮不住它。」轉身要走時，又停步補了一句：「你們關起門窗，遮住光，大膽的吃下去，不要緊的。萬一聽到飛機臨空，跑入防空洞也近。小心點就是，可不能洩光。」

說著，匆匆出門離去。馬上，來人把煤氣燈熄了。房內雖然還有兩盞百支光的電燈，那裡及得上煤氣燈亮，煤氣燈一滅，這房間頓時暗灰下來，房內的人，歡樂之情，也隨著暗灰而頓變落寞，一個個靜肅起來。

「別擔心，大膽兒吃喝，」高揚帆說：「空襲，十九都是炸飛機場，咱這裡是西門，離東門遠著哩，兩公里也不止。」

話雖如此說，心情的歡快，却也自然而然的收斂。

纔上了三道菜，大家的歡情剛要奮起，電燈眨巴眼了。遂有人驚喊：「警報！」緊跟著警報的笛聲也吼起來了。

她倆從突兀的黑暗中走出門來，門外的望夜圓月，在晴空中映照下來，如同白晝。農曆三月半的江南天氣，和風習習，還飄著沁鼻的梔子花香。一出門就聽到四處都是人群奔跑中的腳步雜沓聲，小兒啼哭聲，前呼後應聲，與警報汽笛的起伏聲，織成一組大時代的交響樂。小金寶手拉著魯金土一語不發，只是悶著頭向前走，魯金土也像被催眠了的人，一聲不吭在被牽著行動，到了側門，小金寶纔說：「出了門向左一轉，就是城墻下的防空洞。」說著，便拔開門拴，再回手緊緊抓著魯金土的手，出門左轉，隨同巷中奔走的人群，也進了防空洞。

過去，魯金土沒有在夜晚空襲警報中，逃向這一帶的防空壕洞，只在教堂的地下室中躲避，不曾到這城墻下壕洞中來。白天，他大多時間在鄉間，鄉野空曠，逃避的地方多。所以，這城墻下的這些防空壕洞，他只是與方大提到城墻邊溜彎兒的時候，進去看過，還沒有躲過。這次進入之後，幾乎是人挨著人，有站的，有蹲的，也有帶去凳子坐的。停下來，可以聽見彼此之間的心跳，以及各人在強壓著急促呼吸，形成的胸部起伏。還有嬰兒的啼哭，被大人以物事堵塞時的那種悶啞哭聲。但人人都不敢出聲。

魯金土背抵著洞墻站著，小金寶則以雙手緊攀住魯金土的脖子，兩人的胸腹緊貼著，臉也緊貼著。魯金土也以伸出的兩臂，緊緊摟著小金寶的腰。他感受到對方在踮起腳尖向上挺，幾乎是蝸牛似的在向上爬，一直挺到可以唇貼到對方的口唇，遂伸出舌尖去舐，一待對方張唇吐舌，雙舌便交織著吞吐起來。小金寶的兩條膀臂已纏繞到魯金土的脖子上了，他的雙臂也摟得更緊了，他感受到對方的整個身子，已經雙腳離地懸空起來了。當然，小金寶更能感受到她的對方，是個標準的男兒漢。是個鐵金剛。

身畔有人咳嗽，有人小聲耳語，有嬰兒吮奶時的啼聲。

緊急警報也響過了。這壕洞中的人，也太擠了。約有半小時光景，沒有飛機的馬達聲傳來，也沒有聽到遠處如玉山飛機場的被炸聲。漸漸的，有人出去了。說：「好悶！」這鎔鑄到一體的一對青春男女，也鬆軟下來。睜開睛眼看看，已能辨出洞中的人物，是站是蹲或是有凳子在坐著。小金寶連忙把臉伸在魯金土的脅下，輕輕轉過身來，擠到魯金土臂膀後面，似乎在擔心有人會認出她來呢。

警報還沒有解除。防空洞中的人，陸陸續續走出，洞外的人聲，越來越嘈雜。小金寶仍舊側著身軀，雙手緊摟著魯金土的腰，頭低藏在魯金土的脅後，魯金土背出一隻手握住小金寶摟在身後的手，另一隻手緊箍著小金寶的頭，在撫摩著她的臉。發現洞中的人，已走出大半，又聽到洞外的人聲嘈雜，遂輕聲低下頭去附耳說：「我們也出去吧？」想不到小金寶却抱起魯金土的頭，又把口唇貼到了一起。

哇！汽笛響了，警報解除了。二人連忙停止，還是小金寶在前，牽著魯金土打從左洞口走出。左洞口離他家的後門近。

洞外的人正在咭咭喳喳向左右兩方散去，圓月雖正當頭，已被一塊烏雲遮住，已不是那麼亮堂了。然而兩人的身影仍被認出，站在城垛口女兒墻上的方大提、馬驢，還有大可可、小可可等幾人。當燈熄時，他們點了臘燭，一看魯金土與小金寶不在了，大家也就沒有繼續吃下去的興致。神鷹劇社的人都是航空總站的，有信號班長，還有管氣象的班長，他們擔心會是自已的飛機，出秘密任務回來，在空中不敢打信號，算不定會飛來此處落地呢。高社長遂交代未上的菜，留到明天再吃，他們有通行證，也知道燈號，這一夥人包括程科長、陳館長，都在警報聲中，分路回去了。餘下的這幾位，也走出了房舍，到城墻下的防空洞去躲。以爲可以遇見小金寶這兩人，却躲在洞的這一頭，黑漆籠洞的，又不能出聲，這兩人又一直在洞中纏綿不捨，到解除警報，方始彳彳亍亍出洞。正好這幾位還在城上呢！小可可眼尖，當這兩人手牽手的一出洞穴，走了不幾步，小可可就叫了。

「阿囡！」她叫小金寶的乳名，「我們在這裡。」

小金寶只得馬上鬆手，停止腳步，轉回頭來看，她聽得出是小可可的聲音。這時，城墻上的幾位已向城墻下走，踩著台階。

「你們大夥人都站到城墻上躲飛機呀！」小金寶說。

「我們找你們兩個，」大可可說。跟著方大提也說：「你們倆是屬老鼠的還是屬兔子的？怎麼溜得那麼快？」

魯金土沒有答話，只是揚揚手表示他在這裡，內心則在忐忑著。

大夥回到她們家，章姨娘夫婦又忙著倒茶、拿煙，問他們這三位客人（方大提、馬驢、魯金土）還想吃些什麼？這三人都答說已吃飽，不要了。這季節又沒有水果。只用了一杯茶，便告辭。知道這三人就住在近鄰，章姨娘家人還得收撿，也沒有留客。

小金寶一進門，就向大家說聲：「待會兒見。」便忙不迭的回房去換衣裳。魯金土則呆愣愣的以微笑掛上眉角與口角，來遮掩他內心的繭，生怕被扯出了絲來。其實，這幾個人只看到他與小金寶一前一後的走出壕洞，他們的前後，還有別人，一向知道在警報時，防空洞中的人很擠，怎會想到他們在防空洞中，竟會如此大膽的站在壕塹中，胸腹相貼，唇舌相繞，如膠如漆的擁抱著呢！

11 本能的自然驅使

儘管別人並未發現到他們二人的這情投的秘密行為，魯金土回到房裡，心情還是起起伏伏的。「我當時怎的會被小金寶牽到防空洞裡去呢？」他回想著燈突然熄滅了的那一霎，手就被人緊緊抓住了。「那時，我知道那手是小金寶的呀！」他想。在走出房門，進入亮如白晝的月亮地，也不曾有所反應，只是被小金寶的手牽著，急促促的開了側門，隨同巷內逃警報的人，奔向防空壕洞。一直到警報解除，又被小金寶的手牽出了洞，一直到聽到城墻的女墻上有人喊小金寶的乳名，這纔使得小金寶鬆下牽著他的手，魯金土也纔猛然醒覺過來。從這裡開始，便去回想他在壕洞中的作爲，可能產生的後續問題？「小金寶是妓女呀！」他想。「又不是大家閨秀，豪門千金。只不過想要我教她唱蘇三起解而已。教她唱就是了。」把問題想到這裡，忐忑的心情，便平適下來。遂又回想著壕洞中的那種異性相吸的本然感受，甜蜜的汁兒滋潤著、滋潤著，遂恬適地入了夢鄉，一覺醒來，天大亮了。

這天，是禮拜天，魯金土在教堂中還有不少工作。早餐桌上，鍾牧師問他昨晚警報，沒到教堂地下室來，逃躲在何處？遂說昨晚應邀去參加神鷹劇社的歡宴，警報發生，便隨同大家夥逃向城墻下的防空洞。可是盧姑姑却發現魯金土有著魂不附體、心不在焉的神情。那天在後台卸裝時，她見一個女孩在魯金土身後呵護備至，聽說那幾位都是妓家女。魯金土已隨著他們一夥兒，在畫舫吃過一頓了。昨晚這一頓，仍是那一妓家。她打量一眼鍾牧師的眼神，在注意她，似乎在等著她說話？盧金花只投之一個微笑，只顧吃飯，沒說話。她心裡却在想：「這孩子二十一啦！」

第二場禮拜，方大提、馬驌又來參加了，坐在後面。這一場是盧教士彈琴，魯金土除了在詩班唱詩，還作收取獻金，散發舉手願意歸主的表格等事。這時，方大提就告訴魯金土中午去吃昨晚未上完的酒菜。當時，魯金土就搖手作答，小聲說他不去。雖然方大提又說了一句：「大家會在門口集合，一塊兒去。」這時魯金土已走過去了，沒有用心去聽，自然是「聽而不聞。」這兩人走出了教堂，便在門口聊天，等高揚帆他們。又不大會兒工夫，高揚帆、趙舒、張老師、朱正明四位到了。意在非把魯金土拉去不可，遂在教堂門口，一邊聊天一邊等。都以爲魯金土教堂完了事，一定會出來。可是魯金土不知道他們會在教堂門外等他，所以他在教堂作完他的工作，便打從後側門到後院吃飯去了。教堂的工作人員，見到教堂裡的人已走完，就從內把大門關上。

這幾個人見教堂的門被關上，魯金土還沒有出來，高揚帆就光了火，大罵著說：「這小子真他媽拉個八子的不夠朋友，旱地上的鴨子，再會擺也休想飛上天哪！我們捧他都不知道啊！我非把這小子揪出來不可。」說著氣火火向另個院門走去。

「喂！老高，別動火嗎？」方大提說。「小魯向我說來，他不能去。我告訴他大家會在這門口等，也許他忙著沒聽見。」

高揚帆雖已止住腳步，却還一臉怒氣，本著嘴悶著口中的一句惡罵。正在這時，魯金土從另院的大門走出來了。還是那副人見人喜的笑臉，一出門見到大家夥站在這裡。就抱歉的說：「我不知道大家還在等我，我不能陪大家，教會還有事。」

高揚帆的氣還沒有消，遂岔出了話題說：「不能去與大家同樂，就不勉強啦！六月間的這場『三堂會審』，可是排定了噢！」魯金土沒有正面回答，只說：「抱歉！我真的不能陪大家，吃了飯就得陪牧師出去。」就這樣送大家離開，走到路上，高揚帆還在罵：「魯金土要是拒演我這場戲，他媽的，休想在衢州混。」

大家聽來，也知道是句氣話，沒有人答話碴，便在嘻嘻哈哈中到了章家。來開門的就是小金寶，門一打開，高揚帆就半開玩笑的說：「小金寶，你老師沒來，等著你去請。」一看這來到門口的人，確是沒有魯金土，頓時臉就變了。順口說了一句：「唷！有這麼大架子？我不信。」

「不信，」高揚帆伸手在小金寶顋幫子上掐了一下，說：「那就看你的嘍！」

等門外的六人進來，小金寶關上門，便沒有隨同進來的客人進入客廳，顧自一人回房去了。這時，小金寶方始想起昨晚魯金土出門時，聽到方大提說，未上桌的菜，明天中午再來吃，就聽到魯金土說他不能來。想是真的有事。

她對著鏡子看看，今天的村姑打扮，還不是爲了他嗎？因爲她聽說魯金土是鄉下人，所以特別換了一件花布的紅花襖，綠褲子鑲著黑織花一寸寬的邊，繡花鞋，白襪子。既然魯金土沒有來，給誰看？來的這幫子人，沒有一個配！想馬上脫了它，再換俗氣些的。但一想萬一是故意撒個謊兒騙她的呢？遂又在房裡猶疑著了。

這裡六個人進了客廳，當章姨娘與小可可接應時，纔發現小金寶沒有跟進來。高揚帆遂問：「哎，小金寶呢？」大家這纔警醒到小金寶開門後，沒有跟著進來。

「就會來的，」章姨娘接著話頭說。

「唱起解去啦！」高揚帆說。喻意是請魯金土去啦。兩處相距，只隔八個門。可是別人都不能領會到這句話的喻意，只有章姨娘懂得，遂說：「我去看看。」便走到小金寶的住房，門是關起來的。敲了兩次門，門纔開。一看臉上的神情，就知道這孩子在生悶氣，遂問：「那能？（怎麼啦？）」這一問，小金寶便哇地一聲，轉身奔向床舖，像倒墻垛似的撲倒下來，嚎啕大哭，幾乎是要把心中所有的委曲，全部哭了出來。

章姨娘一見此情，愣了！遂輕輕把房門掩上，走過來，坐在女兒身邊，沒有講話，等她哭聲小些，纔說話：「啥事體？」

小金寶突然停止哭聲，翻身坐起，嗤哼了一下鼻子，說：「媽，我問你，怎麼會想到幹這一行的？」一邊擦淚，一邊瞪著眼等著回答。章姨娘一時目瞪口呆，不知怎樣回答。但淚水却泉湧似的打眼眶流出。半晌說不出話來。

「兒啊！妳問得好。從此罷手就是，」章姨娘以堅定的語氣回答。又說：「今兒朝的這一場，得照常應付過去。我們縱然不幹這一行，也得罪不起這幫子人」。說著站了起來，一邊擦淚，一邊說：「起來，洗洗臉，換換衣服，快去應付這些人，事後，媽向您說。」

說過，便匆匆走出房去，小金寶洗臉後，連粉也沒撲，眉也未描，便又換了昨天晚上穿過的寬大旗袍及鞋子，裝得歡歡樂樂的到了酒席筵前。章姨娘到船上去了，老章在招呼著上菜，在席上執壺的是小金寶與小可可兩人。却也歡歡樂樂的應付過了這一場。

章姨娘在心裡一直嘀咕著阿囡剛纔的這句話，是從何而起？却又是突如其來的。晚飯後留下小金寶在家，她要好好問問。

「阿囡，午上妳說的那句話，是怎麼想起來的？」

「這話藏在我心裡好久了，」小金寶說，但却頭一昂把話頭一轉，問道：「媽！我先問，我是不是你的親生親養？」

這一問，章姨娘更加愣怔了。一霎那間，就機靈過來，遂反問：「有人說你不是我親生的嗎？」

「這倒沒有，」小金寶說：「我既是你的親生，怎的忍心讓我還幹這一行？」說著便補充一句說：「這話就是這麼想起的。」說著把頭一扭，又說：「過去我小，如今我大了。」

阿囡這一說，勾起了章姨娘的往事，一時痛苦得渾身顫抖，哭聲被痛苦的痙攣阻塞在胸口，只能浮升到喉頭，嗚嗚咽咽地想哭也哭不出聲來，小金寶一見，馬上抓住她媽喊：「媽！媽！」這一激，纔哭出聲來，遂又馬上控制住喉頭的嗚咽，說了一句：「作娘的不得已啊！」

話說當年章姨娘失去嗓音時，纔二十歲。雖然到處求醫，終究無法恢復。就在這求醫的三幾年間，與一位家有妻兒的醫生同居，懷孕兩次，都在不滿三月時流產。她疑心是這男人不願意她有孩子，暗中下了藥。經過幾次爭吵後分手。此後又與一家銀樓老闆作填房，前房遺有兩個兒子，大的已十二，小的也十歲。既有祖母、也有外婆，都是蘇州人，住在蘇州，不需要她照顧。在上海，祇有她與她母親住在店內。這段日子，生活得還算幸福。祇是兩三年都沒有懷孩子，遂在醫院領養了一個棄嬰，作爲二人親生，名叫王招弟，這名字就暗喻她會再生個男孩的心願，不想從此沒有再懷。這銀樓老闆王金銘，却在股票上玩輸去銀樓的產業，甚而還連累了蘇州的家當，居然想不開，一根繩子結束了生命。這時的王招弟剛上小學，遭此生活挫折，她三口子的生活，便落在一人肩上。不但手中沒有積蓄，連現住的房屋，都沒有財力住下去了。蘇州的家，前房的兩個兒子，已經大了，一向不曾生活在一起，自知不能去依附。可以求生的路，只有一條，回到灘簧界去打雜，就這樣，她認識了彈弦子的章阿明，人稱老章，揚州人，一直打光棍，常年在妓家討生活，比趙金寶大十歲。從此居揚州，在妓家教唱爲生。遂又安定下來。阿囡王招弟讀小學，一直到小學畢業，積了點錢，便到浙江衢州頂了一艘畫舫，二人做了老闆。

幹上了這一行，方始知道必須有美艷少女，誘得鄭元和、王金龍這等恩客，始能名利雙收。她的阿囡王招弟，又不喜讀書，小學畢業後，便跟著他們在妓家周旋。到了十六歲，遂也啓了個花名小金寶，在畫舫掛了牌。正由於章姨娘對阿囡有此意想，希望遇上了像鄭元和王金龍這一類的大家子，點上紅燭，便一舉而人財兩得，所以這孩子至今還是個清官人。說起來，還不是章姨娘不忍心輕易把這孩子推下水。這情事，又怎是小金寶這孩子能夠體會到的？

「你如果有了可靠的人，」章姨娘說：「你要嫁，我不阻攔。陪嫁，我會盡力而爲。」

「我要嫁魯金土，」小金寶開門見山的說。

章姨娘聽了，不禁一愣。這人，他們纔認識沒有幾天，隨著大家來吃飯，只有兩次，那天扮戲，在後台也只見過一次。魯金土那孩子，見了人還局局縮縮的，說話時，未開口先臉紅。常來的有坊門街盛大綢緞行的小老闆葉銘輝，東河沿長興糧行的吳少東，還有高揚帆、祁仙煒這兩位，也是常來騷擾的人士。那裡會想到魯金土身上。

「你們兩個談妥了？」章姨娘問。

「唔！我親了他，他也親了我。」小金寶回答。

「什麼時候的事？」章姨娘又問。

「昨兒晚上逃警報，在防空洞裡發生的事。」

章姨娘一聽到防空洞發生的事，就想到阿囡可能獻了身，那地方，黑窟隆洞地最容易發生這種事。

「我們只是摟在一起親嘴，」小金寶又說。

「那孩子說要娶你嗎？」

遂低頭沈默下來。

「沒有。」小金寶老老實實說：「那時候，我們沒有嘴說這些，可是我體會到了，他很喜歡我。」

章姨娘聽到這裡，便忍不住笑了。說：「阿囡，你還是個孩子，怎能經驗一次親熱就認了真？」小金寶居然沒有等到她媽把話說完，就搶過話頭來說：「不管，我就是喜歡他，相信他也喜歡我。」

「好吧！」章姨娘看到這情形，只有屈服，「我著人請他來談談看，兒女的婚姻，不是件小事。」

「媽！我要親自與他談。」

母女二人把話說到這裡，既已說過她不阻攔，自也樂意讓女兒自己去作去。實際上，章姨娘也喜歡魯金土這孩子，用不著依據相書上的話去論，光是從那眉眼與臉盤上看，也會覺乎著這孩子是個有出息的人。特別是他那兩隻近乎垂肩的耳陲，厚厚的垂過後頭髮根。俗謂：「口大吃四方，耳長鳴天下。」章姨娘是俗人，非常相信這句俗話。

章家的住處，離開貞文中學，只隔八個門。雖說得繞到街上，再向左轉纔能由大門進入，還是近在咫尺。她曾聽到方大提他們說，魯金土就住在他隔壁一間小房，總是早出晚歸，平常也極少跟他們往還。有事找他，都是寫張字條，塞在他的房門縫間。小金寶也這樣作，寫了一封信，親自去塞在房門縫間。約他晚間到他家來，說是媽要跟他談。

魯金土見到這封信，說是她媽要他去談，心就開始打鼓。以為在防空壕洞中的親熱，告訴她姨娘之後，要他談代價了。糟了！他想，不知得多少錢？最近，又寄了錢回家，餘下的錢還有五六十元，存在銀行。若是要付很多錢？怎麼辦呢？非得告知盧姑姑不可。「我居然做出這種下流的事，要是被學校知道，那就更糟了。」他仔細想了想，又看了看時間，已經九點半。要去，就得今晚去，否則，又得挨到明天晚上。想來，這事是拖不得的。兩人在防空洞中作的這種擁抱親嘴的事，原祇是兩人的秘密，她都得告訴老鴇，不敢隱瞞。「怎能隱瞞？兩人手拉著手，從防空洞出來，被小可可她們看到了。」可想妓家人的規矩是多麼的嚴。妓家女那能動私情啊！

「怎麼辦？」這時的魯金土手上拿著這張字條，身上的汗水已粘衣，臉上的汗水已在流。他想約隔壁的方大提同去，他推想他們對這種事，都比他老到。要是高揚帆住在近處，求老高陪他去，這事會更好辦。遂決定約方大提同去。「兩人去，談起來，總好辦。」

要出門時，又想著把那本銀行存摺帶著，可以表明他只有這麼多錢。可是摺子在盧姑姑那裡，時間這麼晚了，怎能去要這存款摺子，有什麼理由？豈不得將事實真相說明。「還是告訴方大提，我祇有這多錢就好了。」想到這裡，遂決定去求助方大提。

開門走出，一看隔壁房是黑的，沒有開燈，就知道方大提他們還沒回來。剛纔他開門時，沒有注意。走近門去看看，門是鎖的。

魯金土站在門外月光下，想了想，不敢獨自一人去。

正猶豫著，從大門外進來兩個人，聽見外面有人說：「他們就住在那一排，那個人身後就是。」說話的人退回去了，這兩人向前走。聽得出那說話的人是看門的老孫。再一看，是兩個女人。仔細一瞧，不覺驚悸起來，「啊？是章姨娘與小金寶呀！」想退回房去。卻來不及了。小金寶已在喊他：「金土。」他只得迎向前去，先喊了一聲「章姨媽！」再喊了一聲「小金寶！」想不到小金寶馬上改正，說：「叫我阿囡。」

「你站在這裡賞月啊？」章姨媽說。

「不是。」魯金土說：「我剛回來。」

房裡燈還開著，遂轉身領這母女二人進房。

章姨娘進房一看，竟是如此狹窄的小房，連張桌子都擺不下，門後的一塊空處，擺了兩張方凳子，上面堆著一疊的書本和作業簿等，地上也是。床頭邊的一張連案帶座的課桌椅，也擺著作業本子，床上也堆的是，連個坐處都沒有。魯金土忙著去拾掇床上的書本和作業簿，好讓兩母女坐下來。

「這裡好多教室都空著，你怎麼住在這裡？」章姨娘說。這時的小金寶見了這零亂不堪的小房，心裡卻想著：「我們結了婚，他就會有大的房子住了。」魯金土則答說：「一個人住清靜，好改作業。」

章姨娘坐下之後，就開始談家常，小金寶沒有坐，走到門後的那塊堆了書本和作業的地方，拿起一本本書冊來翻閱，任憑她媽跟魯金土交談。由於魯金土答話，誠實無隱，遂在三言兩語之後，便獲知了魯金土家庭概況。就在他離家之後的去年夏，給他訂了親，女孩的年齡也是十七歲。

小金寶則說要學蘇三起解，問什麼日子可以教她？而且告訴魯金土說她們快要搬家了，趁著她們還住在這裡時，希望魯金土能常到她家去。母女二人坐了不大會子工夫就走了。魯金土先前想的那些，一點兒跡象也沒有，連那段親熱都沒有在小金寶臉上反應出來。只是有一點，她叫他「金土」，不叫「魯老師」了。

這次簡短的交談，魯金土給與章姨媽的好感，越發的加濃，認爲這個人實實在在，不虛不詐。只是有一點，他父母已給他訂了親。所以回來後，章姨媽就向女兒說明魯金土訂了親的這件事。

「阿囡，你聽見啦！魯金土訂了親啦。」

「我不管，就算已娶到了家，我也不管。」

「怎能不管？」章姨媽說：「妳情願作小，也得人家要你！」

「我相信金土會要我的。」小金寶說。「只要媽不再幹這一行，魯金土就沒有理由不要我。」

章姨娘一聽，頭扭過來，睜大眼睛瞪著女兒。

「唷，聽你這口氣，好像成過親啦！」章姨娘驚異地說：「怪不得小魯一個人住在那麼小一間房。」

「哎呀媽！你想到那裡去啦？」小金寶說：「魯金土纔不是那種人呢。」

「那你怎麼恁麼肯定人家沒有不要你的理由？」

這話一問，小金寶一時語塞，馬上把話頭扯開，說：「媽，你別管這些，反正不必再教我騙凱子啦！只要馬上洗手不幹這一行，畫舫頂出去，另搬個地方。我會上教堂信耶穌，小魯還有啥格理由弗要我？」

這女孩怎知魯金土可不是這樣想哦？

魯金土回到房裡，就推想這母女倆來作何事？還先送個紙條來說是她媽要他去談。「只爲了問問我的家庭狀況嗎？」別的又沒有說什麼。「反正我不是妓家下餌的對象。」他肯定的這樣想。他絕難想到妓家老鴇會選他作女婿。

防空壕洞中的那一場親熱情況，又潮泛到舌尖、唇邊，忍不住要伸出舌頭，舐舐口唇。他忽而一想：「那都是妓家女的家常便飯，經常的行爲。當不得真！」只是小金寶要向他學唱蘇三起解，教不教他呢？

「不能再玩戲了，」他認真的這樣想。上次就受到同事的諷言諷語，學生也在背後說：「我們魯老師扮女人好漂亮喲！」雖不是挑剔，怪不好聽。教國文的老師，要正正經經，規行矩步。若是再玩戲，書就不能教了。

想到這裡，遂想到，這地方不能住了，不如搬到鄉下去，躲得遠些。隔一天，把這想法，告訴了盧姑姑。他沒有抖底兒倒出小金寶的事，只說神鷹劇社的人，常來找他，不在家就把字條塞在門縫上。表示不想再玩戲，只想安安分分作個教書先生。

「鄉間有地方住嗎？」盧金花知道鄉間的校舍是借的祠堂，還有一處是僑居南洋的獨立庭院，除了作辦公之外，餘下的也得作教室，不少教職員，都是住在城內，騎腳踏車往還。又說：「你還有教會方面的事。」

盧姑姑這一說，魯金土紅著臉，低下頭來了。一看就猜想他要換地方住，必有原因。已經住了半年多了，當時安排他住在那裡，還沒有接任教員這職務，只把他當僱工來安排的。後來，盧金花見到他的這一住處太狹窄，有意要他住到她的樓下，魯金土自已認爲住在那間小房安靜，也就不管他了。如今，這孩子來，表示要換住處，遂想到搬到樓下那間房較妥。當她見到魯金土低下了頭，又紅赤著臉，就知道這孩子口中說的理由，不是心裡的話。

「我看你突然想到要搬到鄉下住，有隱情吧？」盧姑姑又展開笑臉說。魯金土便囁囁嚅嚅說：「小金寶老來找我。」

盧金花笑了，說：「那還不好嗎！正好作藏嬌的金屋啊！」

「姑姑，你又開玩笑，」說著嗚咽起來，說：「我好作難啊！」

「有什麼作難的？你說說看。」

魯金土遲遲疑疑了半晌，纔又囁囁嚅嚅的說：「那晚逃警報，我們在防空洞親了嘴。」

盧金花一聽臉紅了。卻也一時說不出話來，在未作答時，魯金土又補充了一句，說：「是她先親我。」

「妓家女多情，古來多，」盧金花說：「順水行舟，娶得來不就成了，作的什麼難？」

「啊，姑姑，你知道的呀！家裡給我訂了親，」他說：「就是沒有訂親的事，也不准我娶妓家女啊！」

這一說，盧金花也沒有了主張，遂說：「聽神的安排吧！」卻又問了一句：「是那天在後臺手拎小火爐的那個女孩嗎？」

魯金土點點頭。從眉目間，卻也能見到魯金土的情意脈脈。

於是盧金花出了個主意，先住到她樓下來，那一邊也不作搬遷的行動。萬一那母女找到這邊來，不妨談談。

就這樣變通著，盧金花還為了魯金土準備了一套坐臥的用具。這裡的房子，前文已經敘述到了，樓下大門兩側的房子，靠東的一間，廚子老陳住著，靠西的空著，放了一些雜物。其中就有一張木床，準備了一套被褥和枕頭就是了。這間房大多了，比魯金土在另院住的那一間，約大兩倍，還得添購了一個書架呢。

就在魯金土搬到另院的那個禮拜天，教堂裡多了兩個聽道人，那就是小金寶母女。她們穿著衢州一般婦女的服飾，都是短襖褲，剪子口的綉花鞋，章姨媽還梳個腰子髻，搭在後腦上。這母女二人進來時，詩班的人，正站在壇前唱詩，她們一進門來，掃了一眼，就坐在靠右的婦女座位間。當她們走到行人道進入右方座位時，詩班中的魯金土就發現了。一時面紅耳熱，心跳得要從胸中鑽出來似的。

他那清脆的歌喉，突然斷斷片片不能成聲，幾秒鐘之後，始行恢復。身旁左右的歌者，都忍不住去看他，不知他怎麼啦？

牧師講道完畢，照例要問聽眾有願意歸主的沒有？如有舉手的，就發一份表，請他們填寫。收回後，再一家家作家庭訪問。這一天，舉手的就有小金寶母女。魯金土雖然躲到另一邊工作，沒有給小金寶母女打照面。可是這母女填好了表，偏偏要走到魯金土跟前，遞交手上的表。還告訴魯金土說：「我們決定要搬家了。」魯金土紅著臉接過了小金寶遞上的兩張表，沒有作答，只輕輕叫了一聲「章姨媽」。母女二人知道魯金土還要忙教堂的事，遂微笑著說聲「再見」！離去時，小金寶還特別送上一個眉眼。

鍾牧師在講壇上，已注意到這一對母女，看去似曾相識，卻想不起在那裡見過。盧教士在彈琴，眼又近視，沒有注意到。

自從那天晚上，小金寶母女走後，一連幾天，魯金土都回來的很晚，怕的是小金寶獨自一人會來。就是從鄉下回來的早，也在教會這邊的辦公室改作業。回去之後，只有一次門縫上塞有字條，是神鷹劇社的排戲通知。星期六的這天晚上，他已搬到另院盧姑姑的樓下住。以為這母女那次與他交談之後，已不會再有什麼囉嗦，怎的會想到這母女竟來教堂聽道呢。

魯金土不知道章姨媽，業已順應了女兒的心，願從此放棄了妓家這份行業，平平實實的作個普通人家。既然女兒反感了妓家這賣笑的低賤行業，趁著女兒尚未破身，任她去選個如意的男孩子，作任何正正當當的小買賣，也能維生。從揚州、蘭谿到衢州，已跑了三個畫舫碼頭，這其中的辛酸，比唱戲這一行，還要泥濘坎坷。遂決定結束了這個行業。跟老章一談，也欣然同意。他也認為背上揹把弦子，比腳下踩一艘畫舫，在生活上，要單純得多，快樂得多。

於是，他們已開始作畫舫頂讓，另謀生路的計畫，第一步是先找房子搬家，畫舫上的幾位姑娘，去留也任自願，不要求再由她們身上取回什麼。所以，章姨媽在教堂告訴魯金土：「我們決定要搬家了。」

在這母女交給他的歸主表上，魯金土纔知道小金寶除了乳名阿囡之外，本名叫王招弟，十七歲，章姨媽姓趙，叫趙金寶，四十五歲，都填的是吳縣人。他把表都放在一起，交給郭岫雲轉給牧師去了。

三天後，盧教士帶著郭岫雲去作家庭訪問。發現他們正在準備搬家，有些箱籠已擺在地上，衣物等也亂亂的了。兩人只坐了一下工夫，章姨媽給了她們一個新住址，盧教士等便告辭。但已認得這趙女士就是那天給魯金土化裝的章姨媽，他們母女要信基督，遂肯定這母女已相中了魯金土，竟破釜沈舟的要從妓家脫籍從良了。這是一件可以贊頌的事。

「魯金土廿一女孩十七，都成人了。」盧金花想到這裡，突感煩熱心跳，魯金土已經告訴她：「那晚我們在防空洞親了嘴。」也許不止這些？他一個人住了那間小房，過去，要他搬到這邊來，他說那裡清靜。今竟突然怕這女孩騷擾他，要搬到鄉下去。可能擔心那小房容易洩露春光吧？遂又想：「我要他搬到我樓下來，豈不是錯了？我怎能還把他當作孩子看哪！」

這想法，多日來在盧金花心坎間忐忑不安。幾次想找魯金土談談，都是欲言又止。瑪麗亞還是信去不復，當真，這親生骨肉，竟是如此的分割去了？每次魯金土給她帶來心煩，就不能不想她的瑪麗亞。

近來空襲警報多些，有時是自己的飛機飛來基地，有時是日本飛機投彈轟炸東門外飛機場。我們的空軍基地在江西南昌，南戰場的重兵，都設陣在長江與平漢路這兩條線上。浙江方面，仍對峙在富春江，迄無重大戰事行動。金、蘭、衢這一帶，一直到江西上饒，城鄉都天天繼續增長，商業畸型繁華。英美的貨物，也打從粵漢鐵路這一線，流進這一帶的市場。上海的來人，也夾有跑單幫的客商。章姨媽有心加入這一行業呢。

章姨媽之所以如此決心脫離妓家名籍，一是厭惡了妓家的賣笑生涯，二是女兒竟死心踏地的願托終身於魯金土這個孩子，三是怕的女兒會失身於當今的軍人，四是上海有人在跑單幫，她年過四十的女人家，正適合於此一行業，所以纔迅捷的下此決心，先把女兒終身託付出去，在這畸型的戰時社會中，可以賺得些養老金銀。

這母女之所以選中了魯金土這個人，一是看上這人的年輕英俊，又是讀書人，二是看上這孩子是個忠厚本分的人，她們知道魯金土是個窮書生，但這母女是「不要你的金，不要你的銀，儂儂呀！只要你的心。」而且，她們願意步入教堂，跟著他信耶穌。可以說，這阿囡是「一往情深，之死靡他。」

由於搬家，這母女兩個禮拜都沒有來。

魯金土知道新家的地址，在東河沿，卻不敢去。也曾到隔院的那間小房去看過，門縫上沒有塞著什麼字條。盧金花也有章姨媽給的地址，她準備兩個禮拜過後，這兩人來不來作禮拜，她都要作一次家庭訪問。這一周來，她察覺到魯金土的不安情緒，吃飯時，都好像魂不守舍似的。見到這種情形，越發懊悔她不該要他搬到她樓下來了。遂想到這母女的家庭訪問，還沒有完成呢，便把這母女填的歸主表以及新居的住址，不動聲色的在餐桌上，當著鍾牧師交給了魯金土，說：「這份家庭訪問，教娃兒去作吧！服務團不是要在這兩天到江山第三傷兵休養院，去歡送重上前線的傷愈官兵嗎？還得去開會呢。」

「好，」鍾牧師一邊應允，一邊向魯金土說：「娃兒，你抽時間去一趟吧。」

魯金土赤紅著臉，應了一聲「好」，從盧姑姑手上接過了這一任務。心裡卻在忐忑的想：「防空洞的事，盧姑姑不會告訴牧師吧？」

魯金土雖然接了這一任務，越想越不適合，看看表上的空格，不用去也能代填，不知盧姑姑這樣作，是不是「栽桑他」？（桑讀第三聲，意爲捉弄。）魯金土的自我矛盾心情，盧金花還不能瞭解呢。想了半天，還是去了。

可以說是上帝的安排，尋到了門，卻是鎖起的，家中無人。母女倆又去買東西去了，新搬了家，缺這缺那，都要買。

遂留了張紙條，要她們知道他來過，一切任務都算達到。回來，又把原件交還盧姑姑，說：「去了，家中無人。」又要求說：「姑姑，還是妳去比較好。」

盧金花一聽，就綻開了花似的笑靨，望著魯金土說：「我去比較好，好在那裡？」馬上作了答案說：「好給你作大媒。」

「哎呀！不是啦。」說著把頭一低，淚水又流出了眼眶。

「瞧你瞧你，」盧金花還是嬉皮笑臉的說：「都爲人師表啦，還像小孩子似的，動不動就哭！難爲情吧你！」

「不是，」魯金土揚起手背抹去眼跟顋上的淚，說：「我心裡好矛盾。」

「有什麼好矛盾的，愛就大膽的去愛嗎！」盧金花說：「這幾天我纔發現你已墜入情網，唐僧進金土了盤絲洞啦！是不是？」

魯金土沒有正面回答，卻說：「家裡給我訂了親，姑姑你知道。」

「訂婚不是問題，不受法律約束，」盧金花說：「可以退婚。就是結了婚，也擋不住男人不另結新歡啊！」

「不，我不能。」魯金土斬釘截鐵的說：「讀聖賢書，得守聖賢禮。」

盧金花一聽這話，幾乎笑出聲來，趕快按捺住口舌，望著魯金土說：「你不是跟人家姑娘親熱過了嗎！」

魯金土又低下頭去了，半晌，竟吞吞吐吐說：「她是妓女。」

「你在她們家花了多少錢？」盧金花正色的問。

魯金土沒有話回答了。遂又答說：「我心裡好矛盾。」

盧金花知道不能再談下去了，遂說：「好吧！我去訪問。」當魯金土走出門時，還補充這麼一句：

「我看，這母女很認真喲！」

盧金花還沒有時間去作家庭訪問呢，這個禮拜天的第二場禮拜，母女二人又來了。這天是鍾師母彈琴，盧教士在台下帶領詩班。今天，有一個特加的祈禱，為了慶祝武漢空戰的勝利，中國空軍以寡擊眾的戰鬥精神，擊落了日本轟炸武漢的飛機二十一架，並為那些被日本軍閥驅上戰場，無辜戰死的大好青年，作慰安的祈禱！牧師還領導大家歌唱「善惡兩軍」頌主歌：

世上似有兩軍對敵，即是善與惡；

我等心須立定主意，歸從那一個。

我是耶穌基督的精兵，必須從我元帥，

仇敵雖惡，主能保護，有勝必無敗。

外有世界與戰爭鬭，内有私欲心，

惡俗迷惑，惡人引誘，魔鬼橫來侵。

我是耶穌基督精兵，必從我元帥，

仇敵雖惡，主能保護，有勝必無敗。

仁愛、誠實，是我盔甲，天道是我劍，

道德是我堅固盾牌，能禦魔鬼箭。

我是耶穌基督精兵，必須從我元帥，

仇敵雖惡，主能保護，有勝必無敗。

禮拜完後，章姨媽母女留在教堂，告訴盧教士她要拜見牧師。阿囡竟跑到正在整理座椅的魯金土身邊，大大方方的說：「這幾天，你能來嗎？我有話跟你說。」魯金土則赤紅著臉，支支吾吾小聲答說：「我會隨同盧姑姑一起來。」說著，鍾牧師走來，章姨媽便笑吟吟的向前，說：「我搬了家，想請牧師與教會的老師們吃頓飯，可以賞光嗎？」

「贊美主！領著你們投入神的懷抱！」鍾牧師說。「以後我們相處的機會多，不必拘於俗禮。」這時，鍾牧師已經想起她們是誰？對於這母女的歸主，非常感到欣慰！當他見到章姨媽臉上展出失望的神情，遂又說：「我們有家庭禮拜，將來，到你府上聚會的日子，很多，很多。」

章姨媽聽了，這纔不感到尷尬。盧教士又向她商訂了家庭訪問的時日，於是，母女二人歡愉的離去。

魯金土的心裡矛盾，終於敵不過本能的驅使，禮拜二這天，教會沒有事安排他作，放學後，留在學校改完了作業，便騎車在南門外的一家小館吃了晚飯，映照著昏黃的街燈沿著西河沿，穿過了鈔庫前大街，便是東河沿，再前行不遠，過了仙霞旅館，過了城隍廟，騎在小河上，有條小木橋，過了橋左轉，繞入一條小巷，就到阿囡家的新居。

這裡的房屋，靠近小河的門，都是後門，也有坐南朝北的大門，很少。小河雖窄卻不淺，但一到夏天，遇上了雷暴雨，一旦水滿，也有沒人那樣深，而且水流湍急。若是乾旱的日子，走完堤下的台階，也夠不到河裡的水。由於這小河，左接烏溪港，右接信安江，很少枯乾。平常日子，住在兩岸的人家，大都在這小河洗滌衣物。要是雨大水溢，也會滿到墻根，流到院子裡去，只要雨一停，水就頓時退去，不會造成水患。遺憾的是河上的小木橋，大多老舊破損，雖能行人，已是修修補補，早該更新了。

章姨媽的這處新居，前後門都不靠這條小河，它是坐北朝南的，大門外是條巷道，也不臨街，僻僻靜靜的一個小院，進大門的左右，就是兩個耳房。後排三間雖也是一廳兩房，但已改過，左房與左廂打通相聯，原來的廳堂與右房打通，合成一廳，右廂房是廚灶，廳外的一條迴廊，向前搭出一丈餘長的捲棚，地上的一條石砌走道，直達大門。走道兩旁是花圃盆景。院中有榆柳、蒼松，還有山茶、月桂，都是原屋主整理的。爲了躲避日機空襲，搬到鄉下去了。章姨媽遷此，屬於借住性質。

魯金土上次來，沒有進門，這次應門的人，是位新僱的女傭，五十多歲，姓李，稱呼她「李嫂」，交代她不可輕易開門，必須稟告主人，所以李嫂應門後，打開遮門把的木拴，問了一句，說是找章姨媽的，說：「請等等。」遂又拴上，回去稟報。這時，只有阿囡一人在家，她媽出去清結畫舫的事。當她聽說門外有人叫門，說是年輕人，就推想可能是魯金土，遂披上睡袍，屣著拖鞋，就出去到門後，輕輕打開遮門孔的木栓，露出一條縫，向外一看，果然是他，便拔開門插梶，開門迎賓，一打照面，就嬌嗔的說：「唔！是你呀！外面颳的是東南風？還是西北風？」魯金土沒有回答，就推著腳踏車進來了。

進門後，一看這小小庭院，就駐足不前，山茶與月桂的馨香，忍不住要用鼻子去吸食。雖在夜色中映著捲棚樑椽上的一盞電燈光芒，卻也能見及這庭院的幽靜閒雅，正看著，阿囡的手臂已挎在他的手彎上，拖著他向前走了。一邊走一邊說：「我有好多好多話給你說。真的有好多好多話。」說著雙手緊攀住魯金土的胳臂，臉龐也貼到肩上。像孩童偎親著母親似的那樣熱絡。

一進大門，魯金土便昂起頭來，游目四望，可是阿囡卻急於要與魯金土說話，攀著魯金土的胳臂，一直要往裡走。進入捲棚，又是一個天地。阿囡嘴裡還在說著：「這一回，我媽對我可是盡了心了。過去，我還以爲我不是她的親生呢！」進了廳堂，自然更是另一天地。看得出這廳堂頗爲空洞，只有一套桌椅，四壁雖有一排書櫥，也只餘下少許書冊，字畫也大都取下收起。推想這房中的貴重物事，能搬動的都搬到鄉間去了。阿囡卻一心一意要把魯金土帶到她房間裡去說話。不曾想到魯金土這個愛讀書的人，每到一個新地方，都會當作書本一樣去觀察、去「閱讀」。她像摟著一個寵物在懷，擁入她的內室。進門之後，居然伸腿向後，用腳把房門關上，便像那天防空洞中一樣，雙手攀起魯金土的脖子，送上熱吻。這裡終究不是人擠人的防空洞穴，魯金土竟然雙臂抱起這嬌小玲瓏的阿囡，順勢按倒在床。當魯金土的口唇再貼到阿囡唇上時，阿囡突然把臉轉過，縮回雙手，用力推搡壓在身上的人，說：「我不要！我不要！」她突然想到了她母親說的「初夜紅」問題，遂頓時在心上產生了抗拒。

這一來，魯金土馬上停止，站起身來，怔怔忡忡地望著欠身坐在床沿上的阿囡，沒有說話，心頭還在急喘著。阿囡已伸出雙手抱著站在膝頭前的魯金土，頭伏在魯金土的腹下，嬌嗔地說：「我們不可以這樣，」說著便站起身來，用手一推，說：「到外間去，我跟你說話。」魯金土仍在呆愣著。

還是阿囡走前，金土隨後，打開門，到了外間剛坐下，李嫂便提著一個剛燒滾水的銅壺進來沏茶。這外間是個小客廳，沙發坐椅，瓶花，壁上也有字畫。裏間舖了兩張床，一大一小，母女二人就住在裏間。從這居處的情形看，可以蠡知這章姨媽已跟那位彈弦子的老章，業已分手。畫舫已頂出，老章另尋了主家在接手經營。李嫂一走，阿囡就開始述說。

「阿魯，我必須告訴你，」阿囡說：「我媽這麼快就把畫舫捨了，全是爲了我。」

魯金土愣著，接不上話。

「你不知道吧？」阿囡看到魯金土，以肯定的語氣說：「我不願作妓女，我要找一個我喜歡的男人嫁給她。」說到這裡，竟伸出右手以食指的指頭點著鼻頭說：「趁著我還是個好女孩的時候嫁。」

這時，魯金土聽懂了，但卻不知如何作答。可是隔了一張茶几坐在沙發上的阿囡，以疑問的眼神瞪著魯金土，居然淚水盈眶，從眼角流下來。打小兒就愛哭的魯金土，見此情形。在無言作答的心情下，也以淚眼相對。跟著，阿囡伸出雙手，由於隔了一張茶几，魯金土便站起身來，再伸手去迎接阿囡的一雙手，於是，阿囡被拉起，順勢便投入魯金土的懷抱，就這樣，二人相擁著倒在沙發上，又唇舌相繞地親熱起來。

阿囡仍穿著睡袍，裡面雖有掛褲，綢質的單衣，自難遮掩少女豐滿的雙峯。尤其魯金土這孩子，吃奶吃到六歲。還有兩件使魯金土忘不了的吃奶事件，先是小學一年級的那位女老師，奶漲時餵過他。又一次是蚌埠的那位李姐，也曾袒出雙峯讓他吃過。當他感受到阿囡的豐滿雙峯，緊貼胸間，便忍不住要伸手去解開衣鈕吮它。這時，卻又遭受到阿囡的抗拒，雙手一推，說：「我不要！我不要！」遂又急棱棱的站起，笑嘻嘻以手貼嘴反掌，給了魯金土一個飛吻，嬌嗔地說：「你好壞喲！」說著便飛到內間去了。

魯金土一時之間，充滿愧憾的心情，站在那裡，澀澀地笑著。

「趁著我還是個好女孩的時候嫁。」魯金土還不懂阿囡這話的意思。

不大會兒工夫，阿囡換了一件陰丹士林布旗袍出來了。

「我們還是坐下來說話，」阿囡說。「你呀！」說著伸出食指向魯金土額間一點，嬌嗔地說：「你不老實，給我坐到原位上去。我有好多好多話要說。」

於是兩人又分別坐在先前坐的位置上，中間隔了一個茶几。

「我已過了十六，叫十七啦！」阿囡說：「去年就有人要娶我，我不答應。那男人四十多啦，我要的男人是鄭元和、王金龍那一類。」

魯金土一聽，就忍不住昂起頭來，瞪大眼睛，展示著疑問的神情，望著阿囡。心裡想：「鄭元和、王金龍都是嫖客呀！大把的金銀丟下去，就達成了巫山雲雨，還有什麼娶不娶？」再說：「鄭元和與王金龍的故事，娶都是後來的事呀！」

阿囡見到魯金土的神情，有幾分愣怔，遂生氣的說：「我說的你不愛聽是不是？」

「不是我不愛聽，我聽不懂。」遂說：「鄭元和、王金龍他們，到妓家去，並不是為了嫁娶呀！」

魯金土性格率真，這一說，反而使阿囡頓時愣住了。

對於鄭元和與王金龍的故事，阿囡那有魯金土清楚。一時把臉憋得通紅，一火跳了起來，說：「照你這麼說，我儂，就沒有人娶啦？命中註定是給你們男人玩的！」

她瞪大了眼睛，看著魯金土，淚水在眼眶中滾游著，心頭充滿了無名的委屈。魯金土一見阿囡這情形，也一時不知說什麼？連忙站起，伸出隻臂把阿囡抱了過來，一邊說：「你聽我說。」遂把阿囡擁抱到身後的沙發上了。嘴唇剛要貼上阿囡的唇，就被阿囡的雙手推開，說：「我不要你玩我，我要你娶我。」一面推魯金土坐正來，一邊用手背擦拭了一下口唇，跟著說：「我媽為了我，破釜沈舟的把畫舫頂了出去，從此洗手放棄了這個賣笑的行業。」說著說著遂又伸出食指。嬌嗔地向魯金土的額頭一點，說：「全是為了你和我。」說著又雙手勒過魯金土的脖子，打著問詢的語氣說：「你不願意娶我嗎？」

這一問，對率真的魯金土來說，委實難以回答。他家裡已經訂了親，己經告訴過她。這且不說，若是談婚論嫁，怎能不經父母同意？「不告而娶」有不孝的罪名。還得瞞著娶的人曾是妓家女。這些，魯金土都想過了。可是本能上的意識，卻支使著他作了反問：「妳猜？」阿囡沒有回答，又把身腰一挺，雙手用力一勒，口唇竟貼在一起了。但當男方一產生主動，把阿囡按倒反身被壓在沙發上，阿囡遂又縮回雙手推拒，扭過嘴來說：「好了好了。」說著又急著坐起身來說：「我還有話沒說完呢。」

「告訴你，」阿囡像三歲孩童似的倒在魯金土的懷中，用吳儂軟語說：「我要保護著我的女貞，在我們洞房花燭夜，向你獻紅。」

這話，魯金土雖然聽懂了，卻還不能瞭解王招弟阿囡的這一意念是從那裡來的。雖說，我們中國人雖有「處女」初夜歡流紅的說法，事實上的嚴格要求，大家閨秀卻比不上妓家。唐人的傳奇《會真記》，明人的傳奇《牡丹亭》，都已正面或側面作了立論。妓家為了在收養的少女身上，獲得一筆可觀的金銀，依靠的就是她們妓家少女的女貞花。老鴇為了保護她們旗下少女的女貞，管制得極為嚴厲。私刑有處死的傳說。阿囡這女孩，就是在這種環境下，訓練出來的。所以當魯金土一開始採取主動，她就馬上推拒，這是她學來的保護她女貞的法術。

阿囡還是個好女孩，「趁著我是個好女孩的時候嫁。」這話，正是阿囡王招弟向魯金土展示的真情。

「我媽也喜歡你，」阿囡說。「要不然，她不會這麼決心把畫舫頂讓了出去，就因為我看中了你。」

說著竟羞赧地倒向魯金土的懷中，還在嬌聲顫顫地問詢：「你不相信嗎？」

「阿囡！」魯金土深受感動的，雙手扶起阿囡的臉，四目相對的望著，說：「我是窮小子，一無所有。」

「我知道，」阿囡說著，用手把魯金土一推，從沙發上站起身來，躬身面向著魯金土說：「我媽說：『選婿要選的是才郎，可不能選田莊。』」說著，竟擺起了兒童歌舞的姿態，開口唱了起來：「我不要你的金，也不要你的銀，儂儂呀！我只要你的心！」這歌兒卻也引發了魯金土的童年，他也唱過這一曲《毛毛雨》，遂也趁勢站起，也擺出了兒童歌舞的姿態，合唱了這句：「哎喲喲，你的心！」兩人都伸出了右手，用食指指著對方的心。

於是，二人又嬉嬉然相擁著倒臥在沙發上。魯金土剛要去親她，又被阿囡的雙手推阻住了。說：「正經些吧。」

「說實話，我如今祇有存款幾十元，」魯金土說。「怎麼成得起家？」

「你坐好來，」阿囡把魯金土搭在她肩上的手臂推下，說：「正正經經聽我說。」遂把她們母女二人商談過的未來日子，怎麼個過法，向魯金土一五一十說了。她們盤算過「魯金土每月薪資六十元，足夠一家四口（一個女傭）的日常攪費，其他房子問題，在無力買得起的日子，她媽媽去經商賺錢補貼。總之，一家人要過平常人家的窮日子。」但有一點，「阿囡還希望能繼續唸書，十七歲了，還能從初一讀起嗎？」

魯金土聽了王招弟這一番正正經經的說詞，忽然苦惱起來。「看來，這事會弄假成真了。怎麼辦呢？」他想。「家裡訂了親，可以退，可以不必顧慮。總不能不告而娶吧？」這事，盧姑姑說了：「這一層，我不能替你作主張。」若是寫信告訴家裡，王招弟的出身，又得瞞著，必須撒謊不是？

阿囡看到魯金土靈魂出竅在發呆，遂用手一推，說：「說話呀！我可不可以再唸書？」

「可以。」魯金土斷然回答。「馬上開始，每周國文兩堂，中國歷史一堂，大小倣每天一張，每周交批一次，作文每禮拜一次。我每禮拜來兩個晚上。大小倣與作文，每禮拜日作禮拜時，親手交給老師我收。」說到「老師」二字，還用右手食指反點他的鼻尖。說著，順勢雙手抱過來阿囡，就熱烈地去親。被阿囡推開了。說：「正經些，李嫂在家。」

魯金土告辭，說是回去還有作業要改。阿囡的話已說完，得到的是魯金土的狂熱反應，所以心情舒暢。

「好，你早點回去。」阿囡說。「等我媽回來，我告訴她你來過了。」

魯金土別後，心情總有些忐忐忑忑，第一件要作的事，得把今晚的阿囡說話，全盤告訴盧姑姑，他知道盧姑姑會轉告牧師的。但在心情上，卻萌生著一種難以形容的興奮，那就是：「我又遇上一個十七歲的女孩，不過，我二十一歲啦！」

12. 這罪名由誰來背負

盧姑姑聽了魯金土的一番陳述，遂打趣的說：「看來，我想作個大媒，也落了空嘍！」

「姑姑！妳又開玩笑，」魯金土惘惘然說。「我說的是實話。請問你，這怎麼辦？」

「我說的也是實話呀！」盧姑姑說：「你們談得已經很具體，用不著我再說什麼呀！」

「不是啦！」魯金土又把頭一低淚水就流出了眼眶，竟抽咽著說：「我心裡頭好矛盾，怎麼向家裡說呢？」

這一問題，盧金花委實無從作答，尤其是給魯金土作個定論，她是無法啓齒的。但魯金土倒是盧金花從小看他長大的孩子，讀初中那年他十三歲，如今廿一了。成了大人的男孩子，遇上了這麼一位多情的女孩，爲了要嫁這男孩，連作母親的都願體諒女兒，放棄不名譽的行業，協助女兒來完成這件美事。真的是：「不要金也不要銀，」只要這男人一顆心。甚而在知道這男孩家中已訂了親，竟甘願作小也非嫁不可。當然，魯金土的家人若是知道女孩曾是妓家女，縱有財富帶來，也未必同意。男女間的事，第二者怎能介入？父母也難以為力的吧！

看到魯金土這孩子的這種為難之情，也有幾分如同母親似的心痛。

「事情得你自己下決定。」盧金花鄭重的作答。「如果你對這女孩子生了情，兩情相悅，當然步上結婚這條路。只要你們兩人相愛，不但江河大洋隔絕不了，就是神也斬斷不了男女相愛的情絲。」遂站起身來，伸手拍拍魯金土的肩頭，又說：「我只能把話說到這裡。去吧！多想想。我還沒去作家庭訪問呢！我這就安排時間去。她們若是談起了你們這件事，我會把你的家庭環境告訴她們。」說著又扭過頭來問：「可以實說嗎？」

魯金土聽了點點頭。便辭出回房，倒在床上，雖在抽絲剝繭，原來擔心的家中問題，如今卻已不在心上，他心頭上的，全是阿囡與他見面時的嬌聲嗲氣，與那小猫依人似的溫馴勁兒。那句歌詞：「不要你的金，不要你的銀，儂儂呀，只要你的心。」倒一直在心頭迴響不已。這次去見到的這處庭院，以及房間的方位，竟使他想到婚後的居住安排。竟這樣，想呀想的，不大會兒就進入了夢鄉。

自從章姨媽他們頂出了畫舫，搬了家，母女倆洗盡鉛華，平常打扮，到教堂去作禮拜，青年服務團的這般人，就風傳魯金土要入贅妓家的流言。由於金華、蘭谿方面的幾位杭州票友，都有意到衢州參加空軍總站的神鷹劇團演出，嵊縣戲魯家班，也簽約七月間到衢州演出。話劇團自成立以來，由於人手經費兩不足，未能排出戲來，可是金華的中心劇團，上饒的演劇三隊，都是衢州近鄰的城邑，它們都將來此演出。何況，江山又成立了一個傷兵休養院，院長楊永明上校愛戲，也成立了一個平劇團，生旦淨丑齊全，兼且有好幾位名票，也準備經常到衢州演出。

這麼一來，神鷹劇隊卻也不能像上次一樣，東湊西拼的湊湊糊糊演出。所以魯金土也就不被看在眼中了。

「我們決定不要這小子啦！」高揚帆近來曾向方大提等人說。「這小子生成的是個妓院裡的搭拉酥。」

（這話出在《笑林廣記》，說是一位青年商人，在妓家嫖完了囊中金銀，回不了家，妓家可憐他，留在妓院打雜兒。大家叫這人爲「搭拉酥」。）

正好，已沒有人在戲上去干擾魯金土，他也就全心全意的放在愛情上，他決定，一禮拜到阿囡家兩次。今後，有人說閒話也不在乎了。

當盧教士帶著郭岫雲去作了一次家庭訪問歸來，卻帶回了這母女二人的誠贄印象。她們不但表明了皈依基督的緣起，是由於她們看中了魯金土這孩子。以及阿囡如何偪她脫離這不名譽的行業。一再強調她家阿囡還是個閨女，這兩年來都在作著選婿的打算。「既然我家阿囡看中了這孩子，兩人也一見鍾情，爲了聽從女兒的理想，以及她個人這一生的打算，纔破釜沈舟的賣了畫舫，帶著女兒作個平常百姓，過尋常日子。」

「說起來，都是前世的緣，」她作結論說。

「都是神的安排。」阿囡改正說。

這次的家庭訪問，大部分談的都是她們堅決的從妓家戶籍走出，作一個尋常百姓人家，全是爲了附膺女兒的選擇。盧教士一聽，知道大事已定，只要選個吉日，完成婚禮就是了。這時，她雖知道魯金土向她表示的「矛盾心情」，固然是事理上的必然存在，但卻敵不過人生本能的自然力量。所以盧教士帶著實習教士郭岫雲辭出，便向郭岫雲說：「我們要吃魯金土的喜酒了。」遂又問郭岫雲：「那麼你呢？」

郭岫雲已訂婚，他們都是諸暨人。未婚夫在金華工作，時常來去。遂答：「沒有這麼快！」

盧金花到章姨媽家作了家庭訪問回來，除了填表作紀錄，並面向鍾牧師說明事實，並未主動去向魯金土說什麼，相信金土一定會找她。現在，他就住在盧姑姑樓下，在教堂吃飯，也同桌。可是，兩天來，魯金土都沒有問起家庭訪問的事。一是他未去阿囡家，二是他爲阿囡準備功課用的課本，以及寫作文的簿子，寫大小倣的紙筆墨硯。他不相信她會購買這些物品。再去時需要帶去，不是更加表明了心意的真誠嗎！這兩天，小心眼兒，都用在這上面了。

方大提見到魯金土，說是祁科長下部隊去當中校團附，不遠，駐地就在義烏。大家準備送行，問魯金土參不參加？

既然知道了，那有不參加之理。他問：「有沒有他盧姑姑？」

方大提答說不知陳館長通知了沒有？卻要求魯金土代問一聲。魯金土這纔上樓去見盧姑姑。想不到一進門魯姑姑就當頭一句：「娃兒，恭禧你！」使得魯金土頓時停下腳步，站住愣怔著。盧姑姑接著說：「坐下，聽我說。」這纔告訴魯金土她去作了家庭訪問，知道婚事已訂，只等你接到父母的回信，就選吉期，說著說著就去打開手袋，取出一張字條交給魯金土，說：「姑姑給你訂了一套家具，收著它。到時候去選就成了。」魯金土越發的愣怔了，不敢去接。盧姑姑又說：「我見到王招弟住的房舍，什麼都好，客廳缺家具，空蕩蕩的。所以我想著給你們訂下這份禮物。」

「姑姑！」只喊了這一聲，便撲通雙膝脆落，匍伏在地，嗚咽不能成聲。「怎麼啦？怎麼啦？」盧姑姑見此情景，也忍不住淚水溢出眼眶，雙手扶起了魯金土。「我知道，我是非得接受這個婚姻不可，」魯金土抽抽咽咽地說。「這母女爲我犧牲的太大了。」「你心上有了這句話，就不該再有矛盾，」盧金花說：「若是神的安排，任誰也躲不了的。在我看來，這母女的真誠，像天使似的。所以我給你準備了這份結婚禮物。」

魯金土擦擦淚說：「我還沒有寫信稟告爹娘；我不敢寫。」「應該寫封信去，」盧金花說：「只說遇上了一位由上海逃難來的女孩，母女二人，對我非常照顧。作個暗示，不就成了嗎？」

魯金土聽了，破涕爲笑，說了聲：「謝謝姑姑！」

當魯金土談到祁仙煒要下部隊，服務團的人爲他送行，盧金花答說已送了禮物，不去參加宴會。告訴魯金土，若是去，就代她知會一聲。

湊巧，我們的飛將軍徐煥昇，架單機飛到日本東京上空，投擲數萬張紙彈，告訴日本人民，我們要長期抗戰到底，使日本軍閥的泥腳愈陷愈深，想拔也拔不出，必定一個個死在中國戰場。完成任務後就安全飛返，降落在南雄機場。衢州的第十集團軍總部，首先用大張紅紙寫出了此一特別戰報。跟著，衢州日報也用大紅紙張，印出了此一戰報。服務團的夜呼隊，當時就在大街小巷，高呼著報告出此一特別戰報。

教堂，也爲了此一特別戰報，舉行了特別祈禱！祈禱中日的戰爭，在日本愛好和平的人民促使下，儘早結束侵略，趨向和平。可是，卻又一連數日的空襲，衢州這一帶的機場，都受到了轟炸。富陽的日軍，也試圖向南岸蠢動，數次渡河，都被我軍擊退。

俗說：「女大不中留。」恢復了趙姓的章姨媽，爲了女兒能早日與魯金土成婚，曾向魯金土透露吉期，說是可以延用「國難期間，一切從簡」八個字，免去了下茶禮，正正當當在教堂舉行婚禮，也就合法了。反正「男大當婚，女大當嫁。」把這小兩口子送作了堆，她想，也就安心按原先的計畫，南到香港，北到上海，隨同幾個熟姊妹，去作跑單幫的買賣。否則，留下了未結婚的女兒在家，總會惹起別人說閒話。結了婚，是「明媒正娶」，就不會再聽別人的閒言語了。

這位趙媽媽見到這倆孩子一見了面的那份親熱勁兒，就想到越是早訂日子早省心。經過合八字的先生一算，陰曆六月六日是個好日子，再往後，就得過了小暑。六月初頭，剛立過夏，還不是熱難當的時期。六月六日這一天，又正好是禮拜日。雖然時間緊了一些，從頭到尾，算來也不過個把月，好在有這麼一句流行語：「國難期間，一切從簡。」一切都不必鋪張。

若照這倆孩子的想法，在教堂舉行婚禮，都太張揚了呢。

依著他們，帶著至親好友，借輛車，到金華、蘭谿；或再遠一些，到上虞，甯波作一次旅遊性的婚禮，還更有意義。

無論採用什麼樣的形式行婚禮，新房都得整理。

趙阿姨與阿囡這對母女的住處，前已敘及。它的主房在左，已與左廂房打通。改成外廂是母女二人的臥室，原來的主房，作爲起坐間。如今，趙阿姨打算把這兩間讓給女兒女婿，她把西廂的廚灶，遷到大門耳房去，她住在西廂房。借住的房子，又不能破壞墻垣，改變形態。魯金土不同意，認爲這樣，於倫理不合，那有子女住主房，將父母攆到偏房去的道理。遂建議母親仍住主房，中間的門閉上，他們住在東廂這一間，開門對捲棚。這樣，也不更變原房屋的形式，在居秩上，也尊卑有序。

客廳再添家具，略加布置，也就不顯得空蕩蕩了。就這樣，三口子便照著這樣住居的形式，進行陳設。

還特別請來盧姑姑提供意見呢。鍾師母也來看過了。

鍾牧師站在師長的立場，還有他身爲教長的身份，也在爲這一對新人，來設想出一個別致的婚禮。

在這一段日子裡，武漢的上空，又發生了第三次大空戰。日本飛機被擊落十四架。在宴送祁科長的席上，魯金土也聽到他們的有關戰事討論。就說到日軍目前的戰略，進行的還是「迫和」一策。武漢三鎮之所以空襲次數比別處多，出擊的機群也龐大，連四川的重慶、成都等處，都進行了殘酷的轟炸，動輒死傷數百人，甚而數千人，主要目的還是「速戰速決」、「迫和」到「招降」。看得出的，日本的大軍，還分三路向武漢三鎮挺進，重兵仍在隴海、平漢、長江等線，另一線是粵漢線的支應。一旦武漢三鎮陷入敵手，若不入川，那麼，浙江這一塊富饒的土地，就偏安不了啦！

魯金土聽了這些懂得軍事的朋友這番說詞，回來便告訴趙姨媽，未來打算跑單幫的經商計畫，一旦日軍再從富春江南侵，這一經商計畫，便大受影響。

不久，傳來日軍飛機炸決了黃河花園口，黃河潰決的消息。在隴海、平漢等線，對峙中的雙方軍隊，都陷入黃河急流。無法行動。長江這一線，卻在加急進攻。我毀南潯鐵路。隨著南昌危殆，空軍基地、準備內遷到遂川、贛州、南雄、玉山、衢州等地。於是，和談的風聲又謠諑了起來。

又有第三國出面調停中日的此一戰爭了。

蔣委員長回答英國倫敦每日快報的記者，說（大意）：

中國必須恢復領土與主權的完整，否則

任何第三國參予中日戰爭的調停，都不歡迎。

近來，這一段浙贛路上的軍運，也頻繁起來。人民也都敏感的推想，浙江的抗戰，不久就要出現對抗的局面。但衢州的商場還在畸型的繁榮著，兩條主幹街衢，大馬路兩房的商店，已無餘位。

空襲警報，越來越多，有時，早上發出的警報，到太陽落還沒有解除。行政機關已遷到鄉間辦公。

這麼一來，魯金土與王招弟的婚禮，原來的安排與設想，也日漸收縮。連白色的披紗也免了去。正由於這些原因，阿囡去量身定做了一件陰丹士林布的旗袍，大大方方，像一般女孩或大學女生身上的穿著似的。這樣的打扮，站在教堂裡作新娘，就符合所謂的「國難時期，一切從簡」的要求。

許多日來，總是警報！警報！商店老不敢開門。

離結婚的吉期，越來越近了，也不知新量的陰丹士林旗袍，已經做好了沒有，還沒有去試穿呢。

這天，又是個響晴天，一大早就響起了警報。午前就滿天烏雲，警報尚未解除，就是一場雷暴雨。一會兒工夫，卻又是艷陽高照，警報又響起了。直到黃昏上燈時，警報方始解除。黑雲又佈滿了半天，阿囡看看天上的烏雲一團團的蜂擁著。她想。應該趁著這個時候，到裁縫店去試衣裳，遂向母親說了一聲，便獨自一人到裁縫店去了。

到了裁縫店，半開著門，尚有人在工作，阿囡這件旗袍，正在縫製，行將完工。試了一下，仍嫌窄些，阿囡交代過，不要腰身，於是，師傅又拿白粉片再畫了一次。說是明天若是不發警報，上午就可來取。正當阿囡要離去時，紅光一閃，平空突起一聲炸雷，馬上豆大雨點便嘩嘩降落下來。跟著雷聲連串不絕。斜風颯颯，忽起忽落的颳了起來。一時之間，風雨雷電，交加飛飈，真可以說是大雨傾盆，商店都必須關上店門。這麼一來，阿囡只得在裁縫店中等候雨停。這是夏天的暴風雨，不大會兒就會過去的。

那想到這陣雷雨，既暴且久，風狂雨驟的時小時大，半小時纔止，馬路上都已積水。時間已到晚飯上桌的時候，外面的天已完全黑下來了。下弦月的日子，再加上烏雲還在天上飛飄，這入夜的天，也就特別顯著黑。

店老闆要著人送客人回去，阿囡說是路近，走不多遠就是東河沿，向前再走到第三座小橋就到了。不願麻煩人家，遂借了一隻手電筒，便離開了裁縫店。

雨已經停止，空中連小雨點或雨絲，都已靜止。有些店家，已在點燃煤氣燈，有的人家在用掃帚清掃門前積水，馬路上已有車輛行人在活動。

阿囡路途熟稔，轉入東河沿，雖然暗了些，暴滿了的小河流水，卻有反光映照著河邊小路，只是有些地方，河水已溢流到小路上，需要閃躲著走。小河雖不寬，縱深並不低。平時水淺，若到河中洗滌，深處要走下五六個石階，方能接觸到水。若是信安江漲水。這小河也會水滿，夏日一陣雷暴雨，那就頓時漲滿。這情事，如果不受到衢江的水大，往往一小時之後，就會低下到未落雨前的水界線，但在暴風雨時的這條小河，波濤滾滾，湍急流速，也會像怒馬奔騰似的吼鳴。阿囡走到她一向通過的那座小橋，橋面已被水漫，用手電筒照照，遂想到再向前走一段，看看前一座小橋。這小橋是在水面上的，便決定打從這小橋走過。

這座小橋，也同其他幾座一樣，都是近處住戶爲了出入方便，自已湊錢用木料架構成的，近來，住戶為了逃避空襲，大都搬到鄉下，橋木破損，往日還有人修修補補，年來幾乎無人注意到它。又經過這次雷雨的水流急湍，小橋上補在漏洞上的一塊木板，已被波濤冲懸起來，只連著半根釘子，還沒有掉下就是了。湊巧，阿囡打此經過，一腳踩上，遂造成了板斷人落，只聽得阿囡一聲驚叫，頓時墜入河中，隨著奔馬似的波濤，逐流而下，再也沒有聲音。

這小河通向烏溪，水流雖急，河道窄狹。且沿途小橋不少，有石砌的拱橋，更多是沿河住戶釘製的木橋。阿囡落河，在波濤中約莫激盪了三百多公尺，身上的上褂便被一座小木橋的釘子掛住。這時，正是大家吃晚飯的時候，路上行人甚少。也沒有人發現。雖說，阿囡驚叫一聲落河時，身前二十公尺的路上，有位行人聽到，但停下腳步，回頭察看，未能見到動靜。也就未加留心，又顧自走去了。

雷雨後的小河急流，不到一小時，水便退到雨前界線的上面。換言之，暴漲的水，如簷下溝泏，雨過就涸了。所以，水退落之後，阿囡便掛在下游一座小木橋的橋柱上。當時如有人發現，也許還有救。可惜被躭誤了。

話說阿囡的母親，等到雷雨過後，亟亟不見女兒回來，就有些著急。今天的雨，不但雷聲炸響，雨水又大，像傾盆倒下似的。叫李嫂上街到那家裁縫店去看看，李嫂是鄉下人，又摸不清地方。只得自己去問。一問，纔知道這孩子在雨住後，就離店還家。還借去一個手電筒。

「是不是去叫小魯來吃飯呢？」她這樣推想著。

近些日子，魯金土常在阿囡家吃晚飯。每周兩次去教阿囡讀書寫字。剛想喊黃包車到水亭門去，忽又一想：「也許兩人一塊兒回家了。」遂又回家，卻又不見阿囡回來。這時已經九點多了，委實心裡著急。飯已擺到桌上，李嫂說還有菜溫在鍋裡。阿囡的母親沒有答理，也許她心不在焉，聽而不聞。

竟自言自語的說：「我還是到教堂去找小魯。」說著就又走出門去，李嫂也不敢問。

阿囡的母親走過了這條必須通過的小河。向西走了幾十公尺，就發現路上有人一個個向前奔去，聽奔跑的人在說：「淹死人了。」一聽這話便心裡格登一跳，寒澈了脊骨，心想：「難道是阿囡？」忍不住也向前奔去。人已拖到岸上，仰面躺在地上，聽大家在說：「人已經死了，無法救了。」近前一看，果然是她的阿囡。只聽得大喊一聲：「阿囡」，便昏倒在地。馬上有在場的婦人上前，跪下捧起昏倒者的頭去掐人中。

一會兒工夫，就醒過了。醒來就撲在阿囡屍身上大哭。

阿囡的上身，只餘下束胸，還緊緊的束在胸上，上褂已被水漂走了。下身的長褲，還有腰帶繫在腰上。襪子也在腳上，鞋子卻不在腳上了。

有人說，不要再圍著看了，也別讓這媽媽再哭了。應去報告警察局，請法官來處理。在場看的人，都認爲說得是。

阿囡的母親也坐了起來，向在場的人述說，說她女兒是什麼時辰出門的，出門去作什麼？怎的一去就沒有回來，她什麼時候出去找？嘮嘮叨叨，說著哭著。人也越聚越多，交頭接耳，議論紛紛。還有人認得這母女是畫舫上人呢。

那位最先發現了橋下掛著一個人的半老漢子，在講述他發現的經過。警察開著救護車來的時候，小河兩岸已聚集了上百人。警察問詢一番經過，察看了一下屍體掛在小橋下的情況，遂趕快把人抬上救護車，先送到醫院，要求家屬及那位把人拖上岸來的老人，也隨同前往。還留下一位警察在看守現場。

人已經死亡，毋須再去作救治的過程，遂送到太平間，除了阿囡的母親，守屍痛哭不肯離去，還派有一名警察看守。那位發現屍體的老漢帶到一邊的房間問話，一一作了筆錄。

法官到來，問明事件端倪，便會同醫師驗屍，外部在額頭有擦傷，破損有雞蛋大一處，上衣已不在身上，只餘下束胸，還緊緊的束在胸上，背上的束胸鈕扣，是布條穿結成，經過水濕，已澎脹得手都解不開。褲子由腰帶繫得緊，並未被急流冲脫，再一察看，原來此女正在月信期中，長褲中還有緊身短褲，月信帶也緊緊的與褲腰帶連繫在一起。由於水濕布脹，結緊難解，不得不用剪刀剪斷。檢驗下體，肛門脫糞，月信帶上有塊狀淤血，醫生用手電筒細照陰部，又用手撥弄再撥弄，說：「處女膜完整未破。」這一說，身後的一位法警也擠前伸頭去看。這時候，阿囡的母親卻有感的哇呀一聲，撲到屍身上嚎啕起來。

跟著，法官走近來，方有法警將阿囡的母親拉開。於是，醫生又指著屍身下體陰處，一一說明了「處女膜未破」的實際形狀。

遂在驗屍單上注明是「溺斃，無他傷。」額上一處外傷，判斷是落水後，外物撞傷。

這麼一折騰，已過午夜。死因雖判明是生前落水溺斃，但何以「落水」？尚待法官調查清楚，方能將屍體發回屍主辦理喪事。目前在調查期中，屍體猶須法官方面負責保管。遂把阿囡母親請出，安排在病房看護，太平間的門要上鎖的。阿囡的母親原想到教堂去通知魯金土的，也被法官勸阻了。

第二天，衢州日報卻出現這麼一條社會新聞。

畫舫紅官人
小金寶溺斃東河

（本報訊）曾是衢港金寶畫舫第一高牌之小金寶，於昨日雷雨後，落水溺斃東河小木橋下，年僅十六歲。據傳此花業已出籍，與一中學之青年教師談婚論嫁，婚期已訂下月初，忽然落水死。其母見之，已數度昏蹶，現送醫院照顧，正待警方查明死因。又據消息靈通人士透露，該論嫁之青年教師，原是某徐娘之禁臠，是以小金寶之死因，或不單純云。

時間正是學期結束，期末大考已完，行將學期暑期開始之際，學校教師在改考卷計成績，正是忙碌之際。這晚的雷雨，正是晚飯的時候，貞文中學的教師，大雨來時，有些尙未離校，魯金土便是其中之一。大雨過後，同道騎車返城的，除另有老師一人，還有學生二人，同騎一輛腳踏車，一前一後由小南門入城，進入坊門街，兩個學生纔分途。魯金土與另一位呂姓老師，一直到天甯寺門口，兩方又相商到鈔庫前一家湖州粽子店，吃了粽子之後，二人方始分道揚鑣，時已十點多了。可以說，正是小金寶溺死被人發現拖上岸來的時候。

由於時間已晚，魯金土回到家，冲個澡便上床入睡。心裡卻也想著：「明晚，又該到阿囡家去上課了。」

第二天一早醒來，就發現牧師站在他的房門口，說：「到我辦公室來。」態度很嚴肅，說過就轉身走了。魯金土不知爲了何事？匆匆洗了臉，漱了口，便到辦公室。

一進門，見到盧姑姑正在與兩個人談話，門外還站了兩個警察。他跟著牧師近前坐下。這時聽到盧姑姑正在說：「那時魯金土還不到十三歲。」這兩人遂又轉過身來移移空椅，面對魯金土問他與小金寶的交往情形，遂一五一十的老老實實作答。這時的魯金土還不知道阿囡已經淹死。他卻發現盧姑姑在擦淚。問到他昨天一天的行蹤，也一一說了。看到兩人中有一人在作筆錄。

說完了，魯金土忍不住狐疑地望望這個又瞧瞧那個。

「你不知道，你的阿囡王招弟昨兒晚上在東河落水淹死了。」

鍾牧師這樣告訴他：魯金土一聽，馬上啊了一聲，竟癱瘓下來，昏了過去。

鍾牧師與盧教士一見此情，馬上異口同聲的喊：「娃兒！娃兒！」遂又醒轉來了。愣怔了一下說：「怎麼會淹死呢！人在那裡。」一時傷心得涕淚俱流。鍾牧師問可否讓他們去看屍體，探望死者的母親？獲得同意之後，教會這面遂招呼司機開車。三個人都隨同法官、警察到了醫院。這醫院是縣府的衛生所。

老實說，人死了還有什麼可看，徒增悽楚而已。

衣衫已全部脫去，存爲證物，只蓋了一床白被單，連頭臉都遮著的。只揭開頭部給他們看，雙目微睜，沒有了黑瞳的灰白眼眸，那裡還有生前的秋波瀲灩之美，鼻孔微有紅色血塊，乾在口唇上。魯金土一見哇的一聲，就想撲上前去，被鍾牧師伸手抓住了。他便跪在地上，嚎啕大哭！盧姑姑也流著擦不乾的淚。連法官警察，都有幾分哀傷之情。法官竟感慨地說：「這女孩還是個沒有破身的處女。」鍾牧師聽了，說了一聲「主啊！這小天使又清清白白的回到你的殿堂！」便站在屍體跟前禱告起來。魯金土也住了哭聲，擦擦眼淚站了起來。聽牧師禱告。禱告完後，便走出到病房去看阿囡的母親。

太平間再鎖起，重新加了封條。

到了病房，阿囡的母親，已坐在床上，下身用被單遮住。見到這幾個人一擁進來，起先是木木的，昨天晚上，法官已向她問過話了。

可是魯金土一見到阿囡的母親，便大喊一聲：「媽！」箭步趨前，跪在病床前，嗚嗚呼呼哭起來，一邊哭一邊說：「怎麼會淹死的呢？怎麼會淹死的呢？」

鍾牧師與盧教士近前慰問，想不到阿囡的媽媽，竟回手從身後枕頭底下，拿出一張報紙來，一面遞給牧師，一面便哭起來，泣乎乎的說：「你們看，報上說我阿囡的死因不簡單。」鍾牧師接過報紙，翻了翻，一見這條報導阿囡溺死的消息內容，不禁大愕！「啊！這消息是那裡來的？」

在場的盧教士以及法官等人，也都一愣，因爲他們都還沒有讀到今天的報。衢州日報又不按天出報，看的人很少，平時很少有人注意。鍾牧師把報交給法官，說：「沒有事實的消息，隨隨意意登在新聞紙上，要負法律責任的。」鍾牧師是美國人，最不能忍受這種望風撲影的新聞。

盧教士還沒有看呢。法官看了後，馬上向鍾牧師說：「牧師先生別動氣，這事我會依法處理的。」

牧師聽了，以不愉的臉色，作了回答，遂把報紙交還給阿囡的母親。可是阿囡的母親不接，說：「我不要看了。我要魯金土留在這裡。」就這樣，鍾牧師與盧教士告辭了出來。

「這報上寫了些什麼？」盧教士問。

「到家再說吧！」鍾牧師說著，把報紙疊疊塞入衣袋。

盧教士也沒有再問，總覺得牽涉到她。心裡卻也一直在哀傷著這個小女孩怎的會淹死了呢？回來之後，從鍾牧師手上接過報紙時，鍾牧師就說：「這新聞已經犯了法，妳別生氣，我去找他們縣長。」盧教士翻到一看，頓時臉色鐵青，雙手顫抖，報紙掉在地上，人卻暈眩了。要不是鍾牧師事前有警覺，馬上伸手扶著她坐下，會像倒墻似的倒在地上，若是摔到了頭，又是一條人命在急救。

「琴妮！琴妮！」鍾牧師連連喊著盧教士的英文名字。

不一會兒醒來後，有氣無力的說：「他們怎麼會扯到我頭上？」

說著就一陣嗆咳，一連吐了兩口血。鍾牧師見了，說：「妳得去住院休息，檢查一下。妳的肝功能一向有十字。」

盧教士沒有反對，便用手帕兒擦擦嘴，鍾牧師遞上一杯水，要她嗽嗽口，二人便步往醫院。教會的福音醫院，就在近處。

盧教士住院不久，法官與警察便又到了教會，見到鍾牧師，查問盧金花與與魯金土多年來相處的情況。這一點，鍾牧師是最能相信的，也知道得最清楚。遂把這二人的家世以及二人的生活狀況，甚至性格為人，連同盧金花育有一女，已十七歲了，被養父母用感情占有，已兩年不跟母親連繫。說盧金花是在美國長大的華裔美籍，丈夫是美國人，離婚已踰十載，今年已卅五歲，他們夫婦與她都是神學院同班同學，在班上，琴妮•盧最小。由於這盧教士的心境戀念失去的骨肉，因此多少年來，也就時時關顧這孩子。魯金土與王招弟的這一婚姻，說實在的，固是基於這一對戀人的相愛，卻也有一半是這位姑姑從中協助完成的。這報紙怎的會扯上盧教士這種莫須有的疑忌言語，是犯法的呢！

鍾牧師說到這裡，也忍不住面露哀悽！遂說：「我這位同學一生遇合不順，看到這條新聞，氣得吐血，當時昏到。我把她送到病房去了。一切由我負責，我敢保證這女孩的死，與盧教士無關。我不希望你們去打擾她。你們從側面調查吧。我不相信盧教士會作殺人的事。聽來都是可怕的。」就這樣把法官打發走了。

經過調查，王招弟昨晚落水時，叫了一聲「啊」！路上有行人聽到。但由於水流太急，波濤汹湧，一落水便被波濤吞捲，已無口再叫喊了。這情形，那要得十分鐘的時間，再強壯的人，也會悶死。好在河窄，沿途多的是木架小橋，只冲盪了三幾百公尺，上褂中的束胸便掛在橋柱的一根彎了的釘上了。否則，會冲到大河中去。暴雨一停，這小河中的急湍流水，不要半小時，水就退落大半。所以王招弟落水之處，只不過一個多小時，便被住在近處一位姓陳的老漢發現。還回到家裡告訴老伴，二老到了河邊，合力拖上岸來，再去喊人急救，人早死亡了。

現場的情況，除了這些，其他沒有任何可以作參考的說詞。

鍾牧師已見過縣長，一經查問，原來這則新聞是一位名叫宋丹麗的女記者寫的。她憑據的是那天在一起開會，魯金土拿一樣什麼東西給盧金花看，當時的盧金花曾嬌嗔的伸手打了魯金土的手一下。那時一位集團軍總部的祁科長，正在圖謀著去追求盧教士，得到的是冷落的反應。遂說魯金土這小子是盧教士口邊的童子雞。這王招弟落水溺斃的事件出來，這位略知前情的宋丹麗，遂把過去大家閒談中的詆譭之詞，用到這條新聞。如今，經過鍾牧師這麼一問，縣長下手諭這麼一查，宋丹麗本來還有一大篇說詞，來維護這一條新聞的推論性。不想今日的醫師驗屍報告，這位曾是畫舫高牌名妓「小金寶」王招弟，竟是一位尚未破身的處子。這麼一來，宋丹麗無有所辯白了。

所以，再一天的新聞，便刊出了驗屍的報告，以及調查經過。初步判斷是「失足落水溺斃」。屍身暫交警方保留一月後，如無疑問，再交屍主安葬。

可是，阿囡的母親及盧教士還在醫院住著呢。

由於衛生所設備簡陋，鍾牧師特准魯金土把阿囡的母親，接到福音醫院中來。

這一件轟動一時的妓家紅牌妓女小金寶，落水溺斃一案，不幾天便被一次次空襲炸毀了東門城下的一大片民房，燬屋數百間，死亡數百人的殘酷暴行代替了。

四　現實與理想錯綜出的

1. 長期抗戰的策略

魯金土趕著處理完這學年的學生作業，以及考試等成績，便天天到醫院去陪侍這兩位病人。

當阿囡的母親獲知了盧教士這個女人的身世之後，認爲盧金花的命運，比她還要坎坷，更會使人同情。她想：就以阿囡之死來說，他一向相信中國的這句俗話：「一死百了。」人死不能復生。阿囡的死，是她自己的不愼失足落水，只能說是：「人各有命，命該如此。」怨不得天，也尤不得人。應歎自己的命薄，在命運上該受孤苦的折磨，所以纔七湊八拼的走上這一步。比起盧教士來，她還略勝一籌呢！

她與盧教士都是失去了十七歲的獨女，她的「失」，是「死別」，一死百了，沒有盼了。盧教士的「失」，則是「生離」。前文已經說到了。盧教士的女兒，卻是活活的被養父母占有去的，親生骨肉卻不認親生的娘。只怪她當初年幼無知，遇人不淑。自己又未保有這女兒是她親生親養的證物，遂白白的被養父母占有去了，強擄去了。所以阿囡的母親想到盧教士的內心苦痛，比她還要更深一層。

「死」是一了百了。「生離」則是藕斷絲連。難怪古人說：「人生最苦是別離。」阿囡的母親住入病房，是一時的悲痛承受不了，心情沈靜兩天，就會恢復正常。盧教士則是積鬱於心的肝疾，兩年前，她那親生女兒已不願與她共度聖誕節日起，就有了病的徵兆，住院檢查，不但心臟有跳動不規律的現象，血壓也低，肝臟也有兩項功能出現「+」號各兩個。近兩年來，由於心情的平靜，飲食睡眠，已日趨正常，體重也略有增加。這次，竟意想不到的像一支突地平空飛來的暗箭，射入心胸倒了下來。檢查之後，除了發現支氣管有曲張，心、肝、肺都有問題。一連幾天，午後都有微熱，夜間還有盜汗。盧教士是真的病了。

阿囡的母親在當天，有人把報紙上的新聞唸給她聽，確有幾分相信是被人謀害了的。一時之間，難以承受，便倒了下來。後來，經過驗屍、調查、研判，處處都顯示了阿囡是失足落水。當時，那小河在雷雨過後，水滿流急，一摔下河去，便被激流吞食，幾口水一喝，霎時之間便悶死在水流中了。

這種情理，阿囡的母親雖然沒有唸過書，對於這些人生情理上的事，總還能推想得到。這麼一來，遂對盧教士產生了莫大的同情。想到那天她到她家作家庭訪問，談到魯金土與阿囡的婚事，在態度上，顯現出的是她的喜悅臉容，而且回去之後，就主動的購買了一套家具，作為他們結婚的禮物。當阿囡的母親聽說盧教士認識魯金土已有八年，那時魯金土纔十三歲，還是個孩子呢！也就越發的同情這個女人。

起先，她們各住一間病房，當她從鍾牧師與魯金土口中，陸陸續續知道了盧金花的這分身世，便要求移到盧教士病房中的另一張空床上，反而要求照顧盧教士。盧教士雖然一向孤僻愛靜，卻又不忍拒絕與這位頓失愛女的母親同住。

就這樣，兩位同病相憐的母親，成了朋友。

由於天熱，又無冷氣設備，只靠人造冰塊來降低房中溫度，對一個失去了生命循環的屍體，希望維持到一月不壞，幾乎是不可能的事。入伏後的天氣，一天熱上一天，小金寶的溺死一案，雖有新聞輿論提猜疑，缺乏實據，憑空疑測，終究敵不過事實。經過法院會同警方，澈底而深入的一一查證了人、地等情理事實，無不足以證明這人是「失足落水溺斃」。法院遂著屍主提前領去屍體安葬。

自從訂出了婚期之後，魯金土便改口叫阿囡的母親「媽媽」，說來這是天經地義的事。但阿囡死時，對魯金土來說，還是未婚妻，不能以妻禮作反服夫來辦喪事。民間雖有懷抱靈牌行婚禮的風俗，又不合基督教義。最後，還是作了折衷的辦法，火葬時，魯金土以反服夫的大禮祭靈，拾骨後寄放在佛寺，等戰事結束後，再以正妻的禮儀，迎靈返回故里，安葬在魯家祖瑩。然後，教堂舉行一次追思禮拜。

經過這次悲慘事件之後，阿囡母親的生活，自然有了變動，原來借用的那處住宅，沒有必要再保有它了。遂遷出與盧教士同住一室，魯金土仍住在樓下。但在阿囡的母親趙金寶的心理上，總覺得這是依人籬下，一向作主慣了的人，怎能不感到在生活上，產生許多約束，教會也沒有許多她可以插手作的事務。當然，再回妓家那行，是不會再走這條回頭路的了。過了一些日子，原先推想的富春日軍會向南入侵的行動，如今並無蠢動跡象，主戰場則仍著眼在長江上的武漢三鎮。日本飛機轟炸武漢的行動，更加殘無人道，動輒轟炸民房，意在摧折民心士氣。九江也陷入敵手了。政府已宣布——遷四川重慶辦公。

阿囡的母親，決定隨同幾個同鄉姊妹淘，返回上海跑一趟單幫。行前把上海與蘇州兩處的通訊地址，都留給了魯金土，以備萬一。到上海蘇州去，終究是淪陷區了，是日本人行使權力的所在。

雖然，三戰區所轄的這一大塊江南沃饒土地，叨庇於戰時的偏安，商場日漸繁華，軍政單位卻也感受到富春江北岸日軍，一旦增兵入侵，三戰區的軍力與武器，能否抗禦敵軍？任誰都會向劣勢上估計。可是這一帶，無論浙江、安徽、福建，以及江西與廣東，無不有崇山峻嶺，山脈毗連。萬一日軍南進，最有勝券的戰略，應是退守山區，與占領了點、線上的日軍作游擊戰術。因而設想了不少未來的作戰準備。除了各地山區的戰守措施，預作未雨綢繆的先期工作，各縣市設置的軍訓教官，從抗戰開始前，便已在鄉鎮著手自衛隊的軍事訓練。如今，又在接近敵人占領區的前線各地，責由民間設置傷兵接待所，接應戰地上的傷患官兵，按軍方指示的路線，送到各地的醫療單位。所以，當時的紅十字會及各宗教派的組織，遂由軍政雙方從旁協助，組成了前線傷兵接待所，選地設置。

那麼，金華、衢州兩地的基督教浸禮教會，便先期組成了一個所，選擇了上虞百官鎮，作爲該所的駐紮地處，名義是「基督教浸禮教會浙江戰區前線傷兵接待所」。暫時的組織是所長一人，幹事五人，工友一人。（工友實際上擔任廚子）。

原已決定衢州派遣二至三人，其他悉以金華方面爲主。不想此事經金華方面主持的會議決定之後，鍾牧師回來一說，盧教士卻要求參加此一戰地工作。鍾牧師本不願意盧金花去，但一想到她在衢州受到的此一無妄之災，住了一個多月的醫院，幸好有阿囡的母親，情投意合的與她像姊妹似的相處了這一段日子，心情爽朗了許多，如今，阿囡的母親又離此他去。倒不如接受她的要求，換個環境，對她的健康，可能有益，遂應允下來。

但一經與金華方面聯繫，由於組成的人員，要數盧金花的資格最老，要求虞金花擔任所長的職務。

同時，由於小金寶的失足落水溺斃，新聞牽涉到魯金土，鍾牧師考慮到魯金土的教職，難免也會受到同事們的蜚短流長，不如要魯金土也跟了去。更為了行動上的方便，衢州多派了一個人，郭岫雲也去，共派出三人。其他由金華方面派遣。於是，基督教浸禮會的這個前線傷兵接待所，便這樣組成了。九月十五日以前，要在駐地展開工作。

上虞的百官鎮，面對杭州灣、玉盤洋，東去是餘姚、慈谿、鄞縣、鎮海，西則紹興、蕭山、諸暨，東南就是四明山區，再向內是天台山區，再向南，可與黃巖、永嘉等地通聲氣，兼且還可以組成聯防軍區。預計一旦杭州灣與富春江北岸的敵軍入侵，傷患分兩路向東南山區疏散，以作長期戰爭的戰略設計。所以上虞百官設置一所，諸暨北方的顛口鎮，也設置一所。基督教浸禮會，抽到的是上虞百官鎮。

衢州的人員到金華會合。兩男一女，其中有夫妻二人，工友（廚子當地再僱）。金華的這三人，郭岫雲都認識，那對夫妻（李雲漢、陳旼，紹興人），是同班同學，另一位男士（斯之綸，諸暨人）是後一期同學，今秋纔畢業。

在金華召開了一次工作會議，他們的接待所，經管的主要任務，是接應傷患再轉送到已指定的幾家醫院。可以在駐地接洽地方保甲，招待住宿一晚，按軍中規定的主副食，加倍交付給當地聯保主任收受，負責辦理接待事宜，還得負責轉送到另一指定單位，（醫院或部隊醫療所）。轉送費用，由另一接待單位，照章發給。

凡是受接待的傷兵同志，無論官兵，都必須持有野戰醫院或戰地醫療機構發給的，轉院醫療或休養證明書，（證明書上貼有照片蓋上鋼印或紅印）更得有其受傷時（或生病時）的職名符號，還有他所持有傷病證明書填寫的傷病情況，與持有人的照片、符號，三樣符合，否則，不但拒絕接待，還得送交當地警所會同軍方處理。

由金華到上虞百官，先乘浙贛路火車到諸暨，再坐黃包車由諸暨到紹興婁宮，中間在諸暨楓橋住一晚。第二天午後，始能到達紹興婁宮。到婁宮後，改乘渡輪或腳蹬槳的小划子，渡江到五雲門，再改乘汽輪到曹娥江的曹娥鎮，已是上虞地界了。下船再換乘黃包車，到百官不過三里之遙。

話說盧教士這一行六人，到了上虞縣的百官鎮，依址找到了業已租賃妥了的所址，房內卻有一位十多歲的小姑娘在等候。她要把房中的所有設施，一一點交給租賃人。

這是一座獨門獨戶的庭院，門前有一泓流水潺潺的小河，當地習稱的「內河」，這條小河，是橫貫了百官鎮首尾的河流。幾乎是每一獨立門戶的門前，都有一座堅堅實實的木橋或石砌的拱形橋，河水可以行舟，不祇是洗滌食用。

小河的兩岸，都有頗爲寬闊的行人道。靠家戶門前的這一邊，道路窄些，對岸的那一邊寬些，雙輪的手推車，可以雙行。對岸的人家，有小巷可以通到百官唯一的一條長達約一千多公尺的市街。有時，小河上也有小船在兜售家用物品，搖響代賣的鈴聲，或敲打竹梆聲。

這種房屋是獨門獨戶，進大門有一小院，在高出小院約有一尺多的地上，建築是中間有前後廳，兩旁有前後套房，後廳之後還有一小小天井，最後一排三間：一間廚灶，一間傭人房，一間雜物房。榪子桶，各房都有一具。天井的左側有門，可以從側門出去，由小巷出入。平時關上大門，是江浙這一帶的家居生活方式。在側門的右邊，還有一個樓梯，樓上的前段是空敞著的，沒有隔間。當中倒隔了一道木牆，像戲台似的開了兩道門，也是空的，擺了些破舊椅凳家具。前廳倒有走廊，落地的雕花門窗，廊上還是雕花的欄杆，可以憑欄前眺。前面雖有房舍遮住視線，但憑欄可以暢見小河兩端很長一段的水上情致。倒也令人心情十分舒暢。

樓梯上的空口，有活動的木板，可以翻轉來蓋上。若是住在這樓上，似乎比住在樓下的套房，還要感到身心舒展。虧欠的是，沒有隔成房間，空空蕩蕩，不適宜家室居住。可是，盧教士的分配，卻是她與郭岫雲兩人住在樓上，李雲漢夫婦住在左邊的套間，右邊的套間，由斯之綸與魯金土各住一間，再僱工人住在廚灶房的那一間。

這樣分配，不惟李雲漢夫婦不同意，說是尊卑不分。房東的小姐在場，聽了他們要住在樓上，也不同意，說是當初談租賃的時候，並不包括樓上。她與母親弟弟還要回來住的。一看租約，果然沒有寫明還有樓上，只說平房一座，前後房屋幾間。前面連前後廳算在一起，共六間，後面廚灶等三間。談租賃的時候，樓上門是閉起的，沒有打開。他們這次住進來時，房東小姐方始打開來的。她們家現在住在白馬湖近處農村，距離百官還有十幾二十里呢。這麼一來，住居卻又不好分配了。三男三女只有一對夫婦，有四間卻是前後相連的套間，委實不好分配。這兩房的套間，雖有門可閉，區作前後兩間，可是中隔只是一層木板，與夫婦二人分前後居住，或男或女，都會感到不太方便。

在斯之綸想來，只有向房東小姐相商，把樓上也租下來。

「房東小姐，我們打個商量吧？」

這位房東小姐姓陳，纔十六歲，中學生，還穿著一身學生服藍褂黑裙，留著武士帽型的前平眉、後平耳的短髮，口齒非常流利，圓胖胖的臉，並無誘人流涎之美，倒洋溢著青春的青綠氣息。面對著三位青年人，明擺著有兩位未婚，自難免有幾分自然的異姓魅惑之力。這位年方廿三歲的斯之綸，是諸暨人，李雲漢夫婦是紹興人，彼此語言相通，經過一番咿呀咕喳的談論，終于說妥。他們一旦回來，需要住上幾天，他們就讓出來，可以在後廳，移開飯桌，臨時搭舖。多了樓上的地位，要加多少租金？請她回去問媽媽，他們願意照加。

樓上的問題解決之後，盧教士與郭岫雲住在左方套房（各住一間），右方套房，李雲漢夫婦，斯之綸與魯金土二人，則是住在樓上。若是僱來工人，就住在廚灶房的那間小房。

住的問題分配妥當之後，最重要的是食的問題。當晚，在一家飯店叫客飯和菜。（以客飯的價錢作和菜分配），就在這頓晚飯之間，斯之綸與李雲漢已與店老闆談妥包飯的價錢，一天三餐，早飯是粥或豆漿燒餅。中晚飯都是五菜一湯，三葷兩素。既然包飯解決了食的問題，這個工人也就不必再僱。以後還不知道工作展開時，情況怎樣呢？

他們的傷兵接待所工作，首先要聯繫的是當地政府，一是上虞縣政府，百官鎮公所，當地區甲各聯保主任，二是附近四周的醫院、診所，三是軍隊駐地番號，尤其是軍需品補給單位，每月都得聯繫，收支填寫月報表。因爲傷兵接待，還得按日以主副食補給計算，按口計糧。收支月月填報。當他們第一次聯繫到該軍需補給單位，就撥給該傷兵接待所，軍糧兩袋，（每袋一百斤），冬裝十套，副食費每口三天，以十人計。

他們六人分成三組，就像他們住居的分配一樣，盧金花、郭岫雲一組，李雲漢、陳旼一組，斯之綸、魯金土一組，分途去拜見當地政府、軍民各處。對於軍民間的醫院、診所，調查得最爲清楚，不但病床多少，要有紀錄，連各家醫診單位的醫師專長，都經調查記錄，備作接待傷病患官兵時，轉送的參考。因此，他們三組人馬，每隔一日出發一次，幾乎跑遍了這一帶鄉鎮村里，遠處踰三十里到五十里。這一帶的小河四通八達，有腳蹬槳的小划子乘，河岸小徑，十九都以石砌，步行或騎腳踏車，也平坦利便。三組人馬，在地方上周遊了一個多月，等於在十月小陽春的秋高氣爽季節裡，完成一次有益身心健康的遊賞。

盧教士的臉色好多了，顋上已泛出了紅潤。魯金士可最為興奮，幾乎每天回來都說這麼一句：「啊呀！這裡的鄉村，景致太漂亮啦！土地太肥沃啦！農家太富有啦！小橋流水，池塘菱荷。到處是山秀水明，每次走在田梗間，坐在小舟裡，看到如此秀美鄉村風景，除了聯想到書本上讀到的柳宗元《永州八記》，就感歎到自己家鄉的窮困。在生活上，天壤之別了。」

六個人，認真的辛苦了一個多月，雖已把他們傷兵接待的工作，凡有關應予注意、應予準備的事項，可以說業已完整的作完。表格、冊簿，一張張一疊疊，一冊冊一秩秩，分門別類，放在櫃中。米也領來了，副食費領來，也專款存入了賬戶。還有服裝（為傷患官兵更換血污或泥污衣服準備的），炒熟了的米，裝成圓形長布袋的炒米袋（供作行路充飢的），也領來二十份。都存放在樓上通風的地方。

可是，這裡的戰事，非常平靜，只有一次，日軍過江攻入蕭山，數小時後，就被守軍擊退。戰鬥一直在南方進行，目標還是瞄準了武漢三鎮。廣州淪陷了，西戰場的河南信陽，湖北陽新，也相繼陷落。敵機還是成群的幾十架幾十架，在湖北、湖南，以及四川等省的大都市轟炸。政府已宣布放棄武漢，西遷重慶。重要的物資早已撤走。兩湖的居民，也有隨同政府西遷的。在浙江方面，連空襲警報都少了。自從來到百官鎮，連空襲警報的汽笛聲，也消失了。

盧教士這一夥，辦完了準備工作，便一無所事。除了每禮拜到鎮上的信義會教堂，去參加禮拜及一次培靈會，已無分內要作的事。日本的首相近衛文磨提出了「東亞新秩序」，來高喊「大東亞共榮圈」。看情形，日本人自己也在感受到這個侵略中國的戰爭，是打不下去了。我們中國卻在動工去修滇緬公路。

諺語有言：「養兵千日用兵一時」。這傷兵接待所之所以要成立它，把它設置在接近戰爭前線近處，目的都是長期抗戰，沒想到的戰略事項。這應是古語說的「豫則立」吧。

在盧教士想來，有了這麼一個工作單位，竟然無事可作，這「無聊」二字，比「忙碌」二字，似乎還要令人苦惱。

魯金土卻在閱讀聖經。他不時向盧姑姑說：「我發現經上的語言，有不少可以用四書上的話來比竝解釋。」有一天，他舉例說：「耶穌口中的永生，要求人們信他。他說他是神的兒子，他說他是從天上來的。遂肯定的說：『從天上來的，是在萬有之上。他將所見所聞的見證出來。』信他的人永生。不信他的人，得不著永生。」（約翰福音三章）這猶太人耶穌，強調他是神的兒子，是從天上來的。他所說的，都是天上的父親上帝，教他出生在人世，為了拯救世人淪落，纔這樣說的。魯金土認為不應這樣依照這書上的神話來傳教。

「這是西方人的信仰，」魯金土說：「我們中國人尊崇的是孔、孟，佛教的釋伽牟尼，回教的摩罕默德，都是外國人。老、莊雖是孔、孟的異說，若是細加推究，它仍是孔、孟的一支，一是有所為而為，一是無所為而為而已。」

所以魯金土認為耶穌口中的「永生」，等於中國儒家的「為仁」（作一個具有大我人格的人。）到了孟子，則進一步弘揚到堯舜二聖那樣：「為法於後世，澤惠萬民。」有為者，應該這樣。試想，凡是有能「爲法於後世澤惠萬民」的人物，自然得到人生萬世的欽仰，成爲一個不朽的人物。「不朽」，豈不是人生應追求的「永生」嗎！

盧教士認爲魯金士的這些看法，可以作爲他們研究聖經的討論課題。每禮拜除了兩次到教堂去，又訂出了兩次查經活動。

「查經」，首從四福音開始。

論仇恨、論姦淫、論起誓，都沒有爭論。到了「論愛仇敵」，大家就爭論起來了。經上說：

你們聽見有話說：「以眼還眼，以牙還牙。」

只是我告訴你們：「不要與惡人作對，有人打你的右臉，連左臉也轉過來由他打。有人想要告你，要拿你的裏衣，連外衣也由他拿去。有人強逼你走一里路，你就同他走二里。有求你的，就給他，有向你借貸的，不可推辭。」

你們聽見有話說：「當愛你的鄰居，恨你的仇敵。」

只是我告訴你們：「要愛你們的仇敵，為那逼迫你們的『禱告！』這樣，就可以作天父的兒子，因為他叫日頭照好人也照歹人。降雨給義人，也給不義的人。你們若單愛那愛你們的人，有什麼賞賜呢？就是稅吏不也是這樣行嗎。你們若單請你們弟兄的安，比別人有什麼長處呢？就是外邦人，不也是這樣行麼。所以，你們要完美！像你們天父完美一樣。

這時，日本軍閥侵略我國，占領南京的屠殺新聞，見到報上的照片，就令人矚目驚心，《馬太福音》上的這段話，不必在講台上講，就是任誰翻閱到，也會對這神之子的耶穌起反感的。

「耶穌說的不是日本軍閥這種仇敵，」斯之綸說。「應是指的我們平常日子裡，相互交往的仇人。」

李雲漢、陳旼二人附議。等一會兒沒有人說話，魯金土便發言了。「以我看不然。」他說：「以眼還眼以牙還牙」這些話，都是舊約上的話。」又說：「耶穌的這番話，顯然是對舊約上的這幾句話來作發揮的。猶太人講究的是報復，耶穌反對舊教義中的這個『恨』字，所以纔起來傳揚『愛』的教義。仔細研究起來，耶穌的這番話，還是可以從學理來解說的。」

這幾句話一說，出身神學院的斯之綸等人，連盧教士都怔然。

「金土，再聽聽你的高見。」斯之綸說。

「猶太人的舊教，是『以眼還眼以牙還牙』的還報仇敵。魯金土說。「耶穌認為這種冤冤相報的人生觀，人與人的仇恨，永遠難解。人與人豈不是世世代代的把冤仇結下去。所以耶穌起來倡說博愛，遂把這意念誇大來作比喻，說：『有人打你的右臉，連左臉也轉過來由他打。……』這些人生觀念，雖是減少或者可以說是消除人與人結仇的好辦法。對於人性來說，有多少人能夠作得到呢？」說著說著，望了望大家，沒有人作答。又加了一句說：「神給了人這麼一個崇高的理想，要人這麼去作，是非常正確的。」

最後這一句，斯之綸等人聽了，心情都為之坦蕩起來。

「魯金土，你承不承認耶穌是天父的兒子？」陳旼問。

「我們中國幾大聖君的誕生，無不附帶著神話。」魯金土回答。「這是時代上的問題。」又說：

「傳說孔夫子也是私生子，他的出生也有神話色彩。孔子卻避談怪力亂神。」

「孔子對於仇恨怎樣看法呢？」斯之綸問。

「喔喲！你這一問，把我問倒了。」魯金土笑嬉嬉的說。「我好像沒有在《論語》中讀到孔子說到『仇敵』的事，孟子倒說過類似對付仇人的話。」

「你說說孟子怎樣說的？」斯之綸又問。

「在《孟子》「離婁」下，說過這麼幾句話，」魯金土答：「有人於此。其待我以橫逆，則君子必自反也。『我必不仁也。必無禮也。此物奚宜至哉？』其自反而仁矣！自反而有禮矣！其橫逆猶是也。君子必自反也。君子曰：『此亦妄人也已矣！如此，則與禽獸奚擇哉？於禽獸，又何難焉？』是故君子有終身之憂，無一朝之患也。」

說過，又用語體再重述了一遍。

「儒家要的是人之『自反』，也就是等於我們耶穌基督要求於人的『悔改』，用禱告的方式，求神赦罪。」魯金土又解釋說：「孟夫子的性格，比較剛，沒有孔夫子的性格柔。所以孟子在說理述事時，往往語中帶刺，還夾雜著謾罵。像這段話中的『此亦妄人也已矣！如此，則與禽獸奚擇哉？於禽獸，又何難焉？』對禽獸這一類的人，還能跟他一般見識嗎？縱然吃了虧，也可以算了。」

「我們把問題談遠了。」李雲漢說。「我們還不能忘了現在是大敵當前呀！」

魯金土一聽，馬上興奮地站起，大聲的說：

「今天，我們要學孟子的養大勇。若是有人睜著怒眼面對著我，我們就得反問自己，作了虧心事沒有？若自問自曾經作過喪良心的事。那位睜著怒眼對著我的人，縱然是一個身穿麻布粗衣的平民，我也會心驚肉跳的。若是自問自並不曾作過喪心病狂的壞事，沒有對不起人的地方。那麼，面對的雖然是千萬個強蠻不講公理的人，我也會挺身向前。」說到這裡，遂又大聲朗誦《孟子》「公孫丑」下的這幾句原文：『吾嘗聞大勇於夫子矣！自反而不縮，雖褐寬博，吾不惴焉？自反而縮，雖千萬人，吾往矣。』」

大家一聽魯金土這義憤激昂的聲情，儘管他說的孟子這段話，聽的人未必全懂，卻被他那激情的聲音與氣勢，振奮了起來，所以魯金土的聲音一住，就贏來全體的掌聲。斯之綸還說：「在今天，我們傳道人講解經語，真是需要配合時代。」李雲漢也說：「有意思！有意思！」

盧金花更高興了，笑得她臉龐綻出的笑容，真的像一朵淡紅的芙蓉花。

「大家想不到吧？」她說。「我們的娃兒今兒格變成小老虎啦！平時斯斯文文的像小貓似的！」

這一說，魯金土的臉紅了，羞羞赧赧地竟低下了頭。

盧教士也不好意思起來，遂解釋說：「我與鍾牧師認識魯金土的時候，他還小。大家都知道了。」說到這裡扭頭問魯金土，「娃兒，我可以宣布你的小名嗎？」魯金土抬起頭來，對盧教士嬌柔的孩子氣，叫了「姑姑！」盧金花遂笑嘻嘻地向大家說：「他的小名叫土娃。」大家都把眼射向魯金土。他只是低下頭，紅著臉，笑吟吟說了一句：「好像是沙土塘裡挖來的土娃兒。老奶奶就說：『俺就叫他『土娃』。這乳名就是這麼來的。』大家又鼓掌叫：「好名字」。魯金土的臉更紅了，紅到脖子。還握手謝大家呢。口中還說：「謝謝主。」

「沒有錯吧？」盧教士說完又向魯金土求證的語氣打趣。「這話是你奶奶說的喲！」

這話一說，魯金士卻又低下頭來，有點想哭的樣子，在強忍著。

「今天的查經非常有意思，也有意義，」李雲漢說。「我們不但查經，還注入了生活。這方式，倒希望能推展開來。」

「陳旼，」盧教士面對陳旼說：「你是經管經費的，明天中午加菜，大黃魚一條，全部算我的。」又轉向斯之綸說：「你是外交，加菜的事，由你去關照飯店。」

郭岫雲提議公攤，盧教士則說她先說過了。不可更改。

這六個人，相處雖短，已和樂地像一家人。

2. 天有不測風雲

這一帶的日軍，並無蠢動的跡象。身為中樞要人的汪精衛，在長沙大火前不久，曾以私人名義，電復南洋僑領陳嘉庚，表示抵抗侵略與不拒和平，並非矛盾。和平條件如無害於中國之獨立生存，何必拒絕。汪精衛的這番話，是見諸新聞的。這時即已暴露了投降的心跡。一月之後，汪氏出走，在河內發表通電，主張馬上中止抗戰，對日談和。隨著，汪精衛便投降日本，到南京去組織偽政府去了。

汪精衛的此一降敵行為，並未影響到全民的長期抗戰。日軍占領武漢三鎮後，預計的戰略成果，除了釀成一次長沙大火，汪精衛投降，絲毫也沒有動搖中國全民的抗戰決心。日軍雖把怨氣出在遷到重慶的中央政府，竟大肆轟炸重慶、成都等大城市。雖百戰也未能屈我抗禦外侮的民心士氣。

春節，在富庶的浙江這一帶地區，有請春酒的歡暢民風。

從初五之後，各鄉鎮的村里，便開始擺酒迎賓。換言之，就是輪流著吃喝。時間都在晚上，初六到十五，幾無一日無之。一次不祗一處，相聚飲的自然都是主人的至親好友。由於這一傷兵接待所，與鄉鎮保甲，有著密切關係，遂在這春酒的流水席上，成了處處邀請的對象。他們六個人，有四位是當地人，不是紹興府，就是金華府。這一風俗，都是習慣了的。只有盧教士與魯金土這兩個安徽北方人，不曾感染到。所以斯之綸這幾位，總是極力要求這兩個外鄉人，去見識見識。

盧教士是一位處事認真負責的人，他們到了這裡，雖還沒有接待過傷兵，六個人在此，簡直是無所事事。可是，一旦戰事發生，他們的工作就會馬上展開。兩軍對峙的前方，離此不遠。離海岸更近，領海權在敵人手上，我們只有海岸防軍。不要說敵人登陸，就是海上的敵艦砲轟，也會發生傷亡。而且他們接待傷兵的工作，是不分晝夜的，只要一有消息，就得展開行動。萬一有了行動，所裡沒有人，或人手不敷應用，她都有失職的責任。起先，她主張謝絕。經過商量，決定每次去二人，且嚴格規定，不得接受煙酒，不得跟著鬧嚷，飯後提早回來。務必保持傳道人的生活嚴肅。

雖然如此規定過了，還有一次斯之綸喝了酒。那天，是魯金土陪他一起去的，兩人住在樓上，由後門進來，先看一看，在沒人發現時，方始偷偷兒的溜上樓去。到第二天醒來，呼氣還有酒味呢。推說頭痛，連早飯也沒有敢去吃。還是魯金土給他帶回來的。

他們的生活，就這樣平淡的而且是機械似的，又過了半年多，還是不曾接待過傷兵，連病患也無有。巧的是，有一天祁仙煒突然到來。他的部隊駐地，就在上虞縣過去不遠處的餘姚縣境。這一次，他到衢州軍團部開會，方始知道盧教士在上虞百官鎮擔任傷兵接待所長的職務，開完了會回來，打此經過，特別留下來，看望盧教士。

見了面，彼此都有「他鄉遇故知」的歡快心情。

在盧教士這裡談了半天，談的都是這所裡的同志，願意聽到的，全是當前的戰事情況。靠近寗波的鎮海海口，我們已經封鎖，由舟山群島到寗波的這一條帆船路線，已不暢通。溫州淪陷後，到香港的航路也中斷。金華、衢州這一帶的商業，將受影響。

魯金士聽到這些，就問上海到內地的道路，還通不通？他關心的是阿囡的母親到蘇州後，只來了一封信，說是一兩月後可以回到內地來。到如今還沒有消息。祁仙煒則說，只要寗波沒有淪陷，上海到內地這條通道，還不會受到影響。

在他們研判的未來浙江戰況，多半會走上撤入山區，採取游擊戰的戰術。三戰區需要在蘇、皖、浙、閩、贛五省的邊區，設置完整而且能相互靈活聯繫的戰線，困死占領日軍於點線，保護這一大塊天地間的肥沃土地，不使日軍獲得米糧上的權益。

以目前的戰況來看，日軍業已感受到占領地區愈大，戰略上的困難也愈增。汪精衛在南京雖然組成了僞政府，也准許汪政權保有軍隊，卻不敢信任。怕是汪政權另有目的。在民間的謠諑，已經風傳汪兆銘是「假投降」呢。

浙江的日軍之所以沒有越過富春江南進，主要的原因是主力在攫取武漢三鎮，偪迫我們接受和談。我如今看來，日本的此一如意算盤是打錯了。未來的情勢，看得出日軍還是作海上封鎖，空中封鎖。我們的滇緬公路，正在加緊修築，航運已與仰光通航，印度也通航了。今後，日本的戰略，可能注意到這些南中國的地域。所以敵人占領了溫州，福州的外海也在封鎖與香港的海上交通。看來，浙江這一帶，可能還會安靜些日子。

說到前線傷兵接待所，應是戰略上的設施。今後，我們的軍隊主要目標是保持實力，不是決戰，更不是決死戰。

「據我所知，」祁仙煒說。「浙江前線的兩個傷兵招待所，只有諸暨顛口鎮的這個所，偶然有一兩位傷兵被接待。這些傷兵不是在戰場上受的傷，是在場口這個地方，因爲他暴露了身分被暗槍打傷的。」遂又說：「場口這個地方，是個狐鼠雜聚的淵藪。有日本的便衣隊，也有僞軍的便衣隊，當然，更有我們各方面的人馬。這地方就在富春江南岸，距離敵人只是一水之隔。時常鬧事，因爲這地方的繁華，都是由吃喝嫖賭四件事組成的。顛口傷兵接待的傷兵都不是真正戰場上的傷兵。」

他們見到了這位身爲副團長的軍中朋友，獲得了這許多戰略上有關大眾關心的消息，遂使他們瞭解到他們這個閒得無聊的前線傷兵接待所，是戰略上必要的一個點，心情也都安然起來。

「養兵千日，用兵一時。」這話是有道理的。

不過，他們也分批二人一組，在需要經常與軍、政以及地方保甲，各醫療機構聯繫的時際，到附近各處走走，觀賞地方的山川美景，白馬湖，就是盧教士相當留連的地方。

每次，他們都是一男一女結伴出去，距離百官不過十餘里之遙。這天周末，盧教士便與郭岫雲結伴同往。卻不知近處臨海的松夏與瀝海，也是打從杭洲灣步入浙東一處入口。這些地方，也是一處畸形繁華，人口雜聚的所在，上虞、紹興，都是他們步入內地的歇腳處。

時在秋末冬初，天黑得早。溫度二十度上下，工作的人，尙不須穿著棉衣。這天，天朗氣清，這兩人原想走向海邊，怕的天黑了回來不便，所以天剛過午，未到松廈就回頭走了。

走在田埂上，看到田裡還有青青的草，還有未收穫的蕃藷，有的葉子雖已紫紅，有的葉子卻還青綠。盧教士遂想到她的家鄉皖北合肥。這時，田裡除新生的麥苗是青色的，其他已無青綠的草與禾苗。這地方，不但有水潺潺的溪流，更有這和暖悅人的氣候。

走著走著，望見前面有一竹林，還有幾株黑綠色的松柏，郭岫雲提議：「老師，我們到前面竹林邊，休息一會兒再走吧。」盧教士也感到有些兒累了。遂步出田梗，走上內河沿的小徑。一面說著今天的天氣好，一面走向那竹林。

走近去一看，方知是一處塋墓，墳上的青草已與地上的青叢連在一起，墳墓已形成了小丘，青青翠翠地，墳前還有石桌石凳，正好可以坐下小憩。午後的太陽，射下的暖和光芒，使人想到這江南的小陽春，在初冬還會出現。

二人坐下之後，都忍不住要把腳上的鞋脫了下來，在石桌上磕磕侵入鞋內的泥土。頭上的太陽剛扭頭，郭岫雲遂打開另一包食物，饅頭、包子、鹹肉等。正吃著，突然從竹林內，竄出三個大漢，她們還來不及站起身來，只聽郭岫雲尖叫了一聲：「哎呀！有強盜！」盜字還沒有把字音吐完，兩個人的嘴，已被粗壯的大手給搗上了。兩人一時詫呆了，雖有下意識的自然抗拒，也無能為力，霎那間便被拖入竹林。

之後，至於這幾個人是怎樣對付她們的，一共有幾個人？等她們兩人醒過來的時候，她倆已衣裝不整，下體疼痛，像被刀割過似的。盧教士看到郭岫雲坐在另一邊，相距不到十公尺的地方顫抖著的聲音在抽泣。郭岫雲穿的是有縐的裙子，上身是夾襖。盧教士是西裝衣裙，兩人都外穿短呢大衣，在步行時，已脫下掛在臂上。坐在石凳上吃東西時，已放在石凳上了，還有手提袋，也放到石凳上。她們之所以這樣打扮，正因為要到鄉間走走，行動方便。

盧教士清醒之後，除了感到下體有痛楚，已經意想到的遭遇。再看看，發現內褲已經割裂，變得像短裙一樣遮著下體。外面的短裙未破，只是反脫上去，捲到腰際。上衣扣子扯掉了，束胸沒有拉開。束胸太緊了，推想他們太匆忙。可是郭岫雲，上穿的內衣，全被撕破，內褲已被扯下，丟在盧教士的身邊。臀下的草，有片片鮮紅血跡。直到盧教士喊著她的名字，把她攙起，卻還在驚懼中沒有恢復意識。

盧教士馬上抱到懷中，抽咽地輕聲說：「別哭！別哭！」

於是二人擦去了眼淚，方始發現腳上沒有鞋子。趕忙整理好衣裝，雖然褲子都撕破了，好在兩人裙子未損，尚能遮蓋。祇是一樣，郭岫雲的鞋子，少了一隻。石桌近處無有，竹林裡也尋不見。皮包與大衣全不見了。但少了一隻鞋，卻不好走路。也只得赤裸著襪底，一顛一簸的走到小徑上去。

一走出小徑，就遇見一位農人，揹著一竹簍子新挖的蕃藷，看到這兩個婦女有幾分狼狽驚惶神色，又見其中一人手上拿著一隻鞋，雙足竟然赤裸著襪底，一顛一簸的在路上走，遂使他連想到剛纔在路上，遇見三個男人，用外鄉語調在唱著歌，手中還搖著衣衫什麼的。大踏步向海邊走去。長袍都在身上揹著，揚常而去。又想到在路上看到一隻女鞋，這麼一對照，便猜到了幾分。想到這裡，就停下腳，轉過身來問：「你們是不是碰上壞人啦？」這兩人不敢回答。這人又說：「那邊路上有一隻女鞋，好像是妳的。」他說著便放下背上的竹簍子，回身上路，去拾那隻鞋。不慌不忙地走去。

盧教士這兩人一見此情。都認定這人不是壞人。便停下來等。

那人走了老遠，總有三百公尺光景，方始尋到那隻鞋，走轉回來，果然是郭岫雲的。

「那幾個人搶了我們，」盧教士說。「我們的大衣還有皮包，他們全拿了去啦！」

郭岫雲在嗚呼嗚呼地抽咽，委曲得連上身都在抖擻。

這人說，家就在前面的那個莊村，到他家可蹬小船送她們回百官。兩人只有強忍著身上的痛楚，走了二里多路，到了這位自稱姓陳的家下，休息了一會兒，驚魂還沒有定下來。連這家的女主人拿出點心招待她們，也沒有胃口吞食，只盼馬上回到自已的住處。

約莫一個小時的時間，這位陳先生便腳蹬著小划子，由他家的後門上船，送到了百官鎮。這時，郭岫雲纔發現指上的金質訂婚戒指，也不見了。二人一無所有，只有千恩萬謝！容後報答。

到家後，只說被搶劫了。其他，都沒說。還強忍著表示，只是把身上值錢的財物交出就是了。大白天呢！

晚飯，兩人都沒有吃飯，說：「誆死人了！得靜靜。」要他們把飯帶回來。

等他們出門到飯店去吃飯，盧教士馬上吩咐郭岫雲躺下來，讓她察看傷處，內陰唇已經紅腫。遂打開藥廂，使用藥棉蘸雙養水洗滌了一番，又敷了些消炎藥膏，囑咐她去用冷水抹拭下腿腳，萬別露出破綻，使大家疑心到其他問題。遂輕聲問：「你與未婚夫，有過性關係沒有？」起先，郭岫雲一怔，略一猶豫，便點頭回答是有。於是盧教士說：「這事你要終生守口如瓶。」說著輕輕拍了拍郭岫雲的嘴，又說：「記住啦。」但祇憂心懷孕的問題，也只有事來再說了。盧教士默禱神佑。

郭岫雲去洗身，盧教士關上門，也爲自己清洗敷藥一番。

等她二人洗滌完畢，換了睡衣，他們剛好吃完飯回來。

儘管這兩人，在言行上瞞過了其他四位同事。可是這兩人的內心創傷，卻久久不能平復。尤其是一向心肝不健康的盧教士，一連多日，非靠鎮定劑不能入睡。郭岫雲也常常夢魘，不時的發囈症，在睡夢中呼喊。她與盧教士住前後間，每次，都是盧教士起來，打開門喊她過來同睡。

這情事，卻也不敢讓同事知道。不過，盧教士的健康日非，從面容與身材，已清晰的呈現出了。好在兩月過去，那憂心的事，沒有發生。

3. 永生的悟徹

轉眼間，農曆的春節又到了。郭岫雲要在二月春暖時，完成婚禮，春節前，她的未婚夫便到百官，把她接回金華。

郭岫雲走後，盧教士似乎更孤寂了些。陳旼懷了孕，六七個月了，大腹便便地。她認爲一旦有了戰事，工作也不方便，二人要求調回金華。國民政府遷往重慶後，日軍的主要戰場，仍在長江線上，還有南海方面。由此往還香港的通路，比往日更難走，檢查得極嚴，比杭州灣，富春江這一帶，還要困難。震驚全國的一件戰場新聞，便是長沙大捷，進攻長沙的日軍，潰奔岳陽，連占據的岳陽，也不敢守了。另一仗便是日機轟炸重慶發生大火，市民死亡四千餘人，傷近萬人，毀屋一千餘幢。還有這一年來，日本換了三個首相，近衛、平沼，如今又換了阿部信行。阿部上台後的對我侵略措施，在南京設置了派遣軍總司令部，任西尾壽造爲第一任總司令。此後的中國侵略軍事行動，悉由派遣軍總部策畫執行。看起來，似是我長期抗戰的應對措施。兩年多來的日軍侵略行動，業已明顯的呈現出他們的困境，正是我們老百姓都能明白的一句話：「日本軍閥的侵略泥足，在我們中國的大塊土地上，是越陷越深了。」也就是說，他們占領的地區愈大，給予他們占領軍的困難也愈多。

雖說，這所謂的「前線傷兵接待所」，在百官鎮設立了一年多，連一個傷患同志也沒有接待過，可是，並沒有聽說撤銷的消息。郭岫雲走後，過了春節，李雲漢、陳旼夫婦倆也調回去了。又補上了三人，全是女孩子，今年方由神學院畢業的。袁惠媛、陳宜男、趙芷苓，都是春正二十同日到的。於是，這棟房舍，又充實了起來。

趙芷苓最小，剛過廿歲，住在盧教士後間，填補了郭岫雲的位置。盧教士感於樓下的兩間房，住了四個女的，缺少陽氣，遂與大家相商著，讓袁惠媛、陳宜男住到樓上去，斯之綸與魯金士住到樓下來，填補了李雲漢、陳旼夫妻二人的位置。

盧教士自從那件事之後，曾想著若是一男一女，就不會發生那可怕的事。兩個女孩住在樓上，樓梯口還有可以蓋可以扣上門，安全多了。但在盧教士心情上，相處了一年多的朋友，已親切如家人。尤其郭岫雲，在衢州的一段日子，就住在同一樓上的左右房。這次事件之後，她更是像個母親似的關照這孩子。這三人一走，一時間給盧教士的寂寞心靈，閃出了更大的一片空虛。這三位新人到後，儘管填補了房子的空虛，看來這三位女孩子，比離開的那三位，要活潑歡躍得多。可是盧教士的失落感，又怎是這新添的歡笑聲，可以打得碎的呢！

盧教士是一位長久在失眠中的病人，這新住入她後間的趙芷苓，一上床，頭倒在枕頭上，就呼呼睡去。雖是微弱的鼾聲，也干擾了這失眠人的心跳不勻。對盧教士這人的處處爲別人想、爲大體想的性格來說，她是不會要求換另一位的。只有用忍耐去適應。到了後半夜，再吞食一粒安眠藥。

斯之綸與魯金士成了好友，除了每周的查經活動，向魯金士學來不少四書上的人生哲理，還有其他經、史、子、集上的文句與知識，平常日子，往往在床上，有了疑問，也會提出來，向魯金士求教、討論。離開的李雲漢走時也說：「若不是爲了老婆生孩子，說什麼也不想離開這個親如家人的工作環境。」他說他學到了用孔孟的話加入，詮釋新舊約上的經文。他如繼續作傳道人，一定會採用。遺憾的是，未能在這工作清閒的環境中，再多待些日子。

工作仍舊在空閒著。祁仙煒來信說，他的部隊駐地，已調到寗波，爲了加強海防。日本首相阿部在位不到半年，又下台了，換了米內光政。可是，這阿部信行，竟被米內的外相有田八郎派他到中國去擔任汪僞政權的「駐華大使」。汪精衛的「中華民國國民政府」，還在南京靦顏慶祝「還都」呢！

德國侵略法蘭西的戰爭也開始了。美國已通電不承認汪僞政權，並譴責德國希特勒暴行。看世界情勢，第二次世界大戰，可能會逐漸引發進來。可見這「傷兵接待所」的存在，應是必要的。這六人，還是照常的在與地方上的保甲，時時取得密切聯繫。

自從六個人的住房調整之後，這三個新來的女孩，又被斯之綸與魯金土兩人帶著，去認識她們工作上應接觸的人與事。卻又奔波了好些天。

一天，吃午飯的時候，袁惠媛突然發現盧教士的眼白發黃，她們都受過醫學及護理訓練，見到眼白發黃，知是肝膽有病，已到了嚴重期，遂驚叫起：「盧老師，妳的眼白怎麼發黃啊！」大家一聽，都睜大了眼去看盧老師。

盧金花聽了，也頓時心頭一震，渾身的神經收縮了一下。她不曾注意，很少出門應酬，也很少在鏡子前作時間上的打扮。她一向自知肝臟功能不強，一聽眼白發黃，自難免頓時一驚。她知道眼白發黃，是肝膽病的嚴重情況。

「是嗎？」她心頭雖然一驚，卻能鎮定心情作答。「我沒有注意。」

當大家看了，都看到眼白是發黃了，斯之綸說：「不要緊，去檢查一下，吃服藥就會退的。這是常態。」

魯金土卻一時想哭，忍住了。他早已見到盧姑姑的食慾不強，身子骨也疲瘦了。臉色也不好，比在衢州未病前，紅潤減多了。遂說：「姑姑！我與斯之綸馬上陪你去，就到保羅醫院，院長醫生咱都認識。」

「沒有那麼嚴重，」盧金花笑著說：「別緊張嗎。」

百官離吳保羅醫院只有三幾里遠。盧教士原要步行去，斯之綸與魯金土不同意，遂僱了一隻小划子，由魯金土、趙芷苓二人陪同，當天下午就到了吳保羅醫院，門診一見眼白有黃膽，就說得住院檢查。趙芷苓便陪同盧教士留下來了。

這是一所私人開設的小型醫院，吳保羅是當地人，留德的醫學博士，主修是胃腸科，四十餘歲，原在上海聖瑪麗醫院，戰爭發生後回鄉，接手來開設這家醫院，與三幾位鄉鄰，出資加以擴大的，有十五張病床。三天後，診出肝臟有硬化現象，膽管可能阻塞，需要動手術。

這事與鍾牧師連繫，鍾牧師希望盧教士回衢州，在自家醫院作手術比較好。盧教士不願意再回衢州，堅稱不必動手術，一切聽神的安排。吳保羅站在醫生的立場，要求盧教士同意他作此手術，不收一切費用。但盧教士堅不同意，不想一周過後，眼白上的黃膽褪了。

再經檢查，證明膽管經藥物治療後，業已恢復，只是肝硬化的現象，證明是無差錯的。

住了十天，盧教士就出院了。在電話上告訴鍾牧師，蒙主施恩，她的膽管阻塞病，已經藥物有效的療愈，又回所工作，不希望爲她多勞心。

俗說：「自身病痛自心知」。這一年來，她常在失眠的夜晚，感到胸口脹悶，忍不住用手去自作按摩，有時手會反應到右肋下，有硬塊膨起。若是按摩得重了些，會產生想嘔吐的現象。自從發現了眼白有黃膽，她認爲也許是心理作用，按摩時，會覺得那腫塊已擴大變硬。如今，眼白上的黃膽，雖已褪去，但每次按摩到右肋下的地方，總感於那硬塊像石頭。常常告訴自己：「不要去摸它。」在失眠時，總是阻止不了那兩隻手，尤其是右手，非去摸不可。往往因此增加了心理上的苦惱。最明顯，瞞不了幾位同事的問題，是飯量越來越減退。

新來的三個女孩子，都不能會意魯金土的解經語言，所長又病了，這一有聲有色的查經活動，也就無疾而終。與盧教士同住一房的趙芷苓自顧自，甚至在她這一邊，常常把兩房的通門扣上，她不出房，便不打開，連盧教士有事叫她，都得叫門。另房的兩個女孩子，時常借故結伴出去，其中一位與斯之綸有了感情。魯金土這個人物，只要手上有本喜愛讀的書。儘管他是最關心盧姑姑的一位，還得他心上沒有書本上的問題時，纔會到盧姑姑身邊說說談談。有時還會瞻前顧後的怕別人說閒話。有時，還沒有斯之綸體貼地關心著盧姑姑呢。

天氣熱了。對於盧姑姑這位肝硬化的病人來說，氣候的轉變，特別敏感，近來，不但胃口更加減退，眼白的黃膽，又出現了。

「盧姑姑，還是動手術治療吧！」斯之綸與魯金土這樣勸說。

「上次的藥不是很有效嗎？」她說。「請吳院長再開方拿藥就是了。」

吳院長來了，見到這情形，堅懇盧教士去動手術。

「把膽管的問題弄通暢了，肝疾是慢性病，在家注意飲食起居，拖上十年二十年，例子多得是。」

終於把盧金花說服了，已訂出了住院的日子。偏巧，她收到美國退回來的一封信函。那是三月間寫給瑪麗亞的信，居然退回給她。已三年沒有通信了。去年聖誕節，她忍耐不了感情的折磨，寄了一封信去，說明她是她的親生母親。信去如石沈大海。這封信，竟註上「人已他去」退還給她。這情事，這打擊，只有她一人去承受。於是，她有了新的決定，「永生」。

因爲她悟徹了「永生」的真義。

盧金花知道，在新約的四門徒記錄的語言裡面，說到「永生」一語的是約翰，他說：「從天上來的，是在萬有之上。」因爲這從天上來的人，能「將所見所聞的見證出來。」問題「是沒有人領受他的見證。」這「從天上來的」人，就是耶穌。他是神之子，他是天上那位萬能的神，用祂的靈，使地上的處女瑪麗亞懷孕，生下了耶穌。爲了使耶穌生到世上來，傳播上帝愛的福音，遂把祂的「萬有」才能，交給了祂的兒子耶穌手上，要他到地上去拯救罪惡的人。所以約翰說：「信子的人有永生，不信子的人，不得永生。」簡便的說：「凡是信耶穌道理的人，得永生。」否則，上帝的震怒，就會降臨在不信者的身上。（可是約翰說他也是天上來的，正因爲他是耶穌的門徒。）

這說法遂把人世分成兩個階層，一是天上的，二是地上的。一是信耶穌道理的，二是不信的。天上的是神的世界，被稱爲快樂的天堂，地下的是有魔鬼的世界，是罪人去的地獄。換言之，好人上天堂，與神同在，壞人下地獄，與魔鬼同在。

那麼，「上帝」又是怎樣存在的呢？

約翰一開頭就說：「太初有道，與上帝同在。道，就是上帝。」又說：「這道，太初與上帝同在，萬物是藉著祂造的。凡是被造的，沒有一樣不是藉著祂造的生命，在他裡頭。」（中文譯文，標點有誤。英譯是：「In him life and the life was the life of me」。）

自從魯金土在查經聚會上，說到孔子口中的「天」是「命」、是「理」，稱之爲「天命」、「天理」，所以說：「獲罪於天，無所禱也。」又舉孔子說的一句：「天何言哉？四時行焉！萬物育焉！」孔子發誓，也說他若是作錯了事，天會厭棄他。（予所否者，天厭之！天厭之！）

我們古人也稱「天」爲「上帝」。詩「魯頌」有：「赫赫姜嫄，其德不回，上帝是依，……」言「上帝」語（甚多）。所謂：「天命之謂性，率性之謂道，修道之謂教。道也者，不可須臾離也。可離，非道也。」把「天命」與本能（性）連到了一起，再把本能（性）與道連到了一起，「修道」，就是人的教養。於是，「天」、「性」（本能）、「人」、「道」，合而爲一。所以，人不可隨隨便便離開修道的作爲，換言之，「天命」、「本能」（性），就是人生的大道，不可有片時片刻離開這條道路。只要「率性」偏離了「天命」這一條道路，就不是「人」了。「是故，君子戒愼乎其所不睹，恐懼乎其所不聞。莫見乎隱，莫顯乎微，故君子愼其獨也。」

這一年多來，魯金土的採用中國經書解釋新約經語，使盧教士更加得到了「修道」的真諦。約翰說的「太初有道，道與上帝同在；道就是上帝。」不就是中國人口中的「老天爺嗎！」西方人在莫奈何的時候，喊：「GOD！」（天），我們中國人也喊：「天！」、「天老爺！」

「我們中國人相信命運！」盧金花想。「西方人說是上帝的安排。」她想：「相信命運如此，認爲是上帝的安排。實質上，不都是一樣嗎？」

當她想到她今天的病況，之所以到了必須由醫生動手術的地步，就是動過手術，也未必能重復健康。想到這兩年來，接二連三的事故，都會無影無蹤的從空掉落到她頭上來。從二十年前的懷孕事件開始，她這一生都在時時被命運捉弄。病，不就是這樣一天天形成的嗎！如今，可以說已到了「病入膏肓」的地步。

若說天上的那位大神，是無所不在，自應無所不見，無所不知，而且，祂是萬能的造物主，又怎的要折磨她，一次又一次受到無理的暗刀暗箭傷她？「我，當真是犯了萬赦也不能免除罪刑的大惡人嗎？」盧金花想了又想，她此生沒有犯過什麼大惡大罪。「當真是我們中國人口邊掛著的那句：『這是前世的冤孽』嗎？」

「不信子的人，不得見永生。」約翰說：「上帝的震怒，常在他身上。」

「不錯，我已失去對耶穌是神之子的信仰，」她想。「竹林中的災害，是上帝震怒的責罰嗎？那可憐的郭岫雲呢？我二十年前的未婚而孕的災害，連對方是誰？我都不知，也是我的罪過嗎？我竟然默默的承受到今天。」

想到這裡，她就無法阻止思維不去想她的親生女瑪麗亞。

「瑪麗亞！瑪麗亞！」

盧金花的清明意識在暗中輕呼。

「儘管妳不承認我是妳的親生娘，」她在心裡說。「妳面對的一雙黃髮碧睛的父母，他們總不是你的親生爹娘，她們養不出妳這位半有東方黃種人血統的混血兒。如果天上真有那麼一位萬能萬知的天神，祂絕不可能否認妳是我的親生女。」

夜已深了，靜了，她聽到了趙芷苓的鼾聲，像低沈的輓歌似的，從另間房中奏鳴出來。她豔羨這位沒有心事干擾的女孩。她卻隱隱約約地感覺到胸腹間，有些微的痛楚，可是她連一絲毫睡意也沒有。

今晚，由於思緒潮湧，她忘了吃藥，遂起身吃藥，只有睡，睡熟了，最舒適。

「人生誰無死，死後即長眠。」她忘了這是那本書上寫的，當她拿起藥瓶的時候，突然想到的。想到這兩句歌詞，便聯想到人死後的「長眠」，纔是真正的「永生」。她又彷彿聽到有人唱過這樣的一首歌：「死人國土無君上，更無叛臣番將亂四方。春夏秋冬全一樣，無萬感勞辛不悽惶！我雖是曝露荒郊的一根白骨棒，魂靈兒隨時隨地、任情任意四飄颻。無感覺、無痛苦、無感無覺、無痛無苦也無病恙，我與天地渾然一體同鄉邦。」她又想到中國人掛在口唇上的那句：「一了百了。」過去，盧金花服食一粒安眠藥時，也曾想過，一口吞下這一瓶，豈不「一了百了」！今時，這意念又浮上腦際，胸腹又有隱隱的針砭痛疼萌生。看到桌上的墨水瓶、墨水筆，以及舖在案的信紙，遂放下手上的藥瓶，坐下來，從熱水瓶倒出一杯水來，喝了半杯，便坐下寫信。

第一封，寫給親生女瑪麗亞

My dearest daugter, my love.

I am your mother！ you may not take me as your mother, but I am your mother！ Except God who is silent, only the parents would pardon their children with wrong doing. As your mother, I do not care your
mistakes and I think parents worldwide would do the same.

I do not blame you for not recognizing me as your mother. you did not mean to commit this mistake. Just like what Saint Paul says："I do not know what I am doing".

When you read this letter, I may have left this world. I have a photo album for you as you do not need anything else.

Now I would not ask for anything else, but your awareness of the fact that I am your mother！

Your mother Jenney
July 1, 1940
Baiguank City, Shangyu,
Chekiang, China

瑪麗亞：

我親愛的女兒！我親生的骨肉。

我是妳親生的娘！儘管妳不願意認我這親娘，事實上，我是你的親生母！兒女若是犯了過錯，能夠寬恕你們的，世上除了不說話的神，那就祇有親生父母了。最能原諒子女過錯的，還是親生娘。這情理，中外都一樣。

娘不怪妳！妳不認我這親娘！我不怪妳。妳這過錯，不是妳有意造成的。聖保羅說：「因為我所作的，我自己不明白。」

當妳見到這封信的時候，我已離開這世界。有本照相簿留給妳，別的，妳都不需要。

如今，我什麼也不祈求，只盼望妳知道我是妳的親生娘！

妳的親生母親琴妮·盧金花遺言

一九四〇年七月一日　在中國浙江省上虞縣百官鎮

第二封，寫給魯金土

娃兒：

你如今已是大人了，而我，總覺得你還是十三歲的土娃；十年了呢！見到我已熟睡，千萬別驚慌，也別傷心！應該替我歡喜！

不要辦喪事，把我的肉體火化，骨灰灑到曹娥江中。我願在曹娥江中，陪伴孝女曹娥姑娘。我

金土

存摺中的錢，處理了後事之後，全部由你支配。我老家還有爹娘弟妹，戰爭結束，希望你能去探望他們，住址你知道。好的是，你老家離俺那兒不遠。留給瑪麗亞的信，你送到照相館照下來，多洗幾張，留下底片。我項上掛的十字架，取下給郭岫雲。桌上派克筆給斯之綸。其他遺物，由姐妹選作紀念。這些事託你辦。這些話，務必做到，你是個老實孩子。

我要說的話，都寫在信上了。給瑪麗亞的信，務必親手交給鍾牧師。這事，我只有麻煩你。

我的乖孩子，別哭！很高興作了你幾年老師，又作了你幾年姑母。老實說，我眞想把你認作兒子。

盧姑姑留言

中華民國二十九年七月一日夜

第三封，寫給鍾斯牧師

Dear David, Elizabeth my old pals

I have opted not to suffer any more and leave earlier. You may not know, I have never dreamed of going to heaven, but it's time for God's trial!

I do not care what the language you may use in blaming me, I have had enough anyway. The only thing I would ask you to do is convey my will to Maria personally, together with the photo album.

I think Lukintoo will give them to you, we all trust the boy.

Should you know Maria's father is, she seems to be advised.

Jenney Lukinhua
July 1, 1994
Baiguang City,
Shangyu,
Chekiang, China

大衛，依麗莎，我的老同學！

我不願再多受病魔的痛苦，提早離去。你也許不知道，我一向不曾夢想那天堂，聽憑眞神的審判了！

無論你用怎樣的語言責備我，我都無所顧慮，反正，我已忍受夠多。如今，唯一的請託，希望你把我寫給瑪麗亞的遺言，親手交給她。還有這本照相薄。

我相信魯金土會親手交給你們的，這孩子，我們都信任他。

如果，你知道瑪麗亞的父親在何處？似乎應該讓她知道。

琴妮・盧金花留言

一九四〇年七月一日浙江省上虞縣百官鎭

第四封，寫給所內同仁

我親愛的主內兄弟姊妹！

我推想你們早晨起來，見到我突然死去，一定會驚叫！請原諒我作了違悖神的事，我委實不能再忍受病痛的折磨。

我快樂的遠行，帶著你們給我的深厚友情。

盧金花留言

寫完了這四封遺書，一一折疊裝入信封，寫好收信人姓名，再裝入一個大封套，上寫「交魯金土處理」。站起來，看看腕上的錶，已過十二點，雖是炎夏，打窗外吹進來的風，尙有清涼沁膚如水的意味。她看到案上的小藥瓶，還有半瓶白色藥片，她恬適的想著：「足夠入夢的了。」她伸起雙臂，舒展了一下疲累，便去打開櫥門，準備換衣裳。

伸手取下那套灰色西服，是她常穿的。略一猶豫，又放進去了。她要穿著旗袍，遂換了一件陰丹士林布旗袍。脫下身上的睡衣，好整以暇的一件件穿好。又穿上鞋子，去洗了臉，再去打開櫥門，照照鏡子，又梳理了一次頭髮，把放在案上的十字架項鍊，拿起掛在項上。這時，便拿起藥瓶，像平常服用一樣，倒了一杯水，放在面前。再去打開瓶蓋，倒出所有的藥片，捧在左手掌心，略一鎮定，便低頭迎掌，一口吞到口中，右手的水杯，便已送到唇邊，飽飽地吸飲了大半杯，把頭向後，稍稍微仰，遂全部送入喉下。這時，卻也忍不住的心傷，雙眸溢出淚來。她只揚起右手背，去輕輕擦拭，便登床仰臥，等著夢神來導引。

窗外，還有夜賣聲的梆子響著，墻根下已有秋蟲的唧唧鳴叫，最清晰最熟聽的，還是另一間趙芷苓的匀稱鼾聲，起伏有致的像簫管吹出的湘妃怨那首歌聲。

她最不能忘的是瑪麗亞周歲以內時的笑臉，那時，她每個周末都到育幼院去團聚，縱然只是姑媽的名義去歡聚的，卻也有人蠡知她是孩子的親娘。今晚，寫遺言前，她又重頭至尾，把那本照相簿，又看過一遍又一遍。因而，這照片中的瑪麗亞，進入了她的夢鄉，起先，夢境像影片似的，那是一部瑪麗亞的傳記片。還沒等到那影片放映到一九三七年的聖誕節，便已糢糊，耳朵間起了嗡鳴，響起了大交響樂的奏鳴。隨著樂聲的旋律，她見到了她的愛女瑪麗亞，身著天使的白色長袍，裙邊在風中飄動著，與她腳下的團團白雲融成了一體，幾乎令她分辨不出，那一片是雲？那一片是裙？

瑪麗亞的身後，還簇擁著一大群、一大群，數不清的那一大群小天使，一個個都身著白衣裙，裙邊在雲中飛飄，卻也難以分辨，那一片是雲？那一片是裙？可是，那一個個小天使的歡樂笑靨，無不個個展現得清清晰晰，她認識那些歡樂的笑靨，一張張，都是瑪麗亞十歲前後的笑靨。全貼在那本照相簿上呢！

愈來愈近了，音樂也愈來愈響了。突然，瑪麗亞停足不舞了，怔怔地在望著她，她抽咽著叫了一聲：「瑪麗亞！我的親親兒，我的肉肉！」只聽得瑪麗亞喊了一聲：「媽咪！」

於是，交響樂的奏鳴，以更歡快的調子奏鳴出了。

時間與窗外的夜賣聲，墻根下的秋蟲聲，另一間趙芷苓的勻稱鼾聲，融成了一體，天人合一了。

五 走，我們要為民族戰鬥

1. 這是命令必須服從

鍾斯牧師接到電話，夫妻二人便排除一切，把事務安排妥當，連夜趕來百官鎮，細節也不必說它了，在一周之間，便遵照遺言，安葬完畢。

斯之綸、魯金土、陳宜男三人，向鍾牧師表示，他們已決定離開教會，目標是投軍，隨部隊到戰地去作實際上的服務工作。已經連繫好了，是駐在甯波的「玉門」部隊，陸軍第十六師的戰地青年服務團。斯之綸有一位同學在那裡，還缺人手。現有的人，有初中生，也有大學生，男女都有。

鍾牧師自也不便說什麼。這個所，為了長期抗戰的戰略需要，設置至今，快要兩年，尚未接觸到實際的工作。青年人另有了想法，自也無從說起，何況，斯之綸與陳宜男，都不是他派出去的。這時，鍾牧師倒想到：「這類傷兵接待所，應否交給當地部隊管轄或指揮呢？」這問題，卻又不是鍾牧師所能決定的了。

這三個人決定投軍，餘下的兩個女孩子，也想跟著一起前去，一是怕家人知道憂心，二是兩人又都有男友，在金華近處工作，遂決定回金華。一時之間，這個「前線傷兵接待所」，便這樣形同解散。

魯金土與斯之綸、陳宜男三人，臨行前一同到曹娥江畔，向波濤滾滾流動的江水，弔祭葬在江水中的盧教士，魯金土忍不住心頭的傷痛，竟至嚎啕大哭，比那天在船上撒葬骨灰，還要悲傷，當時兩次昏蹶，身邊尚有兩位友人，否則，他會投江呢！

遺書上的吩咐，他都一一照辦了。餘下的金錢，等到戰爭結束，他會親自送到合肥家鄉的二老手上。

三人離開了百官鎮，當天晚上就到達了甯波。

甯波市正在熱烈的慶祝「玉門」部隊，打退了登陸鎮海的日軍。同時，也在報上獲知日本的首相阿部又下台了，近衛文磨又重作馮婦，松岡洋佑任外相。所以，當魯金土等三人，在第二天到了距離甯波市三十里的一個東鄉市鎮鳳嶼，報了到，換上了軍服，縫上了藍底白字的「玉門」臂章，在心情上，特別振奮，剛報到，就沾上了「勝利」的光彩。

報到後的魯金土，祇用「金土」兩字作姓名，說：「叫起來方便，這兩字也代表了『一寸山河一寸金』的喻意。」斯之綸聽了，也改成兩字叫「斯綸」。

話說玉門部隊的這個「戰地青年服務團」，並不是部隊建制上的組織，起因是林祖慰一行五人，三男二女，向當地駐軍投効，說是志願從事殺敵，參加抗戰行列。

林祖慰是浙江大學於抗戰開始那年，應讀三年級的歷史系學生，甯波本地人。戰爭發生，不能入學，在家隨同父兄經營商業。兩年以來，感於家鄉臨海，海上的兵艦，都在日本軍令控制之下，感於家鄉朝不保夕。沒有國，那有家？遂萌生了投軍的心意。林祖尉就是斯之綸的高中同學。

林祖尉看到部隊駐紮在鄉鎮，要作許多聯絡地方的工作。有一次，他與一位軍官聊起戰場打仗的事，獲知了部隊在戰場上，還有許多需要非戰鬥兵去服務的事。譬如戰地上軍民合作，就不是戰鬥兵去作的。於是他想著組織一個戰地服務團，參予軍中。原想組成十五至二十人，再到軍中去報到。不想組成後，一旦要去正式報到，卻只賸下了五人。其他人等，大多基於家庭因素，臨時縮腿、抽腳。雖祇賸下五人，他還是去報到。報到之後，軍部囑咐玉門部隊先成立，如有成效，再每一師旅都設一隊。所以報到不久，又加入了三人。斯之綸這三人一到，已有十一位了。

名義就叫某某師戰地服務團，原訂的「青年」二字刪去，這樣，三十歲以上，四十歲以上，也可以參加，以不超出二十人為原則。由師長兼任團長，師部特別黨部書記長兼任副團長，總幹事一人，副總幹事一人，也就等於是該服務團的正副領隊。下設文書、劇務、總務三組。其他一律是團員，概由團長的名義下聘，聘書一年一續。

林祖慰、斯綸是正副總幹事，金土是文書組長，莫雲卿是總務組長，張宜泉是劇務組長。其他六位是二男四女，陳宜男、魯路、虞慕瑾、張幗英、徐煥、陳異。其中張宜泉年最長，三十二歲，與張幗英是夫婦。徐煥三十，李清二十八，這幾位都是上海人。虞慕瑾最小，還未滿十七歲，宋春虹十八，她們與林祖慰、莫雲卿都是寧波當地人。

他的任務，雖以「服務」二字為名，平時，還練習唱歌、演劇，編軍報，發佈戰況。當然，部隊每到一地，他們就得與當地行政機關，保甲長等人聯繫，諸如調查戶口，以及有關軍民合作等事，都是他們分內的工作。說起來，是挺忙碌的。

在寧波鳳嶼這小鎮，還沒有住滿一個月，又要開拔了。開拔時，「玉門」臂章又換了「砥礪」二字。藍底紅字。新駐地是上虞梁湖，曹娥江的東岸。這地方，斯綸與金土都到過。如今，隨著部隊駐紮到這裡特別感到親切。站在二樓的陽台，就可以清楚的眺望到江水的波光瀲灩。何況，由曹娥江支流出的一個水窪，就在他們住處房舍的門前。服務團就住在這汪水南岸的一所兩層樓房裡。人又多了四位，在鳳嶼臨出發時，來了兩位，男的叫毛子文，奉化人，女的叫魯路，紹興人。到了梁湖，又從屯溪來了兩位，男的叫徐小鈴，上海人，女的叫張平，河南人；這兩人是夫婦。陳書記長在一百軍時的老部屬，特發電報邀請來的。帶來了三個劇本，有多幕劇也有獨幕劇。

算來，已有十五位團員，便展開了戲劇的排練。

洗㷡的獨幕劇《㷡魔》，只排了一個禮拜，就演出了。金土與張平扮演那對作間諜的夫婦，徐煥矮胖胖的，扮演那個日本軍官。女的用色騙得情報，殺了日本軍官。脫險後，女向男說：「親愛的，我們成功了。」男的說：「成功是成功了，可是我倒做了王八兼聽差！」這戲卻得到官兵以及民眾的喜愛，這戲遂也常常演。

三幕劇《新人物》，特別為雙十節排演的，這天，特別選在一個大些的空場上，搭了一座戲台，來演出這齣戲。七時開演，預定九時半可以演完。想不到第二幕剛上。陳書記長卻匆匆來到後台，把林祖慰叫了出去。

「戲九點以前可能演完嗎？」他問。

林祖慰一聽，愣了一下，說：「那怎麼可能，剛上第二幕。」

「九點鐘必須結束，」陳書記長說：「包括一切。」

「不可能啊書記長，」林祖慰堅定地說：「最早也得九點半。」

「必須九點以前結束，這是命令！」書記長的臉嚴肅起來，語氣更是斬釘截鐵，特別是說到「這是命令」四個字，像從槍口射出的砲彈似的。最後還加了四個字：「必須服從！」說過，回頭就走。走了兩步又轉過身來走回，看到林祖慰還在愣著，遂近前向林祖慰耳語似的說：「十點鐘出發，這話不可宣布。記著，必須九點以前結束。」說過，這纔回身大踏步走去。

林祖慰這纔感受到軍中的命令如山這句話的真義。也明白了軍隊的行動是迅捷的，命令說「前進」，就得馬上提步向前。可是，怎樣在九點以前結束呢？戲，還得一個半小時。

到了後台，湊巧導演徐小鈴下場在後台，遂把徐小鈴叫到一角，告訴他今晚十時就得開拔，戲必須九點鐘以前結束。「怎麼個結束法呢？」徐小鈴一聽，也愣怔了起來。忽然聽到金土站在幕後，在唸本子「提詞」。（台上的演員，一時忘了台詞，有人在幕後，輕聲唸出來，好使台上的演員接下去。）知道張平還在場上，遂靈機一動，說：「我有辦法，改戲！」說著便走到金土身邊，輕聲說：「快去扮《群魔》，穿上服裝就可以了。」又向林祖慰說：「你去招呼老莫，快給金土穿起來，我到場上關照張平。」說著便衝上台去，插到戲中，說了一句不是這戲中的台詞，把台上的另兩位演員，當作戲中情節似的轟下場，竟向台上的女演員張平說：「你的新人物到了，攜手合作，去殺了那個日本人去吧！」說完便大聲喊叫：「金土，上場啊！」

竟然在這一句吆喝聲中下場，金土扮的那個茶房，拎著水壺出場了。雖然一時扯得台上的張平莫名其妙，一見金土上場，口中的台詞是《羣魔》，知道出了什麼問題，《新人物》演不下去了，改了戲。

台下的觀眾，雖然一時有些疑疑惑惑，怎麼回事？但等金土上場，兩人的戲一入《羣魔》這戲的情節，都又安然下來。徐小鈴趕扮那位日本軍官，等他出場，又不時從台詞上，把《新人物》的劇情，拉到《羣魔》中來，又把戲加以「馬前」（提前演完），遂在八點五十分，就打鑼閉幕了。《羣魔》這戲的結尾，戲趣挺惹人樂的，而且殺死了一個日本人。雖然有些觀眾感覺前後的劇情不大一樣，也想不起是怎麼會子事了。可以說像耍魔術似的，把台下的觀眾騙過了。部隊開拔的事，還是瞞不了老百姓的，散戲時，已有人在耳語，說：「部隊連夜出發了。」

大隊人馬已上路，大包大綑的輜重在上船，怎麼瞞得了。

不過，戰地服務團的這幾位老百姓，除了金土，全是第一次體會到軍隊的一切，都得明白：「這是命令，必須服從！」

2. 山陰道與行軍的行列

他們準點十時出發。從甯波來的十幾位，都感受到這次出發，在氣氛上，大不相同。上次出發，還與當地民眾辭行，在白天浩浩蕩蕩。這次，據說晚飯後就開始了，駐紮在梁湖的他們這一師，都是一連一連的排一路縱隊，像平時出操打野外似的，唱著軍歌，走著齊步，一二一、一二一的喊著步伐行進的。戰地服務團是後隊，晚上又有戲，所以要他們提前九點結束，十時出發。他們的路線，是渡過曹娥江，走山陰道，出五雲門。目的地是何處？素來不明白宣布。

特別黨部只有五個人，已提前出發，給他們服務團留下一匹馬，還跟著一個管馬的馬兵。目的是服務團有好幾位女孩子，要她們在路上，輪流著乘騎，可以在馬上，抓住馬鞍上的鞍環打個盹兒。這次行軍，路上沒有睡眠的時間。

從紹興縣的曹娥鎮到五雲門，必須經過山陰道，斯綸、金土、陳宜男已走過。斯綸走過不止這一次，常代所長盧教士到金華去開會。這次走在山陰道的石板路上，別有一番感受。對金土來說，更是感受不同。他知道「山陰道上，應接不暇」這句話的來源，指的是山川自相映發，使人目視心領，應接不暇。上次坐在汽船上，由於心情雜亂，在船上聽著汽船轆轆，見到流水湯湯，就想到阿囡的死。這次，雖然腳步踏在山陰道的石板路上，在上弦月的夜色裡，所見的青山、綠水，都是漆然黛然。迨曙光到來，山陰道已在夜色中失去泰半。何況，瞌睡蟲又時來侵擾呢！

到了五雲門，需要渡河，在對岸婁宮下船。在此處看到了下船的兵士，臂章已不是「砥礪」一種，還有「百勝」、「千秋」等，據說都是這一軍的另兩個師的代號。

在此處，已隱隱地可以聽見右手西南方，有轟轟隆隆的大砲聲傳來，像陣雷似的在天邊滾動。留心去聽，纔能聽到，不留心是不會被引發感官的知覺的。也必須有經驗的人，纔會辨出那陣雷樣的轟鳴，就是百里外戰場上的大砲聲。

「富陽的日本兵過江了。」這話已在五雲門的兵士口角上掛起。

在此處，戰地服務團的男男女女，已推想到此行是真的要到戰場上去服務了。有幾個女孩子已坐在地上打瞌睡，林祖慰竟用腳去踢她們，喝叱著說：「起來！一夜不睡覺算什麼？站起來提提神，過了河還得走呢。」

幾個女孩子都囔囔怔怔地站起來了。沒有任誰回嘴。

排隊上船過渡，過了河，就跟著一連臂章是「百勝」的部隊行進。兵士是二路縱隊，走在路右邊。

服務團的這十來個男男女女，排成一路縱隊，走在路左邊。也許是女孩子爲了提神的關係，一走上路，就有人唱起歌來，這一起頭兒，十來個男男女女，都應聲而和，一齊唱起來。先從「松花江」唱起，唱到「丈夫去當兵，老婆叫一聲」的從軍小調，右邊的部隊，隨著歌聲叫好，若是他們會唱的，也跟著合唱。

其中也有人調笑著說：「你們也上戰場嗎？去慰勞皇軍？還是去慰勞我們？」也有人大聲吼：「㑳他娘的，只打了一次小勝仗，就准許成立慰勞隊，俺們從上海打出來的，爲啥不給我們師一個慰勞隊？」

正由於他們聽到了這些嫌言惡語，便落了隊，不敢與這一連「百勝」部隊同行了。

經過蘭亭，全隊進去，繞了一圈，打開米袋，一個個吞食了一些炒米。大家知道，到了戰場上，這炒黃了的米粒，就是果腹的飯食，渴了，用手捧飲山澗的流水。有人說：「沒有流水可喝，渴時連馬尿都會搶著喝。」到了楓橋，香榧子正當市，幾乎人人都把衣袋裝得滿滿的，比炒米好吃得多啊！

十月十三日夜深，這十來個人方始到了諸暨城。幸虧有匹馬，一次可以輪駝兩個女孩子打瞌盹。要不然，這一隊就是再加三天，也到不了。一路上，他們都沒有追上部隊。

陳書記長見到這一夥男男女女，一個一個都安全無恙的到達，已是笑逐顏開。吩咐火食房爲他們好好準備一餐夜飯。可是，等到飯開上了桌，已經有一大半的人進入夢鄉，喊也喊不起來了。

入夜，前線傳來的大砲聲，隆隆不斷，有時連機槍的咯咯聲也清晣聽得。這些人，全睡死了過去。

3. 諸暨戰場五晝夜

吃過早飯，纔七點多鐘，就吹哨子喊集合了。正在大家站隊的時候，一架飛機打從房脊上，疾速的掠過，帶來的風掀起了屋瓦，那嘯鳴聲，就令人心驚！跟著又是一串機槍射到屋瓦上的乓乓響聲，頓時引起幾位男女反身就向屋裡鑽。好在霎那之間飛機聲便已消失。這纔把隊整好，等候長官到來。

書記長帶了一位他們不相識的軍官走來，嚴肅著臉站到大家面前，隊是兩列橫隊，連同黨部的幾位幹事，聚在一起，正好二十人。大家都感到這次集合，氣氛有幾分不同。看到書記長也有幾分緊張，站到隊前，一再的調整雙腳的立正姿勢。站好之後，還伸出舌頭舐一下口唇，然後纔大聲說：「命令！」

大家嚇了一跳，有的人馬上立正，有的不知如何是好，張副官站在排頭，小聲告訴大家：「立正！立正！」只聽得大家腳跟的響聲，絲絲唰唰！書記長唸手上的字條。

「敵人已攻入諸暨縣境，三天來，我軍在應店街對峙，扼守第十二號到第十五號山頭要地，陣腳已經穩住。本部奉令派服務團員六人，到應店街本師野戰醫院前線指揮所廖參謀報到，聽候差遣。任務是調查戰地住民戶口、組織民眾茶水隊、民眾擔架隊。隨同野戰醫院行動。」

稍稍喘息，就唸：

「林祖慰、金土、徐煥、陳宜男、魯路、虞慕瑾，前往戰地服務。」說到這裡，便是一聲：「完畢」。

張副官喊立正敬禮，書記長還禮後，又介紹身邊的趙參謀講話，飛機的唰唰聲又從頭上衝來了，大家看見面前的趙參謀與書記長，好像聽而不聞，無所動於衷的，照樣在說話，也都不敢動了。第一件事，要大家速去拆下臂章，察看一下番號、姓名，有沒有寫清楚？沒有寫清楚的寫清楚，縫在內衣的胸前或背後，字朝裡，以備萬一，可以給人考查。這一說，大家也都明白了。只給大家十幾分鐘的時間，就要帶這六人到師部去聽二十分鐘的講習。

這時，斯綸要求參加。他想一起去，可以照顧女友陳宜男。書記長不同意，因爲斯綸是副總幹事，團裡的事務，還得由他照管。

這六個人跟著趙參謀到師部，講習的是戰場上應注意的幾件事，一是到戰場上，要切實服從指揮，二是萬不可自由行動，尤其不可亂跑，三是要隨著跟從的單位行動，不可脫離。要他們看那張掛在墻上的大地圖，向他們說明敵我對峙的點點線線，以及進入戰場的這一路線。完後，仍由趙參謀帶出了諸暨城，送到路上，要他們跟隨前面這一串行進中的部隊，一同前行，他們就是進入戰場去與敵人作戰的戰鬥兵。

看來，時間已是上午十點多了，早上的稀飯不擋飽，都有些餓了。餓了只有脖子上掛的炒米袋，可以解繫鬆口，倒出接到手掌心，放到嘴上，吞到口中咀嚼。前面走的是一路縱隊，每一人的前後都拉長了約莫二尺遠的距離，不但耳朵可以聽見空中的飛機馬達聲。戰場上的大砲聲，已是通通地，機槍聲聽來還是「托托托托……」。

他們六個人，也是一路縱隊，彼此很近，幾乎是前後挨著。一直跟在前一隊的後面，走了兩三里路，前面的行動就慢了下來。有時停下不走。有人頭上戴著有葉子的樹枝圈圈，有的人在槍口上，插上有葉子的樹枝，有時飛機低空飛來，他們也蹲在路邊的稻田旁藏一下。他們也跟著照樣兒模倣。

再往前走，方始發現路被炸翻了的野戰砲車堵住了，還有被炸死的人和馬，不是血肉糢糊，就是少頭缺腿。尤其是拉砲車的馬，肚子被炸開，流了滿地的血，腸子內臟等等，攤在田埂的小徑上，可以用「慘不忍睹」四字形容。服務團的幾個女孩子見了，個個都喊了一聲：「哎呀！我的媽呀！」大家只是照著前人走的腳跡，岔到旁邊發黃的稻米田裡繞過去。有水的地方，也照樣踩水。再往前走，雖已上路，前面的那一隊人馬，已離他們有數十尺之遙，可是後面的一隊，又趕上來了。

「你們是那一師的？」其中有人發問。「男男女女幹什麼去？」

「我們是戰地服務團，」林祖慰回答。「到戰地服務的。」

「我軋他個娘噢！」這人罵了起來，「怎的想出這個好主意，把娘兒們送到戰場上來啦。送死啊！」

他們沒有講話，一個個停下步來，站到路邊讓這一連走過去。見到這三個女孩，有人吹口哨，有人說：「好啊！有了慰勞隊啦！」

繞過這一個山腳，轉過彎來，就看到一個平原，一片金黃的稻田，望去右邊不遠有一個村落，幾十戶人家，屋後有一座小山，不高，竹林青葱，村前這一大片稻田，稻禾中已坐了東一堆西一堆的人，全是打從戰場上撤下來的傷兵。

走著走著，路上又踩到了死人。是位老百姓，被飛機上的機槍掃到的，原來是死在路上的，妨礙人行進，被順手拖到路邊稻田中去，走在前面的林祖慰見到，招呼後面的人，說：「路邊又有死人，別怕！」話還沒有落音，他身後的陳宜男就大叫了一聲：「哎呀媽！」後面的兩位女孩子，也跟著喊「啊呀媽！」大家急速走過。一架小飛機又飛馳電掣似的衝到他們頭頂。幾個人都趴到稻田中去了。

他們一行，到了前面那個莊村，纔見到他們師的人馬，已有人招呼他們，問他們來幹啥？告訴問的人說：「作戰地服務，向野戰醫院報到。」這人聽了，遂告訴他們說，野戰醫院剛撤到這裡。林祖慰說：「不是在應店街嗎？」這人說：「應店街已失守，今晨就撤下來了。」說著，回身用手指著前面大概不到十里之遙的山，說：「我們的部隊守的是，這一帶的幾個山頭據點，正與他們前面的一座山對峙。」這人是師部的傳令兵，認識這幾個服務團的人。「我們師長的指揮所，就在這個莊子裡。野戰醫院就在莊西頭的一座祠堂裡。走到莊西頭就看見了。」這人告訴他們，是一所獨立家院。說完，用手指示了行進的方向，便騎上腳踏車走了。

果然，走了不大會兒工夫，就見到那一處獨立家院，到後一看，滿院的地上，都是傷兵，坐的、臥的，躺在房內床上的，板上的，也有躺在擔架上的，呻吟的聲音，此起彼落，像個練習音樂的教室。幾個醫生護士，在忙得團團轉。他們認識胡院長，胡院長還在戰場的山腳下，隨時接應傷兵抬出戰場。陳醫官要他們幾個在這裡等，到戰場上去，也用不著你們。

「我們要槍，」林祖慰說。「師部的人要我們到了這裡，向廖參謀領。」

「廖參謀也在戰場上，」這位醫官說。說著又打量了那幾個女孩子，又問：「你們要槍幹什麼？我們也沒有槍。」

正說著，被護士喊了去了。一時之間，弄得林祖慰等人進退兩難。反正要他們向野戰醫院廖參謀報到，既已到了野戰醫院，見不了廖參謀也祗有等。

他們發現野戰醫院有飯菜，問廚房的炊事班長，說是他們可以食用。吃完了飯，他們走動走動時，在病房中發現墻角堆了幾十桿步槍，還有子彈一帶帶扔在地上，大家像發現獵物似的，林祖慰見了，不問三七二十一，就拾起子彈帶向身上挎，拿起步槍，就向身上背，好像有了槍就有了生命保障似的。他這一開始，連幾個女孩子也想著去學樣兒，金土去阻止，說：「老總，咱們在師部講習時，第一件事就是要我們到戰場上不可隨便行動。我們要槍，必須向廖參謀領。」這一說，大家都停止了下來。一一把挎上身的槍彈取下，放回原處。

「戳！」林祖慰的一句口頭語，又罵出來了。說：「上戰場不發槍，做啥事體來了。」

大家望見房裡的傷兵，在呻吟中呼天叫娘，幾個人也一籌莫展。突然，砲聲響了，通！通！通！間隔一秒鐘就是一聲，居然這樣有規律的響個沒有完。飛機又來了，不是低空，是高空，兩架從相對的南北方向，衝向同一山頭，見到兩架飛機昇起到高空，炸彈聲就響了。隨後，各相繞了一個彎子就飛走了。過不了幾分鐘，又有兩架從相對的方向衝過來了。用相同的俯衝姿勢，衝下來向同一處投彈轟炸。大砲聲也照樣間隔一秒鐘就通地響一聲。

「敵人又準備進攻了。」醫院的護士們說。「這幾天，他們全是用這種戰術進攻，先用排砲轟，炸彈炸，轟平了我們守軍陣地，然後再一擁上山搶陣地。我們若是不追，就在山頭上作肉搏戰了。」排砲仍在通通的轟，飛機仍在相繼的飛來，俯衝的炸。

林祖慰等人走出門去，就能清楚的見到西方不到十里之遙的山峯上，在通地一聲音響，響的前半秒鐘，山峯就已飛揚起一股黃土加黑煙的黑黃色煙團，在空中繚繞，半小時轟下來，那些青青黎黎的山峯，已變成火山似的被黑色濃煙掩遮著了。

可以想像得到，這時陣地掩體中的戰士，縱然沒有被炸死，也睜不開眼睛與衝上來的敵人肉搏。這情況，我們全靠山腳下的另一批在接應的部隊，再來冒著敵人的槍林彈雨，奮勇衝上山去，殺！殺！

殺！這時，敵人的砲也不放，空中的飛機也不敢炸。我們就靠著這奮勇的「殺聲」、「怒氣」與敵人肉搏，再奪回我們的陣地。

被敵人的砲彈以及飛機炸彈創傷的官兵，除了輕傷自動走下山來，重傷者，大多搶救不了。肉搏受傷的新一批，比較容易搶救，不會缺胳臂少腿。每次，在新軍衝上肉搏後，奪回山頭陣地，總要維持較久的時間，敵人纔會作下一次的進攻。擔架隊、茶水隊，以及新煮好的飯菜，都在此一時間，送入戰壕，或搶救傷兵，抬到野戰醫院治療。就在這天，我們搶山頭陣地的下午，這六個戰地服務團的團員，自動加入了擔架隊，到山上去抬回傷兵。因爲，軍中的擔架隊，死的死，傷的傷，逃的逃，只有空擔架，已無有扛擔架的人了。這六個人，感於到了戰場，無事可作，遂一個個主動扛起擔架，隨同醫護人員上山。居然，那個最小的女孩虞慕瑾與那個最矮的魯路二人，反比林祖慰三個男子漢，更加有力。竟上上下下抬了三次之多。那麼多的血肉糢糊又死相悽慘的死屍，她們全不怕了。

一直到晚上吃飯的時候，胡院長回來，見到了這情事，纔關照醫護人員，不得再准這幾人參加此一工作，他們全是學生，到戰地服務，不是作擔架隊。要他們到戰場上來，都是無謂的犧牲，對日長期抗戰的工作，不祇是到戰場血拚，應是全面的「才爲世用」。而且告訴他們說：「你們要見的廖參謀，已戰死沙場。」說是他正拿著電話筒在作指揮上的聯絡，兩顆炸彈落下，把他炸得連人帶釘在樹幹上的電話機，都無影無踪，那棵碗口粗的樹，也連腰折了。

這六個人並不認識廖參謀，但心頭卻泛起哀傷！

林祖慰報告胡院長，他們擔負的戰地服務，是調查民間戶口、組織茶水隊與擔架隊。胡院長一聽就笑了，說：「今晚，你們六個人吃了飯，全部住到這樓上去，」說著用手指後排房屋的半樓，「好好的睡一覺，如有情況，我這裡有人到樓上去叫你們。」又說：「在戰場上，越是沒有槍砲聲的時候，越是值得留心，也越是可怕。算不定敵人從你身後襲來。睡覺的時候得保持警覺。」

說了這些之後，便揚揚手告別，去作他的事去了。

他們吃了飯，就照胡院長的指示到樓上去。樓上有四個重傷躺著，樓板上舖的全是稻草，四個傷重的人，都不能活動，連坐起來，都沒有能力。看到上樓來的都不是受傷的人，還有三個女的，幾乎個個都大聲呻吟起來，還有一個在嗚嗚地哭。首先是金土走過去問他們需要什麼？說是要「喝水」！跟著幾個女孩子也打起精神走到傷者身邊問她們，手上都點著一根小蠟燭。不問便罷，一問是個個都需要醫生護士來。弄得他們也沒有辦法，只好告訴四個傷者，他們是學生，到戰地來服務的，不是醫生護士。金土等人到樓下去取水，醫護人員也不准。說是該給他們水喝的時候，他們會送去。囑咐他們不要管。說：「趕快睡你們的覺，算不定敵人的攻擊又起，槍砲聲一響，你們還能睡嗎？」

他們也就三女靠墻在裏，三男在外，擠在一個房角落，煞那間都呼呼大睡。他們也不知什麼時候，反正月亮已下落，總是後半夜吧，槍聲像年五更的鞭炮，乒乒乓乓的響徹雲霄。他們被叫醒了。那人說：「下樓去拿槍，聽擔架排長的指揮。」

幾個傷兵也許是傷官，在哭在喊！可以說是呼天喊娘！

六個人噻噻怔怔走下樓去，到原來那個堆放槍枝的地方，每人披了一長條子彈帶，取了一枝步槍，走到院中，也不知作些什麼？只聽到四面房中的傷患呼號，槍聲又沒有了。

天很黑，等到視覺能夠察辨暗中事物，聽到院中有人說：「便衣隊，打跑啦！」

他們這六個人，除了金土當過幾天兵，學過放槍，槍到手上會裝子彈，會舉起來瞄準扣板機，其他五人全沒使用過槍。可以說連子彈也不會裝。槍拿到手上，還不如拿一根木棍使用起來方便。指揮這六人去拿槍，也只是像演劇一樣，要演出戰場上的這一戰爭行爲而已。戰爭發生了，在戰場上的人，手中無槍，總不像話，有那麼一堆槍枝子彈，都胡亂扔在那裡，沒人用，也沒人管。

金土一看，並沒有人指揮他們，遂靈機一動，竟行家似的作起指揮官來，說：「走，跟我來，上樓。」說著領頭前行，奔向他們住的那個樓上，其餘五人全跟著上樓來了。金土趴在這半樓的窗口，把槍支在窗格上，槍口對外，告訴大家說：「如有敵人闖進院來，咱們就開槍打死他們。」遂一一教他們使用槍。

這幾人接受了金土的指揮，擺出了敵對守樓的陣勢，有二十幾分鐘，天還沒有亮，槍聲卻沈寂了。院中已有人講話，聽來，還有胡院長的聲音。

「戰爭的情況大概消失了。」金土說。

可是，這話還沒有落音，右前方的山頭，又有通通的排砲聲響起，一團紅光亮起，通地一聲砲響，便跟著震動山岳，通、通、通……排砲有規律的間隔，又響起來了。滿山火光飛騰。

爭奪山頭陣地的肉搏戰，又將開始，担架隊又要忙了。

這一次排砲的轟擊，並沒有繼著搶陣地，傷亡不大。戰況又沈寂了下來，村落方面，爲了嚴防像昨晚似的，突有敵人的便衣隊出現，進行後方的騷擾，遂特別派了一個團，分作三處到村落的民眾，去檢查戶口。於是，棲息在野戰醫院的這幾位戰地服務團團員，正好利用上了，也分成三組，到就近處的幾個村落，進行清查。

出發的時候，空中一直有兩架日本飛機，在不斷的飛來飛去偵察，且不時的掃射，胡院長見此情形，遂又將三組改成兩組，只要他們隨同近處的一個營派出的兩排人，到就近的兩個村莊去調查。若到另一營去，還得穿過這一平原，繞過一個小山丘，會遇上飛機俯衝掃射，受到無謂的傷亡。

這六個人，分成兩組，林祖慰帶陳宜男、魯路，金土帶徐煥、虞慕瑾，會同部隊派出的槍兵，到了村落上，雖有保甲長的戶口地址，但村莊上的住民，已十戶十空，早都牽住牛馬，帶著細軟，以及老幼，到別處躲避戰禍去了。他們分頭查看了兩個村落，連十個人也沒有遇見，只見到幾位有病的老頭兒老嬷嬷，膽戰心驚的出來應門。雖說，查戶口的部隊們，也曾翻墻進去，進行搜查，確實是寂無人踪，只有看家的狗在院中狂吠，都已餓得在啃門框嚼木頭了。

像這種情形，戰略家或戰術家，怎的不曾想到這一層呢？當戰爭時爭城掠地，已到了洋槍洋砲、飛機炸彈，可以殺人命於數里以外，一旦戰爭在某一地方發生，這一帶的住民，還會手無寸鐵的關上大門，坐在家裡等死嗎？這一點，應是戰略家或戰術家必須想像到的問題吧！

金土當過幾天兵，出操時學過班教練，也學過打野外，卻也從來沒有聽過教官說到戰地的民眾問題。這時，金土方始想到，他們戰地服務團啣命的三大戰地任務，調查戰場村莊戶口，以防奸宄匿藏，還有組織茶水隊，組織擔架隊，只能付諸理想，寫到軍事家的書上而已。

午後，靠陣地左翼方面的五指山，又挨了敵人的排砲轟擊與兩架飛機的輪番轟炸，我們又得補充兵員，上山接應陣地。原來的守軍，經過這一次轟炸，死傷業已過半。敵人沒有上山來爭奪此一山頭陣地，所以，這山頭我們又守住了。兩天來，這幾處山頭陣地，你來我往的爭來搶去，已不下三四個回合。敵人砲火太兇，除了野戰砲，還有迫擊砲，機關槍，是主要的火力。再加上空中經常有飛機戰鬥盤旋，不是低空掃射，就是丟下翅翼上的炸彈。

查戶口的人，雖然沒有查到什麼，卻在一家人家，煮了一餐飯，食油桶裡還有臘肉呢！庖製了一餐有肉有菜的熱飯。臨走時，照樣打裏門上大門，門好後跳墻出來。

這一晚，六個男女仍在原處野戰醫院的那個半樓上棲息。原來住的幾位傷號，已運到諸暨城去了，又換來幾位，傷勢較輕，他們的傷都在左手與左手臂，有的左手炸殘了，有的左膀骨炸碎，或僅僅傷在肉上。總之，這幾位都他無傷處，能吃能走。經過緊急的處理與包紮，明晨就得自已徒步到後方的軍醫院去。

何以這些兵的傷處都在左手臂？後來，纔知道，這些兵都是徵兵徵來入伍的，只不過入伍訓練了不到半年，就編入部隊，開到戰場上來了。他們到了戰場，一個個趴在戰壕中，頭也不敢抬，左手抓住槍桿，伸在掩體的戰壕溝岸以外，敵人的機關槍，一陣陣咯咯咯掃來，受傷的地方，自然全是左手與左臂。要是被野戰砲或飛機上的炸彈傷到的，十之八九都用不著運下山來，沒有死，也動彈不得，也沒有擔架隊去作這種戰地工作了。數日以來，擔架隊已經死的死，傷的傷，逃的逃，沒有了人。

入晚，圓月已掛在西南天，銀光洩地，如同白晝，又一批新補充的戰鬥部隊，開到戰場，正陸陸續續向山根前移動。日本的小飛機，還經常飛來偵察，六個人可以在這半樓上，眺望到五指山那邊，丟下的照明彈，像一盞大燈似的照耀了一大片黃金稻田，像被褥平舖在地。戰鬥的主力，已移到五指山。

聽說他們這一軍，行將撤出，由另一軍從金華開來，代替他們八十六軍頂上去。果然，他們這天夜晚就撤退了。

月亮已失，天上的星光，一點一點顯得特別銀白。夜，還是挺黑的。六個人下樓一看，院中全是大擔小挑，十來個傷兵，坐在院子的石堦上呻吟。走出大門一看，稻田間全是人，也有馬匹。嘈雜的人聲，喧喧騰騰，不時有馬聲嘯鳴。已無戰場的絲毫戰鬥氣息。前線上的山頭陣地，偶有一陣陣機槍聲。據說，我們的部隊已攻占了山頭陣地，敵人已有撤退的現象。新補上的這一軍，有兩個山砲營，已在山麓紮好了陣地。這一軍的殘部，要撤回了。

這一批要撤出戰場的殘軍，實際不過千人左右，可是散集在這一片，黃金稻田的平原上，還有行軍鍋灶的挑挑擔擔，又是人喊，又是馬嘶，在暗夜的昏烏星光下看去，這一大片稻田都是人。就這樣喧喧嚷嚷，浩浩蕩蕩，也不循著路走，就在平舖在地的稻田裡，打直的向諸暨城方面走去。

這六個人，個個背上都挎上一桿步槍，還有一大條子彈帶。如何打開槍栓，如何裝子彈，如何推送子彈上膛，如何使保險鈕，如何扣板機放，如何拉槍拴退子彈殼，如何再把子彈送上膛。五粒子彈打完後，如何退出子彈卡，再裝五粒子彈卡，實際上，連當過兵的金土都算上，也作不熟練。他們個個身上都背了槍，也衹是心理上的壯膽而已。

在行進中，行列雖是如此的紊亂，人馬又是如此的嘈雜，幸好沒有敵人飛機在空中盤旋，否則，不必扔炸彈，光是低空俯衝掃射，也會傷亡纍纍。如今想來，還忍不住要謝天！

這六個人，行列是一男一女，不但前後手拉著手，還手腕上綰著繩子，六人「絲絲」相連。路上，踩到了人屍、馬屍，幾個人也會輕聲的叫了一聲：「啊呀！媽！」走在前面還警告後面的人，說：「小心腳下，有死人，（有死馬），當心摔跤！」

卻也有人在這暗夜而雜亂的隊伍中，扯起長腔高唱小調：「一杯酒兒送到了妹兒的唇，哎哎唷唷我的妹兒，從今後你就是我枕上的人。哎哎唷唷我枕上的人……」不久，身後的排砲又在山峯上爆裂似地炸響起來。不用回頭去看，在每一炸響聲還未傳到耳鼓之前，一團像閃電似的火光，便在這大隊人馬的背後閃耀起來，那光亮把走在稻田上的人馬，照得清楚明白。看得到還有不少人，倒地趴下。這六個人，也都跟著臥倒在地。

這排砲，一聲跟著一聲來，這火光也是一閃跟著一閃來。間隔只不過一秒鐘。於是，臥倒在地的人，無不趕快爬起，人人都加快腳步向前。雖有人拿起槍，回身向身後的火光開槍射擊，也都是愚鈍的行爲了。

由出發處到諸暨城，只不過二十幾里，他們到了諸暨城，天已曚曚亮。前方山區的排砲聲，又響起了，這六個人已不是跟著野戰醫院走，野戰醫院要在諸暨若耶溪邊的一處停下，還有傷兵，要集中安排。胡院長要他們歸隊，可是，他們特黨部在那裡？沒有人知道。他們身邊的這一隊人馬，是他們這一師的預備團第二營，這一隊只有四五十人。他們都認識這六個人，便跟隨在這一隊後面前進。到何處？他們也不知道，只有跟著走就是了。路上，有部隊番號暗示出的路標。

剛從若耶溪步向東方山區，一個個都瞌睡矇矓，不渴也不餓，只是想睡。這一隊四五十人，有將近十個挑子，其中有一隻圓筒型的行軍鍋。聽到他們說，到前面的村鎮，就支灶煮飯。還有多遠？也不知道。可是六個人中的三個女孩子，走路時都像「扳不倒」（不倒翁類）似的，跌跌撞撞地，三個男孩子，也不好意思去拉著手走，改成一個跟著一個，隨時走向前去，打一拳、推一把。偏偏其中的小胖子徐煥與魯路，比任誰都瞌睡得厲害，林祖慰與金土，還得隨時留心這兩人。已經在山腰間丟過一次，回頭跑了好遠，纔把兩人弄醒，拉回來。偏偏的，山路又是那麼長，到了太陽扭頭，纔走到一個小鎮。

鎮上的路邊小店舖，吃的只有芝蔴餅、花生、炒蠶豆等食物，還有甘蔗、橘子等水果。這幾十個人的行軍鍋，還是支起來了。

米、炭、油、塩，以及蔬菜，小鎮上都能張羅得到。問題是有兩架飛機，飛到這山區的小鎮上來了。掠過兩次，聽到幾次機槍掃射的叶叶咯咯槍彈射出槍口的音響，目標不是他們這小鎮。這小鎮上的住民，已忙忙紛紛關門閉戶，四出奔向山林。正在村尾路邊支鍋煮飯的部隊，也趕忙息火，連飯也不敢繼續煮了，他們不知道後面敵人的行踪，已慢慢吞吞的走了十多個小時，前面的人馬，也不知在何處？老百姓說日本人已進了諸暨城，這裡離城不過三十里而已。這傳說，是真是假，無法印證。

於是，這一隊人馬，連忙整隊，滅火停炊，繼續前進。他們知道這數十位殘兵敗卒，怎是可以列隊作敵的對手。只有「掩旗息鼓」，繼續敗走。這幾十個人馬中，有一位營坿，還有一位連長，依連長的意見，要遁入山區，營坿則認爲應照路標前行。「前有大隊，有令可從，有長可靠。一入山區，就落了單了。既無彈藥後繼，又無食物飽腹。脫隊，還有軍令問題。」這一點，是金土提出的建議。大家商量之後，遂繼續前進。歇過的腳腿，都提不起來。

但依照路標走了不到五里，發現前隊人馬還是入了山。前看看、後察察，確實是打此小道入了山區。爲了怕失去路標，又不敢稍停，打破了腳的三個女孩子等人，鞋子提在手上，跟金土學，在小鎮上要來的一塊塊破布，包紮在腳上，行動是便捷多了，卻往往踩到小石子，或有棱的硬土塊，不時大叫「哎唷！」停了一下，提起腳來揉揉，還得向前走。

在小鎮上，蔴餅、花生什麼的，肚子是吃飽了。山路上，也不時有澗中流水，可以解渴。最大的侵擾是瞌睡蟲，無論怎樣振作，也趕不走。惟恐失散了這六個人，把他們夾在前後隊的中間。走到天黑，越走越慢了。天陰，月光被雲遮了，手電筒沒有電了，眼睛已見不到路標，山中，小徑交錯。山林間，還有卟卟咯咯的機槍聲傳來。這時候，古小說上的「人睏馬乏」四字，用在這些人身上，是最恰當也不過了。當然，走不了嘍！

他們這一隊人馬，「人睏馬乏」的情況，已到了腿還在踉踉蹌蹌的邁著，人體則已進入了夢鄉，只要一停步，後面如無人賞上一拳，或前面的人，沒有再緊拉住他的手前行，頓時就癱瘓在地上，鼾聲大作起來。

六個人原都背挎著一條子彈帶，一桿三八式步槍，這一天一夜的負荷，那感受真是如同小說上寫的充軍犯身上的「行枷」，勒箍著使得渾身酸痛。幾個炊事兵挑著的行軍鍋，入山不久就扔到山壑去了，這六個人中已有人要取下身上的槍與子彈帶扔掉，都不敢。這一停下來，一個個都卸取下來了，正好，子彈帶作了枕頭，槍作了同睡的伴兒。

幾個人相商之後，原說尋一處隱蔽的地方，大家再停下來休息，安安適適睡上一覺。可是，所有的人，都已倒在路邊，個個昏昏入睡，死人似的了。別說是叫，就是用腳踢，用槍拖子打，也都無力站起身來。可以說連意識都已昏沈。

秋九月的氣候，山風已涼，人人都穿的是單衣，只有極少數人，背上有條氈子，卻也無人想到會使用它了。

雖有人被秋夜的涼風，吹得連連咳嗽，也驚擾不到別人。這些人，已經幾天幾夜，都沒有睡過這樣不受槍砲聲驚赫的平穩覺了。

有人一覺醒來，天已大亮，方始感到秋涼如水，方始覺乎著天涼了。儘管，耳邊聽來的是山中鳥兒們的此鳴彼和，鼻子嗅來的是山花的香味芬芳，不再聽到砲聲通通、槍聲咯咯，身心卻也感到輕鬆的舒暢，可怪的是，醒來的人，都站不起來。繫聯著在一堆入睡的三個女孩子，竟哭泣起來，說：「我的腿不能站了！」包在腳上的布，因爲皮破血流，結成的血塊，肉與布相聯，再加上紅腫未消，想站起時，連腿骨都是痛疼的，渾身都是酸楚的。

營坍姓張，連長姓單（音ㄕㄢˋ），集合大家掙扎著起來，就排列在山徑作柔軟式的體操，過了半小時，大家的身子骨，方始活便起來。坐下吃些各自帶的乾糧，喝點澗水，再繼續前行。循著路標，去追尋部隊。

脫了鞋子走路的幾位，經過一番活動，已能穿鞋行走。一個個精神又抖擻起來了，遂唱起歌來，但剛一起句，便被張營坍喝阻，說：「不能唱，一唱起來，響徹整個山谷，我們已不知敵人的動向，怎能暴露我們。」大家還是默默地前行。

走了約兩小時，轉過一個山腰，左邊就是一個十來戶人家的小村。這山徑正要經過那裡。不想到達之後，便一眼見到一片驚心怵目的場面，一頭耕牛臥在地上，嘷嘷慘叫，近前一看，後腿上的肉，已被挖去，血流滿地，牛還活著，奄奄一息的哀叫。再去前面牛欄，有一頭豬的兩條後腿已挖割得血肉模糊，再一察看，一戶人家的廳堂，有一堆木炭的灰燼，地上有一隻軍用的水壺，後墻的長几上，有一頂日軍的鴨舌軍帽，地上還有烤焦了的肉塊。一見此情，就知道日軍已到過此處。其他，都未見有我軍過此留下的任何痕跡。這全村的人家，關的關，鎖的鎖，已無人跡，還有一處人家的牛欄，一隻老牛帶著一隻小牛正在吃草。這一隊人馬，一邊看一邊罵日本人。當然，也都僥幸於他們走在前面，天黑看不到路標，大家又實在累得走不動，在路邊就睡倒了。否則，若是走到此處休歇，想想，還能存活幾人？真是不敢想下去了。

三個女孩子手拉著手，看到這情形，直喊：「媽呀！媽呀！」或「天呀！天呀！」他們這一隊人馬，繼續前行。由於累疲了的腳腿，走了一大半天，痛疼的地方，又麻木了。加上這一番所見的慘悽情況，刺激了怠惰的心情，是以人人的腳步，都加速了起來。天沒有黑，到了陳蔡，他們的師部，就在此處。

算起來，由戰場撤退下來，走了兩天兩夜，全程也不過一百多里。在山巒中繞圈子，可繞的不少。陳蔡這個鎮市不小，從街上的店舖看，也認得出是個大鎮。他們也無心欣賞，連東西也不想吃，只想找到他們的特黨部。找到他們的服務團。他們一個個雖然沒有受傷，行動上則已是踉踉蹌蹌，都像跛了腳，斷了腿似的。在街上，遇見一位買東西的兵，見到他們，便帶領著找到了特黨部的住處。一個個尋到了自家的部隊。

「哇！他們回來了。」有人見到這樣大喊。

一時之間，幾乎是所有的人都走出房來。大多數人都推想這六個人離開前線後，都已各自回自己的老家去了。也有人推想有人受了傷，也有人推想走迷了路，找不到部隊了。如今一見六個人全都回來，真是喜出望外。幾個女孩子，一見面就相擁大哭，其中特別是陳宜男見了斯綸，一頭倒入斯綸懷中，就昏蹶過去。半晌半晌，纔哭出聲來。

陳書記長出來了，見到眾人在歡聚中，哭成一團，也感觸得流淚，口中一直在說：「回來了就好！回來了就好！回來了就好！」

時間，快要吃晚飯了，馬上交代加菜。

可是這六個人一停下來，不大會兒工夫，都站不起來了。穿到腳上的鞋，也脫不下來了。有幾位已經倒在別人的床上呼呼睡去。他們只想喝水，只想睡，還沒有覺得肚子餓，嘴要吃。其中只有林祖慰與金土，還能撐到飯桌上去。

書記長等人，問長問短，問戰場上的戰況。林祖慰卻逮到了吹牛的機會，大談起戰場上遍地都是死人死馬，唬得幾個女孩子直喊媽呀媽！又說他們六個人，抬了三個擔架到戰場上去搶救傷兵的英勇表現，甚而說他見到了我們的戰鬥兵與日本兵肉搏的場面。聽得大家直眉瞪眼。金土則偶然插了一句：「戰場，就是殺人場。我不殺敵人，敵人就會殺我。」遂又說：「我們這幾個人，都沒有學過上戰場殺人的本領，所以，我們既然組織不成茶水隊、擔架隊，當我們看見地上的擔架沒有人抬，戰場上在一陣排砲過後，死傷纍纍。肉搏戰後，更有傷兵需要搶救下山來，所以我們便抬著擔架上了山，上了肉搏的戰場。」又說：「我們只到了山半腰，把躺在地上呻吟的傷兵抬下山來，抬到野戰醫院。肉搏戰在山頭。」說明他們沒有到達肉搏戰場。他們上山抬傷兵，肉搏戰已經過去了。

回到睡處，連床都已代他們舖好了。一位姓馬的幹事，告訴林祖慰，要他明早起來之後，寫報告說明在戰地服務詳情，說是書記長說要報請獎勵。林祖慰聽了，連個興奮勁兒，歡喜情兒都沒有，疲倦早就偪他合眼要睡覺了。

金土感受最深的是應信神的無所不在，無所不有。那天，他見到了日本的飛機低空掃射，被掃射的目標，都是由戰場上換下來的殘兵倦卒，一個個坐在舖倒田裡的稻禾上，看來相當密集，咔咔咔一陣機槍彈，打從頭上掃過，槍彈射在稻田的稻禾上，飛揚起黃塵夾雜的黑煙，清清晰晰的可以見到，居然一彈彈都在一羣人之外的地處揚起煙塵。可怪的是，不曾見到那羣人中有任何人在躲逃那天上的飛機，也不怕低空掃射咯咯噴出的一顆顆槍彈。似乎沒有人知道那飛機咯咯噴出的槍彈，可以殺人到死或皮開肉爛，不死不活。當時，在金土來說，則認為這是戰場，到戰場上來，就是準備著來接受「死」這個字的。未「殺身」何以「成仁」呢？

「也許大家都是這樣想吧？」金土又想到舊小說寫的「誓死如歸」這等字眼。但他也曾聯想到野戰醫院中的傷兵，傷勢十九都在左手左臂上。也許是他們有戰壕有掩體的依賴，便把頭縮到掩體中了。金土如夢如真的在編織他在戰場上生活了三天兩夜的感受。

突然，又聽到槍響了，像在戰場那晚上聽見的槍聲一樣，是敵人的便衣隊，潛入我們後方搗亂。但卻見到大家都起來了，說是日軍已進入諸暨城，這槍聲是紆迴的一支，正向陳蔡攻來。前線的部隊，已撤向諸暨城的牌頭。五指山也守不住了。

居然不是作夢，是真實，又要連夜出發。

圓月已懸在西南天邊，是後半夜了。金土他們起來時，只餘下他們這十來個男男女女，其他的人，都已經走了。

「快些快些，」林祖慰站在院子裡指揮，「不能挨了！」

沒有排隊，大家站在院子裡，灰灰黃黃一大堆。

「別忘了把子彈帶披起來，槍扛在肩上，端在手上。」林祖慰端著槍，又拍了拍身上的子彈帶，說：「這次撤到山上，十九得與日本人拚一場的。」

聽見有女孩子在低聲的哭，突然有人大叫：「我沒有槍，我不知道……」是小胖子魯路的聲音，於是莫雲卿又帶魯路到房裡去找槍與子彈帶。

遠處傳來一陣哆哆哆地機槍聲，分不出來自何方？

「走！不能等啦！」林祖慰說：「再等就跟不上啦。」

說著，林祖慰遂領頭出門，他們一路縱隊離開了這個院子。這鎮上的老百姓，早已逃得光光。只有狗在吠叫不停，此起而彼落。可是小鎮的街道，擠了一長串挑挑擔擔。

撤向何方？林祖慰也祇是帶著這一夥男男女女，跟著前頭的人，向前走就是了。走不多久，就入了山。

月亮快落了，一入山就看不到月亮。山徑在叢林中，遍山谷都是秋蟲奏鳴，山風滔滔，卻任誰也體味不到這秋夜的風寒。他們尚未出發，個個都已渾身大汗。走了這老長一段時間，雖然走得很慢，走走停停，倒也渾身熱騰騰地。天亮的時候，他們看到張副官在一個小岔路口站著，發現了他們，半興奮半埋怨地說：「月亮剛落，我就站在這裡等你們，都說你們還在後頭。你們想想我等了多久？又不敢睡。」說著便頭前帶路，岔入了另一條山徑，說：「再走幾步吧，繞過這個山嶼就到。」可是，這十來個男男女女，一聽張副官說前頭不遠就到了，瞌睡蟲都伺機蠢動起來。一個個都想躺在山邊睡上一覺再走。幸好，西方又有了砲聲，轟轟隆隆。找到他們的特黨部，他們幾個人，連書記長在內，都只是在一個小山頭松林內席地而坐，火房的那隻行軍鍋也見不到了。

大家坐在這小山頭的松林下，不像是戰場上的陣地。更不像面對著敵人，在時時準備著肉搏，像是行軍時在半路休息。看到書記長坐在那裡，沒精打采地在打瞌盹，見到他們都到了，也沒有站起身來打招呼，只說了一句：「你們到了。先找個地方，坐下來休息。說不定，還得向前進。」有人在吞食布袋中的炒黃米，有人已經倒在地上呼呼入睡。山林中的深秋氣候，怎是單衣可以抵禦的？有人帶了毯子，攤開了可遮蓋五至六人。就這樣，還是不時聽到此起彼落的咳嗽聲。

金土站起身來，向四方眺望，發現近處幾個高些的山頭，都有人在活動，仔細諦聽，西方戰場，還不時有斷續起落的機槍聲哆哆哆哆傳來。林祖慰走過來，問金土看什麼？遂指給林祖慰看，這一帶山上，都是我們的部隊，西方還有機槍聲傳來。想到他們前晚在山中見到的牛豬，被活活割死，又撿到日軍軍帽及水壺，可以推想這山林中還有日本的便衣隊或小股部隊存留。也許是我們的部隊進入這山林，就是爲了清除他們。所以部隊進入山林，就潛伏起來。

時間尙未過午，就傳來諸暨城大火的消息，在幾處高拔的山頭上，用肉眼已能見到滾滾團團的黑煙，騰空如雲。他們這山頭，只要留心向西北方的天空去察看，準會發現天空上有團團黑雲在裊裊擴散，那就是火燒諸暨城，飛騰起的煙雲。

林祖慰一時興起，竟站在徐煥的肩上，爬到樹上去看。

「下來，下來，」書記長叱喝起來。「這是戰場，你們不要命啦！」喝叱完了，又加了一句：「老百姓。」

罵這個服務團的人，都是老百姓，不懂軍中的規矩。

大家就坐在這俱小山頭上，由清晨坐到晚，又由晚坐到夜，餓了，吞食布袋中的炒米，渴了，喝從山澗溪中取來的清水。

天在上半夜就陰起來，氣候越來越冷，風又越吹越大，看樣子，天要落雨似的。好在有些人在日間的暖和陽光下，已經睡了一個大覺，白天又沒有行動。除了睡，只是在一起各尋各的玩樂。只有一副撲克牌，七八個人圍在一起押十點半。連書記長都加入了賭的陣營，六個女孩子也有加入的，未加入的在玩撾子，還在地上畫上格子，玩跳房子。

師部離開他們，只有數百公尺，傳令兵約一小時來去一次。只知道日本軍已進了諸暨城，此處是第二線。他們這一師的殘兵賸卒，可用來作戰的人，連一千人也沒有。所以陳書記長在這山頭上，一再告訴大家：「萬一有了情況，需要擺陣與敵人戰鬥，只有一條生路，那就是『死拚』二字。」他還說：「兵法上說的，『置之死地而後生。』」要大家切記此言。林祖慰則大聲吼著說：「一旦肉膊，我們這些個，有誰拚得過。我們啊！」說著面向他們大家夥兒，說：「我們要看清敵人瞄準放，打死一個夠本，打死兩個賺一個。」

說著便坐下來學習拉槍拴、上子彈、推拴上膛，關保險鈕、開保險鈕等用槍射擊程序。跟著，大家都唏哩嘩啦的學習起來，書記長聽了又叱責起來，說：「停止，別胡弄，萬一走了火，響了槍聲，惹了皮漏，你們還要命嗎？」

就在此時，傳令兵來，帶來的命令是繼續前進。

夜，黑漆一團，正是所謂的「月黑頭加陰天」。在山徑上行進，雖不是黑得伸手不見五指，張嘴面對也看不見白牙，這低壑峯巒，望去則是弧線墨染的輪廓半圓。山風拂面，似乎有雨絲飛飄，秋蟲聲也沈寂了起來，祗有幾聲哀鳴。有人在小聲說：「下雨了！」也有人改正說：「飄雨絲。」

部隊開往何方？沒有人能說清楚。山路紆曲，忽東忽西，在黑夜裡覺乎著，只在這座山林中盤旋，像跟誰在捉迷藏。仍舊是走走站站，好在這一夥子人，在那小山頭的林木間，休息了幾乎一天一夜，也吃了，睡了，也玩了。所以這一晚的行軍，瞌睡蟲都沒有襲來。惜乎命令是人銜枚、馬籠口，人人都不敢出聲。可是，天剛矇矇亮的時候，雨卻越下越大，霎那之間，衣盡濕透。路上又沒有躲雨的地方，只有在雨中不停的向前。有人在路邊折一片大葉子，遮遮頭臉就是了。這時，大家方始發現軍帽都有個遮目的帽舌頭，最爲實用，不但可以遮大陽，還可以遮雨。要不然，兩眼都不能睜。雨，在太陽升上東山時，竟是傾盆的下倒。部隊全在行進著，沒有稍停的命令，路上，也沒有躲雨的地方。但看得出，行進的路線，是下山，不是上山。不久，就看到一個大山壑，還有一條不小的河流，在波濤洶湧的流著。臨河有一個樓房櫛比的山村，便呈現在眼前，雨已住了點，但還飄著雨絲。天上的黑雲，團團羣羣，奔馬似的蜂擁奔騰，落雨的氣勢，還是很壯觀的。後隊已經看得見前隊的人馬，正向那山村走去。想來，那必是他們奔波了一日夜之後的休憩處所。

果然，大隊人馬到此停下，到了這一個名叫「璜山」的村鎮。雖然淋了大半日的傾盆大雨，如今，濕得流水如泉的衣裳，卻已全部被體溫烘乾。雖然，身上貼著子彈帶的地方，衣布還是濕的，可也分不出是雨水還是汗水了。

璜山距諸暨城很近，距離陳蔡更近，平時往來，陳蔡與璜山之間，只要個把鐘頭。他們這幫人馬，竟在山林間躲躲藏藏了一天一夜還要多。到了璜山之後。方始獲知日本軍昨日進了諸暨城之後，姦、殺、搶、掠，樣樣俱來。興盡之後，就舉火焚城，到如今還在燃燒著，也無人敢去搶救。日軍前頭部隊已到了紹興。從日軍此一情勢的動向看，想必是要遁去了。

由於璜山、陳蔡等山區市鎮，距離諸暨城近，又是隱在山林之內的，諸暨城隨時奔逃到這裡來的人，接一連三的，已到來不少。許多消息，都是由這些人傳遞來的。

我們的大軍在西方幾個山頭陣地的保衛戰，抵擋不住，撤退下來，已來不及布陣保衛諸暨城了啊！

4. 認識了戰地之後

到璜山的當天晚上，特黨部的二十個人，就病了六個，都是發高燒。到戰場上去的六位，就占三個，林祖慰、魯路、陳宜男。

野戰醫院在牌頭，距離璜山有四十餘里，都是山路。這一軍的幾個野戰醫院，奉令滙合在一起，盡快處理這一戰役的傷患。重者除名，送後方傷兵休養院，輕者留名，繼續留在野戰醫院治療。事關戰役之後的兵員補充，甚而關係到軍師的重新編整。勢必及早理出戰役之後的缺額，便利接新兵。

這裡留下的只有臨時的藥箱，濟急的退燒藥品，阿斯匹靈無效時，只有去找中醫。鎮上逃出的人，大部分還沒有回來，連中醫也找不到。好在這家有位老奶奶，說這病是風寒所致，她主動的去熬了些家藏的草藥，喝下竟都退了燒。

在璜山只住了兩夜，一大早就又開拔了。說明目的地是牌頭，不遠，當天傍晚就到了。竄入諸暨城的日軍，燒殺劫掠之後，即已嘯嗷而去，經過紹興也未加騷擾，便從馬鞍海口登船遁去。餘眾只有兩千多人，卻隨帶了騾馬駝垛一批。

由於部隊戰後需要重新整軍，遂駐紮在這一段浙贛鐵路還在暢通的交通線上，等待新兵員的補充，還得在此訓練個半載以上。所以大家知道，若是富春江西岸的日軍，沒有過江作南侵的行動，他們在這裡的棲止，最少有半年的時間。

可是，斯綸卻向金土表示，他與陳宜男打算相偕離去，不知軍中放不放？也不知如何作請長假的手續。他聽到陳宜男述說的「戰地服務」實況，使斯綸感到失望與悲觀。他仍想回到教會的崗位上去。同時，爲了今後二人工作上的行動方便，也湏早日成婚。

這事，金土代爲向林祖慰說了。林祖慰也有離意。說：「從這次戰地的見識來說，戰場上要的是打仗的兵，不需要什麼服務。像咱們幾個，簡直去送死，沒意思。」他堅定的說：「我要幹下去，得幹得有意義，死，也死得不冤。」

就在這幾天，病魔越來越旺，這一位還在床上與卅九度的燒熱搏鬥，另一個又瀉起肚來。軍部卻召開了幹部會議，營長以上的幹部爲召集對象。各師特黨部的書記長自然是參加的幹部。這個戰地服務團的成立，在軍中擔當些什麼任務，完全是一種理想，到戰地調查戶口，組織茶水隊，擔架隊，主旨是從事戰地的軍民合作事宜。由民間男女青年組成的戰地服務團，派往戰場服務，這是首次，服務的成果如何？得向軍部作詳實報告。因而陳書記長帶了金土去。

按說，應帶林祖慰去，林是總幹事，服務團的領頭人，又是他帶隊到戰場去的。陳書記長認爲林的鄉音太重，講起話來不但指手畫腳，而且喜歡誇大，往往吹破了皮。遂帶金土去到會場上，作戰地服務的實情報告。

金土的長才，就是善於頭腦組織。由民間學生組成的服務團，不適於走上戰場，他只花了七八分鐘就說明白了。因爲戰場周遭的人民，除了有組織的游擊隊，有誰會等候在村莊上，來配合軍隊去上戰場打仗呢。就這樣，民間組成的戰地服務團，是不適宜步入軍中的，已成了這次會議中的一條結論。

在這次會議上，金土遇見了已升任中校營長的祁仙煒。他是這一軍的另一個師，也是這一戰役的主力攻守部隊，如今駐紮在諸暨北部的顛口鎮。當他知道魯金土如今是十六師戰地服務團的中尉團員，又知道這一戰地服務團已面臨解散的命運，遂要求金土去作他的營輔導員，階級是上尉或少校。金土當時不能表示可否？他不知道營輔導員作些什麼事？還有，在路上，陳書記長曾問他入了黨沒有？金土還不知回答，因爲他聽不懂這句話。陳書記長曾告訴他：「你入了黨，就可以留在黨部當幹事一職，還有缺。」從這裡，金土纔知道「入黨」就是加入中國國民黨員。遂使他想到前些年去當兵作幫寫，總是在名冊上，要寫上「中國國民黨陸軍××師××團……」等名稱。至於爲什麼要加入中國國民黨作了黨員，就可以補上「幹事」這個缺？他還弄不清楚。反正，他已知道就是戰地服務解散了，特別黨部也會留下他。

這時，他方始意識到他們的部隊番號是：「陸軍第十六師特別黨部」。

參加了這次會議回來，陳書記長就宣布戰地服務團即將改組，所以斯綸與陳宜男的請假離職批准了。其餘的人，像陳異、虞慕瑾、林祖慰，都是寧波人，尙有家可歸。他們卻不願走。林祖慰則叫著說：「我要下部隊，到戰場上衝鋒陷陣，纔算是報國。」魯金土卻一直在腦中廻旋著會議上，軍長說出的日軍此一軍事行動，目標祇是爲了掩護民眾到諸暨西部這一肥沃稻田搶收糧穀。

日軍祇動員了五千精銳，分十人一組，每一組一抬迫擊砲，三人操作，三挺機關槍，二人操作，一人指揮一組。陣後配置山砲十門，輜重五輛，飛機十架，兩架一組，每機掛五十磅炸彈兩枚，輪番進入戰地，三十分鐘起降一次，配合戰地作戰，目標是炸斷戰地後方輜重，以及配合山砲轟炸陣地。原擬三日日程，以應店街爲終點，達成搶糧任務，五千人原路撤回。

不想我第十集團軍，先後擁上三個軍的部隊，奮勇抵抗，造成日軍五千人嚴重傷亡，餘眾遂一怒衝入諸暨城，大事燒殺劫掠，再嘯嗷著由紹興的馬鞍海口入海遁去。

莫與碩軍長責我情報不靈，早知如此，只要他一軍人布陣，日軍這五千人也休想逃回一人。可是，三個軍還未能守住諸暨城不遭燒殺荼毒呢？

這個戰地服務團面臨解散或改組的命運，已成定局。一時人心惶惶，不知如何爲自己設想？除了斯綸與陳宜男兩人，已批准離開，關了餉就走。徐小鈴與張平夫婦二人，也決定到上饒三戰區長官部的演劇隊去。派到戰場去的六個人，已奉准各升一級，林祖慰與金土都是上尉階了。其餘四人也都升了中尉。九、十兩個月的薪餉，到了十一月十二日纔關下來。大家夥還是由梁湖到了諸暨之後，預借了半個月。斯綸與陳宜男領到薪餉，就回了金華。徐小鈴與張平原來也想在關餉後，就到上饒劇三隊去，被陳書記長留了下來。

「你們兩個別走，」陳書記說：「上次開會，只說明戰地服務團，不適宜派到戰場上去，其他的工作，軍中還是需要。所以軍部打算成立演劇隊。」又說：「據我看，長官部會批准。」

遂要求他們留下來，再等一段時候。說：「軍部又沒有要我們解散你們，薪餉不還是照常關放嗎！」

所以，這個戰地服務團，還是照原訂的常規在運作，練歌詠，排戲劇，與當地的戶政保甲，以及鎮鄉公所的聯繫，油印軍報到四衢張貼，各要道等處的抗戰標語，已被風雨吹蝕，斑駁破損，便分路提著紅土或鍋灰罐桶，去重寫或補填。節日，也在野地搭台演劇，給當地人民觀賞，輪流到各營的演出，也照常不變。活動得還是挺熱火挺正常的。

部隊在此接新兵，在此教戰守。富陽、蕭山、桐盧的日軍，也無蠢動的跡象。軍報刊出英國成立了遠東軍總部（轄馬來、緬甸、香港）。這些，對我們中國的長期抗戰來說，都是好消息。

在這麼一段安定日子中，金土沒有收到家信，更是沒有收到蘇州義母（王昭弟的母親）的信，不知她回到衢州沒有？在寗波、梁湖兩地寫去的信，沒有得到回信，到了牌頭寫去的信，也沒有回信，如石沈大海。寫信向衢州的朋友查問，回信說：「沒有回來，也沒有信。」不知是郵路上的問題，還是其他什麼原因？總是使金土懸掛在心上。

軍郵可以通滙兌，官兵都只要付郵資，不必付滙兌的手續費。金土遂滙了二十元到家中去。原想再滙二十元給蘇州的義母，卻又不敢，怕是收款人不在，被別人領去。但在心坎間，總是惦念著這位爲他而失去女兒的孤寡婦人。

在牌頭，陳書記長的妻子兒女，以及其他兩位幹部的妻子，都已接到駐地團聚。金土曾寫信給這位王媽媽，說是這裡很安定，希望她能到此團聚，每月四十元的薪餉，兩人的生活，是用不了的。這想法，金土是真心真意。惜乎信去無回音。

一月初頭，服務團的改組公文到了。軍部成立一個演劇隊，就名叫「八六演劇隊」，這服務團的人馬，全部歸併過去。這個隊是由金華「中心劇團」的部分人馬到來組成的。第一個戲已經訂出，準備排演蘇聯的「大雷雨」，企圖心極爲旺盛。戲劇由鮑昭壽執導，方大提擔任配樂。衢州的馬驌他們都招攬來了。

當然，這個服務團的人聽了，都很興奮。誰也沒有想到第一個不願到「八六演劇隊」去的人，就是金土。他表示自己的性格不適於從事戲劇工作，二來自己不是從戲劇學校出來的。正好，陳書記長也想留他。不巧的是，那個幹事缺，已由戰區長官部派來了，是一位初從戰幹三團分發出來的。可是，陳書記長還是把一分加入中國國民黨作黨員的入黨介紹表交給了金土。說：「入黨之後，保你擔任秘書。」秘書是中校編階，還懸著呢！現在的孫秘書還是幹事代理，他的階級也是上尉，他的名片卻印著「少校秘書」。在戰地，官兵都不准帶領章，穿著全一樣，三角皮帶也取銷了。各人只有左臂上的一方臂章，姓名，籍貫，職稱，全寫在臂章後面。作戰時要把自己的姓名、年齡、籍貫，以及職稱寫在符號上，釘縫在左上的衣袋中。陳書記長還說：「你那天在會議上報告時，軍長就寫下了你的名字，事後還問起我，打聽你有什麼特長？我已告訴他，說你的古書讀得好。可能軍長也想挖走你。不過，你得入黨。」

金土就是這樣加入了中國國民黨的。湊巧，在金土填妥了入黨的表格，軍報上就刊出了新四軍在皖南被繳械，又取銷了番號的新聞。新聞上說，共產黨的新四軍，不打日軍專打國軍。調他到蘇北，他抗命。就這樣纔繳了他們的槍械，取銷了番號不要他了。這時，金土想到那年，他只是在農民的遊行隊伍中，唱了一首「松花江上」，便被當作共產黨抓去，腳鐐手梏地關了幾個月的牢獄，虧了鍾斯牧師救他出來。否則老早就槍斃被扔到亂葬崗子上被狗啃了。那年，他纔十九歲。到今天，兩個腳脖子的疤痕，由於爛去了浮皮，還留有亮光光地一個圈兒呢！

「若不是隴海路上的那個車廂，掛到平漢路上去，」金土又回想到由徐州搭火車，隨同陳老師等人到西安，打算到延安去進抗戰大學，竟然錯開到漢口的那件事，「我豈不是加入了共產黨了？」想到這裡，不覺的悚然汗出。他又想到那句俗話：「天不轉地轉，人不轉路轉，」遂也使他想到人活在世上，往往在環境中打轉遊，他就是這樣在環境中折騰著的。

這個軍中戰地服務團，不適宜走上戰場去作什麼戰地服務，但軍中的兵士，卻也需要娛樂的調劑，如今，竟把師部的服務團撤銷，改設到軍部去，服務面太散，不易普遍了。

「我那天在軍部的會議上，報告的是戰場服務，」金土想想「應該把這個團的服務軍中的功能，也說說就不會被撤銷了。」

可是，事已定案，已無挽回餘地。斯綸與陳宜男已經走了，徐小鈴與張平也要離開到上饒長官部的演劇隊去。林祖慰叫喚著要下部隊，卻也沒有行動，還是跟著這一夥兒改編到軍部去。陳書記長已決定把金土留下來，想不到那個年紀最小的團員虞慕瑾，竟找到金土，嬌顏顫聲說：「我也不去。」問她是不是想回家？卻扭扭身子說：「不想回家」。竟然嬌慫著說：「我祇要跟著你。」金土當時答說：「沒有缺呀！」但卻願意報告書記長，問問能不能留下她。

「我不願意離開你，」這女孩竟然如此示愛著說。說過這句話，便丟下手上的一包東西，擦擦眼淚就走出門去。

虞慕瑾的這一行爲，金土並不覺得奇特。自從戰場上歸來，這女孩就時時挨近著他，也是有目共睹的呢！

在戰場的那些日子，她總是跟在金土身後，由金土的手拉住她。若是有另一人走在金土身後，她就會想辦法，擠掉那一個。六個人合蓋一床毯子，擠在一堆稻草上過夜，她總是要緊挨著金土。林祖慰與徐煥也有些發現，遂也處處方便他們。可是金土呢？自從失去了阿囡，心靈的創傷，尙未平復。儘管虞慕瑾的年齡也是十七歲，個頭兒雖像皮黃班中的李姐姐，眉眼則缺少李姐姐的那種機靈與風情。至於阿囡的那種身材纖巧，面色的粉潤皮膚的細膩，這女孩全沒有。尤其李姐姐與阿囡兩人的口齒，李姐姐像梆子戲的梆子、皮黃戲的小鼓，阿囡則如墻腳下的秋蟲低吟，標準的吳儂軟語。這女孩則是標準的寗波婆娘，嗟啦嗟啦的粗聲大氣。手上的女紅，可倒是細細緻緻，編織毛線等用物，會自創花樣。平時，手上總是拿著女人的針線活計。認真說來，金土對這女孩，從來也沒有動過心。

平常日子，金土也與其他的男士不同，從不與女團員打打鬧鬧，開開玩笑。但金土與妓家女小金寶的這段愛情故事，還牽涉到女教士盧姑姑，卻也未能瞞過這服務團的男男女女，當然，都是由陳宜男的口中流洩出來的。因而金土在服務團的幾個女孩子口中，給他啓了個外號：「假正經」。好在大家沒有成天掛在口唇邊，只是偶爾脫口說出：「哼！這個假正經」。

春節之前，這個服務團的男男女女，走的走了，編的編了。不但虞慕瑾未能留下來，連金土也無缺安插，特黨部的秘書缺，在服務團的男男女女，尙未到軍部報到，上饒的長官部就派了一位中校到來。在此之前，顛口鎮的祁營長，已有電話來，說是關於金土到他那裡擔任營輔導員的事，師部已經同意，只要把金土的臨時黨證號碼告知他，就可以報到。所以金土決定到五十五師去擔任祁營長的營輔導員。

就這樣，虞慕瑾也祇得隨同大家夥編到軍部的演劇隊。當她發現那件由她親織成的紅色上衣，已穿在金土身上，心情也就恬適下來。

由於祁仙煒的電話催促，金土沒有留在牌頭過陰曆年，便北上趕去顛口。鬧鬧嚷嚷的男男女女，突然之間散去，人嗎！怎能無離情的空虛感受，早一天到顛口去，總覺得那裡的祁仙煒，像個親人似的，遂如膠如漆地粘在金土的情誼上。

這裡，雖有共事數月的陳書記長等人的戀戀不捨之情，總覺得這裡的空虛感太大，遂決定到新環境去過年。

由牌頭到顛口，有一百多里，要先在諸暨城住一晚，第二天的路程還有八十里，一早動身，當天晚飯前可到。

雖已臘月天，溫度仍在五度上下，無雨無雪，氣候並不冷，北風吹面，微涼而已。本來，陳書記長要派一匹馬送行，還有新製的舖蓋以及一竹箱子書籍，兩件行李，馬上騎人，就不能再馱兩件行李。馬兵只能跟馬，不能讓他挑行李。反正由諸暨城到顛口，還有一大段，不好意思讓馬送到這麼遠。當地有黃包車，可行長途，遂僱了一輛黃包車，便一舉兩得。

經過諸暨城，見到劫後殘灰，原來的那條繁華大街，太半已是斷墻殘垣，大門上還殘存著日軍用粉筆寫的日本字，指示他們的人，應如何如何的交代文詞。已有人在廢墟上搭蓋簡單的蓬屋在作小生意。城中的人很少，可以說大半個城中的房屋都招了火，望去一片蒼涼，廢墟中已有青草萌生，若是三春，草可能過膝了。據說，火後一月，還有屍臭四溢。

諸暨城的這一劫，可是夠大的，整個城的精華，幾乎全毀。（南門外，若耶溪邊的西施娘娘廟，也被焚成殘垣。）

由諸暨城到顛口，是山路，幸好修有一條可通汽車的大道，雖是土泥石子舖成，倒也寬闊。在路上吃頓飯，天還沒有黃昏，就到了顛口。有一條頗長的街，四望都是山巒，要找的營部，在市街的最北端，一個小山丘的前方。臨近顛口鎮的後街，是一處獨立的樓房。進去見到了周營坿，說是營長剛剛騎馬去迎接，想不到你這早就到了。

這裡，自然一切都已安排好了，一到就有一位勤務兵，取下行囊搬到住房去。車是牌頭僱來的，留車伕在營中住一晚，不大會兒工夫，祁營長便被派去的人，騎馬去找回來了。這天是年二十八，離過年祇賸兩天。

本來，車伕收了錢，原想離去的。祁營長告訴他此處近來不安靜，距離敵人防線近，日本的便衣隊，不時在這一帶出沒，時常向我們駐軍偷襲。你拉著空車回程，不如載著客人有安全。也留他過一夜，明天白天再走。還會爲他尋個客人，拉到諸暨城去。年跟前了，更得小心。

當晚，祁仙煒把他們防地的環境，向金土敘述了一遍。說是此處雖非最前哨的對峙，卻比陣地對峙還得當心。每天二十四小時的崗哨，不可有絲毫疏忽，稍一不慎，就會送命，或活活的連人帶槍掠去。往往一個班的班哨，全部被暗殺。所以時常發生小型的戰鬥。近來已平靜，自從諸暨西戰場的五指山一戰，搬到此處，只發生了一次哨兵被傷，打死了敵軍一人，還活捉了一人。都是爲了錢，前來摸哨自己的中國人。又說，離此不遠的場口，就是一處人妖雜處的地方，煙、賭、嫖、酒，樣樣俱全。更是雙方交換情報的一個航站，雙方都在此作八仙過海似的各顯神通。

連、營、團三級，都設有輔導員，連營方面，大多是戰幹團分發出來的。主要的任務是輔助主管官，處理有關訓育上的事，扮演官兵的和事佬。平時駐防，除了軍事訓練方面的課程，國際現勢，抗戰必勝的策略，都由輔導員站到講台上講（或席地坐在草地上，站在大家夥面前演講）。類似英美軍中的神父、牧師，是最近纔設置的。祁仙煒由團埘接任這營長的職務，之前還沒有過輔導員。由於金土有中學教員的資歷，報上去就批准了。當然，金土也有了中國國民黨的臨時黨證。

金土初到的第一晚，始大致明白了他今後扮演的，是一個怎樣的腳色。當祁仙煒告訴他到此工作的腳步，一踏入這個駐地的門檻，就得懂得行動時的「密語」（機密語言），尤其是夜晚，出入更得使用密語。類似從前的「口令」，卻還要複雜些。

譬如夜間出去巡查崗哨，在三十步前，崗哨會以密語發問，巡查者得馬上以密語作答。否則，問者可以開槍格殺。晚上回營，也是如此，就是白日，來的人縱然身著軍服，崗衛不認識他，他又不先報密語，崗衛用密語問，也不能回答，也會開槍格殺。往往密語一日兩換三換。軍中之所以如此嚴格規定，就是爲了防備敵人的便衣隊或化裝成的國軍摸哨。

「今晚的密語是『金華』，」祁仙煒告訴金土，答語是『寗波』。必須牢牢記住。

第二天，祁營長帶著金土到團部去見團長，到了團部門口，崗衛老遠的拉拴上鏜，拖起槍來問：「東京」。祁營長馬上停步回答：「錯啦！」就聽到崗衛收槍立正的聲音。他們再往前走，進門時，兩個崗衛便行持槍禮。

又帶金土去查崗哨，都是距離三十步以外，就拖槍以密語打問號。若是答不出，或答非所問，雙方就開起戰來。

金土這纔知道，打仗的事，還有這樣的戰場啊！

「得寫信告訴林祖慰，」金土想：「他若真的想下部隊，應到這裡來。」

農年雖然到了，營裡除了晚上加菜，任何舉動都沒有。與前幾年，他在江西奉新軍中，過的那個農歷年大不同了。那時，還放假數日，幾個當官的都回到老婆孩子身邊去過年，他在營中，卻也見到大家夥在賭得臉紅，老百姓的爆竹聲，比諸暨西方戰場上的機關槍聲，還要響得密麻。這個年三十夜，顛口鎮的人家，除了大門上貼了門神，也貼了紅對聯，也插了燃著的香火，卻無有燃放爆竹的聲音。這裡是接近前線的戰地，禁止燃放爆竹。

天還沒黑，年夜飯就端上了桌。營部只有六個官員，營長、營坿、輔導員，階級是中校、少校、上尉，另外，書記官是少尉，還有一位司書、一位軍需官。這二人都是准尉。吃了晚飯，營長與營坿就分頭到各連、排查哨去了。

「這幾天，得特別當心，」走時祁營長這樣鄭重的說：「天陰得厲害，溫度升高。老百姓說今夜可能落雪。」又說：「若是下雪，更得當心。」

營長營坿走後，那位原是連部司務長升上來的劉軍需官說：「別怕！有事也是便衣隊搗亂，」這位劉軍需官似是對金土說的，一來他剛來，二來看到金土瘦骨伶仃，白白淨淨，像個十八九歲的大孩子。「按往常的經驗，閉上門兒，千萬別出去。越是聽見槍響，越不要慌。可得緊閉門，站到凳子上，端著槍放在窗口上，進來一個打一個。可不能出門。」

「你會不會使槍，」張書記官突然向金土提出了這一問題。

「我會。」金土尚未回答，站在旁邊的王泰山卻答了腔。「俺會手使雙槍。」

這位王泰山就是祁營長給魯金土選來的勤務兵，山東泰安人，三十多歲，個頭兒既高且壯，若以盆盆罐罐的大小號，來把他與金土來比，可以說王泰山是一號，金土是三號，要大上兩圈。這位王泰山有一米八幾，體重最少八十公斤上下。當了三年兵了。會使槍，是真的，會使雙槍，大概是吹牛。

「我也會使槍，」金土答。「三八步槍我還會拆會裝。」

「行。」王泰山伸出大姆指叫好。又說：「當輔導員使盒子炮，七六三自來得。連放起來駁、駁、駁。」

說著還用手指畫著，幾個人都被他這手式的表演逗笑。

「行，還是王泰山行，」劉軍需官學著山東腔說：「輔導員你放心吧！」

實則，王泰山是由連上剔出來的，留他在連上當戰鬥兵，怕出事。一到戰場，他會不聽號音，顧自向前衝。神經上有些問題。人卻忠厚老誠，又有蠻力氣，祁營長把他調到營部來，部隊一出發，他能挑重擔。金輔導員瘦弱，遂把王泰山派給了金土。

飯後，聊了不大會兒，便各自回房，天已飄雪花。彼此都知道今晚得小心，緊閉門戶。

營部住的是個在村頭上的獨家樓院，兩層樓，四邊都有房間，中有小小方型井院。背後有個一百多尺高的小山丘，有一排人駐紮丘上，有平房三間，也有掩體壕塹。這丘上的守軍，雖祇一排人，火力卻能網及顛口鎮的北圍據點。

再說這營部的樓院，無論樓上樓下，窗戶都有可以支槍向外射擊的依托。大門厚厚，兩大木槓作拴，迎門機槍彈穿不透。十個人也撞不開。祁營長住進來時，曾以「小城堡」來比喻這樓院。

巡查崗哨，營長與營坩分作兩路去作，也不是單獨一人行動，每次都率領一班人，子彈上鏜，雙手托槍，如臨大敵似的行進。行進時是一路縱隊，而且是前後三步間隔。回來時，已經十點多了。氣候已變，又是雨又是雪。到了第二天一早，地上積雪已半尺，屋上一片銀白。雨雪雖已停止，天還是陰霾的。

吃早飯時，祁營長說：「這正是摸營的天氣。」這話自是向輔導員金土說的。而且面向金土說：「就是白天，出門時也得拎著短槍，實彈上鏜，也不可以獨自個兒出去。別忘了帶著王泰山。」據說這顛口鎮的人口，在這農閒的日子，連往日的一半也沒有，移向外地去了。因爲距離敵人防線太近，隨時會發生小型的戰鬥，槍一響就無處躲。

年初一的這天晚飯過後，祁營長帶金土去巡哨，營坩留在營部，營部的六個官員，祇有營長、營坩輔導員三位，是屬於戰鬪體制上的帶兵官，到了戰場上，輔導員與營長、營坩都在最前線，一旦營長、營坍陣亡，輔導員就是指揮官。這話是他決定要到這裡作輔導員時，陳書記長告訴他的。

傍晚時分，鵝毛似的雪片又飄飛起來。吃過晚飯，去巡哨時，祁營長要金土帶著王泰山。出門時，王泰山掏出一副墨鏡，交給金土戴上，祁營長已把墨鏡戴上了。

雖是一個無星無月的初頭陰黑天氣，由於遍地是銀白的大雪鋪地，雪上的烏色事物，無不一目了然。他們十來個人，踩著地上的雪，發出噗嚓噗嚓的響聲。當他每次進入一個崗哨地區時，就有一聲響徹雲霄的「密語」問話，巡哨的人，總是停下腳步，用清亮的聲音回答。

每到一處崗哨，總是進入陣地，一一查看崗位上的兵士，有無怠惰或相聚賭博的情事。

當這一行人查到第五個崗哨時，那是一處有幾棵高大松栢，還有石人石馬的墳塋，還未進入打密語的區域，突然打從身後，響起嘭地一聲，一個綠色的球形物，便飛到頭上。

「臥下。」祁營長一聲口令，十幾人都就地臥倒了。緊跟著頭上的那個綠球，變成一個紅色燦爛的火團，亮得像一盞煤氣燈，照這一片如同白晝。只聽得ㄅㄧㄚˇㄅㄧㄚˇ兩聲，這個將要落地的火團被打散了，散成像四迸的火花。他們臥地的後方，機槍聲咯咯咯地連珠起來了。

「不要動，」祁營長又下第二道命令。「調頭朝南。」

大家聽命調頭，並且輕聲的重述這道命令。機槍仍在咯咯咯地響著。人人都聽得出機槍的響聲，來自身後那另一墳地，距離大概五十公尺最遠一百公尺的地方。他們要去巡查的這個崗哨，距離他們這陣地，估計還有五十公尺左右。這時，也無絲毫反應。但在這串咯咯咯的機槍響聲中，射出的槍彈，已不是帶著嘯鳴聲在身上平飛過去，卻是一彈彈射在地上，打得積雪飛起。又一個照明彈，射到頭上由綠變紅，火似的向下墜了。這時，突然聽到有人哎唷一聲，跟著就聽見王泰山大喊：「肏他祖宗十八代，打到俺輔導員啦！」便在那照明彈的火光映照下，看到王泰山竟然坐起身來，把手中槍端上肩胛，一槍一槍的對著機槍響出的方向，射擊起來。

「趴下，王泰山，」祁營長大聲命令著。

「通！」在一團火花迸出響聲中，那咯咯咯地機槍聲沈寂了下去。跟著又是「通」地一聲，爆炸出一團黑煙與火花。全炸在機槍響起的那一地處。

一時之間，槍聲炮聲全部靜止，祇有落下的那一團火，還有幾點微紅的光在忽明忽暗的閃爍著。

祁營長這十來個臥倒在雪地上的人，也沒有動靜，王泰山聽命趴下之後，沒有聲息，受了傷的輔導員，也沒有發出呻吟，霎那間聽到祁營長傳令：「留心摸哨。」……

約莫過了三分鐘，忽然聽到右邊有人在地面上的雪地裡喊：「洋子江東流水」一字字，唸得非常清楚，大家一聽，知道是自已人，祁營長馬上回答：「太平洋有船」。跟著，右邊臥在雪地上的人，便用手電筒打出了信號，祁營長手上的手電筒，也揚起來亮出了答號。

於是大家都站起來了。就是祁營長這些人要去巡查的這一崗哨的人。剛纔的兩發迫擊砲彈，就是他們擊出的。

就是這兩發砲彈，把摸哨敵人，炸退了的。

金土掛采了，血流滿地，白雪被染紅了一大片，人已不省人事。不知傷在何處？雖有脈膊跳動，人卻昏去，叫也沒有回應。另一位戰士槍彈射中了頭腦，當時即已斃命。還有另一位臂部受傷，從雪地上看，流血不多，還能扶著走動。

王泰山雖然在機槍聲中坐起身來，端槍射擊，正巧是第一發迫擊砲彈落地爆炸的時際，他竟絲毫未受損傷，只是他見到輔導員受了傷，頓起腳來哭著說：「都怪我沒有照顧到。」起先，他要把輔導員背到野戰醫院去。祁營長不肯，趕快跑到崗哨，用電話要來擔架還有救護車。暫時背到崗哨的小房，等候救護車到來。初步檢視了一下，傷在大腿與臀部，似乎腰間也有傷。血已止住，有血塊粘在棉衣上，都不敢揭。人已蘇醒，只是沒有氣力睜眼、更沒有氣力說話，在微微的呻吟。

王泰山跪在金土身旁，老是擦眼淚，擦又擦不乾。

約莫兩小時，野戰醫院的救護車纔來，擔架到崗哨的草房抬了去。王泰山一直跟著。等到檢查完後，知道傷勢，並不會致命，傷有兩處，一處彈由後臀部左方射入，大腿的臼胛骨有微傷，彈從大腿腋穿出，陰囊皮微破，另一處彈從腰處射入，前腰腹處穿出，未傷內臟，只是傷者體質羸弱，出血過多。若有外疾侵入，還是有生命危險的。上午，王泰山就跑回營部報告。

如今，除了敷藥療治傷處，還得注射塩水葡萄醣。

「輔導員已經認得我了，」王泰山說。「還沒有力氣說話。」

最難過的是祁營長，他認爲如果不是他拉魯金土到他營部來，他會隨同服務團編到軍部去。這一來，只到任三天，就遇上這一仗，捱了兩槍，傷得這麼重，不知道傷到神經沒有？萬一殘廢了，那我可就罪孽深重！

由於顛口屬於前線，不久，金土就轉到衢州集團軍的軍醫院去了。祁仙煒以營長的職權，派王泰山隨侍。

六　雪裏山河碧血紅

1. 病房中的這一幕

金土在戰地的醫院，經過一番醫務上的處理，包紮換衣完畢，又注射了強心針、消炎針，傷者仍未甦醒。醫生說：「這個人得馬上往後方送醫。出血太多，體質又弱，不是鹽水、葡萄醣的注射，可以補充上的。有未傷到神經？也得檢查：」遂決定一早就送往駐紮在諸暨城南的外陳野戰醫院去。由王泰山跟著。

一到了外陳的野戰醫院，金土就已經發燒。他的舌頭時時伸出舐口唇，可以看得見他的口唇乾焦。王泰山叫他，好像聽得見，總是有氣無力的睜眼看，不能張嘴說。隨車來的護士，一路上全心照顧著鹽水瓶子，查看針頭脫出沒有。還怕是在車上死去，記不出正確的死亡時間。傷口處，有沒有繼續出血，也時時查看。只是發了高燒，在路上忘了量。

諸暨軍方的同事，已從祁營長電話傳來的消息，得知金土在查哨時，遇到敵人摸哨，發生戰鬥受了傷，已送到外陳野戰醫院來了。金土住入病房，已是午後一時許。醫生尙未檢查完畢，陳書記長就到了。醫生不准訪客干擾，說是這個病人出血太多，身體既衰弱、又疲憊，又在發高燒，隨時有昏蹶醒不轉的情事產生。問了一番傷勢，便辭去了。

檢查兩處傷口，全無發炎現象，遂認爲燒熱從外感而來。在救護車上四個多小時的顛簸，風雪嚴寒，體溫不能抵禦，常會感冒發燒。若是轉成肺炎，那就無救。除了注射退燒針藥，也別無他法。

這所軍醫院，有一位方從美國回國的醫生，他就是諸暨人，姓蔣，出身康乃爾醫學院外科，特地申請回國投效抗日戰爭陣營，爲國服務的。他帶來了兩瓶美國製的血漿，不必認定血型，任誰需要，都可以輸用。當他遇見了金土這位失血太多的傷患，遂慷慨取出，輸到金土身上。

說起來，這兩瓶血漿，恰似天使從天上送來。金土輸入了這兩瓶血漿，已能睜眼識人，已能張口要食，燒熱退了。只是感到左腿骨酸痛，下地左腳無力。經過檢查，發現左腿傷處，縫口處牽涉到肌肉的紋路，以及神經系統上的問題。不是這家軍醫院的醫療設備，可以做得了的。近處，只有金華的福音醫院可以動此手術。

這醫院是基督教浸禮會創設的，由軍方去函，或可免費。

就在這段日子裡，編入軍部演劇隊的幾位戰地服務團團員，一大群七八個，浩浩蕩蕩地到醫院來看金土，林祖慰帶頭。這醫院的住所，本是一個祠堂，去年戰役中的傷患，早已處理完畢，如今住院的官兵，都是病患，還在大正月裡，此地的春酒年宴，極爲盛行。所以住院的不是吃壞了肚子的，就是在冷風中感冒了的。傷者，衹金土一人。由於他的身子骨弱，又是上尉級的長官，特別給了他一間小房，由勤務兵王泰山睡在擔架上作伴，跑進跑出的照顧著他的官長輔導員。當這浩浩蕩蕩的一群男男女女，咭咭喳喳，笑笑哈哈地到來，便被王泰山擋在門外。

「幹啥的？」王泰山站門口問：「來看俺輔導員是不是？」

林祖慰回答來的都是金輔導員的老同事。

「不行。」王泰山斬釘截鐵似的拒絕。說：「人太多啦！」又自言自語的說：「咭咭喳喳的，再加放大些聲說：「俺輔導員纔反蘇過來兩天，格得住你們這多人擁進去吵他！不行。」

林祖慰回頭看看大家，雙手反掌一攤，表示「怎麼辦？」

陳異走向前去，打著商量說：「我們兩個兩個進去，成吧？」

這時，隨著陳異走上前的虞慕瑾，已經哭了。抽搐得兩個肩膀一聳一聳的。

「成，」王泰山見此情形，遂答應下來。「兩個兩個，不准多。」將手一擺，陳異與虞慕瑾二人先進去了。

金土雖已醒轉，燒熱退了。體力還是微弱，雖能睜眼認人，卻無力說話。據醫生說，危險期已過，就怕感染外疾。這二人進入，虞慕瑾就一衝過去，已哭得唇顫舌僵，說不出話來，就向病床上撲去。王泰山一見此情，迅即伸手抓了回來，說：「你想幹啥？」聲音挺大。

這突發的情況，陳異愣在那裡，虞慕瑾昏倒在地。

林祖慰等人在門外見此情景，都忍不住一擁上前，王泰山趨至門口，伸出雙手攔住，他居然歇斯底里地哭了起來，小聲說：「俺輔導員還沒有大好，這個閨女家怎的想上他的床啊！」就在這時際，虞慕瑾已蘇醒，跪著膝行到病床邊，頭伏在病床沿上，小聲哭起來了。王泰山回頭一看，頓時愣在門口，林祖慰以手指示大家站在門外，向王泰山揚手打了個招呼，也進去了。王泰山依著門框，看看門裡，看看門外，時時去擦眼淚。門外的四個人，也清清楚楚地見到房內的三人，林祖慰與陳異站在病床前，彎著腰與病人在說話。虞慕瑾仍舊跪著，已抬起了頭，祇是望著，沒有說話。只這一小會兒，林祖慰與陳異，便拉著虞慕瑾走出病房。

「身子很虛弱，」林祖慰說。「只睜眼向我說了聲『謝謝！』就又合上了眼。」又說：「臉色慘白，顋上的肉都扁下去了。」

勸門外的這兩男兩女，不要再進去。改一天再來吧。遂一同離去。

林祖慰見到金土的這分情景，內心的感受是：「金土的命在旦夕」，他當著眾人，沒有敢說出來。

王泰山見到他們靜靜肅肅地離去，便自言自的說：「我告訴你們俺輔導員纔反蘇過來，不能吵他，偏要吵！什麼玩藝兒！我得報告醫官，」說著沒有進房，就向裡走去，一邊走還一邊罵著說：「我肏你十八代祖奶奶的，要是俺輔導員的病又加重了，不向軍長告一狀，俺就是他娘的婊子養的。」

2. 腿傷轉院動手術

又過了三天，金土已能背後加墊，坐起由王泰山一匙匙餵流汁，如米湯、豆漿、羊奶等，還不能下地，左腿一直在麻木中。能否復元，或從此殘廢？尙須到金華福音醫院開刀後，方知結果。內臟部分，已逐漸恢復功能，可以說脫離了危及生命的險境。

虞慕瑾與陳異這兩個女孩子，又來過一次。金土雖能言語，卻還有氣無力，只能背後墊枕頭仰身坐起，大小便還不能自理，全靠王泰山協助著便溺。所以這兩個女孩子來了，金土也只能投以微笑，作爲歡迎的表示。身上穿的已不是虞慕瑾手結的那件紅毛衣，是件黑的。實際上，金土的行李，隨同救護車運來，一直放在床下。換衣服時，都是王泰山料理，這裡還有女孩子愛上他的輔導員，他想都沒有想過。除了長官來到病房探視，其他的人，無論男女，他都討厭。尤其虞慕瑾這個女孩子，上次來，竟衝向病床，像個瘋子似的，幸好被他一手拉住，否則，真的會被她那一衝，撞上輔導員那可不得了。所以這次見到這個女孩子又來了，反而特別注意，一見到這兩個女孩子來，開口就說：「俺輔導員還不能下床，剛好一些，你們可不能多吵他。」這兩人點頭同意，纔放這兩人進房來。

這兩人見到金土雖已睜開了眼，仰起上身坐在床上，比上次好多了，卻還看得出病體虛弱，眼神倦怠，從眼角口角展現出的一絲微笑，也是一閃而逝。難怪林祖慰上次回去，就說：「金土的傷勢，已命在旦夕。」他的看法是：「金土的身體一向瘦弱，挨了兩槍，血一直在淌了兩個多小時，好在天冷結冰，血結了疤塊，把傷口縫貼上啦，要不然，早就一命哀哉了。還能打顛口送到外陳；熬一百多里。」

陳異與虞慕瑾第二次探看金土回來，走在路上說閒話。虞慕瑾就興奮地說：「金土已經漸漸好起來了。」可是陳異則說：「好起來也可能是個殘廢。」又說：「說是槍彈打從大腿胛邊穿出的，還有一槍打在腰上。」書記長聽醫生說：「就是傷愈了，人可能殘廢。」徐煥他們說：「還可能金土這一生不能成親。」

虞慕瑾聽到這裡就哭了，說：「我好喜歡他啊！」話還沒有說完，就停下腳步，雙手抓住陳異嗚咽起來。

「你們倆親蜜過沒有？」陳異問。

虞慕瑾搖搖頭。停止哭泣，擦擦眼淚說：「我就是喜歡他。」

「我告訴你，」陳異鄭重地說。她們就在路邊一個田埂上坐了下來，陳異繼續說：「我們女人的一生，都是靠男人的，若你嫁的是個殘廢，你有本領伺候他一生？養活他一輩子嗎？」

虞慕瑾聽了，不能回答了。祇有低下頭來沈思。

「若是真的殘廢到不能成家，」陳異又說，「那我們小娘兒家怎麼辦？總不能去作潘金蓮吧？」陳異的這幾句話，虞慕瑾算是聽進去了。

「命！」虞慕瑾說出了這個字，「就認命吧！」說著站了起來，拍拍屁股上的泥土，又說了一句：「等他好了來找我，再看命運吧。」

陳異認爲虞慕瑾的這個想法倒對，二人遂又說說笑笑回到劇隊。

話說金土在野戰醫院住了一個多月，病也好了，傷也愈了，只是左腿不能站立，必須脇下支拄拐棍，代替左腿著力，方能走路。身子骨已經健壯，比病前重三公斤。面龐也比病前圓些潤些，又恢復了二十歲前的那種俏男丰神。家中也來了信，收到了寄去的錢。蘇州的義母已有信來，在路上失竊，丟了金錢，到了上海無錢辦貨，祇有爲人幫傭。如今上海還算安定，東家待人很好。她只負責照顧一雙六歲大孿生姊妹的生活起居等等，比過去的日子，過得還要充實。金土只憾愧這次受傷，幾次輾轉送醫，縫在衣衫中的一些現金百數十元，業已失去蹤跡，轉手太多，受傷後的血衣，已經丟棄，自也無從追尋。好在二月以後的薪餉，還都月月關放，住在醫院，只扣伙食費。身上又存了一些錢，遂爲這位義母，匯了廾元去，略表心意。金子縫在枕頭裡，沒有失。

近些日子，金土雖不能下床行走，已能坐在床上閱讀書報。金華的《東南日報》上饒的《前線日報》，醫院裡能夠看到，軍部或各師部的油印戰報，這裡也有，大都是貼在閱報欄上，很少有散張。

縱有，也都是些破破碎碎的舊紙。有一天，金土突然在一張包著雜物的舊報紙上，見到這麼一段頗爲醒目的標題：「中日戰爭與歐戰關聯」，金土知道，德國的希特勒已在歐洲發動了侵略戰爭，先利用了英法兩國，簽訂了「慕尼黑協定」，出賣了捷克斯拉夫，促成希特勒的「綏靖政策」，引發了歐戰。吞併了奧地利與捷克斯拉夫，跟著又占領了波蘭，偪得英、法反過臉來向德國宣戰。這時的德國已與西方的意大利還有東方的日本訂立了反共產國際聯盟，他已在報上讀到過了。如今，又在這張一月份的舊報紙上，讀到了這麼一條消息，美國的總統羅斯福對外發表「歐戰與中日之戰關聯」的談話，推想美國也不會袖手旁觀。他把中日戰爭與歐洲戰爭，看成了是脈脈相連。金土遂吩咐王泰山去蒐集舊報紙給他看。這裡雖有兩份報紙，金華的《東南日報》、上饒的《前線日報》，都是每日出報，戰地的軍中，也能三兩天就收到一次，卻無人收藏，看過也就丟了。商家店舖倒喜歡，可以撕裁開來，作爲包裝紙用。好在軍部以及各師部的油印報，王泰山卻給金土去找來一大疊。因而金土又看到軍報刊出的一條羅斯福總統的「爐邊閒話」，他竟然向國際宣布今日的國際情勢，中、美、英三國的命運，有著相互間的密切關係，他們美國會替民主國家負荷起兵工廠的任務。還公開說：將以大批的軍事物資援助中國。

這些令人振奮的消息，使金土的健康，恢復得更快。體力雖然恢復了不少，飲食也逐漸恢復正常。只是受傷的那條左腿，還是酸痛不能下床站立，走動自是不可能了。必須到大醫院去診療，醫生說：「可能還得再動一次手術。」

這一帶，祇有金華的福音醫院，醫療設備以及醫生，最有口碑，只是軍中不可能撥給這筆醫藥費。這醫院是基督教浸禮會創辦的，金土是浸禮會的教友。衢州的鍾牧師接到祁仙煒營長的電話，知道金士受傷，夫婦二人曾到這裡看過金士。那時金士的情況還在奄奄一息昏迷中，夫婦二人只在病床前作了祈禱，便回去了。臨走時，留下一句話，病況如有變化，是好是壞，都希望能夠通知他。所以，當鍾牧師知道金士的傷勢，並沒有危及生命，已經心安。但聽說傷勢可能殘廢，他便商請金華福音醫院的骨科主治周大夫，到了外陳的軍醫院，作了初步的診斷，推想是腿上的肌肉組織，傷後的再生出了問題，必須經過詳細診察，始能決定。看情形，可能得動手術。能否復元，還不敢預言。但必須儘早治療，拖得愈久，愈不易處理。由諸暨到金華的火車，行程不過三小時，病人已能坐臥，支起拐棍，加上右腿也能行走，方便多了。就這樣在電話上，軍部便與集團軍總部聯繫好了，當天，便辦理轉院手續，這裡祇由王泰山跟從，隨著鍾牧師與金華福音醫院的骨科周大夫，一同到了金華福音醫院。

經過檢查，五日內就動了手術。半身麻醉，耗去了九十分鍾的時間，手術完成。雖然醫生宣布手術是成功的，但能否恢復到好人一樣的那麼活便，卻不敢預言，要看未來肌肉的新生組織，是否能夠正常？若不能正常，這條腿就不能走路了。

正在此時，杭州灣與富陽日軍，進侵紹興，緊跟著甯波、餘姚、慈谿、奉化、也相繼淪陷。我軍已撤退四明山區。八十六軍南移到龍游縣東地區。就在金華附近，林祖慰陪同陳書記長到醫院探視金士，除了告訴金士他們已移防龍游縣境，並告金士前線的現況，甯波、餘姚、紹興等處，都先後淪陷，上虞、諸暨也很難據守。有一個軍已撤入山區。又告訴金士說，虞慕瑾與陳異請假十天回家探親，正遇甯波當地被日軍侵入，家在上虞的陳異，在時局緊急中，帶著妹妹陳同珍回到了諸暨，趕上部隊移防。虞慕瑾就不知能否出得來了。

由於德國的希特勒發動了歐洲戰爭，希臘、南斯拉夫，已被德軍侵占，不但美國有了介入戰爭的趨勢，英國的遠東軍已在新加坡水域布置水雷。且又以一百萬英磅來救濟中國日本侵略戰爭中，喪失了家園的流亡難民。

英美兩國的政治與軍事動向，業已鮮明的表示，不會袖手旁觀。

這些國際的情況，都已證明了我國對日的長期抗戰，已不孤立。還有，汪精衛的偽政權，已奉日本軍閥的命令，要派漢奸王克敏、周佛海到重慶去乞和，已被拒絕。大家都說這是抗戰必勝的曙光。

儘管大家都有了這些興奮的想法，但對現實環境來說，卻也感受到我們的軍事火力，還是敵不上日本。寗波、紹興這一帶，已經陷落，若再南進，金華、蘭谿、衢州，也得撤退。預先擬訂的山地游擊戰略，可能就是未來三戰區的軍事處境。

金土的腿傷手術，已經成功的做完。作為一個民間的醫院，是不可能收容這麼一位尚須拄著拐棍，逐漸去復健的病人。何況，這個病人又是軍人身分，免費優待，只能短期，不能長遠。所以，金土必須轉送到江山陸軍第三傷兵休養院去。同時，原職必須依法開缺，到了休養院，一切薪給都屬休養院的傷員額內，改由傷兵休養院關放，等一切休養復元，再返任職部隊，休養院方面纔開缺。若是殘廢了，便援用傷殘處理的法令安置。也得另去一個安養之所，或傷殘返鄉。

總之，金土輔導員轉往江山傷兵休養院，王泰山是不能跟得去了。可是王泰山非要跟去，部隊開缺，他也不管。

「俺輔導員還離不開拐棍，要是摔了跤，那還得了。」他說：「我不當你們的這個兵，也得跟著輔導員，伺候他像好人一樣，能跑能跳。要不然，俺放不下這個心。」

金土也頗感為難。那裡是傷患休養院，不是醫院，未必有病房。休養的官兵，不可能上尉階的人，會有獨自的一間病房。可是，王泰山這個人，在目前金土的腿傷，還不能離開拐棍的日子，有這個人在身邊，還是很需要的，他卻不敢答應下來。金土知道事事應照規矩來。祁營長的駐地離此不遠，卻還沒有來過一次。聽說他們這一軍，將分散在龍游以西的宜平、遂昌、松陽這一帶的仙霞山區裡，準備未來日軍南進時的游擊戰略，他們在安排基地等事。遂告訴王泰山說：「你回營去問問營長看，是不是已經決定把我轉到傷兵休養院去？若是決定了，會不會派你再跟到休養院去，這裡的輔導員是不是開缺？」又說：「要是我的輔導員職位開缺，我就不能帶你去的。」可是王泰山則堅定地說：「俺可不管誰開缺誰不開缺，俺得跟著你走。」說著就用手指敲著床頭的拐杖說：「輔導員你還離不開拐棍，俺怎能不跟著？」

王泰山遵照他輔導員的指使，找到了營部，沒有見到營長，營坿告訴王泰山：「金土輔導員轉送江山傷兵休養院的公文，師部已經送出，等江山回函，纔能知道情況如何？」至於王泰山能否繼續跟著金輔導員到休養院去？營坿不能答覆。

王泰山回到醫院後的一星期間，祁營長就到醫院來了。說明轉院手續已經完成，五月十六日爲雙方薪餉銜接日期，這邊應關放的薪餉，軍需官已經算好，連同轉院公文，祁營長都已經帶來，親手交給了金土。還非常感慨地說：「萬想不到把你調到我的營裡來，剛到差就碰上這一仗，害你掛了彩，挨了兩槍，差點兒殘廢。……唔……」說著感傷得淚水濕了雙眸，擦擦眼淚，方說完這句話：「真對不起！一切怪我！」

「天有不測風雲，人有旦夕禍福。」金土說：「營長，那能怪得你！俗說《禍福命裡該》，我能一次次從槍林彈雨中保住了一條命在，應算得上天保佑祖宗有德了。」

彼此都相約今後再謀相聚的日子，那裡如不方便，就叫他回營。若方便留下他，這裡就開缺。還當著金土把三個月的一等兵薪餉拿了出來。

「營長，我不收你這筆錢，」王泰山拒絕收下。說：「我跟定了俺輔導員啦！俺的名字，跟俺輔導員同一天開缺。到了休養院，要是沒有俺的吃住，那也不打緊，俺有力氣養活自己。」說著還握拳翅起雙臂，顫乎顫乎膀子，「營長，你放心把俺開缺就結啦！」

王泰山這幾句話，把祁營長的臉都聽得笑開來了。

「開缺歸開缺，」祁營長說著把手上的餉包，又交給了王泰山，說：「這是你的餉包，我帶來了怎能不收。」

王泰山這纔說聲「謝謝營長」，收了下來。

「在七月一日以前，王泰山還可以回營，」祁營長向金土說：「你斟酌著看。」

就這樣，王泰山跟隨金土到了江山。

3. 紅十字標誌的生活

江山在衢州南方，江西玉山北方。由玉山再向西南，就是三戰區長官部的駐地。全在浙贛鐵路線上。這時的南昌，早已陷落，如今的浙贛路火車，祇由義烏、金華，經過上饒到達貴谿的鷹潭，再前面的一段，路軌已經拆除。

江山與衢州之間的距離，火車祇是一大站，不過半個多小時的行程，由江山到上饒，也不過是一個小時。這一帶的右前方，是懷玉山區，左方是仙霞山區，全是崇山峻嶺，若是有部隊住在裡面，占據了城市的日軍，必是眠難安枕，剿也難除的。

江山這個傷兵休養院，並不是特別爲傷兵休養院設計建築出來的，原是一所小學校的校舍，爲了避免日本飛機的轟炸，學生已到鄉間上課，遂由休養院使用。學校並不寬廣，四間店面大的房屋，也不過三排，其他還有東廂西廂數處，分由教職人員應用。後院是個空場子，原是學生活動的地方，休養院來後，在這個空場子上，搭了一座棚屋，原來的升旗台，移到了前院。這座棚屋也不過五六百平方公尺，內設各種娛樂玩物，如各種棋盤、棋子、書報、雜誌，還砌出了一個舞台，可以演戲，這地方名之爲「中山室」，這休養院的院長楊永明上校，出身保定軍校，五十多歲，老資格了。他喜歡平劇，遂成立了一個平劇社，就設在這中山室內，還經常彩排演出。平常日子，也經常在這裡敲敲打打，拉拉唱唱，又有吃食小店，設在其中，所以這裡，是這個休養院的官兵，最愛聚會之所。

但進這個休養院的官兵，分階編成隊，按校官、尉官、士兵，分成三隊，名之爲校官隊、尉官隊、士兵隊，隊再分中隊、區隊，各設隊長一人。每中隊下屬三個區隊，每一區隊十人，這個休養院，只能容納一百二十人。收容的對象，只有兩類，一是傷愈尚待復健，一是病後虛弱尚待復元，收容時間，以一年爲限，傷愈、病痊，隨時出院重返部隊，歸還原建制或升階另派新職。通常，由休養院重返部隊的官兵，都會升階，除了那些在休養期間犯了法的人，就得報戰區長官部視情況核定，繼續留養，還是資遣他去。或是轉送另一類休養院繼續休養。

中隊長是少校或中校，區隊長是上尉或中尉。院長是上校，副院長、輔導員只是中校。到了這休養院，一律是「傷員」、「病員」或「傷士」、「病士」來區別官兵，階級概不畫分，但薪餉則是按階級領支關放的。官兵都穿著同樣的軍服，縫上同樣都是沒有顏色框框的符號，內寫明是「陸軍第三傷兵休養院」除了寫有「病」、「傷」員、士，還有姓名。另外，還有一件灰藍布的單外氅，長袖、對襟、長過膝，襟上無釦，在襟的兩邊，釘有五排布條，可以相互結繫。最顯著的是，左胸處縫上一個紅布十字，橫、豎的紅損，有一寸半寬，十字的幅度，有半尺見方那麼大的地位。

這件外氅，士兵級的人物，最愛穿著。夏天，往往赤著上身，祇穿這一件出出入入，冬天，就罩在棉襖上面。走出去，那左胸上的紅十字，一看就知是從戰場上受了傷的傷兵。他們不但出外乘坐車船，不要買票，到商店購物，也特別優待，有的還不收錢。

在金土轉來時，正是院中傷病患人少的時期，金土被編入的一隊，雖是一間教室的通鋪，他這一中隊，連兩個區隊的人數都無有，他這一隊只有六人。他的傷勢還不能正常走動，脇下還離不開拐棍，他帶了一個勤務兵來，既有空鋪可睡，院方也無人排斥，王泰山也就在他輔導員的旁邊空鋪上，展開了他的舖蓋。每月只要繳伙食費五塊錢，多退少補。

休養院的中山室，不但有琴棋茶座，又有戲曲票房，也有書報圖書，可以借到房內閱讀。金土左脇下拄著拐棍，就能用左腳輕輕點地行走。每天早晚，都由王泰山扶著他，先在院內行走，兩三天後，就扶助他到院外走走。有時，也到中山室去看看報、喝喝茶。每逢周二、四、六以及星期日，設在中山室戲台上的票房，就金革齊響，絲竹和鳴，生、旦、淨、丑，各亮歌喉，已經對此道荒廢了三年的金土，一時聽來，也難抑技癢。尤其那位唱「三堂會審」的旦腳，聽來，真的像梅蘭芳的唱片似的。遂使他想到前兩年在衢州的時候，就聽到江山休養院有個平劇團，曾到衢州與空軍的神鷹劇團合作演出過。正巧那時他糾纏上小金寶溺水死亡的官司，就是不曾惹上這場意外的事件，也不會用心到這上面去。這一算，兩年過去了，快三年了。

這三年來，人生的境遇，變化多大呀！

小金寶淹死了！她媽媽回蘇州去了！盧姑姑病死了！我，從軍不過半年光景，竟成了傷兵，差點兒命也丟了！如今，腿還有一條不能踏步走路，能不能復元？還不知道。今後，玩戲這種事，勢必絕緣。於是，韻吟、韻玲這兩姊妹的那一段日子，又跑馬燈似的在心版上一閃閃地映現。

「要是這歌唱玉堂春的人，就是李姐姐，見到我這個樣子，會有怎樣的表情展露出在她的圓胖臉上呢？長大了的韻玲，還會是那種跳跳蹦蹦、瘋瘋譃譃的嗎？」

「甯波淪陷了，虞慕瑾還會出得來嗎？她那圓胖的臉，只有青春的健美，雖一雙圓團團地眼睛，及峰挺挺地雙乳，可與李姐比，那機靈靈地漾漾眼波，卻欠缺蕩人心魂的丰神。特別是一開口吐出的粗聲大氣，聽來令人皺眉。可是，金土卻也有著一分歉疚心情。他想：『要不是他冷落了她的真誠感情，或許不會淪陷在甯波吧？』」

金土在聽戲時，引發了他的思維，迴溯了一些生活境遇上的往事，遂閉起雙目，坐在凳子上，依著墻似睡非睡在沈思，外人看起來，好像在倦睡，實際上，他是在假借養神來沈思，來迴溯以往的難忘情事。那位伴隨著他的王泰山，寸步也不離。這時候，他站在近處正觀賞兩個下象棋的人，在車馬圍城緊張得兩人都在摒氣吞聲的節骨眼兒上，王泰山轉頭見到他的輔導員，頭仰在墻上睡覺，諕得他急忙轉身，一個剪步上前，雙手扶住金土的兩肩，蹙聲跌氣地說：「輔導員，我扶你到床上去睡，你在這裡打磕盹會摔跤的，那怎麼得了？」

金土正在沈思迴溯中，享受著心情的恬適，被王泰山趨前來，這麼一折騰，一切頓失。睜開眼來，看到王泰山，一句不快的言詞：「你幹啥！」剛剛流到唇邊，遂又伸出舌尖舐回去了。改變口氣說：「我不悃，在養神。」說過便又閉上了眼。

在急鼓繁弦中，從背後票房傳來「四郎探母」的快板對口，「賢公主你待我恩德不淺，我住南你住番千里姻緣。楊延輝有一日愁眉得展，永不忘賢公主你恩重如山。」王泰山一聽，遂自言自語的說：「噢！輔導員在聽戲呀！」說著便又去看下棋的去了。

下棋的先一盤已完，又在決第二戰了。王泰山還問：「誰贏啦？」

金土雖已閉下了眼睛，思緒卻已接不上了。那位唱楊延輝的老生，嗓子好，韻味也夠。金土雖不內行，他懂得聲韻學上的清濁，以及發音上的「五音」與「四呼」，還有歸韻等問題。自也聽來沁入心脾。但一想到爲了戲，牽連到妓家的小金寶，爲了他竟七湊八拼的溺水，送了一條命。興趣就頓時下墜到谷底，不想再坐在這裡聽下去了。遂拿起夾在雙膝間的拐棍，要站起身來回房了。

王泰山見到，忙不迭的走來，說：「輔導員不聽啦！」這時，生旦對口中的快板，正唱在勁頭上，可是金土不想聽下去了。

回到房裡，那麼大一間設有三十張舖位。雖祇餘下了十位不到，卻也全不在屋裡。時間還不到九點哩！他吩咐王泰山說：「你還是看你的棋去吧！我不出去，想寫封信回家。」

「不看啦！」王泰山說：「這倆人都不是高手，三下五除二就完了一盤，還有啥子看頭，睡覺嘍！」

話還沒有落音，他已仰八大乂地躺到床上。

「姜子牙坐車輦，文王拉縴，到後來保周朝，八百八年。」

王泰山仰八到床上，就扯大了嗓門唱起了山東梆子腔「渭水河訪賢」這幾句詞。反正偌大一間屋子，又沒有其他人。雖然吼得難聽，金土只有在心裡發笑，也不管他了。

王泰山爲他收集來的舊報紙，還沒有翻完呢？遂點上床頭邊的手提煤油燈，脫鞋上了床，背靠著床頭槓，又取來那一大疊舊報紙，作消閒的翻閱。在《東南日報》上，又讀到郁達夫與王映霞的家變新聞。那時期，他不是也糾纏在小金寶淹死的官司裡嗎？他之沒有登上大報的社會新聞，那是因爲他不是大人物，據說也有兩欄標題的消息呢。比起來，可是芝麻黃米，連個蠶豆也說不上。何況，郁達夫的家變，還牽涉到一個職務不小的官員。那時的魯金土沒有注意這些，但卻聽了不少傳言。

金土原想看個究竟，手上的舊報紙，殘缺不全。想湊也湊不齊，這裡又沒有圖書館，找資料到民眾教育館去。金華的《東南日報》上饒的《前線日報》，在中山室可以讀到當日報，報，都是貼在閱報欄上。沒有報夾子什麼的，傷兵多的日子，中山室像個茶館，嘈嘈嚷嚷。搭蓋這棚子，也是比照演戲的茶園那樣搭蓋的。住在這裡的傷患，都是短時期的，休養到一個階段，就得歸還建制，或另插新部隊，重上前線。起先，重上前線的出院官兵，地方上還舉行歡迎的形式，場面很熱烈。有不少老百姓送禮品。近幾年來，三戰區這一帶，像去年諸暨這場大戰的戰爭極少，這一戰的傷患，半年多來，業已結束，像金土這類的傷勢，還住在這家休養院，只有他一人，其他人等，殘的殘（殘的轉另一傷殘休養院），退的退，反營的返營，早都處理完了。如今，住院的傷患，還沒有院中的官兵數目多呢！因而一切設施，也都因陋就簡。

雖說，近年來的國際情勢，由於日本已與德、意兩國簽訂了軍事同盟，引發了英、美兩國的憂慮，已先後宣布援助中國，美國已批准第二批援華武器的軍事貸款，價在五千萬美元以上。羅斯福總統又發表第二次「爐邊談話」，公開表示，美國爲了不使東西方的侵略者狂飆下去，認爲美國更需要增加提供戰略工具的供應。浙東的日軍，勢必會繼續南侵，也是隨時可能發生的事件。日本飛機動輒數十架、上百架，大群大群的去轟炸重慶，企圖信迫中國政府接受和議。這些，都是報紙上最顯著的新聞。

金土的傷，雖已痊愈，但大腿上的前後兩個傷口，愈合之後，還陷下去兩大凹坑，之所以左腿還不能落地，像平常人一樣走路，正因爲這兩個坑牽扯到的肌肉，一走動就酸痛。醫生說，得經常走動，慢慢的會長滿來的，漸漸地會好起來，不多活動可不成。一旦那一處的肌肉長死板了，就會變成瘸子，甚而不能走路，一走就酸痛。

每天，一大早就由王泰山扶持著到院外去走動。

轉眼間，一個多月了，酸痛已好些，只是兩個傷口的凹坑，還沒有顯著的豐滿起來。鍾牧師夫婦已來探視過金土，還希望他能在下學期回到貞文中學去呢。

醫生又來作定時的病情檢查了。聽說受傷的左腿還有些麻木，腰間的傷口，雖無腿上的兩個傷口，那樣凹陷下去，變成了兩個坑，卻也是紫烏烏的兩個渦渦。

問他大小便的情況，都很正常。問他一旦有了性興的時候，會不會頓時勃起？這一問，金土的臉紅了，半晌半晌答不出話來。醫生翻了翻手上的病歷表，沒有紀錄這些。

「會不會？」醫生又問。

「好像會。」金土遲遲疑疑作答。

「犯過手淫嗎？」醫生再問。

金土點點頭，表示犯過。臉赤紅到脖子。

「好啦！晚上不妨試試，」醫生囑咐說，「要不然去嫖妓，試試看勃起的性能力怎樣。」

金土赤紅著臉，羞羞赧赧地不說話。

「這事很重要噢！」醫生以鄭重的態度說：「我不是跟你開玩笑。你的這傷勢，牽涉到神經部分，你得試試看。性能力如有問題，就得治療。」又加了一句說：「這是有關你的一生大事。」

醫生說了這些，就又轉到另一床位去了。

「輔導員！」王泰山把口唇近到金土耳邊說：「我帶你去，我知道地方。」又伸手擋著嘴，悄悄地：「打泡一元，乾淨的地方。差些的只要一百個銅子就來一次。」

金土閉起了眼睛，沒有回答，也沒有反感的表情。

王泰山見此情形，沒有再囉嗦，作了個鬼臉，轉步退去。他知道他的輔導員是個教書先生出身，那裡會去打泡？突然覺得他錯了。遂躺到床上，腦袋剛貼到枕頭，連鞋子也沒脫，不大會兒工夫，金土就聽到他的輕吁鼾聲。

「頭腦簡單的人是有福的，」金土想到這裡，便艷羨王泰山的能吃能睡，「今已六月初了。」金土想到祁營長給王泰山的留營限期是七月一日前，這月底就到期了。「如今，我的腿還不能扔下拐棍，有王泰山在身邊，確是方便多了。要留他下來，每月的薪餉，也養得活他。傷愈回營。也可以帶他回去。要決定留下王泰山，就得通知老祁了。」可是，金土又想：「萬一就這樣殘廢了呢？我能留王泰山侍候我一輩子嗎？」他還不清楚殘廢的人，醫院怎麼辦？「另有醫院可以養一輩子嗎？」他想是不可能的。仗打得恁麼久，日本人的空中飛機，地上大砲，又是如此的慘烈，殘廢的人，必定千千萬萬，養得起嗎？「我又能怎樣留下王泰山？」

王泰山的鼾聲，忽然嗚響起來。

金土側過臉去，見到王泰山還是那樣半敞著胸腹，鞋也沒脫的挺著。江南的初夏之夜，窗外吹到這敞棚中的清風，還有些微涼，金土也想睡了，怕的王泰山這樣睡下去會受涼，遂拿起床頭邊的拐棍，向王泰山腿上，輕輕戳了戳，戳醒了王泰山，說：「起來妥妥當當的睡，別著了涼。」

王泰山惺松地醒轉，清了清神志，打了個呵欠，說：「好，我去到廁所把尿壺給你拿來。」說著便出去了。

金土想睡了。他想到剛纔醫生的那番問話，心頭也有幾分憂慮，想想傷後這幾個月來，似乎不曾性起過。到如今還是傷處痛楚楚地，再想想也沒有過性起。剛纔在中山堂聽到有人唱「玉堂春」，勾起了往事的回憶，似乎有些兒性起，再想想卻又模糊了。在與小金寶談婚論嫁的那段親蜜日子裡，他犯過手淫，在傷兵招待所的那段日子，也犯過。自從受傷以後，更可以說在戰地服務團的那段日子，都沒有犯過，因爲那一段日子，又唱歌又演戲，師部、軍部又不時找他去寫寫抄抄，生活極爲忙碌。團裡的幾個女孩子，又沒有比得過小金寶的。軍醫院又沒有女護士，療傷的那段日子，成天都裸著下體，不穿褲子，便於洗傷口換藥棉等事。失血太多，奄奄一息了半個多月，要不是有那兩瓶美國血漿，小命兒早嗚呼哀哉！肉呀！骨呀！也早成了空氣中的微塵。

就這樣，金土想呀想的，他那話兒，已經萎縮得像個死豆蟲似的。他用手磨搓磨搓，也無一絲兒生意。

「醫生要我去嫖妓，考驗性能力，」他回味著醫生的話，又回味著王泰山的話，「打泡一元，乾淨的地方。」然而，他在福音醫院見過一位染患梅毒的病人，不但頭頭爛得濃血一團，大腿腋間也臟腫起來，爛得濃血一灘。也聽說過染上性病的後果，不但危及自己的生命，還會傳染給後代。要嫖妓，就去像小金寶那種高級的妓家。像小金寶那樣的妓家女，少有了啊！妓家女，還爲了她的童貞堅拒心愛男人的侵犯，「一次又一次，他都拒絕了我。」金土又想到這裡，「她要爲她心愛的男人留到洞房花燭夜！」想著想著，他忽然感覺到他的那話兒，挺起來了。他手握著，心情的快慰，遍及了全身細胞。忍不住又加上另一隻手，心情興奮地在心裡說：「感謝主！我不必去嫖妓了。」

這一夜，金土睡得非常恬適，他想到醫生爲他憂心的這件事，不會發生了。可是，今晨看到的報紙新聞，頭條竟是日寇的飛機，夜襲重慶，到校場口隧道中躲避警報的人，由於空氣流通不暢，竟窒息死亡三萬多人。

政府已下令澈查原因。想來，這一血債也應列在日本軍閥頭上。那多人如不是爲了逃避日本飛機的轟炸，他們怎麼會蜂擁到隧道中去？這樣的逃命人潮，可真的像潮水似的，誰也擋不住。若追究起隧道悶死這多人的責任，有關執政官員，可就是碰上了壞運氣。由於此一新聞，又勾起了金土在衢州城墻的防空洞中躲警報，與小金寶的那段親蜜情誼，遂又映現在心版上，激盪起腦海的波濤奔騰。

「數年了！」他想到日前讀李商隱詩，曾記下了幾句，遂拿起了筆記本，尋到記下的「春心莫供花爭發，一寸相思一寸灰」的句子，他又輕輕吟誦了兩遍。遂又想到人生最令人苦楚的事，莫過於生離死別，何況，小金寶阿囡的死，固然是她失足落水淹死的，那天卻是爲了一件要遷就他的國難婚禮，特地趕著去縫製了一件陰丹士林布的旗袍，忙著去取回試穿，方始遭遇了狂風大雨後的這件慘事。「我雖未殺伯仁，伯仁卻是爲我而死。」想到這裡，壓制不住的傷感，湧上眼眶的淚水，從他那微閉的雙目兩角，流了下來。

王泰山在等他去活動，看到輔導員在床上，報紙還在手中拿著，竟睡著了。每天，都是早飯過後，看完報紙就攙扶著輔導員，到外面走動走動。今天，輔導員看完報紙後，居然又瞌睡起來。心想可能是輔導員昨兒晚上沒有睡好，也就不敢吵他。他坐在床沿，在看另一張報紙，突然看到輔導員躺在床上的身子動了動，他便連忙站起，等候吩咐。卻發現輔導員的兩個眼角，流下了眼淚。纔知道輔導員沒有睡，在爲重慶的大隧道死了幾萬人在傷心呢！

「輔導員你哭啦！」王泰山驚詫地說。「人生有命，劫數難逃。哭個啥！走！該活動去啦！」

金土經王泰山這麼一嗜呼，反而不好意思起來。

「不是，我剛纔想打呵欠，」金土說：「怕呵出聲來，強忍住了。」

說著已坐起身來，揉揉眼，順勢擦去了眼角下的淚水。「走，咱們出去。」遂兩腳伸落下來，王泰山正準備幫他穿鞋，金土拒絕，說：「讓我自己試著穿，我覺乎著腿的酸痛好多了。」金土衹是左腿受傷，總是著地無力。試了一下，還是軟軟地不聽指揮，仍由王泰山的手給他穿好。

出外活動的時間，照醫生的吩咐，每天增長時間，累了就在路上尋個地方坐下休息一會兒，如今，活動的時間，需要兩小時以上。復健的情況，雖不能扔下拐棍，左腳已逐漸可以落地著力。大腿骨的前後肌肉，酸痛已減輕，傷處的兩個凹坑，也在滿起，一天天在縮小範圍，不是那凹下可以放進一個雞蛋了。證明有了進步。

有一天，王泰山又攙扶著他出去活動。江山縣城內的河流，有一條由通賢門通向水星橋的交叉小河，金土總是沿著這條河走，這裡是九蓮池。大多時候，走到文溪書院休息，再走回。這次，王泰山竟攙扶著他岔入一條小街，說：「輔導員，換條路走走。」金土沒有反對，遂任憑王泰山攙著，一跛一跛的走下去。突然，王泰山竟低下頭來，把嘴貼到金土耳邊說：「輔導員，這裡就有打泡的地方。」又小聲說：「去試試吧？」

金土一聽，心一跳，馬上就停下了腳步，赤紅著臉，說不出話來。

「前幾天，你又走了身子，」王泰山又說：「打手銃，可要不得，傷身子噢！」

「你胡說些什麼？」金土不高興的說。「回去。」

說著就轉身，王泰山一邊扶著他轉身，一邊自言自語的說：「我跟你洗衣服，看到內褲上有一塊。」

金土赤紅著臉，低著頭，一言不發。王泰山也不敢再言語。

一回到病房，同房的人 就告訴金土，說有人來看他。是衢州空軍總站的人，穿的是空軍制服。金土推想，可能是高揚帆他們，知道他受傷住院休養來了。還沒有說話，王泰山就說：「輔導員，我去問問去。」還沒有等到金土答腔，便轉身大踏步走出去了。他要借此機會，來舒展剛纔與輔導員之間的那一段言語上的結子。

同房的那位，告訴金土這句話，便出去了。

金土坐下之後，也許是心情的關係，覺乎著有點兒累，也許是今天走得多一些。王泰山扶他回來的這一段，心頭有些兒內疚！他自問自的想：「自從醫生那天要他試試性能力，可以去嫖妓。王泰山又告訴他說：「我知道地方。」又何嘗不想去試上一試？叫廾四歲了，還不曾真正品味到與女人正式交合的滋味呢！十年前的那一次，我太小了啊！一路上他都在想，「這時際，向他說這話的人，若不是王泰山，或者是祁仙煒、方大提、高揚帆，準會興興頭頭的跟他下水。偏偏的，今兒格向他說這話的人，是他身邊的勤務兵王泰山，這個臉可是抹不下來。」因而想到這樣裝著正經去搶白王泰山，未免心有愧怍！不好意思說出口來就是了。

俗話有言：「賭，父子不同桌，嫖，父子不同行。」這是倫常啊！金土認爲長官與部屬的尊卑，與父子是相等的。

金土正坐在床沿上歉疚的想著，王泰山領著高揚帆、趙舒，還有一位他不相識的人，身著灰綢長衫，西裝頭油光光地後梳，白胖型的臉龐，像位養尊處優人家的紈袴子弟。眉清目秀，略帶幾分脂粉氣。他們一進門見到金土，高揚帆就叫：「小魯！」

金土已挾拐棍脇下站起，非常高興的展開笑臉歡迎。

「三年多了，小魯你沒變，」高揚帆與趙舒走到近前，雙手搭在魯金土肩上說：「稍微胖了些，扮起來會更漂亮。」

「傷快好了吧？」趙舒也趨前發問，伸手握著致候。

「這是王伯儒先生，你們同行。」高揚帆爲金土介紹另一位。這位王先生竟伸出手指來與金土握手，一口的吳儂軟語，說：「魯先生你好，久仰大名。」連王泰山看到這人的女人行止，都在一旁皺眉。

大家坐下來，閒聊了一會子。當他們瞭解了金土的近況，遂要求金土在傷愈後，轉到他們空軍總站去。陸軍上尉可以改敘空軍少尉，每月薪餉連同津貼，可領到一百二十餘元。津貼隨同生活指數調整，月月都有增加。連同他身邊的勤務兵王泰山，都可以安插，守護飛機場的養場兵，有缺可補。薪餉也比陸軍高。

站在一旁的王泰山眉飛色舞，馬上插嘴說：「俺在八十六軍只幹到這個六月底。」金土馬上轉臉瞪了他一眼，纔止他沒有再說下去。

高揚帆告訴金土，如今的神鷹劇社強大起來了，不但有平劇團，還成立了話劇團。平劇團經常與江山休養院的平劇團聯合公演，下個月，就會到江山來演出。原以爲魯金土能夠參加唱「玉堂春，」不需要走多少身段，王伯儒唱「起解」，想不到來此一看，纔知道走路還不能丟下拐棍。剛纔在前面與院長閒談時，還不知道住在院裡的傷員，有一個唱旦腳的呢。把醫生找來一問，方知此人名叫金土，不叫魯金土，傷得不輕，中了兩槍，腰上的一槍，沒有傷及內臟，腿上的一槍，卻傷到了神經，由於第一次的手術馬虎，差點兒成了終生殘廢。如今倒恢復得很快，神蹟似的，受傷的那條腿，已能落地站立了。再快，也得半年以上，纔能恢復正常。也許走路還會有輕微的跛。

這情形，高揚帆與趙舒都聽到了。方纔說的那番話，雖不是客套，卻也是給予金土的一番安慰之詞。很想要他叫上台來一段清唱，金土說是三年多都沒有哼過，遂也未再勉強。

演出三天，地點在不時上演弋陽腔的正式戲院，頭一天是「空城計」帶「斬馬謖」，江山休養院的拿手劇目，在金土看來，像他小時候看到的京腔大戲一樣，與他在衢州神鷹劇社演出的情況，不能相提併論。第二天是「女起解」、「玉堂春」，他見過的那位王伯儒演「女起解」，一位長官部的票友張嘉佑演「玉堂春」，王伯儒的扮相很漂亮，好像李姐姐，胖胖的不像男人扮的。嗓音也很清亮，只是走動時不好看，呆呆板板的；老是低著頭，兩眼總是看地。那位唱「玉堂春」的蘇三，扮相雖然沒有前一個好看，也是胖胖的，聽起來，他的唱非常好聽，舉止、眉目，都活絡自然，他感到比他李姐還要好呢！第三天是「龍鳳呈祥」，兩個劇團合作的。那位演喬國老的最受歡迎，據說是跟馬連良學過的，名叫徐柏壽，演劉備的就是頭一天演諸葛亮的那位，有兩個孫尙香，趙舒演前頭的洞房一場，張嘉佑接演後頭的一直到完。高揚帆扮演最後的趙雲。孫權就是神鷹劇社的那位張老師，周瑜是神鷹劇社的朱正明。金土居然由王泰山陪著，去一連觀賞了三天。所以這些日子，金土又回溯著以往，不時的小聲哼唱起來。

這時，王泰山纔知道他的輔導員唱過小旦。「怪不得俺輔導員的行動有娘娘氣。」居然把會唱的一段梆子大戲「拷打紅娘」的一段兒，支離破碎的用他那破竹似的嗓子，嗲聲嗲氣的唱了起來：「在繡房俺領了那呼呀呼咦呀哈……小姐的嚴命嗡嗡……，到寺院，去探望那先生的病情。俺這裡下繡樓，咯登，咯登……咯咯登哼嚶……哼嚶……」惹得金土忍不住笑出聲來。

這病房，又添了兩個病號，聽到王泰山學著旦腳的假嗓，嗲聲嗲氣在正五正八的一字字在唱，忍不住喝采：「好！」

王泰山這纔有點兒不好意思似的停了下來。可正，他居然面衝向那位向他喝采的人，說：「俺輔導員可唱得好來，他是唱小旦的。」

「你胡說什麼？」金土衝他喝叱著。

正在這時，高揚帆、趙舒、王伯儒，還有徐柏壽、張嘉佑，以及那位唱諸葛亮的楊雲龍，浩浩蕩蕩地來了。三年前金土的那條新聞，他們大都風聞過。想不到這人竟因爲在戰場上掛了采，住到休養院來。都說這人的貌相長得好，又有一條好嗓子。遂在三天戲結束後，準備在此休息一天，明天到江郎山去旅遊。一方面來認識認識，一方面也想問問魯金土願不願去同遊江郎山。這地方，是江山的名勝之地。

大家見了面，彼此介紹了一番，看到金土還不能丟下雙拐，便意想到他不能去遊山玩水。雖然王泰山在一旁興奮的說：「可以去，有我，怕啥！」

看情形，大家推想金土在休養院最少還得半年以上，纔能像常人一樣。但卻邀約金土到中山室的後邊票房去吊嗓子。每星期二、四、六、晚間，星期日午後，都有聚會，希望金土常去相聚。從此，金土有時候，也去試著唱一段，嗓子不如以前清脆。遂也沒有引起大家重視。這樣，反而使金土在復健的這段日子，生活得平平靜靜，竟在床頭的小儿上，寫字，讀書，還試著向兩家新聞報投起稿來。他寫戰場的幾篇小品文，受到編者的垂青，一篇篇刊登了出來。月月還有稿費收入呢！

在閱報時，見到日本飛機幾乎天天在轟炸四川，尤其是重慶、成都，總是一批幾十架，有時一天飛去好幾批。過去，炸的是軍事目標，飛機場是第一對象。近來竟然連住宅區都落彈，動輒死傷百數，夜間也常有空襲。德國的希特勒與意大利的墨索里尼，竟與日本連起線來，歐洲也是戰雲釀出了暴風雨，又向蘇俄下戰表呢。「當真，這些狂人要統馭全世界？」金土又想到了戰國時代的相互吞併，「如今的世界，不正像我們當年的戰國時代一樣嗎？難道狂人都是秦始皇轉世嗎？」這些問題，金土想不通了。

近來，又得到一本剪貼的冊子，是王泰山在路邊拾來的，厚厚的一大冊，前一篇、後一篇，左一方，右一塊，貼得整整齊齊，有些句子，還有紅筆或墨筆，打上點、畫上圈。王泰山知道他輔導員喜歡唸書，他見到這一本冊子在地上，被風吹得一頁頁飛舞，颯颯作響，遂彎身撿來一看，推想輔導員喜歡，便拿回給了他的輔導員。

金土接到手上，用手一翻就看到其中一篇的文字，寫著：「生命的泥，委棄在地面上，不生喬本，只生野草，這是我的罪過。」下面一段又寫著：「野草，根本不深，花葉不美，然而吸取露，吸取水，吸取凍死人的血和肉，各各奪取他的生存。當生存時，還是將遭踐踏、將遭刪刈，直至於死亡而腐朽。」金土讀了，卻有另外的想法，他認爲作爲一個人的「生命之泥」，委棄在地面上，不是要爲了成爲喬木，可作棟樑，只生野草有什麼不好。「我，寗可作一片葉子呢！」就這樣，他寫了一篇以「葉」爲題的短文。

花朵沒有葉，顯不出美麗；枝幹沒有葉，顯不出英俊。

樹，全靠葉織成綠蔭，贏來夏日行人的贊美；大地上的綠，全賴葉舖成。

葉，從不表功，無論誰贊美花朵之美與枝幹高大，他都快樂的迎風歌舞，顯示一片忠心。

葉，真是一員可敬的鬥士。他，自出生那天起，就日夜擎著鋒銳的戈矛，負起尖兵的任務，為他的所依枝幹開闢疆域。不到死時，決不放棄自己的崗位。所以，每一片葉，都是一面象徵勝利的旗，飄飄蕩蕩招展在他占領的空域裡。

秋風起時，葉，用盡了筋脈中的最後一星血，纔離開他所忠心擁護的枝幹死去；跌落到地上，還要再獻上他的骨骼，作為明年新生代的養分。

葉，藐小的葉，偉大的作為；因為，他生活著，是為了貢獻，不是為了自肥。

金土在讀書的啓示下，寫成了這一篇「葉」的短文。

「文章是千錘百鍊出來的，」他記起松三爺有關寫文章的說話：「寫完一個句子，要反覆誦念，要知道，作文如同說話，萬不可囉嗦，要簡明扼要。仲尼先生有言：『辭，達而已。』最忌囉嗦個沒完，會成了王嬤嬤的裹腳布，又長又臭。」還說：「寫完的文章，要當作罪犯看待，不但要下獄關他幾天，還得提出來一審再審，一問再問。用辭造句，先要合乎義理，次要講求狀詞的準確，再則要求文句音節起伏有致，讀起來，柔者如高山流水，剛者如海上驚濤拍岸。無論韵文、散文，都是講求格律的。」

這本剪貼各報章雜誌的冊子，給金土帶來的，好像一個萬花筒，有他感受不完的奇景萬象。連一位年已七十二歲的老婦人，老頭子年七十五，居然懷孕生子的新聞，都剪貼在上。

正由於他傳授了老師松三爺對於寫文章的這些教條，使他在開始閱讀白話文作品時，總是覺得白話文的文辭不簡潔，而且累贅。譬如他在這本剪報冊上，又讀到一段「在我的後園，可以看見墻外有兩株樹，一株是棗樹，還有一株也是棗樹。」他就提筆爲之改成：「我的後園，可以一眼瞧見那兩棵棗樹。」還加了一句批語：「這樣寫，豈不簡潔？囉嗦！」可是有一天，他煩得不得了，坐也不是，睡也不是，讀也讀不進，連封信也寫不成。總是這也不是那也不是，煩得想一死了之。這纔突然想到了那篇寫他墻外有兩棵棗樹的句子，是愁煩人心情的感受。纔在一眼見到的兩棵樹，全是同樣的棗樹。當他再把文章重讀一遍，讀到接續寫下去的文句是：「這上面的夜的天空，奇怪而高，我生平沒有見過這樣的奇怪而高的天空。他彷彿要離開人間而去，使人們仰面不再看見。然而現在卻非常之藍，閃閃地眨著幾十個星星的眼，冷眼。……」再讀，感受又不同了。漸漸地知道這作者就是那位寫《阿Q正傳》的魯迅。從此就到處去搜羅魯迅的作品。惜乎王泰山只有初小程度，在這方面，除了去檢拾舊報等事，別的都幫不上大忙。

報上又刊出了日本首相近衛文磨，第三次重組新閣的消息，美國已在中國成立了軍事代表團，兩湖地區又在醞釀第二次的長沙會戰。日本的飛機還企圖轟炸重慶黃山的蔣委員長官邸。報上評論說：「日本軍閥侵略中國的戰爭，已黔驢技窮矣！」

天熱，出去散步的時間，總在早晚。由於近兩月來，讀與寫的興趣，越來越濃，竟致晚上睡得遲，早上起不來。點燈的煤油，不但貴，卻又不易買得到。臘燭越來越小，價貴又不經點。遂改用菜油燈草，放在盞子裡點亮兒。熱天，病號總是多些，金土與王泰山二人，雖將床位挪到墻角，又買四片竹篾編成的屏風，隔開了一個角落，生怕夜晚的燈光會妨礙別人睡覺，所以又在屏風上，加了一層布帘，連王泰山的舖位都舖在屏風外邊。就這樣，王泰山還是時時去干涉他夜晚在燈下看書，不准過了十二點。有時，王泰山睡著了，忘了去關照這一句：「輔導員，過了十二點了。」他往往在閱讀得不能放下書本，就會讀到或寫到一兩點，被王泰山走過屏風，粗聲大氣的責備：「輔導員，你又忘了睡啦！怪不得醫官說你近來進步太慢。難道你甘心做個瘸子？」

金土的腿，復健的情況，確實慢了些，都陽曆九月了，還丟不下拐棍。醫生說：「走得太少。」細究起來，倒也是，金土近兩月來，總是坐臥的時候多，活動的時候少。他，又迷到寫作上了。

天氣漸涼，王泰山天天督促著他輔導員早睡早起，每天定時出外活動兩次。雖然衢州的鍾牧師又來過一次，希望金土重回貞文中學，認為拄著拐棍，也不妨礙坐在講台上教書。金土不肯回去，他不想再步履那塊傷心地。這裡，有吃有住，還有醫護照顧，薪餉還月月關放。這裡的院長，不時找他處理隊上的事，應允到傷愈後，留在院中補入建制工作。不必再去教書了。儘管他對教書這工作，極有興趣，俗謂「教學相長」比在軍中要有獲益。可是，他也想到，照目前的情勢看來，金、衢這一帶的偏安，可能不會久遠。據說，三戰區長官部，已有向東方福建山區移轉的準備。何況，目前他還不能像好人一樣的行動。

黃昏到來的早了，下午這一次活動，往往走不到住處，天就黑烏下來。在路上，無論是空曠的草地，還是人家密集的街巷，螢火蟲總是成群結隊的一閃一爍地飛舞著，好像在尋找什麼？金土一邊跛著腳走著，一邊看著那多螢火蟲的晶晶光芒。他不但想到古人囊螢夜讀的故事，更使他想問那些螢火蟲，打著燈籠在找尋什麼？遂靈機一動，想到了一個句子：

螢火蟲呀！螢火蟲！你失去了什麼呢？

黃金、珠寶、美人、夢！值得你那麼忙碌地打著燈籠找尋。

他知道，螢火蟲是不會有答案的，他遂在吃了晚飯之後，想呀想地，想出這麼個答案：

我尋找的，既不是黃金、珠寶，也不是美人，更不是夢，是人間失落了的那個眞理。

此後，金土總在活動的時間，隨時在路上，去尋找寫作的題材。他隨身帶著一本簿子，帶一隻削得尖尖地鉛筆。

有所見，有所感，有所思，他都隨時記錄在簿子上。

王泰山猜得出他的輔導員在寫文章投稿，有時候，也自作聰明的在一路上，不是指東，就是指西，一會兒說這，一會兒說那，總想多方面幫助他的輔導員。

顯然的，又過了兩個月，金土的跛腿，有了進步，已能丟下拐棍，只要拄著一根手杖，就能行走了。有時，不需要王泰山去扶。

天逐漸寒冷，多走走，身上暖，對於人體的肌肉動靜血脈循環，較之熱天，更有助益。漸漸地，手杖也不需要了。王泰山卻還寸步不離的隨著，事實上，身邊也需要有一個人。

不過，自從能丟下拐棍行動，朋友也就多了起來。平劇團的幾位，如徐柏壽、楊雲龍，還有上饒長官部的張嘉佑，都不時來約他去吊嗓子，吃小館子。有一天，竟去了徐柏壽的公館去拜看徐大嫂。原以爲是徐府，到了以後，纔知道是一處妓家，這位徐大嫂只是包月同宿的妓小姐而已。看去有二十出頭，個子不矮，不胖也不瘦，圓臉、大眼，棕黑的皮膚，五官、四肢，都生得很勻稱。特別是一口牙齒，雪白整齊，一口蘇白，嗲聲嗲氣，聽起來，與她那身材相對，都不大能配合在一起似的。說來，這也許是金土喜愛小金寶難以忘懷的主觀。楊雲龍與張嘉佑也是熟客，一進門就笑語連篇。楊雲龍家有妻子，張嘉佑雖無妻小，也無徐柏壽這樣的小公館，卻有兩位妓家小姐作了他的入室弟子，他是這一帶的青衣名票，經常有這兩個女孩子，到門侍候。

這次到徐公館來，沒有帶王泰山，王泰山卻也會意，遂也落得身無罣記的去自尋其樂。金土的性格，雖然隨和，到了這種場合，在眾人之間，總是羞羞答答地，不敢有所暢其心懷來放肆自己。所以一到這裡，女主人徐大嫂剛見了面，就輕聲自語地說：「唱小旦的吧！」張嘉佑遂順口答說：「徐大嫂真是眼力好，真人面前還藏得住狐狸尾巴嗎！」遂代爲介紹說：「這是我妹子，當然是唱小旦的。」

到這裡來，除了吃吃喝喝，笑笑鬧鬧，免不了的還有拉拉唱唱，所以坐下不久，兩把琴師傅就來了。徐柏壽這三個人，都比金土大，說起來，也只大個三、五歲，還沒有年逾而立的人。當然，金土最小，也叫二十四了。只是他生了個娃娃臉，乍眼一看，最多看不到二十歲。近年來養傷，最顯著的是臉蛋子，不但豐滿圓實起來，也更加白淨起來。眉眼在他的羞澀性格下，那眼角眉梢上的脈脈波汶，越發使人感受到他是個女人隊中的人兒，不像是男人。

在兩把胡琴拉起，幾個人在這座小院落的廳堂裡，輪流吊嗓，你一段我一段的在唱，便招來了一些聽眾，全是這家妓院中的小姐們。其中就有一位是徐大嫂的妹子，十八歲，花名小鳳，（徐大嫂花名二鳳）院中人則慣稱之爲「小妹子」，身材是嬌小玲瓏型，面色雖不粉白，也是棕黑棕黑地，但卻生得一雙鵪鴿鳥似的眼睛，烏黑透亮，口唇小巧，配著棗子型的臉，梳了兩根髮辮，垂在兩耳下，隨著臉龐的轉動，飄左又飄右。說一口普通話，還有幾分京腔味兒。進門來時，徐柏壽與張嘉佑正吊「坐宮」的生旦對口。眼望見坐在旁邊的金土，就不時的轉過臉來，一次又一次的打量。徐大嫂過來，向金土介紹，是她妹妹小鳳，介紹金土是「金先生」。她竟站起身來，把嘴貼向姐姐耳邊說：「這人也是他們當兵的？」徐大嫂答話尚未出口，這裡的對唱已完。楊雲龍已在他們前面唱過，金土的「蘇三離了洪洞縣」，也唱過了。遂叫：「小妹子唱醉酒」。小鳳則嬌嗔地說：「我要聽這位先生唱。」說著已站起身來，向身旁的金土彎腰一鞠躬，伸手就去拉著金土的手，說：「還是你唱一段吧！」

金土便赤紅著臉，他正坐在椅子上被小鳳伸手拉了起來。那種羞人答答地樣子，徐柏壽這三個人都不曾見過金土這種女人氣的表情。

楊雲龍笑著與一旁的張嘉佑打了個照面，用笑意說出的話，似乎是這麼一句：「瞧這份兒勁頭兒！」

本來，要出門去的徐大嫂，也停步下來，她得聽妹子點的戲。

金土唱了四句「蘇三起解」的提監：「忽聽得喚蘇三魂飛魄散」，他只會「蘇三起解」到「玉堂春」這一齣戲。近來，又經過張嘉佑一一指點過。金土聰明，又懂得些竅門。所以這一次吊的這一段，比過去的成績，要好上多倍。行話說：「生怕西皮，且怕二黃。」可是，金土今天唱的這四句二黃，連張嘉佑聽著都打心深處喊好。想不到這人進步得恁快，真可以說是：「祖師爺賞飯吃。」認為這人若是繼續努力下去，一定出人頭地。就憑他這人的長相，也就生成是個旦腳的材料。行話說：「旦腳的好料子。」

他們的聚會，預定的在徐大嫂家吃飯，有時候，也由別人作東，浩浩蕩蕩到市街的飯館去吃。這晚，吃了飯之後，徐柏壽當然就住在這裡了。離去時，小鳳卻緊跟著金土，送到大門口，還戀戀不捨。從進門，伸手拉起了金土吊嗓子，就緊挨著金土不離，吃飯時，也坐在金土身旁照顧，聽說金土的腿在戰場上受了傷，起坐她都要去扶持，儘管金土推說：「不要不要，我已經好了。」她還是照樣慇懃著。因而大家都在說：「小妹子要換戶口了。」因為她現在已有包月的客人，說是一家油店的小開。點過紅燭後的第二檔子客人。這些日子，到江西買菜仔去啦。

王泰山提早吃了晚飯，就到了這裡等著接他輔導員。所以他們一出門，王泰山就站在門口向眾人行禮。金土的腿雖然不用拐棍，手中還拿著手杖，左腿還有點兒跛。因為他不敢用力。他們知道，金土身邊還有這麼一個勤務，從部隊帶來的。

一路上，兩個同伴楊雲龍與張嘉佑，一邊走一邊在言談上，老是開金土的玩笑，說：「成了，你這是長三對黑三紅四，下面得接紅頭十。一接紅頭十，天牌就接上啦！」另一位就叫好，說：「好牌！四六紅十，一路花開，三三三三，是個天數，這叫作：『天作之合』嗎。」說著，兩個人的手都搭到金土的肩膀頭上，兩人都喝了不少酒，出了門經過冷風一吹，張嘉佑的酒量差，突然彎身扭頭就吐。「我去喊黃包車吧！」王泰山機靈，說著便大步前行，不大會子工夫，兩輛黃包車便喊了來，四人坐上了車，各自回家。張是上饒來的客人，到院內住在徐柏壽的房內。

路上，王泰山就問他輔導員，懂不懂他兩位剛纔說的那一大串「牌九經」？金土說：「似懂非懂」。王泰山正要說下去，被金土阻止住。說：「不要在路上瞎嗆呼。」到了家，王泰山還是忍不住的，從自己的箱子中，取出了他的一副骨牌，攤到他輔導員的床上，來不及的，非說了不能睡覺。金土沒有拒絕，遂聽王泰山解說。

「這是長三，」王泰山把一張鑽有三個黑點，斜排在牌面上的牌說。又取出一張上鑽三個黑點的斜三，下鑽四個紅點的牌，說：「這是黑三紅四」，又擺出一張上鑽四個紅點，下鑽六個黑點的牌，說：「這是紅頭十」。再擺出兩張上鑽兩行六點，都是左邊上三紅、後三黑，右邊上三黑、後三紅，共十二點。說：「這兩張是天牌。」又指著床上排一長行的四張牌說：「紅七牌上的三點，與長三同形色，可以接上。紅十上的紅四點，與紅七的四紅點，同色同形，可以接上。紅十下的六黑點，天牌上的六點，同形，也可以接上。由三點接到天牌十二點，『十二』是天數，所以這牌可以稱爲『天作之合』。」王泰山說到這兒，金土雖然懂得了接牌的道理，卻不懂得何以開牌擺出「長三」？遂問：

「爲什麼開牌擺出長三？不能擺出別的牌嗎？」

這一問，王泰山卻笑了。說：「輔導員哪！你去的那個地方，是長三堂子，那裡的女人，都是妓姑娘。」遂又加重語氣說：「不用長三開牌，還能用別的啥子牌？」

金土這纔明白過來。他心裡已經喜歡上這小鳳，因爲這女孩頗有一些地方像死去的小金寶呢？只是皮膚不白皙，臉型稍長些，說起蘇白來，柔韵的語氣，倒是挺像的呢！

這一夜，金土睡得極爲恬適。他聽到近來有人說到的一句話：「單嫖雙賭。」意思是：去嫖，應該獨來獨往，去賭，就得有伴纔成。今後，若要再去這地方，連王泰山都得瞞著。如今，行動已不須人照顧了。

可是，這地方是徐柏壽的窩兒，這姑娘是徐「大嫂」的妹子。去，還是瞞不了人的啊！第二天，卻在警報笛聲中醒來。好久沒響警報了呢。

警報響時，還不到七點。大家都在驚詫著說：「日本飛機怎的恁麼早就飛出來了。真是發瘋了啊！」金土已在報上讀到日本首相又換了東條英機，在就職談話中，抨擊英美兩國介入中國戰爭。過去，警報發生時，全院的傷患，都躲在院內的防空洞中。如今能走動了，大家都習慣的逃到四圍的城墻下防空壕躲避。只要一走入城墻下的防空洞壕，就禁不住要溯思那件往事。「難道，歷史還會重演，這小鳳是否也會逃到這裡來呢？當真上帝非要我娶個妓家女不可嗎？小鳳可是有了戶頭的啊！」

在警報解除，大家紛紛走回家的路上，就聽到有人耳語傳說，日本飛機昨天轟炸美國珍珠港。回到院裡，已證實這傳說是正確的，廣播電台已經播出了。等到報紙到來，不但是頭版頭條新聞，還寫上日本飛機在轟炸的瘋狂情形。都在耽心著，浙江的偏安局面，可能不久長了。

緊跟著，日本進攻泰國，泰國不戰而降。於是，馬來亞、菲律濱，相繼淪陷在日軍槍礮之下。香港、澳門，也隨之被日軍占領。

然而，美國志願軍在雲南昆明成立的「飛虎航空隊」，由陳納德上校率領，已升空與日本飛機作戰，首次交鋒就擊落日本飛機四架。陳納德上校誇口說：「日本空軍即將失去中國領空的制空權。」同時，中、美軍事將領，已來我國與蔣委員長在重慶舉行「遠東聯合軍事行動」的計畫會議。可是，日本在我們長江兩岸以及平漢路線上的部隊，已在準備第三次進攻長沙的軍事行動。

在歐洲方面，希特勒的侵略蘇俄部隊，已經抵禦不了嚴寒，開始退卻。都說希特勒居然吃了敗仗，還能再瘋下去嗎？可是，日軍在亞洲，卻還在強勢中活動著。

轉瞬間，農年到了，浙江的情況，還是一年前的老樣子，浙贛路的火車，仍可由諸暨起站。日本第三次進犯長沙，又吃了敗仗。日本的東條首相發表演說，仍強調「東亞共榮圈」的老調，說是「不達到此一目的，決不言停戰。」比近衛時代的口氣，已大不同。不過，英美早向日本宣戰，我國的遠征軍已派由戴安瀾將軍率領，進入緬甸，已與英軍並肩與日軍作戰。當金土在報上讀到了這些消息，忍不住的打心深處吐出了這句古語：「德不孤，必有鄰。」中國的抗戰，已不是兩國之間的爭伐，已是千夫之指，眾目之怒了。

這個春節，金土與王泰山，還有上饒的張嘉佑，都被徐柏壽約到了他的那個「溫柔鄉」中去共樂。約定是「守歲」，可是金土不賭，又不慣於熬夜。偏巧小鳳又空房「待字閨中」，遂在眾人的賭興正濃中，悄悄帶回房去。就這樣極自然的，金土成了徐柏壽的「連襟」。

當王泰山發現他的輔導員已不在這房中，也沒有在賭桌上見到小鳳，就知道他的輔導員下了水。又在一手牌得了兩對A斯與梅花十，贏了三家三輪加資的錢，翻出底牌A斯時，竟大吼地喊著說：「雙對，兩連襟。倆A斯是徐副官一對兒，倆梅花十是俺輔導員與小鳳姑娘一對兒。」一邊摟錢一邊興奮地說：「成雙成對給了俺好運。」經王泰山這一么呼，大家方始注意到這兩人本來在那裡用手拍板唱戲，啥時候溜了呢。這裡的女人家，除了徐大嫂，另外還有兩位「待字閨中」的姑娘。乍聽到這話，頗有幾分吃味兒，其中一個說：「不成，明天小妹子得補一桌。還沒報喜呢？就入了洞房啦！」這一說，徐大嫂竟不好意思起來，說：「他們兩個換個地方說話，怕吵大家。」

正說著，金土與小鳳進屋來了。他們確是作了一次饞貓兒偷嘴的事兒。小鳳懂得，她們妓家的姑娘，是不准偷的。竟這樣裝作沒事兒的人，大模大樣的走進來。由於這房中的火盆燃得太旺，金土一進房就打了一個嚏涕，反而把他眉眼間掩飾不了的秘密，給打散開去。

「你們倆到那裡去親熱去啦？」是小鳳的一個姊妹淘姑娘說話。

「帶金先生去抄戲詞兒，」小鳳說。「我要學會這幾句。在你們這兒嘀咕，怕的破壞了你們的財氣。」

小鳳的這幾句，居然瞞過了這裡的幾位剛纔懷疑到的那些。

過了年初五，金土忍不住本能（應說是自然）的驅使，假借向徐柏壽拜年，又到了徐大嫂那裡。徐柏壽不在，這裡又不是徐柏壽的家，在這年節裡，徐柏壽還有其他的玩樂與酬應，他祇在此住了兩天，便隨同張嘉佑到上饒去玩去了。徐大嫂見到金土來，就把小鳳叫了來，支應了一句話，便出門去了。金土遂意意思思地從衣袋中，掏出了一個小紙包，是一隻兩錢重的金戒指，交給了小鳳，說：「我送你一樣東西。」小鳳接過一看，見是一隻金戒指，馬上就退還給金土，說：「幹麼？還債！」又說：「那天是我要你，不是你要我。想到你那副慌張的樣子，使我又好氣又好笑。恁麼大人啦！還沒辦過這種事。」說著伸出食指向金土額上一點，改用蘇白說：「儂啊！土罐子一個。」小鳳的這番話，弄得金土接過那個戒指，不知如何說如何做？小鳳又用手一推，說：「收回去，積起來給我贖身。」這話一說，金土聽懂了，遂接著說：「我存錢不多，幾百元。」說著遲疑了一下，又說：「跟徐大哥一樣，我也論月。」小鳳一聽這話，忍不住噗嗤一聲，笑了起來。說：「我說你是個土罐子，一點也不錯。像你這種土財主的敗家子，到了我們這裡，一個個都像燈蛾子見了燈火似的，連命都不要了，就向燈火上衝，不死，也燒焦了翅膀。像你們這種人物，是我們姨媽眼中的恩客。」又說：「像我，月銀兩百大洋，攪費起來，一個月加倍也不夠。光是我們院中的老老少少，做生兒的禮，你都應付不了。你的傷單撫卹金，全部送進來，也未必夠一個月的攪費。我啊！」又說：「還要湊空子去賺外快呢！」

當徐大嫂再進門來時，小鳳已咭咭噥噥說了這一大串。金土一聽，深深感激他又認識了一位紅粉知己。最後，小鳳為金土訂了一個可以經常到院中來，不丟盤子錢的辦法，每逢一這天上午，一早到院中來，坐處就是徐大嫂這裡。名義是教姊妹淘唸書寫字兼帶說戲。早上，大多數人都起得晚，說：「早半日，院中的耳目少。」遂又打趣地向金土說：「你，就是我要賺的外快。」遂又說：「這事，我們可不能瞞著我姐姐，可得瞞著我姐夫。」

從此，金土便官冕堂皇的作了這家妓院的先生。

王泰山聽他輔導員告訴他說，每逢一這天（初一、十一、廿一）上午，要到江山樓去教書，近來，腿的行動已不再用手杖，幾乎像常人一樣，只是看去還有那麼一丁點兒跛。他推想到他的輔導員，跟院中的那個小鳳，已經串聯上了。雖不要他跟著去，話他還是要說：「輔導員，玩女人可不能迷。俗話說得對，在外面玩女人，要知道『婊子無情』這句話。你可不能連盧姑姑的那幾兩金子也玩到洞裡去。」說著說著王泰山哭了。又泣呼呼地說：「你挨了日本鬼子這兩槍，差點兒殘廢！可不能把這筆血肉錢也塞到女人窟裡去。」說著說著王泰山又說了粗話，說：「輔導員，這種事兒，你得向俺學，俺他娘的花錢肏屄，是拔吊無情。完了事兒，提起褲子勒好褲帶，轉身出門，揚常而去。從此誰也不理誰。要當作上茅廁，別當作劉、阮上天台，世上沒那把種事兒。」

王泰山似乎還要再說下去，金土就止住了他的話頭。

「王泰山，你的好心好意我知道，」金土笑吟吟地說：「你放心，我不會掉到這個海裡去的，妓家女也是女人。我可沒有被迷。你放心，我不會像王三公子那樣。因爲我不是王三公子。」

王泰山知道，他輔導員的金子，還沒有動，傷殘撫卹金還沒有發下來。就在金土出入妓家的這段日子裡，日本的軍事行動，已擴大到整個亞洲，印度也幾乎全部領土被占，日本的東條首相，揚言勢必能完成亞洲的軍事統馭戰略。美國已派遣史迪威少將到重慶，就任中國戰區總司令蔣委員長的參謀長。我們又派遣一個遠征軍由孫立人率領，進入緬甸與英軍攜手作戰。都以爲日軍的戰略，已從中國戰場，移向南洋，採取大包圍的形勢，迫使中國處於封鎖之下，所以，中國戰場的軍事情況，都是些點點線線的小衝突，浙贛路這一帶，這幾年來，一直處於一種偏安的局面，商業的繁榮，一天天在飛躍著。若不是還有警報，還有日本飛機前來騷擾，此間幾已聞不出戰時的氣味。

天氣漸暖，盛開的油菜花，已遍地金黃。早稻禾苗，已在水田中青青飄展。日腳已在晝間伸長，六點時，太陽已落，餘光還在黃昏中沒有散去，紅霞抹滿了西天，還有團團灰雲，奔馬似的在天上擁騰，偶有毛毛細雨飛落下來。金土這天，剛從楊院長的辦公室出來，因爲他的傷患已痊癒，照章應重回部隊，養傷的時間，前已奉准延到六月底，到時如不回部隊，休養院就不發薪餉了。如今已是四月過半，楊院長想留金土在院中服務，找他商量這件事。金土則希望能回到本行，去作教書先生，但不想再回衢州貞文中學。就在他離開院長的辦公室，剛走出門，就聽到警報響了，響後，跟著就是緊急警報。匆忙間，楊院長等人，也出來了。由於警報大家業已習慣，雖已連著就是緊急警報，人們也不像早幾年那麼驚慌。所以楊院長出來後，幾個人便站在外面聊天。約有十幾廾分鐘，沒有轟炸聲，也沒有飛機的馬達聲。大家遂說聲「沒有事」，便散去，各回各已住處。

當夜色烏暗的時候，毛毛雨已經變成小雨，黑雲已布滿天空，這時，有了飛機的馬達聲音，嗚啦嗚啦地從頭上的雲中飛過，聽得出飛得不高。隔不了多大會兒，響聲又在頭上的雲中飛過。人們都就近躲在院中墻角間的防空洞壕裡。飛了兩三次，聲音便消失了。奇怪的很，雖然飛得恁麼低，卻沒有聽到炸彈的爆炸聲。江山近處有兩處有飛機場，南是江西轄的玉山，北是衢州，日本飛機飛來，大多時候是轟炸這兩處的飛機場。今天卻沒有炸彈的轟響聲。一個多小時過後，警報便解除了。

大家也像已往一樣，又躲了一次警報，心情並無二樣。不想第二天醒來，纔知道昨晚的警報，是美國的飛機轟炸日本本土，準備飛到衢州機場落地的，事先，信號沒有聯繫好，機場沒有開燈，落不下地。昨晚飛到頭上的這兩架，已跳傘降落在這縣城山區。跟著消息越來越多。原來，美國的B25中型轟炸機十六架，由黃蜂號航空母艦送到太平洋的日本海域，再起飛去轟炸東京。他們原來奉命在轟炸完畢後，飛到中國的浙江衢州以及江西玉山等機場降落，卻由於他們的兵艦航行，快速了六小時到達日本海，也就是他們應起飛的經緯度，爲了怕機密洩露，不得不起飛去執行任務。任務完畢，照原訂目標飛向中國，機隊已散，只有各個自求多福。還有飛到蘇俄領土的，也有降落在日軍占領區被俘的，也有下落不明的。好在大多都因油盡，跳傘降落在浙江地區。十六架飛機共八十人（每架五人），到達浙江衢州集合的，有五十餘人。跳傘降落，不幸受傷的有七人，也都獲救。只死了一人。

就在這些轟炸日本本土的飛行員，先後一批批從各地被我們的鄉民一一救起，護送到衢州，附近縣市的人們還組織了慰勞隊，攜帶了土產去慰勞這些異國的飛將軍，冒險犯難的完成了轟炸日本本土的英雄行爲。江山休養院的楊院長等人，都去過。徐柏壽邀約過金土，金土沒有去。他不願再踏上那塊使他傷心過的土地。

這些位轟炸日本本土的美國空軍英雄，還沒有送走，浙江的戰火，便從富春江燃燒起了。蕭山的日軍開始南竄，後援的軍力竟達五個兵團，分由寗波、奉化、上虞、紹興、蕭山，循著浙贛路南下，不幾日，諸暨再度陷落，跟著是嵊縣、東陽、義烏、武義，以及桐廬、建德、浦江等地，相繼淪陷。南昌方面的日軍，也在集結兵力北侵，企圖掌握全部浙贛鐵路這一條線。溫州方面的海上日軍，也在集結兵力去侵占永康、麗水等地。看情勢，三戰區的山區游擊戰略，就得付諸實行了。

戰事如同風雲，一旦颱起，暴雨勢必驟降。浙東的戰爭形勢，就是這樣的迅捷，數日之間，大小諸邑，相繼陷降。一般平民也知道，日軍的此一軍事行動，已不是以往的渡江騷擾，或搶穫米穀，這次是決心要占有這條浙贛路。連人民都在屏當衣物細軟，向山區尋地以求自保。聽說第十集團軍總部，將撤向松陽、遂昌，戰區長官部撤向福建沙縣、三元等地。前頭部隊已經出發。當地的人民，真可以說是如同翻了底的池塘，大小魚類都浮游到水面上來，一個個都張開大嘴呼吸，亂衝亂撞，不知安處在那裡？

休養院已公布了處理的原則，凡是傷患的情況，已能行動者，可以自願還建制，即日返回部隊。否則，領得五月份薪餉後，自己設法向福建沙縣、三元兩處撤退，到該兩地後，再去問尋休養院的院址去報到。正好，金土是這一類。王泰山獲知此情，遂說：「輔導員！別擔心！我去弄輛小車子推著，輔導員你要是走累啦，就坐上去。你的書什麼的，都可以推著。」王泰山的這主意，金土當然沒有反對，可是，金土卻還想著小鳳，是否也能一道兒呢？雖然想到了，卻沒敢言語。

一日之間，休養院已變得不像個機關，雖然人不多，連院中的官兵都算上，也不過百來個人，卻已是網將出水時的網中魚，簡直是熙熙攘攘亂竄亂跳。就在這裡鬧鬧嘈嘈地情況下，金土還是抽個楞子，到了小鳳那裡。他心裡積存著那句古話：「一夜夫妻百夜恩」，數一數，他們偷情已不下十次，還送贈了一個銀製的十字架項鍊給他，他祇贈送了那隻兩錢重的金戒指。總覺得欠了小鳳不少情分。這孩子雖只略識文字，倒也聰明，學來挺快的。但卻想到，在這兵荒馬亂期間，逃難是人越簡單越好。就是小鳳能夠帶了走，王泰山這一關一定過不了。可是，金土想來想去，不去打個招呼，心情那能安適下來？

到了那裡，情況看著也有些異樣，似乎是人去樓空。門上的人說徐大嫂還在。一見到徐大嫂，突然感到她憔悴了許多。她一見到金土到來，就頓展歡顏，第一句就問：「見到柏壽沒有？」金土告訴她昨天還見到。徐大嫂要金土回去，通知徐柏壽來一趟，只說：「一切都說妥了。」遂又告訴金土：「兄弟，小鳳昨兒格已隨趙大官人鄉下去了。兵荒馬亂，這是不得已的事。」說著就掏出手帕兒擦淚，又站起身來說：「你等一會兒。」說過就進房去了。金土聽了此一消息，也有幾分黯然。徐大嫂出來，交給金土一個小小布包。打開來，是一個圓型的竹根刻花的盒子，旋開盒蓋，其中有一個紅繩穿起的鴿蛋大小的褐色珠子，珠子下還有一粒豆大的小珠子，全是木質的，綴著長有半尺的穗子。再下面還有一個小小紅紙包兒，拆開一看，赫然是一綹烏黑的頭髮！金土想不到有此情事，心情頓然一驚，「啊了一聲！」便暈眩過去了。徐大嫂忙著連聲喊叫，乍然間也就醒過來，歇斯的里地嗚咽著說：「我知道小鳳的心！也知道小鳳的處境。」說著昂著淚臉，向徐大嫂說：「二姐，我永生也忘不了小鳳的這段情。」說著，把盒中的兩樣贈品，一一仔細收好。一邊說：「二姐，我去通知徐大哥。」金土揣著的雖是一個爲重不到四兩的小竹盒，內中藏著的，是一個女孩留下的真情蜜意，卻重如泰山啊！

回到住處，王泰山已將行李舖蓋，箱子、書冊，全部整理妥當。一輛手推車，已裝得滿滿的。那車子是商店經常用來送貨的，不知王泰山怎的謀得來了。兩個輪子還是黃包車的輪子改裝，膠皮打氣的呢。

「這車子你在那裡弄來的？」

「撿的。」王泰山斬釘截地的說，語氣是理直氣壯。又說「俺肏他娘的日本鬼子已打過了金華啦！算不定明天就到了衢州，火車已在他們手上了啊！人人都逃命要緊，家家關門閉戶，這車子就扔在門外不要了。正好，他奶奶的，咱要。」說著，還用腳狠狠地向車輪踢了兩腳。說：「輔導員，咱們可以上路啦！」說著就推起了車要走。

這時，病房中已空空的了。

金土還在愣怔著，心裡在想：「當真就這樣走嗎？」

「輔導員，你還愣著幹啥？走！」王泰山催促著。又說：「五月份的薪餉都關給你了，你還愣個啥？走！俺王泰山帶路，走遍全世界，咱也餓不著，俺會討飯！怕啥！」

一邊說，一邊推著車就走，金土沒有說什麼？也沒有什麼說的。小時候，在家不也逃過兵反嗎！

王泰山推車前行，金土拄著手杖跟著。這時，金土想到了那首「流亡三部曲」，想唱，淚水卻先流出了眼眶！

七　流亡三部曲

1. 江山到浦城

王泰山推著車子在前，金土拄著手杖隨後，只知道前行的目標，是福建沙縣。在沙縣什麼地方？連院方也不清楚。在布告欄上，只寫著到沙縣去問抗敵後援委員會。沙縣在福建何方？金土腦中一片空白，只知道福建的地域在江山的東方，怎樣走？金土也一無所知。卻見到王泰山雙手掌住車把，車把上繫著一條粗粗地布帶，攀搭在後肩上，順著王泰山的雙臂下來，拴牢在兩個車把上。車輪是充氣的膠輪，身上披著那件胸前縫了紅十字的藍灰外氅，車在前，人在後，推起來前進時，看起來不是人在推車，倒是車在拉人。一遇見小小的下坡，王泰山就得彎下兩腿，上身子側後掙著，若不小心，車會連車帶人衝向前去，人會摔個大跤。

「王泰山你還是在前面拉著走好些。」金土這樣建議。可是王泰山卻答說：「那更會摔跤。」就這樣，出了通興門。

一路所見，大街小巷，儘是一簇簇站在街頭巷尾，觀望著車車擔擔在出城避難的人，一臉的徬徨徨徨與迷迷惘惘，可以看出他們都是無力他奔的族羣。一個個都不能測知未來所能遭遇到的命運。

一出了城門，就有一條寬闊的大路在延伸著，路上已有車輛行人，滿載軍品的大卡車，也不時來回的飛馳。這裡是可以通過仙霞嶺到達福建浦城的大道。王泰山告訴他輔導員說：「江山到浦城一百五十十里，爬高下低，咱們三天四天能到，就是走得快的。」又說：「浦城到沙縣，更遠。」其實，王泰山也沒有走過這條路，這些，都是他打聽來的。

江山是一個風景秀麗的山水之鄉，四鄉名山秀水，知名的有二十幾處。金土在這裡養傷，腿不能走，任何出城的地方，都沒有去過。在往浦城的這條路上，若是繞個道兒去遊賞江郎山，倒也便利。過了清湖，再向東折，就可以看到危峰峭嶂。在路上，王泰山也曾說到，問他輔導員想不想去遊江郎山？金土則答說：「若是經過，就去繞一圈，否則，就不必繞彎子了。」他想到山陰的蘭亭，就在路邊。王泰山也沒有去過，遂說：「咱們到清湖再說。」他聽到人們說過，到江郎山，要走清湖這條路。可是，還沒有到清湖，汽車路就被破壞了。隔一百多尺遠，就在路上攔腰挖了一條一尺多深一尺多寬的溝，用意是不能使這條路可以通行汽車或野戰砲車的車輛，打從這條路行駛。挖路的民丁，由身穿灰色軍服的人，在監督著、指導著工作，一批五、六位，有好幾批，正在從事挖掘。金土與王泰山都知道，這是軍事的對敵行動。別說是老百姓，先前見到的兩輛後到的軍用大卡，也被阻止在路上，停下來不能再向前開。個個都知道這是命令，誰也莫可奈何！

凡是使用有輪的車，在這路上，都受到了阻礙。像王泰山推的這輛車，論重，連車也不過二百來斤，兩個人可以抬起，通過路上被挖的壕溝。否則，推起車子，打從壕溝的兩頭也能繞行過去。另外，還有一輛木製的土車，是老百姓的，車上還有兩個孩子，一個三歲多，一個一歲多，其他還有三口，除了推車的男人，看去卅多歲，還有兩位婦人，一老一少，是婆媳。正好兩家相互協助。要不然，金土的體力，還是無法與王泰山配合的。就這樣，過了午時，太陽已經扭頭，纔到了清湖。

清湖有條河，通向峽口這段，總有三十丈寬，像個湖泊。汽車須上渡船，一輛輛擺渡航過。另外，也有小船渡人。河那邊，停有一長串汽車，準備過河，這邊的路已破壞。到浦城，非渡過這條河不可。金土與這一家人已經熟識，這一家人姓王，是福建建陽人，在江山從事茶葉與土產買賣，靠浙贛鐵路南北奔競作營生，老婆娶的是江山人。在江山住了好幾年了，如今浙江戰事吃緊，遂一家人打點細軟，回建陽去。不知河對過的路，有沒有挖溝，若是也破壞了，兩家人的小車，需要合作前進。正由於此等關係，兩家便決定同行。

據說，河對面的路也破壞了。

兩家人在清湖吃了飯，猶豫了一陣，還是決定過河前行。擺渡船，不讓他們的小車上船。偪得兩家人，奔波了半天，僱了一條船，把車擺渡過河，分別兩次，一家一趟。這兩家都感到此行路途太長，這家有老有小，這家有傷患，沒有個車，可不方便。都有舖蓋行李。

過了河，到浦城這段路，沒有破壞，原來停在河邊的幾輛汽車，已調頭開回去了。據說，明天就開始挖溝了，因爲聽說衢州已失陷。正在這兩家已決定再向前行進一程，到烏頭市住一晚。地方人士說，由烏頭到峽口，捨舟登山，通過仙霞嶺，較爲利便。就在這時，那位船家走來，說是他有竹筏，可以載運他們兩家的人和車，到仙霞嶺下。每人收費五塊大洋，車不收錢，兩小孩也不收錢。走了這麼大半天，金土已經感到腿部腰部，都有些也酸楚，首先表示同意。結果，兩家商量定了，王泰山與另一家的那個男人，隨同船家，去看過竹筏，可以乘坐。墊在竹筏上的木板，還可以打開舖蓋睡覺。

只是離此遠了些，船家怕被官家或軍隊發現征用，所以藏在清湖一處蘆葦叢外沙洲上，被遮蓋起的。船家說，晚飯後上筏，夜間開行，筏比船慢，快時明早可到，慢，要到中午。由清湖到峽口，是湖，如今河涸水淺，撐起來費力。

經過兩家相商，認爲價太昂，路程不太遠（五十餘里）。船家減價一元，五人共收二十元。另一家爲兩孩子，多出兩元，金土二人共出六元。遂提早去吃了晚飯，又買了兩餐帶著。走了半個多小時，到了上筏的地方，筏上已經有了人，撐筏的只有兩位，乘筏的已有了五位。三女兩男，三女是一老兩少，兩男是一老一少。看得出兩個一老一少的男人，是父子，年老的婦人是母親，另兩個女孩是女學生，都十七八歲光景，是一起的，金土這兩家到了河邊，見此情形，頗感不快。王泰山卻先罵了出來，說：「俺㚷他祖奶奶，攬來這麼多人，連舖蓋都打不開。」船家也許聽懂了王泰山的山東土話，也許只是見到這幾位到了河邊，看到筏上已先上了人，猶豫在那裡，便說：「給你們留了舖位。」金土他們兩家人，相互無奈地交換了心情，想想事到如此地步，也只有上去再說。

上筏之後，見到留的舖位，只有一塊門板大小，可以展開一個單人舖位，看得出爲了兩個孩子準備的。兩輛小車，放在筏的一頭一尾。還得用繩子繫在筏上。萬一過灘不小心，小車會被跳起的竹筏，撞滾到河裡去。王泰山準備了不少繩子，他自動去取出繩子，與另家那個男人，左一道右一道的，把車子拴牢靠。這時，王泰山纔知道這家人到浦城有落腳處。這條路他很熟。所以王泰山在用繩子綑車時，幹得特別起勁。把他與金土的關係，也一五一十的說了。

這竹筏爲了適應河道的急流險灘，寬度只不過兩扇門板。長度可不短，有兩丈多長。筏當中墊起來的木板，打橫也只能舖單人兩個舖位，原只是船艄公的休憩處。筏，本是運貨物的，不是坐人的。

這次，船家爲了多坐幾個人，纔臨時又加了一塊門板，很聰明，怕的下划時，這門板會滑下去，遂放在流向的後方，筏向下流划行時，這塊門板可以被那高築起的木板擋住。

反正，這是逃難，能順利的向前逃，可將就，無不將就。

由清湖到峽口渡，行程不過六十里，（乾途不過五十里。）過了峽口，就是仙霞嶺。過去，上嶺必須踏數百石級，如今已修了可行汽車的公路，但得繞著彎子上山，下山到楓嶺關，可以捨車登舟。汽車就逕行馳往浦城。

竹筏上只有兩個船家，深水處竹篙打不到底兒，又沒有槳，筏下只有一個舵，行進只靠漂流。遇有險處，還得靠岸邊，兩個船家下筏，用繩索牽制著行進。俗說蝸牛行進慢，這竹筏比蝸牛還慢。折騰到天亮，還沒有到峽口。遂有人喊著要退錢。王泰山首先響應，到了一處岸邊有棵大樹的地方，他竟跳下筏去。筏上又跳下兩個男人，要與船家談退錢的事。好在客人多，船家人少，答應退一元。但有些人要求退一半。有人說按里程算，公公道道。

金土出面轉圜，結果是二與三比退，按收數取三退二。

這十來個人，除了兩個小孩，幾乎人人都沒有睡覺。下得筏來，還得折騰半天，雖然河岸有路，也都沒有精神上路了。

那兩家人，都先走了，準備到峽口住店，再計畫前路行程。金土是走不動了，傷處的酸痛，連係到腰。天氣已入夏，太陽一露臉，就有火的熱味，金土希望在這河邊的樹根旁，展開舖蓋睡一覺再走，昨晚，幾乎是一宵未眠，兩眼倦怠發眊，腿又痛，腰又酸。那兩個女孩，已經跟著前兩人走了，隔不了多大會兒，竟又走了回來。其中一位向金土說：「我倆都想跟著你們兩個一塊兒走！」王泰山還沒有等到他輔導員開口，就先開了腔，說：「成！俺輔導員是個傷號，上路的時候，他得坐車，你們倆會拉車嗎？」這倆女孩，一聽愣了！他一口山東腔，也聽不懂。

「好嗎！」金土接過話頭來說：「在家靠父母，出外靠朋友。大家結伴兒走，彼此都有照顧。」

王泰山馬上就問：「你們到那裡去？」他要盤查一番。

這兩人便說他們倆也是在江山火車站纔認識的，兩人都在江山火車站等人。那個瘦小的姓陳，上海徐滙中學畢業，準備到福建沙縣音樂學院去找一位老師，她的志願是學聲樂。另一位姓莊，崑山人，蘇州中學三年級還沒念，就發生了戰爭。逃到衢州之後，就又遇見戰事緊急，一家三口搭軍便車，打算到江西去。車到江山，停在便道，她下車去方便，車忽然開了。她只有到車站去等待家人來尋找。在車站遇見了陳華軫，她是依約到江山火車站會同兩個學友，同去沙縣。結果，也沒有遇見。這兩人都在火車站等人，相問之下，遂結成了伴兒。莊小媛說，她身上祇有法幣十元，陳華軫只有行李舖蓋，分成兩包，各背一件。

王泰山也跟著把他們介紹一番，說：「你倆跟著俺們走，可是遇見了菩薩啦！說起來到有一樣，俺們可管不起飯。」

「放心吧，大叔，」陳華軫說：「到沙縣這一路的盤纏，我們還有。」

金土提議在這樹下睡上一覺再走。這兩女孩子也同意，在筏上，她們也不敢睡。天暖，不用展舖蓋，幾個人就在這河邊樹下，吃些昨日準備的食物，就蹲踞著坐在草地上，背靠著行李捲，一直睡到樹的涼影兒，換了地方，熱火火地陽光射到臉上，扯長腔高歌的知了，敲打著耳鼓，方始一一醒來。太陽已到頭頂心。大家睡了這一大覺，精神都已恢復，只是金土覺得頭有些繃繃地，自己用手摸摸，額頭還有汗。大家又換到涼影裡坐下，相互客套的交換食物享用。這時，王泰山就伺機介紹他的輔導員。原來是教中學的老師，爲了要作一個『馬革裹尸還』的好男兒，就去投軍上戰場。說著說著就吹起來了，說：「你們別看俺輔導員像個姑娘似的，到了戰場上，可就是一條猛虎，在諸暨五指山那一仗，俺輔導員幹了五天五夜，肉搏戰斃了兩個日本鬼子。」說著粗話又出來了，「我𡚸它奶奶的，日本鬼子摸營，一陣猛不咧地機關槍響起，俺輔導員掛了彩啦！」

金土連聲阻止，說：「好了！好了！」那能阻止得了。

「俺輔導員命大，」他繼續說，非說完不可。「挨了兩槍，一槍打從屁股進，大腿腋穿出。」他一邊說一邊用手指著他的大腿腋。「一槍攔腰穿過。嗨！沒傷到內臟！你們說神啦不是。」他說得口沫橫飛，金土已經生氣，連說：「好了！好了！」他還是照說，伸手用手背抹去口角上的白沫，說：「醫官都說俺輔員會殘廢，將來一定娶不了媳婦……」金土怕王泰山再往下說，會說到他到長三堂子的事，那多不雅！遂拾起身邊的手杖，用力向王泰山的大腿戳了一下，王泰山哎喲一聲，雙手去搗腿。金土罵：「你再胡說，我寧可跳河去死，也不再帶你走下去。」

「是是是！是是是！」王泰山這纔連聲唯唯。

這兩個女孩，已經聽得直眉瞪眼，可真想聽他說下去呢。

金土站起身來，向這兩位女孩說：「我們上路吧！到峽口總還有一段路！」

河邊小路，挺平坦的，由於金土腿傷還沒有百分百的復元，走得很慢。那個叫陳華軫的女孩，一路走一路唱，先唱的是：「泣別了白山黑水，走遍了黃河長江。流浪！逃亡！逃亡！流浪！流浪到那裡？逃亡到何方？我們的祖國，整個在動盪！我們無處流浪！無處逃亡！」金土遂跟著接上：「那裡是我們的家鄉？那裡有我們的爹娘？百萬榮華，一朝化爲灰燼！無限歡笑，轉眼變成淒涼！說什麼你的我的，分什麼貧的富的，敵人殺來，砲轟槍傷！到頭來大家一樣。」兩人越唱越起勁，四人行進的行列，變成兩個女孩在金土身邊，左右各一個，一男聲兩女聲合唱起來，王泰山推著車子隨後。

看！火光又起了！不知多少財產毀滅？

聽！礮聲又響了！不知多少生命死亡！

那還有個人幸福？那還有個人安康？

三人的歌聲唱得更激昂了。

誰使我們流浪？誰使我們逃亡？誰使我們國土淪喪？誰要我們民族滅亡？

來來來！來來來！我們莫為自己打算，我們莫顧自己逃亡！

我們要團結一致，走上戰場！誓死抵抗。

打倒日本帝國主義！爭取中華民族的解放。

一路上唱到快要進入峽口渡的市街，方始停止。

這一首「離家」，是大家早經唱熟了的歌。在他們這幾人的此刻心情，來謳歌出這首歌，非常適切。遺憾的是王泰山不會唱。然而，當他們三人唱的時候，他聽了也深受感動。他居然想到：「得空子，我向俺輔導員學。」

到了峽口，四個人都是舉目無親，住客棧，吃飯館，那是他們所能享受的。金土早已知道，流亡的學生以及外地的老百姓，在流亡到外地時，有一處可以去求援的機關，「抗敵後援會」。這兩個流亡學生也知道。金土可不是像流亡學生似的去求援吃住，他要打聽他的休養院，是不是遷到沙縣？在峽口這小市鎮，又是山鄉，自然不易打聽。但卻攜同這兩個女孩子，求援到一個住處，一餐晚飯。

奉命接待的是聯保主任，問知他們只住一晚，明天去浦城，供應一餐晚飯之後，就帶到一所小學，給他們一間大教室，任憑他們自作安排。有課桌椅，可以併起來展舖蓋。王泰山爲輔導員選了一處靠窗的地方，向那兩個女孩說：「你們自己選位置，靠窗有風，涼快些。」說著又加了一句：「你們最好打中間掛一條被單子隔開，你們穿穿脫脫方便些。我這裡有繩子。」

舖完了他們這邊，居然自動的去找出繩子、釘子、鎚子，爲兩個女孩子釘釘子，拉繩子，弄得這兩個女孩越發不安。大家都大敞著，在感覺上還好些。金土也感受到，繩子雖已拉上，金土卻說：「我看不必啦！天還不太熱，出門在外的。弩一晚就行啦！」王泰山遂沒有再繼續張羅。晚上他睡在他輔導員右邊。

第二天醒來，金土就覺得頭有些脹，昨晚，也睡得不夠恬適。很後悔又招攬了兩位女學生同行。越想越覺得自添麻煩。好在到浦城後，也就各走各的好。

那位聯保主任一早就來了。除了又招待他們吃了一餐早飯，又照規定給了每人兩斤米，五毛錢。（折銅板百五十文，十五個銅板。）還要他們一一在收據上，蓋了指印。兩個女孩沒有收，說是都交給王泰山管。（共計八斤米，六十個銅板。）

由峽口到浦城，還有相當長的路，若照他們這幾人的走法，走上三天也未必能到。王泰山推著車，必須走公路。不想出了路走了不過一小時光景，金土就走不動了。他感到頭腦越來越脹，越來越沈。只得說：「我頭疼，好像受了涼，在發燒。」這一說，用不著用手去試試熱不熱，也能從金土的臉色，看到臉很紅，連眼白都燒紅了。王泰山遂要求他輔導員坐車，到了前面看看有沒有地方求助。

金土也確是感到頭沈，腳重，心也噗通噗通的跳，想要跳出心腔似的。王泰山把車停下，約略整理了一下，要他輔導員坐在車前鐵框上，雙小腿下搭，車前欄的下方，有兩三寸的鐵框邊，可以墊上兩個腳後跟。又取出兩條繩子，拴車前框的兩邊。向那兩個女孩子說：「喂！小姐，要是上坡，可得你們兩人幫忙拉車。」說著拉著那兩根拴好了的繩子，已經綰好了繩套，又命令似的說：「來，試試看。」這兩女孩卻也笑逐顏開的樂而為之。很高興的去試了試，可以。

「不，」金土反對，說：「上坡時我下來。」

王泰山卻堅持要他輔導員坐上去，讓兩個女孩子試試。

兩個女孩卻也感到極為好玩兒的心情，也堅持要試試。

當這四個人，一人推兩人拉，一人坐著前進時，忽有一輛罕見的黑色小汽車，笛笛鳴響著喇叭，呼呼然而過。揚起的塵沙一團，煙似的迷濛在這四人身上。他們略略一停，王泰山把腳一頓就罵出了粗話：「我肏你十八代祖奶奶的血屄。什麼時候，還他媽的嗚嘟嘟……」

正在這時候，開過去的小汽車停下來了。從車上走下來兩個人，走向他們而來。王泰山他們正要繼續前行，見此情形，也忍不住停止下來，想一看究竟。霎那間，這兩人已到面前。

彼此打了個照面，王泰山身上穿的是貼有紅十字的傷兵外氅，他竟然推車，還有兩個女孩子身背繩索拉車。怪哉？

「你們是那裡的？」那位身穿黑色中山裝的人問。

「江山傷兵休養院。」王泰山回答的理直氣壯。

這時，金土想從車上下來，他沒有力氣，欠欠屁股，下不來。但卻答說：「我是八十六軍的上尉營輔導員，在顛口那一仗掛的彩，一年多了，還沒有全好。但已能走路了。凡是能走路的，得自己設法到沙縣去報到。」剛說到這裡王泰山又插了嘴，說：「什麼報到？騙人，巴不得俺們死在路上，我肏他奶奶的，空缺留給他們。」說到這裡，就反問：「你是幹啥的？」氣勢洶洶！

這人馬上和和氣氣地回答：「我是浦城縣劉縣長。」遂又解釋說：「這車是長官的，我來陪這位駕駛弟兄到峽口送公文。」遂又向坐在車上的金士說：「官長，你現在怎樣，不能走了嗎？」王泰山一聽這人是浦城縣長，語氣又是如此的客氣，遂一五一十的把這時的情況述說一遍。

當劉縣長瞭解到實情之後，便與那駕駛弟兄，相商了幾句，馬上作了決定，說：「這小轎車，還能坐三個人。這兩個女孩如果方便，可以陪這位受過傷的官長，隨我一起走。到了浦城，我負責安排一切食宿醫療。你這位弟兄就慢慢推著車到浦城縣政府找我。怎麼樣？」

王泰山一聽，噗通雙膝落地，磕頭如搗蒜，居然哭泣泣地說：「我的青天大老爺！」說著又跪得真挺挺地雙手合掌，說：「你真是俺們的青天大老爺！」說完又磕頭如搗蒜。還是金士坐在車上叱喝：「別發瘋啦！快些攙我下來，縣長還有公事！」

金士竟幸運的在如此遇合之下，坐上了小汽車，數小時之後就到了浦城。下車時，雖有兩個女孩子扶持著，在昏沈中已是跌跌倒倒地了。若不是有此遇合，後果可能已是另一會子事。

2. 浦城到建甌

到了浦城，便逕行把發高燒的金士，送到衛生所。由於是縣長送來的病人，馬上診療，認爲是在路上受了風寒，重感冒。打了一針退燒藥劑，推想可以休息一夜後，就會好的。一問三人，方知是逃難的，病人還是位在戰場上受過傷的上尉軍官，雖然沒有病房設施，也設法騰出了兩間房來。兩個女孩子說病人是她們的老師。除了住，還招待了他們飯食。

第二天，金土還有微熱，只想喝水，不思飲食。醫生來，量了體溫，又聽了胸部，偶有微咳，認定是感冒，只是此人身子本就羸弱，有點病恙上身，就承受不起來。又住了一天，再睡了一夜，燒熱纔全部消退，胃口纔開。可是，王泰山還沒有找來，昨夜又落了雨，躭心王泰山在路上遇雨，沒有地方躲，推車上的舖蓋箱子都淋不得。正吃午飯，王泰山找得來了。果然遇了雨，兩床舖蓋都濕了。午時陽光正好，王泰山連飯都沒有要吃，到來之後，就趕快打開舖蓋曬晾。有三條被蓋兩床褥墊都幾乎濕透了。金土的一隻皮箱，儘管是放在最下一層的，也被濕了的舖蓋，滲濕得軟綿綿，凹陷下去。箱中的西服及西式呢大氅，都潮得濕糊糊地。書是用油紙包起的，倒沒有濕。兩個女孩子，只有一套被舖，是陳華軫的，莊小媛，只是她那一身。金土的幾兩金子，一直繫在腰間，大部分是盧姑姑的遺產。

曬衣服，女孩子比較在行。這兩人一插手，便用不著王泰山操心了。趁著好太陽，只要這一個大半天，就全部曬乾。當兩個女孩子見到箱內的西服等等，就聯想到金土穿上這些衣裝的標致樣兒，纔真的相信王泰山向她們說的，他的輔導員本來是個教書的先生。

王泰山把曬被舖衣物的事，交給了兩個女孩子，便照他輔導員的吩咐，去打聽休養院有沒有打從浦城經過？到沙縣，這裡也是一條大路，河，也有船通行。行程上的交通，他也得打聽。王泰山想到他推著小車到了浦城，見到好幾輛大卡車，在街上行駛。那高大的十輪大汽車，除了軍方，別處是沒有的。遂想到去問詢這大汽車，必能得到一些消息。

可是，王泰山走到街上，東衝衝，西撞撞，竟一輛也沒有了。大熱天，他走得渾身汗水。想去問行人，他知道他的山東腔，別人聽不懂。卻也不知怎樣問法？他問過一次，問江山傷兵休養院在不在浦城？那人聽懂之後，就告訴他到江山怎樣走法，還用手指著行進的方向。

他東奔西跑的企圖能見到一輛那高大的十輪大汽車，必然一問定知分曉，偏偏的一輛也見不到。王泰山正迷惘而無奈地奔波著，突然迎面走來三個人，其中一位他感到頗爲面熟。想了想，好像是衢州空軍總站的人，到江山休養院來看過他輔導員。他與那人打了照面時，那人也似乎認得王泰山似的看了一眼。這王泰山馬上趨前一步，鞠躬作禮，說：「長官你好！」這人還沒有認出來王泰山是誰？他便自我介紹說：「我是江山休養院金輔導員的勤務，我認識長官你是俺輔導員的朋友。」王泰山這一說，這人清楚了。遂問：「金輔導員呢？」又介紹自己說：「我姓趙，趙舒。」王泰山沒有答話，卻低下頭來擦淚。趙舒一見此情，突然一驚，遂連忙問：「怎麼啦？怎麼啦？」

「俺輔導員在這裡，病啦！」又說：「也找不到休養院在那裡？」

趙舒告訴王泰山說，他們總站遷建甌，浦城是從玉山到此的立足點，分批乘船或乘車前往。問清楚金土他們的落腳點，說是晚上會去探望他們。至於江山休養院搬到那裡？他也不清楚。但卻告訴王泰山，衢州、江山、玉山等地，都淪陷了。

奔波了半日，流了一身汗水，終于問到些消息。

晚上，趙舒與高揚帆還有那位張老師，都一道來了。金土的感冒，燒熱已退，咳嗽倒重起來，隔不到一分鐘，就要咳一次。一咳就是好幾聲，像個癆病殼子。

高揚帆在指揮眷屬的車船等事。應允金土部屬兩人由他負責，隨他們一起到建甌，卻必須住到他們那裡去。行動是軍令式的，有車可搭時，搭車。有船可乘時，乘船。車，是運汽油的，飛機的用油。在衢州情況變化時，不分晝夜搶運到這裡來的。汽車是萬國牌（INTERNATIONAL）十輪大卡車，就是王泰山見到的那種車。

金土自是感激不盡，兩個女學生卻得自己去想辦法。

高揚帆他們走時，留下一句話，要他們作決定。同意跟他們到建甌，當晚就得搬過去，到那裡擠在大家夥一起，照攤伙食費，住不要錢。今兒晚上不來，就不列你們啦！

王泰山一聽，就忙不迭的去整理行李。高揚帆一出門就向趙舒說：「我是看到這小子又傷又病挺可憐，不然，他跟咱空軍有什麼相干？」說著就罵了起來，說：「真他媽的王金龍，到了這連自身都難保的節骨眼兒，他還招攬了兩個小丫頭帶著呢！」遂又說：「我這人情是做啦！這個難堪，也得給他受！看這小子今兒晚上來不來？」

「一定會來，」趙舒說：「那個勤務兵不是去弄行李去了嗎？」

這兩女孩也聽明白了，知道金老師他們兩人，馬上就要離此到另一個地方去。前行的交通工具也不用愁了。那麼她們兩人怎麼辦呢？

「妳們就在此處住上一晚，」金土說：「我走時會向他們說一句。」又提意見說：「你們明天去找抗敵後援會。王泰山那裡還有你們的四斤米，三十個銅板……」話還沒有說完，這倆女孩馬上異口同聲的說：「不要不要，這些天，多虧了老師你們照顧我們兩個。」那個姓莊的女孩已說不出話來，低下頭，眼淚一滴滴像屋簷上的雨水在滴。

王泰山看到了，說：「你們哭個啥！快來理東西。」

被蓋衣物曬好後，還有一部分扔在那裡未分開呢。

大家都去整理東西，金土去找衛生所的人，說上一聲。

等金土回來，兩個女孩的失群與落寞情緒，已經消失，正高高興興地在幫助王泰山捆行李，有說有笑。她們已決定明天到縣政府去見縣長，或去抗敵後援會求援。她們倆的頭腦裡，也存有中國人的那句古話：「天無絕人之路。」祇要去走，沒有路也能走出路來。所以她們見到金土，還打趣地說：「也許我們比你們先到沙縣。」

當金土二人推著車子出門時，兩人還約沙縣會。

王泰山推著車子，一路上問了兩次，就找到了。是一個祠堂，門裡門外，男女老少，鬧鬧嚷嚷，正在準備著運油的車來，一批批上車。正有一輛車停在門口，司機在監視著登車。只有擺滿了汽油鐵桶的上面，可以擠上十個人。若是天落雨，把帆布的車篷放下來，坐在油桶上的人，就不能挺直腰身，個子高的人，一挺身頭就碰到車篷鐵架，要是車在行進中顛簸，頭撞到篷的鐵質篷架，重了會撞成腦震盪。不落雨，車篷不放下來，車速每小時五十里，有風不怕太陽晒，一旦停下來，若是大太陽，晒上五分鐘也受不了。

車是不分晝夜運行著的，已排定這天上車的人，就在這祠堂門口等待。來一輛，上一輛。車，來在何時？又不固定，往往等到天亮，纔獲得上車的機會。

金土他們見到高揚帆，一眼見到他們還有一輛手推車，頓時就說：「無論坐船坐車，你們的這個手推車得扔了。」王泰山一聽，連個哏就沒有打，就說：「扔就扔，反正是撿來的。」說著就去解繩子，被高揚帆阻止住了，說：「別慌啊！到上車或上船的時候，再扔不遲。」今晚，沒有排上他們，便要他們推進門來。

祠堂中的房間，早已擁滿了人，大多是眷屬。夏天，祠堂的四邊走廊，也有打地舖的人，王泰山去選了一塊空地方，兩人便席地坐下來。高揚帆見他們已經安定，便說：「你們就占據這塊地方，可別動。留心有人喊到你們兩人的名字，趕快答應。」說過就走了。

第二天，沒有到吃午飯的時候，金土二人就被送上了車。另外有兩家，一家還有不滿周歲的嬰兒，由母親抱在懷裡，坐在駕駛間。這輛車的駕駛兵個子小，可以擠在外邊。油桶上坐了七個大人，兩個小孩。金土與王泰山就擠在這輛車上。兩個男孩子一個七歲一個九歲，正是「七歲八歲狗也嫌的年齡」。一上車就吵著說不要坐汽車，問爲什麼不坐船？一雙祖父母雖然說汽車快，一天就到了，還是吵個不休。王泰山很想伸手賞巴掌，卻忍下了。好在不久駕駛的司機回來，馬上開車，這兩孩子纔安靜下來。

車實在不好乘坐，其中油桶雖然一個個挨肩站立著，車在凹凸不平的石子泥土築成的路上行駛，顛簸得十分厲害，坐在車上的人，得時時小心著頭，都斜躺著，坐下墊了一床被子，也墊不住油桶的圓邊鋼人肉痛體酸。兩個孩子躺在祖父祖母的懷中，車行不久就睡熟了。有兩人坐在車尾，雙足伸在車身的後框門的下方。先有準備，紮了兩團稻草墊子，墊在臀下。但腰上卻拴著繩索，繫在車篷的鐵樑上。否則，會顛下車來。

由浦城到建甌這一段，雖也是山路崎曲，也得上坡下坡，倒還不是十分曲折，就這樣，也要開行十幾小時。車上裝載了十八桶汽油還坐了人。馳行在這崎曲山路上，真如同牛車似的，一路上，只聽得汽車嗚嗚地爬行，像牛拉重車在喘氣躬身使力那樣。這大萬國運輸車，是纔出廠的呢！車胎是「固特異」（GOOD YEAR）廠出品。

路上，已經見到了數處汽車出事的地方，山嶼間還有摔碎的破車身，肢離破碎的散落在樹林間。晚上，終於到了建甌。人到下車時，比走一天的路，還要感到疲乏。一路上，車上的人，連駕駛先生在內，人人的神經都在綳緊著啊！

3. 建甌到新贛南

建甌也是古揚州之域。毗連贛浙兩省，地處深山窮谷，交通不便。但在革命軍北伐時期，這一帶倒是重要軍事據點。這裡的水，流向不一，有的東流也有的西流，依山勢而定。古人說：「山從水走」，若在閩地看來，似乎是水循山勢走。地學家說：「仙霞以南之水東流，則歸於處郡（浙江處州）之大溪，西流則歸於廣信（江西上饒）之永豐溪，南流則一切歸於建溪，故建郡（建甌）山脈從仙霞關來。」又說泉山（仙霞山）頂，有泉兩脈，一入處州，一入建溪（即建甌境）。一入建境，突起鷲峰，再綿延爲西鄉里的擎天巖，蜿蜿蜒蜒，再秀出黃花山正幹。可以說，福建山水，是吸精吐華，蘊靈負異，山隨水行，水循山勢，山有危關要隘，水有湧濤險灘，賢哲挺生，歷代不絕。殆亦人文薈萃之仙鄉。

這時，建甌原有航空站在此，駐於飛機場，照顧飛機起落。由於建甌在環山峻嶺間，日本飛機極少青睞於此，警報極少。有關三戰區空軍方面的物資，大都移到這一山巒地帶。原在衢州的空軍總站，遷到建甌來，則是英雄失去了用武之地。金土主從二人，到了建甌，雖仍循勢住在空軍的眷屬一起，高揚帆也著人帶信給他，要他在建甌住下來。似乎還有留他進入神鷹劇團的意思。金土則已遣王泰山去打聽到沙縣的行程，不管怎樣，他應該去尋找自已的機關，還有薪餉，向休養院領呢！

在建甌住下來，每天祇繳伙食費六毛。王泰山帶有米，還有煮飯用的瓦罐子，炒菜用的小鍋子。他給輔導員找了一處民家住下，又跑到建甌的抗敵後援會，要了兩人份半月的米、還有伙食費。當他知道他輔導員，不願再在那一大堆空軍眷屬中活（讀去聲）下去，便天天去打聽在水陸交通上，奔波到沙縣的旅程。一方面是爲了遷就他輔導員的身體狀況，天熱起來了。建甌雖然是山城，日間的太陽晒到頭上，還是挺毒的。他問過了汽車，動輒用金子索價，不是論兩，就是論條。到沙縣的船，每人要價五十元，兩個人要一百元，太多了。若依王泰山的想法，兩個大男人，應該起旱翻山越嶺，山路已修成陽關大道，怕什麼？兩人一穿上傷兵的衣服，連歹人都不會去沾惹的。可是他的輔導員是個傷號，半殘的腿，走不了路，這邊爬高，那邊下低，那裡走得了？他沒奈何的想到：「可他奶奶的，俺輔導員的腿不能走！」

終於，問到休養院的新駐地，在永安縣的小陶鎮。也是大萬國十輪大卡的司機透露出來的。船也打聽妥了，到永安，兩人五十元大洋，廾元銀洋，卅元法幣。金土取出金塊一兩，交給王泰山去辦。主從二人遂乘一條可坐十來人的民船，由建甌南下。

王泰山沒有了車，他尋了一根竹扁擔，挑了兩件行李。

上船時，有十一位乘客，七女四男。船家三人，兩男一女，是父母子三人，女在後掌舵，父子在前掌篙。下水，灘多流速，用不著槳。七個女的，有四位是學生，四個男的，除了金土主從，還有一位也是學生，全是到沙縣江蘇學院去的。他們原已放學返家，家在玉山、鉛山、上饒等處，還沒有回到家，日本軍就占領了。他們在浦城建甌等處，停留了不少日子了。沒有辦法，只得重回學校。聽說學校已遷沙縣。

本來，金土看到這船上的乘客，少女太多，就回想到由武昌到九江的那次乘船，在船上發生的問題。坐好之後，金土纔認爲這隻小船，比武昌那條船要好。其中有一道木檻，隔開了兩區，前區相對面坐了七位女的，後區相對坐了四個男的。夏天，只要有床毯子或被單就夠了。沒有什麼囉嗦，上了船，收了錢，馬上開船。船一入水道，就順流而下。在激流湍漱之處，尙須反篙加上阻力，使船速減緩。每次，到了過灘的時候，船家都要預先高聲向乘客打招呼，說：「過灘了！」船家三人，前兩個男的執篙，後一個女的掌舵，小心翼翼地把船調整到灘上的水口，順流一洩而下，誠可以箭射出弦那樣的快速來形容。河道不寬，總是夾在羣巒澗峽中。仲夏河水，不在雷雨期間，流濤平暢，在過灘流下的剎那，卻也有唐朝詩人李白形容長江三峽的詩句：「輕舟已過萬重山」的感受。只是兩岸林間，山鳥和鳴，蟬聲聒嘈，聽不到猿聲啼引就是了。

沿途停靠，客人可登岸方便或飲食。經過南平這個大城市，還有一位船家陪同客人去逛市街。當天黃昏，就到了沙縣。

在沙縣停一晚，第二天一早開船前，又上了四個客人，兩男兩女，船的終點是龍巖。第二天傍晚，就到了永安。

金土二人到了永安，舉目無親，語言又有隔膜。他們唯一的問路，就是去找當地的抗敵後援會。由於他問的是小陶這地方，有沒有傷兵休養院，他兩人都是傷兵。永安縣旳抗敵後援會，只是由民政課兼理，並不像浙江一帶，都是專設機構。他們不知道小陶有傷兵休養院這個機關，但可確定小陶有軍事後勤機構。

王泰山訴說他的輔導員，傷在大腿上，還有傷在腰上，幾乎是個半殘廢的人，不能走路。也不知小陶這地方在那一方？怎樣去法？路途多遠？全不知道。要求後援會能協助他們。

這裡的民政課，似乎還沒有辦過這一類事務。幾個人總是你望望我，我望望你，遂說：「到小陶只有幾十里，可以坐船去，也可以坐車去。」似乎想一推了之。王泰山便又攤出了他的符號，還有他輔導員的符號以及傷單。

眾人一見此情，非得想辦法不可。經過一番商談之後，替他們二人，僱了一輛黃包車，把這兩人送到小陶，其他的事，由他們自己去找當地的軍隊去。王泰山這二人也樂意，小陶雖然駐有軍隊，打聽起來，總比在這城市中容易。

從永安城市到小陶去，也是山路，雖是汽車大道，路面則被重型汽車，軋得凹凹凸凸，一路上，上坡下坡，王泰山都得下車協助。反正，能將他不良於行的輔導員，送到目的地已是心滿意足了。雖然單程已由永安縣府付過，金土還是再給了五毛。

小陶是個依山靠水的市鎮，在路上，就發現到空軍的大萬國十輪卡車，就知道小陶一定駐有不少軍隊，說不定江山傷兵休養院，就在小陶。問後，說是順大道西行，就有軍隊駐紮。

到了小陶，把行李繫上扁擔，尚未送上肩，金土就發現一位在衢州認識的人，陪他在「女起解」中扮演崇公道的那位，還記得他姓隋。這人叫隋世和，就在此處經管油料儲存與轉運，他是機械士，他也老遠認出了金土，當兩人一打照面，隋世和就喊：「小魯，我的蘇三姑娘，您怎麼到了這兒？」

經隋世和這一嘀咕，金土竟吞咽起來，說不出話。

「聽說您掛了彩，重傷號，住在江山休養院，怎麼到了這裡？」

隋世和走過來，雙手拉著金土的手，一口京片子，又說了恁麼長一串。這時，王泰山知道了他們是在衢州玩戲的朋友，沒等金土答口，就代他說了。說：「俺那休養院有個規定，院中的傷號，凡是能走的，一律自己想辦法，到沙縣報到。到了建甌，又有人說在永安小陶。俺纔千山萬水的找到這裡。」

「江山休養院不在這裡，」隋世和說：「聽說撤到龍泉、雲和那一帶去啦。」

當金土面向王泰山，隋世和就說：「不管怎麼樣，你們倆先到我那兒住下，歇歇腿兒，喘口氣兒，再向人打聽也不遲。」說著就用手式要這兩人別動，又說：「你們倆在這兒別動，我去買樣東西就回來，咱們一塊兒走。」說著向前走去了。

「這是我航空站的朋友，」金土向王泰山說。

「好朋友！」王泰山把大姆指一伸，「夠義氣。」

「他是北平人，」金土接著說：「是旗人，皇家的後代。」

「不凡不凡！」王泰山還翹著大姆指稱贊。

隋世和回來了，手中拎著一塊猪肉，還有一把葱，一包薑等等，說：「包餃子吃，沒有了花胡椒，那怎麼成。一出來就遇見魯兒弟您啦！可巧來，早一會兒晚一會兒，咱們都會錯過。」

說著說著不一會兒工夫，就到隋世和家，夫妻倆還有兩孩子，在衢州撤退前就先來了。這地方是空軍的油彈庫，有好幾處山都鑿了深洞。水陸兩路，分頭運來，再分頭運出。他告訴金土，衢州的總站馬上就要撤銷，半年內要了清。所有的人事，都要調到別處去。又告訴金土說，祁仙煒已升了團長，但在衢州這一場抗戰中，陣亡在航埠。

金土聽了，頓時就眼眶濕了。王泰山竟噗通一聲雙膝跪地，哇嗚一聲哭了起來。數落著說：「營長！我見不到你了？我見不到你了？」一時弄得隋家一家大小都出來看，隋太太問：「怎麼啦？怎麼啦？」隋世和也淚眼模糊地說：「是我告訴他們老祁陣亡啦！」不然，一家人還不知道出了什麼事了呢！

老隋這一說，金土主從二人，飯都減食。飯後，隋世和就安排金土主從二人，住在鄰近他家旁的一處庫房內。兩人自己起火炊爨。第二天，金土的左腿彎處，就有些紅腫，又過了一夜，居然腫起像饅頭似的，而且熱得燙手，身子也有些燒熱起來。

王泰山一看，就說：「不要緊的，這是流火。」

可是，腫脹得很痛，腿已不能下地走路了。王泰山馬上去告訴隋世和，說他輔導員小腿彎子上生了流火，腫起來了。問這裡有醫生沒有？隋世和也不清楚，他是外地來的。卻見到這鎮上有個中藥店，不妨去問問。遂陪同王泰山找到這家藥店。不小，有兩間門面。聽說是流火，經過王泰山一番陳述，遂說是丹毒。這藥店的老闆，跟同王泰山他們去診視了之後，確定是外丹毒，說：「不要緊的，可不能壓，要攻它把毒流出來。西醫動不動用消炎藥內服，是不對的。吃服藥，三天就會破口，濃血流出來，一夜就會消下去。」聽這藥店老闆說得有情有理，兩人相商了一番，金土已同意吃他一服藥試試看。藥店老闆應允把藥熬妥，放入熱水瓶，著人送來。全部一塊大洋。

吃了一服藥，腫脹更厲害，腿已不能彎，一夜痛得不能睡覺。一大早王泰山就去藥店找老闆到來一看，說：「算不定今兒晚上，最遲半夜，濃頭就會衝破了口。」他用手摸摸腫處，說：「這裡已經軟綿了。」拉著病人的手，也去摸摸，感受到這塊腫處，已經軟糊糊地了。如果到了明兒早上還沒有破口，就割一刀。金土遂馬上問：「上不上痲藥？」藥老闆又伸手去按了按，說：「不要」。再用手在局部拂摸了一番，說：「若想快的話，這時割一刀也可以。不過，表面還厚，會出血。」金土聽了，說他願意再忍些時候，一切聽其自然，不必勉強。

第二天一大早，藥店老闆來了。他診視之後，說：「皮已經很薄了。爲了長痛不如短痛，這時畫開、放濃，馬上就舒服了。明早，就會腫消一半。」金土願意畫開、放濃，這藥店老闆，就把帶來的小刀，（看去只是一把修腳刀），還有燒酒、棉花，草紙，遂點亮了一根臘燭。金土閉起眼睛，王泰山按著他輔導員的那條腿。塗過了燒酒，只是把刀在那軟綿的腫處，輕輕一利，頓時血膿便流了出來。這藥店老闆放下了刀，用棉花與草紙去擦拭，一邊擦，一邊用手去壓按傷處，意圖把膿全部擠出。終于，用小鉗子把所謂的「濃頭」一綹，鉗了出來。說：「流出的膿有一酒盃還多呢！」在塗藥包紮時，金土只感到傷口有些微痛楚，腿部的脹痛則已消失多了。過了一夜，腫，果然消了大半。

蔓儲在小陶的汽油，正奉命向湖南衡陽運送。隋世和建議金土搭他們的運油車到衡陽去。他認爲衡陽是九戰區，那一帶定有九戰區的傷兵休養院，既有傷單，又有傷殘紀錄，還擔心沒有地方收容嗎？跟看著八月都要過了。兩個多月的薪餉都沒有關。腿還不能像好人一樣的走路，不能長久在外浪蕩著啊！

金土知道這一帶的長途汽車，輛輛都有帶客的慣例，稱之爲「帶黃魚。」由浦城到建甌，已經欠過空軍朋友的情分，他是不好意思有此想法。身上，只餘下了盧姑姑的幾兩金子，他自己的已經很少了。王泰山打聽過行市，由永安到贛州是十兩，到衡陽是廿兩。所以想也不敢想。這運汽油的大萬國汽車隊，屬於重慶航空委員會運輸署，不屬於空軍總站，隋世和只掌油庫，他上面還有庫長、運輸官什麼的。何況，金土的行動，必須有王泰山跟著，他還無能力自理生活。

近些日子，山中業已入秋，金土的行動，也一天天活便起來，散步已勿須拄棍，帶著手杖，也只是備不時之需。王泰山也就天天出外活動，他會木匠活兒，會修修釘釘，又有蠻力。不時到油庫去幫助隋世和的庫兵，去裝卸汽油。遇見車子發動，需要搖把，或需要推車，他總是一馬當先。因此他認識了不少汽車的駕駛（司機）。起先，都以為他是庫兵，當他們知道他的來龍去脈，遂有人打算收攬他作個駕駛兵，卻礙於他有位傷殘的長官，沒敢提這事兒。

湊巧，一輛車的駕駛兵病了，生下痟，不但走路裂八著腿，還有一股子濃腥氣。遂決定留在小陶養病，找上了王泰山幫忙抵上這件事務。知道他的條件，只要帶走他的輔導員，讓出一個空位就是了。可是，由永安到江西瑞金這一段，全是山路，路上的彎道有九轉十八彎，爬高下低，也多的是三十度以上，甚而是四十五度的坡度上上下下，駕駛兵得有本領、有技巧使用三角木檔，在車後隨時技巧地擋住車輪不滑，五噸多重的車，後退時的下滑力，若是墊擋三角木的技巧不好，一旦擋不住車輪下滑，得再使用第二塊，還得與駕駛在口語上，相互連繫得清楚。否則，車一旦滑下，駕駛是無力控制的，可就出危險了。幾噸重的車，滑下山谷，那還得了。萬一汽油在相互擦撞時燃燒起來，山林一旦焚燒，那還得了啊！

運輸的命令，是論效果的，又不能久停。駕駛遂帶著王泰山實習了一整天，驗證王泰山這人不但體力強健，也很有智慧。練習了一半天，就成了熟手。就這樣，金土與王泰山兩人，理直氣壯地未花一文錢，搭上了大萬國十輪大卡，離開了永安小陶。

由小陶到長汀，再由長汀到瑞金，都是山路。由瑞金到贛州，大多都是平坦路，遇山也都是丘陵。比起福建的浦城到長汀這一段，車輛已經好走多了。還沒有到達贛州，兩隻備胎都已用完。換上了備胎。過了贛江木橋，到了文清門，就停下來補胎。通常，這裡就是大萬國汽車由福建到湖南的休憩大站。這個城是蔣經國治下的新贛南，比沿途經過的幾個城市，如瑞金、雩都，都要大些，而且市容也繁華得多。大萬國的車隊，總要在此住上一晚，第二天再走。文清門內的文清旅館，總是他們駕駛爺們住居的處所。文清門外，設有好幾家汽車修理廠。還有一些想入桂、入川的客人，也在這文清門打交道。金土主從二人，也隨同他們住進了文清旅館。

八 領土、領空、領海

1. 天涯若比鄰

通常，兩個破了的輪胎，只要一晚上就補好了。可是，這兩個輪胎，還有一個連外胎也炸裂一個大口子，補外胎就費事了。由贛州到衡陽這一大段路，雖比永安到贛州這一段要長，山路卻少，相信輪胎不會再爆的。爲了一勞永逸，這位司機卻打電話給小陶，要求下一列車，給他帶一個備胎來，說是有一個爆裂了外胎，不但補起來痲煩，也怕回程時，再出事。回程，也有另外的物資裝運，多半是彈藥，或醫療器材以及藥物什麼的，也是重載。由於這樣處置，他仍需要在贛州多留兩天。

這地方，自從蔣經國派來擔任縣長，作了許多新政，首先禁鴉片、賭博、嫖妓，抓到吸毒的人，唯一死刑，抓到嫖賭的人，除了罰錢、掃街，還得戴高帽子跪公園中的抗戰陣亡將士紀念碑。所以贛縣名之爲「新贛南」。不過，金土他們到達贛州文清門，城墻、城門還是老樣子。文清門外，新興起的市街，大多是棚廠式的修車廠、吃食店，也有兩層樓的客棧。進了文清門，兩旁也有幾家客棧，也有稱旅館的。門面較比堂皇些的，要數進城不遠，路北的文清旅館，兩層樓，房間也較比潔淨，大萬國的駕駛與客人，大多住在這家。

金土雖然年輕，他是上尉階軍官，而且在戰場上與日本作戰掛了彩，到如今左腿還有點兒跛，大萬國上的這一批男女老少，住進了文清旅館，駕駛將樓上的一間大些的套間，讓給了金輔導員。本來，一位搭車去衡陽的客人，一家三口，業已進入了這間房，駕駛要他讓出來，說：「你老人家住隔壁吧！這間留給金輔導員，他是有功的傷號。」這一家人，沒說二話，便連說「應該應該」，便搬到隔壁一間。由於有女眷，老少不便又多開了一間房。

金土住進了這家唯一的套房，還不知道有恁麼一件折騰的事呢。

這間房的臨街窗子，正對著大路南邊的一個巷子。這條路也叫文清路，新開闢不久，也是黃土與碎石鋪成的，壓路的水泥滾子，還留在路邊。這條路一直通到市區中心的公園，不但車輛很少在這條路上行駛，行人也不多。兩旁的店舖，還有十之七八沒有商家開張，門都是閉起的。可以說，這一帶的幾家旅館，作的全是這一批批汽車來往過此的生意。他們巴結的對象是駕駛汽車的司機先生。軍車多，商車少。由於缺油，大多商車都改裝燃燒木炭的木炭爐灶。天熱，夾帶黃魚（搭車逃難的人）的生意，十九都落在軍車身上。當時有謠歌在民間流行著：「輪盤轉四方，東西南北往；馬達響一聲，黃金論條兩。」可是，當金土二人住進房，這位駕駛先生跑來，說這套房，是另一位客人已經住入，他商請相讓出來的。聽此解說，心情非常不安。他知道，車上的黃魚，只有他是不花錢的。

「欠情比欠金銀還要難以償還。」這是爹娘掛在唇邊的話。他祇知這位駕駛先生姓史，河北人，聽到王泰山喊他史師傅。聽說，贛州這地方還有更多的人，想搭車到廣西、到雲南、貴州，或到四川去。如今，王泰山已作了史師傅的駕駛兵，縱然是臨時的，這一個來回趟兒，總得跑完。遂又想到他此行的目的，只是為了想轉入九戰區的休養院，能不能轉得進？還不知道。萬一轉不進去，難道再回福建？一想到這條九曲十八彎的巒嶺，縱然有大萬國汽車乘坐，也心驚肉跳。遂想到不如暫時在此留下來，讓王泰山到衡陽後，去打聽一下。若是可以轉得進去，再由此處前往，堪稱兩便。對車來說，騰出一個位置，可以招攬別人，對己來說，也省得盲目跑這一趟。反正王泰山是非得跟車去。這樣打算，豈不甚好？

金土的這想法，王泰山也同意。就這樣，他們在文清旅館住了兩晚，金土遂暫時留了下來。事實上，金土也不能再顛簸下去，他生流火的那條腿，又紅腫起來。這裡的店老闆，說是近處不遠，就有一家中藥舖，也有駐店中醫。說是醫治丹毒，有藥方。遂去看了一次，晚上服了一貼藥，早上王泰山隨車出發時，還去看了金土，腫還未消。史師傅說：「這一趟回來，再折到贛州，得一個禮拜。」遂說：「輔導員你多保重，等我們回來，你一定好了。我請你下澡堂子吃小館。」

到了午後，腫得更厲害，另一水瓶的藥，也喝了下去。紅腫的腿，總是燒脹得痛楚，沒有燒熱，頭也緊繃得痛。到了新贛南這幾天，一直在床上躺著，身子有病痛，心情也不安，連書也看不進。南國的仲秋天氣，不但庭院中的芙蓉展放，連梔子花都在飄香。據王泰山逛了一趟回來說：「街道很乾淨，路上有一張破紙，被風吹飛起來，都有行人趕去捉到，揉一揉放入衣袋。」是誰家門前的污穢，要是沒有及時清除，這污穢處的近鄰十戶，都要受罰。還有一家公營的「營養食堂」，其中的食物，既潔淨又便宜，只是得排隊買票，憑票去領取，尋找空座，吃完就走。不准在座位上，一邊吃一邊高談闊論。

這些情況，都是金土想及早去體驗的新鮮事兒。只是腿上的流火又重發了。吃了藥，還是越腫越紅越脹，像是上次一樣，按下去有一片軟糊糊地。看起來，濃頭兒非鑽出肉外流出不可。推想是上次，提早割了一刀，毒沒有全部流出，遂又重來一次。店家來，約他午飯後，陪他再去診視。

金土推想的沒有錯，藥店中的醫生就是這樣說，按了按腫處，沒有再開藥方，只給了一些西醫用的藥棉、沾過紅汞的紗布，還有一紙包藥粉，一瓶雙氧水。告訴患者說：「一旦瘡破口，有膿血流出，就解開患處的繃帶，用手擠出患處皮下的膿血，用藥棉吸飽雙氧水去洗滌，再用紅汞紗布放在破口處，每天換上兩次，三、五天就會全部消腫。這些事個人就會作，不必再找醫生。說：「你這受了槍彈打中的腿，在治療時，傳染了毒菌，才會惹上這種丹毒。」

果然，當夜濃血就破口流出來了。自然膿血腐蝕了肉，突破了口流了出來，腫脹即行逐漸消失，人也舒坦多了。他自己照著醫生說的，去解開患處的繃帶，流膿的地方，已經粘住，要慢條絲理地去小心撕開，再用雙氧水洗滌。他見到破口比在小陶挨的一刀，利開的口兒還大。金土由此想到：「凡事還是順應著自然的道理去作，才是對的。」因而又使金土想到「自然」的一切行爲，就是「神」的行爲。遂又獲得一個結論：「自然就是不易的理則。」

這天，金土起得早，他打開窗子時，見到對街的一條巷子裡，走出一位少女，身著淺領藍色陰丹士林布旗袍，黑襪黑鞋，髮後梳垂肩。瓜子臉兒，清芬之氣，氤氳眉間。身材不高不矮，不胖不瘦。從她那昂首闊步的行態觀之，不但看得出是位大家閨秀，還能推衍出這女孩的外柔內剛性格出來。無論外貌，儀態，氣質，都不是阿囡、小鳳、虞慕瑾等人所有的。盧姑姑雖是一位外柔內剛的女人，氣質也不凡，可是外貌與儀態，與這個女孩比，卻又迥然兩人。那位李姐姐更是另一型女孩。

文清路雖是可以行駛汽車的馬路，卻不寬，看起來也不過兩丈，由路北的二層樓窗，可以清楚的見到對面巷中的行人，當可想知對街巷中的行人走出來，只要瞬眸一掃，也可以見到對街二樓窗內的人士動態。金土原想閃到窗口左側，但卻見及那巷中走出的這位少女，竟然目不斜視，昂昂然出了巷了，便左轉西去。基此情態，即堪認定這少女是大家閨秀。

是大學生吧？看年齡，縱是大學生，也應是位新鮮人。

說來，只是金土一瞥下的印相，即情產生出的聯想。人兒在一晃兒間便轉身西行，這意想也就木然消失。腿上的腫脹雖然消了大半，瘡口的濃水還在流淌。王泰山雖然不在身邊，卻也能熟練的洗滌換藥包紮。到了吃飯的時候，旅館中人也按時送來。他住的這一套間，每天連同伙食，要玖元五角。對金土來說，不是個小數目，他的上尉底薪，才每月八十元，從六月後半到如今，已經過了三個月，還不知在何處領支呢。要行動，也得等王泰山從衡陽回來。

到新贛南已七、八天了，腿上的丹毒腫脹，又只一人留此，還沒有逛過街呢！卻也有不少日子，沒有讀過書報，問起來，方知新贛南有兩家報紙，每天都出對開一張，旅館就訂有一份《國民日報》，只是到午後，也就傳閱得沒了蹤影。看過的人，大多隨手一扔，沒有人會把它收集起來。近來，金土才見到這張報，竟然有一條只有兩欄標題的娛樂新聞：

梅派青衣李韻吟

將來新贛南獻藝

讀了不到二百字的報導，知道李韻吟兩月後將蒞此市「第一大舞台」演出。戲碼有「霸王別姬」、「生死恨」、「鳳還巢」、「天女散花」、「木蘭從軍」等重頭戲。還有歐陽予倩的本子「紅樓」戲等。

新聞說是從桂林來。金土讀後，委實有幾分心驚肉跳。

「這真是『地不動天動，人不轉路轉。』，不是冤家不聚頭？」金土的心緒，火辣辣地絮續起來。「啊！十年了啊？整整十年了啊！十年前，兩人都還是個孩子，如今，都是大人了。李姐比我大兩歲，二十七歲了。也許作了母親。大腳兒了，算不定不知道我了。」又去推想可能胖了，從小兒就是個圓月形的胖臉啊！

金土把這一條新聞，讀了一遍又一遍，心口窩裡越發的火辣辣，連臉都在冒熱氣兒。

「怎樣去見她呢？」金土想。「要是她裝作不相識呢！人家已是大腳兒啦！」

忽然想到王泰山這幾天就會折回來，說不定就要到衡陽去。傷號，總得有個休養噉飯之所。若是可以到九戰區報到，也就沒有留此的必要。俗語有言：「莫作多情子，多情空餘恨。」遂又自問：「難道我這迴想往日，是多情的嗎？」金土自己可也委實說不出來。

突然間，樓下傳來胡琴的「當的，的當」，幾聲定弦聲。

緊跟著胡琴就拉起西皮原板，有人尖起嗓子唱「鳳還巢」的「本應當隨母親鎬京避難」，這一段是金土也會唱的，他聽得出唱者的道成不高。金土之所以會唱這段「鳳還巢」，是跟留聲機的唱片學來的，唱片與留聲機，都是李姐送贈的。後來，被他父親專程乘火車到蚌埠送還了李姐家。今天忽然聽到有人吊這齣戲，特別感到興奮。忍不住想下樓去加入，也唱上一段。有好幾年了，他都不曾興起過想唱上一段的心情。這時候，他卻真想挺起脖子來喊上一句：「玉堂春跪至在督察院」，因爲他這時似乎看到了李姐就坐在他的床沿上，要作他的考試官呢。

這天，金土終究沒有走下樓去，也終究沒有在樓上吼兩聲。

過了幾天，王泰山還沒有回來，已超出了十天的常態。大萬國的車輛，三天兩頭的還有人住進這旅館來，王泰山帶信來說，得等備胎，載重大，兩個備胎都是破的，經不起山高路長，坎坷迴旋。沒有提及休養院的事。

金土的腿，已消腫復元，連同大腿腋處的傷凹，都已逐漸平實，行動不惟不要再帶手杖，走路也不跛了。天已秋涼，遂開始出門，到市街走走。第一個要去的地方，是「第一舞台」，第二個要去的地方，是圖書館，然後才是公園與營養食堂。但在行程上，首先到達的是公園，進去繞了個圈子，公園的門口，就有一家戲院，不是「第一舞台」，是「群樂大戲院」，從高懸在大門上方的木牌寫的戲碼來看，也是演平劇的戲園子。經過一番問詢，他到達了「第一舞台」這地方，比「群樂大戲院」稍為僻靜些個，門前是一條小街，過去，倒是一處風月之地，蔣經國來後，禁賭、禁娼，大都改營他業，這家戲院是後建的，規模大些，設施也完善些。金土到此一看，李韻吟三個大字，寫在三個數尺見方的木牌上，藍底紅字，下面小字橫扁寫著「南國青衣祭酒梅派正宗」，寫明了到此上演的日期與拿手的劇目。還有一張放大了的照片，長髮蓬蓬團團，圓圓的臉龐，笑吟吟的眉目唇角，連一絲兒往日樣兒，甚而是嬌妍的韵致，也無從找尋。

「啊！這是李姐嗎？」金土站在牌匾前，一再的面對著這張大照片吟味著，認不出她是十年前的李姐。

「十年了，三千多個日子呀！」金土推想著。「別說是人，就是山上的石頭，也會變的。風雨雖奈何不了石頭，也會落上灰沙，也會生起綠苔。」金土伸手去摸拂了一下自己的口唇，不也有茸茸鬚髯根刺刺地嗎！」

金土見此情景，不是初讀到報上新聞的那種心情了。

「往事已成灰，」他想，「死灰那有復燃的情理？」

金土想到這裡，頓時有儘早離此前去衡陽的想法。心情一時開朗起來，忍不住哼起「玉堂春」的這些唱詞：「王公子一家多和順，他與奴露水的夫妻有的什麼情？」他竟一直哼唱著回去。哼著哼著，聲音也就越哼越高，不想發現身後有一位戲迷，聽了金土的哼唱，一路尾隨不捨。當金土哼到公園路，發現了「營養食堂」，準備去吃一餐營養餐，再回旅館。這人也尾隨到了營養食堂，排在金土身後購票。當金土取了食物，選個坐位坐下，這人也跟著坐在金土的對面。這人一坐下，就以歡顏向金土說：「你住在文清旅館樓上？」金土一愣，望望這人，也覺得在那裡見過一面，可想不起來。

「我就住在樓下，」他自我介紹說：「我姓鄭，在空軍服務。」

一經敘說，才知道他就是那位拉胡琴的人，他是空軍總站的攝影股判讀官，准尉。夫婦倆還有一個三歲的男孩，住在樓下一個套房，論月付租，妻子是公立醫院的護士，小孩放在托兒所，上班時帶出，下班時領回。他們這個總站，也有個平劇社，正籌備十月卅一日蔣委員長的誕辰演出。戲碼已經排出，㈠鴻鸞禧㈡借東風㈢玉堂春。原排定的一位蘇三，扮相不好看，長官建議換人或換戲。他這會子出來，就是去商請內行借腳兒。想不到竟聽到有人把玉堂春這齣戲，唱得這麼好。他說他看到金土下樓出門去，他問過店老闆，知道是店中的客人，因爲腿生流火，在此住了十多天了。遂主動地攀談，問問金土有沒有興趣，參加他們玩玩。說這三齣戲是爲了祝壽，特別排定的。

這時的金土，對於未來的走向，還在流亡道上，雖然是個傷號，卻已失去了歸宿。如今健康，感受到已復元，就是回到休養院，也是一條路，重回部隊。另一條是從此脫離部隊。過去在衢州，空軍曾有心要他進空軍，他不想再玩戲，想全心投入教書工作。現在環境不同了，他需要有一個安定下的處所。遂因此遷就這位鄭先生的邀約，到他們劇社去玩。營養食堂回來，就在鄭家吊了一段玉堂春的上場。也許情緒好，嗓子雖久不練唱，卻也清亮悅耳。

吊完之後，這位鄭濟群先生就高興地說：「不要換戲，也不用花錢請內行人來幫忙了。」

第二天，就隨同鄭先生去了空軍總站，見了劇社負責人，又到劇社去吊嗓子。當大家獲知金土的一切情況，當天就談定留金土在空軍總站服務，職務是書記室同空軍少尉書記，收入比陸軍上尉多一倍，一月可得二千餘元，尚有此缺懸著。

王泰山也可以留下，補一名養場兵。遺憾的是，金土從此不能再有勤務兵了。這一點，金土倒不計較，在原則上，可以說是雙方一拍即合。

「海內存知己，天涯若比鄰。」金土頓然想到了詩人的這兩句話。

2. 相逢何必曾相識

在金土已決定轉入空軍總站，第三天王泰山便從衡陽回來。九戰區的傷兵休養院在零陵，第三戰區的休養院在福建三元，都打聽到了。且已問明了有關他輔導員的目前情況，若須繼續療養，三戰區、九戰區都會收容。如果自信可以重返部隊，拿著傷單傷號等證件，就近去下部隊，也會收編。當金土告訴王泰山，贛州的空軍總站想留他在此服務，王泰山卻認為服務空軍的地勤工作，比陸軍部隊要生活安定。至於他王泰山，也願意到空軍總站去補一名養場兵。

當然，若是補上了一名駕駛兵，跑這翻山越嶺的長途，每一個來回，額外的油水，都有金塊落入口袋。而他，寗願跟他輔導員，吃苦喝辣，都不計較。不在輔導員身邊，也無所謂。在飛機場，擔任日本飛機轟炸後，要不分晝夜作修補機場跑道的補平工作，既勞累、又危險。王泰山也不計較。總之，他不願意離開他的輔導員。

王泰山跟著史師傅的車返小陶，從小陶再回到贛州，他便下來。這一來回趟兒，史師傅給了他二兩金子，還有十塊花邊(銀元，江西人稱「花邊」)。

金土轉入贛州空軍總站，文件已呈重慶航空委員會，再快也得一個月方能批復下來。王泰山卻已入了養場大隊，金土也遷入了總站的「羅漢堂」(單身漢寢室)，每天練習即將上演的「玉堂春」。經過天天吊嗓，天天練習走圓場，無論唱、唸、作、表，都有戲師傅指點，再加上金土的全身投入，這次演出，居然給金土帶來了驚詫聲譽，連內行都紛紛發問：「這人是那裡來的？」還有人挑剔「金土」這個名字很怪，怎能按在這麼一位美麗的蘇三頭上？甚而有人說：「是個女的，故意用了這麼個男人的土名號。」

他們怎知金土這才第三次登台演平劇。可證以色相付諸舞台的表演藝術，悅目之美，悅耳之聲，還是取悅劇場的第一要件。第二天，就有記者前來訪問。當他們獲知金土是一位在戰場上，與日軍作戰，受過重傷，動過兩次手術，住了近兩年醫院的抗戰英雄。年已二十五歲，扮起旦腳蘇三來，竟像個十幾歲的小姑娘，在新聞稿上，更附加了一些傳奇的色彩。

於是，金土的盧山真面，也刊出在報上。一時之間，金土竟一夜之間，成了名人。這對金土來說，不惟沒有為他帶來快樂，反而平添些苦惱！金土自小有著害羞的本性，自報上刊出了他的這一報導，居然收到不少封女學生的來信。他的公文尚未批下來，還沒有到工作單位報到，總站長就要召見。見面時，一再問他從那裡學來的？還送贈了一支派克金筆。劇社的朋友，又給了他一個渾名，叫他「小金子」。開始被喊作「小金子」的時候，他總是面紅耳赤，兩頰生熱。可是綽號叫出之後，很難消失，從此，沒人再叫他金土，都叫他小金子，既順口，又響亮。

緊跟著又要排演十一月十二日的總理誕辰慶祝戲。

金土只會唱蘇三這齣戲，時間短，學新的也來不及。湊巧，劇社的主持人小鍾是丑腳，遂排金土再演「女起解」。正當他們在青年團的禮堂，來演出「大回朝」（聞太師回朝）、「女起解」、「捉放曹」的這一天，來新贛南「第一大舞台」演出的李韻吟，已經到了。空軍總站這個碼頭，已經拜過。這晚，李韻吟便是台下貴賓席上的觀眾。演「女起解」的蘇三（小金子），就是當年的「小紅娃」，她是做夢也不可能夢到的。

韻玲也來了，她們這一夥來了四位，另兩位是老生與花臉，都坐在第一排。來時，「女起解」的提監，反二黃已近尾聲，她們坐下之後，崇公道就拿著魚枷上場。一見到旦腳的扮相，就脫口贊說：「唔！好模樣！」韻玲則輕聲說：「勾魂子的妖兒。」惹得她姐用胳臂肘兒捅了她一拐，沒說話。老生則輕聲問：「坤腳兒？乾腳兒？」李韻吟則答說：「男人家。不是給咱說了嗎。前兩天到總站去拜會，總站不是告訴咱們了嗎。」老生花臉這才想起。下面已是「人言洛陽花似錦，監中蘇三那知春，低頭出了洪洞縣境……」老生又嘖口贊說：「唔！也是學梅的。」又說：「歲數不大，好料子。」李韻吟便又隨口作答：「二十出頭嘍。」李韻玲似有所見，扭過頭來向姐姐咬耳朵，輕悄悄說：「姐！妳看那一雙手！蔥葉似的。」李韻吟又用胳臂肘，輕輕拐了妹子一下，沒言語，注目聚神在台上。

看完這齣「女起解」，就起身到後台去道辛苦，她們得提早離座，後天，就正式上戲了。

到了後台，蘇三正在卸妝，李韻吟趨前，一邊伸手為禮，一邊贊歎說：「看了金先生你這台上的丰神，聽了你這天賜的歌喉，我都不敢出台啦！」金土還是那副老樣子，羞答答地低頭微笑，不敢昂頭去看，口中只是連聲輕呼著：「李姐！李姐！」李韻吟先是緊緊握著金土的手，且加重指掌速速握了三次，金土的神經細胞，已能滲溶了這指掌說出的語言，應是：「別嚷嚷！我認出來啦。」飄蕩在韻玲眼角與唇角上的笑浪，也是一句俏皮的語言，好像說：「唷！小紅娃，是你呀！」只這一霎那間的應酬，給逝水流年的歲月，又續續滾出了多麼長的情絲一團？

一別十年有餘，照理說，彼此又在異地重逢，相見時委實不應是這樣的「如同陌路」吧！俗話說得是：「時遷勢移，人情各異，」雖父母子女，也會有難敘天倫的苦衷，何況兒時的童心稚情！金土在戲院大門上的畫像上，業已尋不到當年李姐的眉眼笑貌，以及那少女的青春神韻，今日後台雖是瞬眸一瞥，未敢正視，卻也不敢相信她就是那位考試他唱「玉堂春」的李姐。那小妹淘韻玲，卻還有幾分當年的稚氣，只是個頭兒高大，臉蛋子也方方大大，更消失當年的那副小丫頭的潑皮勁兒。可是，事實上這兩人就是十年前在那閨閣繡樓，相聚過一些日子的李姐李妹。

從這短暫的重逢，金土已經體會到李姐已無敘舊的情誼，那握住他手的那隻肥都都的手，加重手力的三握，傳達的語言，使金土已經體會到了。

在江山的這一年多，聽了王泰山不少的村俚俗語，譬如這句：「女人心好，男人心壞。」又說：「女人失了身，死心踏地。男人得了身，吹牛散心。」遂又說：「十個女人九個肯最怕男人嘴不穩。」為什麼女人罵男人的口頭語，動輒說：「臭男人。」男人罵女人，不說「臭」，說「臊」，動輒說：

「臊娘們。」其實，男人臊而不臭，女人臭而不臊。所以，女人動輒出口說：「臭男人」。就是罵的男人嘴臭，亂說。男人占了女人的便宜，最喜歡向友朋張揚，若不張揚，便顯不出他是個有本領的男人。王泰山的這些不登大雅的粗話，推究起來，還算得上是一篇人生大道理。

「小妹頭韵玲，也未必知道姐姐曾經脫了我的褲子驗過。」金土想：「那時節，小妹頭只是看得出姐姐挺喜歡我就是了。」

這兩天來，日日夜夜，金土都在追古思今。

李韵吟的三天打泡戲，他都跟著劇社的同仁去捧場，座位在下場門這一區的第十排，每次戲完後，都要到後台去道辛苦。大家都忙著卸裝，這種跑到後台道辛苦的行動，簡直是給演員添辛苦，一個個都散亂著頭毛，展示著一臉臉經過汗水浸潤過的濃厚脂粉，都像紮紙站中的頭殼。道辛苦的人，一批又一批的湧進，主要的演員們，得一個一個的去握手接應。金土只跟著去了一次，他人小位卑，總是尾隨人後。他又一向不往前竄，他知道李姐也注意不到他到了後台。心裡也不會有他這個人。第二天、第三天，他都沒有再跟著去後台。

王泰山雖然補了一名養場兵，駐在機場，卻不時跑來看他的老長官，每次來都在禮拜天午後，上午，電影院、戲院，都有早場免費招待軍人。王泰山來，除了照舊理整床舖，還要收取金土的換洗衣衫褲。有時，金土已經自己動手洗滌過了。

就在李韵吟的三天打泡戲，贏來滿堂紅彩之後，空軍劇社要請一次客，一再改日期，方行湊著李韵吟演歇工戲這天，在文清路廣東酒家設宴慶賀，也祇屬於劇界的聯誼性質。湊巧，金土轉進空軍總站的公文，已有電復，以同空軍少尉三級任書記職務。明年元月一日爲到差日期。在宴請李韵吟老闆這一席的陪客名單中，也有金土。巧的是金土到了席上，已有了職稱「金書記官」。祗一桌，李韻吟一夥五位，（另三位是老生、花臉、胡琴、鼓佬，妹子陪母親去看醫生）總站五位：總站長、監察室主任（兼劇社社長）、鍾永清（丑票）鄭濟群（生票）金土，再另兩位就是劇社的戲師傅，在「群樂大戲院」演出的戲班中人。他們這一席，除了當事人，沒有任何人知道金土與李韻吟老闆，還演過一段舞台以外的傳奇戲呢！李韻吟之所以不願帶著妹子來，也是有意規避的。

這天的宴會，談話的範圍，幾乎全部都在戲上，雖然作主人的郭總站長是廣東人，倒也挺喜歡戲，還能唱幾句廣東戲，在席上就趁著酒興高歌了一曲，李韻吟也會幾句，曾附和著唱廣東戲，還因而引發了「盤絲洞」何以不排的問題，還有「戲迷家庭」。李韻吟答說她這次只來了六個人，沒有辦法排班串的群戲。這一餐飯，談話頭都沒有金土插嘴的地方，對戲，他知道的少，作人，又素來怕羞。可以說，在這次宴席上的時間裡，李韻吟不但是豪放的飲酒，也豪放的談話，眼光雖也不時的掃向金土，卻不曾有關懷到他的眼神。金土卻在她的舉杯一飲而盡，說話的神情，果斷乾脆，體味到了當年在小樓上的相聚情景，仍能在眉目唇齒間，見到了當年的李姐。其他，連形貌言笑都算上，在金土看來，李姐已是另一個人。這十年來的追懷，已無法與這分幽情，投擲在當前面對的李姐身上。

宴終告別時，當李韻吟的手握到金土時，竟緊緊握住不放，竟問：「你看了我的『春秋配』嗎？」金土點頭，輕聲答：「看啦！」李韻吟遂鬆手拍拍金土的肩，卻回頭向東主郭總站長等人說：「金書記官倒適合唱『春秋配』這齣戲。」

「小金子，」鍾永清插嘴說：「快些磕頭拜師！」

李韻吟已醺醺然走到樓梯口，沒有作答，便在眾人尾隨中下樓而去。

在金土心理上，也沒有感到失神，他深深地感受到今日的李姐，已是另一個天地中的人，不是當年他們住在那個童稺的小樓上了。那小樓的世界，如今想來，委實太小了。

金土已經上班，李韵吟演期完後回桂林，也沒有人約他去送行。小鍾他們回來，倒爲金土帶來李韵吟的一份禮物，著人抄寫出的一個本子，「春秋配」撿柴、回柴兩場戲，外面用紅紙包裹起的。當小鍾把這紅紙包兒交給金土時，說：「這是李老闆要我交給金書記官的。說是本子。」一面交付，一邊說：「打開給我看看，是什麼本子？」

金土赤紅著臉接到手上，遲疑著不敢打開。卻被小鍾一手奪過，吱啦一聲就撕開了，包的只是一個「春秋配」的劇本，有歌譜的，寫明是「歐陽予倩老師秘本」。別的，什麼也沒有。

鍾永清望見赤紅著臉的金土，一面交還撕開了紅紙包的劇本，一面問：「小金子，你私下拜過師啦？」

金土搖搖頭，沒有回答這一問題，卻近乎自言自語地說：「我唱不了的。」

「嗨！」小鍾伸手向金土的肩背拍了一掌，說：「李韵吟愛上小金子啦。」

金土馬上有些兒生氣的說：「科長你留點兒口德好不好？我算老幾啊！」

鍾永清看到金土生氣了，遂也正色的答話：「別紅臉嗎兄弟，開開玩笑就惱啦！」

事實上，鍾永清自從與金土合演「女起解」那天起，台上的彩頭，自始至終，全是金土的，他就有點兒吃味兒。今天，又爲李韵吟親手轉上這個手抄本子，又見到金土那種赤紅著臉龐羞羞慚慚地神情，就懷疑金土這個人物，私下裡與李韵吟有了交往，竟瞞著他們大家夥，誰也不知道。要不然，李韵吟怎的會臨行時，沒有見到這小金子送行，才把準備好的這份禮物託人轉交。一個本子，還用紅紙包裹，在鍾永清看來是「艷情！」遂認為金土這人不老實，外貌忠厚，內心奸詐。還把這事告訴了別人。

贛州總站決定要遷往遂川，新修建的飛機場，可以降落B24重轟炸機及B29空中堡壘，陳納德率領的美國空軍飛虎隊改成的第十四航空大隊，將與在美國訓練完成的我國飛行員，組成中美空軍混合聯隊，遂川機場就是未來轟炸日本本土的空軍基地。雖然機場的修建工程，尚未全部竣工，由於戰略的需要，跑道與停機坪提前修好了。還有踰五千人的美軍食宿以及辦公處所，也漏夜趕工完成。飛機將在三、四月間，就要進駐遂川機場，新的總站長已經發表，原已決定過了農曆年搬遷的決定，都得提前。所以在金土報到之後，已有部份人員先行遣往，總站的辦公處所，只是借用機場近處一個小村落的祠堂作總站部。王泰山是養場兵，在第一批人員中，便隨同養場大隊去了遂川。當然，劇社的活動，也因之停止。

金土是最後一批，離開贛州時，已是三月末梢。

3. 那一晚他沒脫帽子

明天上午九時，最後一批人員的運輸車輛，就要出發。留在贛州最後一批才走的人員，金土服務的這個單位，只有官兵三人，除了金土，另兩人是一個譯電員一個錄事。這三人的行李簡單，每人都不過三件，一個舖蓋捲，一個箱子，一個雜物袋子，或一捆書什麼的。一早起來，不要一個小時就可以理完。所以這三人在這離開贛州的頭一天，吃了中飯，睡了午覺，便相偕到贛州城遊遊，吃次小館，看場電影，明天，就要到遂川去。到了遂川，住在鄉間山嶼間，就沒有市街可逛，沒有戲院可進了。

這三人進得城來，首要的去處就是公園。金土看到了干犯賭博跪在抗日陣亡將士紀念碑下的男女五人。同行的老吳說：「哎！書記官你沒有見過吧！看！」指著下跪的人，又說：「好久沒有見到了。蔣專員初來當縣長的那一年，幾乎時常有這景致。」老吳是譯電員。儘管金土並不稀奇這種景致，遇上了，自然想走上前去領略一番。

罰跪的人，是四男一女，女的很年輕，看去只有廿來歲，四個男的都在四十以上。每人頭上都戴著一頂像馬戲團小丑那樣尖而高的紙帽子，白紙糊成的，上寫三個紅字「賭博犯」身上則是各人的隨身服裝，有兩個穿棉袍，一個穿中山裝，一個穿對襟短襖長褲。女的臉上雖無脂粉，髮也沒有燙，身穿紫色棉袍，外罩藍呢西式大衣，從穿著看，這幾位大都是中上級人家的人物。他們並排跪在那裡，一個個臉上的表情，看去都非常恬適，似乎只有「無奈」的情韵。有人走來駐足去看他們，也祇是掃一次眼神。人人膝下都沒有墊任何事物。就跪在泥土上。過往行人，也祇是看上一眼。這天，只有金土他們駐下足看了幾十秒鐘。

離開時，向錄事告訴金土說：「到這裡罰跪，由他們照判決的時間，自動按時到達，把規定的時間跪完，到警察局去消案。」又說「沒有人敢不去，也沒有人敢不依規定。」表面上，也沒有人監視。何以呢？如有人不遵守規定，就會加長罰跪時日。金土想：「這大概都是從共產黨那裡學來的。」大家都知道蔣經國在蘇俄生活了十四年，十多歲就被送到蘇俄去了。

「治民之道爲用法，法所以一民。」金土聯想到松三爺講過這麼一句話，可想不起松三爺這句話是從那裡來的。也不能貫徹這句話的詳確意義。遂認爲要不是日本人侵略咱們中國，這話的意思，他就早已學到了。馬上又想到「打倒列強」這個歌。「抗戰到底」，就是打倒列強的行爲。想到自己已上過戰場，挨了日本人的槍彈打傷，如今，還在抗日戰爭的行列中。一時有了驕傲的心情，忍不住哼起了「中國不會亡！」這首歌兒，老吳、老向卻也跟著哼。

金土他們三人在新贛南的街道上蹓躂了一圈，金土建議到營養食堂去吃晚飯。金土喜歡這樣的平民吃法。

吃了晚飯，三人相偕到營養食堂旁邊的「青年劇院」去看電影，片子是梅熹與陳雲裳合演的「一夜皇后」，老向已看過一次，說是「好看」。飯吃得早些，走了半天也累了，便買了票提前進場。通常，晚場第一場是六時二十分開演，五點半就可以進場。坐在裡面聊天，比坐在公園裡要暖和些。仲春天氣，晚風還是挺料峭的。老向有個習慣，天氣微涼，可以說一入秋，他就經常把一頂絨線帽子，戴在頭上。平常日子在辦公室，也是如此。年紀比金土他們倆要大幾歲，叫卅啦。這天進場之後，老向遂又把那頂絨線帽子戴到頭上。快到開演的時候，突然有兩個擔任巡察的童子軍，走過來要老向把帽子取下來。起先，老向很不高興，說：「我戴這頂帽子，有什麼關係？又不妨礙別人看電影。」

其中一個居然雙手插腰，怒目圓睜，說：「我們的規定，進了這電影院，就得脫下帽子。」另一個也火氣騰騰地說：「快把帽子拿下來。」這兩個小鬼頭都氣燄萬丈。金土與老吳都看不過了，馬上站起，也氣火火地說：「你好聲好氣的說嗎，兇巴巴地幹啥？」老吳則說：「你神氣什麼？」老向也一時火氣上來，賭氣地說：「我就不拿下來，你能怎麼樣？」這一吵，所有坐在電影院裡的人，都起身來朝他們這裡看。兩個小鬼頭居然摘下掛在腰間的童子軍棍，準備動武，被台上方面傳來的一聲吆喝：「回來！」還喊著這兩人的名字。

這兩人轉頭一看，馬上住手，一言未說，就匆匆向前走去。緊跟著熄燈，電影在銀幕上放映出了。

「瞧這兩個小鬼兒的威風勁兒。」老吳說。「神氣喲！」本來還想說一句：「狗仗人勢。」沒有說出來，老向則自言自言地說：「我不脫下來，就不脫下來。」金土則一再想著剛才這兩個小孩子的口氣，好像他那年在南湖撿柴，遇見的胡家窪那幾個孩子占地盤一樣。想不到會在這新贛南見到的童子軍也會如此。

電影很好看，這三人，不久也就消失了剛才的閒氣。散場時，三人魚貫尾隨眾人走出電影院，不想一到出口，就有七八個童子軍在門口等候，這三人還沒有走到一堆，第一個先出場的金土，就被兩個童軍上前，一邊一個把金土的手臂抓住，跟著老吳與老向也同樣被身前身後的七八個童子軍架起，幾乎異口同聲的說：「就是這三個。」起先，這三人被突起的這一遭遇，都愣怔得不知如何應付？稍一冷靜，才下意識地叫出聲來：「你們幹什麼？」老吳、老向兩人，體力比金土好，用力一掙，便甩掉了架他的兩個小鬼頭。只聽得大門左旁，有一位武裝整齊的軍官，竟大吼一聲：「綑起來。」這一聲令下，頓時一擁上來一二十位小鬼頭，他們解下了腰間的繩子，一霎那間，就把金土這三個人上了五花大綁。又聽到一聲口令：「送進去。」這三人便被廿來個小鬼頭，簇擁著像押解死刑犯上法場似的，推著活動屏風一樣，離開電影院門口。

電影院門口有許多人在看，在議論紛紛。卻也很少有人去解說為什麼帶走這三個人。這三人中有兩人，身穿軍服。

金土這三人迷迷惘惘地，被推搡著走了十多分鐘，送進一個地方。進了大門，又進了兩進院子，轉入了一條小巷，走完了這條小巷，叫開門，幾個簇擁金土三人進來的小鬼頭，把他們推進了這道門，其中一個小鬼頭，還狠狠地說了一句：「不讓你們嚐嚐味道，你們不知道厲害。」

金土三人被開門的人接待進去，打量了三人一眼，用疑問地語氣說：「你們犯了什麼？」老吳馬上回答：「犯了什麼？看電影忘了脫帽。」只聽得鐵柵門呱啦一聲關上了。再走幾步，又是一扇鐵柵欄門，打開後，讓開了路，指示三人進去。一進門就聞到尿臊屎臭的濃重味道，頓時有想嘔吐的感覺。一看，一順排是一個大舖，竝著頭睡了不少人，順眼望去，總有兩間房那樣長。睡在通舖上的人，見有三個人進來，大多人都坐起身來看，有些人說：「又添了難友啦！」遂有人問他們爲了什麼被送到這裡來？仍舊是老吳回答，老向補充。金土則觀察這地方，猜想是拘留所，與他當年被關入的地方，大不一樣。那時，他只一個人關一間房，後來又關進來一個老頭子，外鄉人，講話都不能溝通，他們都腳鐐手梏。這裡，數一數有卅多人，都沒有帶刑具，只是被關在這裡，睡在這裡就是了。恁麼多人，關在一起，也不知犯了什麼法。

三人進來之後，大舖上的人，有些人要求大家擠一擠，讓出三人的睡處來，也有人睡在舖上不理會。房裡又沒有坐椅凳子，床頭與空處的牆，只有兩尺來寬，只能一人出入，兩人相對來往，都得側身相讓，方能由兩人通過。順著床頭向裡看去，數一數有四個尿桶，臊臭薰鼻，乍進門來，不但想嘔，還令人不敢喘氣。坐下好久，才適應下來。只聽有人說：「既然被送到這裡，就什麼也別說，等著運氣到來吧！」遂有人接著說：「我已關了兩個多月了，還沒有等到運氣老爺來呢！」關到這裡來的人，從來不審也不問。只要管理員來，打開門喊一聲某人的名字，這人出去之後，很少再回來，是死是活，也無人知道。

金土三人就坐在他們舖頭邊，告訴裡面的人，他們三人都是軍人，又沒有犯什麼法，不會被關上一月兩月的。舖位已經很擠了，他們三人又無舖蓋，其中也有人說：「最好不要睡到舖上來，別把蝨子弄到身上去。」說是舖上有捉不完的蝨子、臭蟲。

這三個人就坐在他們的舖頭，磕磕盹盹地坐到天亮。由於尿臊屎臭，且時時有人起床去拉屎，去灑尿，雖用手帕摀著鼻嘴，也擋不住尿臭氣味的侵襲。

大概八點鐘光景，有人開門，站在門口喊金土等三人的名字，說：「你們三人出來，你們的長官來保你們出去了。」這三人還沒有說話，就響起了鞭炮樣的掌聲，恭禧他們出去了。

老吳看到坐在舖頭動也未動的金土，遂頓然有悟，說：「我們就這樣糊里糊塗被關進來，又糊里糊塗放我們出去。我們是人，不是牲口。」老向也跟著說：「不出去。」金土則回想著他那年被當作共產黨抓進去，腳鐐手梏的關了三個月，出去的時候，是在那個像法官一樣的人面前，見到鍾牧師之後，由鍾牧師簽字，把他領出去的。他想：「許還有長官在外面。」遂站起來問：「我們的長官在外面嗎？」這個開口的人愣了一霎，說：「不知道，只教我來開門放你們三個出去。」金土聽了，遂馬上作答：「我們三個是空軍總站的軍人，我們得等我們的長官來領我們出去。只由你們隨隨便便關我們進來，又隨隨便便要我們出去，沒有這種法律，也沒有這種道理。」

金土這幾句話一說，頓時又響一陣掌聲，還有人大聲說：「對，講道理麼。」還有人說：「天牌對碰上猴子對啦！」這個管門的人，便咔啦一聲，又把門關上，轉身走了出去。一時之間，這所牢監中的人，蜜蜂子似的嗡嗡嗚嗚起來，七嘴八舌，各說各的。

這一來，直到十點多鐘，第一餐飯食已經送到。大家正在取碗盤去分飯食，這三人看到監察室主任趙振海還有一位金土不相識的軍官來，說是蔣專員已親自打電話道過歉！也在電話上報告了在遂川的總站長。這麼一說，金土三個人方走出監牢之門，隨同趙主任回到總站。

金土這三人，遂又在這新贛南多留了一夜。

4. 遂川的天空與地上

遂川原名龍泉，吉安府所轄的九縣之一。

按龍泉北路，山多綿亙其中，通路皆係上嶺、下嶺，盤旋穿繞，皆須迤南北而行。江西輿圖志說：「實不能按路計里，宜合說參看。」已說明了該縣由於山脈錯綜，無法按路計出村鄉之間的里數位置。不過，民國以來，已修成公路，由贛州到遂川有通行汽車的公路，由遂川到北之泰和縣，也有公路可行汽車。由泰和到吉安府（民國已稱縣，府州名已廢除）也有行駛汽車的公路。當然，與其他鄰縣交往，也有可行汽車的大道。都難免「盤山穿繞、迤南迤北」的行進。

由遂川出北門，通向北到泰和的這條公路上，有一處連巒的山丘，空軍遂選中這一地帶，剷高填壑，建築了一處寬廣五百公尺，長達二千五百公尺的飛機場，跑道二千二百公尺，特為新型的B24、B29等大小空中保壘設計的。機場工程處是航空委員會成立的專責機構，不屬於當地空軍總站。徵用了數千上萬的民工，且由美國派來工程人員指導，日以繼夜的窮兩年多時間，終於可以迎接空中堡壘進駐了。

機場上除了應用的跑道，機場四周還用土堆起有十尺厚的停機堡，大小百餘座。平常日子，如不升空，便一架架停在機堡裡面。這樣的設計，可以減少日機空襲時，炸彈如不是直接落到飛機上，落在堡墻之外，便可阻擋炸彈破片的侵襲，一旦有一架被炸中起火，也不會連累到另一機堡裡的停放飛機。這機場可停戰鬥、轟炸兩類機種三百餘架，經常駐紮。爲了配合這機場的美國空、地勤人員的食宿休憩，在機場近處丘壑間，建築了五處接待所，每一處都能容納千人以上，官有官的俱樂部，士兵有士兵的俱樂部，階級的界域，非常嚴格。還有可以表演的場地。放映的電影，大多是好萊塢剛拍攝完成，尙未上市的名片，先送到軍中來。各種球類，除了足球棒球，山嶼間沒有這大的場地，他如籃球、排球、乒乓球、彈子檯，無不齊全，且全是由美國運來的工具。

金土等人遷到遂川之後，起先幾個月，駐場的飛機還少，只不過P40、P47戰鬥機十架廿架，B25轟炸機三、五架，美軍顧問團的工作人員，也只是十幾二十人。日本的飛機，也不時來襲，每天，總是轟炸機三架、或只一架，到機場上空投了彈就轉頭飛回南昌。這機場，十之八九都是依原山巒剷平了的，本質上，都是山上的巖石，甚至是五百磅的炸彈落下，只不過炸了個半尺深的凹坑，用不著多大會子工夫，就可以修復，談不上損失。

機場離遂川城二十華里，離北路泰和縣城，不過數十餘里，東距贛縣也只百餘里。由贛縣到泰和的汽車，通常都是一日的行程，遂川就是這一路汽車行程的午飯休憩點。處理遂川機場的空軍總站部，就紮營在飛機場的跑道北端。飛機起落，大多時間都在總站部辦公處所的頂空經過。四個螺旋槳的重轟炸機，在加大馬力起飛時，剛從跑道拉起就到達這辦公處的頂空，嘯嗚聲極大，卻從來不曾聽見有人在說這飛機的起降聲響，吵得大家不能辦公。幾不知有「噪音」這一名詞的存在。

金土到了遂川，新的總站長也在這天到任。這位譚總站長是華僑，英文是他的母語，他出生在外國一個說英文的地方。當然，也是飛行員出身，派這位來接任遂川總站長，就是爲了配合未來的中美空軍混合聯隊。就在這位總站長到任的第二天，召集各科室主官見面的這次會議上，金土被派擔任紀錄。書記室有兩位書記兩位錄事、兩位譯電員。其中一位上尉編階現階中尉的書記是主任。就在這次所謂的首次業務會議上，金土被指定除了擔任他本分上的工作之外，還派他兼管總站長的密電碼。從此，金土從主任書記手上，接下這本密電碼，得隨身保管，遇有使用這本電碼的電報到來，或總站長必須拍發密電時，也得使用這本密電碼。首先，金土得學會譯電報，尤其這密電碼的使用，往往加上暗號，得熟諳暗號的加碼減碼以及隔字選字等規則。否則，收到電報也譯不出文來，拍出的電報，也會退回。電報都是急迫的指示或報告。開始時，金土非常不習慣，而且心驚肉跳，一連幾晚睡不著覺。過去，這密電碼在郭書記主任手中時，是放在書記室的保險櫃中。這櫃子還要收藏一些文書上的密件，如今，新的總站長這麼一個指示，這密電碼若再放在這個保險櫃中，這密碼又多了一個人的責任。何況，總站長要到贛州、南雄、南城等空軍站的飛機場去巡視，總要帶著金土同去，這密電碼就得隨身不能離。

總站遷到遂川之後，總站長又多了一部車，可坐十人的中型轎車，名稱是「站車」，用於公務的。另一部則是總站長的座車（小轎車）。可是，這位譚總站長最喜用這輛站車，往往自己駕駛，司機備而少用，坐在旁邊。他喜歡交朋友，站車可以多坐幾個人。

當中美空軍混合聯隊有兩個中隊進駐遂川機場，就有一架雙人坐位的L-5通信飛機，有時，譚總站長也會借來使用，他獨自駕駛，飛往贛州、南雄、南城等附屬機場巡察。十有八次要帶著金土去。因而金土又多了一個外號：「機要」。

實則，金土非常不習慣於跟著長官出門，他不會侍候人。稍一不愼，未能如長官心意，就會挨罵，看到那可怕的怒目，總是手足無措。這時的金土，自作慰藉的詞兒，只有他小時候聽來的這兩句話：「父打子不羞，官打民不羞。」他也追想到十年前在浦口的新兵訓練團，聽到連長訓話時說的：「軍人以服從為天職」。同時，還說了一個故事。說是有一天，連長命令一個班的弟兄，各帶一把刷子、一個臉盆，要他們裝滿一盆煤炭，到河邊去洗，說：「看誰能把炭洗白？洗白了的有獎。」其中有人說：「炭怎麼能洗白？」馬上就叫這說話的人留下來，說：「那你就不必去了。」等到一班人在河裡用刷子，把一盆煤炭刷成了煤碴，一個個端了一盆煤碴回來。連長問：「洗白了沒有？」沒有任誰敢答話。這時，便把先前那位說話的人，喊得前來，馬上就是二十大板，屁股與大腿，都打得血糊糊地，挨打時，喊得沒有人聲。打完後，連長當眾說：「命令是不可反抗的，洗不白也得去洗。這是命令。」所以金土想到他如今雖只是軍中文官，卻知道空軍總站也是軍隊，身上穿的也是軍衣，他便想到鄉下人說的「官打民不羞」這句話，才是作小人物的生活之道。漸漸地，挨了罵，也就能夠把頭一低，不去看那怒目，沈默的忍了下來。然而，密電碼倒是金土最頭痛的一件事。他縫在衣袋中，用時取出，不用時再裝入縫妥。

警報越來越多，幾乎每天都有。祇要天晴，往往警報一天都不能解除。警報大多是騷擾性質，總是一架、一架，由高空進入嶺空偵查。南昌、吉安，離遂川近在咫尺，駐在遂川的中美聯隊，也時常出擊，轟炸長江這一線的日軍陣地以及輜重藏所。當然，機場也在目標範圍之內。有一次，日本六架轟炸機，十分鐘內分作兩批前來轟炸機場，却被昇空的三架P38，擊落三架，從此，沉靜了半個多月，沒有警報。

中美聯隊的飛機，進駐遂川機場的數目，隨著機場工程的進度，幾乎三日兩頭的一隊隊飛來，總站的各科室行政人員，已不敷用，除了登報招考僱員，卻也不得不取銷例假，星期日也不放假了。但五個美軍招待所，每周末都有娛樂活動，總站的官兵，也准許參加。電影晚會幾乎是每晚都有一場。可是金土很難有機會去一次。因爲總站長白天在辦公室的時間少，一般公事，都由總站附判行，較比重大的，留給總站長批閱。書記室的兩位書記官，兩位譯電員，輪流當值，聽候總站長晚間批閱公文時，隨時交辦。金土負責密電的譯收譯發，得天天晚上到班，縱然不是輪值日，也得到辦公室聽候差遣。

在辦公室，日日夜夜地，那有這麼多文書處理，只是等候總站長到來，聽候差遣，卻也不是天天要喊金土辦理密電。俗云：「養兵千日，用兵一時。」金土明白了軍隊就是這樣的。

郭主任喜歡下棋，值班時，總愛與其他科室的值班人去爭高下。日子久了，值班的人無聊，先是下棋，打撲克牌，漸漸地，便賭錢，麻將、牌九都齊全起來。金土卻不喜下棋，更不愛賭博，他在書店買了一些桂林出版的散文、小說等等。一邊閱讀，一邊寫讀書心得。有時激發起文思，也作文章。同住的房間，有四個人，其中一對父子，山東人，姓李，攝影股股長，兒子已八歲，母親由贛州遷到遂川，租住在鄉間民家，一月前日本六架飛機轟炸那天，擊落的一架，在空中爆炸，碎片散落下來，傷到在山壑間躲警報的有五六人，其中有李太太，傷到頭，當場死亡。料理完喪事，便退了房，帶孩子住在單身宿舍來。孩子白天上小學，晚上，他叫孩子唸《論語》，金土聽了，認爲李股長教得很內行，談起來，知道他曾在私塾讀了七年。在遼寧時考取了張學良辦的東北航空學校，飛行淘汰，改學攝影，判讀官鄭濟群就在攝影股。正由於李股長與金土兩人都是私塾出身，談起來，非常投契。

這兩人遂成了日常生活的朋友。

遺憾的是，這位李股長自從太太過世，耐不住單身的寂寞，愛到花街柳巷冶遊。他說：「食、色性也。人不可缺。」自從與金土交上朋友，便時常夜不歸營，八歲的孩子李海濤便在金土身邊，跟前隨後。突然有一天夜晚九時許，機場的汽笛，發出了空襲警報，一開始就是緊急警報，所有的燈都熄了。通常，總站部的人員，住在近處的單身漢，都到後山上的防空壕溝去躲，並沒有防空洞。專家認為在飛機場附近的山區地帶，不適宜挖防空洞，一旦炸彈落下，炸坍了防空洞口的土石，封閉了洞口，死傷就是一大堆，在露天的壕溝中，只要不把頭伸出地面，炸彈如不落在頭上，都不會受到傷害。可是，當警報響，李海濤這孩子，竟不在身邊，跟著燈熄了，飛機聲已到頭上。以為這孩子可能隨同別人躲到山上去了。金土遂在房外的稻田邊，臥地不動。只聽得炸彈在頭上離開飛機，下落時的嘯鳴旋動出的嗖嗖風聲，都在吹動毛髮，似乎感覺到衣襟都在飛飄，霎那間一聲巨響、又一聲巨響，不是「通通」聲，像是一幢洋樓倒塌聲，突然趴在地上的金土整個身子都蹦了起來。一時之間兩耳轟轟，像兒時遇見狂風時，目不能睜，手不能抬，一時間，連兩耳也不能聽。不一會兒，稍遠處又是一聲爆炸，兩眼雖未睜開，卻感覺得眼前突然閃出一片火光。隨之，金土便失去了知覺。約莫過了十分鐘光景，金土醒轉來了，剛鎮靜了一霎，想摸摸自己受傷沒有？飛機的嗡鳴馬達聲又到了頭頂。跟著又是一連好幾聲咣咣地爆炸聲。這次，他聽得出炸彈的落點是飛機場，爆炸在鋼硬的跑道上。遂又聽到一架P61的飛機，快速掠過頭頂，嘯鳴刺耳。不一會兒西南方不遠處的山巒間，又傳來一聲爆炸。北方的稍遠處，也傳來了爆炸聲。

警報在一個多小時之後，方行解除。

金土爬起身來，摸摸渾身上下，並無絲毫損傷，只是衣服上幾乎被泥土糊了一層。房屋近處也有人沒有來得及跑到山上去，像金土一樣，就躲在房外的空地上，經他們指點，方始發現距離不到五十公尺的稻田裡，就落了兩顆，炸了兩個大坑，映著月光，大家走近去一看，每一個坑都有近丈深，水都滲出了半坑。四周的泥土，堆起有一兩尺高。好在警報急，汽笛一響飛機就到了頭上。若是有人再向前多跑幾步，就沒有命了。

躲到山上的人，紛紛歸來，他們在山上卻見到了美景，先到的兩架轟炸機，肚子裡的炸彈還沒有來得及投完，就被我們的黑寡婦P61給揍下來了。有幾位膽子大又有經驗的人，在山上親眼見到我們機場的夜戰飛機，揍下了它們的真切情景，說：「就像老鷹衝到地上抓兔子似的。」又有人改正說：「不是那樣，像老虎追牛似的，輕輕鬆鬆地就把比牠大的牛給撩到了。」

「爆炸時候迸散到滿天的火花，比煙火還要好看。」有人又這樣形容。有人說：「只來了兩架全給揍掉啦！」

又有消息靈通的人士說：「不祇兩架，還有一架沒有飛過吉安，就被揍掉了的。」

金土回到了房間之後，李股長沒有回來，李海濤也沒有回來。連累了金土不能睡覺，到處去問，去找。連兩個炸彈坑都看過了。沒有任何消息，也沒有任何痕跡。這一夜，金土不能入眠，心裡一直譴責著自己，如何向李股長交代呢？儘管李股長並沒有把孩子委託給他，金土總覺得他有疏忽之責。

早晨，上班時，李股長才回來。得到孩子不見的消息，雖然一再安慰金土不要自責，說：「這不能怪你老弟，應該怪我這老子不成才。」說著說著就忍不住雙目淚流，說：「炸死了也好，跟著我這不成才的老子，還有苦受呢！」

上班了，總站長已在喊金土到他那裡去。原以爲是昨晚空襲的事，需要上報。想不到總站長一見到金土，就問：「你跟李春棠住一個房間？」這一問，金土突然愣住了。還沒有回答，總站長又問：「他有個兒子九歲啦！」金土一聽是問孩子的事，便心情悲傷地低下頭來，說：「怕是炸沒有了。」總站長這才說：「他這兒子已經到了泰和，他爬到東南運輸總隊的卡車上，開到泰和去啦！」金土這一聽，破涕爲笑，說：「我以爲被炸彈炸沒有了呢！」總站長遂吩咐金土把李春棠喊來，說：「他這兒子也夠挑皮的。」

泰和的東南運輸總隊的車輛單位，發現車上有這麼一個孩子，問明究竟，遂一早就打電話給空軍總站長。總站長一問總務科，郭科長說明了李春棠的亡妻情況，以及這個孩子近來，總是跟著金書記出出進進，遂把金土先喊了來。對金土來說，一夜的神情緊張，第二天就以喜劇結束了。

這次的日本飛機夜襲遂川，戰報上的記載，日機已經起飛的是六架，每隔五分鐘一架，只有兩架飛到了遂川機場，彈未投完，便被我方迎戰的飛機擊落。第三架剛過吉安，就被迎向前去的飛機擊落。第四架想紆迴進入遂川機場，卻在萬安縣山區撞山。另兩架馬上回航，沒敢再向前飛。這情形，是大家在抗戰以來，親眼見到日本的飛機，一架架飛來放炸彈，被我方飛機當場擊落的現況，看得真是過癮之至。一兩天來，連老百姓都算上，見了面，都是拿這次擊落日本飛機的情事，爲談話的話頭。

只過了兩天，上班的時間還沒有到，七點半光景，警報又響了。這天，真可以說是秋高氣爽，萬里無雲，消息說是大批的日機，已起飛的第一批，業已整隊向我們這一方向飛來。連日來，飛機在南昌青雲譜機場的大小各型飛機，已踰八十架。似乎是準備飛到遂川來，一報前日之仇的。

在警報未響之前，遂川機場的轟炸機與戰鬥機，早在天隆明時，就已一批批的升空出任務去了。

當警報響起，又有一架架停在跑道頭兩側的戰鬥機，兩架、兩架並起肩來，滑上跑道，一對一對的升空，不到十分鐘，四架一對的新式十字型螺旋槳的P51，雙身連體型的P38，便升空了十隊。因爲，她們在等待著日本空軍來挑釁呢。遂川航空總站的人士，也聽到作戰單位的預告，要大家在警報中特別著意些。所以這天警報一響，大家夥便紛紛登山，各尋掩體躲避炸彈的傷害。

二十分鐘剛過，頭上的飛機馬達聲，便嗡嗡嚨嚨如狂風暴雨的前奏曲，越來響聲越大，金土躲在這壕溝中，就聽到近處有人大喊：「當心噢！炸彈下來了。」金土他們一昂頭，果然見到頭上黃燦燦地一大片，像鳥群似的，仔細一瞧，果然有如撒豆下落，或落葉下飄似的點點，從轟炸機腹下衝前斜落下來。聽去，在嗡嗡嚨嚨聲中，還夾有疾風利空似的嘯鳴，落彈已在頭上空的前方，一看就知道不會落到身邊來。數十秒之後，這一批投下來的炸彈，便在機場方向，咚咚、光光地炸出了轟鳴的響聲。緊跟著就是頭上天空響出來的鷹嘯猿鳴，馬上就聽到近處有人喊：「空戰」。聽了這一喊聲，人們也都忍不住的從壕溝中，伸出頭來，昂起臉去看。

乍一看，見到天空中的戰鬥機群，已經落葉似的撒滿在空中亂飛，映著太陽光，每一架都是黃橙橙地顏色，再仔細一瞧，他們在相互的追逐、纏鬧，翻上又翻下，衝高又衝低，咯咯咯咯地機槍聲，在白色的天空中，會出現一絲絲黑色的煙翳，在空中忽現忽失。突然，一架飛機起了火，一縷黑煙湧出，跟著那架斜衝向地面的飛機，衝上衝下，在一聲爆響中，從那頗遠的山巒間，升起一團黑雲。也有的在著火升起黑煙時，剛一下墜，便在空中爆炸，火光只是一閃，許多的黑煙、黑星、黑片，便大大小小地四散在空中。又一批轟炸機，總是尚未飛到機場上空的投彈距離，便被擊落。衝入低空遁回去的，都是神佑的有幸者了。

跟著，第二天、第三天，都是戰鬥機一批批來挑戰，有的自漢口等地飛來，結果，都是鎩羽而歸。三天來，中美的飛機，也損失了四架，空中三架，地上一架。日機被擊落十六架戰鬥機，四架轟炸機。

就在這三次空戰之後，中美空軍的P51、P38戰鬥機，掩護了十八架B25轟炸機，首次出擊台灣新竹，飛臨機場時，才有一架零式從跑道頭拉起，還沒有轉彎，便被兩架P38銜下當場擊落。於是，數十架戰鬥機俯衝，低空掃射，十八架B25俯衝投彈，不過十幾分鐘，已把新竹機場上的飛機，全部擊毀，房屋設施，以及油庫，也都炸中起火燃燒。中美空軍全勝而歸，只有一架，翅膀被高射砲射了一個洞。

飛行員們安全回到遂川機場落地，一個個都興奮得下了飛機，在機場上就相擁著起舞，高唱凱歌，歡樂不已。

晚上，五處美軍接待所，都大開香檳慶祝勝利。歡欣達旦。這天，是一九四三年十月廿五日。

由於遂川的機場，是建築在山崗上的，土質堅硬，承受力強，不但可降B29空中堡壘，也不怕日機轟炸。在地理上，又是戰略基地，距離日本本土最近的一處空軍飛機場。所以，這時的遂川機場，已駐紮了B24、B29、B25等各型轟炸機，戰鬥機有P51、P38、P61（夜戰機黑寡婦），也有C47、C46運輸機，還有L5通訊機，P40與AT6教練機，可以說，各型飛機齊全。五處美軍招待所，都是滿的，不祇周末，各接待所的節目精彩，平時晚飯後，也有休閒節目活動。遂川城中的旅館，無不裝修得富麗堂皇，侍女如雲，英語補習班的設立，也如雨後春筍。

由珊田到遂川城的這條公路上，吉普車、低矮的摩托車，來來回回，成天絡繹於途。十之七八都是美軍官兵。總站的辦公人員，沒有假期，工作人員要是到遂川城去蹓躂，得走路去。在路上招手美軍車輛，也可以搭上便車。美軍車輛如有空位，都會停而不拒。可是金土身上揣著密電本，總站長辦公，時間無準。他只要一回到辦公室，首先要叫的人，就是金土。只有總站長出遠門，要到昆明、桂林、重慶等處，才是金土休假的日子。王泰山很少來了，他已升了上士班長，輪班在機場工作。又搭上鄉村上一個寡婦，亡夫遺有一個已八歲多的孩子，下了班，也沒時間來。起先幾個月，李海濤那個孩子，跟著金土走進走出，像母雞尾巴後邊跟著的小雞似的，到了辦公室，也得給他找個空位子，看著他作功課。這機場近處幾里路內的鄉村，都沒有學校。這兩人在一起，最有興趣的生活，是在房內聽空中的飛機馬達聲，沒有出房去看到空中的飛機，就能在聽覺上，猜出是何種何型的飛機，是起飛還是降落。屢試不誤。一旦有了新型的飛機到來，李海濤這孩子聽到，就會馬上衝出房去，看看是一種什麼樣的飛機。他聽得出這飛機的聲音，是他沒有聽到過的。在躲警報時，從頭上空飛過的飛機，是日本的還是我們美軍的？也能分辨出來。

金土就經常與李海濤這孩子打賭，有時，他老子李春棠也加入，總是李海濤贏。金土建議李春棠培養這孩子學音樂。自那次爬入東南運輸總隊停在路邊的卡車上，被帶到泰和去，領回之後，父子倆在鄉間租了一間房子，又物色了一個女人，遷出了單身宿舍。這房間雖又有兩人搬入，占了這兩個床位，卻又多了兩個麻將搭子，晚上，十有八天都是過半夜才回來。於是，金土吃過晚飯，總是在田畦間、山邊溪澗邊散散步，大多時候都在辦公室。儘管五處美軍接待所，既有電影看，也有球類玩，以及彈子檯等等。金土也不大去，來回路程有一段，最近處也有一里多，遠處有四、五里。球類，金土一樣也不會玩樂，電影沒有中文字幕，看也看不懂。也引發不出金土的興趣。何況，天天得等候總站長上班。遂不得不以辦公室為一己消閒之所。好在辦公室還有兩個公務兵，年紀只有十八、九歲，天天在辦公室，用毛筆寫大小字，看到金土在教李海濤讀《論語》，知道金書記原來是中學國文老師，遂也買來《論語》，要求金書記教他們。這一來，給金土的生活，又平添了情趣。每晚，都到十點鐘才回房安歇。

總站長辦公室，除了英文報張雜誌，成堆成疊的，中文報也有重慶版、昆明版的《中央日報》，贛州的兩家報紙也有。雖不是定期的天天有報，支離破碎的卻也能讀到不少國際新聞。金土在這些零零星星的報紙上，讀到美軍第十四航空隊在湖南衡陽近郊空戰，擊落日機十六架，在湘桂路上空戰，擊落日機十三架。可以想像到這些任務，都是遂川機場的功勞。還有美軍飛機已從陸上起飛轟炸日本本土的北部幌筵島。可以想到抗日的戰爭情勢，主從已在輪轉了。日本海軍總司令山本五十六，被美軍飛機在所羅門島上空擊落殞命，雖然早就在傳說中聽到了，沒有這天在報上讀得清楚，山本之死，完全由於密電碼被美軍破解出來，獲得了山本正確的行程時間，與空中飛行路線，這才一舉完成了任務。

金土讀了這一欄報導，駭得渾身汗出，他身上也揣著一本遂川空軍總站長使用的密電碼。遂想到密電碼的重要性，關聯到的事件，決定的問題，是多麼大啊！

日本駐紮我國第一線空軍兵團長中園盛孝，以及隨從的兩位校級參謀，在廣州近處墜機死亡。在浙江方面，日軍占領的城鄉，也大多被我軍收復。金土又看到一條小小的消息，日本已在登記國內十六歲到廿五歲的女子，強迫參加戰時工作，可以想知日本在兵員上，人力已不繼。

林森主席逝世後，兩月後由蔣中正接任，仍兼東南亞戰區總司令。一月後，便去埃及首府開羅與美國總統羅斯福、英國首相邱吉爾，舉行中、美、英三國會議，討論大戰結束問題。

「大戰結束後，我國將成爲世界強國之一了。」金土讀了這些新聞，興奮的在日記上這麼寫著，「謝謝日本鬼子之賜。」想著想著，遂又寫了一句：「只是付出的代價太大了。」

從天花板上拉線下來的這個燈泡壞了，時間還不到十點，聽說總站長從長汀回來了，金土不敢離開。辦公室還有一位譯電員輪班，在與一位公務兵下象棋。電燈熄了，他們換到郭主任辦公室去繼續廝殺。金土便點上一根臘燭，繼續寫日記。燭火點上不久，原在頭上的燈泡四周，飛舞不息的一隻燈蛾，竟從天花板上飛了下來，向燈火飛撲，趕也趕不走。不幾次飛撲，便被燭火灼傷，撲拉著翅膀，趴在桌上飛不起來了。

金土用鉛筆尖，撥了又撥，它飛不動了。見到翅膀已被火燒去一半，肸肸地身子，也灼傷了在流水。再看看爪子，也燒殘了。知道這燈蛾已無救。一時感觸起來，略一尋思，便在日記上，寫了這兩句文辭：

你總是被燈火燒得皮枯肉焦；你是為了追求光和熱？

可是，當太陽大放光明的日子，你偏躲在最陰暗的角落。

不久，總站長到辦公室來了。金土進去，便說：「明天上午有一位小姐到這裡來，我叫她找你。你先接待到辦公室坐；把她告訴你的話，一一記下。等我到時，一併處理。」

第二天一早，還沒有上班的時候，這位小姐就到了，指名要會金書記，是譚總站長要她來的。金土總是早起、早吃早飯、早上班。見了金土，就把她接待到總站長辦公室。

這位小姐姓王，香港大學畢業，在香港出生長大，隨同男友返國服務，男友在昆明工作，她隨第十四航空隊來遂川，擔任顧問組的翻譯。近來，卻被聯絡組的一位美軍同事，以藥物迷她失了身。反而糾纏不已。想回昆明，又行動不得。迫而無可如何，遂向譚總站長透露此事，請求協助。

金土在記錄談話中，總站長已經到了。要他們繼續談下去，便去批閱公事。記錄完畢，吩咐金土去根據談話，以他總站長的身分寫一封簡潔的信函，給陳納德隊長，要求將此一不守軍規的美軍官員，撤職處分。明天有通信飛機飛返昆明帶去。一切須嚴守秘密。當時，金土就把這一信函寫妥，全文不到千字，一再濃縮了三次。已經不須修改，便交給這位王小姐，坐在這裡譯成英文，就在這裡使用總站長的打字機打妥。又教金土再寫一封中文正本，一併封好。電話一問，機場的航管組說，這架飛昆明的飛機，已經辦好離場手續，騰出跑道，就要起飛。

譚總站長一面吩咐航管人員去通知這位飛行員等一會兒，一面通知開站車的司機老康，開車把這封信送到機場航管組，轉交給這位飛行員。當金土要離開辦公室時，譚總站長突然說：「金書記你送，比老康送去鄭重。」遂把這封信交給了金土。

車開到機場，五分鐘就夠了。到了航管組，把信親自送到了這位飛行員的手上，又載這位飛行員到停機處。任務雖已完成，金土卻是第一次到機場來，老康知道金土沒有見識過，遂說：「金書記官，我帶你去參觀參觀！」金土當然求之不得。

機場上的飛機，有十之八都升空到各地出任務去了。停機堡中也大多是空的。一直到了極南端，方始見到有十多架停在跑道頭，或有些停在機堡裡。老康便停車在一個機堡旁，二人下車，帶金土去參觀。每一機堡近處，都有槍兵守衛，機場四周，也有鐵絲網圍著。不是有這輛站車，單身人，除了帶上臂章的養場兵，衛兵是不准人走近的。老遠就喝叱著不准前進了。

老康正帶著金土去參觀停在機堡中的一架B25，這時，警報聲鳴叫了起來。老康一聽，就說：「糟了！車子動不了啦！」馬上上車，把車調到就近一個空機堡裡去。遂下車帶領金土向機場近邊跑。一邊跑，一邊說：「前邊有排水溝，可以趴在溝裡。」

就這樣二人趴在排水溝裡，喘了喘氣，說：「不要緊的，等飛機到了頭頂，我們就全身趴在溝裡，炸彈不落到頭上，沒有事。」

二人坐在溝裡，不多會兒工夫，就聽到了空中的飛機聲轟鳴。奇怪的是，跑道上的十多架戰鬥機，卻沒有升空。飛機的嗡嗚是從西南方響來。天上有灰灰地雲層，風倒不疾，卻沒有陽光。這種天氣，還來空襲。忽然聽得鳴聲大作，聽得出架數很多，還有戰鬥機的斜刺俯衝聲。二人趕忙趴下。頓然，聽到空中嗖嗖風聲如鋸琴在馬尾弓下厲鳴，跟著就是鞭炮樣的乒乒乓乓炸響，不是一般炸彈落地的「通通光光」爆炸，二人匍伏在排水溝內，不敢抬頭。跟著身邊也響起了這樣的炸鳴，感受到身上都有飛砂走石飛過。這情形，持續了三幾分鐘，又聞到濃重的汽油味兒，灌入鼻孔。直到聽不見飛機聲，方始敢抬起頭來。昂頭一看，天哪！機場有好幾處黑煙沖天，烈火騰騰，機場上的飛機，被炸到的已在起火。救火車的汽笛聲，已在機場上叫了。

這時，警報尚未解除，但兩輛救火車在機場駛行的時際，就聽到有大型爆竹的炸響聲。金土與老康兩人，站在排水溝中，望見機場上，有停在機堡中的飛機起火，救火車正去撲救，也不敢動。老康說：「我們等一會兒，不知日本飛機丟的什麼炸彈？」金土坐在排水溝的水泥沿上，愣愣怔怔，沒有說話。不一會兒，一大隊養場兵，坐了兩輛大敞口的大卡車，開進機場，馬上下車去清理跑道。出擊的飛機，或別處飛來進場的飛機，隨時都會申請落地。每次在日本飛機來襲，投彈之後，馬上就得入場清理、修補，以便進場的飛機落地，離場的飛機升空。

「走！」老康向金土說：「也許咱們開著站車，可以出去。」

兩人走入機場，只聽得像手榴彈似的爆炸聲，不時在機場四處傳來。有兩輛吉普車在跑道上巡視。突然，一輛吉普車向金土二人駛來，這兩人一見此情，便駐足不走。開車來的是作戰科楊科長還有養場大隊盧大隊長，停下之後，沒有下車，也沒有熄火，便坐在車座上向外伸出頭來，說：「你們不能亂走了，到處都是小炸彈。」盧大隊長手上還拿著一個撿起的炸彈尾巴，洋鐵皮作成的三角型尾翅。說：「養場兵傷了好幾個了。」又說：「你們就在原地別動，等我們清除了一遍再走。一不小心碰上了就炸，會受傷的。」

就這樣，兩人坐在原地，等到警報解除，方始兩眼注視著地面，走到站車處，開起站車回了總站部。總站長已到機場巡視去了。聽說今天日本飛機投下的小炸彈，是俄國人發明的，名叫「莫洛托夫麵包籃」。五十枚一箱，投擲時連同箱子，一起投下，在空中自行裂開，其中一枚枚炸彈，便各自旋飛，像雨點似的紛紛落下，其中有燒夷彈，也有爆破彈。這位設計是俄人莫洛托夫，專意用來炸機場，炸戰壕陣地用的。殺傷力不強，破壞力不小。遂川機場經過這一次轟炸，那些小炸彈，落地後遇到一般土地，或山崗上的鬆軟處，就會一頭穿入土中，只露出一個三棱白鐵尾巴。行人走路，一不留神，踩到它，或碰到它，就會爆炸。爲此，機場的養場兵，製作了不少一丈多長的竹竿，頭上綁個橫有尺長的輪軸，用來清除跑道四圍這類落地未爆的小炸彈。

這一型類的小炸彈，是鋁製的，約一尺長，彈體直徑也不過兩寸許。三片白鐵棱型的尾巴只三幾寸長。之後，轟炸機夜襲時，又投過這種炸彈兩次。大多沒有飛到機場上空，就被擊落。飛機投擲在山嶼間，四迸出的這些小炸彈，卻也不時傷到不少人。

王泰山特別來看金書記官，帶來了兩枚這種小炸戰，在機場檢到的。沒有炸，掏空彈腹中的炸藥，尾朝下頭朝上，可以放在書桌上作擺設。據說，這種落地沒有炸的小炸彈，遍機場到處都是。幾乎有幾百，甚而上千。說是美國飛行員很喜歡，一隻給十塊美金呢！

金土原想把這枚小炸彈殼送給總站長。看到總站長辦公桌上，已經有了兩枚豎著。遂就自己留下紀念。他想：「那天，這炸彈要是落了一枚兩枚在身上，不死也殘廢了。」人們口裡常說：「生死由命」。金土想：「這話很有道理。」

從報上刊出的新聞來看，美國的B29轟炸機，已經常轟炸日本本土，不但中國的領空，已由中美空軍控制，日本飛機再不能爲所欲爲，連日本各島的領海，也是美國的艦艇與飛機的天下。在冰寒中，日本北部的幌筵島海軍基地，已連續飛去轟炸了七次了。而且，海軍陸戰隊，還乘上快艇在該島港口登陸，將港口及岸上一切軍事設施，進行破壞。在威克島上的空軍基地，被美軍飛機在太平洋的航空母艦上起飛，一舉便炸毀了飛機近百架。中美盟軍已攻占了馬紹爾群島。入春以來，整個太平洋的海空域，已爲盟軍所據有。德國侵略蘇俄的戰爭，烏克蘭一戰，德軍又大敗，歐洲方面，可說已瀕臨結束。被日本稱爲「滿洲國」的領土—瀋陽，也受到盟軍的飛機，飛抵上空投彈。凡是讀了這些新聞的人，人人都能感受到，抗戰的勝利就要到來了。

可是，侵略我們的日軍，又在兩湖與湘、桂地區，加強了侵略的攻勢。企圖在危急中挽回頹勢。

金土忍不住想問：「可能嗎？」

日本首相又換了。東條英機換了小磯國昭與米內光政，組成了聯合內閣，小磯任首相、米內任海軍大臣，甫行到任，美國的飛機由海上起飛，轟炸了長崎。

湘境的戰爭激烈，日軍竟然使用毒氣來進攻衡陽。跟著便進犯桂林、柳州。但在海、空方面，中美空軍混合聯隊，連連空襲台灣，出擊飛機踰千架，陸上、海上，分途飛往，向所有台灣的港口轟炸。還有美國的海上機動部隊，登陸台灣港口，破壞了各港口的軍事設施。但在華的日軍，仍集結了三個兵團的兵力，圍攻桂林，飛機雖然也出動轟炸成都等地。只是一批批的騷擾，已不是一年前的那種大搖大擺的來去了。

但入秋之後，遂川機場的飛機少了，美軍接待所的人也減了。雖然，每天停在機場上的各種飛機已經減少，說起來還有上百架，運作的情形跟往常一樣，天剛矇矇亮，飛機的馬達聲，就在機場上鬧嚷，起起落落，倒也頻繁，總站部卻又要遷回贛州了呢。這一點，金土想也想不通。有幾次，他想問總站長，怕的是總站長會反問他：「你問這幹什麼？」曾問過作戰科楊科長，只答說：「還沒有決定。」有一天，金土隨同總站長到縣政府去。總站長自己開車，縣長坐在他旁邊，金土與老康坐在後座。當車從機場旁的公路上行駛時，曾聽到他們談話，說到這個機場的優越，跑道堅度大，不怕炸，跑道也夠長。只是交通不便，所有應用的物資，都需要空運，耗費太大。美軍正在向太平洋島嶼上開闢新基地。「難道，耗去如此多人力財力建築成的飛機場，說不要就不要了。」金土想了又想：「當初，為什麼選了這塊地方呢？」

過了中秋節，機場的航管業務，已交給了原來的第八十八航空站。騰出了一處美軍接待所，給第八十八站使用。贛州飛機場的航管，交還給總站的航管人員。起先，當遂川機場開場運作時，贛州機場，已淪為輔助，航務不是那麼忙了。但經常過境的飛機，自也得聯絡不可少。跟著，總站部的行政單位，也陸續搬遷回去。

當報上頭條標題，刊出了蔣主席號召十萬知識青年從軍的新聞，遂川的總站部，已經搬遷完畢。還有一小部份人，跟著總站長留在遂川，金土自是跟隨總站長行動的一位。留下的人，只有十幾位，遷到機場左邊的一處美軍接待所辦公。原借的祠堂，付清租金，歸還了原主。

金土留在遂川的這段日子裡，非常空閒。書記室只留下金土與一位譯電員。總站長經常與美軍人員在一起，他喜歡跳舞，機場的航管，已交給八十八航空站，八十八站雖屬總站管轄，已無須總站負實責。他的英語說得流利，許許多中美空軍聯隊的事務，美國人動輒找他。到贛州去處理重要公文，總是自飛L-5通訊機去。金土是位能守的人，總站長要找他，絕少時候需要派人去東喊西尋，他總是在辦公室閱讀書報，有時寫寫文章，凡是在閱讀時，有了心得，他總是寫在日記上。今天他讀到了汪精衛病死日本的新聞。同時，聽到了林間有一聲聲秋蟬的哀鳴。遂以「蟬」為題，有感的寫下了這兩句：

「知了！知了！」是他的口頭禪，他是那麼的自命不凡。成天發表那千篇一律的宏論，猶自目空一切的大言不慚。

聽！他的陳詞多麼慷慨激昂！怎想到秋風乍起，剛飄下第一片落葉，他就發出一聲聲乞憐！

金土正慶幸著自己竟有了如此清閒的生活，幾乎全部的時間，都由自己支配，每天的工作，極少有公事辦。偶然有贛州的電話來，接聽的人，也不只他一人。其餘的那些人，大多在玩撲克牌。有時，總站長回來不出去，也參加進來。金土也學會了打百分，還不大會計分。可是這段生活，只過了兩個多星期，遂川機場要破壞了。電報上的命令，還加上了「徹底」二字。電文是「作徹底破壞準備。」「怎麼會子事呢？」金土他們譯出了電文，兩個人都愣了。

首先，電話通知總站長回辦公室。這時期，機場上還停有P51、P38、B25各型飛機，數在五十架以上呢！每天還在不停的運作。

總站長回到辦公室，一看電報，就說：「怎麼恁麼快哪？」聽語氣，好像總站長早已知道此事。跟著就叫作戰科楊科長、八十八站張站長，以及養場隊長到辦公室來。又撥電話請美軍顧問團主任聯絡官湯姆士來。此人就是接任那位迫姦譯員王小姐的後任。

大家到來，在房中討論了半小時，方把金土喊進房去，教金土擬草復電文稿，一、遵電示準備、二、遂川機場與其他機場不同，跑道十之八都是原山的岩石，不容易徹底破壞。金土馬上坐下來，擬了一個電文：「（銜略）謹遵勘電準備，惟跑道石堅破壞難徹底。譚〇〇豔叩。」遂馬上以密碼譯出，交電台發出。

日軍攻陷了湖南衡陽、零凌，以及桂林、柳州之後，雖仍繼續向雲、貴進攻，卻有大部分主力撤向江西，準備奪取遂川機場。同時還想貫通贛江，南接廣東的韶關曲江。尤其太平洋的海空戰略，已因時勢的演變，盟軍主力已移向海上島嶼，遂川機場的軍事價值已失，可以說是「功成身退」，不必再投下大量的兵力去保衛他。今日的戰略，所爭的已不是鞏固境內的一城一地，已是積極進攻日本本土的戰略演繹。戰略家認爲，從事日本本土的攻擊，可以迅速的得到「釜底抽薪」的實效。

當金土從報章上，獲得了南昌、吉安的日軍，有奪取遂川機場的戰事準備，盟軍方面已作了放棄遂川基地的打算。海島台灣，以及日本本土的各重要軍事基地，近數月來，連遭動輒千架上下的轟炸機群，排日輪番進襲，海軍陸戰隊且已在日本本土的重要海口登陸襲擊。放棄這遂川機場，在戰略的要求上，自是必要的了。

遂川的美軍告訴譚總站長。駐場的飛機，還擔負了一些東眺太平洋、西瞻長江的巡察任務。只要總站長知會他們，遂川機場跑道在何日何時停止使用，他們當天可以離場，落向指定的機場去。存儲在遂川的軍事物資，早已陸續運到福建山區。這裡的五處美軍接待所，也早已空出了三所。破壞的準備，已經作好，只要點火燒起來，竹紮的房子，還不是一燒就完。

美軍接待所中的床，還有床上的舖蓋，全是公家製作的，有一些已打包運到贛州去了。還有兩處甚而還有包綑好沒有運出的。總站長告訴留下的工作人員，可以借此機會，把自己的舊被舖，換上新的。尤其是蚊帳，都是美國貨，尼龍絲結織成的，不但輕，網孔又不會被棉織品似的棉毛糊上不通氣。要大家多帶幾床。還有美軍庫房中的奶粉、巧克力糖，以及軍糧盒，都不要了，準備焚燒。然而，就是有人想拿也拿不了。拿到手上的，也沒有車裝。

電報又來了，命令在一月十六日以前，完成破壞遂川一切有關機場上的軍事設施，除了軍用的油料與飛機的修護零件，其他如無力運出，一概火焚。八十八站是獨立單位，總站部留在遂川的這十餘人，只有三部車、一部站車、一部吉普，還有一輛兩頓半的卡車。得裝運一切零星器材，也裝載不了其他太多的東西。

執行破壞的工作，雖是八十八站的任務，譚總站長這幾位，是監督者，必須一一查看準備的工作，是否完善。得等到機場的爆炸聲響起，各處的焚燒，黑煙火燄湧向空中，然後才能離開遂川。

當金土隨同總站長乘坐站車，一處處察看那些擔任執行爆破工作情況，便走到一處小山執行工作。在一聲令下，遙遠地見到機場上的爆炸聲，湧上天空的一團團黑煙夾帶著火光，而且是此起彼落，緊跟著機場上以及其他各處的設施，也都一一響起了爆炸聲，熊熊地黑煙裂火，真可以說是火龍似的，飛向天空。

譚總站長率領著這幾位手下人等，站在這二里之遙的山嶺上，眺望著飛上天空的紅色火龍與黑色煙龍，在紐結，在撕打，在纏鬥，金土站在總站長身後，已淚如雨下。聽到總站長無奈地說了一聲：「走吧！」卻也在低下頭擦淚，低著頭向山下走，不敢再抬起頭來，望最後一眼。

汽油味兒，燒焦的味兒，已在空氣中隨風飄來。大家坐上了車，嗅不到了。可是，忘得了嗎？

5. 贛州之水東西流

機場雖已破壞，泰和到贛州這一條公路，仍可行駛，何時破壞？是否破壞？已不是空軍方面的事。但在靠近機場的這一段，兩頭都已豎起了大牌，上寫自何日何時，所有來往車輛不准通過。怕是車輛經過機場邊，爆炸的碎片，造成傷害。

總站長這兩輛車到了遂川北門，就見到了熙熙嚷嚷地人群，扶老偕幼，大綑小包，聚集在道旁，打算買車逃難。機場方面的爆炸聲，將近一小時了，還在賡續的響著。北門的汽車休憩站，看去有不少車輛，排列在路兩旁，有軍車、有東南運輸總隊的車，也有省公路局的車，其中有不少是燒木炭的炭爐車，在駕駛間的後方，豎起一隻直徑近兩尺，高約四、五尺的鐵桶型炭爐，燃燒木炭，還得手搖風扇炊火使旺。因爲汽油缺乏，竟有人發明了這種燒木炭的車。在短途平坦的道路上，經常可以見到。各縣城之間的交通，大多使用這一種。聚集在這裡的男女老幼，都在希求能張羅到一個座位，逃到安全地方去。

他們的這兩部是空軍軍車，一開過來，路人就指指點點，原想在此處吃了午飯再走。見到這裡如此紛嚷，總站長遂教車開往縣政府，向縣長要頓飯吃。省得停留在此，人們會偎過來，問長問短。

縣長當然樂意接待這批客人。縣政府也在準備好入山的準備。在吃飯時，楊縣長說，他縣府圖書館中的一位管理員，家在贛州，不願隨同他們入山。到了北門去過幾次了，曾託人去找東南運輸隊，兩天來，還謀不到一個位置。問譚總站長的車，能不能擠上一位，是一個個頭兒並不高大的女孩子。

他們兩輛車，雖祇坐了七個人，（站車坐了四人，吉普車坐了三人），坐處都被撿拾來的物品堆滿了。總站長聽了，游目望望他們，楊科長則說，如有繩索，可以把兩床軟的被物，綑到車篷上去，倒還可以擠一位上來。縣長一聽，連忙著人去喊梅小姐來。

隔不多大會兒工夫，梅小姐到來了。進門來就大大方方鞠躬行禮，說：「謝謝長官能帶我回贛州。」大家抬頭一看，竟是一位清秀、淡雅、淑韻內韞的女孩，身著墨綠色緞質旗袍，上穿深藍色毛線短衫，白襪黑帆布皮底鞋。半長髮垂頸，脂粉不施。可以從外貌上體會到，這女孩不是小家碧玉、應是出身大家的閨秀。

譚總長一見，心裡就憾然地想著：「縣政府有恁麼一位漂亮的女孩，我怎麼沒有見過？」金土一看，臉卻紅了。他認得這女孩就是他初到贛州，住在文清旅館的房裡，憑窗眺望，見到的那位走出長巷的女孩。不但寫到日記上，還在心坎間浮盪了不少日子呢。

「沒有問題，」總站長允准的說：「擠上一位可以安排。」

這話自是一面回答這位梅小姐的請求，一面也是回答楊縣長。

「請坐，吃了飯一起走。」楊科長起身招呼。這位梅小姐說是吃過飯了。得回去收拾收拾。這時的楊縣長，口中雖然附和著說：「你快些收拾，這裡吃完飯就走。」語氣以及神情，都帶著幾分落寞的韻致。

飯後，楊科長車上的司機及機械官，還有站車的司機老康以及金土等人，都去整理車輛安排梅小姐的座位去了。不大會兒工夫，車位便安排妥當，梅小姐可以坐在吉普車的後面。但在開車時，總站長要原坐站車的老吳，坐到吉普車上去，要梅小姐坐到站車上來。同時，還說：「這是國際禮貌。」這一安排，梅小姐與金土竝肩坐在一起。

在路上，看到一輛拋錨的木炭汽車，車上運的似乎是軍品，卻也帶了四條黃魚，其中有三位女士，全下車來與駕駛副手，合力在推車，車上的載重量大，推也推不動。總站長見此情形，就吩咐停下車來，連同吉普車上的人，全下來協助推動這輛燒木炭的車。居然一經推動，走了不到十尺，車便前後跳了兩次，馬達就發動了。這時，老康哼出了一首歌兒：「一去二三里，拋錨四五回，修理六七次，八九十人推。」又說：「這首歌，就是指的這種木炭車。大萬國要是拋了錨，推也推不動。」因爲大萬國的載重量，大過這類燒木炭的車約一倍。

到了贛州，總站長還吩咐老康開車把梅小姐送到家。金土遂也跟了去。梅小姐邀他們到家裡坐坐，這兩人都沒有進去。老康卻向金土說：「書記官，這位小姐不錯。」金土只是裂嘴一笑，沒有回答；也無從回答。雖然竝肩同車數小時，彼此都未發一言。當時的金土卻想著：「我一定要莊重，別使人家女孩子說我輕薄。」儘管如此想，總覺得能有此一遇合的機會，也算得是有緣吧？「邂逅何必問名姓，留縷長絲繫夢來。」又在日記上寫了這兩句。

想不到，贛州也在撤退，眷屬已經走了，目的地是瑞金與長汀兩處。不用問，又是一番爆炸、破壞。據說，贛州的機場不爆破，埋設地雷。一月初，贛州的市街，還沒有動盪的氣氛，兩家劇院以及電影院，還照常營業。這年的元旦，蔣主席曾發布了告全國軍民書，他希望提早召開國民大會，不必等到抗戰結束，早日頒行憲法，還政於民。從大局上看，勝利是在望了。可是眼前的情況，還得在日軍的軍事動態下逃難。湘、桂、雲、貴，也都先後失陷。難怪英國的邱吉爾首相，在下院中演說，對於我們中國戰場上的失利，表示遺憾！金土已經瞭解到，中國的積弱不振，已是從歷史上的家天下傳薪下來的，不能責怪今天的中國人啊！事實擺在眼前，不但贛江上游的日軍，整軍要向下流去，廣州區的日軍，也正在整軍向曲江前進，打算溯迴而上，來接應贛省的東下運行，連這條水路，也要貫通它。日軍的此一動態，目的已不是爭城掠地，應是開始在抽出陷入泥淖中的泥足吧！

不管怎樣，水來縱有土可掩，已無鏟土的鍬；兵來雖有兵有將，已無禦敵的武器。老百姓也只有一個「逃」字。

讀報，最能振奮人心的，是每天都有盟軍在世界各地建立的令人興奮的戰績。尤其是太平洋上的日本海域，已是盟軍的天下。可是由贛州通向東北方，必須通過的贛江的木橋，也要破壞了。破壞的執行者，仍是空軍總站的譚總站長。

執行破壞的那天，一早就在橋的兩頭，豎立了告示牌，說明該橋的通行時間到當天午後五時止。橋墩上早已綑綁了炸藥，只要一聲令下，接上電線，按鈕即爆。

總站長的站車上，仍是這四個人，吃過了中飯，三點鐘從機場開出，這裡的機場，沒有使用炸藥爆破，塔台與幾處庫房等，只是僱工人加上養場兵，用工具破壞了屋頂。跑道及停機坪，埋設了地雷。只有這座橋樑，非用炸藥不可。站車開出後，特別繞市區去巡禮一番。進入市區一看，已有莠民在搶劫了。大多的人都在搶劫食物類。商店都已閉門，幾乎無有了市面，連小吃攤也無有。聽說蔣專員已飛到重慶去了。

大家見此情形，老康建議應迅速馳出市區，提前過橋。

橋邊的車輛並不多，逃難過橋的人，蜂擁著絡繹不絕。橋是木造的，橋墩也是木柱。炸破後，中段再點燃汽油焚燒。

炸橋的時間，雖已訂明下午五時，可是，已過六時，天已全黑下來，還不能執行任務。橋那邊的四名衛兵，擋不住過橋的人群。一直延到七點半，方始清徹了橋上行人，攔上了鐵絲網，聽得見橋那端有哭聲響徹了夜空。橋樑的破壞，是軍事命令，誰也不能不遵。一聲令下，爆炸聲響起，火光黑煙沖上夜空，跟著又是熊熊大火，一時火光照耀得水天一色。天上的灰雲已飄雪了，燃燒的火燄溫暖了這橋兩岸的寒冷氣候，冽冽北風吹來，也不那麼凌厲了。

橋這邊還有不少人，望見這座橋的被炸毀，在熊熊火燄中見到橋上的木樑、木板，一攤攤一塊塊，嗤嗤咔咔地落入水中，幾乎人人都是沈默地。人人都知道，這座橋的建立是戰爭的賜予，它的毀滅也是戰爭的無情。他們知道，古老的渡船，還停在碼頭邊呢！

九　難逢的時代風雲際會

1. 瑞金的元宵餐會

贛州空軍總站遷長汀時，就有步塵衢州總站遷往建甌，準備撤銷的命運。遂川、贛州，一陷敵手，江西、福建，以及廣東，已無空軍用武之地。南雄、南城、長汀、建甌，都是小型機場，B25起落都有問題，休說空中保壘如B24、B29。當其地已失去了戰略的需要，一個龐大的空軍行政組織，自也失去了它的憑依。

說起來，長汀縣在民國以前，是汀州府，府治就設在長汀，屬於汀漳道；在閩省尚屬富饒之域。以當時敵我的軍事情勢來說，它地處閩南西部，與江西瑞金緊鄰，相距不到百里。距離臨海的詔安、廈門、泉州、莆田，以及福州，則途路尚遠。正好是一處不可能再被日軍寄於青睞的地區，更可以說不是日軍的戰略地帶。如今，日軍又北從南昌下贛江，南由廣州溯曲江，計在淘通此一粵贛水路。贛江兩岸的軍事行政，遂不得不滙聚於汀州。

首先到達長汀的是中美航空隊的一部分，其次是東南運輸總隊，他所能運作的閩、贛、湘、桂這一路線，已被這襲來的日軍攻勢，冲得柔腸百轉而寸斷不連，有車也「行不得也，哥哥」。再繼續到達的，則是贛州空軍總站。還有奉令保全實力的陸軍，最少有兩個軍的部隊撤到汀州府這一帶，預作長期的機動出擊。

由於長汀的外來人突增，許多空餘的房屋，都被先來的占據，空軍的眷屬大多到了瑞金，就停留下來。瑞金的空房屋，比長汀多。當年共產黨離開瑞金時，全家隨同共產黨離家的，不在少數。當共產黨在江西被國軍圍剿，造成戰亂，因而棄家逃向他地者，可也不少。可是多年以來，這些空房屋沒有人住，經不起風雨剝蝕的部分，已經破損。然而，那一家家前後兩三進的兩層樓房，還有不少房間可以住居。被打前鋒的同事們看上，比到長汀容易張羅，遷徙的人，重要的是居住。報告了總站長，他認爲今後總站要辦撤銷的工作，在長汀或在瑞金，都是一樣，遂同意在瑞金停下。已經到長汀的暫時在長汀住下。總站長的夫人既兩個孩子，在遂川便搭美軍運輸機回重慶了。他一個人，在住居上也容易安排。

總站部因長汀房舍缺乏，暫在瑞金駐紮，上電報備，並未遭批駁。

空軍總站既已失去了機場的運作，工作自然少了。他們選了一個小學校，全體滙聚，集合在一個教室裡辦公。辦公桌，就利用小學生的課桌椅。農年已過了，每天，各單位只要輪流派一人值班即可。總站長的那分鷹揚氣概，看去也消失了。每次到了辦公室，一問沒有事，就找同事們坐在一起打百分（玩撲克牌。）有時，他坐站車到長汀去，中美航空隊還有一些人在長汀。站車的行程約兩小時，來回也不過半天時間。到長汀，與重慶聯絡，比瑞金方便。每次去，並沒有要帶金土。

王泰山到了瑞金，老婆也帶來了。他跟大隊先到長汀，有些在遂川本地招僱來的人，多數沒有跟來，一百多人，只賸下三十幾個，駐紮在長汀機場。原來的養場兵，只有十多個。他聽說輔導員到了瑞金，特地請假來接老長官去過年的。金土這時纔見到王泰山的這個女人，年紀不大，纔二十六歲，兒子已九歲了，留在公婆身邊。王泰山給了他公婆一兩金子，另一兩給了這女人。人長得挺可愛的，黑黑壯壯，不是上齒有兩顆暴牙，從鄉下姑娘看，算得上是位美人。個頭兒也不高。他告訴金土說：「她叫陳秋妹，願意跟我過一輩子。」又輕輕地伸頭向金土小聲說：「有啦！三個月出頭兒。」金土一聽就笑啦！說：「恭喜你們！」卻也見到這女孩低頭微笑，現出了羞赧的神情。這王泰山又向他這女人說：「俺這老長官，別看他年紀輕，像個孩子，肚子裡的學問可好嘆！下筆成章，倚馬千言。他是俺總站長身邊的機要。」

金土不希望王泰山瞎呱啦下去，遂陪同他們到瑞金街上走走，一邊告訴他們不能到長汀他們家過元宵，總站長隨時會找他。要帶他們到街上吃頓飯。一出門，就見到他們住的這一帶，全是空房子，看得出這一區的住宅，原來住的必定是一些有錢的人家，如今，一家家不是斷壁頹垣，也是瓦破樑露，總有七八年上十年沒有人住居了吧？

「肏他祖奶奶的，」王泰山開口就罵。「長汀還有這多空屋，都不能住人啦！全是他娘的共產黨搞的。」

金土沒有說什麼，帶他們兩人，去吃了一頓飯。留他們住一晚也不肯，說是約好了三點光景在瑞金西街口等東南運輸總隊的車。大萬國已撤到湘桂路上去了。

金土送這兩人上車走後，回到辦公室，就見到長汀出版的一份《民族日報》，讀到了「國共已開始和談」的消息，美軍飛機空襲冲繩島。日本首相小磯召開非常會議，討論當前戰況。可是，粵漢線上的曲江，被日軍侵入了。報上說：「粵漢路、平漢路，全被日軍打通了。」吉安這一帶，江上的船舶日增，順贛江南下。這一顯明了的行動，也是志在貫通了這條贛江的能夠順流而下到曲江，由曲江也可以逆溯而上到南昌、到九江。儘管，盟軍已舉行了中印公路的通車典禮，命名爲「史廸威公路」，紀念史廸威督建該路的功勳。第一批運輸的軍事物資車隊，由美國皮可少將率領，業已到達我國雲南的昆明。美國的海軍陸戰隊已在呂宋島登陸。北太平洋的海軍已控制了海空。盟軍的中國空運大隊在昆明成立，美國卜朗里上校任大隊長。可是，遂川、贛州，卻被日軍占領。不但日軍理想中的「大陸走廊」，（京滬鐵路、隴海鐵路、最艱巨的平漢、粵漢，以及湘、桂各鐵路路線）已全部打通，掌握在日軍的手中。連這條由南粵到九江的一條內江，也頓然淪入日軍的鐵蹄刀槍之下。贛州空軍總站的官兵們都知道，他們也將步入衢州總站的命運，要辦結束了。

譚總站長已告訴總務科，今年的元宵，凡是在瑞金、長汀的官兵，除了擔任勤務不能離開崗位的之外，連同眷屬，全部聚在一起會餐。住在長汀的，派一輛車載來。統計一下，二十餘桌，兒童每人發壓歲錢五十元。這一下可忙壞了總務科，廚房的人說：「沒有問題，葷的也不過雞鴨魚肉，素的也離不開蘿蔔白菜，還有一個禮拜的時間，開得出來。」又特別去騰出一間教室，各人準備各人的碗筷，自己到菜桶前去選，端到各人坐的課桌椅上食用。吃完了，不夠再去要。呵！這一頓飯，可是吃得熱鬧啊！吃完了晚飯，餘興節目分作兩處，一處是跳舞的地方，一處是各顯神通的地方。會唱的報名去唱，會耍的報名去耍。會說笑話的報名去說。哇！鬧鬧嚷嚷，鬧到過十二點，都還沒有休歇散去。

當然，也有人暗自神傷，或受到總站長之所以要如此熱鬧的元宵，在這逃難的時地，來歡樂地補渡這個農年，還不是為了未來的別離想到的。都想到，只要航空委會決定的撤銷令一到，贛州總站的朋友們，就要分道揚鑣了。

這一天，王泰山沒有來，他輪到值班。撤銷後，金土也不知道自己分派到那裡，還能不能再帶著王泰山。他知道王泰山已有了家，又將要有了孩子。而自己，也似乎著該有個家。有人說，近來羅斯福、邱吉爾、史大林三人，在蘇俄領土克里美亞米島上的雅加達，開了一次秘密會議，新聞上說是討論戰爭結束後的問題。「為什麼沒有我們的蔣委員長參加呢？」

不知是不是瑞金地處山區的關係，金土覺得今年的冬天，比往年冷，雨量也多了些。縫在衣袋間的密電碼，離開遂川後，只用過一次。尤其過了農年的這些日子，聯合辦公室中，往往沒有人。金土有時也跟著老吳老向他們去打麻將，起先是一竅不通，玩了兩次，也就懂了。俗云：「壞事容易學」。這話真是有道理。有一天，金土正與老吳等人打麻將，通信科送來了一件密碼電報。一看代號，就知電碼是他身上的那本密電碼。遂馬上歇手，忙去譯電。

起先，還疑心是什麼軍事密電，譯出後，方始知道是一件喜事，贛州總站要改組為「粵漢東區空軍指揮部」，駐地是長汀。派譚總站長為指揮官，組織表交秘書呂孟卿携往，三月一日前編組完成具報。金土譯出了這一電文，興奮得淚水都流了出來。跑去見了老吳等人，也不敢聲張，只說有要公，必須請總站長回辦公室。湊巧，總站長在瑞金，回來見到電報，交代金土說：「明天你跟我去長汀。」又著人通知總務科長作戰科長，跟他一道去長汀。坐上了車，總站長就向兩位科長宣布了總站改組的消息。要他們隨同到長汀，主要的任務是等那位携帶編制表的呂秘書帶來，同時，還得先尋得指揮部的辦公處所，家眷的安排。這些都需要早些張羅，否則，三月一日辦不了公。

由瑞金到長汀，行程雖不到五十公里，卻需通過一個曲曲彎彎的山巒，小型汽車的行程，時間也得兩小時。農年後，雨雪未斷，地上的積雪未融，然時序終究是入了春，沿途山坡上的草木，枝葉已泛出新綠，看得出殘冬已過，新春來臨，萬象在更新了。

2. 諸葛亮也料不到的

他們到了長汀，住在美軍接待所。第一件事是用電話告知長汀機場，重慶有飛機到來，先告知到達時間，他們有人去接飛機，已派定總務科郭科長去接這位呂秘書。總站長偕同楊科長去見長汀縣方縣長，說明將有「粵漢東區空軍指揮部」這一機構，設置在長汀，未說是由贛州總站改組，奉命來接洽辦公房舍。基於未來戰略需要，三月一日就開始運作，重要人員，日內乘空運機到達。方縣長應允與部屬有關單位商談後，儘快作答。

呂秘書到後，一看編制，除了書記室改為秘書室，增加了軍法室，設法官一人（同空軍少校）書記官一人（同空軍中（少）尉）錄事一人（同空軍准尉）兵一人，其他凡總站各科室，自行重組，只准減不准增，養場隊編入長汀場站。辦公地址，會同縣府選定了。自三月一日起，贛州空軍總站的番號取銷，此後則以「粵漢東區空軍指揮部」的機關頭銜，在長汀運作。除了隸屬於航空委員會，在運作上，還得聽從東南亞盟軍總司令蒙巴頓將軍的指揮。長汀機場，還有中美混合聯隊的B25、P51等飛機停在場上，經常出勤。改組後的秘書室，原來的郭主任出身於法政學堂，改派為軍法室軍法官，也就是軍法室主任。秘書室只有秘書一人，其他都是書記室的原名義原編制。所以金土仍是秘書室的書記。只是一樣，自從有了秘書室，金土已將密電碼交出，由新到任的秘書呂主任保管，算是解脫了扣在他身上一年多的枷索。在行動上，自由多了。

長汀縣本是汀州府的府治，市肆的規模，較之近鄰的瑞金、連城、寧化，要大些個。四圍也是山脈連巒。這裡有行政督察專員公署（兼保安司令），除了省立的高級中學與師範，廈門大學也在長汀。還有一家日報，每日出版一大張，發行人是專員具名，當可想知這一份《民族日報》是此處專員公署的機關報。每日副刊有大半版，不比永安出版的《中央日報》差。由於美軍第十四航空隊有聯絡室駐紮長汀，不少各地海空戰的新聞，報導得比永安版《中央日報》還要詳盡。

贛州空軍總站雖已改組爲「粵漢東區空軍指揮部」，業務則遠沒有「總站」多。因指揮部不需要去管理飛機場的修護與運作，中美聯隊的飛行任務，這個指揮部也管不著，他的主要任務，是掌握這一區域的飛機場，可以起落的狀況。惜乎日前的情況，遂川、贛州、南雄等地的機場，業已淪陷在日軍勢力範疇，已力所不能及。目前所能控制的只有長汀、南城建甌等處而已。從戰略上看，美軍在太平洋上，已極力在掌握海空的主動，特別是北太平洋，不但登陸了琉磺島，該島距離東京不過七百英哩。遂有大小機羣，數達千架次的機動，去轟炸東京，逼得小磯首相進宮向天皇請罪。跟著，琉球羣島也被美軍占領，保衛本土的海上主力艦，也被美軍上下夾攻（飛機炸，魚雷轟），沈入海底。近都的大城，大阪、神戶、以及九州四國，無不連遭重磅炸彈轟炸。小磯不得不引罪下台。

鈴木太郎組閣之後，雖已宣布設立陸軍統帥部，派杉山元任統帥，又設陸軍航空統帥部，派畑俊六任統帥。可是他本土的海軍重要基地吳港，已被盟軍海空的飛機與艦艇，破壞得不能運作。占據了的中國土地，以及南洋島嶼，如今也已失去了可以立定的腳跟地。

美國的羅斯福總統死了，由副總統杜魯門接任。

盟軍就要在德國柏林舉行德國無條件投降的簽字儀式。

不久，我們的部隊又回到了贛州，遂川。然而日軍在贛江已達成了他的這次運輸目的。據說，日軍的這一侵入贛江的行動，不是爲了占有遂川與贛州的飛機場，而是強迫贛江這條水路，輸送他無法由長江入海的物資，便於運回本國。吳淞口，已被美國海軍封鎖成死口了。

英美召集的五十國代表，已在舊金山的會議席上，簽訂了「聯合國憲章」，中、英、美、法、蘇這五個常任理事國，都握有一張否決權票。金土寫在日記上說：「這是一條令人振奮的新聞，也是一條令人遺憾的新聞。公理還握在強者手中啊！」

廈門大學的一個學會，邀請當時駐在長汀的一位美軍少校安文演講，講題是：「太平洋戰場的勝利在望」。可容納三百人的禮堂，居然暴滿得連窗外都站滿了人。他認爲日本是一個崇尚武士道精神的民族，所以已有了自殺式的神風航空隊出現，以血肉之軀，連人帶裝滿了炸藥的飛機，敢死的投向敵人的軍艦，完成軍事任務。可以想知日本不是一個可以接受杜魯門諮文國會，必須迫使日本無條件投降的民族。而且，他們已占領了中國百分之五十以上的土地，控制了百分之七十以上的大城名都，縱然失去了本土，也能在中國大陸支持一個不短的時期。駐紮在中國土地上的部隊，最少也有三百萬人。東三省的兵工設施，不虞於武器的供應。其他，尙有貴州、河南等地的兵工廠。他認爲中國本身的問題，比日本人的戰敗，遺留下的問題還要大。這時，聽講的人沒有人敢說日本人一定會接受無條件投降或不會。也不敢預斷在中國的日本占領軍，會蠻強地不降，繼續占領下去。

當時，金土不敢發問，他卻聯想起唐代安史之亂的一段歷史，唐軍曾先後兩次借回紇兵傭，編入唐軍平亂。亂平之後，有近百萬的回紇官兵（包括波斯人），不願回國，都留在中土，日久都變成了中華民族。松三爺曾經告訴過金土，中國自漢以後，算來已有十幾朝的交替，除了漢劉邦、曹操、朱元璋這幾朝，北魏各族，元、清兩朝，更不用說，都不是漢族，其他如唐宋等，也都不能算到純漢族的血統脈絡裡面。我們的孫先生倡議革命，以推翻滿清異族爲口號，那只是他倡言革命的藉口，推翻了滿清，不是改口說「五族共和」了嗎！金土還記得松三爺說過這些話：「連孫文自己都可能是異族，最低限度他是孟子口中的南蠻鴃舌之人。孫先生的《民族主義》也是大中華民族，不是狹隘的漢民族主義。於是金土想，萬一占領中國的日本軍不回日本，也會被我們大中華民族同化了的。不是問題啊！

軍政部陳部長到長汀來了。他是前來視察閩、贛等地，並指示攻守戰略的。召見了這一地區的兩位軍長，四位師長，還有當地的專員與縣長，空軍祇有譚指揮官一人。譚指揮官曾問主辦單位，是訓話？還是座談？要不要紀錄？邀不邀請記者？答說是部長召集去聽指示，應是訓話，不便安排紀錄的人，各人帶筆記簿隨聽隨錄。想來，部長的談話，不方便發表。

譚指揮官聽了回來，在業務會議上，轉告指揮部的各主管，說是部長最不能苟同丘吉爾對於我們中國戰場的每戰必敗的遺憾。認爲邱吉爾的此一看法，是不懂中國戰場的戰略形勢，也不瞭解中國軍隊的裝備太差的情況，遂也有這種一般人的不正確看法。比如三次長沙會戰，近來的衡陽會戰，迫使日軍違反國際法，使用毒氣來贏得戰場上的勝利。結果，長沙會戰，一次次日軍都付出了重大的傷亡。部長一再提示我們，應知道我們的抗戰政策，是『長期的抗戰到底。打的是持久戰。用來對付日本的速戰速決。』所以我們應憑恃了地大、物博、人眾的這一優越條件，步步陷敵深入。八年以來，我們的戰略已經達成。尤其戰爭已構成了世界大戰，我們中國在戰略上的布局，爲英、美盟軍牽制了日軍陷入中國地區的優越部隊，有四百萬人。美軍在南太平洋的戰況，之所以節節勝利，日起有功，還不是得力於我們中國戰場上的日軍，抽調不出去。就這樣，我們的大都大城，他們現有的占領軍隊，還分配不過來呢？

「有人問杜魯門諮文眾議院，簽署促使日本無條件投降，日本人會不會接受？」部長說：「可能不會接受。所以美軍正在太平洋的東海上，積極作登陸日本本土的準備。」於是部長又說：「日本人的投不投降？關鍵決定在我們中國方面。」這時有人問部長：「抗戰勝利後，共產黨的問題，怎樣解決？」指揮官說：「部長聽了這一問，竟然哈哈大笑。」說：「許多人都向我問到這個問題。大家都知道新四軍的事，我三天就繳了他們的械，連番號都取銷了。抗戰勝利後，若是談不攏，我不需要三個月，兩個月就能把共產黨的軍隊澈底解決。」最後，部長昭示我們：「我知道，軍人的企圖，是打勝仗、立大功。今日的抗日戰爭，可得有耐性。目前，遂川、贛州都沒有日軍，我告訴你們不要急於進入，連遂川，機場都算上，不必使用兵力固守。日軍占領了機場，也不敢使用。制空權已不在日軍手上。」……

金土紀錄下這天的業務會議，指揮官的報告，也豐富了金土的日記。可是，部長剛離開長汀後不到一個月，報上便刊出了「波茨坦會議」簽署的宣言，促日本接受無條件投降。果然，第二天的報上，便刊出了日本首相鈴木貫太郎的反應：「日本決不投降。」金土想到上個月那位美國軍官的演講，推想日本是崇尚武士道的民族，可能不會接受投降的。說中了啊！

印度洋與南太平洋的戰爭，逐漸步上結束的局面，原駐緬甸的美軍第十航空隊，已奉命調駐中國戰場。一入八月，美軍的超級空中堡壘，在戰鬥機羣擁護下，以上千架的隊式，遍炸日本四大工業城市，一日投彈踰六千噸。緊跟著第一顆原子彈落在廣島，蕈狀雲花開九天，一聲轟響，百萬人的城市，霎那間化為焦土。這消息震驚了全世界。這情事，真格是連諸葛亮也料不到的。只隔一天，第二顆原子彈，又在長崎市爆響起了。

第二天，便傳出了日本接受波茨坦宣言，願意接受無條件投降的消息。兩顆原子彈爆炸後的傷害，報章上大幅大篇的報導，令人讀之怵目驚心。「日本人真的無條件投降？真的嗎？」

八月十日上午，街上的鞭炮聲，便此起彼落的響起，民間都在鳴炮慶祝抗戰勝利，人們一群群湧上街頭，歡呼抗戰勝利！

日本人無條件投降。是真的了！是真的了！

3. 街頭的地攤與夜空的五色雲

從八月十日以後，長汀的街頭便出現了地攤。擺地攤的人，與往日不同，已變成了紳士型、夫人型的中年人士，他們擺出的東西，大多是舊衣、舊鞋、舊鐘錶、舊氈毯，還有絲棉被褥。棉襖、棉袍最多。不喊價，有些衣物，只要有人看上了，穿上合身、合腳、合意，給錢就賣。目的是這類舊東西，不便送人，也不想隨便扔棄，遂撿拾出來，擺上街頭，能換得幾文是幾文，反正抗戰已經勝利，回到老家，要添製什麼？還愁沒有嗎。省得還鄉的路上累贅，還鄉時，還有不少外地的土產，要買回贈送親友，何必再把舊衣破鞋再帶回家呢！竟有不少人，懷有這一意念。

半年以來，長汀的人口，頓增十萬人也不止。市街上的商店，新開張的都在五十家以上，吃的、穿的、用的，樣樣都有。當這勝利的消息，突然傳來，新開的商店，都有措手不及的狼狽相，收也不是，繼也不是。若是這樣一收，十家倒有八家是虧定了。時間短，能保本只有小吃店。不用投入大本錢，現張羅現賣，耗的是人力而已。

如今，街頭上的人，愈來愈多了。擺地攤的風氣，似乎越來越盛，橋頭、溪邊、簷下、十字路口，都有擺地攤的人。有些地攤，已不是清除舊物，減輕返鄉旅途的負擔，竟然收購器物、古玩、舊書，作起了買賣。這些地方，倒是誘引西洋人的去處。由早到夜，街上都是摩肩接踵，奔奔忙忙的人羣。先是，有些青年學生，歡欣的在街上，一邊走一邊唱，一邊跳著蹦著，青春洋溢，喜氣騰騰。有些逛街的美軍也插隊進來，加入唱跳。儘管各唱各的，各跳各的，卻也能歡騰地融滙在一起。越玩越起勁，竟有美軍開著砲車、坦克車駛上街頭，一排排的機關槍彈，送入槍膛，咯咯咔咔射上天空。坦克車上的炮彈，也射出了槍膛，把熱騰騰的橙黃天空，綻放出紅閃閃黑團團的煙雲。到了八月十三、十四日，居然把長汀的市街，形成了歡祝勝利的遊樂場，美軍的吉普車、坦克車，還有山砲車，也成隊的駛上街衢，一輛輛、一挺挺、一門門，射向夜空的炮彈，再加上紅色、綠色的曳光彈，一長串、一長串的掛上夜空，煞是美觀。再加上煙火彈也射向夜空，萬彩飛舞，這長汀的夜空，被點染得五光十色，創其亙古所不曾有。

可是，市街上的人家，卻在提心吊胆著，怕是會惹出了火災呢！從十四日夜十二時止，這種踰乎常軌的歡樂活動，不准再有了。

金土觀賞這幾天裡的歡樂活動，雖也心情鼓舞不已，一想，在摘下這顆勝利的果實之後，如何來培植它再長出一株株和平之樹，綻放出一朵朵和平燦爛的花兒呢！

金土回到寢室，同房間的三位，還沒有回來。時間已入子時，大伏天，夜風吹來，清清涼涼，正好入眠，可是金土沒有睡意。他這時想到的，已不是杜甫聞官軍收復河北的心情，卻是新聞紙上的這兩則消息，八月六日第一顆原子彈落在廣島，有如晴天霹靂似的震驚了全世界，緊跟著第二顆原子彈，於八月八日又投擲在長崎，史大林卻趕於當日就急著發布對日宣戰的戰表。外蒙古也跟著於八月十日發布對日宣戰的聲明。跟著宣戰令，蘇俄的軍隊，占領了我東北境內的呼倫，又占領了朝鮮的羅津與維塞兩處海港，又登陸庫頁島。雖然，開羅會議已決定了戰後的東北三省及台灣，都歸還我國，看起來，又節外生枝了啊！

當日軍發動了侵略中國的戰爭，蘇俄曾與日本訂立中立條約。這時，美國的兩顆原子彈剛落地，造成了毀滅全城變成焦土的傷害，蘇俄當日就發布與日本宣戰。按理說，日本人於八月十日宣布接受波茨坦的無條件投降，已是雙方停火的日子，史大林偏偏在日本天皇宣布投降之日，大肆揮軍進入中國戰場。

「公理握在強者的手裡，」金土在日記上寫著。「這事，向那裡說理去？」

報上又有一條消息，第八路軍的朱德，以「延安總部」的名義，連發七道命令，指示各地共軍，全面行動，驅逐日軍，占領據點，並令呂正操、張學詩、萬毅、李運城，還率領了朝鮮義勇軍司令武亭，揮軍進入東北，配合蘇軍行動。金土不由得想到了兩月前，陳部長在長汀，向當地軍政的領導者，說出的那一番豪邁的言語。未來啊！「內戰」可能又要打起來了。

我們的聖賢所宣揚的堯舜郅治，苦口婆心講說的是禮樂治國之道。禮者，理也。理者，義也。義者，宜也。人人都認為這是對的，這是合宜的，就是理。理，就是禮的法則。

堯舜以禮、樂治國，禮，法其外，樂，和其內，實則，禮的本質，也是一個「和」字。金土還背得出：「禮之用，和爲貴，先王之道斯爲美；小大由之。有所不行，知和而和，不以禮節之，亦不可行也。」樂，更以「和」爲要義，樂如不和，怎麼還能「八音克諧」？先王的治國之道，歷代都以堯舜的郅治爲依循的軌則，但自方伯四嶽而天子居中的制度，被禹時的家天下取而代之，「禮之用，和爲貴，小大由之」的「先王之道斯爲美」，早已失而不復矣！自夏以還，家天下的封建制度，綿綿四千餘年，中山先生的《三民主義》，雖然推翻了專制的帝國，建立了民主共和，掌權勢者，還是你爭我奪，我們的開國之君孫中山先生。連個大總統的寶座，都坐不下去。自堯舜以後，讓國的人，卻又出現了一位孫中山先生。

五族共和的民主國家，已經建立了。可是，建國者無人，爭國者蜂起。經過這一次外族的侵略戰爭，整整八年的抗戰，賠上了多少無辜者的生命？損失了多少人民的財產？浪擲了多少人生活上的苦辛？這纔，贏得了太不易、太不易到來的抗戰勝利！何不想一想，日本人爲什麼敢侵略我們？我們的爭國土者，我們的愛權勢者，若不再想到治國的「和爲貴」，再繼續爲爭權奪勢吵嚷下去，「勝利」二字，數日來爲慶祝勝利而興奮起的狂歡！算是過去了。那麼，未來呢？可能爲我們帶來比抗戰更多的苦辛！？難以想像了啊！

夜深了！金土想著想著，寫著寫著，忍不住停下筆來，用手指去摩搓他那天在地攤上，買來的一個銅墨盒，是康熙年間的呢。在拂摸中竟然去推想那位擺地攤的老人家，若是一旦回不了家，是如何的失望？思索至此，遂在這天的日記上，寫了最末一句：「勝利！我歌頌什麼？」

不過，此後報上刊載的全是好消息，我們失去的土地，一處又一處的收復了。只是東三省的參戰蘇俄軍隊，還在繼續驅逐日軍，已進占了遼寧、吉林、黑龍江、熱河等省的重要城市與重要地點。

蔣主席三次電邀毛澤東到重慶商談戰後各種建國問題。

蘇俄提出的「中蘇友好條約」，我們的國民政府於八月廿五日批准。㈠蘇俄承諾援助中國的物資給與國民政府。㈡東北三省的主權以及領土的完整，還有行政權的主掌，蘇俄不會干預。㈢蘇俄決不干預新疆的內政。㈣外蒙古的問題，交由該國人民投票決定。㈤把大連開闢成自由港，把旅順作為中蘇兩國共同使用的軍事港口。㈥把中東、南滿兩條鐵路的幹線，由中蘇兩國共同經營，期約卅年。㈦蘇軍於日本投降後三個月內，撤退完成。）

就在日本投降典禮在東京灣美國的米蘇里號軍艦上，正式簽字的這一天，「粵漢東區空軍指揮部」奉令撤銷，由原編制改為「空軍第五地區司令部」，進駐南昌。辦理空軍方面的接收任務。原任指揮官改任為該地區司令，其他編制，連科室名稱都不變。第一次部務會報，決定進駐南昌的人員，分作三批，第一批先遣航務、機械、通信、總務四個單位的專業人員，每科先派三人，秘書室派譯電員一人配合。第二批由司令率領主管及工作人員前往，第三批是留後人員及眷屬。金土列在第二批，隨司令官同行。

交通是由長汀到南城乘汽車，由南城到南昌乘船，循撫河航行。

配屬給原指揮部的一架C47運輸機，也擔當了這一交通任務，第一、二批的人員，大部分都是乘這架飛機去的。

當然，回去的人，個個都滿懷著勝利者的驕傲與凱旋的歡欣！

十　光復後的城鄉

金土

1　斷牆、殘垣、瓦礫、茅草、烏龜

當「空軍第五地區司令部」奉命到南昌空軍基地接收，南昌各地的崗哨，已有陸軍進入擔任。日本方面的官兵、眷屬，已集中贛江西岸的牛行車站那一帶，有事調遣，派人去列隊通過贛江木橋，隨同率領人，一一送到各需要單位。下午五時晚飯過後，再由各單位，一小隊一小隊送到集中點，列隊送回營地。後來，大多改用車輛載來載去，在列隊行進時，往往會有人出隊跳江自殺。這時的日本人，之所以受到集中管制，不是「集中營」的俘虜待遇，而是爲了保障在中國的日本人，無條件投降後的生命安全。

空軍進入南昌，已是九月十幾，分作三批先後進入。第二批才是譚司令率領了各科室的主要人員，前往布置工作。由陸軍的先遣部隊，在日軍手中接到各有關單位的名冊，以及各單位經管的物資清單。屬於陸軍的，交陸軍接收人員點收，屬於海、空軍的，交海空軍接收人員點收。屬於地方行政單位的，交地方行政人員點收。在物資清單中，還分公有私有兩種，因爲日本人接受的是「無條件投降」，是以無論軍人、文人、商人，以及男女老少眷屬，離開住居地時，一概不准攜帶物品，只是隨身衣著，赤手空拳，到指定的集中地去。

到了集中地，除了聽侯遣送返國，有不少工作人員，尙須留下，協助接收者驗收物資，還得一一教授物器的使用。如電器、汽車馬達、駕駛及修護，特別是電台方面的問題，在學習使用上，都需要時間。換言之，我們接受日本人投降後的各類物資，還得一一學習技術的轉移。

先遣的接收人員，看上了日軍眷屬中的姑娘，攫爲已有的大有人在。特別是到東北三省接收的人，娶了日本姑娘的較多。空軍當局下令嚴禁，兼且用威令加上軍法處理。飲食男女，還是禁不了的。金土隨同譚司令第二批乘C-46空運機，由長汀飛到南昌，他們的辦公處所，以及住宿地，都在青雲譜機場。站車也由飛機運來了。

那天，大家下了飛機，首先見到的，是飛機場的荒蕪景象。從空中看去，飛機場像一個乾涸了的湖泊，已看不到水浪波濤，只能看到夾岸秋黃色的野草。遠看雖還有一條像是乾涸的河床在躺著，白慘慘的，落地時，方知那就是飛機場的跑道。

這跑道，原來是洋灰水泥混合土築成的，在縫合處，卻已長出了茅草，近日來，才割除的。破損處也是新修補的。飛機落地在跑道上滑行時，從機窗可以看到跑道兩旁的茅草，長得有一丈多高，飛機像河中的船，航行在堤高水淺的細流上。望見那兩旁茅草的粗大高度與密度，就知道那不是一年半載可以長成的。下機之後，展示在面前的，則是幾棟兩層的西式樓房，先到的那些人，迎接到譚司令，就說我們空軍的臨時辦公處，就在這裡，住宿也在這裡。走進一看，這幾棟樓房，毫無損傷的痕跡，房間的粉墻，也乾乾淨淨，偶爾有幾幅日曆牌上的美女畫，還貼在壁上未曾撕去。看樣子，不久前還有人住過。

隨同譚司令來的這一批人等，算來踰三十人，辦公、會客、以及食宿，已安排好，全在這一處十餘幢小樓中。不但辦公桌椅俱全，臥具也是全套，連休憩處的彈子枱都有。

「好在把遂川兩處美軍接待所的用具，運到了長汀，」譚司令說：「不過一年，這裡就用上了。」原來這批東西，是打從遂川搶運出來的，再由長汀運來。

「當時沒有車，」楊科長則說：「否則，把美軍電台的那一份設備運出來，這時候更當大用了。」

「那裡能夠！」譚司令接過來說。「美軍不同意，他們的命令是破壞掉。要不然，有車運棉被，還沒有車運電台設備？美國人怕是給了我們，也會丟給日本人。」

有人拎著幾隻烏龜進來，有一隻臉盆口樣大，說是外面草地上，道路上，遍處爬的都是。早來的這一批人說：「草堆裡才多呢！成千上萬。還有蛇、老鼠等等。」

譚司令他們在幾棟小樓的辦公處所蹓覽一遍，說是站車已卸下開來，譚司令說：「我們先到機場四處看看。」遂又說：「當年我住在這機場時，飛的是霍克三。」霍克是美國飛機。

這架C46載運來兩部車，一部站車，一部吉普。大家乘上這兩部車，先在跑道上走了一趟，果然，跑道上也有烏龜在爬，老鼠在奔。跑道兩旁的茅草，雖然大部分的葉子，已經發黃，內層卻還濃綠，黃色淡白，外貌看起來，則是三秋的景色，在西風中洋溢的是蕭煞之氣。

「從這一情景看，日本人的侵略戰爭，三年前已經露出了敗象，」金土跟著司令的站車，沿途觀賞到的荒涼情景，有此推想。從茅草的高大濃密，還有草棵中的烏龜，都已長到盆口樣大，又孳孳衍生了幾代，在草中已生聚了千千萬萬的子民。這情形沒有三年以上的時間，焉能有此情致？「不知日本軍閥的頭子們，怎的還會堅持侵略戰爭，再繼續前進？」金土又想：「終於試嚐了兩顆原子彈，付出了廣島、長崎兩座大城變成焦土，閃電之間死亡了百萬人的生命。這才放下手上的殺人槍刀。這殘酷的懲罰，不是咎由自取嗎！」

譚司令帶著十來個人，巡視了一遍機場，除了機場的茅草長得如同原始叢林，機場上的棚廠、以及四處的庫房，已被我中美空軍炸成了斷墻殘垣，炸壞了便沒有再去修葺。午飯桌上，譚司令拿出筆記本，向同事幕僚們，唸了兵法上的這幾句話：「舉兵之日，而境內貧；戰不必勝；勝則多死；得地而國敗；此四者，用兵之禍者也。」唸完之後，見到聽者目瞪口呆，遂又解釋說：「這幾句話，是我前年在美國受訓的時候，一位美國上校講的，講義上，印著這幾句話的原文，是我們中國的古代的兵法家說的。我這本子上，沒有記是誰，總不出孫子、吳子這些人吧。」遂又講解說：「這幾句話的意思，是說打仗的花費最大，主戰的人，若不預先估計好戰場上的耗費，一旦出兵，打了沒有多久，戰費籌不出了，這仗必敗。就是戰勝，傷亡的代價，付出也一定大。就是占領了對方的土地又當如何？自己的國家已窮得人民沒有飯吃了，侵略來的土地，還有能力來保有嗎？所以說，用兵者要是不能預先顧慮到這四點，只想到窮兵黷武地去侵略人家，那就是用兵的大禍。」解釋完了又說：「美國人在三年前，就已經斷定德、日兩國的侵略戰爭，一定步上敗亡之途。想不到這樣快就應驗了。」

金土聽了，想插嘴說他在長汀時聽了那位美軍中校演講，推想日本這民族不會接受無條件投降，以及日本在中國的佔領軍，也可能會拒降，繼續占領中國不走。今已事實證明這兩個推斷，都沒有發生。可是金土沒有敢啓齒。他慮到他在這裡，還沒有他插嘴說話的地位。然而，他卻想到：「得尋個機會去問問司令官，請他查查說這幾句話的兵法家，是我國古代那一位？」

譚司令又帶動了他們這一夥人，坐了兩輛小車到市區去。一路上，車輛顛簸在隨處都是坑坑窪窪地的公路上。進入了市區，路過百花洲，路面也是那麼破損，不曾有過修補工作。可以想知日軍占領南昌期間，到青雲譜機場的這段路，汽車的往還必然不多，不然，怎的會任他破損不管？馬路兩旁，百分之九十的房舍，已成廢墟，極少能見到一處完整的，偶有一處兩處，還有完好的小樓孤立著，也被高大濃密的茅草，包圍起來了。

一直到市中心的中正路那一帶，才有整齊的市街，兩旁店屋如舊，有兩層的，也有三層的，但都是空屋子。據說這一帶，在日軍占領期間，這一帶的市街，還是有生意的，日本人一宣布投降，生意人趕忙收了，逃到別處躲了起來，怕的是國軍回來，會拿他們當漢奸辦。街上行人很少，市街上只偶爾有售賣日用雜貨的小店面出現，且大多是從外鄉回來的。可以說市面還沒有恢復正常。偶爾有軍車駛過，大都是從日軍接收來的那種兩頓半載重的灰黃色卡車，車上載有日軍，個個都還是身著黃色軍服，上衣短得遮不著臀部，頭上載著鴨頭鴨舌帽。見到身穿軍服的人，站在車上，也不忘舉手注目行禮。

大家只是這麼走馬看花似的在南昌市區，蹓躂了這麼一趟，就感受到日軍占領南昌後的七個年頭裡（一九三八年三月末梢到一九四四年八月），所有的破壞，日本人都不曾去修葺過。任由茅草生生不息，所以茅草叢林中，成了許多小動物的保護區，烏龜之所以長到臉盆口那麼大，而且子子孫孫孳生許多代，這情事所顯示的，正是日本軍閥侵略戰爭造成的「得地而國敗」的現實樣相。這種敗相，牛行汽車站那裡的「集中營」，還沒有瓦礫堆上的茅草叢林顯眼呢！任何人，見到日軍的占領區，竟是這樣的破敗荒蕪，都會推想到日軍雖然占據了中國這麼多的名城大都，還沒有建立了統馭人民的政令。凡是日軍占據下的城鎮，住民大多數已逃亡在外，點線以外的鄉鎮，日軍的勢力達不到，雖然有心想去驅策人民來修補破爛，也無民可使啊！

回程的時候，譚司令吩咐繞道東門外，去看看那個小型的飛機場，那裡還有當年的航空站辦公處所。現由首先進入的陸軍住著。等接收就緒後，司令部搬遷到此處辦公。

車到這機場之後，見到的更是一片草澤，其中的塔台等房舍，在場外看去，連個廢墟也見不到，東一簇西一簇的高大茅草堆，整個機場都是野草。車開入之後，輪下時時輾到斷磚碎石。好在凡是炸彈坑，都長了丈多高的茅草。跑道，在蔓草中，還殘留了一條長方型的痕跡。跑道堅硬，沒有長出那樣高的茅草。他們下了車，走了幾分鐘，就回青雲譜了。楊科長曾擔心著說：「看來，這機場日軍進入南昌之後，就沒有用過，我們撤退後，除了加以破壞，還經常飛來轟炸。萬一撞上沒有爆炸的炸彈，還會發生意外。」

在青雲譜機場，工作了三週，方始遷到城區。就是東門外老機場這頭，他們那天過門未入的那個院落。這院落像個花園，進了大門，就是一個空場子，右旁靠墻有一排平房，再向裡走的左邊，有兩層樓房，前後三座，右方則是一個花圃，雖不是樹木成林，卻也是大樹株株，枝葉如蓋，圃中尙有菊花盛開，紅黃爭妍。近鄰就是南昌女子高級中學，單身宿舍，就在進大門靠住墻的那排平房，最末五間。前五間住的是警衛排。

住在青雲譜機場辦公的那段日子，由於離市區遠，又沒有車，司令又經常不住在營區，這裡的工作人員，幾乎是天天晚上有人在聚賭，直到眷屬到了，才遏止下來。金土在這段日子裡，天天晚上坐在辦公室裡，把他到南昌之後，見到的破敗光景，以及他在遂川看到的空戰實況，日機夜襲被擊落的慘相，寫成一篇篇短文，投在南昌的兩家日報副刊上。幾乎是篇篇都被採用。由於他用的是筆名，沒有人知道金土在寫文章投稿。儘管有人乘坐黃包車到市區去，再乘黃包車回來。金土只隨同去了一次，是禮拜天。市面上的商場，尚未恢復，電影院、戲院，都沒有營業，街上只有廢墟、瓦礫場、茅草林可看，大街上的樓房，十之九都是空的。街上的行人，也是零零星星的，仍能偶爾聽到鐵釘皮鞋，踏在水泥路上的咔咔、咔咔聲地齊步邁進。那是我們中國兵肩著上了刺刀的步槍，押解著一隊日本兵邁起齊步，走過街頭。在遇見身穿中國軍服的人，自動提腿踏正步使禮，步履聲「咔咔」。

金土的同事們說：「坐黃包車打這麼一個來回，只要遇到一隊日本人走正步，向咱們敬禮，花去這幾文黃包車錢，也就值得嘍！」說時還興奮地手舞足蹈。

眷屬到達南昌後的安排，除了各自已尋得住所者，初到時被安排在市中心的一家原是百貨公司的大樓中，三層樓，大大小小的房間，有幾十個。要大家先集居在此，然後各自去向民家租賃，不可強占。由於市區到處都是空屋，特別是大街上的商站，總有一大半空無一人。所以，也有人帶著一家數口，去獨占一家商店的三層樓房者。可是，不些日子，逃避在外的人，一家家都回來了。連集居在那家大百貨公司中的許多家，也得遷讓，屋主已回來，準備復業了。

十一月初頭，南昌的電影院已開張，大街上的店面，已逐漸擺出了商品。九戰區長官部已進駐南昌，廢墟上的茅草，軍方出動兵工砍除，破損了的路面，軍方也在修補。不些日子，南昌的街頭，已是熙來攘往。這時，大家已知道，還都的國民政府，要懲辦的是漢奸，不是順民。

2　勝利有家歸不得

從表面看起來，南昌的市容，恢復得很快，中正路上的空店面，大都開張起來。戲院、電影院的門前，也有了堆堆人群。一向不喜歡看電影的金土，自從隨同著同事去看了一場《雷雨》，使他深刻的記住了演四鳳的陳燕燕，與演繁漪的談瑛；還有演魯貴的洪警鈴、演魯大海的王引。漸漸地，連有字幕的西洋電影，也去觀賞，像《魂斷藍橋》的費文麗，他都死記不忘。在贛州的那段日子，金土還不大能接受翻譯小說，如狄更斯的《雙城記》、雨果的《鐘樓怪人》，都讀不進。他只能接受林琴南的譯本，如《可憐的人》、《塊肉餘生述》等。近來，自從讀了福婁拜的《包法利夫人》、左拉的《酒店》、拉馬爾丁的《葛萊齊拉》，還有紀德的《田園交響樂》、莫伯桑的《二漁夫》、契柯夫的《賭》，都德的《最後一課》，遂又一時熱中於翻譯小說。使他不能習慣的，是書中的長句子。往往一句話中有三、四個「的」、「地」、「底」字。中國的古文，都是短句，金土最不能適應的是這些。他認為電影上的字幕，對話不也很簡單嗎？何以書上的文句，那麼的長？他不懂外國文，無從去想了。這時，他忽然想到在遂川時，那位被美軍傷害的王小姐，若是同事，就有人可以請教了。但自那日之後，就沒有再遇見那位小姐。

辦公室的工作，也沒有總站時代那麼忙。尤其，自從總站改為指揮部時，書記室改成祕書室，新來了祕書主任，金土交出了身上的密電碼，再加上一改再改後的工作環境變了，金土也毋須三天兩頭的跟著頭頭兒，東奔西跑，只在辦公室應付一己的那份工作，來到南昌後，工作更輕鬆，所以，金土的時間，大有餘裕。

正由於生活上有空間，金土每天總在等信件，郵差送信的時間，慣常在上午十時左右，下午四時左右，金土總是來不及的跑到大門口的傳達室，去看信件到了沒有。他期待的信，第一是蘇州的趙義母，第二是家中的家書。上次接到家信說，若是兩下裡談和成功，今年要一家人團圓起來，過一個歡歡樂樂的年。如今，家鄉還被紅軍占領著。出了縣城二十多里，就是紅軍占領區了。毛澤東已被蔣委員長邀請到重慶，商談一切未來國共合作的問題，老毛已經回去了。報上說，雙方的問題，已獲得結論。㈠共產黨願在蔣主席領導下，長期合作，不打內戰。㈡召開政治協商會議，討論一切雙方相互合作的問題。㈢軍隊必須國家化。可是，派往東北接收的國軍，到達葫蘆島之後，竟登不了岸。美軍麥克阿瑟元帥，登陸日本後，已在東京豎起美國國旗，下令拘捕曾任首相的東條英機，還有特務頭子土肥原賢二，下獄待審。日本的「支那派遣軍總司令」名義，改名「中國戰區日本官兵善後聯絡部長官」，在華主持受降事宜。首相又換了幣原喜重郎。

金土盼到家信了。只說了些鄉間人事滄桑，居然一字也不提及返鄉過年的事。蘇州的信去，仍如石沈大海。合肥的盧家，已有信來，除了盧姑姑的父親已去世，其他人等都在。他們說讓盧姑姑的弟弟到南昌來，金土爲了愼重，回信說明必須他親自送到老人家手上，不但是盧姑姑的遺言，也應該當著公府的見證把錢交出。但從時局看來，今年是返不了鄉的。回想到陳部長在長汀時說的，勝利後，不用三個月，就可以把共產黨解決的豪語，看來，不是那麼簡單呢！

王泰山帶著老婆，抱著兒子來了。

當大家由長汀返回南昌，王泰山的老婆還在月子裡，嬰兒太肥了，幾乎難產，孩子出生時，又是鉗子，又是剪子，母親受了些折磨，遂自動要求留在長汀站。自從與家鄉通了信，卻一心想著要回家。兒子在信上說他娘有病，要他早一天回去。如今，長汀機場很空閒，他請了一個月的假，要回去看看。打算把這老婆孩子，留在南昌，找個房子住下，託輔導員替他照顧。因爲他老婆不願意回遂川，帶往家鄉，還不方便。同時，也想調回南昌。

王泰山的兒子，四個多月，白白胖胖，結結實實，很可愛。這時，逃亡外鄉的人，雖已逐漸返家，空房子還是不少，很容易就在市區租到一間小房，安頓妥後，王泰山便回山東去了。

就在帶著王泰山去找房子的那天，金土遇到了徐柏壽，王泰山也認識。正巧，他偕同那位徐大嫂，就住在這一家樓上。他們見到了金土，個個都顯露出「他鄉遇故知」的歡樂之情。說是他們也是由江山到浦城，再乘船到南平，一直住到勝利。還提到休養院到了龍泉之後，便有名無實，大家便分散了。各尋去處，今已不知散在何方？徐柏壽現在江西鹽務局工作。金土也把他加入空軍的經過述說一遍。徐大嫂見到金土，分外的親熱，一見面就告訴金土，小鳳已下嫁油坊那位小開，作了江山人了。金土聽了，頓時羞紅了臉，實則，他與小鳳間的偷情，徐柏壽絲毫不知。他們妓家女的口，在這方面，比一般閨秀要嚴謹得多。這事也就不必提了。

正由於這層關係，王泰山的老婆，竟成了徐家的幫傭。王泰山的老婆是鄉下婆娘，雖不善於廚房中的煎煎炒炒，笨活兒可真行，洗洗擦擦，到井邊汲水洗滌，甚至老遠跑到江邊去挑飲食用水，她都樂意跋涉，不辭辛勞。徐大嫂是閒散日子過慣了的，有了這樣一位幫手，真是求之也難得。

王泰山去了不到兩個禮拜，就回到了南昌。他告訴金土說，他見到了家中的老婆，沒有病，是兒女們騙他的。女兒已嫁，都有了孩子，兒子也訂了親，還沒有娶。老婆比他大五歲，鄉下種田人，已成老太婆。他只到了縣城，沒有回鄉下去，鄉下有新四軍來來去去。他告訴兒子，這裡還有勝利獎金好領，所以他匆匆忙忙趕回來，家裡人都沒有攔阻。家中已沒有老人家，爹娘都下世了。他卻特別說到由濟南到浦口這一段津浦鐵路，乘車的人沒有從前多，因為跑火車的人少了，車軌常被埋下地雷，遇上了爆炸，會送命。車行很慢，有時在路上一停老半天。過了蚌埠，行車才正常。所以王泰山勸他輔道員緩些時再回家。

報上說，美國的駐華大使赫爾利，換了馬歇爾，特來擔任國共爭端的和事佬。這時期，已有大學的學生罷課遊行，打著旗子，喊著「反內戰，反對美國干涉內政。」還有教授們聯名向全國各界發表同情學生反內戰的罷課行動。

美國駐華軍事代表團成立了，魏德邁任團長。共產黨要求國軍退回日軍投降前的原陣地。九戰區長官部的平劇社，正與空軍第五地區司令部的平劇社，在籌備慶賀新年、慶祝抗戰勝利、伶票聯合大公演。演期三天，金土又被排上「女起解」，鍾永清飾崇公道，後面的「玉堂春」，是伶界的坤腳新艷琴演。徐柏壽飾演「龍鳳呈祥」中的喬國老。

這場慶祝戲排出了三天，海報從十二月一日就貼出了。報上的新聞也刊出了，標明是名票名伶大會串。演出之日，戲院門口，雖不能說是「車水馬龍」，卻也三天都是滿堂。收容在牛行汽車站一帶的日本人，已陸續送到九江，一一送他們返國，只有少數的技術人員，還分散在各軍政單位，協助我方人員工作。南昌的空房屋，到了卅五年的元月，大都候鳥似的，一群群飛還舊巢。所以這三天來的演出，特別轟動。金土雖是資格最淺的票友，好的是扮相美、嗓音潤，遂得到意外的好評。竟有不認識他的人，猜想這「小金子」是風月場中的名花呢！這一點，雖使金土聽了臉紅，卻又莫可奈何？起先，他不知道，後來與劇界的人廝混熟了，都喊他小金子。聽來，雖也不以為忤，總感到不自然。與劇界相熟，也是始於這次的演出。在排戲的那段日子裡，金土隨著軍中的大夥兒，經常到兩家戲院去，才漸漸地與劇界熟稔起來。

進入戲院，已不需購買門票，三五友人一起，總愛到後台聊天兒。後台有大衣箱二衣箱可坐，也有演員住在後台，三兩張床位的小房，有桌有凳，還有茶水。沒有戲的人，總愛坐在舖上聊。戲完後，他們也會聚在一起賭。金土卻是後台的男女老少，最喜歡接近的朋友，第一，他外貌還像個大孩子，總是臉上掛著笑。第二，金土懂得戲裡的歷史故事，又會寫、又勤快。有人請他抄本子，他總不推辭。譬如「玉堂春」中的蘇三與王金龍，是不是實有其人實有其事？薛平貴與薛仁貴都是唐朝人，二人有沒有關係？竇爾敦與黃天霸的故事，是不是從真人實事演到戲裡來的？以及「審頭刺湯」這齣戲，有嚴嵩父子、戚繼光、陸炳，都是明朝實有的人物，這件莫成替死的案子，是不是真的？金土都會用心而且仔仔細細的查考清楚，再去的時候，一條一條的告訴他們。所以金土一去，總有許多人圍上來，希望金土講古。當然，有關戲上的許多問題，金土發問，他們個個都會回答，不會，還去喊別人來作答。

漸漸地，廝混熟了，知道金土還知道唸字、吐音、歸韻上有關歌唱這門學問，遂也常常邀金土到他們家中去作客。可以說，如今的金土，已逐漸蛻去了鄉老土的泥質，在言談舉止上，已不像往年那樣怕羞，也不那麼愛靜不愛動，電影院、戲園，金土也是常客了。有一天，他在電影散場時，看見那位梅小姐也在散場人群中，走在他前面，已向街口走去了。似乎一起還有三位年齡相仿的女孩，他很想超前去打個招呼，突然又想：不便魯莽。只是駐足正視她們走去之後，才轉身去追同伴。他那兩位同伴，已經由電影院門口，走到了街角，方始發現金土還在後面。

這兩個伴兒，是同房間的。過去的兩個同房伴兒，老吳結了婚，老向的妻小，已由湖北來到南昌，都搬出去了。新搬入的兩位，一位是由文書士升爲錄事的石家驊，還有軍法室的劉書記官，另一位就是總務科的管理員，姓單，愛打麻將，極少與他們結伴同遊。通常，他們在假日中，有時去看早場電影或戲劇，不但得憑勞軍票，還得早起去排隊，才能進場坐上好位置。所以，他們總是吃過午飯後，去看午後第一場，散場後，一道兒蹓躂蹓躂，在外面吃個小館，或再去看戲，然後再一起漫步回家。

自從老吳、老向先後遷出之後，還無人搬進來，單管理員總是後半夜才回房，有時不回來。這段日子，金土竟感到孤寂起來。託總務科郭科長幫忙，已把王泰山調補到南昌機場養場隊。再加上王泰山的妻小，住在徐柏壽同一棟房屋，他的老婆又在徐家幫傭，金土與徐大嫂又有那麼一層沾親帶故的關係，所以王泰山這裡，卻也是金土不時一到的落腳點。

徐柏壽每天得按時到公，一早就出門了。徐大嫂是夜貓子，白日，不過午時下不了床，夜間，不過午夜，上不了床。過午起床後，往往盥洗後不吃飯，又被麻將搭子約走了。

「我們兩個，常常一個禮拜不見面，」徐柏壽告訴金土說：「她回來，我在睡，我起來，她在睡。」

年來，金土的孤寂感，可能與人的年齡有關。今年，金土二十七歲了。認真說起來，他還沒有真真正正地步入過男女的愛情，等於俗說：「還沒有跳到愛河沐浴過。」與那位使他念念不忘有十年之久的李姐，算得愛情嗎？與小金寶已論訂了婚嫁，金土展現了多少內心的愛情？與小鳳的偷情，也能算得愛情嗎？如果，家中給他訂的那門親，姓韓的女孩不曾病故，期待他回家成親，金土會反對嗎？仔細推論一番，可以說，金土在男女之間的所謂「愛情」二字，還沒有真切的接觸過呢！

王泰山家中已經有了妻子兒女，都四十多啦，還在外弄個女人來。如今又生了兒子，生活得快快活活。徐柏壽夫婦二人的生活，雖像參商二星似的交錯著，但二人相聚時，那種鶼鶼鰈鰈地相親，看著還是令人豔羨的。是不是？「宇宙就是陰陽的組合。」金土近來在生活上，似乎特別感到異性的需要，越是讀小說，越發的感到男人不能沒有女人。所以他近來不時去想王泰山向他說的那些粗話。尤其那句：「打手銃是傷身的喲！」近來，他遺憾於王泰山有了女人，又有了孩子！不會跑那種地方啦！要不然，他真願意跟著王泰山去冶遊。當他在電影院的散場人群中，發現了那位梅小姐，又不敢大著膽兒，跑向前去打招呼。遂想到，有人在背後罵某人：「那個傢伙最無聊，見到女人就追。」這時，金土居然吟味到「追」這個字，應是雄性的自然行爲。遂爲自己下了決定：「再遇見梅小姐，應追上去。」

春節就要到了。家中沒有來信。蘇州更是音訊杳然。

爲馬歇爾這位和事佬組成的調解國共糾紛的軍事三人小組，還有政治協商會，已開過不少次會議，可也沒能阻止了各地國共對峙的槍聲。停戰令根本約束不了你打我、我打你的行爲。究竟誰先打誰？馬歇爾也拿不出一句公道話來說。

勝利獎金在春節前夕，頒發了下來。合現支薪半年還要有多的數字。金土另外還有傷殘卹金，湊起來，有六萬餘元。對金土來說，可不是一個小數目。他以半數匯給爹娘，留下半數存到銀行。他最要添製的是一輛上海大東牌的腳踏自行車，有了一輛腳踏自行車，方便於騎到市街，多走些地方。也許，能再遇見那位梅小姐呢！那位梅小姐在金土的心版上，形像越來越高大，也越發清麗了。直到如今，他只知道她姓梅，連名字也不知道。雖然送她到了贛州的家中，卻連街名也沒有記下，休說是門牌號。何況，梅小姐如今已經回到南昌，連問詢都無個線索。

春節，金土在王泰山家吃的年夜飯，徐柏壽夫婦到朋友家過年去了。據王泰山的妻子說，徐大嫂的母親還有個妹妹在南昌。這是大家還鄉第一個年，勝利雖祇半年多，南昌的市面，已是店招高懸，霓虹繽紛，百花洲那一帶的瓦礫場與茅草叢，不但清除，新建築也在打地基，此類復原的工作，不久就是一番新氣象。

過了春節，金土收到了家信，希望金土在春暖花開的三月間回去，到城裡住在大河南街，張曜羽爺爺家，決定了日子，家人先到城去等。遂因此知道鄉間，還是不能去。

金土已決定農曆三月間返鄉，日期還不能預先確定。他需要請假，更需要尋個還鄉的伴侶，他還得到合肥去一趟，辦完盧姑姑遺留下的後事。總之，農曆三月間，他要還鄉了。

3 春暖花開的時候

原來，金土想請假一個月，可是，南昌的空軍司令部，又要裁撤了。命令已經到達，並沒有像上兩次一樣，只是改個新番號，原建制還存在。這一次，竟是徹底的裁撤，不但番號沒有了，連同建制也取銷，所有工作人員，聽候命令調遣。現有番號對外行文，到七月卅一日止，八月一日起，未了事務，交南昌站處理。所以，金土只請准了半個月的假。

金土此行，首先考慮到的是先到合肥？還是先回家？身上帶著盧姑姑的金子。小心翼翼地一直藏在身上共存亡，算來幾近六年了。在掛采的那一次，正好藏在枕頭裡，身邊有個忠誠的勤務兵王泰山。想一想，若不是身邊有個王泰山，算不定早已遺落。數年來，只要有所異動，王泰山都會向他提醒這一份金子。如今，王泰山在南昌機場養場隊，已是上士班長，上一次他回家，是在長汀站請的假，何不要求王泰山再請幾天假，先送到合肥，辦完了盧姑姑這件事，再讓他回南昌，後一段返鄉的路，就省得擔這一分心了。多花了一個人的路費，也是值得的。

這想法，經金土向王泰山一說，居然請准了十天假。

拆軌後的南潯路，還沒有修復。乘汽車到九江，再搭汽輪到蕪湖，下船改乘汽車到合肥，行程還算方便。沿途看來，江山依舊，田疇無恙，正當春暖花開的時候，蝶舞蜂忙鶯飛草長，已看不出曾受過八年戰爭的摧殘。所見阡陌交通，所聞犬吠雞鳴；男女種作，怡然如故。反思在南昌見到的隊隊日軍，列隊行進，一見國軍，就走正步，注目使禮。真格是「何其卑耶？」再一想，南京的大屠殺，又「何其狠耶？」不知日軍在美國米蘇里艦上簽降時，曾否想及當年發動侵略戰爭，則又「何苦來哉？」「種惡果者，自食其果。」金土想到這句古語：「其斯之謂歟！」

盧姑姑家在鄉下，他們先在市內尋個客棧住下。第二天吃了早飯，問明了路程，喊了兩輛黃包車，按址尋到了盧姑姑家。正巧，盧奶奶在家。

從居處看，就知道盧家是貧戶，只有兩間低矮的平房，孤孤落落，也沒有院子。一間是住房，一間是廚灶，祇有盧奶奶一人住在這裡。兩個兒子，一在外鄉，家中的次子還有妻子兒女，住在近處。家中的女兒已嫁到別村去了。

雖然找到了盧奶奶，說起來，盧奶奶似乎還不清楚送錢的事。不大會兒，盧姑姑的弟弟帶著妻子來了。一見了金土就說：「你就是魯金土，我姐姐的錢你帶來了？是龍洋還是法幣？」金土還沒有回答，王泰山就搶著說：「是金子。」語氣重濁，也許這位盧先生沒有聽懂。

這時，門外已圍了不少人在看。金土感受到這人可能就是盧姑姑的大弟弟，不會是冒充的。但金土卻希望當著公府的人，交出這些金子。這才對得起盧姑姑。儘管，盧姑姑的遺言，並沒有要金土把這筆錢送給他的家人，金土知道盧姑姑家中有父母有弟妹。必須把這筆存款，送給盧家爺爺奶奶，方算了了這樁心事，對得起死去的盧姑姑。

盧奶奶木木的，坐在一旁不說話。金土便告訴這位盧姑姑的弟弟，說：「盧叔叔，這筆錢，我應該當著一位公府的證人交出，這是盧姑姑的遺言。」門外看熱鬧的人，有一位聽懂了金土剛才說的話，便進門來，向盧姑姑的弟弟，再解說一遍。並且建議他去找保長來。金土覺得這地方，不是可以交出金銀的地方。遂向這人建議，不如到保長辦公處去辦這件事。這人轉告盧弟弟，說：「大明，這位先生的想法是對的，你去找保長去。」盧大明遂說他去找保長，便出門去。

金土看到盧奶奶坐在旁邊，雖然沒有說話，但在流淚。金土便要求這位先生作翻譯，他要向盧奶奶述說盧金花姑姑的死。王泰山聽了，就氣火火地板起臉，叱喝在門外堆著看的孩子們，也有婦女、大人，說：「去去去，看什麼？俺們這裡說的是死人的事，你們看什麼？去去去。」經王泰山這幾聲喝叱，門口的人散去了。

金土一句一句的先把他與盧姑姑的師生關係說了。再說盧姑姑得肝病的痛苦。卻沒有說吞藥自殺的事，也沒說留遺書給美國瑪麗亞的事。金土感受到，也認知到，盧奶奶只是一位愚昧的鄉下婦女，推想她不大清楚女兒在美國的一切生活。金土原來的打算，把盧姑姑的遺書留下，看到盧家的這種情況，也不想多扯閒事了。把錢交付妥了就成。

盧奶奶一邊聽，一邊低首流淚，不時用手拉衣襟擦拭。聽完後，只說了一句：「人拗不過命！」這話金土倒能聽懂。忍不住掏手帕兒擦淚。這位作翻譯的人，隨口問安葬盧家姑娘的地方，離這兒有多遠？金土遂又把曹娥江的地點，在浙江上虞縣的地理，就他的所知，描述了一番。這人又向盧奶奶傳述了一遍。盧大明帶著保長回來了，幾個人方始一起到保長家去。

在保長家，金土交出了他認真保管了六年的遺產，一小根金條、三個戒指，取得了保長了印、簽了名、又蓋了私章的證明書，了結了這樁心事。

金土這時的心情輕鬆，有如那次交掉密碼一樣，釋下重負。

王泰山還要陪著金土返鄉，金土要他回去，不可擔誤了銷假。「如今，我身上已沒有那一條金子的累贅，一個大男人，還有什麼可擔憂的呢。」遂在合肥分道，一返南、一去北。正如王泰山由山東回來時說的，蚌埠以北的火車，還不時由於路上不暢，火車不能準點。原衹兩個多小時的路程，四個多小時之後，方始到站，已是深夜。

在車站附近的一家旅店住下，輾轉床褥，久久不能成眠。八年了，整整八年了。他知道最疼他的奶奶，已經不在人間，見不到了。可是，奶奶的聲音笑貌，永遠在心版上，除了死神那隻殘酷無情的手，誰也別想抹擦了去。

「油茶！油茶」這聲音是金土在蕐英煙店聽慣了的。如今，肚腸卻沒有轆轆聲叫他：「去買一碗來給我吃！」

他躺在床上，想呀想，在朦朧中醒來，天已大亮。起來盥洗之後，便走向火車站，他要看看那年的飛機轟炸，毀了的房屋，現在怎樣？還有不少車道東方的那一片棧房，斷墻殘垣，仍在那裡豎著，也長有茅草，卻沒有南昌的高大肥壯。有幾顆高大的楊柳樹，垂下的青青枝條，在微風中飄蕩。車站這一帶的吃食攤子，也像往日一樣。金土吃了早點，回到客棧結了賬，便揹起一個布包，拎著一個布袋，在晚風吹拂的這條夾道柳榆下，進入東城門。鄉人慣於早起，有不少商店已開門。

金土懷著興奮地心情，步上大河南街，看來一切如舊。經過崇德中學，看去學校還未開學，沒有心情停步了。繼續前行。找到張爺爺家，正好父親走出門來，金土見了激動地喊了一聲：「爹！」便噗通跪下，說不出話來了。作父親的也一時說不出話，欠身把兒子扶起，顫忽忽地語聲說：「我們到城裡三天啦！」金土的喉頭被激情占據，還說不出話來。事先，沒有在信上說他要繞道合肥。父子在進門時，又聽到金土哭著說：「我見不到奶奶了。」父子二人一直泣泣呼呼地哭到了房內。

進了房，金土見了娘只喊了一聲娘，便跪到娘的懷中，還是哭著說他見不到奶奶了。這時，房中的老祖父，眼睛半盲，看不清，但已拄著拐棍站起身來，一步步向前趔趄著，口中一聲又一聲地喊：「娃兒！娃兒！」妹妹喜娃，已哭出了聲，嘴裡還在叫「奶奶！奶奶！」又補了一句：「我也見不到三爺爺了！」小叔也站在一旁哭！

停了一霎，張爺爺說：「金土啊！還是說說話吧！」

於是一家人才把相見時的激情煞住，然而金土口中，仍在唸叨著：「我見不到奶奶了。」直到坐下之後，張爺爺問他打仗的情形，這才使一家人的情緒穩定下來。可是，金土還是沒有敢說他受傷的事情。只說到在諸暨戰場上，以及在遂川飛機場，日本飛機來投彈，炸彈爆後的情形，還有日本飛機被擊落的情形。金土告訴家人，在戰場上，沒有人會害怕，生死由命了。看空戰時，日本飛機一架架被打掉下來，那是在山坡間壕溝裡躲警報的人，最興奮的時候。

金土離家這八年，家中的變化也很大。李秀實、陳長生、張良士，都參加了游擊隊，勝利後也沒有回家，聽說都到新四軍去了。團練張鏡明，在日本人占領縣城之後，他當了維持會會長，日本人還沒有投降，他一看情勢不對就跑了。他的兒子張鳳翊也沒有回過鄉。有人說也加入了共產黨。如今，出了城，過了二鋪甸子，就是三不管地帶。有時國軍來，有時新四軍來，有時，不三不四的土八路也來。說：「不敢讓你到鄉下去，怕的就是萬一。」

第二天，鄉間的叔叔、舅父、姨父，都進城來了。兩個姑家遠，沒有通知他們。這一家人加上張爺爺家兩口，正好一桌。金土說，他得到的勝利獎金還有餘，在縣城最大的菜館鴻福樓宴請，應說是八年來的團圓飯。

姨父之所以趕來，還銜有為金土作媒的使命。仍舊是韓壇集的那一家，死去的姐姐還有個妹妹，今年十八，雖說小了十歲，女家願結咱這一門親。主動提起來的呢！娘說：「人長得比姐姐還俊，差池的就只讀了四年小學。」

金土說他回去之後，可能工作就有變動，現在的機關就要撤銷，算不定會調到南京、上海等處，離家就近了。以後再說吧！

數日的逗留，轉瞬就過。張家的房舍雖不大，只是一個小院，騰出了兩間房子，一間廳堂給他們住，鄉下人不講究生活上的衣食住行，打個地鋪，大家擠擠，一家親屬，也能過得。回到南昌，路上行程還得三幾天。金土先送家人回鄉，爹跟小叔二人留下送金土上火車。頭一天，牛車先到了西關，牲口與車，都落腳在西關一家糧食行內。這天早上，一家人吃了早飯，浩浩蕩蕩地走出西門，坐上牛車，駛回鄉間。

金土跟著車，一直送過十里鋪，方行告別，再隨他爹與小叔二人返城。火車的時間，是午後二時。張爺爺有熟人，買的是二等對號車。

田裡的麥子，一尺多高，青翠蓊勃，曬乏地已耕耙得平平整整，耙紋一條條，像編成了的簡冊。

「今年的春莊稼挺旺！」金土看到田裡的青蔥麥苗說。

「這是堤岡上沙土地，」金土的爹說：「咱家湖裡種的，那有這樣？秋天缺雨，下種晚了些。冬天少雪，到如今還沒有盤根呢！」

「大哥那塊沙土地上的，比這裡的長得還旺！」

魯永源頗有幾分妒意地，說到金土家的那塊沙土地上的麥苗子，長得比金土在這裡看到的還好。他知道，金土又寄來一筆數目不小的金錢，魯永春收到了這筆錢，又買了二畝堤岡上的沙土地。

魯永春聽了，遂說：「這二畝沙土地，原來就是咱們家的。是你們老爺爺愛喝酒，喝掉了的。李家要賣這塊地，咱又湊巧有了這筆進項，怎能不想著贖回祖產！」

金土聽了，心情頓時煥發了幾分恬適。看到田野間沙土地上的麥苗青青，村莊也是桃紅柳綠，蔥鬱鬱地，紅燦燦地。想到兒時，總是盼望著春暖花開的時候，怎知道老人家怕的是青黃不接？如今，爹已把收到的這筆勝利獎金，贖回了失去的祖產沙土地二畝，遂一時想到：「多了這兩畝沙土地，爹娘這後半輩子，該不會挨餓啦！」

4 別南昌、過九江

金土回到南昌之後，已有不少人接到調令，都是五月一日離差。已經收到調令的人。新職的處所，大都在他家鄉附近。想來，這應是一種政策。可以方便調職的人，先返鄉，後到差。

據說，辦理總務、文書這兩門業務的人員，是最後一批，時間可能要到八月去了。從五月一日起，便陸陸續續走了一批又一批，到了六月，譚司令也調了新職，對外行文，已不用原有的番號，改爲「南昌空軍留後辦事處」，由總務科郭科長主其事。餘下的人，全部不到三十位，文書方面就占有七位。除金書記之外，還有兩個錄事、一個譯電員、兩個文書士，一個公務兵。比原來的秘書室，祇少四人。總務與文書方面，業務還是挺繁多的。工作壓力，卻是減輕多了。

金土的寢室，四張舖已空了兩張，雖然還有一位總務科的人，卻經常不在房，有時，晚上也不回來睡。這寢室等於一人獨處，這裡的幾間寢室，幾乎是每房只有一人。兩個文書士，就往在金土左鄰。祇要發現金土在房裡，就尋機會去求解《古文觀止》或《論語》《孟子》，還有《詩經》。可是近來，金土卻愛上了徐訏的小說，如《吉卜賽的誘惑》、《荒謬的英法海峽》，還有《鬼戀》，就非常羡慕書中的那個男人，卻也慚愧於一已的樣樣欠缺。沒有一樣能比得徐訏小說中的男主角。再一想，世上真的有徐訏寫的那種故事嗎？

自從在贛州的文清路第一次見到了那位走出長巷的女孩，不知怎的，那倩影竟烙印到金土的心版上，一連好幾天，金土都不忘在日記上，記上一筆又一筆。何嘗想到兩年後的一次機緣中。竟有幸同車並肩而坐，由遂川到贛州顛簸了這麼一長段路程。一路上，雖未交談一言半語，卻也是一種人生難得的遇合。俗說：「同船過渡一次，都是前世的緣分。」何況，又在電影院的散場人群中，再次見到了這位梅小姐的倩影。只恨自已當時沒有斗起膽來，趨前幾步，招呼一聲。爲此，金土已懊悔了不少日子了。

他買了一輛卻踏車，在假期中，金土總是騎著這輛車，穿街越巷，漫無止境的遊逛，只是企圖能遇到這位小姐一次。儘管心裡也嘀咕著：「我終究是從鄉旯旮裡鑽出土來的土小子，就是再遇上了那位梅小姐，想想自己，也不夠條件與人家交往啊」！

徐柏壽帶著家眷，回開封去了。王泰山已在鄉間的機場附近，尋到了房子。孩子也會走路啦，老婆沒有再去幫人。近來，機場的養場工作，比戰時要清閒得多，王泰山有時間在鄉間的民家，砍砍釘釘，修修補補，賺些外快，日子過得挺活便。有時一家三口來看老長官，行動都是黃包車，老婆的穿著，也日漸入時，開消起來，比金土還要大方。

「書記官，該成親啦！」王泰山每次來，總不忘說這句話。

王泰山知道書記官已接到調令，八月一日離職，新職是徐州空軍指揮部的書記官，他告訴金土說他不打算動了。「俺家裡的老婆比俺大，五十開外啦。孩子都大了。」他說。「家裡還有幾畝田地重著，俺再月月匯點兒錢去，那裡還會餓著他們？」又說：「俺在外頭又弄了個家，俺在江西過，她在山東過。這年頭兒，以我看哪？」王泰山說到這裡，搖了搖頭，又歎了一口氣，「嗐！兩下裡和不了。俺不是回家一趟嗎！嗐！他奶奶的，遍地都是老八，又不穿軍衣，看著都是莊稼人，實際上，都是他娘的八路軍，要不然就是游擊隊，輔導員你知道不？」又用質問的語氣問，再以肯定的語氣作答：「他奶奶的，游擊隊也是老八。」

金土剛要張嘴說話，準備打斷王泰山的炎炎話頭，王泰山的話，又出了口。他放低了聲音，又低下頭來，向金土說「我看老八的氣勢越來越旺了，咱國民黨的仗打不贏。所以我求書記官，你還是留在江南好，咱北方平安不了。信不信由你！」

「看情況，我得八月十幾才能走，」金土說。他沒答理王泰山這一大篇議論。「八月一號把手上的業務，交給南昌站，還得等著備詢，得多留幾天。」

「怎麼走？」王泰山問。「坐飛機就方便啦。」

金土答說，還想到九江看看。王泰山馬上就說：「我陪你到九江。」金土沒有反對。

當金土要離開南昌的日腳，越踩越近，心情反而戀戀不捨起來。他自己也說不上來，怎的會有了這種心情。好像失落了一點什麼？實則他什麼也沒有欠缺。那天，他想買那台勝利牌留聲機，帶十張唱片要三千多元。當時遲疑了一下，「發誓不玩戲了，買它幹啥？累贅。」近來，忽然上漲了一倍多，薪餉只加了千把元。當時，把這錢省下做了一套毛嗶嘰制服，還有一頂大盤帽，帽徽是金線繡製的飛鷹雙翅駝著青天白日，穿起來，飛將軍似的。金土穿上這套衣服時，也自以爲做了這套衣服，比買來那台留聲機要實惠多了。日月總是向前走的，金土要告別南昌了。忍不住在日記上，寫了這麼兩句：「意中仙子今何在？物換星移又一秋。」他去憑吊過滕王閣，在北伐時，被南昌的軍閥燒掉了。算來，金土來到南昌，今已整整一年。如今金土要離開這裡，行李中的一輛腳踏自行車，不好帶，王泰山既已決定留在南昌，遂送贈給王泰山。

由九江到南京下關或浦口的船票，很容易買。王泰山說好要請金土遊廬山，他家就在泰山跟前。時常爬泰山，走上天梯。廬山沒到過，很想陪同去。金土一向沒有遊興，何況近來的廬山，已籠罩了濃郁的政治煙霧。這地方，使金土嚮往的，只有五老峰下的「白鹿書院」，據說這書院早已沒有什麼可觀賞的了，路也曲折遙遠。山上的旅館又貴，何必要王泰山花一筆不該花的錢。「這多年來，虧了王泰山照顧我，」他想：「把一輛騎過的腳踏車送給他，怎能折合了他爲我付出的情意。」想不到王泰山還在這方面有所介懷！金土告訴他：「徐州離此不遠，不妨過農年時，帶著老婆孩子到徐州來玩兒。」儘管如此說，王泰山覺得他的老長官把一輛新買不久的大東鉀腳踏車送給他，非常過意不去。想買樣什麼禮物，也想不出。他知道他的輔導員，最愛的是書。這，王泰山又無此買書的本領。

「我想在這江邊走走，」金土說。他想尋找八年前，他與盧姑姑在九江上岸的那個地方。上一次，匆匆的來來去去，沒有能抽出閒空來尋往。他這心情，沒有說出口來。祇說：「看看戰爭中留下的痕跡。」

他們沿江岸向北走，江上的風吹來，秋意很濃。這一帶雖已不是碼頭區域，路上行人還是不少。王泰山跟在金土身後，不時指著路旁的樓房上，還遺有槍彈射中的破損痕跡，被槍彈打破的墻，揭去了一塊還餘下一個清晳洞眼，一片片地，「書記官你看，」王泰山在身後指著說著，「那棟房子的墻上，就是被機關槍打的。」金土漫應著：「是，還看得出。」只是，昂頭去瞄了一眼，連腳步都沒有停，目光卻一直在江水上尋。走了約莫半個多小時，方始駐下足來，站在江邊，望著西南天的太陽，在一片片微雲中隱沒著。金土在心裡失望的想著：「尋不到那年與盧姑姑下船登岸的地方了！」

王泰山提議到甘棠湖去看看，這湖就在九江市區，也是九江的名勝。金土則說要去書店看看，然後再去。

「坐黃包車去吧？」王泰山問，金土點頭。遂回頭一邊走，一邊喊黃包車。坐上車，一前一後的拉到「中華書局」。

在書店，他發現了一部鑄記書局鉛字印本，精校全圖大字足本《金玉緣》，線裝卅二本。翻開一看，就是《紅樓夢》。金土在韓壇集的時候，曾聽到松三爺說到這部書，曾說：「這部書比《西廂記》

還要誨淫。故事安排的是賈家，寫賈家一家老少男女的父不父、子不子、夫不夫、妻不妻、兄不兄、弟不弟，生了一個寶貝兒子，一天到晚在女孩子堆中鬼混，全是些打情罵俏、男女無界的行爲，翁媳、嬸侄亂倫。另一甄家，也與賈家一模一樣，卻也有個同樣長相、同樣性情、同樣行爲的寶貝兒子。用來證明人世間的官宦豪富人家的荒淫無恥。諷則諷矣！這書可不適宜在世間廣事流傳。年輕人，可看不得。」那時候，金土見到的就是這部名「金玉緣」的《紅樓夢》，也是線裝本。當時，聽到了三爺這樣說，沒去翻閱，連摸也不敢去摸。可是這幾年來，金土倒不時見到有人評贊這部書，考證這部書的作者。由於他沒有讀過這部書，也就沒有興致誘他去讀論評的文章。如今見到了這部書，雖然價錢貴了些，還是買了下來。正因爲松三爺說的那些話，引發了金土要購買它。

王泰山原想伺機付錢，買下這部書送贈他輔導員，當他知道價錢不是他身上的錢，可以付得起的，只得咂了一下嘴，在心裡說：「哇！這部書恁麼貴。」

走出書店的門，右轉走不幾步，迎面來了三位女孩，在笑談著走來。其中一位就是梅小姐。金土不禁心頭一驚，不知那裡來的一股勇氣，脫口呼出：「梅小姐！」三個女孩一見面前站著一位身穿空軍服飾的軍官，在叫梅小姐。這位梅小姐當時就愣住了，他已認不得金土這個人。

「我們在遂川，同車到贛州，」金土赤紅著臉解說著，「都三年啦！」這位梅小姐記起來了。

今天，金土身著一襲草黃色毛嗶嘰軍服，而且佩掛整齊，那一次，金土穿的是灰色棉布大衣，戴的都是與陸軍同樣的小帽子。雖並肩坐了幾小時的車，又沒有交談一言半語，只在梅家贛州住家的側門，客套了一問一答。三年後相逢於陌路，金土這麼貿貿然一叫，自然使梅小姐愣怔住了。雖經金土這麼一說，已經記憶起來，但此人姓甚名誰？她不知道，還是無從作答。又愣了一下，纔說：「我記起來了。你貴姓?」

「我叫金土，黃金的金，泥土的土。」

「這是俺司令部的秘書，」王泰山又搶去了話頭說：「他調徐州空軍指揮部，明天就走了。已買好了船票。」

三個女孩中的一位也插入了話頭說：「我們也明天走，到南京。」

她們三人，都是南京金陵女子文理學院的學生，分別由南昌、贛州等地，到九江與梅蘭同道去南京上學，這位梅小姐家住九江。只是明天的船，不同公司也不同時間。金土的船是三北公司的，三個女孩是招商局的。

「我請你們到茶館坐坐吧！」金土邀約著。

「不啦！」梅蘭推辭，說：「我們到招商局去拿船票。」又特別向金土作感謝似的說：「我常常想到遂川那次的緊急情況。幸虧搭上你們的車。」

那位插話的女孩，竟小聲向梅蘭說：「請人家到你家裡坐坐嗎！」

還沒等梅小姐說話，金土便先作謝辭，說：「我們以後通信吧！只要寫：徐州空軍指揮部金土收就可以了。」

「我們都在南京金陵女子學院，」還是那位插話的女孩說：「梅蘭是社會系，我是教育系，黃雲英是中文系。」梅蘭加了一句介紹：「她叫邵竹君，我們都叫她小邵。」

三個人當中，數小邵最矮，胖胖地，卻很活潑。

就這簡短的街頭遇合，對金土來說，感受之深，有如天使降臨。他希望中的能有一次偶然的相逢，終於收到了這一件上帝恩賜的禮物。他告訴王泰山，他與這位梅小姐在遂川時同坐他總站長的站車到贛州。

金土買了這部《紅樓夢》，當晚，就在燈下讀了三回。讀後，心有所感的想：「原來是一本神話呀！」遂又突然一想：「人與人的遇合，想來，不也有幾分近乎神話嗎？」想到今天，竟在街頭遇見了這位被他希望能縈入夢寐，也未曾實現的意中人，竟在這乞巧的偶然之間獲得，若是演述出來，不也是一篇神話嗎？

「不知這書的結尾如何？」倦了！金土合上了書。

十一　天高皇帝近的歲月

1. 菽水承歡之時不與兮

八年前，金土搭乘火車打從徐州過，見到的只是交錯的鐵軌，嘈雜的車站，不曾到過市區。認真說起來，這次金土到徐州，應說是首次。

也許是金土出身貧家的原因，所以心靈間從來沒有賞山觀水的情致。也可能他出生的那塊土地，就無山無水。心靈間存藏的只有一件事，盼老天爺賞個風調雨順、五穀豐登的好年，最怕的是旱呀潦呀，蟲呀病呀的，盼來的又是一個「減（鄉音讀第四聲）年」，又要勒緊褲帶了。如今，他叨戰爭的賜予，投軍數年，居然每月可領得一份薪餉，不用下田耕種。算一算一家五口（連同祖父），也夠攪費的了。想起來，還得感謝當局的執事者，能想到派他到離家不遠的徐州。相距百十里之遙，又有火車，來去方便。遂想著到了徐州的第一件事，應是尋兩間房子，把三個老人接得來，雖然自己不是高官，職不高、位不尊，算不得「衣錦還鄉」，例也算得「凱旋歸來」，八年的抗日戰爭，終究是勝利了啊！

金土想到了子路傷貧，夫子告訴他說：「啜菽飲水，盡其歡！斯之謂孝。」不必飯飯魚肉的。於是想：「菽水承歡，還做得到。」

這些想法，已在家書上稟報了老人家。「如今，孩子既然回不了鄉，到孩子的工作地去，一家數口在外鄉歡聚，縱然生活上不習慣，也是樂意的。」所以金土這次由南昌北返，沒有回家，便逕直到了徐州。這裡雖離家園咫尺，也像金土到過的其他城鎮一樣，此地也無親無故。他到達徐州後，住在城東區的一個棧房，用木板隔成房間，卻又大小不等，因爲是依據棧房的墻柱爲準的。大間住四人，小間住兩人。沒有火食房，住此的人，飲食都在外面自行解決。這裡與金土同辦公室的人，另有兩位，都在機場的火食房搭火。騎腳踏車上下班，到也方便。但據說，徐州的居家房屋，極爲缺乏。若是沒有本領強占，想去租賃？休想得到。他們說，徐州人非常討厭軍人，從北伐時代起，他們早被當兵的強占豪奪給諕怕了。必須託本地人，不然，你一說租房子，連門也難進。

金土聽了，連試也不敢試。他卻想到去年回家，住在城內張爺爺家，知道張爺爺是青幫的通字輩人物，便把徐州住屋難找的事，稟告了父母，聽說如有相識的當地人，一定有辦法租到。信去後不幾天，金土的爹就到徐州來了，帶著張爺爺的信，去託住在徐州公園附近的費伯伯。當天，這位費伯伯就替金土在他近鄰一家四合院中，租到西廂房兩間。有一張大床，還有一張方桌，兩把椅子，四條長板凳。房子的形式，兩間乃一起一臥，最適合新婚夫婦。不願收租金，借住到他香港的兒子回來，大約半年。不管長遠，俗所謂「騎馬找馬」，先決定了，以後再說吧。就在當晚，金土就搬過來了。

父子二人，商量今後按月送上兩袋子二等級麵粉，作爲酬謝。據知金土的同事租一間房，一月一袋麵粉，這裡是兩間。雖說，連祖父算上祇有五口，其中還有個妹妹，也二十了。已經結婚，夫婿在讀中學時，加入了共產黨，勝利後隨軍去了東北，沒有回家。但有信來，說是爲了家庭的成分，要女家另嫁。目前的情形，等於棄婦，這幾年，都在娘家伺候爹娘。把爹娘接來，必須附帶妹子，不然，爹娘無人照顧，總不能把娘接來，作兒子的燒飯傭婦。依此情況看來，最少得再添兩張床。裡房靠外窗，設一張，外房設一張，還得再準備一張行軍床，夜張日拆。若是祖父來了，就得這樣安排。娘與女兒睡大床，爹睡小床，祖孫二人睡在外房。椅凳都移到方桌下。金土有百來本書，也得有個書架。

不管祖父來後，能住多久，都得如此設想。

行軍床，有地方借用，再買兩張床，還得再準備三床被褥，是最少的預算。總不能帶舖蓋來，何況，家裡也沒有像樣的舖蓋可帶。金土的爹說，他手頭還有「大頭」（銀元）可以取來換鈔票應用。金土說他手中的金錢，可以張羅這些事。

房東黃伯伯，只有夫妻二人，一個年踰二十尚未婚配的兒子。雖只一份廚灶，黃家夫婦倆，一天兩餐，夫婦倆睡晚醒遲。黃媽媽年齡要少黃先生許多，黃伯伯五十開外，黃媽媽似乎三十不到。若看穿著打扮，以及氣質，這黃媽媽好像行院中人。當然，那兒子不是她生的。這位黃伯伯是經營藥草生意的，常到河南山西以及東三省等地去。好像近年來沒有出門，兒子在糧食行，跑跑腿，也祇是混個人的衣食。山東膠州人，一口山東土腔，還夾有山西語音，交談時，金土父子都要重問一句，再聽一遍兩遍纔能懂。這房子，也不是這位黃伯伯的，他自己說是向朋友借住的。

鄉下種田人，總要忙到中秋，田裡的事，纔能告一段落，一切準備好之後，先是爹帶著金土的妹妹來，習慣了這裡廚灶上的適應，住了幾天就回去了。決定中秋前兩天，一家人陪同八十三歲的祖父來。許多年，孫子都沒有陪著家人，在圓圓的月下度過中秋，老祖父雖然八十三歲，身子骨還算健朗，滿口牙齒，沒有一顆動搖，軟硬食物，都能咀嚼，只是雙目矇矇，看不清楚，聽覺還能與孫子聊天。事前，已跟金土說好，一家人中秋團圓，別提奶奶不在世的傷感話，祖父提到時，也用話插落過去。免得一家人在賞月團圓夜，哭哭啼啼。這番話，也先給老祖父說了。所以這個團圓節，一家人過得很快樂。

徐州雖然是個大地方，名勝很多，可是金土的祖父目盲，母親又是纏足，年紀也到六十，不說別處，就是走上雲龍山，也會感到吃力。鄉下人，一年到頭，忙的只是飽暖二字，從來也沒有想到遊山玩水這一碼子事。他們最大的祈求，只是一家老小能四世、五世同堂，子子孫孫歡聚到老，就心滿意足。偏偏的，在這個時代裡，使他們家家妻離子散。今年，金土投軍凱旋還鄉，得到的勝利獎金，加上數年來的匯款，贖回了祖上失去的二畝沙土地，算得是「榮宗耀祖」。今天，一家人能坐在這院子裡的圓圓月亮地裡，共話家常，就是他們的人生樂趣。遺憾的是，這院子畢竟是距離他們家鄉百里外的異鄉啊！

從鄉間來的那天，魯永春趕著一輛牛車，小叔魯永源跟車作助手。車上載著魯媽媽與女兒喜娃，還有年已八十三歲的老祖父，轆轆轆地在泥土路上行馳。路上要通過新四軍的崗哨，兩個持槍守衛的兵，盤問他們到那裡去？老祖父的眼睛已看不見，聽覺倒清楚，遂脫口回答：「到北徐州看俺孫子。」語氣中充滿了興奮。車上的人怕的是不准他們通過崗哨呢。想不到其中一個衛兵說：「讓他們過去，兩下裡已經談和啦！」遂用手一揮，轉身不再盤問。

因為雙方在談和啊！魯永春已經準備好兩塊銀元，萬一有所為難，就是一人塞上一塊，想不到只問恁麼一句就過了。

這天晚上，說到了這件事，魯永春問兒子：「和得成嗎？」

「爹！這事兒，我可說不上來，」金土答：「別處不還在打著嘛！」

報紙上的議論，寫的是：「談談打打，打打談談；邊談邊打，邊打邊談。」誠然！誠然！老百姓嘴裡，也這樣說著：「不打不談，政治誰玩？誰玩政治，天下誰管。」

所以馬歇爾遠從中國的另一面，憑虛御風，來到我們的中土，要作國共雙方的和事佬。僕僕風塵，作到了雙方都公開發出了停戰令。惜乎停戰令不管用，停不了戰。

金土早出晚歸，近來，有交通車來去。中午在機場搭一頓伙食。晚上回家吃晚飯，娘來，爹得回去，家裡有牲口，一牛一驢，還有貓狗雞鴨，家裡不能沒有人。二叔三叔在幫人，永源自己也有牲口，時間長了，沒有力量照顧到。說起來，是兒子行孝道，作到了「菽水承歡」，實際上，是妹妹作廚娘，母親也得幫忙。在這裡過日子，一切都沒有在家裡順手。在這裡樣樣得買，連缸裡的水，都得買。若是買錯了水，不是甜水井裡的，不能食用，又得再去買。一棵蔥、一塊薑，都得買。別說是娘，就是妹子也過不慣。時常嘀咕哥哥，說：「哥！還是把韓壇集的韓妹子，娶了來吧！咱娘可是喜歡這小丫頭，挺精靈噢！」有一度，金土已經軟了口，應允帶到徐州來作客，兩下裡相相。居然收到了南京梅蘭小姐的回信。

金土自從在九江街頭，遇見了縈繞他夢寐多年的梅小姐，且已獲知了她的姓名與讀書的學校，也曾估量自己，怎能攀得上人家啊！到了徐州，雖天天在日記上，寫上他磨不去的這位女孩的影子，然而，他卻汲汲不敢把寫好的信寄出。儘管一封封的寫好，又封好，有時已貼上了郵票，也留了下來，不敢寄。起先，他把寫好又封好了的信，撕碎扔掉。後來，他便一封封地保留起來，直到在徐州把租來的房子整理就緒，娘向他說起韓家那位小他十歲的姑娘，他纔決定鼓起了勇氣，寫一封信去。信上的語言，寫得非常簡單，只說到了徐州，報到上班，進入工作之後，經父執們的協助，便租了兩間房屋，已接鄉間的父母前來共聚。重溫天倫之樂。徐州有不少名勝古蹟，歡迎她們結伴兒來遊賞。信去之後，今已一月有餘，在金土已經死了心的時際，忽然收到了梅蘭小姐的回信，只說收到了來信，作學生總是忙於功課。謝謝邀約，以後有時間，她們會結伴到徐州玩。雖是一封普通的應酬語，在金土的心情上，竟綻放出一樹的梅花朵朵。推想這個女孩並沒有嫌棄他。金土仍像上次一樣，回信寫了一封又一封，遲遲地，一封也沒有寄。他要表示出君子的風度，如小河流水，要平暢自然。

報上刊出了美軍一位士兵，強姦北大女生沈崇事件，宣騰得全國各大學的學生，起來抗議美軍在華的無恥暴行。反美遊行的活動，上海、南京、無錫、杭州等地的學生，也一行行一列列走上街頭。

金土這纔伺機寫封信去。在這事件稍前，美國特使馬歇爾，已結束了他的和事佬工作，準備回去了。報上刊出的共匪叛亂戰爭，地面之大，遍及黃河南北，東九省已是共軍的天下，連首要大城名都，國軍已不能掌握，物價像長了翅膀的鳥，天天在飛。中央銀行發行關金券，票面分爲二五〇元及五〇〇元兩種。關金在抗戰開始時，即已流通，一元對法幣二十元。如今，竟用來代替法幣，企圖平定物價的騰漲。老百姓拿到手上，說：「這不是等於發大票子嗎！關金票面二百五十元，等於法幣五千元，五百元等於法幣一萬元。」這是發大鈔。發大鈔，自難平下飛漲的物價。而且，正當年跟底下，年貨遂跟著就上升了一倍。

金土之所以到了徐州之後，就忙著租賃房子，目的就是把爹娘及妹子接出來，一家人過個暖和的冬日，歡渡個農年。可是，爹娘妹子上次來，在生活上即已感到極大的不便，不但食用等等，連食用洗滌的水都得買，使用的廚灶，更不方便。先是兩家合用，後來，又住進了一家。中秋節，只相聚了幾天，如今，準備住到三月三日，一家三、四口子，飲食可不是個小規模，一個廚房兩口鍋一個案板，別說烙餅揉麵，就是蒸蒸煮煮，也得輪流。一旦來了客人，更是不便。再支個爐灶，也沒有地方。房內的煤火爐子，只有取煖烹茶，不便支鍋烹炒。金土見到這種不便的情形，很想尋個獨門獨院。別說不易尋到這類住所，就是有，也不是金土的能力可以做得到的。所以這次過年，一切食用，全是先由爹娘妹子在家中準備妥了的。臘肉、風雞、乾魚，以及牛羊豬肉，甚而連蘿蔔、白菜、蔥薑作料等物，都是家中成包成簍帶來的。蒸熟的饅頭、包好的水餃，都是一籠籠、一籃籃裝來的。就是烹炒，蒸煮的菜餚，也大都調製好的，下鍋一熱即可食用。

近來，火車擁擠，老祖父目盲，行動不便，上次已來過，住了幾天。而且年歲大，不應該再折騰他。這次渡歲，只是金土一家四口。過了年，金土叫二十九歲了，當然，老人家最關心的應是兒子娶媳婦，二老抱孫子。韓壇集的韓家，還在等著魯家回音呢！所以吃年夜飯的時候，妹子喜娃就說：「咱家這個年，樣樣都好，就缺個嫂嫂。」遂又說到：「都怪日本鬼子！要不是日本鬼子打中國，小侄子都快十歲啦！」喜娃是照二十歲娶媳婦的年齡算的。母親也接過來說：「怎的不是呢？不是日本人打中國，訂親的那年成親，孩子可不是八九歲啦！」遂又感慨地說：「若是成了親，生了孩子，韓家那丫頭，就不會生噎死病死啦！」說是韓小翠的病，是喉頭長東西。

金土的父親仍主張再答應韓家這門親事，說：「韓家的這小丫頭，這年把地裡，非常愛看書，說是已能讀懂《三國演義》呢！」意在向兒子說韓小翠的妹子，很喜歡唸書。作母親的也跟著附和：「這孩子到咱家住過幾天，挺可人意的。」妹子則斬釘截鐵地說：「哥！只欠你點頭啦！哥！你要是答應啦！過了年咱家就辦喜事。」

金土笑了，說：「給我娶媳婦，總得讓我看看吧！」

「那成，還不容易嗎！」喜娃以為哥哥鬆了口，二老也以為金土應允了。遂端起桌上的一杯酒，送嘴一口而盡。這時喜娃正望著二老說出下一句：「娘！過了年，咱帶那韓妹子來。」這女孩比喜娃小兩歲，上次到他家住了幾天，喜娃一直喊她「韓妹子。」

金土看到父親高興地喝下一杯酒，這纔說：「爹！你會喝醉的。」說著從衣袋中取出一封信，信封上印著紅字「金陵女子文理學院」的信封，向二老說：「爹！我認識了一個女孩子，在南京金陵女子學院唸書，正在通信。」又說：「我出門在外，這多年了，以後，不可能再作鄉下人。我還有心把爹娘妹子，接出來呢！」

「你這想法倒好！」娘接過話頭兒說：「咱家剛給你添了二畝地，加上這二畝，有了四畝多沙土地，咱人口少，你就是娶了媳婦，生了兩個孩子，這幾畝沙土地也能把減年擋得下來。」說著又望著金土的爹說：「我跟你爹是這樣想的呢！」

「俗話說得是『水流千日，終歸大海。』」，爹也接過話頭來說，「俺也想到你以後，不會再作個鄉下人。你得知道咱魯家的祖墳在鄉下。像咱鎮上西門口的李家，東北山前的趙家，不都是李家在北京城有個大院兒，趙家在上海的租界也有樓嗎！家裡的田地，租給別人種著，城裡鄉間都有落腳處。」遂說：「我跟你娘都是這樣想的。」

妹妹喜娃還跟著加了一句：「哥！把韓家妹子娶來吧。」

金土一聽，忍不住笑了。說：「你們想的好美噢！你們的兒子」說著用手指著鼻子，「怎能跟李家、趙家比？人家是多大的官兒！背後是多大的靠山！一個是國務總理衙門裡的人物，一個是十里洋場的買辦，你們的兒子只是個芝蔴黃米兒大的官兒，撒一大把在地土上，也不會有人看到提起腳來，還會邁過一個去步，」說著遂感慨萬千地說：「還比不上一坯狗屎呢！路上有一坯狗屎，路上行人，還會邁步超過去哩！」遂又說：「我想把爹娘妹子接到這外鄉來，只是不想讓爹娘在家，一遇上減年就受饑荒。兒每月的這一份薪餉，雖然不多，還能攬費上一家人的吃喝，物價漲，薪餉也跟著漲，反正餓不著，軍米是少不了的。家裡的這幾畝地，給叔叔們分去種，收來的，照分兒分給咱們就是了。不必在鄉間勞累啦！爹娘都六十啦！跟著兒子粗茶淡飯的，過個後半生吧！」

經金土恁麼一說，這二老也都沒有他話可回，想想，還是兒子的想法，比較現實。那裡想到，問題來了。

年初五，金土剛吃過中飯，就有人告訴他：「營門口有客要會你。」金土到營門口一看，是同學王貞一，小時候，兩人最要好，他是王舉人老爺的兒子，另外還有一位，金土不認識，是魏宗魯的兒子，叫魏明光，比金土大兩歲，沒有在魯甸小學唸過，是王貞一大王家的書館同學。以後進了簡易師範，畢業後，就派在魯甸小學教書。舉人老爺過世之後，王貞一沒有人約束他，乾脆拎了一把四胡子（四弦琴），走鄉跑鎮，唱墜子，有時也說書。雖也跑過蚌埠、徐州等碼頭，可又擠不上位子，（沒有占山虎、地頭蛇保鑣）只有在鄉鎮裡打轉遊。一家五口的生活，比教書還要強些。聽說金土調到徐州來了，只聽說在徐州飛機場的指揮部上班，就恁麼著邀了魏明光一道兒，找到徐州來。好在到徐州機場大門的傳達室一問，值星官一查，有他們找的人，遂通知到金土的服務單位。

按規定，年初四就正式上班了。近來，徐州機場的運作，相當忙碌，航務、機械、通信部門的工作，比平時還要忙，每天都有飛機出擊。這時際，正當馬歇爾這位和事佬調停失敗，離開中國，國共雙方也不再談了。社會人心自也有些動盪，到班的人，自也不能吊兒郎當，譚副司令官昨天就飛到了徐州，金土一向奉公守法，不敢請假。這兩人說，下了火車就走到這裡，說是午飯還沒有吃。金土帶他倆在機場大門外的小館，吃了午飯，談了一些往事。告訴他們在上班時，不能離開，這幾天，戰事很緊張，工作人們不能隨便離開工作崗位，剛放完四天假。約定清明節回鄉時再聚。王貞一希望能到軍中尋一份抄寫的工作。金土告訴他沒有這樣的機會，有機會總是登報公開招考。每人再送了一張回程的車票錢，一頓晚飯錢。終于打發了回去。晚上下班回家，二叔、三叔來了。吃，大家一團，每人一副碗筷，睡，連行軍床，也只能安排五個人。這一來，縱然是一家人，也擠不了。又是冷天，被舖也不夠。金土只好騎車回營，到寢室去找空舖睡一夜。

二叔三叔第二天吃了午飯纔走，還沒有動身呢，大姑家的表弟帶著表姊來了。還沒有走，二姑家的表弟又來了。

還沒有過了十五，鄉間的親朋故舊，就來了六批。雖說沒有留下住，招待一頓飯食，也是生活上的累贅。由他們鄉間，走路到城裡火車站，得四小時，火車行程兩小時。通常他們到徐州，找到金土的祖賃居處，總在午後六時左右。親眷總是留下住一晚、兩晚，同學鄉鄰，除了招待一頓飯，還得送上一張火車票錢。凡是來此的親友，都是找金土的，不是請求寫封八行書，給地方上的什麼官員，關說一些相關的事，要不就是想要求給些救濟。他們聽說金土作了官兒回來，遂一個個轉彎磨角地找上了門。三兩次之後，喜娃就翹起了嘴，說：「娘，咱回家吧！哥這裡成了善堂啦！」

「我也想到這裡住不得，」金土的爹也說：「不知道這些人怎麼想的，咱家孩子那裡來的恁大譜兒啊！我看，咱甭過十五回家，這房子，也退了吧。」

父子相商之後，正月十六日，決定返鄉。原來想著最遲住到三月三，最低限度，也得住到二月二，父親先回去，母妹留在這裡。如今看來，住不下去了。同時，魯永春夫妻倆也想到，回家之後，趕快回絕了韓壇集韓林齋家的大媒，別害人家老繫在心上。爹娘都向兒子說：「還是在外面娶吧！」他們這纔想到：「要是孩子再多了這門子外親，人來人往更多。」

當爹娘想到還是回到鄉間去，金土雖然心情極爲苦楚，卻也沒有法子不讓爹娘回鄉。他懂得古人口中的事親之理：「居，致其敬，養，致其樂。」自從租到了這兩間小房子，一家人雖已團聚在一起，自己還得上班，早出晚歸。一天三餐，都是妹子下廚，有時，娘也得去幫忙，爹也得去奔走。豈不是把爹娘接來伺候自己。那裡盡到了「敬」？鄉間親朋，一批又一批，招惹得爹娘吃不好也睡不好，那裡能使爹娘得到了快樂？所以他們認爲城裡住不得。金土也想到：「僱個人嗎？」自己的收入，又沒有僱人的條件，連個單門獨院的房舍，都沒有能力辦到，真格的，這豈不是接爹娘來受罪！要是已經娶了媳婦呢？就是娶了韓家的姑娘，像這種居住的情況，鄉親們的煩擾，爹娘居此，也快樂不起來。金土遂又想到孔夫子的這段話：「今之孝者，是謂能養。至於犬馬，皆能有養。不敬，何以別乎？」像這樣把爹娘接來團聚，那裡是行孝？沒有這多鄉親來煩他們，也談不上，「居，致其敬，養，致其樂！」他們一向在鄉下居住慣了，腳步極少走出家園五十里以外，縣城雖祇三十餘里，有活到老死，也沒有去過縣城的人，算來不在少數。特別是女娘行，那有爲了要去瞄城墻的高，觀城門的大，看街道的闊，逛商店的五花八門與南北雜貨的乾鮮齊備，以及外洋的吃喝穿著等物品？大多數的鄉下婦人，從不妄想進城去看這些。在鄉間的集鎮，以及廟會上，經常有「拉洋片」的，其中的「洋片」就有城牆、火車、汽車、輪船，連萬里長城、英國、美國，還有日本的皇城皇宮，都能看到。這些個，也祇要買兩個油煎包子的價錢，就能看老半天。這，就已滿足了她們所要知道的，在鄉里以外的知識。

當然，金土的母妹，也是這一類鄉下婦女。接到徐州來時，戲院也去了。她們都聽不懂京腔大戲的語言，連他們鄉下人熟知的黃天霸的故事，也看不懂，她們連河南梆子大戲也不常看，一年也見不到一回。她們在鄉間經常聽到的是河南墜子、河南曲子。他們淮北的土戲花鼓腔，經常演出風情戲，鬧場的歌唱，不堪入耳，作表，不堪入目，婦女們是從不到花鼓戲的場子上去的。電影，更是沒有一睹的機會，甚至於電影是什麼？這裡的鄉下婦女，十之八九都一無所知。

徐州，有兩三家電影院，放映的有中國片也有外國片，金土特別選了一張歌舞片，不懂情節，也可以看看熱鬧，那想到母妹二人看到了只穿條短裙，上露胳臂、下露大腿的隊隊美女，就說了話啦：「哎呀！那是什麼呀！上也光，下也光！」又看到女人穿游泳衣出來，就說：「都光著腚（屁股）就走出來啦！傷風敗俗地，西洋國的女人就是這樣子光凍凍的嗎？」又看到男女擁抱接吻，她老人家就要求不看。問女兒：「喜娃妳還要看嗎？」也許這廿歲的喜娃還想看，卻不得不說：「我也不要看啦！惡心人。」爹則說：「不想看就走。」又說：「別認真，這是西洋景！怕什麼的？」

金土不敢說話，只好說：「不想看，咱們就走。」

電影在放映中，燈熄屋暗。祇有在銀幕的映照光暈中，摸黑走出。金土的娘在兄妹二人攙扶著，爹在後面跟著，一邊走還一邊說：「這真是咱鄉裡人說的西洋景，嗐！」又加了一句：「傷風敗俗」。鄉下人說的「西洋景」，意思就是：「五花八門，亂七八糟，稀奇古怪，荒誕不經」等等涵義。

一回到屋，聽他爹說，四個人的四張票錢，可以買半袋子麵粉，就心痛得責備兒子：「往後，可別抛撒這些錢，還是買些好吃的，對身子骨當用，花恁多錢，看這西洋景幹啥！」

去年，還在和談，邊談邊打。過了年，不再談了，這位美國和事佬，在咱中國僕僕風塵，東南西北的奔走了一年有餘，美國國務院還爲他發表了一篇聲明。說明調解的失敗，國共雙方都無誠意，都沒有替老百姓想。他失望地回國去了。爲了未來國共的合作，進行協商問題的組織，全部撤銷，共方駐在南北兩京的人員，也要一一撤出，返回延安。老百姓希求的安定日子，又失去了蹤影。有許多地方，照舊是姓張的來，歸姓張的管，姓李的來，歸姓李的管，人活在這個時代裡，還能講究什麼？

家鄉，目前還是回不去的。「老人家最希求的，就是一家老小歡聚一堂，」金土想：「這話應是不易之理。」遂想到房子還是留著，不必在此長住，偶然來往幾天，總得有個落腳處。爹娘則認爲這房子非退不可，有了這個住處，鄉親們總是會來找的。房子退了，有人來一問，房子已住了別人，就不會惹閒氣。但金土則想，他又不能回到鄉間去，爹娘可以出來，兒子這裡又沒有地方住，心裡總感到不安。何況，下半年的租，房東已收去了。

「家裡要是有了媳婦呢？」金土想。「有個媳婦在家，總有個人照顧爹娘啊！」但一想到二嬸子與奶奶頂嘴的事，就想到若是有個媳婦在家，只有給爹娘添氣受。還能談得上照顧？更談不上孝敬！再說，有了媳婦，媳婦應跟著丈夫生活，也不應留在爹娘身邊啊！

時代變了。「五世同堂」的想法，卻還存在老人心裡。

就是沒有戰爭，鄉裡城裡都平平靜靜，也只能逢年過節，返鄉團聚，「五世同堂」，在這個時代裡，也許只有大地主、大官家，纔能四世、五世同堂。《紅樓夢》賈府那種人家，結果，不也是「樹倒猢猻散」嗎？金土又想到他們分家的情事，他記得奶奶下決心時，說了那麼一句話：「分了吧！分了好。」遂又唱了一句民歌：「分了吧來分了吧，你們各立門戶各過活。」

「如今，各自過活了，還會有這些煩惱。」金土想：「這怪誰？」照眼前的情勢看：「應怪共產黨？」一想當年，孫中山先生起來革命，推翻了帝制滿清，建立了中華民國，倡議五族共和。是民國了，國家的政事，由老百姓選代議士，還訂立了「訓政」、「憲政」兩個時代，希望中國逐步邁上民主。結果呢！又出現了一批軍閥，掌握了槍桿子，各據一方。連所謂「訓政」時代的「臨時大總統」的寶座，也坐不牢穩，遂又大大方方地讓給別人。

流行了多年的這麼一首「打倒列強，除軍閥」，國民革命軍在蔣總司令的率領下，完成誓師北伐的軍事大業，「軍閥」，算是剷除了，可是「列強」還沒有打倒，這些「列強」們，總是伺機暗中介入，興風作浪的惟恐這天下不亂。只要你亂，他纔有利可圖。認真想來，又何嘗不是老師松三爺，當年告訴我的那一番話：「咱們中國的一部二十四史，從黃帝戰蚩尤說起，除了堯舜這兩代。史上寫的全是爭城掠地，幾無暇日。孔孟二聖之所以贊頌堯舜的郅世，正因爲堯舜二君，行的是以法治，不是以人治。」又說：「那時是方伯制。天子居中，其他四岳，由諸侯推出有才、有德的一位出來，作諸侯之伯。若是這個伯，才德不能服人，諸侯仍會再推一位，去代替他。天子祇要按時出巡，每年終到天子居中之地太岳，參加朝會進方物，一方面去報告這一年的行政得失，一面去領回天子頒發的明年的施政計畫，功者賞，罪者罰。」可是，自夏禹之後，傳子不禪賢，把方嶽之制，變成了家天下，形成了封建制度。大封子弟與功臣於各地屏藩，各治其藩邦。久了，遂造成了強凌弱、大吞小、眾欺寡，相互兼併，爭無已時，殺無寧日。於是，臣弒其君者有之，子弒其父者有之，弟弒其兄者有之。為了爭天下，別說是異姓，就是親生骨肉，父子、母子，也會以死相對。所以移宮換羽，改朝換代，一代又一代，一朝又一朝，世世代代，交替不已。凡是得了天下的人，便是皇帝，凡是皇帝，他的作為目標，就是要「君臨四海、臣服萬國。」

這種情事，連民主先進國家，他們的政治作為，也離不開這一高高在上的「大人」、「大國」之皇皇唯一的意識。雅爾達會議的密約，為了他們三大國的利益，竟把其他弱者小者，分崩而離析。連一位美國特使馬歇爾，銜命到中國來調停國民黨與共產黨的鬥爭，初到中國，第一次歡迎會上的致詞，就充滿了皇皇然的「強國」、「強人」的「唯我為尊」的意識。

想來，我們的人類社會，似乎都具有唯我為尊的意識。認真的說，觀之今日世界，不就是管仲的「霸言」所論：「大國小之，曲國正之，強國弱之，重國輕之，亂國併之」的霸業手段嗎？亞洲的南北韓、南北越，歐洲的東西德，還有不少在戰前是大國，戰後被畫成許多小國的新國家，不就是這種「霸言」的手段所形成的嗎？

生活在這個時代裡的金土，還想著要做一個「菽水承歡」的孝子呢！

2. 金土的迷惘與失落

過了燈節，爹娘便偕同妹子返鄉。

說起來，是為了厭煩鄉親們，一批又一批的來，擾攘得食宿不安。事實上，是過不慣外鄉的生活。

雖然兒子向爹娘說明了，這裡的房租已付了一年，可以住到今年陽曆八月，希望再來過個端陽節。娘答：「再說吧！」看情形，娘是不想來了。

想想，娘來一趟，也不容易，纏了足的小腳，步行三十幾里，纔能到城，到火車站這一段，要穿過城區，還有老長一段。通常，卅幾里的程途，年老的小腳婆娘，要走上五、六小時，若不在城區住上一夜，當天就趕著買票，搭上開往徐州的火車，就算不在火車站等車，到站不久就上了火車，上上下下的到徐州，再坐上黃包車到住處，這一段也得三幾小時。金土的爹娘來一趟，光是單程，也要耗費個一整天的早晚對時。若是套上牛馬驢騾拉起四輪莊稼車，由鄉到城這一段，比走路還慢。牛馬拉的莊稼車，又不准入城，從西關循著護城河繞到東關外的火車站，還有五、六里路。牛車，也不准駛到火車站去，所以，他們來去，都是走路。行動一趟，雖不是勞師動眾的，卻也不便於爹娘。來來去去地辛苦這麼一趟，做爹娘的只是爲了與兒子團聚，又那裡是做子女的向父母行孝？金土雖然在外鄉生活了恁麼多年，算起來，在外倒比他在家的日子多。他十三歲那年，就出外奔波了。可是在他頭腦裡，卻還存有著一大家人，應該兒孫滿堂的歡聚在一起，這纔是人生的天倫樂趣。孔子不是說嗎：「父母在不遠游，游必有方。」在唐朝，連妓家女都不樂意嫁作商人婦，因爲：「商人重利輕別離」。金土對於這些人生觀，應是自幼兒就形成了的。他的奔走他鄉，一向是爲了飽肚子，若是能再餘下幾文錢，匯給爹娘，希望爹娘家人，也不致度不過青黃不接的日子。所以這次在抗戰勝利中回來，他一直想著能調職到離家近的地方，物色一處房子，接爹娘與妹子來同住，農忙的日子居鄉，農閒居城，這是古制。井田時代的五畝之宅，就是二畝半在邑，二畝半在田。小時候，爹娘口中羨慕的，就是那些閒時居城，忙時回鄉，男人家，身穿綢布大衫，頭戴草帽，手搖紙扇，飄呀飄的；婦人家，身穿綢布衣衫，打著黑光光雨、陽兩用的傘，手拿芭蕉扇，搖呀搖的，飄呀飄的，在田野間視察阡陌中的莊稼。金土所希望作到的，就是能讓爹娘過這類的優游日子。那裡想到抗戰勝利之後，時代會變成比孫傳芳、吳佩孚的軍閥時期，還要亂呢！

清明節就要到了。魯奶奶過世時，是金土在浙江戰地身受重傷的那段日子，祖母臨終時，嘴裡還在喊著她疼愛的孫子，絮絮叨叨地說東道西，說的全是金土孩童時代的往事。近來，鄉下已沒有雙方的人馬駐紮，從年跟底下，就沒有了雙方的軍隊在鄉間對峙。三十里舖的盤查哨，也撤去了。因此，魯永春想著要金土返鄉上墳，特別是奶奶的墳，已過了四個清明節了，湊著今日鄉下沒有雙方的駐軍，應該讓孩子在清明節回鄉上墳。

「這事兒，可得多想想，」魯媽媽說。「兩下裡不是沒有談攏嗎？咱這裡靠近官路，表面上看起來是沒有軍隊駐紮，誰能保證暗地裡沒有人。堤北薛家的少白頭，不是被人撩到在田地，挨了三刀，沒有人知道怎麼死的嗎？少白頭都五十多啦，安分守己的過日子，經年連城也不進，能給誰結恁大的仇？」

魯永春聽了魯媽媽這番話，不敢言語了。近個把月來，除了少白頭不明不白的被人捅了三刀，死在野地裡，還有南楊家的楊老八，說不見就不見了。連他的妻子兒女都不知道，到那裡去了，別說是爹娘。年初一出門拜年，一去就沒有了影蹤，到今天還沒個消息。這兩人都犯了相同的毛病，嘴臭，看不上眼的事，就會開罵。魯永春也曾想到這些，說：「我也想到，不怕一萬，只怕萬一。先到城問問張先生看，對於這方面的事兒，咱先生知道的多。」又說：「反正我也想到孩子那裡去看看，房子可以住到今年中秋前。說起來，老黃也夠精明的，年前就要去了十二袋子麵粉，如今，是多少錢哪！

咱這孩子，也夠老實的，幾句好話，就點了頭。否則，這十二袋子麵，是不用付的。」

魯永春到了城裡，見了他的張先生，問到可不可以要金土在清明節下鄉上墳？張先生馬上就答說：「別「最好免了。」又說：「子孫行孝，不在形式上，只要有了這一分孝心，就上達了天聽。」又說：「別以為鄉裡沒有了雙方的駐軍，就是雙方不作對了。不然，雙方鬥得更加厲害。」說著站起身去取了一張報紙來，說：「這張天津的大公報上，登了美國政府發表的馬歇爾離華聲明，其中說到了他調解雙方停戰失敗的原因。話可說得挺實在。」又說：「這是他的一位朋友前幾天從天津帶回來的，還沒有燒掉，你不妨帶去給金土看看。」一邊把手中的報紙交給魯永春，一邊說：「要是照這位老美的說法，咱這裡的雙方，非鬧到一死一活，決不會罷休。你拿去看看吧。」遂又關照魯永春說：「馬歇爾的這篇聲明文，惹得雙方面都不高興，話說得太老實了。《大公報》是一張偏左的報紙，永春你可得小心放好，看完後代我燒掉。可能金土這孩子懂得這些。」

「放心吧先生，」魯永春接過這張報紙，便輕輕折折疊疊塞在身上的一隻信封中，說：「咱這孩子在處事上，最謹慎不過了。平時也不多口，只愛唸書，不會生事的。」

當金土在他爹手上接過來這張報紙，又聽他爹說是張爺爺的朋友從天津帶來的，還關照他看完後把它燒掉，這纔想到《大公報》的言論是親共的，再一看內容，馬歇爾在指責雙方，只在一己的利益上著眼，都不去顧及全國人民，在他們雙方的鬥爭中，曾被連累地受到多大的傷害？這些話，使得雙方都不愉快。「爹，我只把這一篇文章剪下，夾在書本裡就可以了。這張報紙可以馬上燒掉。」魯永春還問兒子：「剪下夾在書裡安穩嗎？」金土答說：「不要緊的，等到我一句句寫入日記，這張紙也燒了它。」魯永春這纔放心。

「要不要寫封信給張爺爺？」金土問。

魯永春想了想，說是不必寫信，下次回去，當面向張爺爺說一聲就好了。這種被忌諱的事，還是不要行諸文字。經他爹這一說，到提醒了適纔間在金土心裡萌生的一個想法，他寫給南京梅小姐的信，恁麼久了，還沒有接到來信，想借著這篇文章，作個由頭，再寫封信寄去呢。聽了他爹這麼一說，把剛纔想出的這個念頭，馬上打消。關於清明返鄉上墳祭祖的事，他爹說家裡也商量過，跟張爺爺也說過，都認爲還是等到太平了再回去，吩咐金土說：「由你在這裡買些錫箔與香燭，我帶回去，一家人到墳前焚化時，一邊燒一邊說，交代了心意，也就夠了。」又說：「這年頭兒，還有什麼值得在禮上講究的。」父子說著說著，竟相擁著哭了一回，魯永春說：「咱哪？啥也別怪，只怪這荒亂的年頭兒不好。咱活在這個龍爭天、虎爭山的年頭裡，怪個啥？只有認命啊！」又心平氣和地說：「咱有你這個孩子，還能在外鄉混碗飯吃，算得祖上有德啦！」

魯永春住了一晚就回啦。臨走時，還關照兒子：「這房子不要再續租啦！半年十二袋子洋麵，不是個小數目。」

近來，金土的工作比往常忙。書記室只有他一個書記，一個錄事一個譯電員，兩個文書上士，一個公務兵。其他單位如航務、機械、通信、監察、總務，一應俱全。除了不管作戰命令，機場上的飛機起降，全在指揮部的指揮官身上。特別是談和破裂之後，津浦、隴海這交叉兩條鐵路線的周遭鄉鎮，經常有戰事發生，鐵路又三天兩頭的受到破壞。機場上駐有轟炸機B24、B25，還有戰鬥機P51、P40以及英國的蚊式機，經常升空飛往各戰地，配合陸軍作戰。漢口的軍區司令與副司令，也時常飛來坐鎮。

譚副司令是金土的老長官，每次坐鎮徐州，私人的應酬文書，都找金土經辦，可以說調到徐州之後，工作比過去繁忙，不要說連場電影與京班大戲沒有看，連那部在九江買來的《金玉緣》，都沒有時間看完。

自從春節之後，爹娘妹子返鄉，他便在機場飯廳打伙，有時，就住在機場的單身宿舍，不到周末，不會回到租處住宿。物價像長了翅膀的驚弓之鳥，直向上飛，不敢停棲。特別是米麵，平價買不到，黑市沒有準兒，要買的人，往往不問要價高漲了多少，買到了就算走運。正當此際，美國政府突然宣布把一九四五年十二月間承諾貸予我國的五億美元撤銷。於是，米麵無有市了。

金土想到了馬歇爾的離華聲明文中，指出的國共雙方，之所以不能談得攏的主因，以及雙方面所懷有的心態，他的看法是：「和平之最大障礙，及中國共產黨彼此所懷之完全而幾乎具有壓倒力量之懷疑心理。一方面，政府領袖極力反對共產形式之政府。另一方面，共產黨坦白表示彼乃馬克斯主義者，並有意在中國建立一共產形式之政府，唯先以英國或美國式之民主政府爲過渡階段。」所以雙方在同意協商時期內，「政府領袖深信共產黨人，願意參加協商會議」，目的「唯求破壞」。共產黨人認爲政府願意協商新政府之建立，「並無誠意」。又說：「雙方除相互極不信任外，尚有另一顯著錯誤，即忽視其於估計對方，關於解決協商中各種問題所作的建議或反對之理由，而心懷怯懼時所產生之影響。雙方均唯堅守本身之恐懼，因此雙方對於每一情勢均採偏向之觀點，極易受每一惡劣暗示，或可能性之影響。此種複雜情勢，由於關乎遼遠廣大戰場軍事衝突情況之混雜報導，而誇大至於頂點程度。」指雙方都在戰場的衝突上，誇大情況，歪曲事實，相互指責。像馬氏說的這種情事，不是一般老百姓所能瞭解的，金土也是一個普通人，當然不能瞭解。他只能意會到，雙方都要來作掌理中國的主人翁。一山怎能容得二虎？既然有了兩隻虎在同一山上，二虎必然相鬥，「二虎相鬥，必有一傷。」這是古人的成語啊！

馬歇爾先生認為雙方都有正反兩種勢力。指國民黨中有「反動派」，共產黨中有「自由派」。他認為「國民黨中之不妥協分子（指「反動派」），旨在保持本身對於中國封建式之控制，顯無實現協商之誠意。」共產黨中之「自由派」，此派人物大多是「厭惡地方政府之腐敗投向共產黨之青年」，認為「此等人士將視中國人民之幸福，重於無情之手段，在最近、將來樹立一共產主義之意識形態。」但是，國民黨中的「反動派」勢力大，共產黨中的「自由派」勢力小，所以，「在政府中擁有控制勢力之反動派」，「顯係倚靠美國之巨量援助，而未顧及其本身行為。」至於共產黨方面，「因其不欲為國家之利益而妥協，且以料定可使政府因經濟崩潰而崩潰，並因漫長鐵路線上之大規模游擊戰，而加速其崩潰。初不顧及中國民眾所受苦難之代價。」長久以來，處於戰亂中的中國人民，極須獲得天下太平，謀得生活幸福，可是抗日戰爭勝利之後，他們卻只有號貧，攜老挈幼，乞討四方，來代表他們的聲音。

就在這幾天，金土在報上見到皖北難民數萬人，聚集下關，數日不散，南京市政府，正在分散救濟品，驅之反鄉。

最使金土不能瞭解的是，馬氏在此一聲明中，認為：「國民大會確已通過一部民主之憲法，憲法各主要方面，均與去年一月各黨派政協會議所定之原則相符，通過之憲法既已包括共產黨所要求之各項要點，而共產黨竟認為不宜參加大會，殊為不幸。」這話可謂「落地有聲」。卻又為什麼在他返國接任國務卿之後的三數月間，居然撤銷了一年前纔允諾的貸款五億美元，豈不是加速了中國國民黨政府的崩潰？難道，馬歇爾先生在懷疑美援到了中國，無助於民生疾苦？聲明文中說：「政府中之反動派，顯係依靠美國之巨量援助，而未顧及其本身之行爲。」這話從何而起？在金土這位喜讀書、又愛問問題的人，讀後獲得的疑問，連個解答的人也找不到。何況事過數月，有誰還去回想這些事。這時，大家最關心的是物價，薪水階級期待的是調整生活指數。縱有人提到這位馬歇爾，出口的語言，也是謾罵。總認爲不是這位和事佬在這個節骨眼兒鬫得來，共產黨的勢力，在軍事上還未必能興起得如此快速呢！

金土想到這裡，馬上把日記上的這幾頁，撕下燒掉。

3. 正是青黃不接時

報上的顯眼大字標題，是內戰的軍事新聞。爭戰的地面之廣，不亞於日本人占領南京後，四路大軍進窺武漢三鎮的那個時期。所不同的是，今日的戰事新聞，已分不出主從，也就是說，雙方的對敵在新聞上已看不出誰在主攻？誰在主守？究竟是政府軍去剿？還是革命軍來伐？這時的老百姓，已經沒有了正反的認識。他們只有一個意念：「只要讓我們不受凍不挨餓，管你們誰來做我們的皇帝？」所以，皖北的饑民，便成群結隊、攜老挈小、奔向城市，在朱門墻外，拾食剩餘，在大街之上，扯衣乞討。無非一求腹飽身暖，能活得下去而已。

這些日子，報紙上最顯著也最熱鬧的新聞，已不是戰爭的燎原火勢，竟是全國許多大專院校的學生，喊出的「反饑餓」與「反內戰」等口號激發出的學潮。這口號一經學生之口呼出，霎那之間就像煙火架子上的引線，被點燃後爆發出的火花，編織成的戲劇場面。從東北大學到廣州的中山大學，無不交互響應，居然宣布罷課，走上街頭。起先，訴求的只是要求增加伙食的副食費，認爲教育部核定的副食費，追不上物價，大家吃不飽。遂以「反饑餓」爲訴求理由，喊出了這個口號。

這一句「反饑餓」的口號，怎麼會在學生口中喊出來呢？

金土看到這些問題，不能明白。他想：「俺那鄉下人，經常挨餓受凍，總是不聲不響的忍受。要叫，也只叫老天爺！要怨，也只怨老天爺！向誰訴苦去？萬不得已，也只好扶老挈幼，到豐收的地界去乞討。別無二法呀！」當他從新聞上弄清了內容，原來今天的學生在大學讀書，不但不繳學費，連在校讀書時的伙食，都是政府供應的。金土只知道抗戰時的大學生是這樣的，勝利後，怎的還是這樣呢！當他又在報上讀到教育部長朱家驊的談話，說是大專院校的學生，每月主食是米二斗一升，副食按各地物價指數，依據公務員生活補助費七分之一計算，京滬地區是四萬八千元，隨同公教人員一樣，每三個月比照物價指數調整一次。學生訴求的數目則超過十萬元。這「反饑餓」的口號，就是這麼喊出來的。

正好，南京金陵女子文理學院的邵竹君來了一封信，寄到機場指揮部的。說是近來她們學校停課，她們想到徐州來一遊九里山，請金土給她們訂兩個房間，一共四個人。住兩晚或三晚。還特別加以說明，他們住不起大旅館，中等的就可以。

信上沒有說這四人中，有沒有梅蘭？金土推想是借著學潮停課，出來玩玩，不敢遠行。戰爭，使他們聯想到韓信在九里山打敗楚霸王的故事，才想到一遊九里山。

儘管金土懷疑著、卻也失望著，何以梅蘭不寫信？也不提上一句呢？不管，馬上作覆。告訴她們，他租下的兩間房子，還沒有退。家人都已返鄉，還空在這裡，正好可以睡下四個人。房間的條件，比旅館差些。好處可以省下這筆住宿費用。要她們來信說明行期，訂好車票，打電話來，或打電報來。他說可以到火車站去接。也許能陪她們一起到九里山去看看這出了名的古戰場。他還沒工夫去過呢！

「不知哪天來？」金土在心裡惦記著。「還不能肯定來不來？女孩子的事，往往今天想的，明天會改變。」然而，金土還是緊張著，他最擔心她們來時，遇上譚副司令來此坐鎮，他就動不得。想了想，遂又寫了一封信給梅蘭，告訴她接到邵小姐的信，知道妳們幾位在學校停課期間，偷個空兒到徐州來玩，很想一賞九里山這一處古戰場。住宿問題，已寫在給邵竹君的信上。如今，急於要知道妳們的啓程時日，特別是車次的開出及到達的時間。近年來，路上時生狀況，火車往往誤點。信的最後說：「只要把啓程日時、車次及開車到達的時間說明，我會在車站迎迓。否則，妳們找不到住處。找到了，家裡也無人。」信寫好後，親自送到郵局，以快信寄出。又向人打聽了一番到九里山去的路線，坐什麼車方便？那一帶安不安全？實際上，九里山在徐州城北郊五里之遙，山雖連綿一大片？周邊數十里，山峰最高，也不過海拔一百三十餘米。山上只是稀稀落落地灌木，偶有雜樹青青，看去也不搶眼。卻因古來是爭戰之地，出了大名。看情形，國共的爭戰，也免不了在此處一決雌雄。實際上，這地方是沒有什麼可看的，只有一個白雲洞，十來丈長，兩三丈寬，洞頂有天然的鍾乳石，參參差差地掛著。其他還有漢朝文學家劉向的墓。沒有人整理，也只是一個草堆，石碑也未必還能看到。所以知道的人說：「九里山有啥子遊頭，荒山蔓草，連條像樣的河都沒有。」還告訴金土說：「看景不如聽景。九里山比不上山東的泰山，更比不上安徽的黃山，咱這裡是窮山惡水，乾隆老爺子都說過啦！咱這裡，只有古蹟，沒有景兒，遊遊雲龍山就得啦！」

金土向總務科商借了一輛中吉普，準備接應邵竹君、蘭梅這幾位來客，去先遊九里山，再回市區一看「霸王樓」、「戲馬台」，還有唐人張建封的愛妾關盼盼住過的「燕子樓」、再遊「雲龍山」。一切都作好了準備，卻接到了梅蘭的信，說是學校準備復課，布告勸學生不要離校。所以她們取銷了這一行程。雖然金土收到梅小姐這封信，鬆弛了這一緊張的心情，倒也為之失神落魄似的，像皮球洩了氣，一連幾天，都振作不起來。只要每天一到辦公室，就拿起報紙翻閱報上的學潮新聞。擔心這位小姐會不會盪漾到學潮的波濤中去，受到傷害！報上已有了對立的「反罷課」、反「吃光運動」的學生，也走上了街頭。聽說徐州方面已有在南京讀書的學生，回到家中來，說是不願參加遊行的學生，往往會被迫著去，不去還會挨打。金土想寫信去問問梅蘭，勸她們最好不要介入任何一方。信寫了卻又不敢付郵，怕是落入別人手，反使梅小姐受到干擾。

學生的罷課遊行，遍及全國各省各市，已由「反飢餓」的口號，變成了「反內戰」的怒吼！還準備全國串聯起來，響應「六二」大遊行呢。軍警開始逮捕學生中滋事的共黨分子。連首都南京的新街口，交通都受到學生的遊行，堵塞不通。漢口武漢大學的學生，在街頭與軍警發生衝突，當場死了三人，慘案出現了。古人有言：「河不滿溢、海不溶波」。金土想：「這一次怒海似的學潮，顯然是共產黨在幕後策動的。那麼，共產黨又是憑恃了什麼力量，能策動起這麼大的學潮呢？」

前年，譚司令說過的：「舉兵之日，而國內貧，戰不必勝」的話，沒有道出這番話是誰說的。後來，金土終於在辭典上尋到，這話是春秋時代的管仲說的，他遂買了《管子》這部書，其中說的全是治國安邦之道。當他從近來的學潮以及「剿匪」、「戡亂」的戰事等時事來看，頗有感於《管子》「立政」章所說的「三本」：「國之所以治亂者三：殺戮刑罰，不足用也。（三謂治、亂、法）國之所以安危者四，城郭險阻，不足守也。（四謂四固）國之所以富貧者五，輕稅租，薄賦斂，不足恃也。（五謂五孝）」至於「三本」，管子說：「一曰：德不當其位。二曰：功不當其祿。三曰：能不當其官。此三本者，治亂之原也。」在君位的人，如能做到「審三本」，德者尊其位，功者高其祿，能者當其官。反之呢？德厚位卑，君之過。德薄位尊，君之失。「寧過於君子，毋失於小人。過於君子，其爲怨淺，失於小人，其爲禍深。」所以，「國有德義未明於朝，而處尊位者，則良臣不進。有功未見於國，而有重祿者，則勞臣不勸。有臨事不信於民，而任大官者，則材臣不用。」若是能審知文武臣子的德、功、能三者，則「下不敢求」。否則，「則邪臣上通，而便辟制威。」如此，「則明塞於上，而治壅於下，正道捐棄，而邪事日長。」金土認爲今日的世道之亂，正是管子說的這「三本」未能立於「政」。譬如「殺戮刑罰」的不能平亂，「城郭險阻」的不能衛國，「輕稅租薄賦斂」的不能安民。固然是至理要道。可是，歷代君主，立此「三本」者有幾？

俗謂：「肉腐而後蟲生，地濕而後苔出。」物類之起，必有所始。良醫求病，必先「望聞問切」，志在尋到病的根源，然後才能下藥。雖說，終於安撫下了「六二」大遊行的活動，首先激盪起「反饑餓」運動的南京中央大學，已有二千餘學生簽名發表「告同學書」，揭發了學潮的演變經過。中央大學與金陵大學的教授們，聯名勸告學生回校上課。沸騰了兩個月來的「學潮」，至此終於平息。然而，病尚未除啊！暫時給與服下了退燒藥物而已。

梅蘭倒主動的寫了一封信給金土，說是已經上課。兩個多月來，像在一條小船上，漂浮在波濤洶湧的洪流中一樣。有不少同學已返家。她說她原想回家，家卻不是她的避風港，還得多花旅費。遂和小邵幾人，成天躲在寢室裡看小說。這學期的課，要多上一個月，暑假不打算回家，準備跟一位浙江嘉興的同學，一起住到她的鄉間去。但她還嚮往著徐州的九里山。她聽了一堂歷史教授講的《史記》，「項羽本紀」，又看了一場平劇《霸王別姬》，引發了她們幾位，想在學潮停課期間，藉機去走這麼一趟。「後來是我放棄了的。對不起，累你張羅這又張羅那。謝謝！」金土讀了這封信，心情非常恬適。感受到字裡行間，已隱藏著一分深厚的情意。特別是這句：「後來是我放棄了的。」令金土一再咀嚼文中的心意。

突然，金土的小叔來了，找到了辦公室。來報告祖父辭世的凶訊。帶來一頂孝帽，一雙孝鞋，要金土在祖父發喪入土的那一天，就在徐州的這個住處，點上香燭，燒化紙錢，跪祭一番就是禮到了，也盡了孝心了。遇到這樣的亂世，不得已啊！金土想想，這樣作，仍舊感到心頭有些兒欠缺。他要在祖父的葬禮這天，回到自己縣轄的土地上，縱是站在路上，面向鄉里的那一方，默默地遙祭，也比在外鄉要感到孝心盡得實際些。離出殯的日子，還有七天呢！遂告訴他小叔：「爺爺出殯的那天，我會回到縣城，」話還沒有說完，魯永源就插嘴說：「不能回去，萬萬不能回去。」金土告訴他小叔說：「我知道，我只是想在爺爺出殯那天，我站在咱縣轄的土地上，這裡終究是江蘇的地面啊！」近來的火車挺擁擠，這一帶的人，攜老挈幼，南奔乞食的人，來來去去，一天多一天。尤其，正當這青黃不接的日子。所以金土頭一天晚上，就到了縣城。

到火車站時，已近十點。下車時，見到月台上有兩個路警，手持木棍企圖要拉走一個半大小子，一對頭髮頒白的老夫婦圍護著，其中一個路警則一棍棍，向這兩位老夫婦背上打去。旁邊站了最少有二十人的老老少少，從穿著上看，都是窮苦的人，這些人只是看著路警一棍棍的打去，卻無任誰前去阻攔，或干預，或勸解。金土原要從收票口出去，一見此情，就走了過去。兩個路警正在想把那兩個老夫婦拉開，抓走那個孩子。這兩個老夫婦，卻伸出雙手在緊緊地抱著那個半大小子。看得出兩個路警是想把那半大小子帶走，兩夫婦保護著。

「怎麼會事？怎麼會事？」金土走過去問。

「小偷，我們要帶走，」其中一位路警說。另一位路警則說：「這兩個老傢伙不准我們帶走。」

經過金土趨前這麼一問，兩個路警也停下手來，這個半大小子就在這一霎那間，像掙脫了枷鎖的野獸，出了樊籠的鳥兒，奮力一個挺身，撒腿就向月台的南方奔去。其中的一個路警，也拔腿追去，一邊追一邊吹起了警哨，「嘟律！嘟律！」地的響著。這個老婦扯起嗓門喊：「二愣子，別跑！別跑！」這兩個老人，都想追過去，已被這個路警，從身上取出了一根繩子，雙手綰了個大大的半環，用力一扔，套上了兩人，箍到了一體，說：「別想跑。」兩老人動不了啦。金土則又發問：「偷了啥？」這位路警還沒有回答，堆在旁邊的那二十來個人，竟一擁向前，其中一人說：「只偷了你們幾個饅頭，吃都吃到肚子裡去了。還要當小偷辦，過分了不是。」這一堆人，都是買了票，進站等車來準備上車的客人。實際上，都是買了短途，上了車後，躲躲藏藏，到南京、上海等地去討生活的窮漢。（大多是男人。）

「我們車上的工作人員吃的，」這位路警說。「二十個，全偷走啦！」

「沒有啦，祇有五個。」這被拴起的老婦人說：「我們一人吃了一個，還有兩個在這裡。」說著放下臂彎上的一個柳條編的籃子，用手在上衣的裡層，掏了半天，纔掏出了一個。嘴裡還在說：「怎麼掉了一個。」

「我說我揣一個，老幫子你不肯，這好！掉啦！」

這老頭子聽說掉了一個，頓時埋怨起來。還認爲讓他也揣著一個就不會掉啦！

「對了吧！」這路警向發怔的金土解釋：「沒有誣他們吧？三個人一夥兒偷的。」

正在這時，另一個路警帶著那個孩子回來了。看去那孩子也不過十五六歲，雙手已被反綁起來了。嘴唇有血，好像腫得兩片口唇厚厚地，滿嘴是泥。兩老夫婦看到孩子回來了，雖是被綁起的，似乎也很安慰，說：「二愣子你摔了跤啦！」

突然，這一堆人散了開來，左左右右奔去，原來火車由北開來了。他們要搶著找地位上車。

「十個饅頭多少錢？」金土問。他已掏出了一張票面二百五十元的關金券。

「你是那裡的？」這時金土穿著一身灰色織貢呢夾長袍，看起來，不是公務員，也像個教書先生。

「徐州空軍指揮部。」金土的語氣平平淡淡。

這時，北來的一掛客車，已經進站，車頭已風馳電掣地衝過，月台上的人們，蜂擁著，熙熙攘攘。這兩個路警一聽金土說他是空軍的，想到綑起這三個人，只是爲了幾個饅頭，似乎也不好意思再追問下去。另外還有兩個路警已在喊他們了。火車已慢速停站，他們得去照應上車下車的人。遂說：「好！算了。」馬上去解這三個人手臂上的繩索。這一對老夫婦直說：「謝謝老鄉！謝謝老鄉！」金土等著路警解去了綑綁的繩子。這個解結繩子的路警，一面解，一面向身邊的金土解釋：「老鄉，你不知道，咱車上的工作人員，任啥東西都不能擺下，一擺下，轉個身就沒有啦！」金土沒有作答，另一路警已經走了，這人解下了繩子，也趕忙走去。這時，搶著上車的人，正在從車窗外向車內爬，一個個伸著兩條大腿，在窗口懸空著，搖搖晃幌幌在掙扎。站在月台上的人，在幫忙著向窗裡塞，塞進去一個，才能輪到他。

金土等著要把這老少三人帶出站，他推想他們的車票，未必是全程。果然，金土為他們打了個招呼，便帶出了站。順手把手上的一張二百五十元的關金票，給了這三個人，說：「你們拿著吧！聽口音，都是家門親鄰。」這兩老夫婦一面接著這張票子，一面連連說：「謝謝大叔！謝謝大叔！」那個孩子的嘴唇子，腫得已不能說話了。跑跌倒了，摔的。

「別謝！」金土向他們憐憫地說：「回家吧！麥打苞（讀平聲）啦……」下面的話，金土的喉頭已哽咽，說不出了。他聯想到他一家老少，就過過類似這樣的困苦日子。他想到當年：「再挨餓下去，我也會去偷。」所以金土沒有把話說完，就轉身走去。只聽得那老頭子在大聲的喊：「大叔！你貴姓啊？」問了三次。可是金土頭也沒有回，淚水已從嘴角滴落。

金土仍舊在去年住過的那個小旅館住了一晚。一大早就起身，像上次一樣，在攤子上吃了燒餅油條，便繞著城墻根，漫步走到西關，再步上隋堤這條黃土大道。他昨晚在旅館問過，如今西鄉都沒有駐紮雙方的部隊，從隋堤大道向西走去，一直走到柳子集，都沒有關卡阻攔。當旅館的這位跑堂的瞄了一眼金土的穿著、形像，遂說：「像你這樣的人，打眼一看，就不像個莊稼人。」以後的話，就沒有說下去了。但金土知道，像他生成的一副白白嫩嫩地的書生臉，就是莊稼人打扮。短衫泥腿，也會露相。他只是照往常爹的吩咐，只走到十里舖，不再向前。

今年閏二月，三春的日子比較長。陽曆都六月了，陰曆纔是四月半。去年秋乾，麥種得遲，堤崗上的沙地，大麥的穗子已經出齊，小麥有的纔打苞，湖地裡的小麥，還沒打苞呢！柳枝已經飛棉，吃不得了。榆樹正在掛錢，還能看到採摘榆錢的人。看情形，到了五月端陽，還收不了麥。難怪跑火車的人，到了四月半了，還是這樣多。正因爲今年的三春多出了一個月，這晚子，還正是青黃不接的日子。

金土選了一個堤崗，他看得出這地方原來是個煙墩子（烽火台），也早被平作耕田了。近處已有人在高粱田裡，用鋤頭在作分苗的工作。金土既沒有帶著母親爲他縫製的孝帽，也沒有穿上妹妹特地爲他縫貼上一層白布的孝鞋，他是長孫，帽上、鞋上，都縫上了紅絨球兒。連香燭、紙錢，也沒有準備。金土認爲這些行爲，全是形式，孔夫子說：「祭思敬」。形式只是一種儀式。大都大市的喪禮，不但有辦理喪事的職業館舍，還有代哭的「號喪孝子」呢！形式再大的場面，也是誇耀給別人看的。「我若是在此處，燃香、焚紙、膜拜號哭，」金土想，「勢必會把近處田裡耕作的人，引來觀看。」又想：「到了這種時候，是不是向走來觀看的人，說明原因，留給別人當話頭兒傳揚開去呢？這是爲活人表孝，不是爲死人致哀啊！」

金土靜坐在堤崗上，追懷他的童年，從記事的時候想起，想到祖父在年節裡鬥紙牌，贏了錢給他買個紅紙燈籠，坐在床上玩，燒糊了棉被，差點兒失了火。惹得祖母與祖父吵架。「點上蠟燭的紙燈籠，也能讓四歲的孩子在床上玩兒？」這是金土所能記得的最早一件事。在他六、七歲左右的時候，祖父害了青光眼病，從此失明。出出入入拿著一根棍子，點著地，扶著墻，不准別人領著他。想呀想地，凡能記憶到的，他都一一想到。尤其，他想到了祖父講的一個假死辦喪事的故事。說是有個有錢人，突然想到他一旦死了，在喪事上的哀榮，自己是看不見的，不如在活著的日子辦喪事。於是，跟大兒子作個商量，故意傳出了死訊，大辦喪事。到了要蓋棺上釘，抬棺下地的時際，死人突然盛裝走出，謝謝大家的光臨。馬上把喪事的酒席改作喜事排場。這是金土記得祖父說的，使他永遠不忘的故事。如今，祖父八十四歲，真的是歸去來兮！長孫竟不能回到靈前，打起那個小幡旗，送祖父的靈櫬入土！他祇要再向前走上二十餘里，就能跪在祖父的靈櫬前面，可是金土卻生活在這個時代裡，欲去不能。不是不能，而是這個時代，把人與人隔開了不能共處的天地。

「話說天下大勢，分久必合，合久必分。」這是小說家的話。想來，中國的一部五千年歷史，何嘗不是如此？

金土獨自坐在這一塊隆起的堤崗上，只是回想他這二十多年來的顛沛日子，一直到了午後，太陽已走到西南天，要下山了，他纔跪在地下，向家園的方向，磕了三個頭，心裡唸唸地說：「爺爺！你安息吧！奶奶，你有伴兒啦！」這纔站起來，拍拍膝上的泥土，淚眼婆娑地走回城去。

原想，繞到崇德中學去看看，企圖一溫往昔的情懷。想想，也作罷了。聽爹說老晉也故世，如今已換了那些位牧師？他不知道。管他誰，卻也不是金土要去敘往的人物。自從盧姑姑過世，金土便未再到教堂去禮拜。但金土則肯定的相信，宇宙間有一個大神存在，他以為信仰不必要非得付諸形式。

今天，金土竟不覺得餓。走到街上，遇到賣油茶的，遂喊住買了一碗喝下，覺乎著滋味變了。

到了火車站，買了一張六點半的車票，由宿州開往連雲港的快車。今天的快車，也擠滿了人，這次車是起站開出，不那麼擠。可是車站的月台上，仍有不少人等候南下的車。怎的還有這麼多的人向外奔？金土想了想，一句話：現在還是青黃不接的日子啊！

4. 這一場杯弓蛇影

自從金土期望的「菽水承歡」，受到時勢的沖激，業已失落難以拾回，他就有換個工作環境的念頭。可是金土這人的性格，除了求學問藝，其他任何有關名利上的世事，他都不去強求。更由於他出身於貧寒人家，對生活上的衣、食、住、行，也不在意。所以，雖然有了想一換工作環境的念頭，也衹是一個念頭而已。這裡，距離自家田園，終究近在咫尺。

祖父逝世，雙親都在孝中，今年是不會到徐州來了。近來，黃伯伯卻又要求再付半年房租。既然無須再續下去，遂提前把房子退了。行軍床、書架，以及行囊雜物，僱了一輛手拉車，拖到寢室去。餘下的一張繩綳軟床，暫時放在黃家這間房內，也許新租人家用得上。不用，任憑黃伯伯處理，反正不方便運到家鄉去。

寫了一封信給金陵梅蘭，告訴她原住處已退租，新住的寢處雜亂，今後通訊處就是工作處所。不想信去後，就收到回信，告訴金土她妹妹梅筠也到了南京，今年高中畢業，到她身邊補習功課，準備報考京滬線各大學。信末說：「今後，將是我們一雙姊妹在相依爲命了。」金土讀後，頓時感受到這話，隱藏著家庭的辛酸問題。「難道她們沒有了爹娘？也沒有叔伯兄長？」一金土都一無所知，忍不住想問。遂又馬上寫了封信去，一邊敘述自己的家庭狀況，以及近來在生活上，未能做到子女對父母「菽水承歡」的最低孝心，全由於共產黨禍國爲亂。遂問梅小姐爲什麼無家可作依靠呢？

「我家一門孤寡，」梅蘭的回信，坦誠的說：「祖母、母親，還有一位姑母，都是寡婦。」又說：「我的父親死時，年僅三十六歲，遺下哥哥十四歲，我九歲，妹妹四歲。依靠曾經作過九江縣長的五伯父，照顧我們一家人等生活。不幸的是，我哥哥高中未畢業，我纔進初中的那一年，五伯父又患傷寒過世。遺下一子五歲，一女二歲；還有一位年僅二十一歲的續娶少妻。這一家人的生活擔子，便落在未成年的哥哥肩上。」又說：「我的祖父是贛北、贛南兩任道台衙門中的錢穀師爺，死在贛南道任上。在外居官的幾位伯父，還有長兄二兄等幾位，也都不幸早故。抗戰又開始了。哥哥靠著祖上的官場關係，到宋子良屬下的銀行作學徒，如今已是襄理、經理。結婚生子後，便認為女子無才便是德，我十八歲那年，就勸我嫁。我妹妹今年纔勉強讀到高中畢業，已經替她選了三份人家。祖母八十多了，母親無財無主張，經濟操持在哥嫂手裡。所以妹妹逃到我這裡，說是寧死也不再回家。」結尾說：「只要能考取大學，靠公費，能渡過四年。」

金土第一次接到梅蘭如此親切的書信，雖然算不得是「情書」，但在金土想來，這信上的家常敘述，已說明了梅蘭小姐並未嫌棄他的貧苦出身，反而表白了自己的目前生活處境，還不見得比金土好呢！

「我可以作接濟她姐妹的表示嗎？」金土想。

再一推想，似乎不便作此表示，以防傷人尊嚴，更怕引發誤會。應該怎麼作答呢？思來想去，想不出一個委婉而圓潤的語言，能再寫一封信去。金土反覆探討這封信上的文辭語氣，可以想像得到梅蘭寫這封信時，當是她妹妹到後，在心理上產生的辛酸。感於家中經濟已操持在哥嫂手中，連兩個未出嫁的妹妹，都視為額外負擔。這時，湊巧收到金土的信，一時辛酸激盪起的心情，沸騰起來，遂有了一傾苦辛的衝動。也只是一時愁悶的渲洩而已。

俗說：「寧作太平犬，莫作亂世人。」金土想到了這句話。再一想當前的時局，真格是「烽火漫天」，有人說今天的中國像個進入了第三期的麻瘋病人，渾身都在潰爛，已無全痾的希望了。「從我出生到現在，將是三十而立的人了，還沒有過過一天太平日子呢？」想不到抗日戰爭勝利；老百姓遭受到的，比日本人侵略時的戰爭地面，還要廣大。想來，這兩句古話，應改成「世無太平犬，盡是亂世人。」

金土便以人活在這個時代裡，委實不容易的意念，寫了一封回信說：「在這個時代裡，必須逢山開路，遇水搭橋，用一己百忍的耐心，去克服遭遇上的困難，纔能把一天天到來的日子渡過去。」又告訴梅蘭說：「我有一長串艱苦的童年故事，光是求學的過程，就比你們坎坷。」最後輕描淡寫地加了一句：「今後，如有我可以盡到力的地方，請告訴我。我會盡力的。基督的教義說：『非以役人，乃役於人。』我是基督徒。」金土總是自卑於一己是簷下的麻雀子，怎敢作鸞鳳攀？梅蘭的這封信，已告訴他是官家女。雖然，梅蘭的這封信，已透露出她出身於破落戶的哀惋，而金土總是自卑於一己只是一隻排水溝中的土蛙兒。

儘管金土的自卑心理，一向居主深宮，本然的心理，還是蓬勃飛躍的。近來，人人都能從外表感受到金土的神情，煥發著喜樂氤氳。素來不大修飾的頭髮，也抹了髮油，梳得整齊閃亮。他近來連連收到南京金陵女子文理學院的信函，收發方面是知道的，當同事們見到金土的衣著頭髮，都有了明顯於外的修飾。遂向他打趣說：「書記官，有了對像了。金陵女大的。」更有人說：「什麼日子請我們喝喜酒啊？」每有人這麼打趣，金土總是臉紅到脖子，囁囁嚅嚅地答：「沒有啊！普通的朋友！」

一天，譚副司令來，一下飛機，就把金土喊了去。

譚副司令喊金土到他辦公室，這是常事。可是這天金土一進辦公室，另外還有一位上尉階的人物，見到金土進來，用非常嚴肅的目光，注視著進房的金土，這人，金土不認識。譚副司令等金土進來，向他鞠躬行禮，喊了一聲：「副司令官」。譚副司令向金土指著坐在客位沙發上的那位上尉軍階長官說：「這是李法官。」金土轉身向李法官行禮，一面鞠躬，一面禮貌地叫了一聲：「法官。」可是李法官，只嗡了一聲，點了點頭，也沒有站起來。

譚副司令已從座位上站起，李法官也跟著站了起來。這時的金土，見到兩人的面容，嚴肅得令人心跳，好像有事涉及他，卻又不知能有何事惹上了他。心情忐忑忑忑，只有愣怔著豎在那裡，疑情萬種繞心。

「就在我這裡問吧！」譚副司令用肯定的疑問語氣說：「到我房裡去。」

這李法官同意地答：「可以可以。」

於是譚副司令走前，去打開辦公室後方的門，先請李法官進去，轉過頭來，便以命令式的語氣，說：「進來？」

這時，金土已經狐疑得背上在出汗。心想：「這是怎麼回事呢？」他從報上知道，政府已在各地學校，大量的逮捕學生，爲了學潮的事，要清除各學校的共黨職業學生，難道，梅蘭她們都是共產黨的職業學生嗎？

這間臥房，除了一張床，還有一張桌子，一把椅子，另外還有一張可坐入三個人的沙發，一張茶几。兩隻圓型小矮凳，一看就是沙發的附件。進得房來，主人讓李法官坐到桌子前的椅子上，桌子對著窗子，若是正面坐，背對著沙發。李法官看了看，沒有坐就說：「我還是坐在沙發上。」說著就走回坐到沙發上，指著一個小圓凳，命令金土：「你面對著我們坐在凳子上。」又向譚副司令說：「副司令官你也坐在沙發上，這樣好問話。」於是三人落坐完畢。勤務拿茶、煙進來。譚副司令揮手要他出去，還交代了一句：「把辦公室的門關起來。你在外接電話，一般電話，不要打擾我。」

這時的金土，心情緊張得肚子痛，想上廁所。他回想到那年，一時衝動加入了農民遊行抗日救國運動，唱了一曲「松花江上」，被抓去審問，坐了三個多月監牢的事，所以心情非常緊張。他想說：「我要上廁所。」似乎有一種什麼力量，在阻止他開口。他們已經坐下，好像這位李法官看到金土的緊張情態，遂說：「你請坐！我們只是想瞭解一些事情。」

這句話，使金土的緊張情緒，稍為鬆散。但已下墜到肛門口的大便。仍須用力撮緊肛門兜住。手腕子及手肘上的筋，都有些陣陣地酸麻，一收一縮地。他看到副司令官的臉，凝重得如同一尊雕塑的頭像，一點變化也沒有。這樣子，是金土從來沒有在這長官臉上見過的這種表情。

李法官從皮包中取出一疊文件，上面有一張預先寫好了的一條條問話。慢條斯理地展開後，正要問，一見金土的神情緊張，譚副司令官的臉色也不好看，遂向金土說：「你去洗個臉，冷靜一下。我們只是談談閒話。」

這位李法官，年齡雖還不到四十歲，問案卻是有經驗的。

「去！」譚副司令命令著，語氣很慈祥，用手指著右前墻的門，說：「洗手間在那裡。」

金土一時如獲大赦似的，站起身來，鞠躬轉身。

譚副司令取煙遞煙，二人點煙吸了一口，吐出一縷煙雲。

「我說過，這次來是結案的」李法官說：「必須金書記本人對證一下。所以我親自來一趟。不好意思動公文要他本人到南京去。」又說：「羅司令官也是我的老長官。」

「唉！部下惹出了這種事，對主官來說，總是沒面子。」

「副司令官放心，」李法官又加以解釋說：「這事不會張揚出去的。」

正說著，金土從洗手間出來了。李法官一見金土出來，就招呼金土說：「金書記你請坐。」

「金書記，你有女朋友在南京金陵女子學院唸書？」一開口就這樣問。

「是。」金土點頭承認。又補充說：「還算不得是女朋友，只通過幾次信。」

「怎樣認識的？」

金土聽了，望了一眼譚副司令官，說：「報告副司令官，就是那年在遂川撤退時，楊縣長託總站長您，帶到贛州的那位梅小姐。」譚副司令聽了，馬上面露微慍地表情，略帶幾分譏嘲地語氣說：「看不出你平常日子羞羞答答，卻還暗藏著包天色膽呢！」金土頓時臉就紅到脖子，低下頭來，哀傷地說：「是這樣的，報告副司令官！」遂把去年他請假回鄉時，在九江中華書局買書，遇見到了這位梅小姐，寒暄起來，纔彼此交換了通訊處。當時，梅小姐還有兩個同學，一姓邵，叫邵竹君，一姓黃，叫黃雲英，都在南京金陵女子學院讀書。」最後補充說：「直到他調到這裡，纔開始通信的。」又說：「一共祇通了三封信。都是普通問候，最近這封信，梅小姐纔向他談到家常。」

李法官，從放在几案上的一疊文件中，抽出了幾張照片，遞給了金土，說：「你看看，是這幾封信吧？」金土忐忑著把遞過來的照片一看，正是他寫給梅蘭與邵竹君的信，都拍攝了照片。一時心情緊張萬分，說：「是，是我寫的信。」狐疑著，爲什麼會拍攝成照片呢？金土不知怎麼會子事，這時，只有恐懼！不知將惹來怎樣的麻煩？怕是又要坐牢了！

李法官伸手取回那幾張照片，轉過頭向譚副司令說：「我們調查過了。這幾個學生，都是好學生，不是共產黨或民社黨方面的。金書記的信，更無涉及不法的行爲，可以說連男女間越軌的語言都沒有。只是一件，」說著面向金書記，說：「金書記，你不該使用軍中的番號與女朋友通信，情報單位之所以要抽檢你的信，那是因爲你的信封是軍隊的番號。尤其是『徐州空軍指揮部』這樣銜頭的信封，最搶眼。下次可不能不注意。」遂又向譚副司令說：「這件案子已經結束了。請副司令官諒解我們情治單位。若不是學潮的問題，通常大專學院的信件，沒有特殊的線索，不會檢查的。太多，查也查不了。」說著遂又向金土說：「金書記，沒有事了。不過，還得請你回去把你與金陵女子學院的女學生梅蘭、邵竹君等人的交往經過，寫一篇簡單的書面說明，這案子就結案歸檔。」說著就站起身來，伸手給金土，握手時說：「這事你自己可得保密，不必透露給其他任何人。」金土躬身致謝，連連說：「我會！我會！」

「以後不准再用公文信封寫情書啦！」譚副司令說了一句略帶玩笑的話，沖淡了剛纔的嚴肅而緊張的氣氛。

李法官是碭山人，這次來，是公私兩便。他今天就要返回碭山，三天後回來，搭下班交通機返南京。說：「回到徐州時，我向金書記取那份說明書就是。」要求老長官去處理要公，不必照顧他了。

5. 江山祇有爭奪

當天下午，金土就把李法官交代的這件事，一五一十的坦白出來。雖然力求簡明，也寫滿了兩張十行紙。又用毛筆抄了一遍。原應先送呈副司令官過目，可是副司令官已飛回漢口。金土在此的直接主官是指揮官，依程序、依情理，他得報告指揮官知道，遂拿著這一紙自白書，去見指揮官。

想不到羅指揮官一聽，沒有接金土雙手呈上的文件，就說：「我知道這件事，小題大作。」又站起來，招呼金土坐下，說：「你今年二十幾？該成家啦！」金土答說二十九啦！沒有坐，仍舊拿著這份自白書，站著回答。

「這次的班機，延後兩天，」羅指揮官說：「李文漢大概後天回來，你等李文漢回來交給他就可以了。」聽羅指揮官的語氣，他與這位李法官很熟。跟著又加了一句：「李文漢跑這一趟，只是公私兩便。」

又有人到辦公室來，金土告退。羅指揮官還起身送金土到門口，說：「聽副司令官說，那位小姐長得很漂亮。」金土一邊反身鞠躬行禮告退，一邊還說：「我配不上人家的。」

金土一聽指揮官的言談，似乎並沒有把他的這件事，看作是什麼機密，心情也就平坦了下來。

那位李法官，果然在第四天纔來，他親自到了書記室。態度的溫和，言語的爽朗，與金土前幾天初見時，在感受上，似乎判然二人。金土接待他坐下，公務兵送上茶水，金土就連忙呈上那份自白書。竟然站起來雙手接下，看也沒有看，就塞入了他的公文包。隨著取出一張名片，遞給金土，說：「有事寫封信給我，撥個電話也可以。」金土接過名片，只瞄了一眼，連說：「多謝多謝！」便送這位李法官出門。回到辦公桌，方始看到名片上的官銜，是政治部第四組參謀，名字是李文漢。一看名片，就能印證上羅指揮官說的那番話，是行政上的，不是法律上的。但胆小怕事的金土，這些日子在心理上，竟鬱起了一個結子，一時鬆解不開。縱然羅指揮官的話已點示出這是「小題大作」，又在名片上見到這位李先生不是「法官」，還是自責：「都怪我太大意了。不該用印上空軍機關銜名的信封。更不該用服務單位的通信處。」他認爲那位李先生說的是真話：「情報單位之所以要抽檢你的信，那是因爲你的信封寫的是軍隊的番號，太令人注目了。」

原來，金土與梅蘭的通訊處，已經改到他租賃的房屋居處，當他退了租賃的房舍，原應把通訊處改到新遷入的宿舍去。怎想到了那裡一看，發現這地方亂亂的，沒有辦公的處所，那麼的有規有矩，認爲這單身漢的住處，會丟信。

這寢室，在日軍占領時期，是日本駐徐州的空軍通信兵營。原來是處獨院的四合房，大門兩旁各有一間耳房，後排三間，中有廳堂，東邊的一間，應是主房。若是這份人家沒娶二房，其中一間，則是客房。樓上的一層，若是這份人家弟兄住，樓上也可以住一份長兄。樓梯在左邊，不與樓下關連，從右邊上樓。自從日軍占有了這處房舍，便改裝成日式，三間改成兩戶榻榻米與紙拉門。樓上則改成辦公室。當金土搬入時，這房子還是日本人改裝後的日式，沒有再改修成原來的中國式。

兩廂的房屋，住了兩家眷屬，都是醫生，東廂是院長，西廂是外科主治大夫。後排樓上樓下，住的都是單身漢。日軍住此時，樓下有一半是榻榻米通鋪，作士兵的寢處，另一半有三間是紙板隔開的小房，單身軍官住的。如今，則一律作了單身軍官宿舍。只是榻榻米上又擺了床鋪。

樓上三間，只擺了八張床，八張雙屜的桌子，椅凳可不少，每個人可占有四把。另一頭有張原是辦公室的會議桌，已當作乒乓球枱子用。有時，也擺上棋盤，兩人對奕作楚漢決鬥。兩張長沙發，已陳舊，有一隻已露出彈簧。金土就住在樓上，由於樓上空間大，住進去的人，竟有人把床鋪另行擺設，各據一方。還有人加上帘幕遮起。

後墻開有兩方窗，横有五尺，高有三尺。窗外有鐵柵欄。夏天有竹簾遮，冬天有棉毯擋。這住處，沒有伙食房，個人也開不了伙。雖然有人買了炭爐子，也用不上。焦炭，煤氣太重；生煤，煙太大；木炭，太昂貴；電力，火不足；全不適用。也就沒有人自炮飲食。

這地方，坐北朝南，後窗對著公園的扶疏花木，環境却也清雅。尤其早晨的鳥語百囀，入夜時的蟲鳴唧唧，最有詩意。只是大門沒有守衛，只有一個看門的，也不經常在門口。兩個耳房，右耳房，原爲守門人而設，有桌椅，還有一張可坐三人的沙發，備來人在此等候之用。由於這裡住的是在各處辦公的文武官員，不是機關。有個看門的也只是聾子的耳朵，當不了用。他有一妻還有個未滿周歲的兒子，就住在另一間耳房。他還得照顧家，經常不在門口。樓上樓下的寢室，經常是鎖起的，這位看門人保有一份鑰匙，遇到有人回來，忘了帶鑰匙，纔去找他。否則，便無人想到他。

郵差來了，便把信件向那耳房中的桌上一扔，就走了。遇有掛號信，也祇是留下一張字條，通知收信人到郵局親自去領。所以，進門的人，甲進來，向那桌子上的信件，撥尋了一番，有則取走，無則不管。乙進來，也是如此的撥撥撓撓，丙丁進來，也是如此。信件掉在地上，也無人彎下腰來撿起來，放在桌上。金土見到這種情形，遂不敢把通訊處改在這裡。如今，非得拜託守門的老孫不可。

他曾想過，拜託那位黃伯伯代轉。這一年來，這位黃伯伯不時向金土周轉零用錢，總是十借九不還。既已退了他的房子，惟恐避之不及，那敢再惹他。遂認爲信寄到服務單位，是最牢靠的地方。在江山、在遂川、在贛州、在長汀、在南昌，信都是寄到軍中的，信件從來沒有被檢查過。如今，竟然發生了檢查信件這樣的事。

「全是大學生鬧出來的，」金土想。「各地的大學生，還有中學生，一起又一起的鬨，全是教授們帶著頭兒反內戰，反出來的。」

政府說：「這是共產黨作亂，存心在推翻政府，要在中國實行蘇俄的共產主義，使用槍桿子攻擊政府軍，是叛亂行爲，這是『內亂』。」另有一部分在野的「民主人士」，說：「國民黨政府不能容納異己，共產黨被逼上梁山。遂起來替天行道，來推翻一個貪污無能的政府。」雙方爭戰起來，這是『內戰』所以報張雜誌上，便出現了這兩組不同的名詞。

金土從這些問題上，想到了司馬遷筆下的項羽，記秦始皇帝游會稽、渡浙江，與他叔父項梁一起去看熱鬧。看到秦皇帝的車駕扈從，前護後擁，威風八面，遂想到大丈夫應該如此。竟脫口而出的說：「將來我可以起來代替他。」當時駭得項梁趕忙伸手摀著項羽的嘴，說：「不要胡說！會滅九族的。」這句「我可起而代之的豪語，幾乎是中國人中有大志的男子，都曾具有的一種封建意識。」金土又想到平劇《賀后罵殿》中的一句戲詞：「自古以來，江山祇有爭奪，那有退讓之理。」這齣戲的故事。演述宋太祖趙匡胤死後，弟弟趙匡義篡位登基，皇后帶著太子到金殿去罵。趙匡義無辭答對，打算下殿讓位。潘洪遂向趙匡義說出了這幾句話。中國的政治傳統，自堯、舜之後，便是湯放桀，武王伐紂；列國分爭，六國爭霸，嬴秦兼併；一直到滿清入主中原。一代又一代的帝王，所得天下，十九都是打下來的。除了孫中山先生的革命，成功的推翻了滿清帝制，不能算是完全靠槍杆子打下來的。誠然可以說，除了我們的孫中山先生，那一代不是使用武力從別家手上把「江山」奪取來的？

「自古以來，江山祇有爭奪，那有退讓之理。」

「這是我們中國數千年來的政治學理，」金土聯想到了。他兼且想到「我將起而代之」的「有爲者亦若是」的丈夫之志；在中國人的「男兒志在四方」的心理上，是根深而蒂固的。「古來爭戰，所爲何事？」一句話，人人要作一個一人之下，萬萬人之上，「君臨四海，萬國來朝」的皇帝，成其「子孫帝王萬世之業」。

金土今年二十九歲了。廿多年前，他爲了飽肚子，曾補了名字，去當過一年多兵，隨同著部隊在江西、浙江的接鄰山區，擔任過「剿匪」的任務；「剿匪」，就是消滅共產黨。在抗戰開始的那一年，金土離開家鄉縣城時，前路的目的地，是跟著一位中學老師，還有三位上海方面的同學，準備到西安，轉往延安去抗戰大學的，結果，搭乘的軍車，從鄭州轉入了平漢線，一車開到了漢口。另兩個孩子堅持要去西安找陳老師，金土却就近去了武昌中華大學去找秦牧師。七拼八湊的運轉到浙江，投入了抗戰陣營。上過戰場，掛過彩，這一晃兒，又是十年了。怎能想到勝利後，又是「內亂」，又是「內戰」，槍砲聲響得比抗戰時期的八年裡，還要激烈！戰爭的地面，比日本侵略的地盤還要大！

這一段日子裡，美國又派來魏德邁將軍到我們中國和解來了，隨著這位美國將軍的到來，就風傳這位代表美國總統來的大將軍，致力於雙方步上和平的任務，目標是促成雙方分疆而治，以黃河爲界；國民黨治南，共產黨理北。儘管此一傳說，甚囂塵上，億億萬萬的老百姓，只是隨風傳說，還沒有引發了「運動」什麼的。報紙上却刊出了國民黨中常會通過了「戡亂建國動員方案」，蔣主席已下決心，要揚起「動員」的旗幟，從事「戡亂建國」。美國總統的代表魏德邁將軍，要返國了。也像上次馬歇爾一樣，返國時發表了一篇「離華聲明」。他指責共產黨「如果真正愛國，而且是以國家人民的福祉爲前提，就應停止使用武力，改用和平方式來代替數年來可悲的暴亂與破壞。」對於執政的國民黨，則建議說：「若想重新獲得人民的信任，應立即實施政治、經濟改革、大刀闊斧的去作。純作諾言，無際於事。」而且，還忠告國民黨當局：「軍事力量本身，已勢不可能消滅共產主義。」

有人說，魏德邁的這句話，是針對國民黨中常會通過「戡亂建國動員方案」，有感而發的忠言。可是，參謀總長陳誠將軍，在出巡了東北戰場返京之後，便膺命出任東北行轅主任。「陳誠是位牌牌要作清一色，企劃和滿貫的牌搭子。」民間遂有了這樣的論斷，認爲「東北的戰爭快結束了。」

馬歇爾致力的「政治協商」，目標是「聯合政府」。

當張曜羽爺爺把那張刊載馬歇爾，「離華聲明」的《大公報》交給金土的時候，曾經告訴金土說：「在北伐以前，國共本是合作的，北伐前夕纔分裂。」金土當時沒什麼感受，所以沒有細問。但那時，張爺爺還說：「孫中山的三民主義，就說到他的民生主義就是共產主義。」金土近來，倒在一部《孫中山全集》中，讀到了這一段講詞：「民生就是人民的生活、社會的生存、國民的生計、群眾的生命便是。我現在就是用『民生』二字，來講外國近百年來，所發生的一個最大的問題。這個問題，就是社會問題。故民生主義就是社會主義，又名共產主義。即是大同主義。」可以說，在北伐以前的國共合作時期，雙方面還是本著孫先生的這一理想，來共同向前邁進的。後來纔翻臉，分道揚鑣。至於兩下裡翻臉為仇，起因何在？不是這時候的金土所能瞭解的了。

中秋快到了。金土想回去，若是不能返鄉，到張爺爺家去渡秋節，也比孤寂在這各據一方的空床邊守著好。有些事，也好問問張爺爺這位青幫大老。可是姑家的大表弟來了，說是大舅父要他來的，幾個舅父都在守孝。經過孫表弟來此一說，金土纔知道，堤崗上的那塊沙土地，剛成熟的麥子，被人盜割了一半。被盜割的人家，還有其他莊村上的。

往年，有「看青的」（代農家看守田禾防盜的行業）在日夜守護。看青的人，持有自備的槍械。如今，世道變了，已無人敢來擔當「看青」這門行業了。自從抗日戰爭發生，鄉民自衛團中的長槍短筒，全被地方上的游擊隊收了去。一般人家，都不准保有武器，都得集中起來，分配給游擊隊去打日本鬼子。

從前，田裡的莊稼熟時，也常有被盜割、盜摘的情事，可沒有如今恁麼嚴重。那時，只是東一片西一片的。現今，可不同了，盜割的人，往往一隊隊的來割，大車拉，小車推，一車車一垛垛地弄走。就是莊稼主兒看見，也乾瞪眼。總是整塊田，最少也是大半塊的田，被盜割了去。只割麥穗，留下的麥桿，還得再割一次，想想，田主家的心裡，是什麼滋味？

「俺二姑媽的眼都哭腫了。」孫表弟說。

金土聽了，連一句可以作答的話都找不出來。腦子裡只想到一句話：「在這個時代裡，就會有這種事。怪誰去？有啥可說的！沒有理可論。」

「如今晚子，咱那鄉下，已沒有官軍，」孫表弟說。「出城十里都得靠運氣，」說著又看了金土一眼，說：「表哥，就像你這種打扮，準會被抓走；算不定連個響聲也沒聽到，你就給撩下了。」跟著又說：「大舅父要我來，向你報這個信兒，可別想著回去。咱那鄉下，遍處都是老八、老四的人。都知道兩下裡談和，一直沒有談成。他們還跟咱們鄉下人說。縣城他們都已經占領啦！」

「你來的時候，咱那宿州沒有咱們的國軍嗎？」金土問。

「有啊！」孫表弟回答。「守城門的還是國軍。」

金土沒有再問，推想是已有游擊隊埋伏在城內了。

縱觀時局，已烽火南北，遍地煙塵。不算東北，就是冀、魯、晉、陝、豫、鄂、蘇、皖，無不處處是共軍的攻勢，已剿不勝剿。東北數省，更是厤亂一團。物價飛漲，三個月調整一次的生活指數，越發的追不上了。

國慶日，蔣主席在慶祝國慶大典上，發表了「告全國同胞書」，呼籲全國同胞起來，參加政府的「戡亂建國」總動員，協助政府早日完成建國大業。這文告，使金土回想到抗戰開始時，號召全國人民，奮起「抗戰到底」，喊出了「國家至上，民族至上」，「軍事第一，勝利第一」的口號，唱出了「工農兵學商，一齊來救亡」的宏亮歌聲。終於贏得了勝利。所以金土認為：「抗戰建國」、「戡亂建國」，都需要呼籲全民總動員的啊！

6. 中山先生這樣說的

入秋以來，不但報紙刊出的各地爭戰新聞，已逼近在徐州四鄉的縣市，你來我往的出出進進。民間的傳說，聽來更令人睡難安枕。譬如徐州西北方不到百里的碭山，南方也只百餘里的宿縣符離集，都已是失而復之者再三。在徐州交岔的津浦、隴海兩條鐵路，卻也經常的被破壞，交通時時被阻。城市中人，已不敢走出城郊三、五里。

「郝總司令不死，徐州這一帶的情勢，不會這樣糟。」

這些日子，徐州人又在懷念起郝鵬舉來了。

郝鵬舉原是汪氏偽政府的軍長，擔當徐州這一帶蘇、魯、豫、皖四省邊區的防務，勝利後，歸順了國軍，派任魯南綏靖區司令官，兼第四十二集團軍總司令。不幸於春節期間，在荷澤近郊，遇上共軍的埋伏，被俘殉職。

雖然徐州的綏靖公署撤銷，陸軍總司令部已由南京遷到徐州，在軍事布署上，又作了一番新的調整。西戰場雖一舉便攻入了共軍的大本營陝西延安，如今卻已發現此一軍事任務，無助於全局的軍事情勢，還牽制了一部分精銳軍力，窩盤在西方，形同為共軍看守宮庭。共軍的主力部隊，已遍布中原，環伺各戰略要塞。林彪、陳毅所領部隊。已逐步向徐州、蚌埠兩大區域迫近。報上已透露魏德邁的訪華報告書內容，有將中國東北九省由中、美、英、法、蘇五強監護，交由聯合國托管的建議。新疆省主席鮑威爾與警備總司令陶峙岳，通令不再接受國民政府指揮。看來，新疆的問題，更是鞭長莫及。

基於戡亂戰略的需要，駐紮徐州的飛機，支援各戰場的行動，悉歸陸軍總司令統一指揮，原設徐州空軍指揮部的名義撤銷，恢復原有航空站的建制，所負任務，只是機場的維護與駐場飛機的起落。所以這裡的空軍指揮官羅中校，調任上海空軍供應處長，徐州站的書記，只是少尉編制，金土已是中尉一級，不能高階低用，遂也隨同羅指揮官同一命令調到上海。仍舊跟著羅指揮官在供應處服務。

金土在希望中想換個工作環境的理想，已經在不求中實現。心情非常疏朗。十一月一日就要離差了。趁著這十來天，他想著得到宿縣城的張曜羽爺爺家去一趟。上個月，孫表弟來過，說到了家鄉的四不管等亂象，出城五里都不平安，也像徐州周遭一樣。郵政，也未必還有郵差奔向四鄉。想來，非得回縣城一趟不可。

津浦路雖時遭共軍的游擊隊破壞，車還是暢通的，有時因爲路軌出了問題，行車時間，不能依時入站就是了。好在徐州離宿州近，正常的時間多些，由徐州北上，可就經常誤點。禮拜天一早，就趕車回宿州。

見到張爺爺，說明了他已調上海。到差後，若是能配一戶眷舍，打算把父母妹妹接到上海去住。

「這到好！」張爺爺說。「省得在家鄉受氣。」

「還不定能否配到房子，」金土說。「就是配到房子，俺娘也不會去。」遂又說：「到徐州住了不到一個月，就吵著要回去，過不慣。到上海，俺娘更不會要去。」

「年頭兒變了，」張爺爺說：「你爹娘應該知道，共產黨要是得了天下，管你誰的土地，都得充公。什麼房屋土地，全沒有私產，不分窮富，都重新分配。還守個啥？」

這話，金土還是第一次聽到。這時的金土纔想到三民主義上說的「平均地權、節制資本」這兩句話，怎麼會是把老百姓的土地，不給錢就充了公呢？「共產主義就是公產主義嗎？」金土隱約的知道，孫總理的民生主義說法，處理土地是由地主報價收購啊！金土一時記不清楚，沒有說話。只是痛苦地感於共產黨得天下，若是真的強把土地收為公有，老百姓會反抗的。

「我會把這事跟你爹說說。」張爺爺又說：「照目前情形看，老蔣的天下，能夠保得住大江以東以南，就算是押到上上簽了。這大江的西與北，全都是共產黨的勢力範圍。過去，國民黨靠美援，如今美援斷了。拿啥子打，開槍點炮，要子彈的。」又說：「老蔣還想來一次全國戡亂總動員，呼籲全國老百姓都起來參加他的戡亂建國，真是天真的想法。如今連他的黃埔畢業生徒，已經作到了少中將的官階，說不要，就編餘遣退。逼得這般將官們，跑到孫中山陵園去哭靈。一個個在中山陵排起隊來哭訴，公開反對政府處理復員工作的不公平。還制訂什麼戡亂建國動員方案？抗戰全民總動員，那是抵禦外侮啊！唷！」說著又歎了一口氣，再感慨地說：「老孫再晚死十年，日本人都不會侵略咱中國。老孫不死，共產黨不會起來作對。」說著又問金土讀過《三民主義》沒有？沒有等金土回答，就起身進房，拿了一本《三民主義》出來，一邊走一邊翻，金土見到書頁間，已夾了不少紙條，顯然地，張爺爺正在讀這部書。

他翻到之後，就朗朗地唸：

「至於中國社會問題，現在到了什麼情形呢？一般研究社會問題，和提倡解決社會問題的人，所有的這種思想學說，都是從歐美來的，所以講到解決社會問題的辦法，除了歐美所主張的和平辦法，和馬克斯的激烈辦法以外，也沒有別的新發明。此刻講社會主義，極時髦的人，是贊成馬克斯的辦法。所以一講到社會問題，多數的青年便贊成共產黨，要拿馬克斯主義在中國來實行。到底那般青年志士，用心是甚麼樣呢？他們的用心是很好的，他們的主張，是要從根本解決。以為政治社會問題要正本清源，非從根本上解決不可。所以他們極力組織共產主義，在中國來活動。」張爺爺唸到這裡，便把手上的書交給金土，說：「你唸下去，下面說的更是些一針見血的正經話。」

金土接了書，尋找了一下，尋到後，遂遵命向下唸：「我們國民黨的舊同仁，現在對於共產黨，生出許多誤會，以為國民黨提倡三民主義，是與共產主義不相容的。不知道我們一般同志，在二十年前，都是贊成三民主義互相結合。在沒有革命以前，大多數人的觀念，只知道有民族主義。譬如當時參加同盟會的同志，各人的目的，都是在排滿。在進會的時候，我要他們宣誓，本是贊成三民主義，但是他本人的心理，許多都是注意在民族主義，要推翻清朝。以為只要推翻滿清之後，就是中國人來做皇帝，他們也是歡迎的。就他們的宣誓目的，本是要實行三民主義，同時又贊成中國人來做皇帝。這不是反對民權主義嗎？就是極有思想的同志，贊成三民主義，明白三民主義是三個不同的東西，想用革命手段來實行主義。在當時以為祇要能排滿，民族主義能達到目的，民權主義、民生主義、自然跟著做去，沒有別的枝節。所以他們對於民權主義與民生主義，在當時都沒有過細研究。在那個時候，他們即是不曾過細研究，所以對於民權主義固然不明白，對於民生主義更是莫明其妙。」

金土讀到這裡，深深吐出一口長氣，說：「我們的總理先生，對於他的門徒們，真是太瞭解了。

這些話，真是在他老人家的萬分感慨又萬般無奈中說出來的。」

「可是跟著他的人，個個都想做皇帝。」張爺爺插話說。

金土呼吸了一口大氣，又繼續唸下去：「革命成功以後，成立民國，採用共和制度。此時大家的思想，對於何以要成立民國？都是不求甚解。就是到現在，真是心悅誠服實行民權，贊成共和的同志，還是很少。大家爲什麼當初又來贊成民國，不去反對共和呢？這個頂大的原因，是由於排滿成功以後，各省同志，由革命所發生的新軍人，或者滿清投降革命的舊軍人，都是各據一方，成了一個軍閥，做了一個地方的小皇帝。想用那處地盤作根本，再行擴充。像拿到了廣東地盤的軍人，便想把廣東的地盤去擴充。拿到雲南、湖南地盤的軍人，便想把雲南、湖南的地盤去擴充。拿到了山東、直隸的地盤的軍人，也想把山東、直隸的地盤去擴充。擴充到極大的時候，羽毛豐滿了之後，他們便拿自己的力量來統一中國。便明目張膽來推翻共和。這種由革命所形成的軍閥，或由滿清投降到民國的軍閥。在當時都是懷抱這種心事。他們自以爲自己一時的力量，不能統一中國，又不願意別人來統一中國。大家便立心沈機觀變，留以有待。所以這種軍閥，在當時既不明白共和，又來贊成民國，實在是想坐皇帝。……」

金土一口氣唸到這裡，便停下來喘口氣。說：「我們的總理先生，對於當時的時勢，瞭解得太透澈了。」

「下面還說到國民黨與共產黨的問題呢！」張爺爺說。希望金土能再唸下去。遂伸手從金土手上，取過書來，帶上老花眼鏡，翻了一下說：「成立民國十三年之後，有兵權在手的革命黨人，還弄不清民權主義呢！對於民生主義，更是不明白。」說到這裡，就把書交給金土，指著書中的句子說：「『爲什麼我敢說我們的革命同志，對於民生主義還沒有明白呢？』從這裡向下唸。」

金土接過書來，略一鎮定，看了一個頭，遂唸：「爲什麼我敢說我們革命同志，對於民生主義還沒有明白呢？就是由於這次國民黨改組，許多同志因爲反對共產黨，居然說共產主義與三民主義不同。在中國只要行三民主義便夠了。共產主義是決不能容納的。然則，民生主義到底是甚麼東西呢？我在前一次演講，有一點發明，是說社會文明的發達，經濟組織的改良，和道德退步。都是以甚麼爲重心呢？就是以民生爲重心，民生就是社會一切活動中的原動力，因爲民生不遂，所以社會的文明不能發達，經濟組織不能改良，和道德進步。以及發生種種不良的事情。像階級戰爭和工人痛苦，那些種壓迫，都是由於民生不遂的問題，沒有解決。所以社會中的變態都是果，民生問題纔是因。照這樣判斷民生主義，究竟是什麼東西呢？民生主義就是共產主義，就是社會主義。所以我們對於共產主義，不但不能說是和民生主義相衝突，並且是一個好朋友。主張民生主義的人，應該要細心去研究的。共產主義既是民生主義的好朋友，爲什麼國民黨員要去反對共產黨呢？這個原因，或者是由於共產黨員也有不明共產主義爲何物？而嘗有反對三民主義之言論。所以激成國民黨之反感。但是這種無知妄作的黨員，不得歸咎於全黨及黨中之主義。只可說是他們個人的行爲。所以我們決不能夠以共產黨員個人不好的行爲，便拿他們來做標準，去反對共產黨。既是不能以個人的行爲，便反對全體主義。那麼，我們同志中何以發生這種問題呢？原因就是由於不明白民生主義是什麼東西？殊不知，民生主義就是共產主義。這種共產主義的制度，並不是由馬克斯纔發明出來的。當原始人類發生的時候，便有這種制度。便實行了共產。照生物進化論說，人類是由禽獸進化而來的，先由獸類進化之後，便逐漸成爲部落。在那個時候，人類的生活便與獸類的生活不同，人類最先形成的社會，就是一個共產社會，所以原人時代，已經是共產時代。那個原人的情形，究竟是怎麼樣？我們可以考察現在非洲和南洋群島的土人生番，毫未有受過文明感化的社會，是甚麼制度？那些土人生番的社會制度，通通是共產。由於現在那些沒有受過文明感化的社會，都是共產。可見我們祖先的社會，一定也是共產的。」

這一段，金土唸得吃吃咯咯，因爲這一段話說到的事，金土還沒有這部分學理上的學識，不能深入文義。讀了這一大段，所獲知的只是「民生主義」與「共產主義」是相同的，都是解決人生社會問題的「社會主義」。

「讀了孫先生的三民主義，就能瞭解到國共雙方，爲什麼非打到分出死活不停？」張爺爺很感歎地說：「孫先生說了，人人想做皇帝。」

「爺爺！我知道了這些，」金土說：「松三爺講論語的時候，就說到了這一層。都怪夏禹王不把天下傳給有賢能的人，偏偏傳給了兒子，列土分封給他的皇子皇孫，變成家天下，就這麼惹起來的。」

「是啊！孔夫子說得是：『始作俑者，其無后乎！』」張爺爺也引用了孔夫子的話，結束了爺兒倆的這一番相聚時的談話。

午飯後，金土回徐州。張爺爺說他贊同金土的想法。會把金土的意見，與他爹娘見面時，商談這件事。

金土回來，在門房見到了梅蘭的信。他以爲梅蘭不再理他了呢？兩個多月沒有來信。拆開信來看，纔知道梅蘭已陪同妹妹，轉學到上海的幼稚師範專科學校去了。因爲妹妹沒有考上大學，金陵的文理學院，年來受到學生罷課的影響，也使她厭惡了南京的學生生活。經過同學的介紹，她與邵竹君二人，決定辦理退學，轉到上海這所新興起的幼稚教育方面去。說是這學校是國立，校長陳鶴琴是有名的兒童教育專家，遂下定決心陪同妹妹轉入了國立上海幼稚師範專科學校，畢業後，去從事兒童教育，比在金陵女子文理學院讀教育系，更適合心理上的嚮往。如今，一切都已步上軌道，但願能在此安安靜靜地讀完這兩年學業。她由大二插班二年級。而且把學校的地址，以及乘坐電車的起訖站名，都寫在信上。

金土讀了這封信，真是心花怒放，正想藉著調職上海的由頭，寫封信去呢，信卻來了。而且言詞懇切，手足情深，寧可放棄了大學學位，甘願去陪伴妹妹讀專科。誠是一株生在靈河岸上、三生石畔的絳珠草。「當真，在人的現實生活中，會產生這種神話嗎？」不管怎樣，還是馬上寫回信，告訴她，下個月，我也調到上海工作了。

離開宿州時，心裡一直想到趕快回去，要放下心去好好讀讀這部《三民主義》。這一次，張曜羽爺爺啓示了不少。這一講民生主義中說到的許多社會學問題，金土都一竅不通。雖然馬克斯的名字，他已聽到不少人掛在口邊說過，金土卻還不曾知道這人是個怎樣的人物？祇知道這人是共產方面的學問家。如果談論起來，金土還是乾瞪眼無言以對的。雖然，金土買了一部《三民主義》，由於其中說到的許多問題，都不是金土的知識所能引發起興趣的，所以他只是翻翻，沒有能像他讀四書或讀小說一樣的認真閱讀下去。這次，經過張爺爺的談話指示，倒也啓發了金土急於想再一讀民生主義的念頭。如今，一時之間，被梅蘭的來信，把這一原想回來讀民生主義的念頭，占有去了。

「我得馬上寫回信，」金土想：「我也調到上海工作呢！」

當金土懷著滿心的興奮，走上樓去，剛一進門，他的文書上士朱兆衡就說：「書記官，裴大驥死了。」

金土一聽，當時一愣，豎在那裡了。他想到昨兒晚上，吃過晚飯後，他坐在桌上寫信，準備明天一大早，就去趕火車回宿州。裴大驥沖了浴，穿得整整齊齊，走到他身後，把嘴送到金土耳邊，小聲說：「喂！金谷里，去不去？三民主義。」金土告訴他明天一大早要回宿州去，不奉陪了。遂說了一聲：「我走了。」便又唱著他成天掛在口唇上的四句小調：「勝利在那裡？勝利在那廂？他照到了我的臉，我沒沾到他的光！」便一路唱著，登登登地走下樓去。怎的說這人死了呢？

朱兆衡說，昨兒夜晚死在金谷里，死在女人身上。已經查出了死因，酒後色，脫陽。等醫生來，人已經斷了氣兒。金土噓出一口長氣，說：「裴大驥那麼結實，鐵羅漢似的，是當年的全運會三鐵冠軍。怎會這樣的死去！」

裴大驥是東北人，他說他的家就在四平街附近。對裴大驥來說，誠可說是有家歸不得！在報紙上可以見到的戰爭消息，四平街已打了好幾場血戰了。所以他口中時常哼著那四句，由陳雲裳與梅熹合演的《花木蘭》主題曲改編的「勝利在那裡？」可以想知此人的感慨與心情的苦悶！

論年齡，已三十七了，說是家中有妻有子。還有二老爹娘！這一死，人的消失，不也是空中的沙塵一樣嗎？

這晚上，金土要給梅蘭寫回信，也失去了下筆的興致。

十二　大江東去浪淘盡

1. 天下之水莫大於海

決定要離開徐州了，金土這纔在心頭泛起了戀戀地浪花。特別是裴大驥的突然死去，而且是死在妓家，卻又死得那麼的稀奇古怪。他想：「那天晚上，如果不是爲了要趕早車回宿州，需要早些兒睡，若是跟著他一道去，也許裴大驥不會喝那麼多酒。那麼，在女人身上就不會發生脫陽的症狀，也就不會平白丟了命。」當真，人的死生都是命中注定的？金土一向不相信宿命論。

據同事們說，法院已經查明，死於脫陽，證據確鑿。

平常日子，裴大驥總是獨來獨往，不大跟人結伴出去。有時候，星期天也會在寢室，獨自一人坐在床上玩骨牌，或躺在床上吹口琴。總是吹那首「流亡三部曲」，雖有時也吹別的歌，如「蘇武牧羊」、「胡笳十八拍」，還有那首「花木蘭」的電影主題曲。卻都沒有那首「流亡三部曲」吹的時候多，只要聽到他的口琴響，一開頭總是「我的家，在東北松花江上」，每逢假日，金土總是在寢室中的時候多，有時，他一吹出「流亡三部曲」，金土大多時候會隨他的琴音小聲唱和。因此，裴大驥也不時跟金土閒聊。只是兩人的興趣不同，知識範疇也不同。但裴大驥談起東北人在山上掘棒槌（人參）的故事，會惹得金土放下一切去聽他講說。裴大驥講得非常動人，而且講得是神話連篇。金土讀了東北作家駱賓基的小說，《北望園的春天》，也講給他聽。他說他認識駱賓基，還有蕭軍、蕭紅、舒群，他都認識，因爲他喜歡體育，不喜歡文學，遂與他們都疏遠了。

金土之所以有時會跟著裴大驥逛逛金谷里，就是這種因緣湊成的。

逛金谷里，裴大驥說那是正正經經的民生主義，人生不可或缺的「民生」，他也會自嘲地說：「連古聖先賢都說：『食、色，性也。』」又說：「金谷里這地方真不錯，我們帶著錢，像上菜場一樣，可以挑精揀肥，還可以換口味。真他媽拉個八字的散雄了事兒。」還謅了四句詞兒，說：「花錢不多，民生解決；何必配偶，偶配最好。」

這些日子，無論辦公室，還是寢室，大家的口上都在談論著裴大驥的死，連報上都刊出了裴大驥死於脫陽的新聞。有人說裴大驥的死，不得其時，要是中國的體育發達，裴大驥怎會作個譯電員？他應是運動場上的風雲人物。身子骨那麼強壯的大男人，成天坐在辦公室，查阿拉伯字碼譯電文，多煩人哪！他的精力無處消耗，祇有在女人肚臍眼上去逞能，反而死在女人肚皮上，真窩囊。但也有人說裴大驥死得風流。俗謂：「牡丹花下死，作鬼也風流。」只有金土不這樣想。他認爲裴大驥之死在妓家，而且是「脫陽」結束了他三十七歲的生命。應是這個時代裡的人生悲劇之一。

裴大驥是個運動員，這時代竟沒有運動場提供給他，要他去在運動場上發揮他的體育精神。是這個時代把裴大驥送到女人肚皮上的，他竟在一種運動精神狀態中，爆炸了！

這些日子，在金土的耳鼓中，成天響著裴大驥的那四句「勝利在那裡？勝利在那廂？他照到了我的臉，我沒沾到他的光！」還有他那霸王似的體魄，他那一口東北土腔講說的在山林中挖棒槌的故事。一直在金土心目中活躍。金土臨走的頭一天晚上，久久不能入睡。雖然，裴大驤他那張床位，又換了新人，裴大驤的屍骨已化了成灰。金土總是想著他。裴大驤的一切舉止、言談笑貌，都波濤似的跳躍在金土心海上。

為此，金土又去了一趟金谷里，可是，裴大驤當作運動場的那個女人，已不在金谷里了。

金土去上海，乘的是每周一次的C46班機，三件行李一輛腳踏車，全送上了飛機。在南京落地，停了個多小時，再飛上海。

由南京飛上海，C46的航程一小時不到。可是飛機低空飛抵上海之後，也許是機場騰不出跑道，或其他什麼原因，竟在上海空域，盤旋了三匝，方始落地。這天，天朗氣清，每次盤旋，都要通過上海市區，及吳淞口外的海域。不但在明麗的午後驕陽下，見到了上海市的矗落高樓，櫛比街道，以及奔忙於街道上各型車輛，與各色人眾，還有那在白晝的日光中，仍在隱約閃爍著的霓虹燈彩。「怎麼的，這些店家在大白天也亮著燈光，一閃一閃地淺淺淡淡與光明的太陽爭輝。」金土想：「這不是浪費嗎？」

最使金土感到興趣的，是飛機到吳淞口外海域時的那短暫不過的三兩分鐘的所見，憑窗望去，見到那一望無際的大海，若是不仔細去尋出那海天之間的一線之隔，幾已分辨不出那裡是天？又那裡是海？看得見吳淞口的入海長江，水色黃澄澄像一條狐狸尾巴似的在拖曳著，與那碧綠的海水，界線區別得一清二楚，一看就知道這裡是長江的入海處。

浮在海上的兵艦，在海上作業的大小漁舟，一律是澄黃色的，飛機在海上低空掠過，隻隻的大小形像，都能一目瞭然。俗說：「海上無風三尺浪」，在飛機上憑窗下視，只能見海水有如魚鱗似的波紋，在陽光的映照下，明明迷迷，閃閃耀耀，看不出滾滾波濤，卻見到不少雪樣的團團堆堆，在碧綠地海水上浮漂著，靜靜不移。當飛機第三匝飛低到水面，方始看清那白雪團團而堆堆，卻是海水的相互撞擊而揚起的波濤。飛機在海上雖是一閃而過，倒也能憑窗隱隱地見到那一團團白色雪堆在騰躍。

金土從來不曾見過海，他知道莊子說的那句：「天下之水，莫大於海。」松三爺曾經講過，海之所以大，由於「萬川歸之。」諺云：「嶽之不讓粒土，所以成其高，海之不擇細流，所之成其深。」山水之所以能長存於世，全基乎它們的能容。正因爲海之能容，方能「萬川歸之，不知何時止？而不盈；尾閭泄之，不知何時止？而不虛。」至於人之存生於世，若與山河倫比？正如莊子所說：「我這人存活在這天地之間，就像山上的一粒小石子、一棵小小的樹。正感於自己的渺小，又怎會覺得自己富有！若再拿天下的大海來比，我這人不就像螞蟻窟的在大澤中嗎？再以咱中國的在四海之內，不像倉庫中的一粒穀米嗎？有名號的事事物物，大數的名稱是萬，人只是大數億萬中之一。就是把人所設身處地的人卒之中，吃糧米生活的人，坐舟車交往的人，有多少啊？你我只是人類中的一個。若與萬物比擬，你我人類，不就像馬身上的一根毫毛嗎？就是能爭競到五帝、三王的尊位，所憂勞到的，也不過如此。」

當飛機逆風從跑道北端，進入跑道降落時，金土還在想：「人之千古以來，爲帝王而爭戰，得到了啥？」遂又想到了孔子贊頌堯、舜、大禹的話：

大哉：堯之為君也。巍巍乎！唯天為大，唯堯則之。蕩蕩乎，民無能名焉！巍巍乎！其有成功也。煥乎！其有文章。

無為而治者，其舜也與！夫何為哉？恭已正，南面而已矣！

菲飲食，而致孝乎鬼神。惡衣服，而致美乎黻冕。卑宮室，而致力乎溝洫。禹，吾無閒然矣！

禹，吾無閒然矣！

孔夫子對堯的贊頌，以「天」喻之。「巍巍乎！蕩蕩乎！」人民對於堯的稱頌，除了以「天」之「巍巍」、「蕩蕩」比喻堯這位帝王的作了天下萬民之君，別的已尋不出可以贊頌「堯之爲君」的德高及恩於民。何以？「煥乎！其有文章。」他在帝王的位置上，爲後繼者留下璀璨的治國大法，也就是孟子口中的「澤惠萬民」、「爲法後世」的典章制度。

堯帝的治國典則，是方嶽制的民主國家，封羲、和兩家，分掌四嶽，選賢與能，傳賢不傳子。在位七十歲，禪位與舜。虞舜繼位，他憲章唐堯，一切循應舊法，所以孔子贊頌帝舜，只是「恭已正，南面而已矣」的「無爲而治」者。舜有帝堯的治國法典可以遵循，自無須一己去「有爲」。

舜，也是禪位於賢者。可是禹得帝位後，未再循舊制而傳賢。或者說是禹的兒子啓，繼位後未再傳賢，遂從此形成了家天下的惡讃。所以孔子對於夏禹王的頌詞，則是：他在飲食上，非常節儉，但在祭祀上，卻極力做到「孝」的禮儀。他自己在穿著上，並不講究，但在禮法的衣冠上，卻極力做到合乎禮儀的煥美。他在居住方面，也不要求享受，但在水利溝渠這些事上，卻極力去做好通暢。試想，這些頌禹的詞句，不都是些雞毛算皮嗎！

當飛機落地後，滑行了老長一段，方始到了下飛機的機坪上。金土想呀想的，還不忘他對莊子的人生觀，曾經讀過的一首歌詞，突又打從心底浮盪到腦際。在喉頭深處歌唱出來：

想人生，空自忙！
想人生，空自忙！
生能幾，死卻長；
有誰能逃這一樁。
討得來富貴皮囊，
也不過王侯將相。
也不過王侯將相。

2. 十里洋場沙世界

金土到了上海，報到之後，就搬入寢室，先將住處安排妥當。

上海可算得大地方，這裡的單身漢寢室，是兩人一間，除了設有兩張睡床，還有兩張寫字臺，都帶有四個大小抽屜。另有四把坐椅。門後還放一個衣架，一個洗臉架。盥洗的地方，除了兩大排磨石的水槽，還有一間間半截迴旋門的淋浴處。辦公處所也寬寬敞敞。這供應處有五科：油料、彈藥、器材、檢驗、補給。三室：監察室、行政室、政治指導員室。金土原職是行政室的書記，但卻在處長辦公室，抵參謀缺服務。處長辦公室，除副處長一人之外，還有兩位參謀，襄助處長處理日常行政業務。這兩位參謀，都應是專業人員，照理說，金土只是一位文職擔當不了此一行政助理。但羅處長深知金土文筆好，特地安排在他的辦公室，為他處理公文書。專業方面，有副處長與一位專業參謀，也就夠了。何況，金士的頭腦極邏輯，凡事一經涉入，無不析理精到。而且要他占有那個上尉編制，明年，可以晉升。

處長辦公室，內外兩大間，正副處長在裡間，兩位參謀在外間，還有兩個公務兵，在外間都設有辦公桌案。這一處所是四層樓房，他們在第三層，窗子對著海的方向，只是有櫛比的幢幢樓房遮住，已看不到海水的波濤。但距離江灣碼頭不遠。

金士報到之後，羅處長要他休息一天再正式上班，外間的桌椅，還須再重新安排一下。於是，第二天一早，吃了早飯，就打聽了一番由江灣到靜安寺的路線，國立幼稚師範專科學校在愚園路，臨近靜安寺。由於江灣到靜安寺，要從四川路底搭電車或汽車去。初次到上海，得多耗些時間，還是尋到了地方。

幼專是女校，金士推想到他這身著空軍衣裝的男士，到女校去會女生，怕的會給梅蘭惹來蜚短流長，遂預先準備好一封信送到門房，便離去。信上說他已到了上海，住在江灣的通訊地址及電話，都寫明在信上，希望她們明天上午撥電話給他。他雖然到了學校大門，親自留下了信，原因是怕干擾了你們學校的生活。所以留下這封信，就回去了。

果然，第二天就接到了梅蘭的電話。約金士在大後天星期日，上午十時在靜安寺公園會面，還有邵竹君與她妹妹。

這是金士與梅蘭交往的第一次約會。從表面上看，還祇是普通的友情約會，梅蘭還偕同學友及妹子相伴，若從實質上推想，梅欄應是業已看中了金士，在心情上是願意交這個朋友，以觀未來的試探想法。俗謂「男大當婚，女大當嫁」的說詞，其中的「大」與「當」二字，在字義上就涵蘊著「同性相斥，異性相吸」的本然在內。若是兩句併成一句說，這男女的「大」而「當」，就是瓜果到了成熟期，便謂之「堪摘」，若是成熟過了頭，到了「瓜熟蒂落」，果子就過了甜脆好吃的時期了。這時的金土已是而立之年的男子，梅蘭也是過了「摽梅」之年的女孩，都已過了適婚之年了啊！

再說，兩人素昧生平，以往並無親故知遇，二人的一面之緣，祇能從那年遂川撤退，兩人竝肩同車，一路上未交一言算起。第二次也祇是九江街頭的偶逢。第一次交談，也祇是人生中的寒暄之詞。然而，兩者終究是異性，在自然上有其相吸的本質，俗說：「一家女百家求」，說來，總應是「鳳求凰」。實則，花朵的姸麗，果實的香甜，還不是本性上的示好於外，為了蕃衍。所以，梅蘭自那次與金土竝肩同車了半日時光，雖未交談，事後，卻也免不了在日記上，記下了幾句對這男士的印象與評斷。若是兩相印證起來，可能尋得出有著相通的靈犀一點。這是後話，暫且不表。

且說金土這天，一大早起來，吃了早飯，換上一套西服，白襯衫紅領帶，圍上那條白色毛絨織成的圍巾，外罩藏青呢大衣，黑皮鞋黑襪。年紀雖已而立，看去還像個大學一、二年級的學生。同房住的是檢驗科的檢驗員常理平，只有二十五歲，空軍機械學校機械科畢業，少尉。個頭兒比金土高一公分，體魄比金土健壯多了，喜歡運動，也喜歡音樂，床頭掛了一把小提琴，假日，也常常取下拉上一曲。會說英文，在美國受過一年訓。山東人，抗戰八年在重慶跟爹娘生活，中學在重慶讀的，所以一口四川腔。這間房只住他們兩人。金土剛住進來，同辦公室的李參謀，為金土謀來一個書架，所以金土一住進房來，就把書架擺滿了。常理平看了看書架上的書，古今中外都有，其中的古書，連書名也不知道。知道金土是個書記官，又見到金土面目清秀，風度翩翩，看去年齡與他相仿，又是時時笑臉迎人，說話倒有些兒像他老爸，帶有山東河南這一方人士的土腔，所以金土一住進來，常理平就有好感。兼且有分尊敬的心情。因而頭一晚，兩人就談得很融洽。

這天，金土說要到靜安寺公園，去赴朋友的約會，常理平便自告奮勇地要陪他去。不但如此，他說還能向補給科借一輛吉普車使用。

本來，金土還有幾分猶豫，與女朋友約會，怎麼可以帶著另一位比自己年輕的男人去。一想他這約會，還談不上是談情說愛，對方是三個女學生，有這麼一位路途熟諳，又開著吉普車去，反而在行動上方便多了。

可是，常理平發現金土換了一身便裝，遂建議脫下來改穿空軍制式服裝，配帶整齊。

「老金，你剛來不懂上海，」常理平說：「我們罩上這身老虎皮，到任何地方都不會吃虧。」又說：「特別是你這西裝革履的打扮，又是一口的土腔土調，人家一聽，就知道你是外地來的暴發戶。」遂又親切地伸手向金土背上一拍，又說：「換上我們的老虎皮吧！別去作洋盤。」

金土聽了，便趕快去換裝。換上了那套草黃嗶嘰呢制服，又外穿那件黑呢大衣。常理平端詳了一番，又說了話啦！「這件黑大衣不搭配，」他說：「穿我這件。」

說著便把衣架上的那件美軍式的黃呢大衣取下，交給金土。金土遲疑著不敢接。

「幹麼不要？」常理平手上還拎著這件大衣，說：「我不穿，我穿飛行加克，不會挨凍，快換，我要開車去啦！營門口等你。」

金土接下這件呢大衣，常理平就昂昂然吹著口哨，腳步踩著進行軍步伐，揚常出門而去。

金土只得換上常理平的這件大衣，收拾一下房間，然後關房門，向營門走去。還沒有走到營門口，常理平駕駛吉普車，已經從金土的左後方駛來。金土穿的是常理平的美式軍大衣，一眼望去，就認出來了。遂把車子煞然停在金土身邊，半截帆布的車門，已經打開。金土上車之後，就略帶問詢的語氣說：「靜安寺？」金土點點頭，車便開出了營門。

天氣晴朗，時令已過小雪，晴日的早晨，霜已遮蓋屋瓦，雖然太陽一出，煞那間霜即消失，冬風還是凜冽的。吉普是空敞的，在寒風中開駛，風吹到臉上，有些刺人。常理平已戴上皮手套，金土只得雙手插入衣袋。

早晨路上人車不擠，半個多小時，就駛到目的地。

時間還不到十時，許多市面未開。公園只有少數蹓鳥的人，及部分早起運動的人。停妥了車，兩人走入公園，游目望去，還未見有年少女子的影蹤。常理平就有幾分不耐地說：「冬天大早兒，你們怎會想到在這種地方約會？」金土回答：「梅小姐的學校，就在這近處。」

兩人蹓躂了一會兒，金土看到了梅蘭一夥三人，向這裡走來了。遂輕聲向常理平說：「來了！在那邊。」

常理平順著金土的臉向對方一看，也看到了。他一眼就看出了其中走在第二位的就是金土說的那位梅蘭小姐，金土已經揚起了手，對方的那位最矮的邵竹君也笑著揚起了手。

「會是這個矮胖的？」常理平不敢相信的在疑惑著。

當兩方走到面對面時，金土纔一一介紹，果然，梅蘭就是常理平猜到的第二位。

「走，到咖啡座去坐！」常理平說。

說著就率先領頭前行。金土他們，尾後隨著。

常理平到上海快一年了，他一向好動不喜靜，很會交際，各方面都能搭上關係，上海的街巷，他已跑得很熟。尤其是游樂場所，不用說舞廳，就是大世界及各大公司的地下，他都路徑熟諳，無論明的、暗的，他都能尋得門路。

他昂昂然領頭前行，也不與同行的人等搭連，任由金土陪同三個女孩隨後，一直走到了他認爲可以進去坐坐的一家咖啡館，纔停步站在門口，回頭伸出迎客的手式，說：「小姐們請進！這地方還算得清爽安靜。」這家咖啡座，雖是日夜廿四小時營業的，但上午九至十二時的這一段，倒是最冷落寂靜的時間，只偶爾有少數熟客以咖啡座爲寄寓的人物，這時還斜躺在沙發上尋夢。

三個女孩都不習慣咖啡，每人只要了牛乳。

見了面，彼此都沒有話頭來談話。起先，常理平還不知道金土與梅小姐他們，還沒有坐在一起聊過天呢！只是通過幾次信而已。所以見了面，金土只會問問她們的課程，問問幼稚教育的特色。這些話，也無從談得久長，這三位小姐坐了一會兒，就要告辭，推說還有功課要做。請看電影，第一場也在一點半纔開始售票，時間還早著呢！吃午飯還不到十一點，也太早。好在有常理平，靈機一動，遂提議說：「我開車來的，帶你們在大上海兜兜風好不好？」沒有等對方回答，就站了起來，又說：「你們三個女孩子，坐在後座，還不會太擠。走！」說著也不等對方表示意見，就拿起賬單到櫃台付賬。弄得連金土也不知如何應對，遂向梅蘭三個人說：「我們兩同住一間寢室，他車開得很好，去玩玩吧？」

梅蘭還有幾分尷尬，小邵則興高采烈，向梅蘭姊妹說：「人家誠心誠意，去嗎！」梅蘭的妹妹，抬起眼皮，轉游一下眼珠，望了一眼姊姊，沒有說話，表示姐姐不反對，她也願意跟著。

常理平會了賬，就回頭又說了一個「走」字，便把腰間的船型帽，戴到頭上，整了整就昂然出門。

金土遂在後催促著，遂坐上了吉普車，任由常理平去馳騁。沒有想到一發動了馬達，衝向徐家匯方向，馳行了不到十分鐘，便悄悄向金土說：「回江灣，怕的是油箱短油，擱在路上，豈不傻眼！」又輕聲說：「今兒格中午，飯桌子上人少，我去招呼廚房加兩樣菜，留他們吃飯。」金土點頭稱是。等車子駛上了外白渡橋，慢速開行時，常理平纔回過頭來，向三位女孩子說：「帶你們到我們營房去吃大鍋飯。」也許這三個女孩子還沒有聽明白，金土又回過頭來說：「到我們那裡去吃中飯。」

「不好意思！」三個女孩，一個跟著一個這樣說。

實際上，三個女孩子有如上了賊船，莫可如何了。

在梅蘭心裡，卻也不欣賞常理平這個人物的這種粗線條作風。但常理平一直地駛入了供應處。交了車，就吩咐金土帶著三位女客到寢室去，他卻到廚房去打個招呼，付錢加菜。

三個女孩隨同金土到了寢室，一見這寢室是兩人合住，這邊墻上還掛著小提琴，這邊墻還有滿滿一架子書，緊張而又狐疑的心情，方始鬆弛下來。

「住得不錯嗎！」邵竹君贊賞著，「挺寬敞的」。遂想到她們學校的寢室，是上下舖，還沒有這間房大，擺了四張床，八個人纔有兩張桌子。在南京，也是四個人一間房。

梅蘭一進門，見到書架，就過去看架上的書。其中有《葛萊齊拉》、《月亮下去了》、《戰地鐘聲》以及《包法利夫人》、《酒店》，還有魯迅、張天翼、老舍等人的書，更有《紅樓夢》以及唐人傳奇、宋人傳奇等書，一時間，兩眼不肯離開書架。

「凡是喜歡看的，我都可以借，」金土說。又加了一句：「不過，借去看完，得還我。」

「我會還。」梅蘭說。

這纔離開書架，常理平進門來了。

「怎麼樣？」一進門就問。一邊脫上身的皮加克，居然又說：「金土要是找到對象結婚，我就搬出去，這房子讓給金土做新房。」說著去打量三個女孩子的反應，又說：「要是我先有了對象，金土也得讓我。」

「常先生會拉小提琴啊！」梅蘭插了這麼一句，把剛纔的話頭，擋開了去。

「拉得不好！」常理平說：「你們若是要聽，我就鋸上一曲。怎麼樣？」

小邵首先鼓掌，說：「拉曲《魂斷藍橋》」小邵的話，還沒有落音，常理平便接了腔，說：「不拉那一曲別離的歌，我拉一曲《卡門》，熱情奔放。」說著已去取琴，金土已爲客人泡了三杯茶。大家都落坐靜肅下來，靜心地聆聽琴音。

常理平調了調琴弦，居然拉了一曲《卡門》舞曲，聽來雖不是琴家的熟練指法與運弓之巧，卻也清清朗朗地奏出了《卡門》這一樂曲的熱情奔放。金土是沒有這方面的常識，但卻聽來悅耳。這裡的幾位，只有梅蘭略知一二，因爲她會彈鋼琴，知道一些音樂的旋律與節奏。不過，她卻想去抽出那本小說《葛萊齊拉》來看，在金陵的時候，有位同學有一本，說過這個故事給她聽，是作者回憶少年不懂情愛的追悔情節，很感人。原說看完後，可以借給她看的，竟被學潮鬧得雞飛狗跳，這同學回家之後，未再返校。今天見到這本書，一時很興奮。

午飯，常理平先到廚房打過招呼，加了兩樣菜，一樣紅燒醋溜黃魚，一樣粉蒸肉，中午吃飯的人少，特別給他們擺了一桌，有七樣菜一大碗湯。這頓飯，比在街上飯館中的五十萬和菜，還要豐盛。

飯後，常理平建議去看電影，梅蘭則推說有功課，不能再陪，約到下周再會。常理平看看金土，金土說：「那就改天吧！」

「好！送你們回去，」常理平說：「走，到汽車隊去，換個轎車。」

說著就取床上的加克，金土要他稍等一下。輕聲問小姐們要不要去洗手間？他知道梅蘭還想借書。

「那我去開車，」常理平說：「還是開那輛吉普，省得再費事。你帶他們到停車場來。」

說過就向三位小姐說，他去開車，金土陪他們來。就走出門去。

金土帶三位小姐去洗手間之後，梅蘭從書架上抽去了一本《葛萊齊拉》，說是看完了再換，邵竹君則抽了一本《阿Q正傳》，說是要再看一遍。梅筠則抽了一本德國作家的《茵夢湖》。金土帶他們走出寢室，向右一拐，就看到常理平已把吉普車開到寢室外邊的空場上等候著了。

把三位小姐送到愚園路國立幼專的校門口，彼此道了聲下禮拜再見，便把車停到南京路近處，尋個地方停了車，便帶金土去逛街。說：「你過去沒有來過，『大世界』不能不去，四大公司不能不去。」遂帶著金土去逛上海長街。

『大世界』這地方，先買大門門票，進去之後，每到一處，若要進去觀賞，還得再買一次門票。不進門去觀賞，就不需再付錢，到處蹓躂蹓躂就成了。走馬看花似的蹓達一遭，一人只要買一張門票。

金土看了「大世界」這地方，就像他當年在蚌埠見到的游藝場，有各種雜耍、戲劇、書場、歌場，等等不同的玩藝兒，任君選擇。這裡卻是購票入場，不是隨時付錢。要想進入這個「世界」，樣樣都去欣賞一番，從進大門，到出大門，一個人最少也得一百萬左右。若是認真的一家家去欣賞，自不是一天可以看得完的。

可是，一看服裝公司掛出來的英國製牛皮加克，每件標價三百九十萬元，一件美國製的呢絨長褲，標價一百五十萬元，一雙毛線半長筒襪子，標價二十二萬元。毛絨線背心則四十五萬。金土想到十年前，在衢州做的那套英國毛呢西服，不到三十元，如今，得五百萬以上，若是名店，又是有名的裁縫師傅，千萬元以上了。

金土一向不逛百貨公司，日常用品，都在街巷的小商店購買。「永安」、「先施」、「新新」，這樣的百貨公司，處處是櫃台，處處是貨架，人生日用，樣樣齊全，出出入入的人群，摩肩接踵，一向聽到的「上海是十里洋場」，這句話，金土跟著常理平這一游蕩，纔體會到了這句話的喻意。

「總得見識見識吧！」常理平說。

金土尾隨著常理平，在這幾大公司穿梭了半天，天已黑下來了。在商店的櫥櫃間，一層又一層，一家又一家，穿墻入室，都在燈光之下，已分不出時間的日短夜長。出了門，纔發現滿街路燈燦亮，天上已有星星了。

「咱們去餵肚子，」常理平說。「餵飽了肚子，我帶你去看活的。」又說：「門票五萬，比看言慧珠紡棉花還便宜，天蟾舞台的好座是七萬五。」

在金土心理上，五萬數已接近月入的薪給廿之一，固然，吃飯的主副食在外，也不能這樣折騰啊！常理平說是看活的，不知是什麼稀罕物？人家如此熱誠的帶你去認識十里洋場，怎能表示反對。但一想到今天的花銷，咖啡館的支付以及午餐的加菜，還不知多少數目呢？無論如何不能讓常理平付賬啊！「約會是我的，客人是我的，按理說，連常理平都算是我的客人。他還主動去憑關係要來吉普車，還作司機，還作導游，這一天的折騰，論人情，論勞力，都是我金土的債貸。」他想到這裡，遂脫口道出：「可是一樣，今天的花費，全算到我的賬上，今兒格，你老弟全爲了我。」

「什麼我啦你啦的，」常理平爽然作答：「我有錢的日子花我的，我沒錢的日子，就花你的。」

金土聽了這句話，雖然無辭以對，但在心理上卻格應著：「今後，我能跟常理平學嗎？」

但這時，他祇得跟著常理平走。

吃飯的時候，金土問他去看什麼「活的」？

「你一看就知道了。」常理平輕鬆地回答，並沒有賣關節的語氣，但卻說：「我敢相信你沒有看過。」

金土想不到是什麼？既然常理平不說明，也不便多問。遂想：「反正是到了上海，別處看不到的，都應該見識見識。」也就不說話，興興頭頭的吃飯。

飯後，仍舊常理平去付賬，出門時，告訴金土說：「進去，出來，你都別問東問西，你只要挺起腰桿子，昂昂然走著，我們穿著這一身老虎皮，沒有人敢來剝咱們。你祇要跟著我走。」金土點頭，表示聽懂了。

穿街越巷，走了老半天，在路上遇見一位身穿黑皮加克的年輕男士，看去不到三十歲，小分頭，沒戴帽子，腳穿黑皮鞋，倒是沒有擦油，燈光照著不亮。見到這兩位身穿空軍服裝的人士走來，遂主動趨步向前，說：「要看嗎？有鏡子。」常理平把腳步放慢，仍在走著，問：「多少？」這人跟著輕聲答：「老價錢，五萬。」常理平只應了一個「好」字，這人便搶前幾步，口中說：「換了個好地方。」

跟著這人又越過了一條街，進入了一條小巷，有一幢高樓，從小巷側身步入，走上兩層樓梯，敲門進去，是廚房，再進去是一間頗大的客廳，燈光昏黃，乍一進去，突感溫度升高，推想這房間有暖氣。能隱隱看見房中的人頭，分不清眉目。已有男女十餘人排排坐在其中。壁上擺鐘正在嘀嗒嘀嗒地擺響著。房裡已有人起身來接待這兩位客人坐到座位上，便伸手收錢。這次是金土準備好的十萬法幣，伸手遞上。對方數了數，便收下了。輕聲說：「準八點半開始。」金土進來時，看到壁上的鐘是八點十五分。這時，眼睛已適應了這房內昏黃的燈光，打量這房間，不是客廳，只是一間空曠的屋子，不到百尺見方，長方形，靠這方打橫擺了二三十張大椅子，幾乎要坐滿了。那方有一個布幔圍成的方形帳幕，是綵綢布縫製成的。金土一看就知道那綠色布幕中，就是大家付出五萬入場券，要來一看的「活的」節目。

這房間的溫度，可能在二十度以上。見到大家都把外衣脫了放在膝上。跟著又進來了三個，金土二人自也得脫了外氅，學別人放在膝上。又過了幾分鐘，擺鐘打過了八點半，節目還沒有開始，觀眾中已有人竊竊嘈嚷。這時，又一擁進來五位，坐，經過一番調整，方始坐好，突然燈光熄了。金土頓時一驚，只煞那之間，燈又亮了。那個綠色的布幕，已經消失，其中存留在觀眾目光中的，只是一張席夢斯臥床，床上竝睡著兩個蓋了一層薄被子的人。靠觀眾這一邊的人，側露著白皙皙赤裸裸地臀部，一看就知是個女人。推想另一位一定是個男人。突然，睡裡邊的哪位，急遽地一個翻騰，蓋在兩人身上的那床薄被子，被翻到床裡面去了，轉過身來，就推翻了她左邊的女伴，仰身朝天，雙峰挺立，但還雙目微閉，仍在矇矓中。跟著，這右邊的那位側轉身來，方始讓觀眾認知她也是一個女人。不一會工夫，她也翻身臉朝上，雙峰饅頭似的團團。這時，金土纔明白常理平口中的「活的」，原來是這呀！

一過了幾十秒，床上的兩個女人，卻又翻了個身，背對背的形式，一雙女體睡時側姿，一前一後都展示出來。

面向觀眾的這一位，看去年歲不大，陰阜尙無黑色毛髮。突然間裡邊的那一位，又倒轉身來，一把右手箍到外面的女人右臂上，伸到右乳上，輕輕擰捏乳頭。這外邊的臥女又翻身平仰朝天，任憑左女擰捏，左女又繼以之手掌揉搓不已。這右邊的臥女，便渾身蠕動，像蛇在褪皮似的，也渾身扭動不已，突然間，右方的女人翻身騎到左方女人的身上，使全體觀眾看到了她是一位要年長於她騎下的女人許多歲。她挺起身來，雙乳已鬆弛下垂，她的動作是伸出雙手去揉搓騎下人的雙乳。當她撲下身體，覆壓在騎下的女人身上，臀部作快速性交狀。當她再挺起身來，左手已提著一個橡皮製成的男性陽物，是雙式的，中間還贅有兩都魯嚕囊袋，與男性的陽具，極爲偪真。她先用那非真的陽具龜頭，塞入騎下女士之口，使之吞吐，吮咂，竟嘖嘖有聲。然後，便起身擺布她騎下的女體，以岔開的雙腿，把女體的陰部展示給觀眾，還用手左分右劈的一再掰開展示，再用陽具插入女陰旋轉，女體挺起臀部小腹，作旋動的迎接。最後便是二人共同的使用這工具的男性陽物，作起各種各式的性交動態。最後，還有剪香蕉，噴汽水等全部節目，不到四十分鐘。於是燈熄，再亮時，又恢復了先時見到的綠色布幕。

去看「活的」，看的就是人間的這麼一場戲。金土想，像這種屬於動物的原始性行爲，造物主的主要目的，在於使萬物在宇宙間，綿衍不絕，植物，開花結果，動物，產生幼兒。性的行爲，是一種本然。這種本然的行爲，幾乎是不必教的。譬如雞、鴨、貓、狗，就連飛行中的蜻蜓、蝴蝶，還有最常見的蒼蠅，它們的性行爲，有誰教他們，不也個個都會，禽獸們的生殖器官，幾乎是類類都與排洩糞便的器官，連在一起生長著的，它們在性交時，絕少走錯了門戶。到了人類，居然有了性教育這門課程。又居然用來作爲求生或發財的本錢！人自稱爲「萬物之靈」，認真說來，人乃萬物之惡啊！

金土沒有開口，緊跟著常理平走出了這出售活人原始本能之地。一邊走一邊諦聽身前身後的男女觀眾在喁喁切切地私語，聽不出說些什麼？剛走到樓下，就有幾位打扮得花枝招展的女人，在笑臉相迎的說：「二十萬！二十萬！」還有人加了一句：「沒有麻煩的。」金土知道這些女人是兜生意的。已有人駐下足來，在挑精揀肥了。

常理平昂昂然前行，不去理會，金土跟著。一直走下樓，出了門，步入巷道，走到街上。

「還想不想再去玩玩？」常理平問。「上海這時候剛開市。」

金土搖搖頭，說：「回去吧！一整天啦！」

二人遂走到停車處，開車回江灣。在車上，常理平告訴金土，說是如果穿著西服，像今晚的那些拉客的流鶯，會攬著你不放，算不定還有阿飛過來強制你。我們身穿軍服，佩掛整齊，他們便不敢了。

本來，常理平想問金土會不會跳舞？話到唇邊又舌頭一舐，嚥下去了。從今兒格見到他那木頭木腦的樣相來想，正是上海人口中的「土包子」。甚而連個「土包子」也算不上，土包子還得有「包」子的條件。這人居然交往到恁麼一位清秀佳人，卻意想不到。已在心胸中考量到金土不是他的玩伴兒，說得好聽些，是書呆子氣太重。看去年紀雖不大，頭腦卻是位標準的「冬烘先生」。這人參加抗戰到如今，已經十年歲月，還是這樣呆頭呆腦，說得不好聽，只是一頭蠢牛。

一回到寢室，金土就忙著掏出鈔票來，問常理平今天花了多少錢，這花費應由他支付。常理平沒有接，只看了他一眼，就說：「下次你請我到大都會跳舞就成了。」又說：「請你的女朋友再帶兩個舞伴來。」常理平的意思是，多帶舞伴少花費，在舞廳找舞女坐檯子，花費太大。」金土沒有進過舞場，也不會跳舞。這些情事，他一概不知，一時呆呆地不知如何回答。略一思維，纔說：「改一天，我請大家去看電影，吃館子。」

常理平爽爽朗朗的回答一聲：「ＯＫ」，又說了一句：「來日方長！別在意。」說著便哼著洋文歌，走出門去。

話說梅蘭這方面，最先的反應是梅筠，說：「姐，這位姓金的好，老老實實，那個姓常的，太活了。」梅蘭聽了沒有答理，從今天的情形看，她又何嘗不是這樣看呢。當她看到手上的書，纔從心底泛起了一句話說：「把人家的書擺好，別丟了。應想著得還人家呢！」她們的寢室是四個人，小邵不在她們這一間，怕的另兩位同學看到，順手拿去看，會遺失。梅筠答說：「我知道，別耽心！」另兩位還沒有回來，假日，可以到十一時。

但梅筠要爬到上層去睡時，卻悄悄向姐姐耳邊說了一句：「姐，我想寫信告訴媽，說姐姐有了一個可靠的男朋友。」梅蘭馬上嬌嗔地說：「別胡說！你看準啦？」

梅筠卻哼著一首歌兒：「月樣一輪圓，明鏡當前，教他留住影翩翩，親手封來親手寄，寄給他看。」哼到這裡，竟翻過身來，伸下頭去，說：「姐，下次他來，合照一張像片寄給媽，媽看到會笑裂了嘴。」梅蘭已斜躺在床上，上衣還未脫，便伸手從身後拉出枕頭巾，向上甩了一下，說：「多想想你的功課！野丫頭。」隨著便脫衣鑽入了被窩。合上書放到枕下。

此後，金土便進入了工作。想不到高揚帆、隨世和等人，都在上海，這時的馬連良、張君秋，言慧珠、高盛麟，以及蓋叫天、李少春，葉盛蘭，袁世海等人，都先先後後在天蟾、中國兩大舞台演出，票價已由六萬、七萬五千，漲到十二萬，最低票價一萬二千，也漲到二萬。票到好買，不必去排隊，可是耗費，已不是軍公教人員，可以享受得起的。所以，金土雖然到了上海，也天天在報上見到名腳兒演出的海報，卻也引發不起觀賞的興趣。再加上金土有了女朋友，每周日公家都有爲工作人員以及眷屬們，準備的交通車，早上八點半開出，停在西藏路跑馬地，下午五點開回，過時不候。電影院、戲院，都有早場，招待軍警學生，一律半價優待。到了三月間，票價已漲到二十五萬上下，軍公教人員的底薪，每三個月調整一次，是追不上物價的了。因此，幾個戲迷們雖然又重逢在上海，也只相約著去看了一次言慧珠與高盛麟的「打漁殺家」以及言慧珠、紀玉良、劉斌崑的「蝴蝶夢」（帶大劈棺）。觀後，感到不如期望中的好。

江灣距離市區終究不近，縱有交通車代步，每去都得耗去一整天的時間，每周去耗費一次，也是一筆不小的負擔。梅蘭讀的是女校，而且是畢業後擔任幼兒教育的教師，學校對於學生的日常生活，管制極嚴。所以金土與梅蘭兩下裡，相約每兩周會面一次。他們的會面，大多以還書換書為由頭，見面時，彼此也以談論讀書心得為話題。起先，還有邵竹君在內，她頗為欣賞常理平，可是常理平不喜歡她，二人的談話也不能投合。到大都會去跳了一次舞，也就彼此拉長了距離。常理平的生活情趣，與金土也不能配合。本來，常理平看中的是梅蘭，卻也很喜歡梅筠的少女情韵，他欣賞梅筠的言談、眉眼，尚未脫少女的天真氣息，不像她姐姐的沈凝練達，言談容止都毫不肯使自己失去她那大家閨秀的富貴器度。當他發現梅蘭與金土在談書論文上的那分融洽心情，就知道他已無有可以介入的空隙。一次兩次想約同梅筠與他同遊，竟一次又一次受到謝絕的難堪。看得出這女孩也不喜歡他。數次之後，也不參予了。

近來，每次約會，都是梅蘭姐妹二人。數月以來，只維持了這樣的往還。當金土獲知梅蘭姐妹在學校中的生活，寢室還有女監的嚴格管理，學生的信件，也經常檢查，他們雖然已是每一周或兩周見面一次，也不必在信件上惹麻煩了。只是談談讀書，談談生活，談談物價，談談未來的國家大勢。這時的東北已撤守，報上已刊出國民大會喊出「殺陳誠以謝國人」的惡言。雖然國民大會正在作選正副總統的工作。但時局已是四面楚歌，人心惶惶，物價一天一個價。金土與梅蘭的交往，由於時局的推移與社會人心的動盪，在「情」字的本然上說，已是情投意合。但金土處世謹愼，卻還不敢進一步有所表示。

當麵粉每袋售價，已突破千萬元大關的日子，金土的父親到上海來了。他到達上海江灣找到兒子，正是政府發大鈔的那一天，天正熱，金土想不到他爹會在這個時候來。這時，當是曬場晾麥的時候，田裡的高粱，正在曬紅米的日子，幹啥在這個時候跑來。那想到老夫妻倆爲了應不應該依照金土的想法，放棄了家下的田園給叔叔們種，到上海來跟兒子一起過日子。自從張曜羽爺爺傳達了金土的這一意見，老夫妻倆已吵了這半年多了。近來，田裡的高粱，又被盜剪去大半畝。老頭子爲此下決心要到上海跟兒子一同生活，老太太反對。她老人家的意見是，到外鄉的日子過不慣事小，物價這樣的飛起來上漲，一天一個樣，到了上海，一家四口子，兒子要是攪費不起，不是給孩子作難嗎？在鄉下看著這幾畝田地過日子，祇要不遇上減年，苦日子總還能過得。就是減年，孩子也會匯錢來，咱們餓不著。若是離開家園土地，收成在別人手上，要起來可就難了。何況，孩子在上海，還沒有分配到可由爹娘去住的房舍，一家三口衝了去，這事可不能冒失。

金土的爹，就是爲了這個，纔獨自一人到上海來的。

眷屬房屋，必須有在職地區住居的眷屬，方能有機會分配到房屋，也得按登記的先後，依次輪流。金土沒有結婚，父母還在家鄉，這種情形，連登記的資格都沒有。當金土調職上海時，祇是有此意想，不想老爹當了真。不過，金土的老爹來，卻使金土告知了原在金陵女子文理學院讀書的梅蘭小姐，現已轉學到上海，改讀幼稚師範專科。情誼非常融洽，遂決定藉此機會見見。想來，也是一次上帝的巧安排呢！

此次大鈔的發行，用關金的票面分，一萬、二萬五千、五萬、二十五萬四種，等於法幣二十萬、五十萬、一百萬、五百萬。報上的社論以感歎的語氣說：「大鈔果然發行了」。甚而指責政府說：「立國大業，在於信用。孔子說過：『民無信不立』。又說：『人而無信，不知其可也。』一面矢口闢謠，墨瀋未乾，而一面則將一百萬、五百萬的大鈔，頓時發了出來。雖說兵不厭詐，在這軍事戡亂時期，不妨酌用權術，迅赴事功；但於人民的觀感上，究屬不無遺憾。」這時，不但戰亂遍布全國，雙方的攻守，也早已易勢。社會人心的動盪，也癱瘓了水陸交通。加之，天也不佑斯世，連長江以及廣東、浙江，也出了水災。同一天的報上，就刊有這樣連篇的水災標題：「湘水災遍全省。濱湖各縣受災嚴重，昔日糧倉今成水庫。」、「粵西江水突漲，且有續漲趨勢。」、「漢口水位續漲，鄂境公路幾全停頓。」、「衢(浙江衢縣)豪雨成災，秋收已無望。」、「鹽運兩河水漲」。另外，還有這一類的報導：「七月倒風狂襲西安、市場紊亂險象環生。」、「陝棉屬蚜蟲為害，農行已增撥貸款。」又一則：「糧棉自給自足，有待時局安定。——農部重視學術團體建議。」大鈔發行的第二天，新聞紙上，就刊有這許多天災人禍的報導。

大鈔發行的第三天，有一家報紙的經濟版上，則以頭條標題報導：「大額關金券發行以後，金融商品均受刺激。華股停板，食糧日用品狂漲，午後銀根抽緊，市價始微降。」早市的白粳來，每擔四千一百萬。老車牌麵粉每袋一千三百五十萬，吉桶花生油每百斤一億零五百萬。飾金雖已恢復了市場交易，每兩收進三億二千萬，售出三億六千萬。金土的薪餉連一兩金子也買不到。

如今的男女談婚論嫁，若不能兩情投合，真心真意相愛，在這個時代裡，可委實是件不容易的事。

這時際，還是農家的忙碌季節。金土的父親之所以在這忙碌的季節裡，又是大熱天，六十歲的人了，由頭雖是兩老的爭執，一賭氣冒著暑熱，跑到上海來找兒子，主要的動力，還是想念兒子，一年多沒見到孩子了。通信，又不利便。見到了兒子，知道了一些生活實情，又聽說孩子與那位在南京金陵女子學院唸書的女孩，已建立了深厚的友情，儘管還沒有談到婚嫁，卻也想見上一面。所以金土留老爹住了兩天，湊巧常理平公差到廣州去了。金土借了一張行軍床，把自己的床讓給父親，不便去占據常理平的睡床。住了兩晚，便給父親買了一張京滬快車的三等臥舖，準備這個禮拜日，隨同交通車入市區，在一向約定的地方，與梅蘭姐妹見面。在一起吃了一頓中飯，飯後又一同看了一場電影。梅蘭要請金土父親吃晚飯。由於金土已商妥交通車的駕駛，五點鐘回江灣時，繞道火車北站，陪他父親上車還鄉。

金土知道，梅蘭姐妹倆的零用錢，全靠母親給她們的金子，如今，金價一兩雖已三億多了，在金土推想，她們身上的金塊塊，可能早已賣完了。

雖說，金土的父親冒著這大暑天，到上海跑了這麼一趟，對於金土與梅蘭之間的感情，卻增加了一分膠合劑。那就是梅蘭見到了金土的父親，感受到鄉下人的那分誠樸、敦厚，使她由衷的認知到人的嘉美品質，不是富豪的宦門與商賈人家，應是一般安貧守業的農家。同時，他更真切的體會到金土這個人的坦誠性格，都是從他那農家的傳統脈承來的。

他沒有買套新衣褲，去打扮他的農夫老爹，粗布而且略帶泥污的褂褲鞋襪，發黑的汗漬還漆在衣領上、袖口上，那穿著，在他們三人之間，極不相配。無論在飯館、在街巷、到電影院，行動中都惹來怪異的眼神。金土父子卻絲毫沒有不自然的感受，梅蘭姐妹還特別跟在老人家的身畔，扶將這位鄉下土老兒。遂使得旁邊的路人，奇異這兩位女學生和一位身著空軍服裝的人，怎會與這位鄉下土老兒親暱在一起？但對梅蘭來說，更由於此一相會，清楚了金土向她說的家庭狀況，句句都是真實，他在家是獨子，除了父母俱存，只有一個胞妹。

「俺這孩子沒什麼用，」在午飯時，她聽到金土的老爹說：「除了會唸書，別的都不會。」金土的父親說這話，指的不會作莊稼活兒。還有一句說：「俺這孩子倒誠實，不會花麗胡哨。」這鄉土的俚語，梅蘭聽不懂，卻能體會到，知道是向她介紹自己的兒子。梅蘭當晚回想到金土的父親說的這些話，已隱隱約約地在提婚事呢？梅蘭不是第三者，無法作答。心想，這時有母親在場就好了，就會談到了正題。於是梅蘭想：「這天，若是談到了正題，說到了婚事，我會正面作答，表示同意。」她想到了那兩句，慣常掛在父母口唇上的話：「選婿看兒郎，莫問田莊。」梅蘭遂又想到自己今年二十五歲了，從十七歲那天開始，就有人提親，我堅持要讀到大學畢業。這之後，一個又一個想親近過來的男人，個個條件都比金土這人強，可是，不是那個人我不喜歡，就是家庭太複雜，一直拖到今天。在金陵，不也有好幾個男孩子示好嗎？她的感受是：「爲什麼男孩子見了女孩子，總是張牙舞爪的！」自從認識金土這個人，卻大不相同，至今不曾對她說過一句踰越男女分寸的話。今天見到了他父親，方始體會到這人是個誠實的君子。「如果他真的選定了我，我會應允。」梅蘭這樣肯定的告訴自己。

金土也在想：「俺爹向梅蘭表白這番話的時候，梅蘭聽了只是笑吟吟地，從沒有作答。還看不出她的心意如何？」有一次，他卻聽到梅蘭說到她的同學與男朋友吵嘴，回到寢室向同學哭訴這個男人沒有良心，是個騙子，騙了她的感情，如今又跟另一個女人要好起來。在哭訴中，似乎希望所有同學願意幫他去找那個男人理論，更能聯手揍那男人一頓似的。她的看法是，「男女交往，最要緊的是兩人的情趣相投，生活上的差異，是可以調整的。人的性情，喜好的趣味走向，二人能齊一最好，否則，兩個人如何能在一起生活得久長。」金土認爲他們這半年多來，兩者間的情趣，還算是投契的。已經有幾次，金土曾經想把他已經準備的求婚方式，伺機呈現出來。他已經把他在第一次從贛州南門文清旅館的樓上，見到梅蘭從巷子走出時，那一撇的印象，記下的日記，一直到最近有了往還的這多年，記在日記上的一頁頁、一行行，都尋出一頁頁撕下，按時日的先後，輯訂成一疊又一疊，還有那些寫好沒有寄出的信，全部當面送給梅蘭，看她讀後怎樣回答。金土手上又積了二兩多金子，還有幾十塊銀元。雖是些戒指耳環之類，還有破釘、碎塊，倒也能送到銀樓，換來論億的關金。都是關餉的日子，跟著常理平還有其他同事，冒著風險去收買的。那時，金銀是不准買賣的，自從發行了關金大鈔，金銀可以公開掛出牌價買賣，他們穿軍服的人，反而買不到了。

金土也考慮到梅蘭要到明年纔畢業，認爲到明年再提不遲。怎想到改革幣制的傳說，竟然在八月十九日發布了。

新幣是金圓券，票面分五種：壹圓、伍圓、拾圓、伍拾圓、壹百圓。輔幣壹分、伍分、壹角、貳角、伍角，也是五種。額定發行額是二十億元，發行準備四成爲金銀及外匯。第一次發行一十六億元，自發行之日起，金銀外幣禁止流通或持有。法幣及東北流通券，停止發行，所有以前發行之法幣，以三百萬元折合金圓券一元、東北流通券以三十萬元折合金圓券一元，限於中華民國三十七年十一月二十日前，無限制兌換。債券等按法幣兌換率，折合成金圓債券。採用金本位，新幣四元兌換美金一元。金銀收爲國有，黃金每兩新幣二百元，飾金進一九〇元，出二〇〇元。

儘管，開始的十來天，市場上的物價，還是紊亂的，尙無法統一到金圓券的價位上，但已有了一元金圓券折合法幣三百萬的兌換比率，在市場上還是可以同樣流通的，法令有了三個月的空間。到了九月底，銀行已有了持著金銀到銀行兌換新幣的行列。當然，幣制的改革，最感到興奮的莫過於軍公教人士，一個個都爲了重見「角」、「分」，有著初使法幣或銀元、銅板時的心情。就在這年雙十節日的這一天，金土把他輯成了一疊又一疊的日記散頁等，裝在一個牛皮紙袋中，送到了梅蘭手上。

「這裡邊是我多年來零零星星寫的短文，」金土說。「希望你能抽出時間來看看。」

這時，梅筠不在他們身邊。

「別人可以看嗎？」梅蘭看到紙袋是封起的。從意識上也可以想到其中的文章，涉及到他。遂笑嘻嘻地收下放入線織的網袋。等梅筠回來，梅蘭也把東西放好了。

電影票價最高纔一元五角，最低只一角五分。「中國」、「天蟾」兩家戲院的票價，最高也只一元二角，最低一角捌分。

他們三人到巴黎影院去看了一場電影：「祥林嫂」。

可是，行憲後的國民政府，竟在戡亂戰爭中節節失利，在情勢上，只餘下了北平以南的幾個大城，連鐵路線，也難以維持暢通了。幣制的改革，一般平民也歡欣鼓舞了個把月，近來，居然到了市場缺貨，產生了搶購的風潮。報上類似這樣的新聞：「無錫搶購情形混亂」、「杭州海甯白米荒」、「合肥米柴肉絕跡，居民有斷炊之虞」、「蘭州市場明缺暗漲」、「食米有行無市，麵粉繼續堅挺」、「飾金來源告絕，揚州銀樓停業」、「贛加緊交運軍糧，糧食外流將加制止」、「西安黃金又有黑市」。進入十月以來，每日都有。張厲生先生在北平代政府發言警告商人，「控制物價有辦法，必要時將使漲落完全操諸政府。」兩月以來，上海的物價，最爲平穩。這些，應歸功於蔣經國先生擔任經濟指導員之職，坐鎮上海，嚴格而認真的執行。

此一經濟管制政策，政府希望普及全國，遂增設了華中經濟指導員。企畫先由上海區擴大到三省兩市，期使全國物價向上海看齊。江蘇省率先成立了物資調節委員會，各縣市成立物資調節處。論者則說，千言萬語，併作一句說：「『政府必須負責使持有金圓券的善良平民，能買到其所必需的主要生活品。』可是，市場上的米麵缺乏，杭州都出現了搶米事件。米麵又開始實行戶口配給制了。

凡是手中掌握了大量金圓券的富戶，爲了怕金圓券步上法幣的貶值命運，人人都想購買各類物資存儲起來。市場上遂出現了經濟黃牛。連輔幣中的一分鎳幣，都被黃牛擠兌一空。國庫各銀行，已宣布暫停發兌。

已有人在新聞紙上發表「金圓券的善後」問題了。

在軍事上看，用「千孔百瘡」四字作比，可以說最爲洽當。軍事，新聞論者說是「兵連禍結、赤地千里。」至於江南的能否保有，關鍵還在未來徐蚌的戰場，如不能取勝，江南也勢必不保。古之兵家，每以鎮北應齊魯冀與川陝爲重，鎮南應以江淮爲要。在南者得淮，足以拒北，在北者得淮，則南不能保。中原逐鹿，就在這一戰了。

梅蘭沒有讓妹妹知道金土給他的紙袋。晚上拆開一看，是一頁頁的日記，一疊疊共有數十頁。凡是寫了關於她的字句，都用紅筆畫上了框框，短的只三二十字，長的有兩頁，記述的文句，大多都是念念不能忘懷的思維。另外的未寄信件，更是滿紙熱誠。她一面綻放著歡愉起的心花，來映照著那一頁頁文詞在讀，還有的紙頁是用毛筆寫的小楷，使她意想不到此人在與她同車之前的兩年間，就把見過她的印象，深刻在心版上。但最使梅蘭用心一讀的一筆，還是那年同車，金土寫的那一段，寫他與她同車，之所以未發一言，是自持的莊重，生怕被人家女孩子說他輕薄。這段話的最後兩句：「邂逅何必問名姓，留縷長絲繫夢來。」最使梅蘭感動。她想到她也曾在日記上，寫了對這不知名的男人同車時的感受。這本日記放在家中，等到過年時回去，若是還在，也拿來送給金土看。她也有與金土相同的意念，三四年前的同車之緣，居然交了朋友，如今，還要作終身的許託。想來，當真是古人說的緣訂三生？

第二天晚上，梅蘭就把金土的這包日記散頁，給了妹妹，說：「小筠你看看，」說著又把手抽回，再補了一句：「別說出去。」梅筠在幾分驚疑中接了過去，問：「是什麼？」

「別問，你看了就知道。」梅蘭說：「看你有什麼意見？」

梅筠一看封套上的毛筆字，就有幾分興致地說：「喲！是金土給的什麼？」再一抽出，看到是一頁頁文字。先是感到不解，疑問地說：「寫的什麼呀？」

「坐在這裡看，」梅蘭命令看，「我等你的意見。」

梅筠坐在姐姐的床上，看了幾頁，就說：「哇！這人早就認識姐姐了。」梅筠看了，自然沒有梅蘭的那種感受，但已知道金土之所以把他寫在日記上的這些文章，一頁頁撕下來，送給梅蘭看，還不是爲了一表愛的心跡嗎！遂興奮地向姐姐說：「姐，我寫信給媽，好不好？我認爲這個人可靠。」

「可不可靠？是未來的事，」梅蘭鄭重地說：「你認爲我該怎麼回答？」

「先訂婚後結婚，」梅筠說：「這是老規矩。」

「我指的是如何回答對方的話，」梅蘭說：「總不能說：『好！我們先訂婚吧！』」又說：「你知道姐姐的脾氣不好，發作起來，連媽都說：『真受不了你！』，這一點，我想請妳下次見面時，代我提醒他。」梅筠一向服氣姐姐的處世老到。便答說：「好，我說。」於是，隔了一天，梅蘭給金土一個電話，說：謝謝你對我的印象寫出的日記，那只是你浮面的幻想。事實上我是一個有著相當多缺點的女人，我怕將來你會後悔！」

「不會！不會！決不會」這是金土在電話中，興奮而堅決的回答。

金土歡愉地想到，《易》曰：「乾坤定矣！」《詩》云：「鍾鼓樂之！」

3. 洞房花燭夜未央

當日腳剛踩到十一月的初頭，就有南京各大學校教授數十人，聯名上書蔣總統以及共黨毛主席，呼籲雙方應顧憐全國人民的在內戰中受到的苦楚，與其無辜的生命財產，遭受摧殘，應立即停戰，商談和平大計。又一謠言，則說是國民黨政府已在乞和。

從戰爭的局勢上看，東北九省的爭奪戰，已近尾聲。長春的守備部隊第六十六軍都已叛變。河南的鄭州也淪入敵手，平漢、隴海兩條路線，已被切斷。徐州方面的國軍，雖有黃伯韜、邱清泉、杜聿明等幾家有實力的兵團，在等候一場大的會戰，卻被敵方的隔離戰略，支呼到東獨西孤、南零北落，互不相聯。再加上各自的恃強稱霸，不能彼此相處，以及蔣總統又飛到空中，與各軍團領頭人，直接通話。休說是軍事家，就是一般平民，也能見到國民政府的大勢去矣！看來，只能以「非戰之罪」一來悲歎！富豪人家能不爲了自身的生命財產設想，早作逃離的打算？所以，街頭巷尾的謠言，越傳越離，也就越是聽得人心惶惶！

海空軍已開始向台灣遷移了。這種事，更是瞞不了人的。所以社會上便傳說國民黨政府要遷往台灣了。蔣經國主持的物價管制，已經停止，限價的政策，其他省市已改爲議價，上海市也自十一月起，取銷限價。儘管如此，市場上還是米麵缺貨，商家不敢拿出來賣，怕的是賣了出去，買不回來。電影票價倒一漲就是五倍六倍，過一天又是十倍、十五倍。照樣的人潮洶湧。有一個人寫了一篇短文，寫他回到家鄉星子縣，首先見到的市上，是一長串軋米的長蛇陣，因爲食米已有價無市，雖手持配米證，也軋不到米。遊廬山的人，卻比往年多，上王四酒家吃油淋雞的人士，常有向隅。無論大街小巷，商店的舖子，雖然開著門，也是十室九空。連肥皂、洋火、信紙、信封都買不到。但時令正是新穀登場的季節。不但大都市如南京上海是這樣的有市無貨，連山城也是這等現象。幣制改革還不到三個月啊！

上海的空軍早在一月前，便開始向台灣疏散物資，一船船、一列列，來來回回，已運轉了不少趟了。如今，又在登記眷屬，一批批隨著運輸船隻，先期疏散到台灣去。金土與梅蘭雖已情投意合，雙方已結下同心，但雙方的婚期約定，等到明年六月梅蘭畢業。原說先登報，刊一則訂婚啓事的廣告，但金土要告知雙方家中的老人家，不可在外不告而娶。雖然，梅蘭已見過金土的父親，這時，金土的家鄉已陷在戰場中，不易取得信息，卻還有理可圓，九江與上海，在交通上尚無阻礙，也應該把兩人的訂情一事，合照一張照片寄去。偏偏地寄去了兩人的合照與家書，至今無有回信。時局展示在人人眼前，傳說蔣總統已有了再返重慶的說法。南京政府也有了動態，重要文物都裝箱上船，啓錠運往台灣。情勢擺在目前，非撤退不可。

「金土你怎樣打算？」這天羅處長一到辦公室，見到金土就問。「我們的眷屬要疏散了，你的女朋友怎麼樣？還不結婚哪！」

經過羅處長這一問，金土便站起身來，尾隨著進去。羞羞答答地說：「準備明年她畢業後結婚。」

「你們已經論過了婚嫁！」羅處長又問。

金土羞紅了臉，低下頭來點頭作答。

羅處長見此光景，便指示金土坐下，他進入座位，鄭重地向金土說：「看情勢，徐蚌是保不住了。失去徐蚌，南京難守。我們這個月就要疏散完畢，要跟著到台灣去，早下決定。」又說：「既已論到婚嫁，結婚還不簡單嗎！我給你們作個證婚人，寫上婚書不就成啦！」說著便站起身來，喊勤務：「陳光中，」陳光中從外間進來，便指示金土，說：「你坐我的車去找你的女朋友談去。問她願不願意跟你去台灣？願意就迅速辦個結婚手續，下班船就可以乘船走。否則，那是沒有誠意，還不就算啦！去。」斬釘截鐵的決定，幾乎是命令似的，要金土去辦。

金土見到了梅蘭，把這情形一說，梅蘭連個哏兒都沒有打，欣然同意。問題是她有個妹妹，不忍把妹妹扔下。希望能帶同妹妹走。梅蘭又說：「已有不少福建、廣東、江西的同學，連個招呼都沒有打，便捲起舖蓋回家去了。」

順便在市上買了一份婚書帶回，梅蘭把私章給了金土，梅筠還問金土知不知道她姐姐的生辰八字？不但一字一字說了一遍：「民國十三年臘月初一子時生」，還又交代了一句：「我們不是江西人，我們是浙江紹興，可別弄錯了！當心我姐姐生氣。」連站在旁邊的司機老賈都在笑。

回來之後，當天就把婚日填好了。介紹人就請同案的席參謀元良蓋章，證婚人是處長羅正揚。一切手續，半日之間，就辦得妥妥當當。而且當天就到行政室辦了登記，帶著妹妹梅筠，也由處長批准。一但航期排定，就隨同眷屬登船先行離開上海。

行政室李主任知道了金土的這種結婚情形，遂為金土安排了一處眷舍，因為近來時局動盪的關係，已有部分家在川黔、閩粵等省份的人，提前返家看看，到家鄉後酌量情況，再行決定，到不到台灣去。她們聽說台灣物資缺乏，民風又不開化，都有些裹足不敢前。因而有些房舍空在那裡，有的只有先生一人住，有的已經騰空。行政室掌理這些，所以為金土商借了一處房屋，日本式的榻榻米、紙拉門。告訴金土接她們住在眷區來，通知上船也方便。

梅蘭姐妹辦了休學手續，結婚的事，在校未走的邵竹君、戴玨珊、劉秀英等人，堅持要梅蘭請客，金土去接梅蘭姐妹的那天，也非得跟來不可。說是吃喜酒還要鬧新房，便一個個坐上這輛中型吉普車，到了江灣，步入金土的新居。

這房屋雖然廚炊俱全，除了金土進來看過一次，梅蘭她們全是第一次踏進這房屋的門，也祇是暫住數日，船的行期一到，就離此上船。至於住此的飲食等等，在金土的頭腦裡，還沒有想到呢！

近來，雖已取銷了限價，但物價的漲落，還得通過議價這一關。商場還是不敢造次，因而市場上的吃食攤子，甚至於飯館，十九都是歇業狀態。一袋子麵粉，五百元金元劵也沒有貨可進。戴玨珊卻帶來了四聽罐頭，一大聽紅燒肉、一大聽油悶笋，還有兩小盒魚醬，金土在廚房裡尋到一個臉盆，一個鋁鍋，走了老遠路，跑回辦公處的廚房，去商量來一鍋子米飯，一臉盆菜湯。經過廚房的朋友，一番的絪絪紮紮，方始一一拎得回來。算得是招待客人來吃了「喜酒」。

這一棟房屋中的眷屬，大多人家都已疏散走了。這幾個女學生到此咭咭喳喳，又是唱又是叫，也沒有人干預。小邵與戴玨珊兩人說，他們今晚不走了。「我們五個住這一大間，新郎新娘住那一小間，」她們這樣分配，還說：「反正新郎新娘不需要大地方，是不是？」眾人齊聲答說：「是」。大家鼓掌，聲震屋瓦。想不到正在大家興高采烈的歡鬧，行政室的李主任來了，說是處長著他來問問看，金土的新娘願不願意搭明天的這班船走？處長夫人暨孩子，都坐這班船。「我已騰出了一個二人艙位，在處長夫人艙房隔壁。」說是處長交代：「金太太姐妹倆若是願意坐這班船走，同船的處長夫人好照顧。」又說：「不過，今晚就得上船。」大家一聽，都愣怔下來。

「我想還是搭這班船走，」梅蘭首先望著金土表示意見。

「好。」金土馬上答應。「反正得走，早走的是。」

金土想到，在此多待一天，多一天的麻煩。處長又是如此的關照，怎能爲了什麼「洞房花燭夜」，來再等到下班船？

當晚，連搬進來的行李都沒有解開，便又上車開向江灣船碼頭。這幾位鬧新房的女同學，一變成爲送行者，隨車去船碼頭，把梅蘭姐妹送上了船，再乘空軍的軍車送回學校。

當金土離船站到岸上，看到輪船鳴笛起錨，馬達響起的輪聲轆轆都都，漸漸離岸，翻騰起的浪濤滾滾，映著灰暗的曙色，在碼頭昏黃的燈光下，向東方大海駛去，真格是大江東去浪濤盡！

舉目遠眺，隱隱可見：渾黃大江水，茫茫入海流。

一個獨特藝術世界的創造

——讀魏子雲先生的長篇小說《土娃》

*劉福勤

一

魏子雲先生的說部新著《在這個時代裡》第一部《土娃》，於八月由臺灣學生書局印行。十月上旬我取到魏先生寄贈的一册。取到的當天一翻開來讀就被一股強力吸引住了，一口氣就讀了百餘頁。全書五十萬言從頭到尾都覺得親切。

我也出生在小說主角土娃的故鄉那片土地上。隋堤兩側、黃河故道兩畔，那淮北平原的黃沙土，是土娃之名的來由，也是我襁褓中所墊「沙土袋子」裡的鄉土。土娃幼兒時期留過小辮兒、八子毛和顋子毛，戴過偏耳墜和老虎帽子；我也是。少年土娃半耕半讀；我的少年時光也一半是熬苦讀書，一半是割草拾柴，淘草餵牛，拾糞倒糞，耕耙鋤刨。土娃看場時由於癡迷地讀書而忘記攆鳥攆雞的事兒，也曾發生在我身上，只是我沒挨打。《土娃》書中所記「小老鼠上燈臺」、「颳來了，雨來了」、「紅眼綠鼻子，四個毛蹄子」之類歌兒，打梭、捉龍尾之類遊戲，也都喚起我對兒童時代的一幕幕回憶。還有那糞扒子、木拖車、杈子掃帚揚場掀，那牛槽石磙麥稭垛，多麼熟悉呀！那花鼓戲、梆子腔等鄉土曲藝，多麼有味兒！鄉音方言俗語、故土特有物事，書中每章之後註解頗細，可是我讀無須看註，只讀正文立刻就感受到那親切的聲情意味，腦幕上立刻映出某物件、某境況、某類人物的影像來。

我比土娃晚生約二十年，沒見到私塾書館，沒成本地背誦「上論下論」，更沒當過書館「小先生」，可是同「松三爺」却也非常親近的。他老人家也是我童年時代的校外老師——他很老了，不能上講堂了，可他那滿腹的經史子集，他那并不排斥洋學問而倒將中外文明作比較、辨同異、求貫通的淵曠器宇，不僅在本鄉繼續影響着青少年學子和村民，連城裡的學校教員也來討教——可是他在世時我年歲太小，只聽得些故事而已。和《土娃》書中更巧合的是他老人家也領着我趕過集、逛過廟會！讀《魯甸的廟會》一章，也就想起了我跟着他老人家一面吃油炸鬼、糖糕和麻花，一面在糧市、布市、農具市、牲口市、書場、戲場間轉悠的情形。他說給我聽的話，講的故事，有些也和他向土娃說的差不多。潛移默化的留痕，若非《土娃》引動，也許會久而愈淡愈模糊下去，現在讀了這本書，那留痕則清晰起來，痕下的底層似乎還有些朦朧的、誘我去尋思的東西。

*劉福勤先生，江蘇省社會科學院文學研究所所長（教授）。

土娃家鄉「魯甸」一帶的旱、潦、蝗災的頻繁和嚴重，鄉親們常遇荒年，走南闖北也難謀得生計的情形，連野菜樹葉也吃光了的情形，也是我所身歷和熟知的。我在七八歲時也有「唱唱兒討吃的」之類經歷了。土娃的讀書費用之難，引起了分家之事，須得半做牧師家的傭工，半讀教會學校；我的讀書沒有引起家庭糾葛，可也在讀書期間有過「賣啥吆呼啥」的事，也非用星期天和平日課餘時間幹雜活兒掙學費不可。由於年歲差距，時代的推移，我沒像土娃那樣上中學時無奈輟學，沒像他那樣受洋煙行老板娘的辱，更無「補了名字當兵去也」的步履，抗戰怒潮初起時我還沒出生。然而家鄉村莊上的與土娃年歲相當的幾個人——其中有我的親人和近鄰，他們的經歷湊起來也就和土娃一樣了。其事迹其情狀，我雖未見，却聞之甚詳。他們在那個時代留下的紀念物，有幾件現仍保存在我這裡。讀到書中相關的情節、言語，也就憶及前輩們的講述，如聞見其音容笑貌。《土娃》的紀實寫眞很有魔力，讀來很覺親切而有味。

魏先生說「小說往往離不開傳記」，故事締構、情節穿插雖爲子虛，人物形像雖「絕不可能是某一實有之人」，但歷史背景、原始素材勢必來自「作者的生活歷驗體會」，「來自時代，是生活上的，也是現實上的」，「在歷史上，在社會上，無不有跡可尋」。這些話當看作魏先生創作《土娃》的夫子自道。書中所寫之地物民俗，蘇魯豫皖接壤的那片平原上很有特色的農事、集貿、地方藝技及災情、禍殃等，就是魏先生在故鄉所習見者也；書中所繪抗戰前二十年中的時代風雲圖，經濟政治社會人文變化着構成序列的歷史畫卷，皆魏先生身歷和聞見之所得經藝術醞釀而成者也；土娃之心性氣質、家境人緣、「少也賤」而爲謀生做多種事，得多種知識和能力的特點，亦「離不開傳記」而多取之於著者自身也。土娃被定爲「魯」姓，含文化淵源之潛義，書中有魏松巖、魏宗魯等魏姓人物，尤其是魏宗魯這名字，我猜似有隱涵魏魯一家之意。魏先生《序語》着重談小說與傳記之異同及二者關係，說《土娃》是小說而非傳記。但這作爲藝術的小說實在大大得力於魏先生之史識和所厚積於胸中的生動史實。以史識、史實助成小說藝術，小說呈映出動活的、形像化的歷史眞貌，此乃《土娃》顯著特色之一，亦是其成功原因之一。閱讀時我覺得自己好像同土娃一起游於一條歷史大河之中。水上有舟舸航進，也有枯枝敗葉漂浮，水中有美鯉素鯾，也有醜鱉鱷鯢。各有來歷，各有路數。小說所燭照者雖爲這大河的一段，而我借此一段之游，看到這河的來路，也借此知道這河憑其地勢水力，繼續延伸的趨向和河中之物沉浮順逆的某些規律。例如從魯統領到魯壽來，到魯永春，到土娃，四代人各不相同的命運和心理，眞實地顯映出時代推移、社會變化的軌迹；從魏宗魯、松三爺到魯永春，到土娃，一代代在文化上的遞變，也給人精神文化史感。土娃二十年的生活行程，更是從北洋政府的後十年，經「打倒列強除軍閥」的國民革命，到南京政府的前十年的歷史規約着的；反過來，土娃生活史各階段的情形、各段間的轉折變化及所關聯的故事，則既可以豐富這段中國歷史——尤其是這一時期社會文化史進程的具體感性材料，又可以深化人們對歷史的識見。我覺得魏先生對歷史看得頗深，態度是求眞的，《土娃》雖總體爲小說家言，但其中亦見史筆，其隱涵的意見多有不可移者。

二

我愛讀《土娃》，遠不只因爲它是鄉賢「緬往之作」，不只是因爲它引動我思鄉懷舊的心搏而得以隨之緬往；也不只是因爲欣賞其史識史筆及歷史足音的返響。我愛讀它，更因爲它具有作爲小說的多方面的愜我心意之處，我愛它所熔鑄的眞、善、美，我欣賞其情、理、趣。它實現這種熔鑄的中心，是土娃形像及所體現的深厚精神文化質素。它的主要特點和成功之處也在於此。

可以說魏公此著，給中國現代說部增添了土娃這樣一個新的、具有獨特意義而又很有現實普遍性的藝術形像。他是民國早期那亂世裡農家的既「嬌貴」又「潑生潑養」的土孩子。土是土，可生得五官勻稱有神，面龐清秀俊雅，歌喉圓潤響亮，更兼聰穎過人，聞一知十，記性特好，若生於《紅樓夢》時代鐘鳴鼎食之家，則又一寶玉也。有些作者寫起鄉村農家的土孩子，總賦以粗質笨相，實在偏謬。魏公熟悉鄉村，深知農家孩子亦多有俊秀聰明的。然而外貌美、天稟高未必就可貴可愛。內美與修能才更可貴可愛。土娃即如此。天賦之資，加上耕讀家風的傳承，親人們愛心的惠澤，鄉土文化的模塑，他養成心性的純淨、誠篤、憨厚和執着；智力的極早開發，傳統教育和新式教育的兼受，民間文學、曲藝，歷史故事、鄉賢事迹的潛移默化，助成其敏悟多思、尋根究底的特點，和愛讀書勤習練，專注以至於如痴如迷的求學之心。文藝的愛好、美的追求，亦隨之而生，而強化。由於他那個時代暗而亂的社會環境逼迫，災害的頻仍，家境的貧寒，他自幼就非從事各種勞作不可，稍長則賣蒸饃，唱花鼓，幹雜工，當學徒，教書，從軍，做了多種多樣的事，如丁文治先生所說：「其生活歷驗，已是天南海北，涉水登山，生生死死，見神遇鬼矣！」然而，正因爲這樣讀着「社會大學」，讀着「人世」這部活書，現實生活的教育大顯其功，助成其多才多藝，生命力也愈加強韌，內心世界也愈加豐富美尙，勁草似的氣質、風格愈加明顯。

土娃的精神文化淵源和氣質，可分三層來看。第一層是鄉土文化，這淵源使他是「鄉人」，有淮北平原鄉土性氣質和出外闖蕩的特點。第二層是中華民族共有的傳統文化。這文化既寓於淮北平原鄉土文化之中，又更加源遠流長，納滙了中華大地和民族史上物華人文，超拔於鄉區文化。書中所寫土娃之父魯永春的講《論語》及日常多有的「忠誠處世」、「信義交友」、「忠厚爲懷」、「詩書繼世」等等，松三爺講的「四書」、「三傳」、堯舜傳統、孔孟遺教、歷代治亂之深因、傑出人物之志行等等，土娃自讀的《十三經》、詩詞、唱本等等，就是民族精神文化向土娃心性的注入。孔子的只講人生，不言怪、力、亂、神，及其學而時習之、修身利器方得事功的教言，孟子的「生於憂患，死於安樂」之教，「苦其心志，勞其筋骨」，「所以動心忍性，增益其所不能」之言，求其「放心」的「學問之道」，歷代通儒們的利義觀、「天理」論，仁德、恕道、中和、奮進的精神，以至土娃所直接師承的桐城學派治學上的反賣弄、反虛麗而講求「神理、氣味」以成弘毅和講求篤實務眞而重考據，同時重視審美而講究格律、聲色的傳統，還有自鴉片戰爭以來從林則徐銷烟之舉到本世紀三十年代抗戰怒潮，在中華民族中流動着的堅毅勇健的反侵略精神，可貴的民族自尊自強精神：這一切都在土娃的成長、行爲表現和心理活動中，被接受而存在着，發展着。土娃在寓融於鄉俗實生活的民族傳統裡受到陶冶，也靠父祖及老師傳受經典而得，靠自讀領會，靠明睿的悟性得其精義，并由感而「知」，而至於「好」，更至於「樂」，毅然心持力行，以至成爲眞得民族文化傳統之可貴精神者。這一層文化淵源使他養成其民族性，使他成爲像樣的中國人。他總是牢記：「我是中國人」。他想到孔子編《春秋》時，認爲其中隱寓列國國君的善惡，一是警當世，二是希求後世人作鏡鑑，「不要上下交征利，導向國危而民不安」，於是堅定其作爲中國人要使中國國泰民安之志。

第三層淵源是中國文化在與外洋文化較深廣的交流滙融以來，尤其是本世紀以來漸成氣候的新文化。土娃時代，科舉早被廢止了，私塾書館雖還有，但已經不符合民國教育制度的規定。土娃初入學上的魯甸小學，雖然因爲在草創階段而缺點不少，頗遭非議，但它的確已經是新式學校了，分年級設課堂，有音樂、美術、體操、算術、博物、中外史地等新課程，國文也教些白話文了，并且比較適合學童年齡及心理特點。教學和其他集體活動似都顧及了學童的德智體美多面的發展。土娃讀的中學是教會辦的，更是洋式，且有基督精神的灌注。課程還有英文、格致、化學等新的。土娃與外國牧師及其家人的接觸，也增其對外域文化的了解。受新式教育以及後來在華英烟行的生活和軍旅生活等等，都使土娃的文化色彩不全是鄉土的和中國傳統的了。此外，被人稱爲「洋迷」的松三爺對土娃影響很深。這松三爺飽讀中國傳統經典，深諳儒學精義，承傳桐城精神，同時由於和外國牧師們交友共事切磋多年，學會了英文，研讀了基督教《聖經》和許多外國小說，對外洋文藝、教育、文化心理等等都很注意，因而不僅不反對洋學，而且吸收外洋文化的好處。例如，他一反輕視唱本的傳統觀點，而看作文藝，予以重視，教學中既教經史，也把小說、戲劇納入講授內容，「說三分，講梁山」，還「學了西洋的教學法」。在傳統與洋學問的關係處理上，他重視比較，辨其異同，以傳統經史爲根，取納外域文化之精華，致力於融通。土娃深得松三爺在文化上的守本而向新之道。他熱愛小說和戲劇藝術，就與此相關。更重要的是，他牢牢記住了松三爺將孔孟和耶穌作比較研究的一個結論：他們「都是革命家」，「都是救世者」，「救人目標，是全人類，而且是希求人類萬世萬萬世相輔相濟的共存下去」。新文化的精義在「人」字，講人性人情人道人格，講人類的協同發展，講博愛平等自由民主的追求，講致人生的向善向美和向上奮進。這是與中、外多種類型的文化傳統在其優進本質上是相承或一致的，形態上則隨着時代的推移和地域國度的不同而各有特殊的轉換變化。中國的新文化自有其特殊風格，而土娃從中所得是「人」的根本精神，既不離傳統文化之根，又有其向新向上向善美的強力和帶著時代特徵的人類意識。

土娃既「平凡」又不平凡。土娃的生涯夠苦的，從中可體會活「在這個時代裡」做人之難，然而其內美與修能，其得之於深厚文化土壤的本質上，具有樂感的精神，却使他快樂地活着。土娃的思維與審美既具有鄉土的、中國傳統的特色和優長（如演花鼓戲、同皮黃班子「李祖」的關係、孔孟教言在其思想中的重要作用等），又從「德不孤，必有鄰」延伸到現代世界意識、人類目標，當代精神所導向的價值觀新特徵。這本小說的序曲以《草之歌》所總括總讚者，即土娃這一獨特藝術形像之可愛可貴的精神文化特徵。這一獨特藝術形像的提供，則是《土娃》又一特別可記之功。

三

在有人慨歎小說（尤其是長篇小說）瀕臨滅亡的時候，在五花八門的新「主義」充斥小說創作界，作品或偏於證明及發揮理論，或以媚俗為時髦，或一味玩要「技術」，而多喪失眞情實感、輕視人物塑造和生活寫眞的時候，魏子雲先生却成此宏篇；塑造了土娃這個內涵深厚、形神俱活、平凡而可愛可貴的藝術形像，塑造了土娃周圍許多栩栩如生的人物；將著者自己的眞感情、眞心性、滲透於全書；同時透視和映現所處時代的社會、人生、精神文化之眞；并執着於中華民族賴以生存發展的根與力，執着於美與善，執着於人性人智中健康精進的因素，着重予以生動表現，冀其光大和生生不息。我以為此乃創作的正大之道，《土娃》在當今中國小說中有其特殊地位。

著者說，緬往返顧，冀「重獲我見爪跡之我思」。我讀此書也感受到裡面飽和着著者的情懷志趣，蘊畜着多方面特殊思考，寓有審美方面獨到的眼光。一部好小說，是著者全人的綜合素質和生活歷驗充分發揮作用，經過有殊於他人的獨一無二的醞釀過程，而創造出來的「一個藝術化的世界」。我覺得《土娃》就是這樣的藝術世界。我似乎感到魏先生蘊涵於這藝術世界中的社會歷史意識、精神文化觀念、人生價值和倫理道德上的追求，以及藝文學術之道，但是在閱讀中往往又一時想不清楚。於是更想去讀，去探尋，在受感動之後也希望得到「我思」之一二之果。然而，難得很，我似乎還是只能說感覺，而且很可能是偏而淺的。

魏先生治古小說之學二十餘年，成就卓然，自然會從小說的藝術傳統得到滋養，他的《潘金蓮》、《吳月娘》及今之《土娃》諸著，皆可見神思、審美、技法諸方面的取鑒之效。然而諸著均非泥古硬「模」之作。「蘭陵銷金，雪芹悼紅」等等，各出於其時代，各與其所處人群圈子、文化氛圍相繫屬，更是各自特殊生活經歷、情懷靈性所致，「模」不得矣！魏先生的「未能模焉」之言，我以爲實際的心理是本來就沒有要去「模」的意思。各人頭上一方天，各人腳下一條路，憑着自己的時代、特定的社群文化之源和自身資質、經歷、靈明、志趣的特殊性，當有創造出自己的獨特藝術世界的道途。《土娃》是魏公在此種道途上的成功產品。

《土娃》獨特藝術世界之成，可貴的「土氣」起了重要作用。這土氣首先成之於書中對淮北平原的地物人文、農事鄉俗、帶着鄉土特點的災禍福樂、心理情緒、價值體系的具體鮮明而活靈活現的記述、描繪和透視。方言俗字的使用、鄉土兒歌民謠故事的引用和述說，地方戲曲演出情形的描寫，和戲文的錄存等，也造成土氣效果。鄉土人文等，雖然因爲複雜的社會歷史和自然條件的緣由，而長期與「貧」聯繫着，「苦」味極重，也有傳統中的不良成份混雜其中，作者對這些也多有燭照。但是，「鄉人」，尤其是農人們，在艱辛而亦有特殊之樂的農事勞作之中，在常遇旱澇蝗災、苛政戰禍，而須得盡力掙扎苦鬥的生活中，在改造和試着突破環境的努力之中，形成既勤勞勇毅、純樸善良又富於智慧、富於可貴情意的精神文化質素。這鄉土文化之「氣」裡，便實際上蘊畜着深深的強韌生力。「草」扎根於「土」，得「土」之「氣」，其「內心」才永是「發芽」，才成其「冰雪凍不死、淵深淹不沒、大石壓不住」的生力和「追求陽光享受自由的堅定意志」。寄寓「草」之精神的土娃形像，始終帶着他從魯甸文化土壤得來的可貴土氣，整部小說也散發着這可貴的土氣。草能在「地球的任何角落」生長，土娃們能走向四方，足跡遍於世界，給人類文化增色增光增力，「土」有奇功焉。

在這部小說裡，「土」既是隋堤兩旁的鄉土，又不限於此。我覺得「魯甸」與魯迅作品裡的「魯鎮」「未莊」相似，是農村一個村鎮更是中國社會人文的縮影。不過，魯迅意在改造國民性，警醒人們來療治精神痼疾，因而着重燭照陰暗冷寂的一面，把阿Q頭上的癩瘡暴露出來；魏先生則在看到社會病相、世間醜惡的同時，大約出於既全想寫眞又希求以傳統自身精良因素的光大來「救世」的意願，很注重「土」中之寶、之力、之眞善的發現。在耕讀家風的敍寫中，在土娃、魯永春、松三爺等人物的塑造中，都呈映出儒家精神文化傳統的精優成份在「魯甸社會」的存在、流動及其發揮的良好作用，在育人立人、抑惡揚善、礪志強力上的積極效果。在有關傳統文學、傳統戲劇藝術的記述中，在對土娃的有關經歷和素質的敍寫中，在對演員、傳統戲曲愛好者及其與土娃關係的形像塑造和表現中，傳統文化中的善美人情、善德義行、生命活力、執着追求等等，也都呈映出「土氣」之中寶物的光彩。

儒家文化傳統，尤其是孔孟精神傳統，是中國文化傳統的主流。這種精神文化產生於古代農耕社會，是以家族爲本位向「國」和「天下」所形成的社會結構的產物。它以安定有序、天下爲公、協和共濟、康樂大同爲社會理想，以仁愛孝悌、誠信謙和、正直廉潔、見利思義之德，勤劬自立、修齊治平之志，溫煦鬱勃、浩然正大之氣，磊落明智、勇毅務實之行爲做人的理想境界。到了現代社會，精神文化發生多種變化，新的科學技術、生產方式、社會結構導致價值體系的變化，會有多元取向，會有多種精神文化形態和倫理關係，新的道德原則會不斷提出，人格理想也會更豐富而帶有時代特徵。但是，在《土娃》裡可以看到，發源於農耕這種基本生產方式和人類社群基本結構的華夏精神文化傳統穩定性極強。它所體現的人類本性之善和生存發展的基本要求，仍然相當穩恒地起着作用。土娃已經不是舊人物，比被稱爲「迷洋」的松三爺又新了一步，他的生涯遠遠超越了農耕之事，所歷的社會變革也很有現代性了，但其精神力量的來源，他的文化之根，還是華夏之「土」、華夏文化之根。魏先生好像很重視儒家學說的創始人和重要傳人是「少也賤」者，是「鄉人」這一事實，并由此發現其精神文化傳統與鄉村社會的密切關係，而且認爲權勢者多難秉承，倒是鄉下百姓「少也賤」的讀書人由於「多能」而不乏眞正能承傳其精義者——正是這些「草」民體現着中華民族的優良民族性，以美德、智慧、韌力使民族得以生存和發展。愛這中華民族之「土」，認爲這「土」因「魯」（優良文化傳統）而生「金」（具有勁草精神的土娃似的人物），這「金」則具有永遠閃光的價值——這或許是魏子雲先生潛隱於這部小說中的一層重要心意能？這層心意則也使得他的藝術世界具有獨特的理趣，獨特的審美意趣和境界。

四

這部小說獨特藝術世界的創造，獨特審美意味與境界的形成，有多方面的因素，其藝術編碼系統頗爲複雜。前文已經說到的滲透着獨特史識的世情燭照、生活寫眞和藝術化的史筆，具有多方面思想意義和鮮明藝術特徵的土娃形像，全書那種把鄉土氣息、華夏傳統和時代變遷中的新文化氛圍結合起來的特點及其深厚獨特的精神內涵，都是構成小說獨特藝術世界的重要方面。此外，我覺得還有幾點很值得注意。

其一，全書三分之二的篇幅敍寫土娃自幼到十五歲的生活，可以說是兒童文學，是鄉土兒童小說。雖非專爲兒童寫的，其中的藝術世界却是頗有童心化特點的。兒歌謠諺、通俗古詩新歌、中外故事、多種遊戲、小學學生課內外活動以至鄉音方言、鄉俗方物，皆可引起兒童興趣；土娃更可成爲兒童的「新朋友」，他既得到家人師長喜愛又須自幼勞作，做多種營生，在和成人一同掙扎生存之中長見識、學能耐的情形，會吸引兒童。土娃幼弱稚嫩，同時富於生命力，是兒童共同特點，易得兒童共鳴；土娃天眞純潔，誠實善良，善解人意，通情達禮，以及愛讀書，好發問，求上進，有恒心等，乃是兒童可愛之處的集中，會對兒童有潛移默化作用。知識性強，深入淺出，也適合兒童需要。這種兒童文學性，不知是否作者有意爲之，但可以肯定的一是作者保持的可貴童心的表現，二是兒時情趣、心理影像，在創作中的返還和重醞，給小說的藝術世界增益了特殊意味。

其二是著者的學人特點在《土娃》藝術世界裡有明顯映現。魏先生有傳統經史之學的根基，在金學、戲劇、音律、語文等方面著作宏富，而其治學尤重「義理」，長於考據，精細謹嚴，習慣於詳考資料，熟慮深思。創作自須學術之外的功夫，但像《土娃》這樣構製細密，背景材料眞確充實，顧及各種人物行狀心理性格的區別和聯繫，透視其文化底蘊和發展變化的內在邏輯，故事也入情入理，則是和作者的學人素養分不開的了。書中廣涉聖賢遺教，典章文物，風俗習慣，方言方物，倫理道德，政教故實，士農商學軍人之事，詩文戲曲小說之藝，或以記述納入藝術環境的創造，或借人物之口講解說唱而成爲塑造人物、刻畫性格的有機因素，或與故事情節相結合，助成小說特有情味格調。作爲學人的魏先生幫助了創作家的魏先生，其社會歷史觀、文化觀，做人治學之道及關於教育、文藝、美學的見解，融化在小說藝術世界之中，成爲牢固的理性根基和厚實的思想底蘊——這大約是《土娃》耐讀的重要原因之一。每章之後作註頗詳，或音義，或來源出處，或其他解說，亦見其學者風和爲讀者着想之心。

其三，著者在音樂、戲劇等藝術方面的稟賦、意趣和表演體驗，也是《土娃》獨特藝術世界的成因之一。魏先生不僅以得之於新文化的文藝觀研究中國傳統小說、戲劇、音樂及其他藝術，在精神上、審美上融「古」化「外」，形成獨特的長處，在《土娃》創作中多有表現，而且他自身有音樂才份和戲劇表演的體驗，深諳藝術陶冶性情、強化生命力、高揚人生意趣、增進人之美質的作用。因而，賦予土娃歌唱和表演的特殊氣質，敍寫其聽歌唱歌看戲演戲的各種經歷，突顯其外在美與內在美的統一，表現其「情」的純眞與強力，「趣」的美尙與深長。加上對戲班、演員、票友的寫照和有關情節的安排，如「小紅娃」、「皮黃班」、「十六歲開懷」、「有情地也有情天」、「小師爺」諸章中所寫，都是這本小說特殊藝術世界的重要編碼。作者的心性、體驗加上熟釀的藝術匠心，這些編碼就含蘊着藝術與人生之關係，藝術與人的情、性健美質素、精神力量之關係的深長意趣了。

其四，近乎散文的「味兒」和整體神理氣韵的特異。我閱讀中常覺得更有讀散文的感受，尤其在讀前半部時更是這種感覺。也許因爲主角土娃在幼童時期，本身無多少事迹，而寫其環境又是必要的，作者的筆就落在土娃故鄉的人、事、景、物上，寫這些又要圍繞土娃而無須各有獨立的、頭尾完整的故事，只能是片段的，「散」的。或許又因爲著者已經難於重獲主角事迹的細節和心理的詳情，每一時段中之事寫起來難以形成一般小說似的結構，而著者所熟悉、所懷念的人們、物事則正引起心潮的波瀾，寫出來便近於散文。在土娃有事可述、有情可寫時，作者又會自設身處土娃之境，其見聞體驗自然流於筆端，也表現出心性情感意趣之眞，亦易近於散文。還有寫塾館、學校、農事、災情、集市、廟會、戲班、兵營等等，往往將述事、狀物、寫景、言情、比較、聯想、講古、論今串連綴綴起來，也產生散文味兒。然而，它是小說而非散文。著者回憶中的實在的人與事，僅作爲「模特兒」和「由頭」而已，藝術思維的重釀重組已經把眞「假」變幻相揉。讀者不感到假，正是以近乎散文式的編碼之成功。小說的語言風格，既在當今臺灣小說中為罕見者，又與大陸頗不相同。淮北方言，尚有生命力的古語，「五四」以來的白話文學語言與熟用於著者所屬文化人群中的口語等多方面滙合，經著者提煉，成為《土娃》的藝術語言，令人覺得獨具聲情韻味。就小說整體風格看，既有傳統淵源，又是與傳統小說迥異的新小說；既有取鑒外域小說之處，更遠非西「化」之作；既在「逼近人生、着意精神文化」方面脈承魯迅以來現實主義小說的風致，又在意蘊神理格調氣韻上別有天地。前文說的「土氣」、「眞切」，加上「浚徹」和「多味」，是我所感覺的《土娃》風格。

不過，我讀《土娃》也并不覺得盡善盡美。說它重人物塑造，寫得栩栩如生，是總的感覺，即使寫并不太重要的人物如韓大叔和李掌櫃，幾句話就把韓的俠義氣派、豐富經驗和明智幹練寫得活龍活現，把李的奸商相寫盡，但也有時覺得人物的「情」與「神」沒寫到火候。主角土娃的形像可謂成功，可我也覺得在心性情感方面若再寫得深一些、豐富一些會更好。松三爺這個人物也寫得很好，但借他的口講道理似乎嫌多，因而也令人覺得小說中的「理」稍嫌直露。小說的整體風格我喜歡，覺得很有特長，可也覺得有些地方細碎了些，如塾館、識字班、小學的教學內容、授課程序、學生讀寫算唱的過細敘述，某些鄉俗、方物、遊戲、農事一般性的說明。人物行為過程、事件原委，也有可簡略者。如土娃的「乾老子」之事，土娃當兵後往家寫信的過程皆可省些筆墨，信的引錄則可删矣。此外，有些文字，似乎無意間的重複，如「隋堤」的兩次解說，鄉諺「莊稼不用學」的三次出現，「獲罪於天，無所禱也」、「工欲善其事，必先利其器」的講解之重複等。書若再版，稍事加工，此類小疵，就多可去除。

盡善盡美之作哪裡有呢！《土娃》已是不可多得之佳作也。它的獨特藝術世界享我以美，其眞情實感引動我心搏，其豐富意蘊啓我之思，其勁草精神更令我嚮往！

一九九四年十一月寫於南京。

附記

一、鄉賢劉福勤兄的這篇偏愛《土娃》的大文，乃鼓勵我從速完成《在這個時代裡》的寫作計畫，率多策勉之辭，感受無旣。再本書在寫作進行中，承蒙老友王更生、王關仕、王仁鈞、黃慶萱、駱建人、楊濟賢諸好友，隨時督策並提供寫作意見，尤為心服。濟賢兄且為繪製書面人物。

二、同道友杭州大學徐朔方教授，應中央研究院之請，來台講學一月，竟抽暇為本書校閱一過，正出多處錯誤，如書誤、記誤等等，無不一一校出改正。至為感謝！

三、學生書局丁董事長文治諸友，為我策畫本書印行事，更以序文贊之。心受最深。學棣胡惠禎為我校了一遍。統此致謝！

魏子雲附言一九九五年六月中

國立中央圖書館出版品預行編目資料

在這個時代裡／魏子雲著．--初版．--臺北市：臺灣學生，民84
面；公分．--
ISBN 957-15-0681-8(精裝)
ISBN 957-15-0682-6(平裝)

857.7　　84005660

金土（全一冊）

著作者：魏子雲
出版者：臺灣學生書局
發行人：丁文治
發行所：台灣學生書局
臺北市和平東路一段一九八號
郵政劃撥帳號〇〇〇二四六六八號
電話：三六三四一五六
FAX：三六三六三三四
本書局登記證字號：行政院新聞局局版臺業字第一一〇〇號
印刷所：千仁彩色印刷有限公司
地址：台北市武成街一五一號
電話：三〇三二八五一
定價 精裝新臺幣五〇〇元 平裝新臺幣四二〇元
中華民國八十四年七月初版

85718

ISBN 957-15-0681-8（精裝）
ISBN 957-15-0682-6（平裝）